Über dieses Buch Schon die vierjährige Ute verblüfft ihre Verwandten mit der Erkenntnis, daß eine Mutter sich keine Jungen wünschen sollte; die müßten ja nur in den Krieg. Ihr Vater, ein ehemaliger Kriegsrichter, ist Spätheimkehrer. Erst 1953 findet die auseinandergerissene Familie wieder zusammen; die Achtjährige gerät dort hinein wie in eisiges Wasser. Der fremde Vater, die prächtigen großen Geschwister, die mit Babys beschäftigte Mutter lassen Ute allein. Sie baut ihre Phantasiewelt, um darin zu überleben, wächst, ohne erwachsen zu werden, und geht nach Berlin.

Die Aufbruchstimmung der Studentenrevolte erfaßt auch Ute, verändert ihr Leben bis ins Private hinein. Andere Normen entstehen, Spießiges bildet sich neu im Kreise der Nichtetablierten. Der Gang durch die Institutionen wird Ute erschwert durch Stinkbomben, umgeworfene Stühle und rotzigen Schülerprotest. Trotzdem ist all dies für sie eine Chance. Sie nähert sich sogar dem Vater, der in dem Maß, wie die Tochter pragmatischer wird, sich zum politischen Heißsporn entwickelt.

Mit viel psychologischem Feingefühl, Selbstironie und Humor werden hier aus weiblicher Perspektive höchst aktuelle Fragen sowohl an die Väter als auch an die 68er Generation selbst gestellt.

Die Autorin Ursula Eisenberg, geboren 1945 in Spornitz/Mecklenburg, aufgewachsen in Kassel, lebt seit 1965 in Berlin. Zahlreiche Veröffentlichungen, u.a. »Da kommt noch was nach«, ein Kinderbuch für Erwachsene (1981), »Und wo bleib' ich?«, ein fiktives Tagebuch (1986). Arbeitet als Lehrerin für Musik und Theater in der Erzieherausbildung.

Ursula Eisenberg

Tochter eines Richters

Roman

Fischer Taschenbuch Verlag

Die Frau in der Gesellschaft
Lektorat: Ingeborg Mues

Originalausgabe
Veröffentlicht im Fischer Taschenbuch Verlag GmbH,
Frankfurt am Main, April 1992

Umschlaggestaltung: Friederike Simmel
Umschlagabbildung: Ösk Bucher
Gesamtherstellung: Clausen & Bosse, Leck
Printed in Germany
ISBN 3-596-10622-2

1. Kapitel

Das Schild »Betreten der Gleise verboten« ist immer ein Zeichen: Hier wäre es möglich. An dieser Stelle hatte er die Bahn überquert, hatte vorher sein Fahrrad tief in das Strauchwerk der Böschung geschoben. So tief, daß es in der Dämmerung nicht wiederzufinden war. Auch bei Tageslicht nicht. Kaum jemand, der Zeit hatte, sich darüber zu ärgern...

Ute sah ihn das erste Mal, als sie acht war: Stimmengewirr auf dem Flur, sie lag schon im Bett, und er kam ins Schlafzimmer, ein mittelgroßer Mann mit Brille, Scheitel, rotem Gesicht, gefolgt von Oma, Tante und Onkel. Es war das erste Mal, daß sie einen fremden Mann küssen sollte, die Erwachsenen im Zimmer erwarteten das von ihr, eigentlich sogar sie selbst, also: Augen zu und durch! Es kratzte ziemlich, aber dann war es überstanden, es hieß: »Das Kind muß schlafen«, und man zog sich ins Wohnzimmer zurück, um anzustoßen.

Jetzt hatte sie einen Vater. Vorher war da ein Phantom: ein Photo auf dem Klavier, eine Feldpostkarte mit Hammer und Sichel, jemand, für den ein Zipfel ihrer strohblonden Zöpfe abgeschnitten und auf Briefpapier geklebt wurde. Fast so unwirklich wie der liebe Gott, fast so allgegenwärtig. »Wenn der Vater wieder da ist...« war eine Floskel, die sie durch ihre frühste Kindheit begleitet hatte, sich allerdings selbst manchmal Lügen strafte. Zum Beispiel wurde sie doch schon vor seiner Rückkehr getauft – als Dreijährige: Peinliche Erinnerung, zwischen den vielen Babys – »Lasset die Kindlein zu mir kommen« – im weißen Kleid eigenfüßig durch die Kirche nach vorne zu stolpern, naßgespritzt zu werden und sich ein Bild mit Schafen schenken zu lassen...

»Wenn der Vater wieder da ist...« – darauf reagierte sie in der Folge genauso gläubig-zweiflerisch wie auf: »Der liebe Gott sieht alles.«

Aber nun war er da, aus russischer Gefangenschaft entlassener »Spätheimkehrer«, und mit ihm kamen einschneidende Veränderungen: Jetzt hatte Ute eine eigene Familie, zwei große Brüder, die sie kaum, eine Schwester, die sie schon besser kannte, und eine Mutter, die nicht nur in den Ferien da war.

Nur hatte sie es vorher wärmer gefunden: bei den Verwandten und deren fast gleichaltrigen Kindern, mit denen sie alles gemeinsam machte: den Schulweg, das Händewaschen vorm Essen, das Zähneputzen am Abend, das Einschlafen, Aufwachen und die Doktorspiele hinter dem Rükken der Erwachsenen. All das mit Michi, Elke, mit Marlene von nebenan, denn das waren ihre Kinder gewesen, so wie Ute ihnen gehörte.

Eine glückliche Kindheit, die Jahre von 1945 bis 1953, trotz fehlenden Vaters und einer Mutter, die ganz schnell Lehrerin werden mußte – wieso »trotz«? Gerade deswegen war Oma ja Utes Oma geworden, las morgens um fünf mit bleiern klappenden Augenlidern »Hänschen im Blaubeerwald« vor, beschaffte auf Utes Bestellung hin jederzeit wertvolle Dinge wie Zopfspangen mit Schmetterlingen drauf oder Puppenmöbel – ein Kunststück in schlechten Zeiten. Ute war Omas Kind. Und als man in den Westen gegangen war und auch räumlich getrennt von der Mutter lebte – die mußte in Jugenheim ihre Lehrerausbildung ergänzen –, da war es noch besser geworden durch Michi, Elke, Marlene von nebenan, die Ute und ihre Oma so gut gebrauchen konnten. So hätte es weitergehen sollen, aber dann kam der Vater zurück, Oma blieb bei Michi und Elke wohnen, und Ute »durfte endlich zu ihrer Familie«.

Hier gehörte ihr keiner, bis auf die, zu denen sie nicht mehr zu stehen wagte, denn sie war ja schon acht: ihre Puppen. Minna mit geklebtem porzellanenen Schädelbasisbruch, Berta und Petra, Igelitpuppen von Schildkröt – Petra am Po etwas eingedrückt –, Frosine mit »echtem Haar«, das aber schon reichlich rosa Kopf sehen ließ. Jungen hatte sie auch! Brumm, den rothaarig-zerschlissenen Bären, der ein Dirndlkleid trug und Theodor mit dem Steingutkopf. Gott sei Dank waren's nur zwei: »Jungens, da macht man sich die Arbeit und zieht sie groß, und dann werden sie totgeschossen im Krieg« – mit dieser Erkenntnis hatte schon die vierjährige Ute die Erwachsenen verblüfft. Aber Theo und Brumm waren unversehrt, nur etwas abgegriffen, sie saßen mit Minna, Berta, Petra, Frosine in einer Reihe auf Utes Bett und warteten auf Stille im Haus. Denn nur, wenn sie Eltern und Geschwister fort wußte, erweckte Ute die Puppen zum Leben. Dann spielte sie »früher« und gleichzeitig »später«: »früher«, weil Ute da noch nichts dabei fand, mit ihren Puppen zu streiten, zu weinen, zu lachen, ihnen Liebe und Schläge zu geben; »später«, weil sie es »im Leben« mal wieder so wollte: ganz viele Kinder haben, mindestens zehn, und mit ihnen leben, streiten, weinen, lachen, essen, schlafen, sie lieben und schlagen, wenn's sein muß. Mädchen vor allem, des Totschießens wegen. Vater? Muß ja wohl sein, aber weit weg, in Gefangenschaft oder woanders. Tot wäre zu traurig...

Minna, Berta, Petra, Frosine standen dann etwa an Fußbänkchen, jede ein Blatt Klopapier vor sich, Buntstifte in den starren Händchen. Sie machten Schularbeiten, schweigend und konzentriert, seit drei Minuten schon, während Theodor, den Ute zum Abstrafen in eine Ecke gestellt hatte, unter sich pinkelte – einfach nur so. Was tun mit Brumm, dem rothaarigen Bruder im Dirndlkleid, der ihn nun verpetzte? Bevor Ute das alles bewältigen konnte, knackte es nebenan. Stimmen und Schritte, Klirren von Besteck und Geschirr. Der Abendbrottisch wurde gedeckt. Ute ergriff die leblos gewordenen Puppen und drückte sie auf ihr Bett: Minna, Berta, Petra, Frosine, Brumm und Theodor, wie sie gesessen hatten, immer saßen. Gerade noch rechtzeitig, bevor ihre Schwester Beate hereinkam, um aus dem Wäscheschrank Servietten zu holen. Sechs frische, denn es war Freitag. Und zwei dazu – es gab noch Besuch. Das Haus war voll und Ute wieder allein.

So allein wie fast immer – die großen Geschwister kümmerten sich kaum um sie; die schliefen gemeinsam in einem Raum. Ute lag ungewohnt einsam quer hinter dem Fußende des Ehebetts, wartete darauf, daß auch die Eltern schlafen gingen, und mußte oft genug feststellen, daß es dann erst richtig unheimlich wurde: Eine Art Ringkampf fand drüben statt, der Vater gab Töne von sich wie ein wildes, gieriges Tier, die Mutter stöhnte, schien sich zu wehren...

Morgens war Ute sich nie sicher, ob sie das nur geträumt hatte; die Eltern taten, als wäre alles normal, und wenn das runde Gesicht ihrer Tochter über der Eichenwand des Fußendes auftauchte, sagte der Vater gutgelaunt: »Der Vollmond geht auf!« Manchmal traute sie sich dann zu ihnen ins Bett...

Der Vater und der Vollmond: Bald schoben Wolken sich zwischen sie, die nur selten aufrissen. Als sie umgezogen waren, durfte Ute einmal im Garten helfen. Stiefmütterchen einpflanzen, rechts und links vom Plattenweg, der von der Gartenpforte zum Haus führte. Natürlich erklärte der Vater ihr, wie man so etwas macht. Sie wühlte derweil in den Taschen ihrer Trainingshose und hatte plötzlich fünf Pfennig in der Hand. Als er mit seinen Erklärungen fertig war, hatte Ute auch ihre Überlegungen in bezug auf dieses Geldstück abgeschlossen. Sie würde ganz schnell machen mit den Stiefmütterchen und sich anschließend im Büdchen drüben einen Brausewürfel kaufen und diesen ganz langsam auflekken. Süßliche Bläschen, die im Mund aufschäumen, prikkelnd zerspringen und die Zunge grün werden lassen...

Vorerst bohrte sie mit dem Zeigefinger Löcher in die Erde, stopfte die Wurzeln hinein, balancierte die Pflanzen so, daß sie geradesaßen, achtete darauf, daß sich die roten, blauen und gelben Blüten abwechselten und die Abstände schön gleichmäßig waren. Nach zehn Minuten war sie fertig, holte stolz-erregt den Vater, der zunächst verblüfft auf diese blitzschnell hingezauberte Blumenpracht starrte. Dann untersuchte er die Stiefmütterchen genauer. Beim ersten sagte er nichts, beim dritten wurde sein Gesicht länger, und nach dem sechsten erklärte er mit rauher Stimme: »Eigentlich müßtest du für jedes Stiefmütterchen eine Ohrfeige kriegen.« Aber da war Ute schon ein ganzes Stück weg.

Vorläufig der letzte Versuch von Vater und Tochter, einander näherzukommen. Zu vieles drängte sich nun dazwischen. Der runder werdende Bauch der Mutter – plötzlich war das Schlafzimmer voller Handtücher, Windeln und Jäckchen. Anstelle von Utes Bett stand da ein leinenbezogener Waschkorb – ihr blieb, allabendlich ein Stück Zucker ins Fenster zu legen, »für den Storch«.

So lange, bis ein rotgesichtiges, weißgeschnürtes Bündel im Körbchen herumfuchtelte, von dem es hieß, das sei Frank, den dürfe man nur mit gewaschenen Händen anfassen. Zweimal sollte sich das in den folgenden Jahren wiederholen. Keine Chance für ein verschlossenes Kind mit dünnen Beinen, das sich staksig bewegte und nicht einmal versprach, hübsch zu werden. Das auch niemandem Anlaß zu schlechtem Gewissen gab, denn Spuren von Leiden waren an ihm kaum zu entdecken – hat man je einen Besen leiden sehen? Höchstens das eine Mal, als der Vater sie nach den Ferien vom Bahnhof abholte und sie ihm hartnäckig den Rücken zuwandte – einen kläglichen runden Rücken mit vor Schluchzen zuckenden Schultern. »Was ist – sind die Ferien nicht schön gewesen?« Sie waren zu schön gewesen. So schön wie damals, als der Vater in Rußland war und die Mutter ein seltener, kostbarer Besuch. Während sie Koffer und Tasche ins Auto einluden, ließ das Schluchzen schon nach. Zu Hause war Ute wie immer.

Am nächsten Tag, auf dem langen einsamen Weg von der Schule zurück, sammelte sie die Taschen voller Knallerbsen. Die dicksten von ihnen warf sie einzeln aufs Kopfsteinpflaster und versuchte mit geschlossenen Augen draufzutreten. »Dreimal getroffen«, sagte sie sich, »und der Vater fährt mit dem Lloyd-Bus gegen einen Baum. Alle tot – ohne zu leiden. Bedauerlich. Aber ich – ich bin übrig, komm' wieder zu Oma, erzähle mir vor dem Einschlafen was mit den anderen Kindern und krieg' jeden Tag eine große Tüte Milch. Mit Strohhalm.« Sie trat daneben.

Also weiterhin allein einschlafen. Zwar hatte man seit Franks Geburt ihr Bett aus dem Elternschlafzimmer entfernt – nun teilte sie einen Raum mit Beate. Aber die war groß, mußte erst um neun ins Bett, während Ute gegen halb acht die Decke unters Kinn zog, den Kopf zur Wand drehte und wieder zum Fenster, die wachen Augen zusammenkniff vor dem Licht, das sich gleißend durch die Lücken des dunkelblauen Vorhangs zwängte und ausbreitete. Der Klapptisch »zum Arbeiten«, auf den Ute ihren halboffenen Schulranzen hatte fallen lassen, so daß er Bücher, Hefte, einen Bleistift mit Verkehrszeichen drauf auf die weißlackierte Fläche spuckte, Beas Tischchen mit der rotblau geblümten Decke und den geöffneten Büchern, Minna, Berta, Petra, Frosine, Brumm und Theo dicht an dicht wie Perlen am Fußende des eigenen Bettes – Ute besah sich im Halblicht das Zimmer einer ihr Fremden. Ute Fiedler: Das war sie vielleicht heute gewesen, morgen würde sie jemand anderes sein, so wie gestern und übermorgen. Vielleicht Bärbel aus ihrer Klasse: Deren Vater war Zahnarzt, hatte ganz weiche Hände, kam mittags lange nach Hause, und seine Töchter krochen ihm auf den Schoß. Ein anderes Mal Albert Schweitzer, der in den Strohhütten von Lambarene den Negerbabys Gutes tat, zwischendurch den Tropenhelm abnahm, sich den Schweiß von der Stirn wischte und nach getaner Arbeit in die Kapelle eilte, um ein Orgelkonzert zu geben. Dann wieder...

Nur heute, am 14. Mai 1955 war sie Ute Fiedler, ausnahmsweise, allerdings mit allen Konsequenzen: mit dem Vorleben in der »Ostzone«, mit Erinnerungen an den Kopf hochreckende, zischende Gänse auf schlammiger Dorfstraße, an die allsonntäglich mit beiden Händen entgegengenommene Bonbonration im Flüchtlingslager Berlin-Schlachtensee. Dazu gehörten auch die hartnäckigen, leider ohne Erfolg betriebenen Versuche der Ute Fiedler, fliegen zu lernen: nackt nach dem Waschen mit Michi und Elke in Tante Lenis Küche: rauf auf den Tisch und »flügelschlagend« wieder herunter, quietschend und lachend mit winzigen Teilerfolgen: »Eben hab' ich schon in der Luft gestanden – habt ihr gesehen?« Immer den Augenblick greifbar nahe, wo sie, »Ah's« und »Oh's« hinter sich lassend, sich aus dem Küchenfenster schwingen würde. Am 14. Mai 1955 Ute Fiedler zu sein, hieß auch, leider die Oma in Rinteln gelassen haben zu müssen, hier in Kassel oft einsam zu sein, mit Vorliebe und klopfenden Herzens das Gebohrte aus der Nase zu verzehren und die Rechenaufgaben für morgen nicht zu haben. Es war sozusagen ein Paket, das mitgeliefert wurde und aus Umgebung, Vergangenheit, Zukunft – täglich wechselnd – bestand. Ute, auf der etwas durchgelegenen Roßhaarmatratze, war froh, morgen wieder jemand anderes zu sein. Sonst hätte sie womöglich nicht einschlafen können...

Manchmal war Bea müde oder wollte noch lesen. Dann gingen sie gleichzeitig ins Bett, Ute, froh, und leicht zu enttäuschen: Was hatte sie von der Schwester, wenn die doch nur ins Buch starrte? So an dem Abend, als Beate, auf dem Bauch liegend, die »deutschen Heldensagen« las. Ute – gutgelaunt und deshalb aufsässig – sah das nicht ein. Sie grub unter der Decke Beates Füße hervor, spielte auf ihren Zehen Klavier, rückte, als Bea in wortlosem Widerstand die Beine wegzog, höher und hatte plötzlich das Buch in der Hand. Ohne zu überlegen, lief sie ans Fenster, ließ los, der Band rutschte über die Ziegel, blieb in der Dachrinne hängen mit offenem Mund, das gedruckte Gesicht nach unten. Während Ute den bunten Einband betrachtete, Hagen von Tronje überglänzt von der späten Sonne, kam Bea von hinten. Kurzer, harter Schlag auf die Nase, ein Schreck eher, aber dann lief es warm, dunkel, klebrig aufs Nachthemd. »Ich blute«, sah Ute und fing unwillkürlich zu schreien an. Vater und Mutter drängten sich gleichzeitig durch die Tür, und während die Mutter mitschrie, wandte der Vater sich zu

Beate. »Die hat...« – mit schwerer Hand ließ der Vater Gerechtigkeit walten, auch auf die Nase. Das Blut der Schwester lief über das Kopfkissen, Beate, heulend und schnaubend, begriff nichts und wischte nichts ab. Ute wimmerte nur noch leise, der Form halber. Eigentlich war sie glücklich. Sie und Bea, Bea und sie: beide hatten sie Nasenbluten! Und den Vater, der nun in der Ecke hockte, stumm die Finger bewegte, plagte das schlechte Gewissen. Die Mutter jammerte, zog Ute das Nachthemd vom Leib und trieb beide Töchter in ein Bett, da saßen sie nun, eben noch frierend und verletzt, hatten's zusammen warm. Auf dem Fußboden lag, zusammengeknüllt, die blutige Wäsche. Ute – nackt neben Beate, fing an zu lachen. Vorsichtig erst, wie auf Widerruf, ein tastendes, stimmloses Schnauben, bereit, wieder im Nichts zu versinken. Ein Nichts, das es nicht gab, denn Beate nahm wie ein Echo das Kichern der Schwester auf, verstärkte und gab es als Glucksen zurück. Dann explodierten sie beide mit lautstarkem Kreischen. Sie sahen sich an, ließen sich fallen, aufs Bett, quietschten, strampelten mit den Beinen wie Kleinkinder, die ihr Vergnügen aus allen Poren herauspressen, kitzelten sich bis zur Atemnot, hielten ein, sahen auf den besudelten Haufen Textilien und begannen von neuem. Kümmerten sich nicht um den immer noch schweigend dasitzenden Vater, aber als er dann aufstand, achselzuckend das Zimmer verließ, war es ihr Sieg. Sie kuschelten sich aneinander, malten sich aus, wie es wäre, das blutrote Kopfkissen als Zeichen seiner Schuld wie eine Flagge im Schlafzimmerfenster zu hissen, und nahmen sich vor, künftige Wutausbrüche des Vaters durch eine leichte Bewegung des Kopfes im Keim zu ersticken: einfach die Nase hinhalten...

Nach diesem Abend war Bea ihr etwas mehr Schwester geworden, und auch die Brüder rückten ihr zeitweise näher. Denn er schlug alle, ins Gesicht, auf die Nase, auf den Rükken, ins Auge konnte es gehen, selten und heftig, ohne angemessenen Grund. Etwas schien zu zerspringen in ihm, als Claus um fünf vor acht mit den Socken in der Hand zum Frühstückstisch kam – »ich laß' Sport heute aus...« –, als

Hans nach einer Zeile geholperten Beethoven-Scherzos aufgab und behauptete, er habe geübt, als Torsten den Lebertran ins Klo spuckte. Schlimmeres konnte er durchaus ertragen.

Er kam über Große wie Kleine, fast ohne Warnung. Sein räumefüllendes Schweigen, der schwere Atem, das dunkelrote Gesicht, sekundenschnelle Veränderungen bis in die Hände hinein, entluden sich nicht zwangsläufig in Prügel. Alle vier Wochen vielleicht, dann wieder Monate nicht oder ein halbes Jahr. Manchmal wünschte Ute sie sich herbei, denn die Gerechtigkeit dieser Willkür, die jeden mal traf, zerstörte die Wand zwischen ihr und ihren Geschwistern, machte es kurzzeitig warm. Trieb sie zusammen wie ein Hagelschauer, ein plötzlicher Einbruch von Kälte im Freien, der sich durch dichtes Zusammenrücken der Leiber besser ertragen läßt. Wenn es vorbei war, drehte er ab, ging aus dem Raum, ließ seine Kinder zurück, die sich wohl fühlten miteinander und gegen ihn. Sie waren im Recht, im Unrecht der »Alte«, sie berauschten sich an der Moral derjenigen, deren Schuld weniger wiegt. Sie steinigten ihn mit Worten, warfen sich gegenseitig die Brocken zu, um sie gegen die Tür zu schleudern, die er hinter sich hatte zuschlagen müssen.

Irgendwann war das zu Ende, und jeder ging seinen Weg – Ute den ihren.

Wirklich schlimm war es, wenn die schlagenden Wetter des Vaters nur Ute trafen, allein, ohne Zeugen. Dann gab es niemanden, der sie auffing, der ihr half bei der Frage nach einer möglichen Schuld.

Etwa an diesem Sommersonntag, wie er üppiger nicht sein konnte: Die herben Gerüche von Kapuzinerkresse und weißroten Geranienwolken mischten sich auf dem Balkon mit dem Geruch von Schweinerollbraten. Ute konnte die im »Dreiecksschrank« geklauten Salzstangen gerade noch unter die »Tolldreisten Geschichten« schieben, in denen sie gerade las, als ihr das rote, verzerrte Gesicht des Vaters erschien. Was das denn wäre? Sie wolle nächstes Jahr konfirmiert werden und lümmele sich, statt in der Kirche zu sitzen, auf dem Balkon herum – was ihr denn einfalle? Den Rest seiner Fragen prügelte er ihr ins Gesicht, während sie heulend nach dem Gesangbuch suchte. Das Vaterunser-Glöckchen bimmelte bereits, als Ute auf den geschmolzenen Teer des Bürgersteigs hinaustrat. Sie kam ins schattenkühle Kirchenschiff, pünktlich genug, um mit vom Schluchzen brüchiger Stimme den Schlußchoral mitzusingen.

Viele Ausbrüche des Vaters vergaß sie schnell wieder – diesen nicht, denn er hatte etwas in ihr getroffen, worauf sie sich selbst gern schlug.

Ute nahm Fragen der Frömmigkeit ernst, hatte sie schätzen gelernt als Hilfe gegen das Alleinsein in der großen Familie. Lange, intime Gespräche mit Gott vor dem Einschlafen. Sie tauschten sich übers Tagesgeschehen aus; sie schlief besser danach. Es tat wohl, mit dem immer wieder in Gedanken geschmetterten Gesangbuchvers »Jesus wird siegen...« die pochende Angst zu übertönen, die eine beim Abendessen erzählte Gruselgeschichte in ihr ausgelöst hatte. Oder ein mögliches Gerippe unter dem Bett damit in Nichts aufzulösen. Sie hatte ein enges persönliches Verhältnis zu Jesus Christus und Gott, lebendig wie zu Theo und Brumm, Petra, Frosine, umgekehrt proportional in der Abhängigkeit. Und mit weit über die Minuten der Begegnung hinausreichenden Verpflichtungen für sich selbst.

Sie konnte sich vorstellen, heilig zu sein – obwohl evangelisch. Der Rummel, mit dem die katholische Kirche Armut, Demut, Selbstlosigkeit zu belohnen versprach, erschien ihr verfehlt. Für sie, Ute, gehörten Glanzlosigkeit, Unscheinbarkeit bis zur Unkenntlichkeit direkt dazu. Und so waren auch ihre Taten, an denen sie übte: glanzlos, unscheinbar, etwas verschroben, als gute Taten oft nicht erkennbar. Es gehörte dazu, daß andere lachten, wenn sie sieben Gesangbücher mit in die Schule trug und an Klassenkameradinnen verteilte, die ihre zu Hause vergessen hatten. Sie hörte kaum hin, wenn die Mutter schimpfte, daß sie ein Nachbarskind einen Nachmittag lang spazierengefahren hatte, während der kleine Bruder vergeblich auf sie gewartet hatte.

Es war verlockend, sich einzunisten in der eigenen Sperrigkeit, zwischen den rotglänzenden Pickeln, die seit dem zwölften Geburtstag zu ihr gehörten, über den endlos staksigen Beinen, mit ihrer Scheu vor fremden Blicken, die sie ungeschickt machten, manchmal fast bis hin zur Lähmung. All das bestimmte sie beinahe zur Heiligkeit, denn die Anfechtungen durch andere Menschen blieben begrenzt.

Wenn nur das Unvermögen nicht gewesen wäre, die eigene Naschsucht zum Beispiel, die Ute immer wieder zum »Dreiecksschrank« trieb, nicht ohne sich selber Schmiere zu stehen! Oder die Faulheit. Noch nicht mal den Tisch wischte sie ab, obwohl das ihre tägliche Aufgabe war. Erst recht tat sie nichts »von allein«. Oder die Neigung, sich abends im Bett zwischen die Beine zu fassen, manchmal sogar beim Gebet. Warm war es da unten, feucht, duftete fast parfümiert... Schließlich die Neugier, die Ute in Winkel trieb, die sie nichts angingen. Auch an das Bücherbord der Brüder mit den »Tolldreisten Geschichten«...

So fühlte sie sich ertappt und mißverstanden zugleich an diesem Sonntag. Gut, sie war nicht in der Kirche, saß hier und las – aber trotzdem war sie doch fromm, frommer als alle, und der Vater müßte das wissen. Oder er wußte es besser als sie – dann hätte sie die Schläge verdient.

Verdient oder nicht – Prügel blieben im allgemeinen bedrohliche Ausnahmen, Unfälle, die mit Erziehung wenig zu tun hatten. Ob als Kind oder als Heranwachsende – Ute fühlte sich kaum »erzogen« durch diese schlagenden Beweise von Schwäche – im Gegenteil waren es für sie häufig Anlässe, ihren Willen gegen den des Vaters durchzusetzen.

Trotzdem war er für sie Erziehungsinstanz. »Nachhilfestunden gibt es bei uns nicht« – »Wer sitzenbleibt, geht ab und macht eine Lehre«, das war für Ute genauso Gesetz wie für alle anderen Geschwister, auch wenn sie sich nur notdürftig und ohne große Überzeugung daran hielt.

So kam es zweimal im Jahr zwischen ihrem Vater und ihr zu einem Zusammentreffen besonderer Art: Nach jedem Zeugnis folgte die »Abrechnung« – eine »Eins« wurde mit einer Mark, die »Zwei« mit fünfzig Pfennig dotiert, für »Drei« gab es nichts, und ab »Vier« war draufzuzahlen. Wenn die Geschwister ihre vier, fünf, sechs Mark eingeheimst hatten, kam Ute dran – fast immer mit einem Minus zwischen einer und vier Mark. Dann seufzte der Vater, schwieg – und erließ ihr schließlich das Geld.

Dieser halbjährig wiederkehrende »Gnadenakt« prägte Utes Gefühle gegenüber ihrem Vater tiefer als die Ohrfeigen, auch mehr als die indirekten Maßregelungen, die er ihr über die Mutter zuteil werden ließ: Sie habe schon wieder das Bett nicht gemacht, sie könne sich ruhig wieder mal kämmen, sie habe... Das alles war nicht so schlimm wie das Seufzen und Schweigen bei der Zeugnisabrechnung. »Mir machst du nichts vor«, hörte sie heraus. »Mathematik vier, Latein vier, Ordnung fünf – Zufall, daß du nicht sitzengeblieben bist. Freundliches Entgegenkommen der Lehrer, die deine Schwester schätzen. Mit diesem Zeugnis hätte *mein* Vater mich nicht auf der Schule gelassen. Zu Hause gibt es genug zu tun für Mädchen wie dich, bei denen es sich nicht lohnt. Nur – wenn du den Tisch abwischst, kleben wir hinterher immer noch fest, und wenn du Tommis Banane zerdrückst, ist danach nur noch die Hälfte davon übrig. Nicht einmal beherrschen kannst du dich! Wenn du wenigstens hübsch wärst oder charmant... Geh weiter zur Schule – was sollen wir sonst mit dir machen? Behalte dein Geld, du hast es ohnehin verschnuckert in Mohrenköpfen, Mambas, Langnese-Erdbeereis-am-Stiel. Und verschwinde mir aus den Augen!«

Nein, er sagte ja nichts. Er kannte »Langnese« wohl kaum und würde »Mamba« für einen modernen Tanz halten. Aber er dachte sich seinen Teil, so laut, daß die Wände ihn zurückwarfen, und der Spiegel klirrte davon, wenn die Geschwister mit ihrem Geld schon auf und davon waren und Ute »noch übrig«. Seine auf die Sofalehne trommelnden Finger erzählten das, die tiefe Falte zwischen den struppig gekrausten Brauen über Augen, die Ute gleichzeitig an- und durch sie hindurchsahen, als sei sie nur eine überflüssige, unansehnliche Sache, bei der zu verweilen sich nicht lohne. So unerträglich solche Situationen für sie waren, so wenig wagte sie, aufzustehen und den Raum zu verlassen. Eine falsche Bewegung, und er würde doch noch schlagen, außerdem...

Über dem Sofa, auf dem der Vater zur Zeugnisabrechnung zu sitzen pflegte, hing ein großes gerahmtes Bild. Auf dem lieblich-kargen Gras-Blumenteppich einer Bergwiese lag jemand, das eine Bein angewinkelt, das andere gestreckt, barfuß, nackte Jungenbeine, die aus kurzen Lederhosen kamen. Das Gesicht war verdeckt, von der Hand abgeschirmt, blinzelte er darunter hervor in den tiefblauen Himmel. Ob er den weißen Schmetterling sah? Ute blickte am Vater vorbei auf das Bild. Blinzelte wie der Junge, wartete. Hatte es aufgegeben, sich zu schämen. Wartete resigniert, aber nicht ohne Hoffnung. Hoffte auf irgend etwas, hoffte so lange, bis der Vater mit einem kurzen Knurrlaut aufstand und das Zimmer verließ.

Keiner sprach es je aus, aber sie ließen es spüren. Claus, der Stille, sonst eher Freundliche, schlug ihr den Cellobogen auf den Kopf, wenn Ute beim Üben in seine Nähe kam – ziehender, kurzer Schmerz bis in die Schultern hinunter. Hans legte sie auf den Rücken, setzte sich mit den Knien auf ihre Oberarme – »Mucki-Reiten«.

Ute weinte nur leise – wen hätte sie schon herbeibrüllen können? Und dann – sie hatten ja recht! Das waren nicht nur die Zeugnisse – das war sie – wie sie aussah, wie sie sich bewegte, daß immer gleich wieder ein Fleck auf dem Nicki-Pullover war und daß sie stank. Ja, sie stank! Da rumorte es in ihrem Bauch, stach oben, blähte sich unten, ziepte links. Gerade beim Essen und nur, wenn sie wagte, das Ventil aufzumachen, wurde es wieder gut. Manchmal kam es dann laut, das war am schlimmsten. Dann sahen alle sie an, Ute, die ja nicht gewohnt war, gesehen zu werden. Grauenvolle Beachtung, die kein Versteck mehr erlaubte, nur noch den Wunsch, nicht vorhanden zu sein. »Du Schwein!« – »Ute!«

– »Schon wieder!« – »Ist das eine Sau!« – »Immer beim Essen!« – »Fenster auf, ich halte es nicht mehr aus!« ...ein anderes Mal kam es leise, ein sanfter Schwall warmer Luft setzte ihren Schmerzen ein Ende, Ute, erleichtert, hoffte, davongekommen zu sein, aber dann schnupperte jemand, und es folgte wie oben. Bis zu diesem Familienbeschluß: Sie solle doch rausgehen, wenn es nun sein müsse, aber sich abmelden! »Fürzich«, sollte sie sagen – das Wort war eine Schöpfung von Hans. »Fürzich...«, flüsterte Ute und ging auf den Flur durch das Gelächter wie durch stachliges Gebüsch, das ihr die Kleider herunterriß. Sie grub das Gesicht in die Mäntel, die an der Garderobenstange hingen und den Spiegel verdeckten. Fand dahinter eine, die Ute hieß und heulte wie sie.

Übrigens lernte sie es. Sie kniff die Backen zusammen, ertrug den Schmerz, und die Gewitter in ihrem Bauch rollten sich endlich zu Tode. Sie stank nicht mehr. Auch sonst versuchte sie immer wieder aufs neue, »sich Mühe zu geben«, und ließ es nach kurzer Zeit wieder. Zu groß der Aufwand, zu anstrengend die Verstellung, zu strahlend der Glanz der großen Geschwister, zu raumgreifend die Vitalität der kleineren Brüder, als daß sie eine Chance gehabt hätte. Schließlich wurde auch ihr zeitweiser Eifer beim Geigespielen nur mit Achselzucken quittiert.

Immerhin gab es Beate. Zwar war sie schön, klug, fleißig, gut in der Schule und eine unentbehrliche Hilfe im großen Haushalt, besaß eine selbstverständliche, gewachsene Sorgfalt, die Ute gleichzeitig schützte und in Unmündigkeit hielt. Bea machte nicht Mucki-Reiten, lachte nur leise, wenn Ute pupste, tröstete, wenn es zu bunt kam, oder nahm sie in Schutz vor Eltern und Brüdern, oft genug mit unrechten Argumenten. Ute wußte es besser, war auf der Seite ihrer Verächter. Konnte Beschimpfungen eher ertragen als Lob, das in den meisten Fällen auf Irrtum beruhte. Wie dieses »Ordnungssternchen«, das sie in der zweiten Hälfte der vierten Klasse bekam. Ein Orden an rotglänzender Päckchenschleife, gefaltet aus Goldpapier. Auszeichnung für die wenigen, die in den letzten sechs Monaten auch nicht einmal etwas vergessen hatten. Ute ließ ihr »Ordnungssternchen« in ihrem Ranzen verschwinden und fand es nicht wieder; suchte auch gar nicht danach. Erzählte niemandem davon, denn sie wußte genau, daß sie diesen Ordnungsrekord nur ihrer Faulheit verdankte. Sie packte den Ranzen einfach nicht aus. Zwischen Fibel und Schreibheft, Bibel und Griffelkasten schlängelte sich das Läppchen mit den Kreuzstichproben, wurden die Turnschuhe plattgedrückt und die schwarze Hose für den Sport. Butterbrote unterschiedlichen Alters und Verfallstadiums hatten sich ihrer Pergamentpapierhülle entledigt und preßten Krümel in die Seiten der Hefte hinein, die Ute bei Gelegenheit ausschüttelte. Kleine, talgige Höfe blieben zurück und nahmen die Tinte nicht an. Tatsächlich – sie hatte nie etwas vergessen in dieser Zeit, aber alles, was sie in der Schule benutzte, roch nach ranzigem Fett. Ihr Glück, daß Frau Herd, die sofort überblickte, was jedem fehlte, nie darauf kam, an den Sachen zu schnuppern...

Auch sonst konnte sie Lob schlecht ertragen, fühlte sich elend dabei, klebrig, wie eine Fliege in Honig gefallen, aussichtslos zappelnd und unfrei. Sie wußte sich schnell zu entziehen, wenn jemand Gutes über sie sagte, sparte nicht mit Verachtung, vermutete Lüge, Verstellung, einen Trick, um sie zu vereinnahmen, oder einfach nur Dummheit. »Och...«, wehrte sie ab, als Tante Lisbeth einmal bemerkte, sie habe »so ein glockenreines Silberstimmchen«. »Ich find' hell singen blöd. Und kann jetzt schon viel tiefer«, und quetschte als Kostprobe einige rauhe, geknödelte Töne hervor. Und als ein Richterkollege des Vaters sie über die Maßen beachtete und sogar ihre patzigen Antworten noch »herzerfrischend frech« fand, wußte sie sich nicht anders zu helfen, als steifbeinig in der Speisekammer zu verschwinden, in gefährlicher Halböffentlichkeit ein Marmeladenglas leerzulöffeln und schließlich noch eine Vase herunterzuwerfen. Später freilich, abends im Bett, schämte sie sich ihrer zwanghaften Ungezogenheiten, hatte sie viel im Gebet zu besprechen. So ein Tag war verdorben, die Nacht auch. Sie fürchtete sich vor den Träumen und davor, auch morgen als Ute zu erwachen, die häßliche, schlechte Ute, der es auch dieses Mal nicht gelungen war, sich Mühe zu geben. Sie nahm sich wieder mal vor, die Identität zu wechseln. Vielleicht Beate zu werden am nächsten Tag: Schön, zurückhaltend, klug, behutsam von innen heraus. »Sie ist zu gut für diese Welt«, würde der Vater dann von ihr sagen – wie sonst von der Schwester, und Ute verwarf, in die Haut der Schwester zu schlüpfen. Sie würde ersticken an so einem Satz.

Übrigens war es meist gar nicht so schlimm, am nächsten Tag wieder als Ute zu erwachen. Da saßen Petra, Berta, Frosine auf ihrem Bett, bereit, im Notfall mal wieder angesprochen zu werden, und da gab es Lichtblicke im Tagesgeschehen: die Geigenstunde vielleicht oder »Zeichnen«, wo sie mit Berti und Mo, ihren beiden Banknachbarinnen, beim Pinseln auf welligem Papier sich etwas erzählen konnte, ohne daran denken zu müssen, daß sie, ihr Leben, so anders war, als sie es sich wünschte. Und auch zu Hause fiel für sie was ab, einfach nur so, ohne Ansehen ihrer Person: Sonntags war sie beim Rodeln dabei, klammerte sich zwischen Geschwistern und Vater auf dem dreiteiligen Anspanner fest und war froh, daß ihr Herzklopfen im Indianergeheul unterging, wenn sie alle anderen Schlitten im Pulverschnee hinter sich ließen. Und wenn sie am 31. Dezember jeden Jahres gegen zehn Uhr abends zu Hause aufbrachen und über glitzernden, knirschenden Schnee zwischen schwarzen Baumsilhouetten hindurch zum Herkules hochkletterten, um nach dem zwölften Schlag die Stadt unten vielfarbig explodieren zu sehen, hätte niemand gesagt: »Du bleibst zu Hause!« Sie hörte mit allen anderen zu, wie die Kriegsgefangenen in Rußland aus einer Wanne ein Cello gebaut hatten und Sinfonien zur Aufführung brachten – wenn ihn etwas berührt hatte, konnte der Vater faszinierend erzählen. Sie saß mit großen Augen dabei, wenn Herr Hase eingeladen war, Herr Hase, mit der nach hinten gekämmten silbergrauen Mähne, den dicken Lippen und den durchdringenden Augen. Er leitete den Kirchenchor, in dem die Eltern mitsangen, und immer wieder wurde über ihn etwas geflüstert, das Ute nicht verstand. »Manisch-depressiv« sei er und »im KZ gewesen« – was immer das sein mochte. Ute ließ es sich nicht entgehen, wenn der zu Besuch kam.

Den Rücken krumm, die Beine im Schneidersitz, kauerte sie auf dem grünen Drehsessel und staunte, wie er mit einer Nußmakrone unsichtbare Zeichen in die Luft malte und dabei erklärte: »Ich schlag' ihnen alles kaputt, so wahr ich Hase heiße!«

Immer blieb allerdings das Gefühl: All das würde auch ohne sie stattfinden, sie selbst war Nutznießerin eines Systems, in das sie zufällig hineingeraten war, und konnte froh sein, daß ihr derartiges geboten wurde. Sie sah mit an, wie der Vater mit den kleineren Brüdern Drachen steigen ließ, Bergtouren machte, Kaninchenställe baute, mitzitterte, wenn ein Modellflugzeug abstürzte, und erlaubte sich nicht einmal, neidisch zu sein; sie hatte so etwas einfach nicht verdient.

Sie lud sich selber mit ein, wenn ihre großen Geschwister in der Mansarde zusammensaßen, immer darauf gefaßt, von ihnen hinausgeworfen zu werden. Claus war im ersten Semester, Bea und Hans dachten über die Schule hinaus. Codewörter tauschten sie aus, unverständlich für Ute, aber zugleich Anlaß für lebhafte Phantasien. Sie machte die »Spiegel-Affäre« zum spektakulären Mordfall, ausgeführt mit Hilfe der glatten silbernen Fläche. Ließ eine Herde von Nashörnern durchs Staatstheater toben, über den dicken blauen Teppichboden, den sie beim Weihnachtsmärchen bewundert hatte. Ob die Spuren des Nashörnerdungs wohl wieder herausgingen?

Gespräch über Leute – Freunde von Hans, Studienkollegen von Claus, die Ute sehr wohl ein Begriff waren. Sie hatte sie schon erlebt – von unten nach oben, ohne selbst von ihnen beachtet worden zu sein. Andere Bekannte der großen Geschwister hatten sich ihr noch nicht vorgestellt: Franz Josef Strauß zum Beispiel oder Bert Brecht. Sie sah keinen Grund, sich über die zu erregen, so wie die anderen es taten, langweilte sich, verkniff sich gewaltsam ein Gähnen, das sie als zu den »Kleinen« gehörig entlarvt hätte. Dämmerte vor sich hin, bis ihr auffiel, daß die Geschwister die Stimmen gesenkt hatten, beinahe flüsterten, wie beim Komplott: »... der ist nicht so arm, wie er tut – nie im Leben!« Wie bringt man einen Menschen dazu, seine wirtschaftlichen Verhältnisse offenzulegen? Und – nächste Stufe – holt man ihm das Geld aus der Brieftasche oder vom Konto? Mehr mit Weichheit und Charme, wie Bea es kann? Oder lieber mit roher Gewalt? Hans war für das zweite: »Ich fang' ihn ab nach dem blöden Chor: Wahrheit und Geld oder zwei blaue Augen.« Sie hatten Ute vergessen, die unter der schrägen Wand fast zum Schatten geworden war. Dabei glitschig und heiß mit hinter den Knien gefalteten Händen, die sich bemühten, das Zittern der Beine in Grenzen zu halten. Denn die sprachen vom Vater.

Alle waren sie ihm näher als Ute, die streitbaren großen und die bevorzugten kleinen Geschwister. Erst recht natürlich die Mutter, und wenn er mittags in seinem clownesk sitzenden Anzug »vom Amt« zum Essen kam und trotz aller Hetze seine Frau in den Arm nahm und auf den Mund küßte, sah Ute, peinlich berührt von soviel zur Schau gestellter Nähe, die nicht sie betraf, an den beiden vorbei.

Aber er war Maßstab für sie, nicht nur, wenn es um Leistung und Schulerfolg ging. »Komm, Herr Jeus, sei unser Gast und segne, was du uns bescheret hast«, und danach: »Gesegnete Mahlzeit«, der Vater hatte, leicht bespöttelt von der Mutter, den Brauch des Händereichens eingeführt.

Er war fromm, wenngleich er regelmäßigen Kirchgang nur von Konfirmanden erwartete. Er wählte christlich, und Ute fühlte sich in eine Falle gelockt, als ihre Flötenlehrerin sie zum Spielen von Weihnachtsliedern mitnahm und sie erst kurz vorher erfuhr, daß es sich um eine Feier der SPD-

Frauen handelte. »In dulci jubilo« konnte sie schon lange auswendig; die Elfjährige stand O-beinig, die Füße nach innen geknickt, auf dem kleinen Podium im Festsaal des »Hotel Vaterland« zwischen den anderen Flötenkindern und tastete mit den Augen die Gesichter der Frauen ab, die hinter bunten Tellern am tannengeschmückten langen Tisch saßen. Sozialdemokraten – waren das nicht Heiden? Komisch, daß die überhaupt Weihnachten feierten. Solche, die anderen alles wegnehmen wollten? Es paßte nicht ins Bild, daß Ute sich zum Schluß Schokolade aussuchen durfte. Eine ganze Tafel – zu Hause wurde so etwas nur stückweise zugeteilt. Trauben-Nuß – auf dem Heimweg mit der Straßenbahn konnte Ute sich nicht sattsehen an den prallen Weintrauben, die auf das weißgoldene Papier geprägt waren. Nur – unvorstellbar der Gedanke, diese Tafel mit nach Hause zu nehmen. »Von Sozialdemokraten«, würde sie sagen müssen, wenn jemand sie nach der Herkunft fragte. »Wie kommen Sozialdemokraten dazu, dir Schokolade zu schenken?« Ute lief die lange Müllerstraße hoch, in ihren Händen wurde die Tafel weich. Plötzlich kam ihr der Gedanke, daß sie vergiftet sein müßte. Rechts und links die Einfamilienhäuser ihres Vororts, gepflegte Rasenflächen hinter gutgestutzten immergrünen Begrenzungen. Ute schob die Tafel in eine Buxbaumhecke. Drehte sich nach zehn Schritten noch einmal um und sah sie weiß-blau-golden aus dem winterlichen Grün hervorleuchten. Bald nach ihr würde ein armes Kind des Wegs kommen. Eines von denen, die kein Obdach haben. Immerhin würde ihm mit Trauben-Nuß eine kleine Weihnacht zuteil werden. Ute schluckte einen Kloß der Rührung herunter und vergaß, daß die Schokolade ja vergiftet war.

Ernüchternde, allmählich wachsende Überzeugung, daß ihre großen Geschwister die Schokolade gegessen hätten. Immer aufs neue die sprach- und atemlose Faszination, wenn sie mitbekam, wie sie auf den Vater schimpften: auf seinen Geiz, seine Starrköpfigkeit, seine reaktionären Ansichten. Ohne Hemmungen verlangten sie Geld für Kleider, Bücher, Reisen, Fahrzeuge... Dabei bekamen sie Stipendien, Hochbegabtenförderung, wie sie betonten. Aber mit der Selbstverständlichkeit derer, die es verdienen, heimsten sie auch sonst ein, was sie kriegen konnten.

Nicht, daß Ute ihre Kindheit über gedarbt hätte. Es gab auch andere Wege, an das Geld zu kommen, das sie brauchte. Für eine Mark die Stunde riß sie in einer Gärtnerei Brennesseln aus, beim sonntäglichen Kuchenverkaufen im Schloßhotel bekam sie Trinkgeld und 10 Prozent Bedienung, 30 Mark oft an einem Sonntag. Gratis dazu: den Stolz, in eine Welt hineinschnuppern zu dürfen, die Oberschülerinnen normalerweise verschlossen war. Die in ihrer Klasse kannten den süßlich-fetten Geruch nicht, den Hotels nach hinten heraus wie Körperdünste auszuströmen pflegen, sie ahnten nichts von den gedörrten Kadavern der Kakerlaken, die Ute mit dem Handfeger aus den Regalen holte, wo die Kuchenteller gestapelt waren.

Manchmal traf Ute eine von ihnen, feingemacht, mit Familie auf der Terrasse. Welchen Kuchen sie ihnen empfehlen könnte? Keinen, ehrlich gesagt. Dadurch, daß sie den »Bruch« verzehren durfte – die umgefallenen Tortenstücke, die Krümel der Baumkuchenringe, die Ränder der großen Streuselplatten –, hatte sie das teure Zeug längst über. Überhaupt, wenn die wüßten... Ute genoß die Blasiertheit der Eingeweihten, duzte die schwarzen Kellner und die weißen, durch ihre Mützen zur Decke verlängerten Köche, schielte nach ihnen, traute sich manchmal ein schräges, undefinierbares Lächeln. Lauschte im Keller zwischen den Spinden für die private Garderobe den Gesprächen der Aushilfsfrauen, fiel vor Neugier fast aus den eigenen Ohren, wenn etwa Frau Weber »vom Silber« die fünfzehnjährige Fee aus der Spülküche beriet: »Kind, ich sprech's dir, wo die Kinner gemacht wern, kommse au raus. Halt dich zu da, un wenns da unnen noch so zwitschert!«

Später stieg Ute mit der Geige ins städtische »Muck-Geschäft« ein. »Mucken« – bei Feierlichkeiten Musik machen

– war die einträglichste und vergnüglichste Art, reicher zu werden. Eine »Gruft-Mucke« etwa – ein langsamer Satz aus dem Es-Dur-Quartett von Schubert in der Friedhofskapelle – brachte 50 Mark pro Spieler. Berauschendes Gefühl – ein brauner Schein, der nach zehn Minuten in der Tasche knisterte.

Ihr war, als hätte sie alle damit hintergangen: Ohne es zu verdienen, kaufte sie sich Pullover, Hosen und Schallplatten und machte Reisen, in denen nicht die Seufzer des Vaters steckten.

2. Kapitel

Unabhängigkeit war ein wichtiges Ziel schon für die Vierzehnjährige. Niemanden brauchen, keinem verpflichtet sein. Erst recht nicht dem Vater. Ihn einfach stehenlassen mit seinem Geld und seinen Lebensprinzipien. Eigenständigkeit. Die Vorformen waren: ein ständig schlechtes Gewissen, weil sie den Erwartungen nicht entsprach. Unsichtbar werden am Bahndamm hinter der Strohmiete mit den Winterkartoffeln. Mit dem Daumen in Sigmund Freuds »Sexualtheorien« Zügen nachlauschen, die sich ratternd und gleitend in die Zukunft entfernten. »Micky-Maus« lesen, denn das war zu Hause verpönt. Geige üben im Keller, um so dem Familienstandard, etwas Besonderes zu können, Genüge zu tun.

Einsamkeit: Täglicher Schulweg auf dem mit Klee, Huflattich, Löwenzahn und Vogelmiere bewachsenen Pfad zwischen Bahndamm und Schrebergärten, der sich mitunter auf zwei Stunden ausdehnen konnte. Bis sie sich eines Tages weinend, kratzend, tretend eines Mannes erwehren mußte, der vielleicht nur zum Pinkeln im Busch gestanden hatte und die Gelegenheit günstig fand. Ein untersetzter, harmlos aussehender Mensch mit rundem, sommersprossigem Gesicht und steil aus der Hose ragendem Glied, der ohne Vorwarnung vor ihr stand und versuchte, ihr den Rock hochzuheben: »Irgendwann fängste ja doch damit an!« Mit der Wut einer in die Enge getriebenen Katze brachte Ute ihn zum Aufgeben, aber aus dem Weg zum Träumen, Bummeln, Gedichteaufsagen, Blumenpflücken war nun eine Falle geworden, sein verlockender Friede war vergiftet. Stolpernd, fast rennend, ihren eigenen Herzschlag als flattrigen Rhythmus in den Ohren, brachte sie ihn in Zukunft hinter sich. Unabhängig sein hieß: niemandem davon zu erzählen. Die tägliche Angst für sich zu behalten, schweigend zu ertragen, wie sie nach innen wucherte in verächtliche Abwehr gegen Männer schlechthin, von der auch der Vater nicht ausgenommen wurde.

Neue Flucht in Frömmigkeit, anfallsweise sich hineinplumpsen lassen wie in ein altmodisches, kühles, wolkig gebauschtes Federbett, das die Sicht nahm, Geräusche dämpfte, Körper und Seele nur einen Wunsch ließ: nicht mehr hier wegzumüssen. Ute schlich sich in Kirchen – die katholischen sind Tag und Nacht geöffnet –, mied die regenbogenfarbenen Glasfenstermuster, drückte sich in eine lichtlose Ecke der überkopfhohen Bänke, schnupperte weihrauchgeschwängerten Staub und fühlte sich sicher und frei. Sie konnte katholisch werden – bald wäre sie alt genug für diesen Schritt: Weg vom Vater, weg von den evangelischen Geschwistern, weg von der protestantischen Tüchtigkeit zu Hause. Weg von der Schule und als Novizin in ein Kloster, weg von den Männern. »Irgendwann fängste ja doch damit an«? Sie nicht! Sicher, sie hatte viel Zeit verschwendet, sich »darunter« etwas vorzustellen, immer wieder die Teile betastet, um die es ging, mit schüchternen, auf Rückzug bedachten Fingern Zeichen gemorst und meistens vergeblich auf Antwort von unten gewartet. Gut, das »Zwitschern« zwischen den Beinen kannte sie schon und schämte sich des klebrigen Strahls, der gegen ihren Willen ins Höschen schoß, wenn bei Klassenfesten das Licht dunkler wurde und sie sich enger zum Blues zusammenschlossen. Dabei war es beinah egal, mit wem sie tanzte – Hauptsache, er roch anders als sie – nach Tabak, nach Bier, eben nach Mann –, und die Wange an ihrer Wange war rauh. Es war so unpersönlich, so austauschbar: So stellte sie »es« sich nicht vor. »Irgendwann fängste ja doch damit an«? ... sie fand »es« gewalttätig, eklig, tierisch – so wie sich selbst –, und wirkliche Freiheit besitzen hieß, sich dem zu entziehen...

Manchmal kamen Leute in »ihre« Kirche, knieten sich hin, murmelten gesenkten Kopfes oder schwiegen über zu Kirchtürmen gelegten Händen, bekreuzigten sich. Ute fühlte sich ihnen verbunden, es waren »ihre« Leute, je länger sie blieben. Nur zu viele durften es nicht werden, denn dann kam auch der Priester im weißen, bestickten Gewand, Meßknaben schwenkten Weihrauchgefäße, all die einzelnen schlossen sich zusammen, ohne und gegen sie, wurden intim miteinander, singend, betend, kniend, stehend, auf eine Weise, die Ute zum peinlichen Fremdkörper machte. Spätestens, wenn ein Glöckchen zu bimmeln begann, drückte sie sich aus dem Gebäude, um sogleich zu vergessen, was sie darin gesucht hatte.

Jemand hatte ein gebrauchtes Fahrrad annonciert, in der Schule, am Schwarzen Brett. 45 Mark Verhandlungsbasis. Ute, stets etwas unsicher über den jeweiligen Stand ihrer Vermögensverhältnisse, drehte die Taschen um und bekam diese Summe zusammen. Entschloß sich, das zufällig angesammelte Geld dieses Mal nicht in Erdbeereis schmelzen zu sehen, und kaufte das Rad. Schwarz war es, etwas rostig, aber gut genug, um die tägliche Angst darauf niederzutreten, den bedrohlichen Weg auf zehn Minuten zu verkürzen. So sehr zu verkürzen, daß sie bald auf Verlängerung sann, Umwege fuhr, gewundene Pfade, Schleichwege entdeckte, die sie zu Fuß nicht zu betreten gewagt hätte.

»Bedecke deinen Himmel, Zeus,
mit Wolkendunst,
und übe,
dem Knaben gleich,

der Disteln köpft,
an Eichen dich
und Bergeshöhn ...«

Die Strecke zwischen Friedhof und Zuchthaus hindurch, über die ehemalige städtische Schutthalde, war nicht geeignet für Fahrräder. Ute stieg nicht ab, schlingerte, holperte, balancierte, und ihre Stimme, die an die stacheldrahtgekrönten Mauern, an Riesendisteln, winzige Birken und Grabsteine hinsang und -zitierte, schlingerte, holperte ebenso und brach nicht ab:

»... und an diesem Mittag wird es still sein am Hafen,
wenn man fragt, wer wohl sterben muß?
Und dann werden sie mich sagen hören: ›Alle!‹
und wenn dann der Kopf fällt ...«

Manchmal konnte sie schneller werden, fuhr, ohne zu bremsen, ein Stück bergab.

»... und ein Schiff mit acht Segeln
und mit fünfzig Kanonen
wird entschwinden mit mir ...«

Auf Nase und Stirn saßen Schweißperlen der Erregung, trotz des Fahrtwinds. Ein bis zwei Stunden brauchte sie nun wieder. Und wenn sie nach Hause kam, verspätet, erhitzt, zerzaust, mit ungewöhnlich gesunder Farbe, wunderte sich schon einmal jemand: Seit wann hatte Ute sportliche Interessen?

Ironie des Schicksals, daß ihre Stellung innerhalb der Familie gewichtiger wurde in dem Maße, in dem sie keinen Wert mehr darauf legte. Je seltener ihre großen Geschwister nach Hause kamen, um so mehr wurde sie zur »Ältesten«, eine Würde, die sie nie gewollt hatte, eine Bürde, die sie in den kommenden drei Jahren, so gut es ging, abzuschütteln versuchte.

Trotz der Unbehaglichkeit, zu den »Kleinen« gezählt zu werden, hatte sie nie ernsthaft gewünscht, zu den »Großen« zu gehören, und die Aufgabe, die ihr nun daraus erwuchs, überforderte sie. Vor allem, Prellbock zu sein zwischen Eltern, die sich neuerdings ständig stritten – oder hatte Ute es früher bloß nicht gemerkt?

Warum mußte der Vater Herrn Hase Geld leihen, Herrn Hase, der inzwischen von sich glaubte, er sei so etwas wie Johann Sebastian Bach, und täglich lange Telefongespräche nach Frankfurt, Berlin und London führte, um andere davon zu überzeugen? Warum sträubte die Mutter sich dagegen, daß der Vater ihr die Küche umbauen wollte – kleiner, heller, zweckmäßiger, nach den neuesten Erkenntnissen der Küchenforschung? Und wenn die Mutter unbedingt zur Erwachsenentanzstunde gehen wollte, um Foxtrott, Cha-cha-cha und Leute kennenzulernen, mußte sie da wirklich den Vater mitschleppen? Was sollte sie, Ute, ausrichten gegen das Schweigen, das sich zwischen den Eltern auszubreiten begann, wenn die Auseinandersetzungen bis zu einem gewissen Punkt ätzender Sinnlosigkeit getrieben worden waren? Fast sehnte sie sich zu den Zeiten zurück, in denen sie das dumpfe Brüten des Vaters ausschließlich auf sich bezogen hatte. Schneidendes Klirren von Messer und Gabel am stillen Tisch. »Richte deiner Mutter aus, daß …«, gebot ihr der Vater mit rauher Stimme, während seine Frau in der Küche den Salat anmachte. Noch mehr als vorher suchte Ute nach Schlupflöchern, in denen sie sicher war vor solchen Anforderungen. Sollten die sich doch die Augen auskratzen, wenn sie es wollten! Um sie, Ute, hatte sich schließlich auch keiner gekümmert. Und überhaupt – wie hätte sie da eingreifen sollen? Etwa Stellung beziehen und den Zorn des jeweils anderen Elternteils auf sich selbst lenken? Es war ein fragiles inneres Gleichgewicht, das zwischen solchen und ähnlichen Gedankengängen balancierte. Das etwa dann ins Wanken geriet, als sie Frank eines Abends hemmungslos weinend in seinem Bett fand: »Die sollen sich nicht immer zanken!«, und: »Du mußt was machen, du bist schon sechzehn!« Während Ute den Schluchzenden zu beruhigen versuchte, wußte sie schon, daß sie sich auch in Zukunft nicht einmischen würde.

Nicht-Einmischung – das war die andere Seite der Unabhängigkeit: die Finger von denen lassen, die sie ohnehin nicht beeinflussen konnte. Dafür selbst unbehelligt bleiben in den eigenen Verletzlichkeiten, die sie durch Stacheln der Abwehr zu schützen suchte. Sich in geheimnisvolle Zurückgezogenheit begeben, in der sie ihr Leben brav bis zur Langeweile gestaltete, ausgezehrt vom Mangel an Gelegenheit. Tägliches Bemühen, vor Eltern und Geschwistern zu verbergen, daß es nicht viel zu verbergen gab. Sie ließ »die zu Hause« im unklaren über ihren Stundenplan, schützte Proben vor, Sportstunden, die es nicht gab – man hatte es aufgegeben, mit dem Essen auf sie zu warten. Nachmittags, manchmal erst abends, ließ sie sich wieder sehen. Ihre Freundinnen kamen vom Dorf, die hatten auch keine Eile, mittags um halb zwei, wenn es zum letzten Mal schellte. Deren Zug fuhr um zehn nach drei, Zeit genug, sich im leeren Klassenraum gegenseitig die Haare zu schneiden, im nahe gelegenen Park »Astor« zu rauchen oder bei Regenwetter im Café Walter, wo es für 15 Pfennige Malzkaffee gab. Sie redeten über die Lehrer, taxierten, als hätten sie freie Auswahl, die Jungs, die mit Berti und Mo in die Kleinbahn zu steigen pflegten, und fanden sie indiskutabel. Ute brachte die beiden zum Bahnhof, verabschiedete sich von ihnen mit langen Küssen, genoß die empörten Blicke der Fahrschüler und Angestellten, die um diese Zeit die Coupés des Zuges besetzten, ging davon, aufrecht und leicht, träumte dabei, später mal durch Skandale fliegen zu lernen.

Manchmal wartete Heinz auf sie. Ute erschrak, wenn sie ihn sah. Sie dachte, in ihn verliebt zu sein, aber beim Anblick seiner vierzigjährig-runden Gestalt, laut Paß war er eben achtzehn, angesichts der Apfelbacken, der hängenden Unterlippe, der von Speckfalten verengten Sehschlitze unter der karierten Schiebermütze, hätte sie sich am liebsten versteckt. Sie aßen zusammen ein Eis, und Ute verweigerte Küsse, ohne grundsätzlich zu werden. Anschließend hatten sie Jugendorchester, Heinz blies die erste Oboe. Sein Gesicht wurde schmal; er zog beim Blasen die Wangen ein, die

Augen waren nun groß, mit tiefer Falte dazwischen, über den hochgezogenen Brauen krauste sich die Stirn im Schatten der schwarzen Strähne, die er sich nicht zurückstreichen konnte. Heinz spielte schwingend, sensibel, dann wieder blockflötenklar, der Ton seines Instruments drang in die Ritzen der staubigen Polster des düsteren Saales, in dem sie probten, und Ute in alle Poren. Sie reckte den Hals über ihr Zweite-Geige-Pult hinweg, starrte Heinz in sein anderes Gesicht, schämte sich ihres Herzklopfens, des Dranges, ihn nun zu umarmen...

Sie wußte, das würde mit Verklingen des Stückes vorbei sein. Wenn Heinz das Instrument absetzte und zu ihr kam, breit, mit nach außen gewendeten Füßen, würde sie steif werden, innen und außen, sachlich und freundlich von etwas anderem reden, und das Warten hätte sie wieder – wie in der Schule oder zu Hause, auch mit Berti und Mo –, nur beim Musikmachen konnte sie es vergessen und eben auf ihren Wegen, diesen stundenlangen, verworrenen Touren mit all den Gedichten und Liedern, den Träumen von Menschen, *dem* Menschen, den sie nicht kannte. Es ließ sich nicht verhindern, daß sie doch einmal ankam, ihr blieb, Geige zu üben, zu essen, zu schlafen, die Zeit totzuschlagen bis... ja, bis irgend etwas Großartiges passierte, wovon Ute nicht wußte, was es sein würde.

Schlimm war: Sie wartete nicht allein. Da lagen sie auf der Lauer – die Brüder, die Mutter, der Vater, der nichts davon sagte, nur seufzte. Ihre Frage war schlicht: Bekam Ute, die Schwester/Tochter mit den spitzen Knien, den sperrigen Haaren, der dicken Brille und dem mürrischen Zug um den Mund, »überhaupt einen ab«? Sie fragten es täglich – laut, leise, tuschelnd, deutlich oder ironisch verfremdet. Ute stellte sich dem, ohne Antwort zu geben. Sie machte sich einen Mann – für den Hausgebrauch. »Frivolin« nannte sie den und gestaltete ihn bei den sich stets wiederholenden Frage-Antwort-Geplänkeln zur kompletten Figur aus. Stehgeiger wurde er im Kurpark Wilhelmshöhe, hatte blondes, fettiges Haar, vorne rechts eine Zahnlücke und trug mit

Vorliebe karierte Hosen. Sogar malen konnte sie ihn auf Verlangen, zeigte ihn bereitwillig vor, wann immer es ihr geraten erschien, um die Leere in sich zu schützen, dieses schillernde Nichts, in dem nur Heinz sich hin und wieder materialisierte. Sogar ein heimliches gemeinsames Kind schaffte sie an – ihre Lust an makabren Phantasien mischte sich mit dem Drang, von sich selber abzulenken. Nepomuk, dreibeinige Mißgeburt, Sohn des zahnlückigen Frivolin, wurde im Laufe der Jahre immer abscheulicher.

So blieb sie oben bei den Gesprächen am Tisch, denen oft eine prüde Zotigkeit anhaftete, in merkwürdigem Kontrast zur Berührungsangst in ihrer Familie. Die kleinen Brüder – an der Schwelle zur Vorpubertät – haßten »Weiber« und interessierten sich für alles, was »man damit machen kann«. Warteten gerade das Tischgebet ab, um sich danach, atemlos und mit vollem Mund, in ihr Lieblingsthema zu stürzen: »Ficken« und »Schwul sein«, »Onanieren« in Suppenschüsseln und Milchkannen, Männer, die in weißen Ziegen staken und »unehrliche Kinder« – ohne Scheu vor den Eltern wurden Vokabeln erprobt und das Prickeln, das sie zwischen den Beinen, in Rücken und Bauch auslösen konnten.

»Die Orgel durch die Kirche braust, der Onanist fickt durch die Faust«, wußte der Vater beizusteuern, während die Mutter lieber persönlich wurde: »Wer« von ihren Kindern bekam »wen ab« und – ganz speziell – »wen du, Ute?« Nur nicht stammeln, schweigen, rot werden! »Frivolin« war ja da und »Nepomuk« mit den drei Beinen, aber trotzdem war Ute froh, wenn – »gesegnete Mahlzeit!« – das Thema fallengelassen wurde.

...bis die Legende von Frivolin nicht mehr zu halten war; Frank hatte etwas gehört und fragte direkt: »Heißt der nicht Heinz, und du heiratest den?« – »Ach – einen Heinz hast du, das ist ja nett. Bring' ihn doch einfach mal mit!« Die Mutter tat, als sei nichts dabei, stellte die schmutzigen Teller zusammen und lenkte dann mit der auffälligen Unauffälligkeit ungeübter Kupplerinnen das Gespräch auf Torstens Schulaufgaben.

»Bring' ihn doch einfach mal mit...« Heinz redete meistens von Geld, roch nach Bier, und seine Hand, die auf Utes lag, schien die eines riesenhaften Babys – rosig und rund. Er war fett wie nie. Ute saß mit ihm am karierten Plastiktisch des »Venezia«, der Zehnplattenwechsler spielte »Moonlight«. Heinz blinzelte sie an aus den Spalten, die der Speck ihm gelassen hatte, rückte näher. Seine Hand bewegte sich ihren Arm hoch, Ute löffelte ihr Eis, eifrig, in winzigen Einheiten. »Bring' ihn doch einfach mal mit...«! Sie würden durch Türspalten, Fenster und Schlüssellöcher sehen und kichernd wieder verschwinden, sie kämen ins Zimmer, beiläufig, vorübergehend, abwechselnd, unübersehbar zahlreich für jemanden, der sich nicht auskannte. Die Mutter hätte Gelegenheit, Proben ihres persönlichen Humors vorzustellen, etwa: »Wollen Sie noch ein Bier? Sie sehen so aus...« Und dann käme die entscheidende Frage, vorgebracht meistens von Frank in der halboffen pendelnden Tür, gedeckt durch zwei erwartungsvolle Augenpaare dahinter und durch die Möglichkeit zum sofortigen Rückzug: »Sach mal, willst du Ute heiraten?« oder gar: »Habt ihr schon mal gefickt?«

Kaum etwas blieb einem Freund/Verehrer erspart, der sich ins Haus ihrer Eltern und Geschwister hineinwagte. Beates Männer, die trotzdem kamen, führten es vor: was auszustehen, wie es zu überstehen war. Die spielten mit, fragten zurück, waren geistvoll, schlagfertig, wendig, selbstbewußt, weil hochbegabt. Und – wie Beate – irgendwie edel, überstrahlt von einem Glanz, den Heinz nicht hatte, es sei denn, er spielte Oboe.

Seine Hand war oben angekommen, streichelte Utes Hals. Sie schloß halb die Augen, sah ihn inmitten der kleinen Brüder, neben den Bernhards, Wolfgangs, den Dietern, die ihrer Schwester anhingen. Fand ihn aufgequollen ins nicht mehr Erträgliche, ein tumber Kloß, den Maßstäben nicht gewachsen. Sie würde ihn auch heute nicht küssen und am besten gar nicht mehr sehen...

So nahmen die leeren Zeiten zu Hause eher noch zu, die sie hilflos stopfte mit gestohlenen Plätzchen und Salzstangen, von denen sie gerne die viereckigen Salzkristalle abknabberte. Dabei schmökerte sie ziellos in zufällig dem Schrank entnommenen Büchern, blätterte stundenlang in Lexikonbänden, kramte gelangweilt in alten Familienphotos, die sie schon aus dem Gedächtnis hätte abzeichnen können. Einmal fiel ihr dabei etwas in die staubigen Finger, das sie überraschte:

»Besichtigung der Gasmaskenfabrik der Degea-AG in Oranienburg durch die Referendarsgemeinschaft 2 und 4 des Amtsgerichts Berlin am 10. Oktober 1934.«

Vor einem Klinkerbau posierte eine Gruppe von jungen alten Männern. Vorläufig waren sie schlank, die noch vollen Haare sauber gescheitelt und an die Köpfe geklebt. Unjunge Gesichter, aber glatt, wie eben gebügelt. Ute war, als hätte sie jeden einzelnen schon mal getroffen – auf der Straße, in der Klassenelternversammlung und andernorts, wo solide Endvierziger sich aufzuhalten pflegen. Heute wie damals mit Schlips, Mantel, Hut, weißem Hemd, geputzten Schuhen. Zwischen ihnen, in der ersten Reihe fast links, saß der Vater. Auch er sah sich selbst sehr ähnlich – trotzdem fiel er heraus, so verschüchtert, wie er wirkte in seinem viel zu großen Mantel. Er balancierte mit einem Bruchteil seiner Sitzfläche zwischen zwei ehemaligen Corpsstudenten auf der langen Bretterbank. Abwartend, scheu, ein bißchen unbehaglich – wie ein Tanzstundenherr beim ersten Eintreffen der Mädchen. Nur, daß er gerade Gasmasken besichtigt hatte. Unter der Aufsicht des blondgelockten Uniformierten, der die Gruppe rechts flankierte und alle überragte.

Ute wußte selbst nicht, warum sie das Photo dem Kasten entnahm und im Durcheinander ihrer persönlichen Papiere verschwinden ließ. Sie sah keinen Zusammenhang, als sie auf der Suche nach einem Wahlgebiet für das Abitur die Bücherregale ihrer großen Brüder durchstöberte und an einem dicken Taschenbuch mit schwarzem Hakenkreuz auf rotem

Umschlag hängenblieb: »Justiz im Dritten Reich«. Ein Band, dessen trockener Stil sie ernüchterte, den sie aber mit einer Verbissenheit, wie sie sie bisher nur zum Geigeüben aufgebracht hatte, durcharbeitete. Gesetz zur Aufhebung des Berufsbeamtentums, Gesetz zur Verhinderung erbkranken Nachwuchses, zur Rassenschande, in sich logische Texte von unerbittlicher Folgerichtigkeit, die das Grauen, das sie auslösen würden, hinter hölzerner Sachlichkeit verbargen. Was hatten sie mit ihr zu tun. Oder mit ihrem Vater?

Juristenausbildung. Einmal faßte sich Ute ein Herz und fragte den Vater, ob auch er am Referendarausbildungslager in Jüterbog teilgenommen habe. »Natürlich!« Das sei übrigens die Zeit gewesen, in der er und Mutti geheiratet hätten. Sie seien in Oswalds Haus am See gezogen, Brennholz im Wald, Wasser im Hof und die dicksten Tomaten in der Nachbarschaft habe er gehabt. Der Stolz, der von Anfang bis Ende in seiner Stimme mitschwang, ließ Ute erschrekken. Sie fragte nicht weiter.

Immerhin gab es Juden, die noch nach Jahrzehnten Briefe an ihn schrieben, dankbar, weil er ihnen das Leben gerettet hatte durch Freispruch, Verstecken, Hilfe zum Wechseln der Grenzen. Das erzählte er manchmal, und Ute bewahrte es gerne. Sie hätte sich infiziert gefühlt bei der Vorstellung, einen Nazi-Vater zu haben. Eine Krankheit war das gewesen, eine grauenvolle Epidemie, nicht mit anderen Jahren vergleichbar. Dieser Zeit war nicht beizukommen mit Zahlen, Tabellen, fettgedruckten Überschriften im Geschichtsbuch. Ute sagte sich das an dem Tag, als sie in der Schule die »Fünf« in »Faschismus« bekam. Sie hatte etwas gemurmelt von »Juden«, »furchtbar«, »vergasen«, war nicht auf die erwarteten drei Begriffe gekommen: »Deutschland erwache!«, »Volk ohne Raum« und »Blut und Boden«.

Erst auf dem Heimweg fiel die Scham von ihr ab: »Fünf« in »Faschismus« – na und? Was hatten sie denn damit zu tun, ihre Mutter, ihr Vater, ihre Geschwister? Vor allem sie selbst? Eine »Fünf« in »Faschismus« war keine Schande. Eher das Gegenteil.

Ihr Weltbild hatte zu knirschen begonnen, zeigte Risse, Lücken, von denen sie zunächst nicht wußte: Waren es vielleicht nur Kratzer auf ihrer eigenen Brille? Tage, vollgestopft mit Terminen, legten sich wie Kleister über die Scharten, dann wieder, zu leeren Zeiten, putzte Ute die Gläser, rieb sich die Augen, kniff sie zusammen, sah, obwohl sie's nicht wollte, neue und tiefere Sprünge um sich herum.

»Ich bin schlecht – die Welt ist in Ordnung,
ich werde besser – die Welt nimmt mich an...«

Das stimmte so nicht. Ute stellte die Schuldfrage neu auf den langen Wegen, am Rande einer lehmigen Lastwagenspur mit dem Rad balancierend, sortierte, schied aus und fand endlich jemanden, den sie wagte, verantwortlich zu machen: Gott.

»Der Herr ist mein Licht und mein Heil,
vor wem sollte ich mich fürchten?«,

sangen sie im Schulchor zum Reformationstag. Fürchten? Vor wem? Da waren die Büsche zwischen Bahndamm und Weg, aus denen schon einmal jemand gekommen war, um ihr Gewalt anzutun, da war ihre Kinderangst vor den mächtigen Särgen im Fenster des »Sargmagazin Gobrecht«, vor dem sie oft auf den Bus warten mußte; diese Angst hatte sie zeitweise beinahe gelähmt: in einem solchen Sarg aufzuwachen.

»Nun hab' ich doch die Rose aufgegessen,
die man mir in die starre Hand gegeben!
Daß ich noch einmal Rosen würde essen,
hab' nimmer ich gedacht in meinem Leben...«

Lebendig begraben zu sein – vielleicht morgen schon: An hellen Tagen, in starken Stunden konnte sie darüber lachen – aber was war mit dem Schrei gewesen, der endlos und gellend nach dem Einschlag einer Granate zwischen zwei Zahnreihen hervordrang? »Fox tönende Wochenschau« hatte ihn wiedergegeben, vor der Räuberklamotte »Das

Wirtshaus im Spessart«. Nur der Schrei war haftengeblieben, schrille Wirklichkeit inmitten der bunten Illusion. Ute wußte: Er brach nicht ab, zerschnitt die Alltagsgeräusche rund um die Welt. Sie übte sich im Vergessen, las keine Zeitung, ging aus dem Raum, wenn jemand am Radio kurbelte, um Nachrichten zu empfangen. Durch feiges Kneifen aus Angst vor neuen Herden der Angst – nur so verlor sich das Zittern in ihren Händen.

»Der Herr ist meines Lebens Kraft,
vor wem sollte mir grauen?«

...oder wovor? Was war mit den indischen Kindern, eben geboren, fast schon gestorben, mit hungergeblähten Trommelbäuchen, lebendig von Würmern zerfressen? Und – grausam absurd – dem Schokoladenpudding, den es heute wieder geben würde – sie mußte sich erbrechen, wenn sie daran dachte, die Klumpen, die Haut darauf, an das brunnentiefe, randvoll gehäufte Glasschälchen, in dem er wartete...

»So die Bösen, meine Widersacher und Feinde,
an mich wollen, mein Fleisch zu fressen,
müssen sie anlaufen und fallen.«

Utes Fleisch? Die drei Gramm auf den spitzen Knochen? Sie wußte nicht, wer danach gieren sollte. Hatte sie Feinde? Sie war den Leuten eher egal und die ihr. Vielleicht Jutta Bauer aus ihrer Klasse, die den Lehrern die Tasche trug? Ute verachtete sie, aber war sie ihr Feind?

»Ich habe Wut, ich habe Wut
auf das verdammte Rußland!«

Es gab ein Spiel, bei dem Kinder mit diesem Satz, mit Kreidestrichen auf der Straße und Steinwürfen die Welt unter sich verteilten. Damals, vor fünf, sechs Jahren, hatte sie mitgespielt. Wie erwachsen kam sie sich dabei vor, denn es waren die Worte der Großen, die sie benutzten, und dieses Spiel war das Leben. Jetzt, auf der Suche nach Feinden, waren ihr die noch am stimmigsten: Die Russen, die Kommunisten, die Heiden, die sie nicht kannte.

»...müssen sie anlaufen und fallen!«

Da kamen sie angerannt, Donkosaken mit schweren Stiefeln und rundem Pelz auf dem Kopf, Gesichter mit riesigen Bärten, eine Armada von Heiden: nackt, schwarz, braun, gelb, mit Messern zwischen den Zähnen, kleinen Knochen im Nasenflügel. Sie schnaubten, keuchten, stampften, knurrten wie Tiere, zogen den Kreis enger um Ute und fielen plötzlich zu Boden. Wieso die und nicht ich? Wie war das noch mit den Zöllnern und Sündern? Ute dachte an den Chorsatz von Schütz, den sie gespielt hatte. Der, den sie »Herr« nennen, ist ein Tyrann, strotzend vor Willkür. »Ich bin der Herr, dein Gott, du sollst keine anderen Götter haben neben mir!« – Wieso, bist du es wert? »Du sollst nicht töten!« – »Du sollst nicht ehebrechen!« »Du sollst nicht begehren deines Nächsten...«, und dann, und dann? Es schien, als brächten die Zehn Gebote die Menschen erst auf Ideen. »Der Herr ist mein Licht und mein Heil«? Sinnlos war er bestenfalls. Ein Versager. Oder einfach: nicht da. Bei dem Gedanken wuchs ihre Angst ins Unerträgliche. Sie kam ins Schlingern, fuhr auf einen Backstein auf, der rechts und links reichlich Platz ließ, fing sich, begann mit zitternder, dann festerer Stimme, schmetterte schließlich, an die Maschendrahtzäune und Obstbäumchen der Schrebergärten gerichtet:

»Bedecke deinen Himmel, Zeus, mit Wolkendunst...«

Zu Hause gab es Wruken mit Schweinefleisch. Gekocht. Auf den handlichen Stücken mit Fettschicht und Schwarte bewegten sich vereinzelte Borsten wie lebendig, wenn man sie mit der Gabel berührte. Torsten schob eins mit einem runden blauen Stempel auf seinem Teller hin und her und heulte. »Ich eß' so was nicht!« – »Wruken mit Schweinefleisch!« schwärmte die Mutter. »Wenn wir so was gehabt hätten, nach dem Krieg. Und stellt euch mal vor: die armen Kinder in Indien.« Torsten liefen die Tränen in den gestopften Mund, Frank und Tommi sahen betreten auf ihre vollen Teller. Ute schob ihre Gabel über den Tisch, pickte mit ihr Torstens Fleischbrocken auf, dann die der beiden anderen, stand auf. Jetzt hatte die Mutter die Sprache wieder: »Ute, was fällt dir ein! Was machst du da eigentlich?« – »Ich sammel' das Fleisch und pack' ein Päckchen für die armen Kinder in Indien.«

Der Schulabschluß kam näher. Ute konnte die Tage zählen, die sie bis zur wirklichen Unabhängigkeit noch durchleben mußte, und fühlte sich abhängig wie nie. Die Eigenständigkeit war unerbittlich mit dem Monatswechsel verbunden. Ute war nicht »hochbegabt« wie ihre Geschwister. Das sogenannte »Honnefer Modell« für Studenten mit durchschnittlicher Leistung kam für sie nicht in Frage, denn trotz seiner Klagen, seine Kinder fräßen ihm »die Haare vom Kopf«, war der Vater ein vermögender Mann und zu korrekt, um seiner gerade so durchgekommenen Tochter zuliebe auf Formularen etwas anderes zu behaupten.

»Hiermit bescheinige ich meiner Tochter Ute, daß sie von mir keinen Pfennig bekommt.«

Sie war die erste in der Familie, die ihm zumutete, ihr Studium zu finanzieren, und diejenige, bei der es sich am wenigsten lohnte. Fast wünschte sie sich, daß er tue, was ihr logisch erschien: Ihr Ansinnen ablehnen, sie mittellos in die heißersehnte Unabhängigkeit hineinstoßen wie in einen kalten Fluß. Schließlich hatte er selbst ohne Hilfe studieren müssen.

Schüchtern, mit heiserer Stimme, brachte sie eines Tages die Rede auf Berlin und darauf, daß sie Geld brauchen würde. Der Vater nahm es zur Kenntnis, seufzte, starrte schweigend minutenlang vor sich hin und gewährte ihr schließlich einen Wechsel, von dem sie nicht leben und nicht sterben konnte.

Das merkte sie aber erst, als sie in Berlin die Miete für ihr neues Zimmer bezahlen sollte.

Jetzt leistete sie sich die erste richtige Wut auf den Vater. Sie lief abends durch die Straßen Wilmersdorfs an den dunklen vierstöckigen Häusern vorbei, das Einfamilienhaus vor Augen, in dem der Vater allabendlich angesichts der Riesenschüssel Bratkartoffeln »Komm, Herr Jesus, sei unser Gast« betete, wickelte sich ihre beiden Hundertmarkscheine um den Finger und träumte. Auf den Strich würde sie gehen, jawohl, bei der nächsten sich bietenden Gelegenheit, und danach noch ein einziges Mal zu Hause beim Abendbrot erscheinen. Mit Stöckelschuhen, engen Hosen und plötzlich prallem Busen würde sie unangemeldet in der Tür stehen, um zwischen rotlackierten krallenartigen Fingernägeln diese ärmlichen Scheine aus der Tasche zu ziehen, sie dem Vater vor die Füße flattern zu lassen und mit rauchiger Stimme zu erklären, sie brauche nichts mehr.

Racheträume dieser Art sollten Ute in Zukunft häufiger begleiten, mal blitzschnelle schemenhafte Eingebungen, dann wieder Visionen mit der Intensität und Ausdehnung eines abendfüllenden Farbfilms.

Träumen allein macht nicht frei, und so schlugen an einem Freitag, dem 24. Dezember, als Ute in der mitternächtlichen Christmette auf der Empore ihrer Heimatkirche den Quempas begleitete, ihre Träume in Pläne um. 21 Jahre und noch Jungfrau – keine drei Wochen sollte dieser Zustand mehr anhalten. Auf das Risiko hin, daß sie dann eben keinen so prächtigen Mann in der Art ihrer Brüder bekommen würde, wie ihre Mutter ihr wiederholt in durchdringendem Flüsterton angedroht hatte. »Vater unser, der du bist im Himmel…« – *ihr* Vater betete so laut, daß Ute ihn über sechs Stuhlreihen heraushören konnte. So gefangen war Ute von ihrem Plan, daß sie fast vergaß, sich über den Pfarrer zu ärgern, der ihr am Ende des Gottesdienstes statt des dringend erwarteten Geldes eine Schallplatte übergab – das sei persönlicher.

Die Tür zwischen Träumen und Wirklichkeit quietschte in der Hinterhof-ein-Zimmer-Klo-auf-der-Treppe-Wohnung von Hartmut, mit dem Ute schon längere Zeit die Wochenenden verbracht hatte. Diese Sonntage, an denen die Übungsräume in der Hochschule geschlossen waren und die Langeweile überhandzunehmen drohte. Das »Gemeinschaftsklo« auf dem nächsthöheren Treppenabsatz roch nach Urin und war kalt – mit erwartungsvoll feuchtwarmem Pochen zwischen den Beinen hatte sie es betreten – jetzt zog es ihr schmerzhaft in der Blase, als sie in Hartmuts Zimmer zurückkehrte. Hartmut, ein langer, blasser, verbissen ehrgeiziger, aber nicht sehr erfolgreicher Flötist, hatte sich vor allem dadurch ausgezeichnet, daß er Ute seit ihrer ersten Probe im Studentenorchester kaum von der Seite gewichen war. Hartmut hatte bei Utes bisheriger Zurückhaltung nicht zu hoffen gewagt, so schnell ans Ziel seiner Wünsche zu gelangen, und kauerte nun im Unterhemd auf knochigen Knien vorm Ofen, um das Zimmer noch ein bißchen wärmer zu kriegen. »Tiefkühlhähnchen, Handelsklasse E...«, dachte Ute unbarmherzig beim Anblick seiner mit blaurot gefrorener Gänsehaut überzogenen, spitz zulaufenden Ellenbogen und hatte plötzlich zu allem anderen Lust, nur nicht dazu, worauf sie sich hier eingelassen hatte. Aber »Augen zu und durch«, dachte sie sich auch diesmal, und sie schafften nach einer halben Stunde mühevoller Versuche, einen hellroten Fleck auf dem grauen Laken zu hinterlassen. Der Ofen hatte inzwischen zu qualmen begonnen. Ute schlüpfte in ihre Strumpfhose und wärmte sich an dem Gedanken, was ihr Vater wohl sagen würde, wenn der jetzt wüßte...

Um zwei Dinge war sie klüger geworden. Jetzt wußte Ute, wie das ist, keine Jungfrau mehr zu sein, und daß Hartmut der Mühe nicht wert war. Fortan hielt sie sich in den Orchesterpausen von der Holzbläsergruppe fern, wo Hartmut kerzengerade, die Füße rechts und links hinter die Stuhlbeine gehakt, mit der Emsigkeit eines paarungswilligen Amselmännchens immer wieder die ersten fünf Zeilen des Mozart-Flötenkonzerts blies. Mußte plötzlich dringend zu ihren Eltern fahren, wenn Hartmut sie stellte, um sich fürs Wochenende mit ihr zu verabreden. So dringend, daß sie im Augenblick selbst daran glaubte.

»Wie stellst du dir das eigentlich vor? Ich hab' überhaupt

keine Zeit...«, wies sie wenig später am Telefon das Ansinnen der Mutter zurück, sich wieder mal blicken zu lassen. Wenn die wüßte, was sie hier alles zu tun hatte. Ute erging sich in vagen Andeutungen, die so bedeutungsschwer klangen, daß sie auch diesmal tief beeindruckt war von ihrer eigenen Unentbehrlichkeit in der geteilten Hauptstadt. Bis er dann kam, der nächste Sonntag, neu und angestaubt. Gähnend klaffte er mit einem Maul aus bröckelnder Stuckdecke und zerschlissenem Perserteppich, mit Zähnen aus »Gelsenkirchener Barock«. Der mächtige Ausziehtisch, der Spiegelschrank, die glänzende Anrichte, Möbel, die Frau Bauch, Utes Vermieterin, in dieses Zimmer abgeschoben hatte, machten Anstalten, sie zu zermalmen. Ute gelang es gerade noch, sich zu retten – etwa auf eine Bank im Volkspark, wo sie zwischen persianerbehängten älteren Damen die matten Strahlen der Februarsonne in sich aufsaugte und mit wachsender Anteilnahme Gesprächen über Hundekrankheiten und Tierärzte zuhörte. Noch schlimmer: bei kaltem Wetter im Café an der Ecke einen Vierertisch zu blockieren. Ute las immer wieder die gleiche Zeile in einem Buch, das sie nur mäßig interessierte, versuchte mit winzigen Schlückchen ihren kalten Kakao zu »strecken« und tastete aus den Augenwinkeln die Gesichter der sonntäglich gekleideten Kuchenesser ab, immer in der unsinnigen Hoffnung, irgendwo festzuhaken. Schmerzlich vertrauter Geruch von anbratenden Rouladen drang aus offenen Fenstern. Plötzlich weckte er Sehnsucht nach dem, was sie in langen Jahren hassen gelernt hatte: eingepfercht sein zwischen kochen – decken – abwaschen – Kaffee mahlen – dekken – abwaschen – einer sinnlosen Pflicht nach der anderen. Dazwischen appetitloses Verschlingen von Braten, Frankfurter Kranz und Mayonnaise-Eiern, umgeben vom Palaver der Geschwister bei Tisch, das ohne Vorwarnung vom Vater übertönt wurde, der sich Platz zu schaffen versuchte für sein erdrückendes Schweigen.

Und doch war alles besser, als zwischen sahnesüchtigen Sechzigjährigen jede zählebige Minute einzeln totschlagen zu müssen. »Ja«, sagte Ute am Abend eines solchen Tages, als ihre Mutter sie von der Wirtin ans Telefon holen ließ – am nächsten Sonntag könne sie es ausnahmsweise mal einrichten. »Ich komme mit dem Zug um 14 Uhr 18.«

Zwischen Verliebten, Verlobten, erwartungsvollen Ehefrauen und -männern mit und ohne Kinder stand auf dem Bahnsteig der Vater und nahm ihr schweigend die Wochenendtasche ab. Ute wagte nicht, ihm den trockenen Kuß zu verweigern, und ließ sich auf dem Weg zum Auto bereitwillig vom Samstagmittagsgewimmel ein paar Schritte wegdrängen, um sich in Ruhe ein Gesprächsthema für die Fahrt zu überlegen. Ihr fiel nichts ein. Ihre Geschwister – die hätten was zu erzählen gehabt. Glänzend bestandene Prüfungen und andere Erfolge, souveräne Bemerkungen zur Weltlage... Aber die hatten es ohnehin nicht nötig, vom Bahnhof abgeholt zu werden, kamen mit Freunden im Wagen vorgefahren. Utes Alltag, diese tristen Busfahrten um 6 Uhr 30, den Geigenkasten zwischen den Knien – auch in entspannterer Lage wären sie ebensowenig der Rede wert gewesen wie die Hohlräume ihrer endlosen Wochenenden. Unaussprechbar die einzige erwähnenswerte Mitteilung, die sie hätte machen können: »Übrigens bin ich nun nicht mehr Jungfrau. Aber Spaß gemacht hat es nicht.«

Während sie sich in das Polster des Wagens drückte, betrachtete sie den Vater von der Seite, der vergebliche Ansätze machte, sich in den lückenlosen Verkehr vorm Bahnhof einzufädeln. Ob es mit ihm Spaß machte? »So schön ist das auch nicht«, hatte die Mutter ihr vor Jahren anvertraut bei dem, was sie »Aufklärung« nannte. Achtundzwanzig Ehejahre, sieben Kinder, fünf Fehlgeburten und: »So schön ist das auch nicht.« Ute schauderte. An wem es wohl lag? Warum hatte ihre Mutter sich dann keinen anderen Mann gesucht? Bewerber hatte sie genug gehabt, war hübsch gewesen und auch heute noch attraktiv. Was war an ihm, diesem Mann, der einem Clown ähnlich sah, der immer arbeitete, schwieg, explodierte – »Richte deiner Mutter aus, daß...«? Sie hatten sich mittlerweile vom Verkehr schlukken und aus dem Stadtkern heraustreiben lassen. Hundert Meter langer Stau vor der Ampel am Stadion. Der Vater stoppte und legte den ersten Gang ein. Spielte mit der Kupplung und sah ihr zum ersten Mal voll ins Gesicht: »Und du? Eine bessere Zeit, um abgeholt zu werden, hättest du dir wohl nicht aussuchen können?«

Blumenkohl hatte es gegeben. Sein Geruch hing milde und doch aufdringlich in den Räumen des unteren Stockwerks, die überquollen von der Anwesenheit der Geschwister, ohne daß Ute einen von ihnen zu Gesicht bekam. Auf dem Sofa ein halbfertiges Modellflugzeug, Tuben, Leisten und andere Einzelteile, denen nicht anzusehen war, ob sie jemand sortiert oder einfach so liegengelassen hatte. Der Couchtisch war bedeckt mit angefangenen Schularbeiten, die Sessel waren besetzt durch einen aufgeschlagenen »Spiegel« und eine in einzelne Blätter zerfallene »Frankfurter Rundschau«. Kein Raum für Ute, um sich irgendwo niederzulassen und sich erst einmal an »zu Hause« zu gewöhnen. Dafür wartete der Eßtisch auf sie, ihr alter roter Serviettenring, ein Gedeck, ein Glasschälchen mit einem winzigen Hochgebirge aus schweigendem Schokoladenpudding. Haut auf dem Meer von Vanillesoße, das fast über den Rand der Schüssel schwappte. Warum mußte ihre Mutter immer alles so vollfüllen? »Gegessen wird, was auf den Tisch kommt!« und: »Übriggelassen wird nichts!« Ute mochte weder Blumenkohl noch Schokoladenpudding. Jetzt eine Portion Pommes frites in vom Ketchup blutigrot durchweichter, spitzer Packpapiertüte vor der Imbißbude am Bundesplatz essen!

Nicht das erste Mal verursachte ihr Widerwillen, was zu Hause gegessen werden sollte. Immer noch hatte sie den Geschmack des talgigen Fischs auf der Zunge, mit dem sie oft nachmittags um fünf noch »nicht fertig« war. Später hatte sie Probentermine vorgeschoben, wenn es etwas gab, das sie nicht mochte. Kam zurück, wenn sie sicher sein konnte, daß abgeräumt war. »Nein, ich hab' schon gegessen. Bei dem und dem...« – manchmal knurrte ihr der Magen bei dieser Notlüge.

Jetzt blieb ihr nur noch eins: durch die Glastür den Vater beobachten, der sich am Frühbeet zu schaffen machte, sich rückwärts mit dem Schokoladenpudding zur Tür bewegen. Kräftig ziehen, nachdem sie auch den Blumenkohl ins Klo gekippt hatte. Nachträglich die Tür abschließen und abwarten, als sich auf der Treppe die Schritte der Mutter näherten.

Unentrinnbares »Zuhause-Gefühl« – ins kaum Erträgliche gesteigert: überflüssig zu sein und ausgeliefert zugleich. Ein ins Leere klingelndes Telefon – warum sollte Utes Freundin Nele auch ausgerechnet jetzt auf sie warten? Die freundliche, aber bedauernde Stimme einer Klassenkameradinnenmutter am Ende einer weiteren Leitung. Sie – Ute? Das sei ja nett! Was sie jetzt mache? Sie sei ja schon immer so musikalisch gewesen! Nein, Sigrid sei leider nicht da. Aber Grüße werde sie ihr ausrichten, sie werde sich ganz bestimmt freuen...

Wenn sie wenigstens die Geige mitgenommen hätte! Sporadisch auftauchende kleine Brüder, geschäftig und uninteressiert, als wäre Ute nie weg gewesen. Auf einem Sessel im Schneidersitz übereinandergeschlagen, die Cordhosenbeine ihres ältesten Bruders Claus, darüber die »Frankfurter Rundschau«, hinter der etwas grummelte, was Ute gutwillig als Begrüßung für sich interpretierte. Ratloser Rückzug in das Zimmer, in dem sie groß geworden war, dieser schmalen Zelle mit Bett und Klapptisch. Angst vor der Einsamkeit zwischen den engen Wänden trieb sie wieder ins Wohnzimmer, wo sie sich auf den Teppich hockte und fast mechanisch ins Bücherbord griff, um sich an einem der mächtigen Lexikonbände festzuhalten, Nr. 18, »STAM-TRI«.

»Ist dein Professor zufrieden mit dir?« Sie hatte die Mutter übersehen, die im Nebenzimmer die Ranken der Passionsblume hochband. Das hatte ihr gerade noch gefehlt. Diese Fragen – in harmlosen Plauderton verpackte Verhöre, die nur den Sinn hatten, Stoff zu bekommen. Stoff für das nächste Treffen mit Tante Lisbeth, Onkel Eberhard und ihresgleichen, wo er mit großartig-bescheidener Geste weitergereicht werden konnte: »Unser Frank macht immer..., da fällt mir Ute ein, die hat ...« – mit ihr nicht. »Du siehst doch, daß ich lese«, fauchte Ute und stellte die Beine hoch, um das Lexikon vor unbefugten Einblicken zu schützen.

Später tat die Mutter ihr leid. »Weißt du was?« schlug sie ihr vor: »Ich mach' das Abendbrot und du irgendwas, worauf du Lust hast. Aber aus der Küche mußt du raus, sonst werd' ich nervös.« Sie schob die Ratlose zurück auf den Flur und zog die Tür hinter sich zu.

Speck schneiden und Bratkartoffeln braten, Stapel von Brotscheiben auf Bretter häufen, Käse auswickeln und die »dürre, runde Wurst« aus dem Keller holen – gleich würden sie kommen von ihren Zeitungen, Frühbeeten, Modellflugzeugen, würden, wie jeden Abend, essen, erzählen, sich streiten, und sie wäre dabei. Es würde ihr freistehen, nur zuzuhören, zu fragen, mitzureden oder das Wort an sich zu reißen: Sie war zu Hause.

»...und dann war sie weg.« Tommis durchdringende Kinderstimme hatte sich im allgemeinen Palaver durchsetzen können. »Und die Tür war noch auf, und es stank ziemlich nach Maggi und Mottenkugeln oder so und nach alter Frau. Sie raschelte eine Weile rum und tappte hin und her, und dann kam sie wieder mit einem Nachttopp, so 'nem weißen, der überall abgestoßene schwarze Stellen hatte, und sagte: ›Hier, Meister, wiegen Sie mir den noch aus!‹« Er war mit seinem großen Freund, einem Schrotthändler aus der Nachbarschaft, auf Tour gewesen. »Mann ey, da hätte ich gesagt, gegesagt...« Torsten fing leicht an zu stottern, wenn er begeistert war, und seine Stimme schnappte dann über. »Es gibt da ein Gesetz, daß Nachttöpfe nur gefüllt gewogen werden dürfen, und ihr habt die Kackkontrolle, und die kackt dann im Hausflur...« – »Ißt du endlich mal deinen Teller leer!« holte die Mutter ihn aus seinem Rausch. »Hinterher jammerst du wieder, daß die Kartoffeln so kalt sind. Und Möhrensalat hat er auch noch nicht gegessen!« – »Klar, hab' ich!« Torstens Stimme wurde schrill vor Entrüstung. »Da hat er gelegen!« Triumphierend wies er auf ein rötliches Fleckchen am Rande des Tellers. »Da hat er gelegen.

Ich eß' den Scheiß-Salat doch nicht zweimal!« – »Raus!« – die erste Äußerung des Vaters seit dem »Amen« des Tischgebets. »Du brauchst den Scheiß-Salat überhaupt nicht zu essen, den wir mit Mühe angebaut haben. Aber dann brauchst du auch nicht hier rumzusitzen. Verschwinde! Na, wird's bald? Oder willst du noch ein paar hinter die Löffel?« Jetzt erst setzte Torsten sich in Bewegung, nachdem er ihn vorher nur ungläubig angestarrt hatte, schob den Teller zurück, ging rückwärts zur Tür und polterte mit immer wieder einhaltenden Schritten die Treppe hoch.

In die erschrockene Stille hinein wandte der Vater sich an Claus: »Kannst du mir morgen beim Frühbeet helfen?« »Wenn's sein muß...« Claus sah am Vater vorbei. »Aber nur vormittags. Um 12 Uhr muß ich fahren.« – »Dann ißt du ja gar nicht mehr Mittag!« jammerte die Mutter. »Und ich hab' extra...« – »Laß ihn doch, Mutti!« unterbrach sie der Vater. »Wenn die Freundin ruft, muß die Mutter zurückstehen.« – »Was heißt hier ›Freundin‹!« Claus zog den rechten Mundwinkel etwas hoch. »Um deinen Ex-Nazi-Kollegen muß ich mich kümmern. Den Feige.« – »Bei diesem Quatsch machst du mit?« Der Vater stellte das Glas ab, ohne getrunken zu haben; seine Stimme war scharf geworden. »Wer ist Feige?« fragte die Mutter. »Feige ist, wer diesen Feige weiter unbehelligt auf Studenten losläßt und...« – »Du hältst den Mund!« fuhr der Vater dazwischen. »Feige ist ein Marburger Strafrechtsprofessor, der als Hochschullehrer und Wissenschaftler einen hervorragenden Ruf hat und den ein paar großkopfete Erstsemester, denen seine Klausuren zu schwer sind, und ein paar Examenskandidaten, die er durch die Prüfung hat fallen lassen, gerne absägen möchten.« – »Aber das kann doch kein Grund sein!« Die Mutter sah ratlos von einem zum andern. »Der Grund ist, daß der Mann über fünfzig ist und natürlich in der Zeit vor 1945 auch schon Jurist war...« – »...und etliche Todesurteile gefällt hat«, ergänzte Claus. »Außerdem hat er an der Gesetzgebung mitgearbeitet...« – »Euch geht es einfach zu gut! Den Brotkorb sollte man euch höher hängen! Ich jedenfalls habe meine Kinder nicht bis zum Abitur durchgefüttert, damit sie sich an solchen Albernheiten beteiligen. Und wenn jemand glaubt, daß er es nicht lassen kann, soll er bleiben, wo er ist. Zu Hause hat er dann nichts mehr zu suchen.«

Mit spitzer Gabel pickte Claus die restlichen Kartoffeln auf seinem Teller zusammen und schob sie, schon stehend, in den Mund. »Ich geh' jetzt«, sagte er, schon die Hand an der Tür. »Hat ja doch keinen Sinn.« Verlorenes Klirren der Bestecke, mit denen ohne Appetit die Mahlzeit beendet wurde. Nur noch einmal die Stimme der Mutter, weinerlich-trotzig im erdrückenden Schweigen: »Tommilein, hast du schon Salat?«

Ute verspürte ein unüberwindliches Völlegefühl bei der Rückfahrt am Sonntagnachmittag – obwohl sie kaum etwas gegessen hatte. Schaler Nachgeschmack eines mißlungenen Wochenendes, der wie Sodbrennen immer wieder in ihr hochstieg. Tatsächlich war Claus am Samstagabend schon gefahren und hatte eine bedrückte Stimmung zurückgelassen. Jeder war seiner Wege gegangen. Auch bei den Mahlzeiten war kaum mehr geredet worden. Sie hätte den Nachtzug nehmen sollen, um sich den finsteren Sonntagmorgen zu ersparen. Aber – welchen Grund hätte sie angeben können? Claus – der schaffte es eben: aufzustehen, wegzufahren, ohne auch nur einmal die Stimme zu heben. Das war die einzige angemessene Reaktion auf den cholerischen Vater. Andererseits wußte Ute nicht, wem sie recht geben sollte. Trau keinem über fünfzig – jetzt, nachdem so viele Jahre ins Land gegangen waren? Ganze Institute müßten dann wohl geschlossen werden, ihre eigene Musikhochschule voran! Wenigstens konnte sie sicher sein, daß von ihren Professoren keiner ein Todesurteil unterschrieben hatte. Musiker haben Narrenfreiheit – unter allen Regimes. Der Schaden, den sie anrichten können, ist vergleichsweise gering: ein paar Pulse beschleunigen, Hochstimmung erzeugen, Beine bewegen, die in Richtung Front laufen... Hier verzichtete Ute auf das Weiterdenken. Was sollte das alles! »Sagen Sie mal, Professor Hut, wo waren Sie vor Fünfundvierzig?« Sie würde die Frage nicht stellen, sowenig, wie andere bisher auf die Idee gekommen waren. Und wenn – wem würde es nützen, ihn abzusägen? Um dann zu Werner überzuwechseln, der mit seinen 35 Jahren zweifellos eine reine Weste hatte, aber ein miserabler Lehrer war?

Nein, es ging sie nichts an, was ihre Dozenten vor 1945 getrieben hatten. Sie lebte jetzt, hatte heute die Chance, so viel zu lernen, daß sie wußte, wohin mit sich. Nie mehr die Zeit totschlagen hinter den Lederdeckeln eines Lexikonbandes, nie mehr warten auf etwas, das doch nicht kam – so wertvoll werden für sich und andere, daß sie endlich verdiente, was für viele Selbstverständlichkeit war. Sie, Ute, würde keinen, der ihr dabei behilflich sein konnte, hindern, ob er nun vierzig, fünfzig oder sechzig Jahre alt sein mochte...

Der Zug ratterte über die Kragenhöfer Brücke. Unter ihr, klein wie Match-Box-Spielzeug, die Wagen auf der Autobahn mit den malerisch-hohen Rundbögen. Die Laubbäume an den mächtigen Hängen ringsum hatten lichtgrün ausgeschlagen. Dunkler dazwischen die Nadelhölzer. Tief unten, als nachtgrünes schmales Rinnsal, die Fulda. »Komm wieder aus der tiefen Gruft...« Ute zog das Heft mit den Bach-Chorälen aus der Tasche und begann, nur zur Übung, an einem Generalbaß herumzutüfteln.

3. Kapitel

»TÄT BERLIN FREIE UNIVERSITÄT BERLIN FREIE UNI«, stand hellblau auf dem grauen, spartanisch rauhen Toilettenpapier. Mehr aus Ratlosigkeit denn aus körperlichem Bedürfnis hatte Ute sich hier eingeschlossen. Eigentlich wollte sie ins mittelhochdeutsche Proseminar. Sie war wohlvorbereitet, hatte Regeln für An- und Umlaute gepaukt und den Hartmann von Aue laut lesen geübt, mit einer Betonung, wie sie die mollige Dozentin im Hemdblusenkleid für »sinnfällig und authentisch« hielt. So hatte sie ein ungewohnt gutes Gewissen auf der langen U-Bahn-Fahrt Richtung Dahlem. Ute gab sich dem »Rausch des Bravseins« hin, schwelgte im warmen Gefühl, eine von denen zu sein, die »sich Mühe geben«. Wie die Studenten rechts und links von ihr auf den langen Bänken des U-Bahn-Wagens. Diese schönen, ernsthaften Gesichter hinter Büchern und Zeitungen oder intensiv in Gespräche vertieft. Dazwischen nun sie, Ute Fiedler, eingeschrieben für Germanistik. Zwar war sie *nur* »Nebenhörerin«, zwar hatte sie im letzten Semester beim »Blatt-Singen« das Lesen von Buchstaben fast völlig verlernt – aber wen ging das etwas an? Wenigstens heute würde sie nicht ertappt werden. Umlaute auf »ä«... Der Zug tauchte ins Tageslicht, fuhr durch Böschungen voller Gänseblümchen und Löwenzahn und spielte mit treibenden Blütenblättern. Diese hochstämmigen Kiefern gehörten zu Ferienerinnerungen ans Zeltlager auf Sylt. Hier waren sie Alltag; rötliche Stämme, knorrige Kronen, ehrwürdige Figuren, fest angestellt bei der Freien Universität Berlin. U-Bahnhof Thielplatz – Gedränge an den Schiebetüren des gelben Zuges. Ute sah keinen Grund, sich dem Sog der immer dichter werdenden Studentenmassen zu widersetzen. Ob die alle zum Mittelhochdeutsch wollten? Ein flüchtiger Gedanke, den sie sofort wieder vergaß, als sie den Henry-Ford-Bau betreten hatte, besser, feststeckte im Menschengewühl vor der Eingangshalle. »Entschuldigen Sie«, fragte sie in einen militärgrünen Parka hinein, der nach Staub und Tabak roch: »Ist das mittelhochdeutsche Proseminar heute woanders?« Langer Blick von oben herab aus zwei kreisrunden Brillengläsern: »Frag' das bloß nicht zu laut!« – »Was ist denn los hier?« Diesmal wagte Ute nicht mehr, jemanden direkt anzusprechen. Ein kleiner Rundlicher mit fast noch bartlosem rotwangigen Kindergesicht ließ sich zu einer Auskunft herbei: »Na, wegen dem...« Ute verstand den Namen nur so weit, um festzustellen, daß er ihr nichts sagte, dann war er ihr wieder entfallen. Hängengeblieben war nur die verächtliche Abwehr, die auch in dieser Antwort mitschwang. Ohne es zu wollen, war sie weiter in die Vorhalle hineingepreßt worden und froh, in der Ferne die Tür zum Frauenklo zu entdecken. Nun hatte sie einen guten Grund, sich zielstrebig in einer Richtung durchzuschlagen: »Kann ich mal vorbei?«

»Bin lesbisch und suche dich.« – »Ich liebe Klaus K.« – »Männer sind wie Toiletten, entweder besetzt oder beschissen.« »Es gibt im Lesbenhimmel nicht einen Männerpimmel.«... Wandsprüche auf Frauenklos sind eher rar. Ute las die wenigen immer wieder, konnte sie nach kurzer Zeit auswendig, wagte nicht, die Zelle zu verlassen. Erst nach zwanzig Minuten öffnete sie vorsichtig die Tür vom Waschraum zur Garderobenhalle. Fast leer war es geworden. Die übriggebliebenen palavernden Grüppchen hatten mit sich zu tun. Ungehindert betrat Ute den Hörsaal B, in dem ihr Seminar stattzufinden pflegte. Gespenstisch trotz der Mittagshelle, dieser große Raum mit seinen wie im Amphitheater aufsteigenden leeren Stuhlreihen und den überall herumliegenden Abfallresten und Papierfetzen. »Lernportion«, stand in energischer Schrift vorne an der Tafel; der Rest war von einer trockenen Handfläche beseitigt worden.

Ob sie die Regeln für An- und Umlaute bis zur nächsten Woche behalten würde? Unwichtig! Wieder mal Mühe gegeben für nichts – Hunderte hatten sich mit ihren Leibern zwischen sie und das Ergebnis ihrer Anstrengung geschoben. Ute registrierte dies dumpf als etwas Selbstverständliches. Diese verzweifelten Versuche, anders zu werden, unzählige Male waren sie zunichte gemacht worden durch Vorfälle und Zufälle, die in ihrer Regelmäßigkeit fast gesetzmäßig waren. Warum hätte es dieses Mal klappen sollen? Jetzt blieb ihr nur noch, zu Mittag zu essen, wenn sie die lange Fahrt nach Dahlem nicht ganz umsonst gemacht haben wollte.

Auch andere waren inzwischen vom Henry-Ford-Bau zur Mensa hinübergeschwappt; man saß auf den umliegenden Rasenflächen oder stand Schlange an den Schaltern für die Essensmarken. Schneller als erwartet kam Ute zu einem Bon und fand sich, ohne suchen zu müssen, an der Essenausgabe wieder. Gemütliche Tischgruppen, große Fenster – einladend wie der Eßsaal eines Kurhotels. Sogar eine Terrasse gab es. Hier suchte Ute sich einen freien Platz – dreist, wie sie meinte – am Ende war dieser Teil der Mensa ausschließlich für Professoren und Assistenten vorgesehen? Andererseits: was um sie herum in die Sonne blinzelte, sah nicht danach aus. Das waren Studenten, pfiffig oder überaus ernsthaft, lässig oder mit genüßlich eingeübtem Imponiergehabe, sauber gescheitelte und wuschelhaarige, milchgesichtige und bärtige Studenten. Dazwischen, leicht in der Minderzahl, Frauen, schön und selbstbewußt, mit selbstgeschnittenen Haaren, in der Mitte gescheitelten Madonnenfrisuren oder wippenden Pferdeschwänzen.

Ute dachte an die winzige Kantine in der Musikhochschule, an die Kasten und Gruppen, die dort ihre festen Tische besetzten und sich kaum zu mischen pflegten: die Opernsänger, bunt und gespreizt wie Paradiesvögel, die Orchestermusiker, nach Instrumenten geordnet: neben der Tür die Geiger mit dem verhärteten blauroten Fleck am Hals, am anderen Ende des Tisches, stämmig, untersetzt und rundgesichtig, die Blechbläser. In jeder Pause befaßt mit ihren drei Lieblingsthemen: »Schwere Stellen«, »Orchesterlatein« und Mucken – »Hauptsache, die Kohle stimmt.« Schließlich waren da die Schulmusiker, zu denen sie, Ute, gehörte, durch den verschulten Studiengang semesterweise zu fast familiärer Dichte zusammengeschweißt, geschäftig, hausbacken und unauffällig. Hier sah sie lediglich eine Masse von Einzelpersönlichkeiten, jede von ihnen prägnant und sich selbst genug. Oder hatten sie doch etwas gemeinsam? »Freie Universität Berlin« stand als unsichtbare Leuchtreklame über dem Pärchen, das den Tisch mit ihr teilte. Er war groß und blond, hatte aufmerksame blaue Augen, bedächtige Bewegungen und wirkte durch einen struppigen Schnauzbart ein bißchen verwegen. Die Frau – Ute stutzte zunächst, als sie sich zu ihr setzte: Helles Stirnband im fast schwarzen Haar, das am Hinterkopf hochgesteckt war, gerade Nase mit einem Sattel von Sommersprossen. War das nicht...? Die Klassenkameradin, die ihr nun einfiel, hatte sie immer ein bißchen verachtet – phantasielos, fleißig, unentwegt hatte die seit der Sexta ihre Pflicht getan und eintönig gute Zensuren nach Hause getragen. Was die wohl studierten? Aus den Gesprächsfetzen, die Ute mitbekam, ohne aufdringlich zu sein, war nichts zu entnehmen, obgleich sie eher fachlicher als privater Natur zu sein schienen. Andererseits: die Art, wie die beiden sich manchmal berührten, so selbstverständlich, wie sie sich ansahen und lächelten oder schweigend in die Sonne blinzelten, ließ Ute sich schmerzlich allein fühlen.

Die lernten hier, sich in der Welt zurechtzufinden und sie zu gebrauchen. Auszuwählen aus einem unermeßlichen Angebot an Wissen, Bekanntschaften, Freundschaften, Liebschaften. Kläglich überschaubar wirkten dagegen die sechs Studienkollegen in »ihrem Semester«, mit denen sie Theorie, Gehörbildung und Formenlehre über sich ergehen ließ und das Lesen verlernte. Nein, es war wohl doch nicht die Ele. Trotzdem sah Ute ihre langjährige Mitschülerin nun in einem anderen Licht. Die hatte »sich Mühe gegeben«. Ohne Aufhebens, selbstverständlich und regelmäßig. In der Schule, zu Hause, überall dort, wo sie, Ute, ihre Chancen vertan hatte. Die würde sich auch nicht entmutigen lassen durch eine weggewischte »Lernportion«.

Inzwischen hatte sie aufgegessen: Spargelsuppe, Curryhuhn, Blaubeerquark, alles zusammen für DM 1,80. Gestern in der Mensa der Technischen Universität hatte sie kaum etwas angerührt. »Bismarcks letzten Husten« hatte es gegeben, eine rötlich schimmernde Masse unbestimmbarer Konsistenz. Ute hatte in dem niedrigen dunklen Saal an einem der langen Tische gesessen und ein Weilchen darin herumgestochert. Rechts und links von ihr arabische Studenten, die Blätter mit mathematischen Formeln an ihr vorbeireichten. Keine drei Minuten dauerte es, bis sie beschlossen hatte, satt zu sein. Aber bis dahin war das Essen auch gänzlich ungenießbar geworden. Übrig blieb ein talgiger, steif zementierter Brei, in dem die Gabel senkrecht stehenblieb. »Lungenhaschee« hieß das übrigens offiziell und kostete DM 2,20. Während sie zur Geschirrabgabe anstand, grübelte Ute darüber nach, was es sein konnte, das die Studenten hier in Dahlem wie einen Bienenschwarm zusammentrieb. Schwer zu erkennen für jemanden, der aus der engen, stinkigen Innenstadt kam und von der Sonne auf den Rasenflächen und in den Kiefernkronen geblendet war...

Besteck in den Drahtkorb, Abfall in den Kübel. Vor ihr ließ jemand ein unversehrtes Hühnerbein hineinfallen. »Ich weiß, was hier los ist«, dachte sie plötzlich. »Denen geht es zu gut. Den Brotkorb sollte man ihnen höher hängen.«

»ddd ddd eseses ccc« – pianissimo hingetupfte Achtel-Triolen. Ein Flirren nur darf zu hören sein, als atmosphärischer Untergrund für die zwitschernde erste Geige. Eine Stelle, bei der Üben zwecklos ist. Man kann sie spielen – oder nicht. Ute kann sie nicht. Nur neulich, Montag morgen, als sie sich mit Valium 5 über die unruhige Nacht vorm Wochenbeginn geholfen hatte, da gab es plötzlich die federnde Elastizität des rechten Handgelenks, die sie bisher auch durch beharrliche Bogenübungen nicht hatte herstellen können. Jetzt war der Arm wieder wie Blei und fiel nur deshalb nicht ab, weil er an Achsel und Handgelenk fest einbetoniert war. Einfach laufen lassen, ohne nachzudenken – diese Stellen waren ihr immer am schwersten gefallen. Einen musikalischen Bogen ausgestalten – das konnte sie. Vor Ewigkeiten zu Papier gebrachte Gefühle zu den ihren zu machen und hörbar werden zu lassen – das hatte ihr den Ruf eingebracht, musikalisch zu sein. Ganz abgesehen davon, daß sie sich, bienenfleißig geigend, damit anderen Anforderungen ihrer Familie entzog.

Eine etwas einseitige Art von Talent – ihr fehlte die mit rhythmischer Sicherheit verbundene schwungvolle Lockerheit, die es braucht, um andere musikalisch mitzureißen, ihr fehlte die Fähigkeit, Notenbilder und harmonische Strukturen schnell zu erfassen, und – wenn sie ehrlich war – sogar das Interesse, dies wirklich zu lernen.

Warum dann solch ein Studium? Es war keine Berufung gewesen, kein innerer Trieb, kein »dies und nichts anderes machen können«. Vielmehr hatte ihr Vater die Freiheit, sich anders zu entscheiden, aus ihr herausgeprügelt. Drei Wochen vor Schulabschluß. Mit heftig hervorgestoßenen Worten wie: »Schnapsidee, Hungerkünstlerin, albernes Getingel« und: »Alte Jungfer mit Schulchor.« Er hatte sich weder von der Mutter beeindrucken lassen, die, um Ute zu schützen, sogar eine Ohnmacht simulierte, noch sonst etwas wahrgenommen. Schon gar nicht Utes Stimme, heiser vor Wut, aber laut genug, um ihre eigenen Zweifel zu übertönen, die unabhängig vom Vater in ihr gewachsen waren. Danach war die Entscheidung für das Musikstudium eine prinzipielle geworden, hatte etwas von einem Märtyrer-Opfer. Sich anders entscheiden, umsatteln, aufhören? Dem rotgesichtigen Choleriker in den Mund legen, was ihr ohnehin in den Ohren klingelte: Daß er's »schon immer gewußt« habe? Unmöglich! Drei Semester hatte sie nun überstanden, nicht gut, nicht schlecht. Unberufen würde sie weitermachen bis zur Zwischenprüfung, bis zum Examen, bis – womöglich bis zur dritten Strophe des Deutschlandliedes am 17. Juni und dem Quempas-Singen vorm vierten Advent in den Mauern eines Mädchengymnasiums? Grauenvolle, abstoßend vertraute Perspektive. Und Ute hatte die peinliche Ahnung, daß spätestens dann die Erwartungen ihres Vaters sie eingeholt haben würden.

Ute seufzte und suchte die vor ihr liegende Stimme nach Stellen ab, bei denen Üben sich lohnte. Andante con moto, Schubert, Quartett d-Moll, op. posthum, »Das tote Mädchen« im Musiker-Jargon.

Ausgerechnet das! Ute kannte so viele Quartette von Mozart und Haydn, die gerade am Anfang leichter zu bewältigen sind. »Das tote Mädchen!« Wer damit beginnt, ist selbst lebensmüde, der will gar nicht ernsthaft Quartett spielen, sondern »schrubben« – möglichst schwere Stücke recht und schlecht herunterreißen und diese Klangkarikatur als Meisterleistung empfinden, doch das ist nur möglich mit dem ausreichenden Maß an Selbstzufriedenheit, Eitelkeit und Oberflächlichkeit.

Sie hätte es ablehnen sollen, als Roland ihr die Noten gab. Aber sie war begeistert gewesen. Begeistert, daß er sie überhaupt gefragt hatte, begeistert von der Idee, es mit Schubert zu versuchen. Sie dachte an die herrliche Cello-Variation im zweiten Satz: Sie würde ihn begleiten. Was? Da gab es noch Bruno und Elke? War ihr doch egal! Sie spielte mit Roland. Jede Woche drei Stunden. Mit anschließendem Kneipenbesuch. Mucken, kleine Konzerte, gemeinsames Lampenfieber davor. Danach: Verbeugen, Händchenhalten – »das Publikum rast«. Dieser Rausch des Erfolgs, der es so leicht macht, sich in die Arme zu fallen. Andere schaffen es so; sie, Ute, könnte solch eine Chance gebrauchen. Fahrten nach »Westdeutschland« – warum nicht mal wieder ein Quartett-Abend im Villinger Kurhaus-Saal? Vielleicht im Herbst, wenn die Sauerland-Wälder rotbraun waren. Auf bergigen Wegen würden sie die Füße schleifen lassen und Schneepflügen gleich die raschelnden Blätter in Kniehöhe vor sich herschieben... Dann abends im Hotel: »Zwei Doppelzimmer!« Sollten Bruno und Elke doch machen, was sie wollten! Das waren ja nur Schulmusiker – nicht unbegabt, ehrgeizig, aber einfallslos. Ute nahm sie in Kauf und war sicher, daß auch Roland sie nur als Füllsel betrachtete. Weil zu einem Quartett eben vier gehören. Roland, der alles konnte: Klavier spielen, Cello, Gitarre, Horn, Singen, souverän, schwungvoll, unbekümmert, ohne viel zu üben. Ein Musiker, der sich auch in schlechten Zeiten sattspielen würde. Der von einer Haut in die andere schlüpfte mit der Begeisterung eines Schauspielers: heute in den schwarzen Anzug, morgen in Jeans, nächste Woche in eine Lederjacke mit Fransen. So tingelte er sich durch die Berliner Muck-Landschaft, unbeschadet der sauertöpfischen Mienen seiner Lehrer. Roland bestimmte auch den Besuch der sogenannten Pflichtveranstaltungen mit souveräner Gelassenheit selbst.

Es war ungewöhnlich, ihn zwanzig Minuten vor Vorlesungsbeginn im Musikgeschichtssaal verschwinden zu sehen. »Die Gavotte als höfische Tanzform« war das Thema an diesem Tag, uninteressant wie alles, was die ältliche Professorin zum besten gab. So war es Neugierde, weswegen Ute ihm in den Hörsaal gefolgt war, und ehe sie sich versah, hatte sie einen Stapel Zettel in der Hand. »Du kommst gerade richtig. Hilf mir mal!« Natürlich half sie ihm. Erst, als auf jedem der Plätze ein Blatt lag, sah sie nach, was sie da eben verteilt hatte. »Aufruf zur Vietnam-Demonstration. Sonntag 15 Uhr, Joachimsthaler Straße.« Eigentlich interessierte sie so etwas nicht...

Unmöglich, daran zu üben. Nichts ist fader als so eine Zweite-Geigen-Stimme! Diese Staccato-Achtel-Triolen, diese gleichmäßig punktierte Dudelsack-Begleitung. Fortissimo nur, wenn alle mitmachen, das Thema höchstens einmal angedeutet in matter Unterterz. Schwarz auf weiß ausgedrucktes musikalisches Mitläufertum, dezent, zuverlässig, immer vorhanden, ohne Eigenständigkeit. Da sein, aber nicht wichtig. Natürlich, das war ihre Rolle! Sie, Ute, und erste Geige? Diese strahlende Stimme, die zwitscherte, turnte, tobte, sang, sich vom dreigestrichenen bis zum kleinen »g« herunterstürzte? Wenn sie ihr diese Stimme zugetraut hätten, dann würde sie üben! Und Bruno vor Neid erblassen lassen. Bruno, der so vierschrötig spielte, wie er auch aussah, routiniert, sicher, geübt. Andererseits: sie als erste Geige, tonangebend für alle anderen? Sie, die rot und verlegen wurde, wenn jemand ihr ins Gesicht sah? Wie sollte sie drei Leuten einen Einsatz geben, sie führen, antreiben, bremsen? Sie würde die Stimme spielen wie eine Solosonate, schön und verloren, ohne sich um die anderen zu kümmern... Ute legte das Instrument in den Kasten und entspannte den Bogen. Das war der Erfolg nach jahrelangem Üben: Zur zweiten Geige verdammt sein und ihr nicht zu genügen. Von der ersten Geige zu träumen und ihr nicht gewachsen zu sein. Aber immerhin: Spielen mit Roland.

Mittelhochdeutsch sollte heute in der Deutschen Oper stattfinden. Warum – fragte Ute sich nicht. Hauptsache, sie war vorbereitet. Sogar auswendig konnte sie den Text, als freiwilliges Sonderopfer für das eigene gute Gewissen. Jetzt kletterte sie über rot-weiße Absperrungen, drängte sich zwischen Polizisten hindurch und schob – rätselhaft mutig – sogar zwei Schäferhunde beiseite, um noch pünktlich ins Seminar zu kommen. Ärgerlich waren nur die Studenten, die von beiden Seiten der Bismarckstraße, aus der Wilmersdorfer Straße, aus den Unterführungen des neuen Opernviertels hervorquollen und sie am Vorwärtskommen hinderten. So sehr sie auch schob, drückte und drängte: Der Abstand zwischen ihr und dem Eingang zum Opern-Foyer wollte nicht kleiner werden. Je länger sie versuchte, hindurchzustoßen, um so klarer wurde ihr, daß sie ihr Ziel nicht erreichen würde und – schlimmer noch – daß sie selber schuld daran war. Sie, Ute, hatte die alle geholt mit ihrem Übereifer, endlich dazugehören zu wollen. Man hatte die Schäferhunde dressiert, die Straßensperren gebaut, sich dicht an dicht zusammengefunden, um *ihr* den Weg zu versperren, ihr, den An-, Um- und Ablauten, den Lautverschiebungen und dem, was sie sonst noch auswendig herunterleiern konnte. In dieser aufdämmernden Erkenntnis wirkte es fast wie eine Erleichterung, was plötzlich um sie herum als Gerücht weitergegeben wurde: »Die Entführung aus dem Serail« werde aufgeführt – »da drin«. Vielleicht wollten die alle nur in die Oper? Und sie? Unschlüssig, welche Richtung sie einschlagen sollte, stieß sie mit jemandem zusammen, der ihr bekannt vorkam. »Was willst du denn hier?« fragte der, sichtlich erstaunt. »Ins mittelhochdeutsche Seminar«, wäre ehrlich gewesen, aber etwas sagte ihr, daß diese Antwort fehl am Platze war. »Ich kann nicht Geige spielen«, hörte sie sich sagen. »Das seh' ich!« lachte der andere; Ute folgte seinem Blick und bemerkte mit Grauen und Erstaunen, daß an ihrer linken Hand zwei Finger fehlten. »Laß' mal, dafür kann ich kein Französisch. Obwohl ich Romanistik studiere.« Als intimes Bekenntnis kam das, leise, prahlerisch-verschämt mit leichtem Lächeln. Dann streckte er kokett-verlegen seine Zunge heraus, eine Zunge, lang und gespalten wie die eines Märchendrachens.

Ute zuckte zurück, peinlich berührt wie vor der Enthüllung eines Exhibitionisten, suchte vergeblich nach einem Fluchtweg für ihre Augen. Wo sie auch hinsah – sie fühlte sich heiß, rot und ratlos werden. Die waren ja alle lädiert, die Parka-, Nickelbrillen- und Bartträger, die Madonnenscheitel-, Sommerfähnchen- und Riemchensandalenfrauen um sie herum. Vor ihr eine sonnenverbrannte Halbglatze – tief eingedrückt wie ein beschädigter Kotflügel. »Muß hohl sein...«, dachte Ute. Dann dieser etwa dreiundzwanzigjährige Mann mit malerischem Stoppelkinn – warum bekam der die Augen nicht auf? Und die Pferdeschwanzfrau direkt neben ihr – hatte die gar keinen Gehörgang im rechten Ohr? Zugewachsene Nasenlöcher, fehlende Zehen, Füße und Hände, willkürlich klaffende Öffnungen in allen erdenklichen Teilen des Körpers, durch die manchmal Licht fiel wie durch die Astlöcher einer Bretterwand. Ein Heer von Versehrten, das sich ansonsten in nichts von den Studenten im Henry-Ford-Bau unterschied. Merkwürdig, wie gelassen, selbstverständlich, sogar stolz alles zur Schau getragen wurde. Frühlingsblumen in Stirnlöchern, eine kokett zurückgesteckte Haarsträhne, die ein fehlendes Ohr offenbarte, ein Mann, der seine Freundin liebevoll an der Stelle kraulte, an der eigentlich ihr rechtes Auge sein sollte. Im Nebel zerfließende Unterleiber eines engumschlungenen Pärchens... »Gleich und gleich...«, dachte Ute beim Anblick einer angeregt redenden Gruppe, in der niemand mehr als eine Hand hatte. Und nicht weit davon...

»Paß auf!« hörte Ute plötzlich und fühlte sich so hart am Arm gerissen, daß sie das Gleichgewicht verlor. Fast wäre sie auf ihren Nachbarn gestürzt, der sich zu Boden geworfen hatte – wie alle um sie herum. Aufrecht war nur noch die Front der Polizisten, bedrohlich mit ihren zerrenden Hunden und so nah schon, daß Ute das Hecheln hörte und von nervös spielenden Zungen und spitzen Zähnen den Speichel tropfen sah. »Scheiße – mein Vater!« kam ein gedämpfter Aufschrei von hinten, und Ute riskierte – an den Hunden vorbei – einen Blick auf die anrückenden Männer. Schultern in einer Linie, gleichmäßige Reihe der Gesichter; nur an einer Stelle gab es einen Knick nach unten, und dort – Ute wunderte sich nicht einen Augenblick lang – war ihr Vater. Einen halben Kopf kleiner als seine Nachbarn, die Augen wie sie auf die liegenden Menschen gerichtet, die ihnen den Vormarsch versperrten. Ob er sie sah? Bevor sie diese Frage an sich heranlassen konnte, fielen Schüsse, hart, durchdringend, einer – noch einer mit gellendem Echo – oder waren es zwei? Ute lief – ließ sich mitreißen von der Masse davonstürzender Leiber, die an der nächsten Kreuzung Strudel der Verwirrung bildeten, sie selbst ließ sich nicht aufhalten davon, rannte mit einigen anderen weiter geradeaus, bewegte die Beine mit erstaunlicher Mühelosigkeit – Langstreckenlauf war nie ihre Stärke gewesen. Fand sich überraschend wieder im Übungsraum 112 der Musikhochschule – schwer atmend, mit gewaltsam klopfendem Herzen hinter dem aufgeklappten Flügel kauernd – Seite an Seite mit Roland.

Erst nach schmerzhaften Versuchen gelang es ihr, sich zu strecken, gerade rechtzeitig, um den Wecker zum Schweigen zu bringen, der direkt über ihrem Kopf sein Getöse angestimmt hatte.

Brocken des Traums und der jüngsten Ereignisse überlappten, verdeckten, ergänzten sich. Teile eines Puzzles, das nicht aufgehen wollte. Zu viel fehlte. Ute lag auf dem Rücken und starrte ins Halbdunkel, sinnlos den Ungereimtheiten ausgeliefert, die sie nichts angingen und doch bewogen hatten, ihren Wecker auf vier Uhr morgens zu stellen:

Galavorstellung in der Oper. Uneingeladen vor dem Gebäude: 3000 Studenten. Eingeladen und schärfstens bewacht in der Ehrenloge: der Schah von Persien. Pfauenthron – fiel Ute dazu ein und:

»Schade, Soraya kriegt kein Kind!
Schade, dem Schah sein Sack ist blind …«

Dann: Farah Diba – freie Stirn und nach hinten toupierte

Haare. Ute war nicht vor der Deutschen Oper gewesen. Sie hatte den lindenblütenduftenden Sommerabend genutzt, um über die krumme Lanke zu schwimmen. Später – erfrischt und zufrieden, mit feuchtem Haar und wohlig schweren Gliedern in der U-Bahn – hörte sie etwas von: »Einer ist tot...«, und: »Wahnsinnig viel Polizei.« Es herrschte eine merkwürdig aufgeregte Stimmung, in der fremde Menschen quer durchs Abteil miteinander sprachen. Nur Ute dämmerte beschaulich in der Glasglocke ihres momentanen Wohlbefindens. »Was gehen mich anderer Leute Katastrophen an«, dachte sie und: »Wohl wieder mal Trunkenheit am Steuer.«

Am nächsten Morgen schrien es ihr die Schlagzeilen ins Gesicht:

»Der Schah und Farah in Berlin:
Blutige Krawalle – 1 Toter!«

»Randalierende Studenten –
einer blieb liegen.«

»Straßenschlacht vor der Oper:
Einer erschossen.«

So wußte sie wenigstens, wovon die Rede war, als ihre Gesanglehrerin plötzlich die Atemübungen unterbrach: »Die hätten ruhig noch ein paar mehr erschießen können.« »Wie bitte?« fragte Ute eher aus Ratlosigkeit, und Frau Hansmann zupfte erregt an dem Granatkreuz, das ihre Bluse über dem mächtigen Busen zusammenhielt. »Ich sagte: Die Polizei hätte ruhig ein paar Studenten mehr erschießen können. Damit das ein für allemal aufhört. Das ist doch eine Geschmacklosigkeit sondergleichen! Und ausgerechnet bei der ›Entführung‹! ›In diesen heil'gen Hallen...‹ Ausgerechnet, wenn unser schönstes deutsches Kulturgut dargeboten wird. Einem der letzten wirklichen Herrscher. Der noch Würde hat – Ütchen...«, sie schaltete wieder auf »Unterricht« und schlug einen neuen Akkord an: »Das war schon viel besser! Kein Vergleich mit dem letzten Mal. Nur noch das eingestrichene A richtig von oben ansetzen.«

»Wie ein Zahnarzt, der bei der Behandlung seine Patienten beschimpft«, dachte Ute. »Ohrfeigen müßte man dich. Und anzeigen. Fette Sau, mit deinen drei Warzen im Gesicht. Wenn ich jetzt könnte, wüßte – wüßte...« Nichts war demütigender als Wehrlosigkeit, in der Argumente die Gefühle im Stich lassen. Ute spürte, wie sie bis unter die Haarwurzeln heiß wurde. Sicherlich auch tiefrot – ein weiterer Grund, sich zu schämen, denn dieser alten Vettel am Klavier gönnte sie die Einsicht in ihre sprachlose Verlegenheit nicht. Nur jetzt nichts sagen oder tun, was ihre Lage noch schlimmer machen würde. »Ha ha ha haaaa«, sang Ute und setzte das eingestrichene A brav von oben an.

Schwarze Armbinde, verwegen am kurzen Ärmel seines Sommerhemdes festgesteckt – so erschien Roland am Nachmittag zur Quartettprobe und reagierte auf das Gelächter von Bruno und Elke längst nicht so sprachlos wie Ute am Morgen in der Gesangsstunde. Nein – seine Oma sei nicht gestorben, auf geschmacklose Witze könne er verzichten, und wenn sie nicht mitbekommen hätten, was gestern in der Stadt passiert sei, sei das ihr Problem. Schweigend hatte er sein Cello ausgepackt, den Bogen eingerieben, seinen Stuhl zurechtgerückt und auf dem gummierten Fußboden einen Halt für sein Instrument gesucht. Auch die anderen sagten nichts mehr. Schwebender Kammerton a im geräuschfreien Raum; nach dem Stimmen klappte Bruno die Noten auf: »Fangen wir mit dem zweiten Satz an. Der paßt am besten zu deinem Ärmel.« Das reichte, damit Roland das Cello beiseite legte und den Bogen entspannte. »Ich kann jetzt nicht spielen!« sagte er. »Es fällt mir sowieso schon schwer – und besonders mit euch. Es geht nicht...« Er bedeckte das Gesicht mit den Händen. »Mach' dich nicht lächerlich, Roland.« Bruno setzte die Geige wieder ab. »Was geht uns der Schah an? Die sollen ihre Nase nicht in solche Sachen stekken, dann wird auch keiner erschossen...«

Was ist eine konstitutionelle Monarchie? Wieder etwas, das Ute in der Schule nicht mitbekommen hatte. Diesmal traf es sie anders als sonst, dieses Bewußtsein ihrer Unwissenheit und deren Folgen. Ob sie das jemals aufholen würde? Das fatale Gefühl beschlich sie, täglich dümmer zu werden, sich Einblicken zu verstellen durch Partituren und Einzelstimmen, Weltprobleme zu überspielen mit Bachsonaten und Schumanns Kinderszenen. Resa Pahlewi, aufgrund seiner Geburt Spitze der Exekutive, Herr über Gnade und Hinrichtungen. Was gab es nicht alles in der Welt an Ungerechtigkeiten, Morden, Kriegen, Kindern, die vor Hunger schrien, bevor sie starben. Und sie, Ute, vernahm davon nichts, hatte die Ohren voll mit Umkehrungen, Septakkorden und verminderten Dreiklängen. Roland – der hatte die Hände noch frei, während bei ihr die einzelnen Finger vergeben waren für Triller-Übungen und chromatische Tonleitern. Roland – der sah durch die Noten hindurch, schien vier Ohren und acht Hände zu haben.

Plötzlich haßte sie Bruno, wie er da saß, väterlich-feist, die winzige Geige auf seinen runden Knien. »Es geht uns nichts an. Die sollen gefälligst studieren, dann passiert ihnen auch nichts« – mit der Eintönigkeit eines schläfrigen Seelöwenbullen stieß er immer wieder das eine Argument hervor. Überhaupt hatte er viel von einem Seelöwen. Daß ihr das früher nicht aufgefallen war! Wie er über den Stuhl schwappte, auf dem er saß! »Er wird noch fetter werden im Lauf der Jahre«, dachte Ute. »Noch phlegmatischer und immer dümmer. Grauenvoll! Und Elke himmelt ihn an.«

Nach einer Stunde hörten sie auf mit der Probe, die keine war. »Kommst du mit?« fragte Roland, als die beiden anderen den Raum verlassen hatten. Er hatte ihre Sprachlosigkeit bei der Persien-Debatte als das genommen, was sie auch war: schweigende Zustimmung. Ja, natürlich wollte sie mit. »Wohin?« fragte sie, nur der Form halber. »Nach Hannover.« Ach so. Sie hatte gedacht, Kaffeetrinken. Endlich allein sein mit Roland, ihm sagen, daß sie auf seiner Seite stand, auch wenn sie es nicht ausdrücken konnte. »Was ist in Hannover?« »Zur Trauerfeier. Wir haben noch einen Platz frei. Ich dachte, dir wäre es vielleicht auch wichtig.« Zur Trauerfeier? »Gruftmucken« fielen ihr sofort ein, schnell verdientes Geld für einen langsamen Satz, vollautomatisch versinkende Särge, eilige Pfarrer, die grundsätzlich nur gute Menschen zu Grabe geleiteten, Friedhofsangestellte, die ihren Skat zum Sargtragen kurzfristig unterbrachen, Angehörige, von denen sie vorher wußte, an welchen Stellen sie schluchzen würden...

Nach Hannover fahren, um einer Trauerfeier beizuwohnen? Absurder Gedanke. Aber vorher waren fünf Stunden im Auto, fünf Stunden neben Roland, dessen Eintritt ins Zimmer sie spürte, auch wenn sie der Tür den Rücken zuwandte, auf den sie immer wartete, auch wenn er ihr in seiner leichtfüßigen Vielbeschäftigtheit unerreichbar erschien. Die Rückfahrt – noch einmal fünf Stunden, in denen für ihn kein Entkommen war. Was konnte in zehn Stunden nicht alles passieren...

Ute zog die Beine an und sprang mit einem Ruck aus dem Bett. Sie würde mitfahren nach Hannover. Und die Trauerfeier in Kauf nehmen.

4. Kapitel

Keiner hatte ihr das gesagt. Und wenn – sie besaß gar keinen Schlafsack. Jedenfalls nicht in Berlin. Sie hätte sich einen leihen müssen oder – noch besser – überhaupt nicht mitfahren sollen. Was wollte sie hier – auf diesem braungerippten Sisal-Teppich, die zusammengerollte Strickjacke unter dem Kopf, notdürftig zugedeckt mit dem großen Badehandtuch, das ihr in letzter Minute noch in die Hände gefallen war. Verfluchter dunkelblauer Faltenrock, den sie extra der Trauerfeier wegen angezogen hatte! Alle Welt trug hier Jeans. Den ganzen Tag war sie sich fehl am Platze vorgekommen. Und jetzt fror sie. Verknotete die kalten Beine unter dem Nachthemd, stellte sich vor, sie wieder ausstrekken zu können, entspannt und in wohliger Wärme. Spürte, wie sich das Muster des harten Teppichs in ihren Rücken einfraß, und setzte sich hoch, um eine bequemere Lage zu finden. Um sie herum war es stiller geworden. Schlafsack an Schlafsack. Schwere Militärschlafsäcke, die sich wie kleine Grabhügel vom Boden abhoben, großblumige Steppdecken mit Reißverschluß, deren Muster in der sommerlichen Nacht grell leuchteten. Einige Schläfer lagen auf Luftmatratzen und hatten sich mit Wolldecken in Bettüberzüge verkrochen. Rechts von ihr schliefen zwei Männer auf dem Rücken. »Wie aufgebahrt...«, dachte Ute. Ihre Gesichter mit den halboffenen Mündern sahen nackt und verletzlich aus. Bei dem einen schimmerte grau der Eintagesbart. Der andere schien hellhäutiger zu sein, hatte einen Leberfleck auf der Wange und die tiefliegenden Augen des Brillenträgers. Er drehte den Kopf in Utes Richtung und begann leise zu schnarchen. Drüben an der Wand stand ein deckenhohes Kreuz. Ob sie auch Gottesdienste hier abhielten? Direkt darunter drei Leute, die sich, auf dem Bauch liegend, leise unterhielten, und daneben... Ute hatte schon ein paarmal die Augen schnell weitergleiten lassen, in der Hoffnung, nichts gesehen zu haben; aber jetzt wurde es auch unüberhörbar: Ein notdürftig gedämpftes rhythmisches Stöhnen, das zunehmend lauter wurde. Ute riskierte noch einmal einen Blick auf die in Bundeswehr-Tarnfarben gefleckte Plane, unter der es sich heftig bewegte. Daß sich sonst niemand daran störte...

Erneuter Liegeversuch auf dem ungastlichen Teppich, mit dem Rücken zum peinlichen Geschehen; aber sofort spürte Ute sich heiß werden von einer Welle fast schmerzhafter Scham: neben ihr, wie ein Kokon, den ein geschlüpftes Insekt zurückgelassen hat, lag leer und aufgebläht Rolands Schlafsack. Vor zwei Stunden war er verschwunden, um »eben noch was zu erledigen«. Seit zwei Stunden wartete Ute auf ihn und wünschte sich gleichzeitig, ihn nie getroffen zu haben. Machte ihn verantwortlich für den Felsbrocken, der sich in ihrem Leib zusammengezogen hatte, für den Kloß, der durch Schlucken nicht zu beseitigen war und ihr Übelkeit verursachte. Kämpfte obendrein gegen das Bedürfnis an, mit dem Kopf gegen die Wand zu schlagen, sich die Nägel ins Gesicht zu krallen oder sich etwas anderes anzutun, was sie übertreffen könnte, diese Gefühle von Trauer, Enttäuschung und Mutlosigkeit. Besser vielleicht: Aufspringen, auf den liegenden Körpern einen wilden Tanz beginnen, sich auf die Schenkel klatschen, in schrilles, höhnisches Lachen ausbrechen – über sich selbst. Niemand anders als Ute hatte sie in diese Lage gebracht. Welcher Einbildung war sie nur aufgesessen! Mit welchem Recht hatte sie heute morgen, vor Freude und Aufregung zitternd, Rolands Nummer gewählt, mit Herzklopfen darauf gewartet, daß er zweimal kurz klingelte, um sie abzuholen? Wie kam sie dazu, es selbstverständlich zu finden, daß die DDR auf Kontrollen verzichtete, wenn sie die Grenzen passierten? Sie und Roland, Roland und sie – das andere Pärchen im Wagen, die »Mitfahrgelegenheit«, war nur Begleitpersonal, ebenso wie ihre Eskorte der 15 000, die in ihren alten Autos so ungehindert von Deutschland nach Deutschland fuhren, als ginge es von Wilmersdorf nach Schöneberg. Das alles war nur Tarnung: Dieser Platz in Hannover, wo die Wagen geparkt wurden, die organisierte Ausgabe von Trauerbinden an jeden Teilnehmer, der noch keine hatte. Rollenspiel, durchschaubares Theater, nur inszeniert, damit sie, Roland und Ute, Zeit hätten, vom Funkturm bis Magdeburg von sich zu erzählen, wechselweise; mit behutsamen Fingern die Verpackung von ihrer Geschichte und ihren Geschichten abzulösen, all die Gemeinsamkeiten und verheißungsvollen Unterschiede zu entdecken; daß sie sich wie zufällig immer häufiger berühren konnten, sich ansehen und lachen; daß Ute kurz vor Marienborn ihr Gesicht in Rolands Schoß kuschelte und nachholte, was sie in der Nacht versäumt hatte – einen traumlosen Schlaf. Was machte es aus, daß sie keinen von denen kannte, die sich neben ihr, vor ihr, hinter ihr die schwarze Binde anlegten. Ohne Zögern nahm sie einen fremden Arm, als Reihen gebildet werden sollten – was konnte ihr schon passieren, wenn sie linker Hand bei Roland fest verankert war! Nie hatte sie sich so aufgehoben gefühlt wie in diesem Trauerzug, der sich als breite Formation die unbekannte Straße hinabbewegte. An den Seiten, zwischen morgenglänzenden, verkümmerten Straßenbäumen standen Passanten, fremd und ein bißchen komisch in adretter Vormittagskluft oder Arbeitskleidung, mit Einkaufsnetzen und Kinderwagen. Ratlose oder aufgebrachte Gesichter, unverständliche Bemerkungen, die eher abweisend als freundlich gemeint waren. Wie von diesem Mann mit dem mächtigen roten Kopf und dem Kavalierstüchlein in der Brusttasche, der die Fäuste schüttelte, ausdauernd und regelmäßig, gleichsam aufgezogen, und mit heiserer Stimme etwas hören ließ von »Arbeiten« und »Osten«.

Vielleicht, daß alles für einen Schweigemarsch ein bißchen zu laut war und für einen Trauermarsch ein bißchen zu heiter – ihr, Ute, war es nur recht. Was sollte sie schweigen und trauern, wenn sie hier mit Roland im Sonnenschein laufen durfte, fern von einsamen Parkbänken, Fingerübungen und miesepetrigen Streicherkollegen – »Hauptsache, die Kohle stimmt!« Schnurren wie eine zufriedene Katze hätte sie mögen! Mehr und mehr ließen sie das Erzählen, genossen es einfach, nebeneinander zu gehen und sich anzufassen, sich über komische Szenen mit Blicken zu verständigen, zusammen loszulachen, ohne darüber viel reden zu müssen. Zum Beispiel über die alte Frau, die sich vorgenommen hatte, den jungen Leuten die Meinung zu sagen, und deshalb kilometerweit als unfreiwillige Demonstrantin im Zug mitmarschierte. Oder über die Zuschauer: In einem schmalen Fenster neben- und übereinander fünf Kindergesichter... »Und wenn ich Vater würde?« fragte Roland auf einmal. »Er hat auch schon geschmackvollere Witze gemacht«, dachte Ute und, mit einer Kühnheit, die ihr selbst fremd war: »Na gut, das werde ich ihm noch abgewöhnen, wenn...« Laut fragte sie: »Wieso, möchtest du gerne?« Kurzes Zögern, dann, harmlos, wie er vorher von einer Marotte seiner Schwester erzählt hatte: »Weil meine Freundin seit drei Wochen auf ihre Tage wartet, deshalb.«

Die Sonne schien unverändert und verwandelte sich doch augenblicklich vom strahlenden Spender von Lebensfreude zum sengenden Gestirn über einer Einöde. Ute zweifelte, ob sie sich würde retten können. Fremd wie in Bewegung geratenes Geröll einer Mondlandschaft waren plötzlich die Demonstranten um sie herum, bedrohlich wie schwelende Krater die offenen Türen und Fenster mit den feindselig starrenden Menschen. Gut, daß die Masse sie mit der Unerbittlichkeit eines Erdrutsches vorwärts drückte, denn die Füße wogen ihr schwer, und sie war auf einmal so müde, daß sie sich am liebsten platt auf die Straße hätte fallen lassen. Roland – was hatte sie eigentlich mit ihm zu tun? Sie klammerte sich an ihn mit der unpersönlichen Gewaltsamkeit eines Schraubstocks. Brauchte ihn nun wie ein Blinder seinen weißen Stab, als schlechte, aber einzige Hilfe, sich in einer feindlichen Umwelt zurechtzufinden. Panische Angst überfiel sie, ihn auch noch zu verlieren in dieser Stadt, in der sie nichts verloren hatte. Fast besinnungslos trottete sie mit, passierte wie alle anderen »bei Rot« eine Hauptverkehrsstraße, paßte ihren Schritt dem Rhythmus der Sprechchöre an, die den Schweigemarsch immer wieder Lügen straften, und ließ die Reden am Kundgebungsort an sich abgleiten wie die Geräuschkulisse eines Autoradios. Ute verharrte für den Rest des Tages in dumpfer Teilnahmslosigkeit. Wo hatten sie gegessen? Welche von Rolands zahlreichen Bekannten hatten sie getroffen, was hatte er mit ihnen geredet? An nichts konnte sie sich erinnern. Auch nicht daran, ob Roland ihren Stimmungsumschwung bemerkt hatte.

Erst jetzt, auf dem Boden des Gemeindesaals, nun wirklich allein, kehrte mit zunehmender Kälte und schmerzhaften Druckstellen an Rücken und Hinterteil ihr Bewußtsein wieder zurück, stieß sie in einen stummen Kampf zwischen kalter Verachtung und feuchtwarmem Mitleid mit sich selbst. Das erste siegte. Wie sollte sie weinen zwischen all diesen fremden Menschen, immer gewärtig, daß Roland zurückkommen könnte, Roland, dem sie den Anblick ihres Schmerzes nicht gönnte. Roland, ihr kleiner Flirt auf der Reise nach Hannover. Diese Wendung würde der Sache ihre Peinlichkeit nehmen. Nur stimmte sie eben nicht. Sie konnte nicht flirten, hatte es noch nie gekonnt. Es gab kein Kleingeld in der Kasse ihrer Gefühle – nur große Scheine, die sie bisher geizig für sich behalten hatte. Aus Angst vor Situationen wie dieser. Sich wiederzufinden, allein und hilfloser als je zuvor, weil sie alles ausgegeben hatte. Verschwendet an jemanden, der es einsteckte und sich davonmachte wie ein Taschendieb, um es an der nächsten Ecke achtlos zu verschleudern.

Ute stellte sich vor, sie wäre gar nicht gefahren. Dann läge sie jetzt in Berlin in dem Eichenbett mit den Kugelfüßen und der durchhängenden Matratze. Würde Roland nicht kennen, wäre nie in eine dieser Studentenansammlungen geraten, und... und... Sie gab es auf, diesen Faden weiterzuspinnen. Zu viel, was nicht geschehen sein dürfte. Statt dessen spülten nun Brocken in ihr Bewußtsein, Wortfetzen aus den Reden, Bruchstücke aus den Bildern dieses Tages. »Dritte Welt« – mehrfach von den Rednern angesprochen – was ist das? Demnach müßte es auch eine »Erste« und eine »Zweite« Welt geben? Wer war dieser Mensch, der wie die Karikatur eines Gelehrten so hochtrabend-unverständlich durch die Nase referiert hatte und lächerlicherweise auch noch »Habermas« hieß – ohne daß sich auch nur einer darüber belustigt hatte? Wieso gehörte der »besondere Status Westberlins« in eine Trauerfeier? Eher verstand schon diese Frau mit den hochgesteckten Haaren und den baumelnden Ohrringen, die plötzlich in schrilles Weinen ausbrach und sich an die breite Brust ihres Nachbarn warf, als wolle sie darin verschwinden. Angestarrt von Ute, die daneben stand und zwischen kühler Distanz und dem Drang, mitzuweinen, schwankte.

Sie hätte weinen sollen. Wozu ist eine Trauerfeier sonst da? Weiß der Teufel, warum Leute weinen, die hinter einem Sarg herlaufen. Nur, daß sie es tun, ist sichtbar und oft auch unüberhörbar. Und wer am lautesten schluchzt, ist der Kern des Geschehens, kann sich der Sympathie der Trauergemeinde sicher sein. Schreien hätte sie sollen, trampeln, mit den Fäusten auf Roland losgehen, sich an ihn klammern. Alle um sie hätten mit ihr gefühlt. Ohne zu wissen, worum es ging. Und sie wäre ihn jetzt schon los, den Kloß im Hals, der nicht weichen wollte. Der direkt in ihrer Kehle saß, immer im Begriff, sie zu erwürgen. Der sie ersticken ließ, während die Schläfer, die sie umgaben, nichts davon merkten. So erging es ihr doch, solange sie sich erinnern konnte: dabeisein und doch nicht dazugehören. Warum sollte es jetzt anders sein? Nur – daß es obendrein so kalt sein mußte...

Sie zuckte zusammen, als ihr jemand von hinten auf die Schulter tippte. Roland. »Ute! Du mußt ja völlig durchgefroren sein! Warum nimmst du denn nicht meinen Schlafsack? Komm rein!« Er erzählte was von »Päckchen schnell wegbringen« und: »Bus ausgefallen« – sie hörte kaum hin. Was interessierte sie das jetzt noch! Er war nackt – sie kämpfte mit dem Nachthemd, das auf einmal überall im Weg war. Strangulierte sich fast in ihrer stummen Entschlossenheit, es loszuwerden. Saugnäpfe an den Händen – süchtig nach Haut. Warme, lebendige Höhle aus Armen, Beinen, Brust, Bauch, in die wie eine knorrige Wurzel sein Glied ragte. Ute fühlte sich tief, weit und feucht werden. Verschwommen kam ihr der Eindruck von vorhin – die schamlos bewegte Bundeswehrplane im Schatten des Kreuzes. Sie schob ihn beiseite und versank in Wellen des Wohlbefindens. Was kümmerte sie der Schnee von heute abend?

Schlaffetzen, Dämmerminuten, in denen sie merkte, daß sie immer noch mit dem Gesicht in Rolands nackter Armbeuge lag; zwischen drei und vier Uhr ließ eine jauchzende Amsel vor dem Fenster sie plötzlich ganz wach werden. Es war hell und ruhig im Raum. Vielfaches gleichmäßig tiefes Atmen, ein hartnäckiger Schnarcher in Fensternähe, an dem niemand sich störte. Ute hob vorsichtig den Kopf und sah über Rolands Schulter. Zwischen entspannt ausgestreckten, zusammengerollten oder merkwürdig verbogenen Einzelschläfern lagen immer wieder aneinandergedrängte oder umschlungene Pärchen. Es schien nichts Besonderes, hier so zu liegen, niemand fand etwas dabei, nur Ute selbst. Am meisten erstaunte sie das Gefühl der Zufriedenheit, das sich in ihr ausbreitete – Glück konnte das wohl nicht sein. Oder besser: durfte es nicht, denn wie sollte das enden, nach dem Sonntagmorgen in Hannover, nach den fünf Stunden Rückfahrt ins Nichts... Oder wie sollte sie es nennen, ihr Zimmer bei Frau Bauch, dessen Einsamkeit ins Unerträgliche gesteigert sein würde – einfach dadurch, daß sie Roland bei seiner Freundin wußte? Wie die aussehen mochte? Sie wußte nur, daß ihre Tage nicht kamen, und versuchte, sich mehr vorzustellen, heftig und wider Willen. Das Bild, das sie sich machte, war strahlend, ein verzweifelter Versuch, Gerechtigkeit herzustellen in dieser Welt – auf eigene Kosten. Rolands Freundin – wie sollte die anders sein als sympathisch? Schön war sie sicher, leidenschaftlich – und klug. Von der Klugheit, wie sie heute gebraucht wurde, nicht dieses angelernte Schulmädchenwissen, sondern Einsicht in die Fehlerhaftigkeit und Veränderbarkeit der Welt. Bestimmt war sie nett. Möglich, daß sie sich anfreunden könnten, Ute und sie, wenn sie sich eines Tages kennenlernen würden. Und einer Freundin den Mann wegnehmen – das konnte sie nicht. Auch keiner potentiellen, die sie noch nicht kannte. Da hatte sie ihre Prinzipien. Und ihre Hemmungen. In langen Jahren gewachsenes Mißtrauen der eigenen Weiblichkeit gegenüber, immer wieder gedüngt durch den Vater, die Brüder, die Freunde ihrer großen Schwester, die durch sie hindurchzusehen pflegten oder einen kurzen prüfenden Blick riskierten, um danach zur Tagesordnung überzugehen. Ein Mann, der von ihr etwas wollte, disqualifizierte sich selbst. Hartmut, ja. Roland – nein! Nicht bei den Augen, dem Charme, dem Einfühlungsvermögen, der Phantasie, dem Talent, der Freundin. Fast beruhigt fühlte sich Ute – auch wenn es weh tat. Ihr Weg war anders. Sie würde warten, lernen, fragen, die Augen aufhalten, bis sie einem wie Roland gewachsen wäre...

Nun meldete sich das dringende Bedürfnis, aufzustehen und sich zu strecken. Gründlich bis in die Fingerspitzen hinein. Wie öffnet man ohne spürbare Bewegungen einen Reißverschluß hinter dem eigenen Rücken? Schon bei den ersten vorsichtigen Versuchen erwachte Roland, und sie begannen zu schmusen.

Lange bevor sie wußte, was das war, wollte sie so etwas haben. Die strahlenden Frauen auf den Packungen und Reklamephotos hatten ihr träumen geholfen. Jetzt scheuerte sie sich daran die Schenkel wund. »Camelia gibt allen Frauen Sicherheit und Selbstvertrauen.«

Daß es so heiß sein mußte! Das Blut wurde hart, sowie es austrat, neues floß nach, verhärtete ebenfalls, klebte in den Schamhaaren und ziepte bei jedem Schritt. Sie schwitzte überall, auch zwischen den Beinen, die Binde schlackerte – ein lästiger Fremdkörper ohne Funktion, der durch den sogenannten »Monatsgürtel« nur notdürftig gehalten wurde. »Gleich läuft es mir die Beine runter«, dachte Ute. Dieser eklige Geruch nach altem Fisch, der alles andere totschlug. »So riecht man nicht!« hatte die Mutter ihr beigebracht, als es bei ihr »soweit war«. »Jede Frau muß selbst dafür sorgen, daß es bei ihr nicht soweit kommt, koste es, was es wolle.« Koste es… Ute überschlug, was sie an Geld bei sich trug: Fünf Mark für die Schallplatte – ein Päckchen Binden fiel gerade noch ab, obwohl sie zu Hause noch reichlich hatte. Duftende Kühle der Parfümerie-Abteilung. Ute hielt Abstand zu der sorgfältig geschminkten Verkäuferin an der Kasse. Eine junge Frau in ihrem Alter, makellos, mit unverbindlicher Herzlichkeit. »Wollen Sie ein Tütchen?« Camelia trägt man eigentlich nicht offen unter dem Arm, aber Ute hatte es eilig und winkte ab. Nichts wie weg und… wohin? Haushaltswaren, Unterwäsche, da drüben die Schallplatten, wo hoffentlich noch das Sonderangebot auf sie wartete – gab es in diesem Haus überhaupt Toiletten? Schon das dritte Mal irrte sie durch die Sportabteilung. Klopapier hatte sie gesehen, im »preisgünstigen Zwölferpack« mit und ohne Muster, auch Nachttöpfe, Windeln für Kleinkinder und »ältere Herrschaften«. Daß sie nun auch noch pinkeln mußte! Hätte sie bloß nicht den Kaffee getrunken, vorhin bei Tschibo. Sie könnte ja fragen – aber sie traute sich nicht. Wen überhaupt? Den Verkäufer dort in der Elektro-Abteilung, der so wichtigtuerisch auf den dicken Herrn einredete? So wie sie war, nach Fisch stinkend, die Camelia unter dem Arm, dieses Männergespräch unterbrechen: »Entschuldigen Sie – gibt es hier auch ein Klo?« Lieber sich in die Hosen machen, als das!

»Gericht des Tages: Gefüllte Paprikaschoten mit Reis, DM 4,50.« Da könnte es sein. Ohne viel Hoffnung folgte Ute den Hinweis-Schildern zum Restaurant, stieß die Flügeltür auf, schritt über den moosweichen Teppich, der das Klirren der Bestecke nahezu vollständig schluckte, und fand sich wieder bei »Damen«. Blitzende Kacheln, gewaltiges Rauschen hinter verschlossenen Türen; der Druck auf die Blase war kaum noch zu ertragen. »Einwurf 30 Pfg.« stand als Sperre vor der lang ersehnten Erleichterung. Ute trat von einem Bein aufs andere und stocherte im Portemonnaie herum. Fünf Pfg., zwei Pfg. und das Fünfmarkstück, das für die Schallplatte gedacht war. Drüben auf der anderen Seite wurde entriegelt. Eine Frau im hellgelben Plisseekleid kam heraus, sah Ute groß ins Gesicht und ließ die Tür wieder ins Schloß fallen. Wusch sich gründlich die Finger (Waschen 20 Pfg.) und zog sich die Augenbrauen nach (Spiegelbenutzung 10 Pfg.)

Wo die Toilettenfrau auf einmal herkam, die nun an den Kacheln herumpolierte? Ute fühlte sich in die Enge getrieben von diesen Frauen, in diesem sterilen Raum, vor den Kästchen mit dem Schlitz an den Kabinentüren, durch diesen ganzen entsetzlichen Laden, den Druck auf die Blase und das klebrige, scheuernde Blut zwischen ihren Beinen. Sie konnte nicht länger hier herumstehen und erst recht nicht gehen. »Entschuldigen Sie«, sprach sie die Klofrau an, von der sie sich schon lange beobachtet fühlte: »Können Sie mir fünf Mark wechseln?«

Die Schallplatte war noch da: Brahms' Streichsextett B-Dur im Sonderangebot für 5 DM. Ute schüttelte den Geldbeutel, drehte ihn um: Es fehlten die dreißig Pfennig, die sie ihrer Notdurft geopfert hatte. Klauen müßte man können. So wie ihre Freundin Biggi, die sich immer wieder neue Apfelsinenkisten besorgte, weil sie ihre geklauten Bücher nicht unterbekam. Lästig, dieses in vielen Jahren antrainierte Gemisch aus Feigheit, Vorsicht, Verantwortungsgefühl, das man in ihren Kreisen »Gewissen« nannte. Erst neuerdings begann sie zu ahnen, daß es sich hier um eine austauschbare Größe handelte. Vor ein paar Tagen war ihr in der Mensa ein Flugblatt in die Hände gefallen, das mit der Frage begann: »Kann man den Kapitalismus sehen, hören, riechen, schmecken, fühlen?« Sie konnte es, seit etwa fünfzehn Minuten: Er sah aus wie abgepacktes Toilettenpapier und unbezahlbare Sonderangebote, hörte sich an wie das Rauschen hinter verschlossenen Klotüren, roch nach faulem Fisch, frischer Seife und Paprikaschoten und drückte, brannte, ziepte zwischen ihren Beinen. Eiliges Wühlen in Sonderangeboten, Warten vor vollen Umkleidekabinen, Schlangen an den Kassen – Ute beobachtete mit abgeklärter Überlegenheit, was um sie herum geschah. Da liefen sie hin und her, suchten, verwarfen, bezahlten – jeder in dem lächerlichen Irrglauben, er könne auch anders. »Charaktermaske«, dachte Ute beim Anblick einer etwa dreißigjährigen, flächendeckend geschminkten Frau, die damit beschäftigt war, auf dem Handrücken Lippenstiftproben zu testen. Ein plastisches Wort, daß sie gerade erst kennengelernt hatte. Charaktermaske – Frau Bauch, ihre Wirtin, war eine, Typ Berliner Rentnerin. Zu Hause in ihrer Siedlung von Einfamilienhäusern standen sie Modell für den bürgerlichen Mittelstand, ihre Eltern, ihr Vater... ach, du lieber Gott, der! Der bildete sich doch ein, für den besten aller möglichen Staaten die Steuern einzuklagen. Er wußte es eben nicht anders. Woher auch! Aber ihr, Ute, war es in den letzten Monaten zugefallen. Es lag in der Luft. Die Spatzen zwitscherten es von den Papierkörben, und die Tauben gurrten es aus den

Abfalleimern. Jeden Tag lernte sie etwas dazu und fühlte sich stark und erwachsen dabei. Eine unbezahlbare Schallplatte war dafür kein zu hoher Preis.

Direkt neben dem Eingang des Kaufhauses gab es Rostbratwürstchen. Ute verspürte plötzlich dringenden Appetit auf eins davon. Oder besser: auf zwei. Sie nahm Senf, viel mehr, als sie würde verzehren können. Ging in den Laden zurück und überlegte, ob sie sich von dem Rest des Geldes Schokolade kaufen sollte. Ein hochgewachsener Mann im enggeschnittenen blauen Anzug kam auf sie zu: »Entschuldigen Sie. Sie versperren den anderen Kunden den Weg, wenn Sie nicht weitergehen. Außerdem sehen wir es gar nicht gerne, wenn Sie hier essen.«

»Er zieht den Rotz hoch und fängt an, damit zu gurgeln. Ungefähr so«, Werner nahm Bier, ließ es hinten im Schlund Blasen schlagen, schluckte herunter. »Dann spuckt er die ganze Scheiße ins Waschbecken. Jeden Morgen, jeden Morgen. Immer nach dem Rasieren. Seit ich so bin« – er hielt die flache Hand etwa einen halben Meter über den Fußboden –, »habe ich mich geekelt davor.« – »Na und?« Vera brach ein Stück Schmalzstulle ab, drehte Kügelchen daraus und schnipste eins davon in den Aschenbecher. »Der ist wenigstens nicht so verklemmt. Ich hab' meinen noch nie nackt gesehen. Noch nie!« – »Ich auch nicht«, bestätigte Toni. »Höchstens mal aus Versehen. Ich war auch nicht scharf drauf. Dieser Speckbauch. Mir hat schon gereicht, wie er gebadet hat. Jeden Samstag. Dann hieß es: Vater badet. Alle Kinder vorher noch aufs Klo, weil dann das Badezimmer blockiert war, danach schloß er ab für ein, zwei Stunden, und du hörtest es nur noch rauschen und planschen. So stoßweise. Wie im Zoo, wenn sie die Seelöwen füttern. Wir haben nie rausgekriegt, was er da eigentlich treibt, obwohl wir fast immer davorsaßen und uns totlachten. Aber wehe, er kam raus und entdeckte uns da. Dann gab's Prügel.« – »Wirklich?« staunte Gabi. »Wieso denn?« – »Der Flur ist kein Kinderspielplatz«, zitierte Toni in hohem Tenor und leicht sächselnd, so gekonnt, daß alle lachen mußten. Auch Ute.

Widerstrebend zwar, aber sie lachte. Vergaß einen Augenblick, daß sie eigentlich schon wieder weg sein wollte aus dieser Kneipe, in die sie ohne Überzeugung mitgegangen war. Nur um einer Stunde Aufschub willen, Galgenfrist vor dem menschenleeren Bus, in dessen Scheibe die Nacht Utes vor Trostlosigkeit fades Gesicht zurückwerfen würde, als könne sie es nicht gebrauchen. Sinnloses Halten-Anfahren, Halten-Anfahren, seufzendes Öffnen der Türen, wie das Atemholen eines auftauchenden Wassertieres. Nächtliche verregnete Hildegardstraße. Dienstags war es hier finster – nicht einfach nur dunkel. Dann pflegte die schwere Tür zum Hauseingang sie beim Eintreten zu hindern, und die Treppenstufen zum vierten Stock hinauf schienen sich zu verdoppeln. Und diese Angst, das eigene Zimmer zu betreten – auch die kam dienstags. Der Ekel vor den überall hervorquellenden Staubflocken, die befremdete Abscheu vor der eigenen schmutzigen Wäsche, das Grauen vor dem einsamen Bett kamen dienstags. Seit sie diesen Arbeitskreis gegründet hatten. In Nachfolge zu dem Streichquartett, das seit »Hannover« nichts Rechtes mehr werden wollte. Zweimal waren sie noch zusammengekommen und hatten sich lustlos, ohne zu üben, am »toten Mädchen« vergangen. Bis Roland das aussprach, dem alle zustimmen konnten: daß es keinen Sinn mehr hatte. Lediglich seine Begründung rief Widerspruch hervor – daß man »nach Auschwitz kein Streichquartett mehr spielen« könne, fand jedenfalls Bruno »baren Unsinn«; der war entschlossen, schleunigst etwas Neues zu gründen, »mit Leuten, die nicht solche roten Würmer im Kopf haben«. Elke hatte zu allem geschwiegen und Ute jedes Wort Rolands in Gedanken mitausgesprochen, bis zu dem Vorschlag, in einem Arbeitskreis zu untersuchen, was »Musik heute eigentlich noch soll«. Seitdem hatte die Woche für sie eine andere Struktur. Lebte sie bisher auf Freitag zu, den Nachmittag der Streichquartettprobe, verschob sie das Zentrum nun auf den Dienstag, wo sie von 19 bis 22 Uhr Adornos Musiksoziologie lasen: Elke, die überraschend bei der ersten Sitzung erschienen war, eine größere Gruppe aus den Anfangssemestern, Ute und Roland, der den offiziellen Veranstaltungen des Studiums zunehmend fernblieb, ohne Rücksicht darauf, daß er einen Verweis von der Hochschule riskierte. Doch sie, Ute, konnte sich nicht daran hindern zu warten, mit Herzklopfen und roten Wangenknochen vor jeder Orchesterprobe und jedem Kantatentermin, wann immer Rolands Anwesenheit vom Stundenplan verlangt wurde. Da half keine Zensur der eigenen Gefühle, keine ironische Selbstdistanz, kein Lächerlichmachen ihrer Neigung, sich in Tagträume und Illusionen zu versteigen. Was wollte sie für Roland und sich? Etwa eine Perspektive – nun auf einmal? Oder – bescheidener – eine Wiederholung der Nacht in Hannover, nur als Bestätigung, daß sie damals nicht geträumt hatte? Nach dieser ersten eine letzte Nacht, um Kopf und Bauch freizubekommen für die Sehnsucht nach der allerletzten – und so fort? Ute wußte von der Absurdität ihrer Gefühle und ging streng mit sich ins Gericht, wenn sie sich wieder beim Träumen ertappte. Nur die Sorgen gestand sie sich zu, das Nachgrübeln über Anlaß und mögliche Folgen von Rolands leichtsinniger Schwänzerei, nicht aber die Erleichterung, das Glücksgefühl, wenn er überraschend einmal bei einer Veranstaltung oder auf dem Flur der Hochschule auftauchte, sie in die Arme nahm und auf den Mund küßte.

»Wie ist es, wirst du nun Vater?« hatte sie ihn bei einer solchen Gelegenheit gefragt; sie gingen zusammen die Treppe hinunter. »Was?« Er zuckte zusammen, schien von weit her zu kommen. »Ach so. Fehlanzeige.« Dann verfiel er wieder in seine hektisch-heitere Betriebsamkeit. »Du, ich muß jetzt aber rasen. Ich erzähl's dir ein andermal. Vielleicht Dienstag. Tschüs, Utchen.« Also, Dienstag. Der einzige Termin in der Woche, an dem Ute sicher sein konnte, Roland wirklich zu treffen. Der Tag, an dem sie eigens nach Hause fuhr, um sich umzuziehen, die rote Hose vielleicht oder die bunte Jacke, die sie nur tragen mochte, wenn sie wirklich guter Laune war. Der Tag, an dem sie es mit Lippenstift versuchte und mit ganz wenig Rouge auf den Wangenknochen, als ginge sie zu einer Verabredung. Es waren merkwürdige Rendezvous, bei denen sie sich darüber unterhielten, ob der »durch gänzlich adäquates Hören« zu definierende Experte Adornos ein Emanzipationsziel der Arbeiterklasse sein könne oder nicht. Bei denen Roland mit schöner Regelmäßigkeit um fünf vor zehn aufsprang und fragte: »Sagt mal, geht ihr noch in die Kneipe? Heute muß ich schnell weg, aber nächste Woche…« Warten und Hoffen auf Roland – sie mußte das wieder verlernen, bevor die anderen merkten, wie es um sie stand. Schon der Gedanke, daß jemand es ahnen könnte, machte ihr rote Ohren.

Am Ecktisch der »Dicken Wirtin« stiegen Rauchschwaden hoch und verdichteten sich zu Vätern. Dicken Vätern, hageren Vätern, phlegmatischen, fanatischen, glatzköpfigen, zwanghaften Vätern. Schemenhaft dachte Ute daran, daß sie eigentlich nach einer Stunde hatte aufbrechen wollen. Gehen – wo sie gerade gekommen war? Angekommen bei denen, die verletzt, verbogen worden waren wie sie? Denen Gewalt angetan worden war von Männern, die wunderlich und immer fremd geblieben waren? Denn das war gemeinsam an dem, was sie zu berichten hatten – bei aller äußeren Unterschiedlichkeit. Nebensächlichkeiten, banale Alltagsbeobachtungen, brutale, aus der Entfernung groteske Szenen, Eindrücke, Gefühle wurden zur Einheit. Ute, leicht schwindelig vom ungewohnt vielen Bier, klammerte sich an ihren Glaskrug und war Ohr, nur Ohr. Es bestand kein Anlaß zu reden. Nur hören, die Offenbarung aufsaugen: Alle hier waren wie sie. Selten hatte sie jemanden so gut verstanden, hatte mit solcher Spannung verfolgt, was andere zu erzählen hatten, sich so darin wiedergefunden. Das und der Alkoholpegel im Blut machten es ihr leichter, den Mund zu öffnen, in eine Pause hinein zu sagen: »Und meiner!« Sie erschrak bei der aufmerksamen Stille am Tisch, hatte nicht damit gerechnet, geriet erst mal ins Stammeln. Aber dann stieg er hervor, ihr Vater: Fromm, cholerisch, fleißig, rechthaberisch, der Kriegsrichter – gibt es das: Kriegsrichter gewesen zu sein und nicht Nazi? Diese Frage hatte sie sich so nie gestellt – der prügelnde, brüllende, schweigende Vater, der alles durchschauende, allgegenwärtige Vater, der gesetzestreue, vor dessen Gesetz bei weitem nicht alle gleich waren – und vor allem nicht sie. Egal, ob verdient oder nicht: Ihr war verweigert worden, was er all ihren anderen Geschwistern in größerem Maße gewährt hatte: Verständnis, Anerkennung, Zeit, von einem ausreichenden Wechsel gar nicht zu reden. Verglichen mit anderen Vätern war er noch nicht einmal so schlecht gewesen – als Vater ihrer Geschwister. Lediglich sie, Ute, hatte es miserabel getroffen. Diese Erkenntnis schnürte ihr nun die Kehle zu, verstopfte den Mund, lähmte die Zunge. Trieb ihr das Wasser aus Nase und Augen. Oder war es das Bier?

Sie wußte später nicht mehr, wie sie nach Hause gekommen war. Nur an das Bett konnte sie sich erinnern, das angenehm kühle Kopfkissen, an die Bewegung, in die alles geriet, als sie drin lag, als sei die Matratze an Fäden aufgehängt. Und an den dumpfen Entschluß, mit ihm fertig zu sein, diesem Vater, ihn dorthin abzuschieben, wo sie seit Jahren schon seinen Rivalen, den lieben Gott, aufbewahrte: kühl gelagert in einem abgelegenen Winkel ihres Bewußtseins. Gedankengerümpel, um es über ihm anzuhäufen, gab es reichlich, vor allem aber Dinge, mit denen zu befassen sich eher lohnte.

5. Kapitel

Das waren die, die Zitronen schickten. Ute hatte die fremden gelben Früchte in ihre Schnitze zerlegt und wie Apfelsinen verspeist – ungeachtet der kleinen Schweißperlen, die ihr dabei auf die Nase traten. Erdnüsse lagen mit dabei, fettig und gesalzen. Natürlich auch Kaugummi. Märchenhaft – eine Süßigkeit, die nicht weniger wird. Nur mit der Zeit etwas fad. Man konnte es irgendwo hinkleben, vorübergehend, und dann vergessen. Oder wiederfinden, weiterkauen, bis es noch einmal weich und geschmeidig war, zu langen Fäden ziehen oder zu Blasen verarbeiten, die mit leisem Knall platzten und an der Nasenspitze rosa Reste zurückließen. Doch das war schon Sache jahrelanger Übung...

Amerika kannte Ute zunächst nur in Päckchenform. Bis es ihr persönlich erschien, in Gestalt eines neuen Onkels mit rundem Kopf und schiefem Mund, dessen Lächeln nach rechts besonders ausladend geriet. Er öffnete seine Koffer und verteilte mit vollen Händen, was vorher selten und rar war. Saß ein paar Wochen auf dem guterhaltenen »geretteten« Vorkriegssofa der Großmutter herum, zeigte den Kindern, wie sein Knie hochsprang, wenn man dagegenschlug, brachte sie durch seine Sprache zum Lachen und verschwand wieder – gemeinsam mit einer Schwester der Mutter und deren Kindern. Amerika war verwandt, ebenso wie Tante Elfi mit Cousin und Cousinen, die langsam zur Legende wurden. Amerika war weit, reich, gut, groß, allgegenwärtig, hilfsbereit, beschützend – so, wie Ute sich ihren Vater erträumt hatte, bevor sie ihn kennenlernte. Aufrecht, tüchtig, erfolgreich, großmütig. So war Amerika, das sie ja auch nicht kannte – gewesen.

Wo Vietnam lag, wußte sie immer noch nicht. Ja, wenn sie einen Globus besäße... Aber sie hatte keinen. Sie wußte nur: Es lag weit weg von den USA. War geteilt in Nord- und Südvietnam. Da gab es Wälder, in denen kein Blatt wuchs, auch im Sommer nicht. Egal, wann dort Sommer war. Und Kinder lebten in diesem Land mit zu Narben entstellten Gesichtern, Napalmopfer. Napalm wurde abgeworfen von Amerikanern. Sicher waren auch viele Väter unter ihnen, die weite Wege zurücklegen mußten von ihren eigenen Kindern bis Vietnam.

Das hatte sich angesammelt in Ute, fast unbewußt, ohne wirkliche Bereitschaft von ihrer Seite: durch flüchtig registrierte Zeitungsüberschriften, Illustriertenphotos und Plakate, mit Hilfe kaum beachteter Nachrichtenfetzen und über Flugblätter, die sie sich in der Mensa routinemäßig in die Hand drücken ließ oder vorfand, wenn sie sich zum Essen setzte. Ehrlich gesagt, hatte sie eher widerwillig zur Kenntnis genommen, daß es Vietnam gab, ließ sie den Krieg dort anderer Leute Sache sein, schon aus Angst vor der Angst, die er in ihr auslösen konnte. Immerhin hatte die homöopathische Dosierung von schlechten Nachrichten gereicht, ihr ein schlechtes Gewissen zu machen und dieses niemals einschlafen zu lassen, schon gar nicht in Augenblikken wie diesen, wenn Plakate und Transparente gegen den Krieg an ihr vorbeigetragen wurden.

Ute wäre bestimmt nicht eigens hingegangen. Aber als sie aus der Hochschule kam und die Absperrungen, die motorisierten Polizisten und die Schäferhunde sah, war sie neugierig geworden. »Ho-Ho-Ho Chi Minh« – die hatten sich untergefaßt und rannten in breiten Reihen die autofreie Fahrbahn hinunter. Ute, die gerade eine ruhmlose Geigenstunde hinter sich hatte, verspürte Lust, mitzulaufen, schon, um wieder zu wissen, daß es wichtigere Dinge auf der Welt gibt als saubere Doppelgriffe bei einer Bachsonate. Sie verstaute ihr Instrument am Bahnhof in einem Schließfach und griff nach dem nächstbesten Arm, wurde zum letzten Glied einer Kette von Gegnern des Vietnamkriegs. Solch eine schwungvolle Demonstration hatte sie noch nie mitgemacht. Es brachte ihr Spaß, den Kindertraum vom starken, freien, guten Amerika mit anderen zusammen ins Pflaster zu treten – auch wenn sie niemanden hier kannte. »Ho-Ho-Ho Chi Minh.« »Amis raus aus Vietnam, Laos und Kambodscha.« Aha, da waren die also auch. Sie sollte wirklich mal in ein Kaufhaus gehen und so einen Globus, unter dem Vorwand, ihn kaufen zu wollen, genauer betrachten: Immerhin war es die Welt, in der sie nun schon einundzwanzig Jahre lebte.

Sie waren zu schnell gelaufen. Jetzt traten sie fast auf der Stelle, um die Reihen hinter sich aufholen zu lassen. Überall wirre Haare, erhitzte Gesichter, keuchender Atem vom Schreien und Rennen. Jetzt sah Ute auch die anderen wieder, die sie für kurze Zeit fast vergessen hatte: in den Türen der Kneipen, auf Balkonen, in den Fenstern, hinter den Absperrungen am Straßenrand. Die übliche Mischung der ratlosen, neugierigen, verächtlichen Zuschauer, dazwischen immer wieder jemand so wütend, daß er bereit schien zuzuschlagen, wenn einer der Demonstranten zu nahe kommen würde. »Tierschau«, dachte Ute, »bitte, nicht zu dicht ans Gitter treten«, und erinnerte sich gleichzeitig mit leise aufflackerndem Schamgefühl daran, daß sie vor gut einem halben Jahr selbst noch eher zu denen am Rande gehört hatte, als zu den Menschen auf der Straße. Es müßte doch möglich sein, sich verständlich zu machen. Etwa so: »Da ist Vietnam – ich weiß ja auch nicht so genau, wo ...« Nein, sie, Ute, wäre nicht die Richtige, hier etwas zu erklären. Fraglich jedoch, ob Experten hier glücklicher wären. Zum Beispiel bei den beiden Lederjackenmännern da drüben, die etwas lallten, grölten, aus dem sie nur »Studentenpuff« und »Abtransportieren« heraushören konnte. Die interessierte »Cola mit Schuß« oder »12 Uhr mittags« und anderes amerikanischer Herkunft, nicht aber Vietnam, dieses ferne, geschundene Land.

»Der Apfel fällt nicht weit vom Stamm,
auch bei uns ist Vietnam.«

Das kam von ihr, schüchtern, unangemessen, piepsig, nach einem allgemeinen »Ho-Ho-Ho Chi Minh«, das den Stuck von den Häuserfassaden bröckeln ließ. War heraus und kam ihr augenblicklich so albern vor, daß sie es am liebsten wieder heruntergeschluckt hätte, wenn das möglich gewesen wäre. Aber ihr Nachbar, von dem sie bis dahin nur einen Glencheckärmel wahrgenommen hatte, sah sie auf einmal an: »Mensch, das is jut! Du, hör mal!« schrie er mit dröhnender Stimme einem der Ordner zu, die abschirmend und tonangebend mit ihren Flüstertüten die breiten Reihen flankierten:

»Der Apfel fällt nicht weit vom Stamm,
auch bei uns ist Vietnam!«

Gleich darauf schallte es elektronisch verstärkt über die Köpfe:

»Der Apfel fällt nicht weit vom Stamm,
auch bei uns ist Vietnam!«

Längst hatten sie sich wieder in Bewegung gesetzt, waren – »Ho-Ho-Ho Chi Minh« – in Laufschritt gefallen, dann wieder langsamer geworden und hatten den Leuten am Straßenrand immer aufs neue Bescheid geschrien:

»... auch bei uns ist Vietnam!«

Ute fühlte sich schwindlig, als sie nach vollendeter Kundgebung zum Bahnhof zurückfuhr. Über die ganze Demo hatte ihr Spruch sich verbreitet, das merkte sie, als sie am Wittenbergplatz das Ende des Zuges abwartete. Heute war ihr gelungen, was sie sich bisher nicht zugetraut hatte: einen Einsatz zu geben, der klappte. Und das gleich für dreitausend Leute. Oder waren es fünftausend, zehntausend? Egal. »Zoologischer Garten!« Wie ihr Eigentum kamen sie ihr vor, die vielen, die sich im U-Bahn-Waggon zusammendrängten. Ute, unerkannt wie Harun al Raschid, badete in der Menge, die ihren Spruch nachgebetet hatte, sich nun zum Bahnsteig hinausquetschte und sich zur Rolltreppe bewegte. Sie hielt sich am Gummigeländer fest, ließ sich hochtragen und stolperte weiter mit weichen Knien, berauscht vom Größenwahn.

Das Lametta vom letzten Jahr war geglättet und einzeln verteilt worden, floß über den zimmerhohen Baum wie ein Wasserfall. Laubbäume, vom startenden Flugzeug aus betrachtet, hatten Ute immer wieder an Grünkohl erinnert. Deshalb holte sie nun im Garten von den krausen dunkelgrünen Blättern und suchte nach einem Mittel, sie als plastischen Wald zwischen flachen, sperrhölzernen Hirten, Schafen und den Heiligen Drei Königen standfest zu machen. Unweihnachtliches Fluchen ertönte, als die Tür heftig aufgerissen und wieder zugeworfen wurde. Was dem plötzlichen Luftzug standgehalten hatte, fiel durch die Erschütterung. »Der spinnt doch!« Bea hockte sich neben sie und häufelte Sand um den Mohrenkönig. »Am liebsten würde ich abhauen. Aber das will er ja gerade.« – »Hat er schon wieder angefangen?« Ute sah nach dem Verlobungsring, der neu und ungewohnt an der linken Hand ihrer Schwester glänzte. »Geh doch... zu deinem... sogenannten... Verlobten!!!« Beate kopierte exakt die abgehackte Sprechweise des Vaters, wenn er erregt war. »...und verdirb'... uns hier... nicht... das Fest!« – »Ha, weißt du!« Ute suchte nach Worten, die Beas Entrüstung an Stärke standhalten konnten. »Der Arsch! Ich kenn' hier nur einen, der das Fest verderben kann. Wenn's da noch was zu verbergen gibt... Glaubst du, daß man die Bäume mit Blumendraht abstützen kann?« Nebeneinander knieten sie vor der Krippe und schufen metallene Stützkorsetts für den Grünkohlwald. Spiraliger Halt für die Stämme, breiter Fuß, zwei Bäume an einem Draht. »Gerade denke ich, es ist blöd von mir, hier zu sein und mich mit dem Alten herumzuärgern.« Beate stützte die Krone eines 15 Zentimeter hohen Baumriesen mit einem Draht. »Sollen die doch ihre Kinder alleine versauen. Torsten sitzt im Eßzimmer und heult, weil er die Weihnachtsgeschichte nicht auswendig kann, Tommi hat gerade eine gefangen, weil er noch nicht Cello geübt hat, und die Pfeffernüsse sind verbrannt. Außerdem wird mir jetzt schon schlecht, wenn ich daran denke, daß ich nachher Gänseklein essen muß. Ich frage mich langsam, was ich hier noch soll.« Sie verteilte die Sperrholzschafe willkürlich über das Moos. »Uwe fährt schon lange nicht mehr nach Hause. Wir könnten irgend etwas Tolles machen, zusammen in Marburg.«

Ute erschrak, knickte den grünen Stamm, den sie gerade in der Hand hatte, und suchte mit fahrigen Fingern den Schaden wiedergutzumachen. »Du kannst mich doch hier nicht allein lassen!« Diesen Satz sagte sie so nicht zum ersten Mal. Sie merkte es selbst, als er heraus war. Beate nahm ihr den Baum aus der Hand, kürzte ihn mit dem Küchenmesser und machte ihn so wieder standfest. »Ute, du bist jetzt schon groß!« Neuer heimlicher Blick nach dem Ring ihrer Schwester. Das wäre etwas für sie gewesen, eigentlich, von solch einem Auftritt hatte sie schon als Heranwachsende geträumt: Nach Hause zu kommen mit einem Verlobungsring, gelassen, selbstverständlich, ohne Vorankündigung –

»Ich brauche euch nicht mehr, ich habe jemand Besseren!« –, unabhängig zu werden durch eine neue Abhängigkeit, die keine war, weil sie Liebe hieß. Beate hatte es ihr wieder einmal abgenommen. Mit einem hageren Philosophiestudenten, der keinen Wert darauf legte, sich im Hause seiner zukünftigen Schwiegereltern beliebt zu machen. Der nicht über die Witze der Mutter lachte, nicht abtrocknete nach dem Essen und sich auch sonst »keine Mühe gab«. Der zum ersten Mal den Mund geöffnet hatte, als es darum ging, dem Vater zu widersprechen, der fand, daß »studentische Rechtsbrecher anderen Kriminellen nicht vorgezogen werden« dürften. Die Mutter hatte Ute davon berichtet und die Hoffnung geäußert, die Liebe Beates zu diesem schrecklichen Menschen werde nicht allzulange währen. Und jetzt war sie verlobt.

Das war Beate. Kleiner als Ute, weicher als Ute, mit dem runden hellen Gesicht ihrer Schwester, aber mit einem Grübchen in der rechten Wange, das sie bei einer Spur von Lächeln in die Nähe der Mona Lisa rückte. Beate, deren Schweigen im Stimmengewirr der großen Familie tiefsinnige Verheißung ausstrahlte, während Ute befürchten mußte, vergessen zu werden, wenn sie nicht sprach. Beate – eine Überraschung für Utes Bekannte, Ute – eine Enttäuschung für die Freunde ihrer Schwester. Beate – die Frau mit Utes Stimme – oder umgekehrt. Beate, schön, weiblich, verantwortungsbewußt, gemäßigt fleißig, mit glänzenden Leistungen in Schule und Uni und so vielen Verehrern, daß sie sich leisten konnte, kühl zu sein. Ute, die sie kopierte aus Angst vor den Männern und allein blieb. Ute, die lange Kleine, immer fünf Schritte hinter der vollkommenen Schwester, so nah gerade noch, daß es sich lohnte zu rufen: »Du kannst mich doch hier nicht allein lassen!«

Gut, daß sie in Berlin studierte und nicht wie Beate in Marburg. Manchmal gab sie sich jetzt eine Chance, sie doch noch mal einzuholen. Heute, auf Knien mit ihr vor der Krippe im Grünkohlwald, spürte sie etwas wie solidarischen Neid. Der Neid war vertraut, neu war, daß auch

Beate Solidarität gebrauchen konnte. Beate, die von den Schlägen des Vaters weitgehend verschont geblieben war, die sich über Jahre hinaus seines Wohlgefallens sicher sein konnte: »Sie ist zu gut für diese Welt.« – »Laß man«, Ute traute sich, ihrer Schwester die Hand auf den Arm zu legen. »Wir können es uns hier doch auch schön machen. Glaubst du nicht?« Beate griff in die Krippe und zog das Jesuskind heraus, ein Tongebilde in Größe und Gestalt eines Engerlings, der eben im Begriff ist, sich einzupuppen. »Weißt du noch?« fragte sie. »Du hast ihn geknetet und ich ihn angemalt. Ich bleib' schon da.«

Sie war plötzlich unter ihnen, ließ sich nicht überstrahlen vom Glanz der frisch aufgesteckten Christbaumkerzen, ließ sich nicht erdrücken von den überquellenden, mit Nüssen, gebrannten Mandeln, harten Pfefferkuchen, sandig köstlichen Vanille-Kipferln und blättrigen Herrenkringeln gefüllten bunten Tellern, ließ sich nicht verdecken durch die weißen Servietten, die noch über den Gabentischen lagen, und ließ sich schon gar nicht übertönen vom vielstimmigen Weihnachtsgesang. Ute wußte nicht, wie sie in den Raum gekommen war, aber genau, wann sie sich ereilt fühlte von ihr – gerade vor: »Das Röslein, das ich meine...« Möglich, daß sie andere schon vorher erwischt hatte, ohne daß die es sich anmerken ließen. Jedenfalls sprach Hans sie dann aus, ihr zweitältester Bruder, so laut, daß niemand der Botschaft sich mehr entziehen konnte: »Verdammte Scheiße, jetzt haben sie dem Dutschke in Berlin eins übergezogen. Mitten im Gottesdienst. Die...« – »Das Röslein, das ich meine...« Ein verzweifelter Versuch der Mutter, am Klavier mit den Tasten die Weihnachtsstimmung im Griff zu behalten, den der Vater zugleich boykottierte: »Mutti, laß das doch! Du merkst doch: die wollen nicht Weihnachten, die wollen Streit.« Zu seinen Söhnen: »Den könnt ihr auch haben. Wenn ihr mich fragt: Ich finde es schade, daß der Mann nicht noch fester zugeschlagen hat, damit dieses Großmaul ein für allemal die Klappe hält. Eine ausgemachte Frechheit ist das. Und eine Instinktlosigkeit dazu.« – »Da setzt mein

Instinkt eben aus.« Hans murmelte es unter sich. »Friede auf Erden – aber von Vietnam nichts wissen wollen…« – »Ihr habt jedes Maß verloren!« brüllte der Vater auf einmal. »Ob das Beate ist mit ihrem albernen Verlobungsring oder diese Strolche in Berlin, die anderen Menschen mit ihren Parolen die Andacht kaputtmachen müssen, oder ihr, die ihr die Schwachsinnstaten eurer sogenannten Studentenführer verklärt… Ich sag' euch nur eins«, er sah seine großen Kinder an, nacheinander: »So geht das nicht weiter. Das läßt sich keiner bieten auf die Dauer. Ich nicht und andere nicht. Wie es in den Wald hineinschallt, so schallt es auch wieder heraus.« Er schwieg, starrte vor sich hin.

»Warum sagt niemand was?« dachte Ute. Claus hatte plötzlich eine Zeitung in der Hand und schielte hinein, Hans, nach vorne gebeugt, die Hände auf den Knien, ließ in der breitwinklig-gelassenen Haltung eines Western-Helden den Ausbruch von sich abprallen. Beate polierte mit Daumen und Zeigefinger ihren Verlobungsring, und Torsten, den Rücken zum Rest der Familie, nutzte die Gunst der Stunde, um aus Beates buntem Teller die Nußmakronen herauszusuchen.

»Man muß auch fragen, warum…« Ute brach ab, schon ihrer lächerlich-piepsigen Stimme wegen rot übergossen. »Ach, du! Du weißt doch gar nicht, was du redest.« Der Vater stand auf. »Feiert alleine weiter, oder was ihr so nennt. Mir ist die Lust vergangen.« Beim Knall der Türen fielen zwei Transparente ins Feuer, von Beate aufgefangen und gelöscht.

»Wir haben vier scheußliche Kinder…« Ute haßte den hohen Jammerton ihrer Mutter, der sich fast wie gespieltes Weinen anhörte. »Ein Glück, daß es euch noch gibt. Komm, Tommi, wir singen weiter.« Sie zog den verlegen grinsenden, leicht widerstrebenden Elfjährigen zu sich auf den Schoß.

Claus hatte seine Zeitung zusammengefaltet und in die hintere Hosentasche gesteckt und ging mit Beate zur Tür. Auch Hans stand auf, kehrte noch einmal um und faßte seine ratlose kleine Schwester an den Schultern: »Komm, Ute, was sollen wir hier!«

»... daß die intervallische Bindung nicht mehr in dem Maße durchgehalten wird beziehungsweise sich ein anderes Verständnis entwickelt hat davon, welche Intervalle als konsonant und als dissonant zu behandeln sind.« Wagners Siegfried-Idyll, Bruckners »Neunte«, Regers 100. Psalm – ohne nur einen Augenblick nachzudenken, holte der Professor die Beispiele für doppelten Kontrapunkt aus dem Flügel, brach ab, wiederholte, kommentierte, spielte schließlich »zur Erinnerung und Erholung« einen Teil aus der »Kunst der Fuge« ganz, wobei er selbstvergessen die Einsätze mitsang und die jeweilige Verarbeitung des Themas bei ihrem Namen nannte: »U-hum-keh-rung und jetzt der nähächstehe...«

Um sie herum wurde geschrieben, Ute wußte nicht, was sie hätte festhalten sollen, verstand sie doch kaum mehr als ein Semester von dem, was der da erzählte. Immerhin kam sie lieber hierher als früher. Dieses lebendige Männchen in seiner tiefgefrorenen Alterslosigkeit, wie sie hageren, hellhaarigen Menschen anhaften kann, deren Blond sich fast übergangslos in Weiß verwandelt, bot eine kostenlose Vorstellung, wenn es so um den Flügel herumsprang, redete, spielte, sang, erzählte und pfiff; Ute saß dabei, durfte zusehen, zuhören, staunen, auch wenn sie selten etwas begriff. Und manchmal blieb auch etwas hängen, von dem sie wußte, sie würde es weitererzählen, meist dann, wenn etwas Außermusikalisches hereinspielte.

Der Professor hatte gerade begonnen, mit kehligem Baß zu singen, und es sich mit stereotyp trommelndem linken Ringfinger auf dem Orgelpunkt bequem gemacht, als Ute sich zunächst unbestimmt, dann auf immer deutlichere Weise gestört fühlte. Auch andere legten ihre Stifte hin und sahen hoch, irritiert und mit fragenden Gesichtern. Da war noch mehr Musik im Raum, leise wie ein Irrtum zunächst, nur als Rhythmus spürbar, dann immer lauter und schneller werdend. Eine schlechte Konserve. Jemand sprang auf und schob am Fenster einen leicht vorgezogenen Vorhang beiseite – oben an der Gardinenstange hing ein Kassettenrecorder, ohne Leiter unerreichbar. Immer wilder wurde die Musik, ein doppelchöriges Saiteninstrument, griechische oder türkische Folklore. »Sirtaki«, sagte der Professor. Er war vom Flügel aufgesprungen, in seinem Körper pulsierte es rhythmisch, als wollte er jeden Augenblick in Tanzschritte verfallen. »Großartige Musik. Schade, daß die Aufnahme so schlecht ist.« Da brach sie auch schon ab. »Das ist auch Musik«, kam es aus dem Lautsprecher. »Sie ist von Mikis Theodorakis und darf für die Leute, für die sie gemacht wurde, nicht gespielt werden. Seit dem Militärputsch in Griechenland ist sie verboten. Kommt am dritten Februar zur Sitzdemonstration vor die griechische Militärmission in die Uhlandstraße. Das ist das mindeste, was wir tun können. Aus Musiker-Solidarität.« Dann wieder Musik.

Natürlich Roland – sie hatte es gewußt, seit der Tanz lauter geworden war, und sich über ihr Herzklopfen geärgert. Hatte sich peinlich berührt gefühlt, als könne sie jemand dafür verantwortlich machen, und sich gleichzeitig gefreut, daß niemand das Gerät abnehmen konnte. »Der wird auch immer unverschämter«, hörte sie hinter sich, als sie den Raum verließ. »Jemand anderer wäre längst aus der Hochschule geflogen. Schon wegen der Fehlzeiten.«

Wenigstens die Uhrzeit hätte er angeben können! Ute kam an, als die Sitzdemonstranten sich erhoben, Mäntel und Hosen abklopften und sich die Uhlandstraße hinauf in Bewegung setzten. Verstreute Flugblätter, plattgesessene Zeitungen, die notdürftig als Schutz gegen die vom Boden hochkriechende Winterkälte gedient hatten, blieben vor der griechischen Botschaft zurück. Keine Spur von Roland. Jedenfalls nicht auf den ersten Blick. Was blieb ihr übrig, als mitzulaufen, als »Halbdemonstrantin«, wie Ute es bei sich selbst nannte. Nirgendwo einreihen, sich am Rand halten. Ein bißchen schneller sein als die anderen, dann stehenbleiben und die wechselnden Gesichter fixieren. »Freiheit für Griechenland, nieder mit der Junta!« Gehen, Laufschritt, warten – die Stimmung war gut, Mäntel, Parkas und Anoraks hingen offen und flatterten beim Rennen hinterher – trotz des Wintertags. Dann sah sie Roland. So kurz nur, daß sie ihn nicht ansprechen konnte. Aber es gelang ihr, ihn einzuholen, mit Hilfe der Polizei, die eine Kreuzung gesperrt hatte, um Autos und Busse durchzulassen. Natürlich war er das! Die Größe, der leicht gelichtete Hinterkopf über der schwarzen Cordjacke... Ute tippte ihm von hinten auf die Schulter und sah in ein fremdes, erstauntes Gesicht. Gleichzeitig fiel die Hoffnung, ihn hier zu treffen, von ihr ab wie eine Bürde – was hätte es letztlich gebracht? Was mehr als eine neue Enttäuschung? Einen Augenblick lang überlegte sie, ob sie gehen sollte, dann schämte sie sich. »Foltern«, hatte auf den feuchten Flugblättern gestanden und: »Tausende von Demokraten und Sozialisten werden in Lagern zusammengetrieben.« Solidarität mit Griechenland von Roland abhängig zu machen kam ihr mit einem Mal schäbig vor. Und etwas Bewegung konnte auch ihr nicht schaden: »Frei – heit – für Griechenland, nieder mit der Jun – ta!«

Stau auf dem Kurfürstendamm. Ketten von Polizeibeamten waren quer über die Straße und entlang der Bordsteinkanten plaziert, Ärmel an Ärmel, Schießeisen und Gummiknüppel verdeckt durch den Nebenmann. Verwandt sahen sie aus, mit den unbewegten Gesichtern, den Kinnbändern und den durch die glänzenden Helme unnatürlich nach oben verlängerten Köpfen. Wie Wachsfiguren desselben Künstlers oder, besser noch: überdimensionale Zinnsoldaten aus einem Karton, denn es gab hier nur Hundertschaften – keine einzelne Person. Jemand mußte sie zu Weihnachten bekommen haben – noch klebten die silbernen Sterne an jedem Kopf – und hatte sie aufgestellt, säuberlich, Seite an Seite. Wer spielte hier was? Der Demonstrationszug brach sich an ihnen wie an einem Bauwerk, diese Vielzahl von unterschiedlichen Menschen mit den erhitzten, verfrorenen Gesichtern, diese müden, erregten, redseligen, schweigsamen, empörten, glücklichen, ratlosen, gemeinsam laufenden Frauen und Männer, die nun auf der Stelle traten, hin und wieder noch einmal halbherzig einen Sprechchor skandierten und dazwischen berieten, ob es nicht sinnvoller sei, sich in kleine Gruppen aufzulösen.

Sie hatte noch einkaufen wollen. Ute war auf der immer voller werdenden Straße fast in die Mitte geraten. Jetzt wurde sie, da sie in ihrer Unentschlossenheit keinen Widerstand bot, zur rechten Seite gedrängt. Geradewegs auf das Sex-Kino zu, wo sie »Mädchen zwischen Schulbank und Erotik« gaben, 24 Stunden nonstop. Einige Männer, denen mehr an einem Life-Programm gelegen zu sein schien, standen davor und musterten mit dem unverfroren-»fachmännischen« Blick von Viehhändlern die Demonstrantinnen. »Euch müßte nur einer mal ordentlich durchficken«, faßte ein Glatzköpfiger seinen Eindruck zusammen, und sein Nachbar zog die Spitze seines Zeigefingers in Lendenhöhe zwischen den geschlossenen Knöpfen seines Wintermantels vor und zurück, vor und zurück...

Lieber zur anderen Seite. Ute war nun so beschäftigt, sich drückend, schiebend, Entschuldigungen murmelnd weiterzuarbeiten, daß sie kaum mitbekam, daß einer der Polizisten auf einen Wagen geklettert war und die Demonstranten zum Weggehen aufforderte. Nur die Musik erreichte sie, die anschließend aus dem Lautsprecher kam, dröhnend, daß die vereinzelt zurückgebliebenen trockenen Winterblätter an den armseligen Straßenbäumen zu zittern begannen: Theodorakis. Um sie herum wurde gepfiffen und geschrien, unhörbar fast in dem Lärm, es war, als sei sie in einen Stummfilm geraten. »Heuchler, Heuchler!« rief einer, mit dem sie kurz darauf zusammenstoßen sollte. Alles war in Bewegung gekommen, strebte in verschiedene Richtungen, so daß in Wirklichkeit niemand mehr weiterkam. Verstärkte Unruhe, als eines der Fahrzeuge auf einmal anfuhr. Langsam und stetig hielt es auf die Menge zu – ein kastenförmiges Ungetüm mit kleinerem Aufbau, dessen winzige Sichtluken Ute flüchtig an die mit Luftlöchern versehenen Kartons erinnerte, in denen sie als Kind ihre Maikäfer unterzubringen pflegte. »Wasserwerfer«, sagte jemand, und richtig gab es ein Rohr auf dem Fahrzeug, das sich wie suchend hin und her bewegte und schließlich zu tröpfeln begann. »Der Staat hat Prostata-Beschwerden«, hörte Ute und mußte lachen, als ginge alles andere sie nichts an. Immerhin bekamen sie auch wieder mehr Bewegungsfreiheit; der Wagen fuhr rückwärts, gab die Straße frei und damit die Hoffnung, aus der Enge herauszukommen. Erleichtertes Reden, Rufen, in das sich nach kurzer Zeit erregte Schreie mischten. »Das sieht schön aus...«, dachte Ute zuerst, denn das Licht brach sich als vielfarbiger Regenbogen in dem breiten Wasserstrahl, dessen Ausläufer wie ein Platzregen auf sie niedergingen. Jetzt kam er direkt auf sie zu, schlug ihr die Füße weg und drang in Sekundenschnelle bis zur Haut. War schon wieder woanders, hielt auf eine neue Gruppe von Demonstranten, die mit sinnlos über die Köpfe gehaltenen Händen zu Boden gingen.

Daß nasse Klamotten so schwer sein müssen! Jede Bewegung ließ Nässe durchsickern, sich kalt und fremd am warmen Rücken heruntertasten wie die Berührung eines Wassernöcks. Gelähmt durch die plötzliche Kälte und die Unwirklichkeit der Situation, behindert von anderen, denen es ging wie ihr, kämpfte Ute mit einer Starre, wie sie in Alpträumen vorkommt, sah gleichzeitig, daß die unbewegte Reihe der Polizisten sich in einzelne Gestalten auflöste, die mit erhobenen Knüppeln näher kamen. Das löste eine reflexartige Bewegung bei allen aus, die hier bedroht waren; sie wurden zu einer Welle, einem Brecher von Menschen, der gegen den Bordstein brandete, einige wieder zurückspülte, andere wie Strandgut fallen ließ. Ute hatte es hinter einen Glaskasten getrieben, in dem ein Optiker-Laden auf schwarzen Filzköpfen gelblich getönte Hornbrillen ausstellte. Beobachtete das unübersichtliche Durcheinander auf der Straße nun durch eine doppelte Glasscheibe, an den schmalnasigen Gesichtern vorbei, die aus mandelförmigen Sehschlitzen blicklos durch die Gestelle starrten. Kam sich beinahe geborgen vor, registrierte genüßlich, daß das Wasser in ihren Stiefeln lauwarm geworden war. War zugleich beunruhigt über die Haut von Eis, die sich auf den umliegenden Pfützen zu bilden begann, hauchdünn und flexibel, so, als ließe sie sich mit einem Eierlöffel abschöpfen. Wilhelm Busch fiel ihr ein. Die Geschichte von dem Jungen, der klirrend in kleine Eisstückchen zerbarst. Noch fror sie nicht, war naß. Aber bald...

»Mensch, bist du naß!« sagte neben ihr jemand. »Keine Demo ohne Regenhaut. Willst du mal meine Jacke nehmen? Die ist noch halbwegs trocken.« Gehorsam knöpfte Ute den Mantel auf und ließ ihn sich von den Schultern ziehen. Jetzt, in der trockenen, fremden Jacke fing sie auf einmal an zu zittern. »Das hilft auch nichts«, sagte der andere und betrachtete sie von oben bis unten. »Weißt du was? Ich wohn' da oben in der Budapester. Komm mit rauf, ich mach' dir'n Tee.«

Das mächtige Haupt von Karl Marx, schwarzweiß, überlebensgroß, paßte genau zwischen die Fenster. An den Stecknadeln, die es hielten, baumelte allerhand Nützliches: Gummibänder, Briefmarken, Büroklammern, Tipp-Ex. Die Wand gegenüber hing voll mit allem, was fliegt: Zeppelin, Ikarus, Hubschrauber, das Lilienthalsche Gleitfluggerät, Segel- und Motorflugzeuge unterschiedlicher Entwicklungsstufen auf Postkarten, Zeitungsphotos, vielfarbigen Illustriertenbildern und Plakaten. Unter der Decke, wohl als Lampenschirm, schwebte ein selbstgebastelter Drachen, dessen Schweif sich wie ein Mobile leise hin und her bewegte und Sekunden, nachdem Ute in seine Richtung geblasen hatte, heftig zu tanzen begann. Sie pustete noch mal und noch mal, legte sich schließlich auf den Rücken, quer über das rot-weiß karierte Deckbett, um einen wirkungsvolleren Winkel zu erreichen. Zuckte zusammen, als die Zimmertür knackte, richtete sich auf und balancierte nunmehr auf der Kante der Matratze, verharrte in dieser Stellung, obgleich niemand hereinkam. Starrte von oben herab auf eine, die

Ute hieß, deren Füße in riesigen grauen Socken steckten, über deren Beine eine lange Unterhose Falten warf, und nur, weil ein dunkelbrauner, nach kaltem Tabak riechender Pullover ihr bis zu den Knien ging, sah man ihn nicht – den überflüssigen Schlitz...

Das war gar nicht sie – in diesen Sachen. Vielmehr hing sie da drüben, stückweise verteilt auf den Rippen der Heizung: in der grünen Cordhose, im Ringelpullover, im dunkelblauen Wollmantel, der sich gemächlich auf dem Dielenfußboden entleerte, erst in platterndem Strahl, dann unruhig klopfend. Sie wollte trocken werden, nichts weiter als das, und beobachtete mit gouvernantenhafter Strenge die andere, lehnte jede Verantwortung ab für die graubraun gekuschelte Ute, die sich auf infame Weise wohl zu fühlen begann.

Fremde Wohnung eines fremden Mannes: Während die eine Ute auf Wege sann, die aus der peinlichen Situation ohne Aufwand herausführten, war es der anderen nicht schlüpfrig genug. Was war das für ein Mann, der in einem Haufen Wäsche herumwühlte, ohne sie anzusehen etwas herüberwarf – »ich glaub', du solltest was Trockenes anziehen« –, der mit abgewandtem Gesicht aus dem Zimmer gegangen war und nun durch die fast schon geschlossene Tür zu sagen wagte: »Nimm' dir Zeit! Ich muß sowieso erst Tee organisieren.« Nein, die Situation war geradezu lächerlich ungefährlich. In andere geriet Ute nicht. *Sie* nicht. »Leider!« – fand die eine, die in dem linken der beiden nicht ganz sauberen Socken ein Loch ertastet hatte und nun einen rosa großen Zeh hervorblinken ließ – nackt in der Fremde: »Gott sei Dank« – die andere. Es wäre ohnehin unsinnig gewesen, in diesen triefnassen Klamotten auf die Straße zu gehen. Lungenentzündung aus Sittsamkeit – der Preis wäre zu hoch. Vielleicht war sie viel zu lange sittsam gewesen. Eingetrocknet inzwischen, durstig auf andere Menschen, sog sie durch die halbgeschlossenen Lider nun ein, was sich ihr bot. Fuhr mit dem Staubsaugerblick einer Hausfrau über die Teppichfalten, die Schmutzflocken, den angebissenen

Apfel, tastete über den bröckligen Stuck an der Decke, schlüpfte, ohne sich zu bewegen, in die Winkel und Ecken des spärlich gefüllten Raumes – immer auf der Suche nach der Identität seines Bewohners. Fand zunächst Chaos bis an die Grenze der Unwohnlichkeit, das sich wie an einer Schallmauer vorm Schreibtisch brach – der war penibel geordnet, fast leergefegt bis auf ein paar parallel liegende Stifte, einen Zettelkasten und Kante auf Kante gestapeltes Schreibpapier. Genauso korrekt: das große Bücherregal, rechter Hand zur Schreibablage, hier standen sie stramm, die Leitz-Ordner, die dicken dunkelblauen Bände der Marx-Engels-Gesamtausgabe, die nach Regenbogenfarben geordneten Taschenbücher der Suhrkamp-Reihe, die wissenschaftlich-sachlichen Paperback-Ausgaben, die winzige Reihe der Reclam-Heftchen. Fast wäre Ute aufgestanden, um die Titel zu studieren, aber wieder hielt Angst sie zurück, ihre Angst, sich selbst zu ertappen in ihrer Unwissenheit, schlimmer: sich womöglich äußern zu müssen...

Da war es besser, sich der Unordnung zuzuwenden, die noch mehr erzählte als die sterile Reinlichkeit der Arbeitsbereiche. Zum Beispiel die Pfeife neben dem Bücherregal, die ihre Asche auf die Dielenbretter gespuckt hatte, das Tabakpäckchen, die losen Pfeifenputzer – einer davon zum Vogel geformt. Der Möchtegern-Perser, glatzköpfig abgelaufen an einigen Stellen, die großzügig aufgeblätterte »Frankfurter Rundschau«, die ein Viertel des Bodens bedeckte und sich mit älteren Exemplaren ihrer Gattung und Teilen des »Berliner Extra-Dienst« mischte. Flugblätter, Apfelsinenschalen, trocken und hart geworden, weiter ein Glas, eine Kerze...

Neben dem Wäschehaufen lag zusammengeknüllt ein Stück Papier. Ute holte es sich heran, glättete es, erschrak gleichzeitig über die hemmungslose Indiskretion, mit der sie sich dieses Raumes bemächtigte. Unbegreiflich schamlose Neugier auf einen, den sie nicht kannte. Sie fand Kritzeleien, schemenhaft nur, aber erkennbar in ihrer Absicht: Ein Männchen in Schlafrock und Zipfelmütze, ähnlich der Reklamefigur von »Darmol«, das sich streckte wie eben erwacht, stilisiert übertrieben mit durchgebogenem Rücken, einem ausgestreckten und einem angewinkelten Arm, dessen Hand eine Kerze trug, so daß die Nachtmütze auf dem seitlich geneigten Kopf Feuer fing.

Keinen Tisch gab es hier, keine Sitzgelegenheit – bis auf den drehbaren Bürostuhl vorm Schreibtisch. Ein Raum voller Widersprüche, die von unbewältigter Eigenständigkeit erzählten, von gewaltsamer Disziplin und Sichgehenlassen, von Träumen, Sehnsucht, Versagen, an Wänden, Decke und unter dem Teppich. Alles zusammen beneidenswert persönlich.

Ihr eigenes Zimmer dagegen war ein fremder, auf einmal peinlicher Ort. Wie hatte sie ihn so lange aushalten können? Mitten in Frau Bauchs Vergangenheit, ohne eigene Gegenwart? Kein Bild hatte sie aufgehängt, kein Möbelstück verrückt. Wozu – sie schlief dort, übte, las Noten und Bücher, lebte eher zwischen gedruckten Zeilen als in diesem geliehenen Raum. Er war eine Wartehalle, aus der der Fahrplan entfernt worden war, um den Benutzer das Warten vergessen zu lassen. Fast wäre es soweit gewesen bei ihr, nun, in dem warmen, schmuddeligen Durcheinander kam es ihr wieder. Hier wäre Gegenwart möglich. Braune Dielen, graues Laken, ein graubraun gemustertes, grobgewebtes Kissen – sie paßte in dieses Zimmer wie ein Chamäleon. Ute war Teil der Einrichtung geworden, Möbel in einem Raum, der ihr nun selbstverständlich erschien, als sei sie bereits zehn-, zwanzig-, hundertmal hiergewesen, zu Besuch bei nahen Verwandten.

Ute war entspannt, warm, etwas müde, wie nach einem langen Wannenbad. Fand plötzlich nichts mehr dabei, sich auszustrecken und an die Decke zu blinzeln. Hoffte nur, noch eine Weile allein zu bleiben.

Da klirrte es an der Tür – die weiche Gelöstheit fiel ab wie ein viel zu großes Kleid, ließ ihre verbleibenden Reste zu skeletthafter Härte gerinnen, und wieder war Ute krampfhaft gespannt vom Mißtrauen gegen die unerprobte Situation. So kam sie nicht auf die Füße, gab auf, beobachtete, wie er mit dem Ellenbogen die Klinke niederhielt und die Tür ins Schloß schob, dabei, konzentriert die Zunge spitzend, das Tablett balancierte, damit Kaffeekanne, Tasse, Becher und das Kilopaket Zucker nicht durcheinandergerieten. In kleinem Abstand zu diesen improvisierten Tee-Utensilien glänzte, wie ein Fremdkörper in seiner makellosen Vollendung, ein schokoladeüberzogener Topfkuchen. »Ist das ein edler Kuchen«, entschloß sich Ute zu sagen, »wo hast du den denn so schnell hergekriegt?« – »Och...« Er hatte irgendwo ein großes Handtuch hervorgezogen und breitete es als Tischdecke auf den Boden. »So was krieg' ich fast jeden Monat. Von meiner Mutter.« – »Wohnt die hier in Berlin?« – »Nee«, er nahm das Kopfkissen aus seinem Bett, ließ sich im Schneidersitz darauf nieder. »In Bad Hersfeld.«

Ein Hesse! Eigentlich unverkennbar bei diesen scheinbar willkürlich aufgeweichten oder verhärteten Konsonanten, den leicht verzerrten Vokalen, der für Berliner Ohren aufreizenden Bedächtigkeit. Er hatte die Sprechweise ihrer kleinen Brüder, ihrer ehemaligen Klassenkameradinnen, der Leute in den Läden, in den Straßenbahnen zu Hause – beruhigender Vorschuß an Vertrautheit. Etwas regte sich in Ute, öffnete sich... eine Gartenpforte aus schwarzlackiertem gewundenen Eisengestänge gab einen Weg frei, ansteigend durch einen naturbelassenen Steingarten mit Büscheln von Glockenheide und Erika, Polstern von Fetthenne und rauhem Gras, der zu einer Doppelhaushälfte führte, an einem steilen Hang gelegen. »Kennst du Landgrebes?« fragte sie. »Welche? Halb Hersfeld heißt Landgrebe. Fleischer, Bäcker, Hoch- und Tiefbau, Mieder...« – »Lehrer.« – »Jochen – ha'm die 'n Sohn?« – »Ja, zwei. Und drei Töchter.« – »Den Jochen kenn' ich. Der war zwei Klassen über mir, hat gut Orgel gespielt.« – »Mein Cousin. Ich hab' die öfter besucht, als ich zwölf, dreizehn war...« Ute trug fast verschüttetes Wissen zusammen, gab weiter, eifrig, mit heißem Gesicht, beflügelt von der Angst, nichts mehr zu reden zu haben. Was hatte der andere mit ihrem Cousin zu tun?

Was interessierte ihn Jochens stumm verschlingende Leidenschaft für Hefeklöße? Jedenfalls zog er mit, wortreich, war sich einig mit Ute, daß niemand wichtiger sein könnte als dieser Jochen, ersparte er ihnen doch Schweigen, Blicke, die Frage: »Warum sind wir hier zusammen – was machen wir nun?«

Sie hielten durch, mit dem scheinheiligen Eifer von Leuten, die sich nicht kennen und alles falsch machen können. So lange, bis ein Bedürfnis, das länger schon da war, von Ute Besitz ergriff, hochstieg als Flutwelle von unten bis ins Hirn, die Gedanken überschwemmte, die Worte von Jochen Landgrebe ertrinken ließ und davonspülte, unerbittlich, wie Triebe es tun, die lange gewaltsam zurückgehalten werden und dann endlich Bahn brechen...

Jedenfalls ließ Ute es sein, obwohl sie noch etwas zu sagen gewußt hätte über den Jochen, hörte auch nicht mehr zu, zögerte immer noch und ließ ihn dann raus, den ersten aufrichtigen Satz, der hier ausgesprochen werden sollte: »Ich hab' so'n Hunger!« – »Sag's doch gleich!« Eine leicht zitternde Hand mit hellen knochigen Fingern und sehr kurzen Nägeln hielt ihr ein mächtiges Stück Kuchen hin, schokoladeglänzend, rosinengespickt und bröckelnd, denn es war einfach herausgebrochen worden. Ute griff zu, stopfte einen großen Brocken in den Mund, kaute, schluckte, verschluckte sich, hustete, sprühte Rosinen und Krümel in die vorgehaltene Hand. Blinzelte über die Finger hinweg nach der Wirkung dieser Explosion auf ihr Gegenüber – der war konzentriert auf die Verformung eines Pfeifenputzers.

Ute aß nun langsamer, ließ die Schokolade zergehen, tastete mit der Zunge von Rosine zu Rosine, schälte sie aus den Krumen, kleine elastische Kugeln, die irgendwann platzten, um süße Feuchtigkeit freizugeben. Sie hatte keine Eile, widmete sich dem Kuchen mit Hingabe und Dankbarkeit, machte er doch Jochen Landgrebe entbehrlich, war ihr ein, wenn auch bröckliger, Halt. Was konnte ihr zustoßen, solange ihr Magen so knurrte und der Kuchen so lockte?

»Wie heißt du?« fragte sie, als das Sattwerden drohte und

sie schon zum ziellosen Knabbern übergegangen war, um ihren Vorteil nicht ganz aufzugeben. »Henning.« Er sah sie an und doch nicht, senkte den Blick auf den zur Spirale gewordenen Pfeifenputzer, hob ihn nochmals ins Ungewisse. »Und du?« – »Ute.« – »So – Ute...«, die Pfeifenputzerspirale wurde beiseite gelegt – vorläufig. »Und was machst du so, wenn du dich nicht gerade von den Bullen vollpinkeln läßt?« – »Musik.« – »Studieren? Wirklich?« Jetzt erreichte sein Blick sie – aus etwas unruhigen graublauen Augen. »Das wollte ich auch mal. Horn. Aber es hat nicht gereicht. Jetzt mach' ich Politologie.« – »Wirklich?« Mehr fiel ihr nicht ein. Der Kuchen reichte nicht ewig, und es ging darum, die nächsten Minuten unverfänglich zu gestalten, um Zeit zu gewinnen für... ja, wofür eigentlich? »Das ist ja interessant!« log sie und – einmal in Fahrt – baute die Lüge noch aus: »Das wollte ich schon immer mal wissen: Was macht man da eigentlich, und was wird man dann hinterher?« Doppelter Schwindel, vor ihm und sich selbst – sie litt höchstens an ihrer eigenen Uninteressiertheit, und das erst in jüngster Zeit. Augenblicklich ärgerte sie sich über ihre Frage, denn gleichzeitig flammte sie auf, die alte Angst, überfordert, enttarnt, gedemütigt zu werden – zur Strafe für geheucheltes Interesse.

Sie duckte sich unwillkürlich, als es auf sie niederzuprasseln begann mit »Integrationswissenschaft«, »Scheißpluralismus«, »Marxistischer Ansatz«, »Positivismus«, »Statistik« und »Empirie«. Fühlte sich erst wieder sicher, als sie begriffen hatte, daß sie zuhören mußte – nicht reden. Vielleicht reichte auch Kopfnicken, ein aufmerksam-beteiligter Blick, der als Sachinteresse ausgab, was schamlose Neugier war, Neugier auf das Gesicht, die Gestalt, den ganzen Menschen, der hier vor ihr saß und immerfort redete. Ute ließ kein Auge von ihm, studierte ihn mit der gleichen Gründlichkeit, wie sie es davor mit seiner Umgebung getan hatte: Eine pigmentlose Warze neben dem rechten Auge, eine Narbe am Kinnansatz – warum prägte sie sich solche kleinen Unregelmäßigkeiten immer zuerst ein? Sammelte sie mit einem Eifer, der sie mitunter Größe, Haarfarbe, Gestalt eines Menschen darüber vergessen ließ? Dieser hier bot eine aschblonde Scheitelfrisur, die im Begriff war, die Ohren zu überwachsen; die willkürlich langen, etwas sperrigen Haarspitzen paßten nicht zu dem brav glatt geteilten Oberkopf. So wie ihr der ganze Mann etwas zusammengewürfelt vorkam: das weiße Hemd unter dem durchgewetzten Pullover, die spärlich sprießenden Barthaare und die routiniert ins Profil gesteckte Pfeife, die rosigen Wangen und die steile Falte zwischen den Augen, eine spitze Nase mit schmalem Sattel über dem kindlich-weichen Mund, der das Reden nicht ließ. »... besonderer Status von West-Berlin, einmalig in seiner Chance zur Modellhaftigkeit, ein eigenständiges sozialistisches System zu entwickeln und vorzuleben, und dann muß man es übertragen, einfach Transfer auf andere Bereiche, natürlich modifiziert...«

Ute hing an den Lippen, ohne folgen zu wollen; der Mund gefiel ihr, besser als Nase oder Kinn. Wenn sie die Lider zusammenkniff, sah sie nur ihn... Manchmal glitt sie hoch zu seinen Augen; sie waren freundlich, aber so unstet, daß sie nicht länger bei ihnen verweilen mochte. Sie sank wieder tiefer, bis zum geöffneten Hemdkragen, wo dunkle Brusthaare hervorkrausten. Wie das – bei dem spärlichen Bart? Es paßte zu der Ansammlung von nicht Passendem, gern wäre sie aufgestanden, hätte ihn genommen, geknetet, geschüttelt, geformt, um etwas Einheitliches daraus zu schaffen. Es könnte so schwierig nicht sein, sie würde ihm mit den Händen durch die Haare fahren, schräg nach oben, nach vorne, bis der Scheitel verschwunden wäre und die Stirnfalte verdeckt. Möglich, daß dann auch die Nase ganz anders wirkte. Das Hemd, das weiße, gestärkte, zöge sie ihm über den Kopf, weg von der Brust mit den krausen Haaren. Müßte sich dann um den Mund kümmern, den weichen, ständig bewegten, ihn zum Aufgeben bringen, die Hand drauflegen oder, wenn keine mehr frei war, etwas anderes versuchen, ihn über-reden zum Beispiel, sie selbst besaß ja auch einen, einfach Mund gegen Mund...

Wie eine Musterschülerin hing Ute an den Lippen, die nun die Berufsperspektiven des Politologen beim Namen nannten: Es stand so viel offen – der ganze Verwaltungsbereich, die Industrie, zwar nicht für ihn, der dieses System ablehnt, aber es gibt noch die Presse, die Schulen – Ute hörte nicht zu, lauschte vielmehr in sich hinein, bekam Angst, das Feuer würde zu laut, das in ihrem Bauch zu knistern begann...

Vier Wände, zwei Menschen darin, der eine will Wärme, so sehr, daß er sich an sich selbst entzündet, der andere – was? Ute hoffte nichts mehr, als daß er »die Situation ausnützen« würde, vergrößerte jedoch angesichts dieses immer dringender werdenden Wunsches zunehmend den Abstand zu ihm, überquerte im Zeitlupentempo sein Bett, immer rückwärts im Schneidersitz, bis die Wand ihr Einhalt gebot, ihr warmer Rücken auf kalten weißen Kalk traf. Auch der Kopf fand hier Halt, die schwitzigen Hände verknotete sie fest über'm Knie, alles im Griff, um sich nicht zu verraten. Warum war sie hier – zum Trocknen? Nach Hause hätte sie fahren sollen mit den nächstmöglichen Bus, nach zwanzig Minuten wäre sie dort gewesen, säße nun schon lange im Trocknen, allein, aber sicher – unangefochten von verfehlten Gefühlen. Warum geriet immer sie in solche armselig mißverständlichen Situationen? Er verhöhnte sie, der da drüben, war inzwischen bei internationalen Fragestellungen angelangt, stand auf, ging durchs Zimmer, zog Bücher heraus, blätterte, stellte sie wieder weg, millimetergenau an die Rücken der Nachbarbände, redete, redete, redete. Jetzt ließ er sich auf dem Drehstuhl nieder, stieß ab, 360 Grad, verfiel ins Pendeln: 90 Grad links; sie, Ute, saß in der Mitte, der Halbierenden, er bewegte sich langsam hin, langsam her, hin und her, unaufhörlich redend.

Es war heiß geworden. Der braune Pullover, in den sie sich so genußvoll gekuschelt hatte, begann lästig zu werden, klebte unter den Achseln, wurde von innen feucht, fing an zu riechen. Ausziehen sollte sie ihn, aber wie sollte sie ihn ausziehen! Statt dessen versuchte sie in gelassener Haltung zu ertragen, daß es oben und unten, vorne und hinten vor Hitze zu jucken begann. Rieb wie ein Wildschwein den Rücken an der Wand, heimlich und emsig, ohne dadurch Erleichterung zu finden. Zuckte zusammen, als plötzlich der Redestrom abbrach. Wie bitte – hatte er etwas gefragt? »Wie bitte?« Sie war heiser geworden. »Ob du schon im SDS bist…« Er hatte zu rauchen begonnen und fixierte sie durch einen kunstvoll geblasenen Ring. »Nein«, antwortete Ute, »und du?« – »Noch nicht.« Er schickte drei Ringe hintereinander hoch, die sich gegenseitig verschlangen. »Ich hab' aber schon ein Eintrittsformular. Ich kauf' mir jetzt auch einen Sturzhelm. Morgen schon. Du mußt das auch tun. So was wie heut' ist sonst viel zu gefährlich.« Er holte tief Luft und ließ eine Reihe von Verletzten Revue passieren, Freunde, Bekannte, Mitstudenten, denen ein Sturzhelm Prellungen, Gehirnerschütterung oder gar Schädelfraktur erspart hätte.

Karierte Hausschuhe trug er, braungelb, Kamelhaar. Das schwungvolle Hin und Her auf dem Stuhl hatte ein Ende gefunden, er pendelte noch andeutungsweise, hatte die Füße auf den Boden gesetzt, so daß die Schuhe aus großen, glänzenden, von Hand aufgenähten Knopfaugen Ute nahezu unbewegt anstarrten. Der eine von ihnen steckte die Zunge heraus, der andere wirkte verschlossen, mit leichter Neigung zum Doppelkinn, denn die Sohle hatte sich gelöst. Dann – als hätte er mit den Schuhen zuviel von sich preisgegeben – zog Henning die Füße hoch und setzte sich auf die verschränkten Beine. »Wir machen übrigens bald eine Zeitung…« Er stieß sich mit der Hand vom Schreibtisch ab und beschrieb wieder einen größeren Kreisabschnitt. »Die rote Taube.« – »Wer ist ›wir‹?« – »So'n paar Leute aus meinem Fachbereich.« – »Und da wirst du Zeichner?« Er zuckte zusammen, entflocht sich, ließ die Füße fallen und stoppte damit die Bewegung des Stuhls. »Wie kommst du darauf?« Ute hob das bekritzelte Karopapier. Vergaß, daß sie es hatte vergessen wollen, staunte nun über die Wirkung der kleinen Geste: erst verfärbte der Blutschwall den Hals, dann das Gesicht, gegen die tiefgerötete Haut wirkten die Haare hellblond und die vordem blaßgrauen Augen blau. Das Zwinkern, Suchen, Verstecken hatten sie aufgegeben: ruhig, wenn auch mit einer gewissen Scheu, sahen sie ihr ins Gesicht – als hätte er mit der Schamröte eine Maske angelegt, die ihm Sicherheit gab. Er pendelte nicht mehr auf seinem Stuhl, und die Hände wirkten entspannt.

»Ich würde schon gern, aber ich trau' mich nicht. Die wissen noch nicht mal, daß ich zeichnen kann. Keiner hier weiß das. Und ich kann ja eigentlich auch gar nicht. Es soll auch mehr so eine theoretische Zeitung werden, nicht so 'n Firlefanz mit Karikaturen und so.« – »Deshalb zeichnest du lieber Reklamefiguren für Darmol?« Ute wedelte mit dem Blatt, nun wieder ohne Angst vor der eigenen Indiskretion. »Na, hör mal!« Es blieb offen, ob die Empörung echt war oder gespielt. »Peinlich für dich. Für Griechenland den Kopf hinhalten und die eigenen...« – »Wer ist es denn nun?« Auch Ute hielt in der Schwebe, wie ernst die Frage gemeint war. Er glättete mit leichten Händen das Blatt und besah es sich mit schrägem Blick. »Ist es wirklich so schlecht? Das kann doch nicht wahr sein! Erkennt die den deutschen Michel nicht. Dein Nachbar ist das. Dein Onkel...« Er sah auf die Zeichnung, auf sie, und wieder auf das Papier mit der direkten Sachlichkeit eines Grenzpolizisten beim Vergleich zwischen Photo und Original, tat so, als forsche er in ihren Zügen nach Ähnlichkeiten. »...dein Opa, dein Vater. Pardon – deiner vielleicht nicht – aber meiner. Oder das arithmetische Mittel zwischen deinem und meinem.« – »Meiner auch«, gab Ute zu. »Obwohl – mit Nachtmütze kann ich ihn mir eigentlich nicht vorstellen.« – »Eine Nachtmütze haben sie alle, verlaß' dich drauf. Eine immer länger als die andere. Und die, die es abstreiten, erst recht. Aber spätestens, wenn sie brennen, ist nichts mehr zu leugnen.« – »*Wenn* sie brennen...« Ute stieg mit Begeisterung ein. »Sie ziehen sich die Mütze über Augen und Ohren, manche stopfen sich noch den Zipfel in den Mund, und dann stolpern sie irgendwann und bleiben liegen – in der

Grube.« – »Nicht mit uns!« Hennings Wangen glühten, als stünde er selbst in Brand. »Wir machen es denen schon heiß.«

Wer spürt es am schnellsten? Der Glatzkopf? Die mit den krausen, glatten, langhaarigen, schütteren Pelzen über den Schädeln? Notorische Träger von Filzhüten – sind die länger geschützt? Wie ist es mit Stahlhelmen, Basken- und Pudelmützen, den achtunggebietenden Schirmmützen der Polizei? Zusammen steigerten sie sich hinein, ließen den Funken springen von einem zum nächsten, an den imaginären Zipfeln zur Stichflamme auflodern. Was passierte, wenn es einem zu heiß wurde? »Manche erwischt es am Sprachzentrum, dann reden sie über Sachen und Leute, die ihnen vorher egal waren. In einigen Fällen«, Henning verfiel ins Dozieren, »schmilzt der die Sprache betreffende Bereich auf ein Minimum ein. Sie können dann nur noch einen Satz: ›Geh doch nach drüben! Geh doch nach drüben...‹, oder so 'n Stuß. Und dann kriegen sie Zuckungen. Ungefähr so«, er imitierte einen fäusteschwingenden Passanten am Straßenrand, stand dabei auf, lief durchs Zimmer, als begleite er einen Demonstrationszug, geriet ins Torkeln und klappte auf seinem Kissen erschöpft zusammen.

»Irgendwann sind sie richtig angesteckt...« Er richtete sich auf und war wieder Henning. »Dann werden sie gut. Dann ist der Krempel runtergebrannt, die Filzhüte und die Nerze, die Autos und all die andere Scheiße, und übrig sind solche wie wir. Wenn die auf der Griechenland-Demo einmal gelöscht werden, macht das nichts aus.« – »Toll!« Ute bewegte sich nun mit vergleichbarer Sicherheit in dem Bild auf dem Karopapier. »Jetzt sehe ich meinen Job. Wir stellen die Kerzen auf. Hier eine hin, da eine – überall dort eben, wo es heller sein sollte. Das mit den Zipfelmützen, das machen die dann schon selbst.«

Intimität der Verschwörer. Henning hatte ein Bein ausgestreckt; seine Zehen an ihrem Knie befreiten sie wie ein Blitzableiter von der Spannung, die nicht hatte weichen wollen, seit er ins Zimmer getreten war. Aber das merkte sie erst, als der Fuß zurückgezogen und wieder im karierten Pantoffel verstaut wurde. »Laß' ihn da liegen – wenigstens den Fuß...«, hätte sie schreien mögen, aber gleichzeitig war sie am Stürzen. Es trug nicht mehr, das Bild der brennenden Mützen, es warf sie ab über den rauh gerissenen Rand eines Schmierpapiers auf das rot-weiß karierte fremde Bett. Was blieb ihr, als zu verstummen angesichts der graublau an ihr vorbeisehenden Augen, der hellen Hand, die ruckartig nach dem verbogenen Pfeifenputzer griff.

Sie waren aufgetaucht aus dem Bad der gemeinsamen Phantasie, und, Ute, fremd und allein, suchte nach dem, was ihr vorher freundlich erschienen war: einige Krümel gab es noch auf dem Tablett, ein zackig zerbröseltes Kreissegment, ein paar lose Rosinen. Sie klaubte zusammen, was am feuchten Zeigefinger blieb, leckte ihn ab, pickte noch einmal hier und da drüben, bis ihr einfiel, daß er es unappetitlich finden könnte. »Jetzt hab' ich dir fast den ganzen Kuchen aufgefressen – ist das schlimm?« Er zuckte zusammen, kam von weit her. Hatte durch sie hindurchgesehen und gleichzeitig den Pfeifenputzer weitergeknetet. »Was?... Ach so! Nee – iß bloß. Ich hab' ihn sowieso schon satt. Und dann... allein Kuchen zu essen, macht auch keinen Spaß...« Als rote Wolke kam ihm das Blut zurück, und jetzt hatte er wieder den blauen Blick – ihr direkt ins Gesicht, sicher und warm, ohne Zweifel: »Du mußt wiederkommen, wegen des Kuchens – und meinetwegen.« Er stand auf, steif, so, als sei ihm ein Bein eingeschlafen, sah sie an, machte eine Bewegung in ihre Richtung und bückte sich dann nach der Kaffeekanne: »Willst du noch Tee?«

6. Kapitel

»...ist es natürlich, daß Kinder, wenn sie groß werden, seltener nach Hause fahren, vielleicht auch gar nicht m...«

Der Kuli war blaß, dann spurlos geworden. Ute wühlte in ihrer Mappe, suchte in Schubladen und schrieb endlich mit Grün weiter.

»...ehr. Außerdem sind Kinder nicht gleich Kinder. Einige sind eben wichtiger als andere. Ostern mal ohne mich: Ich glaube nicht, daß es Euch so sehr auffällt.«

Eine Formulierung, die sie zufriedenstellte und, sobald niedergeschrieben, doch enttäuschte. Mißmutig blinzelte Ute auf das Blatt: grün auf weiß ihre unausgegorene Krakelschrift, die die Gewichtigkeit der Aussage schon durch ihre Unleserlichkeit abschwächte. Nein – geträumt hatte sie eher vom persönlichen Auftritt. Von kühn hervorgeschleuderter, in Jahren gereifter Wahrheit mit dem Drang, sich von ihrer Urheberin zu lösen wie eine reife Frucht. Ute wollte dabeisein, wenn sie den Boden berührte, für den sie bestimmt war. Münder wollte sie sehen, offen und sprachlos, weil das, was sie zu sagen hatte, denen nichts mehr zu sagen übrigließ: dem schmalen des Vaters mit der eingezogenen Unterlippe, dem geschwungenen Geigenmund der Mutter, der schrill werden konnte wie das Instrument in den Händen eines Anfängers.

»Laßt mich ausreden!« würde sie sagen, brüllen, wenn nötig. »Laßt mich einmal ausreden. Ich bin da, genau wie die andern. Ihr habt mich nicht gefragt, ob ich auf die Welt wollte. Jetzt bin ich da, hab' das Recht, gehört zu werden wie die, Frank, Claus, Bea..., oder noch mehr. Weil keiner so beiseite geschoben worden ist wie ich. Als Nichts behandelt, so lange, daß ich selbst geglaubt habe, ich wäre bloß ein Mißgeschick der Natur. Das man am liebsten nicht hört, nicht sieht, das auch sonst nicht verdient, beachtet zu werden. Nicht verdient...« – ihre Geschwister müßten dabeisein bei solch einer Szene. Sprachlos wären auch die.

Claus, der früher den französischen Rundfunk anzustellen pflegte, wenn er mit seiner kleinen Schwester allein in der Küche war, um abzuwaschen – Französisch, das sie doch gar nicht verstand –, nur um sich nicht mit ihr unterhalten zu müssen. Er würde die Zeitung weglegen oder das Brot, langsam, wie alles, was er tat, würde Ute ansehen, den Vater, wieder sie...

Dann Hans: »Gott sei Dank hab' ich noch 'ne andere Schwester...« Sie sah seine hellen Augen unter den struppigen, hochgezogenen Brauen, die lässig-federnde Westernhaltung, Hände auf den gespreizten Oberschenkeln, abgewinkelte Ellenbogen, entspannt und reaktionsbereit in einem...

Außerdem Beate, die Hand an der Strähne, die quer über die Stirn lief und das rechte Auge nahezu bedeckte, mit weichen, geschäftigen Fingern Knoten auf Knoten ins aschblone Haar schlagend, um sie dann wieder zu glätten – immer aufs neue.

Claus, Hans und Beate, mitgetroffen und betroffen von dem, was Ute zu sagen hatte: Wie lange hatten sie den Eltern in die Hände gearbeitet oder sie gar übertroffen durch achselzuckende Verachtung. Beate sicherlich noch am wenigsten, aber eben doch – durch ihr bloßes So-Sein. Erst Weihnachten waren sie ihr nähergekommen angesichts der prügelnden Rentner in der Gedächtniskirche, die bellend hervorgestoßenen Beschimpfungen des Vaters im Ohr, die sie wie Schläge treffen sollten – alle vier...

Claus, Hans und Beate würden sie jetzt nicht mehr allein lassen, wenn... Wenn? Ihr Auftritt war doch gerade, *nicht* nach Hause zu fahren. Ein Loch zu lassen am moos- und blumengeschmückten Ostertisch, das hoffentlich doch nicht restlos zu schließen war. Schreien durch Abwesenheit, was vielleicht doch eher bemerkt wurde, als wenn sie sich ins allgemeine Stimmengewirr einmischte. Die großen Geschwister mit der Übersetzung beauftragen von dem, was in der grünen Kulischrift undeutlich blieb. Verlegen starrte Ute auf den großen aufgerissenen Mund, den sie auf das

Papier gekritzelt hatte, knickte, falzte, riß ab und schrieb auf dem verbliebenen Rest des Blattes weiter:

»Ich hatte schon länger vor, Weihnachten, Ostern und zu anderen Feiertagen nicht mehr nach Hause zu kommen. Daß ich trotzdem da war, liegt an den Kleinen. Besonders Torsten braucht die Unterstützung seiner großen Geschwister. Ihr meckert ja ständig an ihm herum, erkennt nichts bei ihm an, wie damals bei mir. Gerade, weil ich weiß, wie das ist, will ich ihm helfen. Wenigstens ein paarmal im Jahr, damit er Euch leichter ertragen kann: Eltern, die alles an ihm schlechtmachen, und die Brüder, die ihm ja doch nur dauernd als Vorbild hingehalten werden.«

Ein Viertel der Wahrheit. Möglich, daß Torsten ihr leid tat, klein, dünn, wie er war, mit aneinanderstoßenden Knien, die er – anders als seine Brüder Frank und Tommi – in engen Röhren versteckte. Seine vierzehnjährige Stimme klang durchdringend hoch – dann wieder in orgelndem, wie geborgt klingendem Baß. Kinnlanges Protestgestrüpp auf dem Kopf. Sein Friseurgeld, das er allmonatlich vom Vater bekam, um das Haar auf Streichholzkürze bringen zu lassen, investierte er anderweitig – »im Wirtshaus«, wie die Mutter unterstellte – »in Objekten« laut eigener Auskunft. Kleine, demonstrativ zur Schau getragene Widersetzlichkeiten wie diese hatte Ute sich selten gestattet, war bei weitem nicht so wehrhaft gewesen, so immun gegen Lächerlichkeit und Verachtung. Umgestoßene Milchgläser etwa und andere Pannen, die dem Kind Ute täglich passierten, rotpochende Scham bei ihr auslösten und den Wunsch, nicht auf der Welt zu sein, ereilten Torsten nicht. Er führte sie in vollem Bewußtsein herbei, setzte sie als künstlerisches Mittel ein, gestaltete sie zur genüßlichen Pose. Anhaltendknatternde Furze in das zeitweilige Schweigen nach dem Tischgebet, weich von unten heraufrollende Rülpser in das Gesicht einer ahnungslosen Tante – Torsten arbeitete an seinem Immage der erlesenen Flegelhaftigkeit, alles war ihm Fanal, auch seine charakteristische Berg-und-Tal-Stimme, die am Familientisch nur selten aussetzte. Er gestattete keinem, ihn zu übersehen oder zu überhören – das nicht. Und er »hatte verdient« oder stellte sich die Frage nicht: nahm, forderte, griff sich...

Zum Beispiel das Bier, das Ute ihm spendierte, als sie sich eines Abends »um ihn kümmerte«. Sie waren im Kino gewesen, »ab 18« natürlich – kein Problem, diese Miniaturausgabe eines Berliner Studenten an der Kontrolle vorbeizubekommen. »Das Schweigen« von Ingmar Bergman, schwerblütige Seelendramen, die unwichtig waren, gemessen an dem, was den Film berühmt gemacht hatte: zweimal schwarzweiß abgelichteter Geschlechtsverkehr. Während die Frau an dem Kellner auf ihr verzweifelte, schob Torsten den gekrümmten Zeigefinger ins linke Nasenloch und dann in den Mund, nachdem er ihn im fahlgrauen Widerschein der Leinwand betrachtet hatte. Hinterher, bei »Opa Lehmann«, saß er klein und verwittert zwischen Älteren, die jünger wirkten als er, kannte verblüffend viele von ihnen, Männer wie Frauen, vertrug erstaunlich viel Bier und redete über »ihr Linke«, »die Alten«, die tägliche Langeweile im Unterricht, in der er »Objekte verschob«, etwa Briefmarken, bei anderen Lehrern bereits zensierte Tuschezeichnungen und anderes. »Schwester führt kleinen Bruder in die Welt ein« stand als Überschrift über diesem Abend und ähnlichen Abenden, nach denen Ute sich immer wieder fragte, wer es denn wem nun eigentlich gezeigt hatte.

Nein – sie war nicht wie Torsten, wäre wohl gerne so gewesen, aber je mehr sie an ihn dachte, um so fremder wurde er ihr, vorbildhaft fremd. Er sorgte für sich – für ihn war gesorgt, auch ohne sie: In der Mensa der FU, auf Straßen unter Begleitschutz von Wasserwerfern und Polizei, in Vollversammlungen, Seminaren waren andere wie er, würden ihn finden, sich finden lassen, als Freundinnen, Freunde...

Torsten verschwamm, gegen ihren Willen, denn sie dachte gerne an ihn, verkörperte er doch einen Nachgeborenen, der es besser hatte, jetzt schon, vielleicht durch sie... Aber ein anderer drängte sich dazwischen, sechzehnjährig, pausbäckig, mit stechendem Blick, wenn er sich unbeobachtet wähnte, und scheu sich verlierenden Augen, wenn andere, speziell Frauen, ihn ansahen: Frank, der Tugendbold unter den Brüdern, der morgens um fünf aufstand und den zentralen Ofen im Keller anwarf. Danach streifte er eine Stunde lang durch die Felder, um Vogelstimmen zu lauschen. »Ganz prima«, fanden die Eltern, wie er im Garten zupackte, ausschließlich Milch trank und Mädchen verachtete. Ein überdimensionaler kleiner Junge, 1,82 m nun schon, den Ute sich nicht anders vorstellen konnte als mit kurzen Hosen, immer noch nicht vollzogenem Stimmbruch, tüchtig, einsam, unansprechbar und unberührbar. Unmenschlich, unheimlich, so unheimlich wie sie selbst, als ihr gelungen war, Roland aufzugeben, jede Hoffnung auf ihn, und sich wiederfand in einer Gegenwart, in der es viel zu tun gab und nichts zu fühlen...

Aber das war früher gewesen, vor dem 3. Februar, den Wasserwerfern, den nassen Kleidern, vor Henning... Seitdem war sie entronnen, sich selbst, dem Bruder Frank, dem sie sich manchmal so bedrohlich verwandt gefühlt hatte, so sehr, daß sie sich nur den Haß auf ihn eingestand, Haß und Verachtung. Alles andere wäre Luxus gewesen, bei jemandem, der »so prima« war wie Frank. Sie wollte nicht an ihn denken, schob ihn beiseite, gewaltsam, verweilte lieber bei dem, der sie so stark gemacht hatte, daß sie Briefe wie diesen überhaupt schreiben konnte: Henning.

Sie war wiedergekommen in die Budapester Straße – am 4. Februar. Wortlose Übereinkunft zwischen Henning und ihr schon in der Wohnungstür. Sie ließen den Tee in der Kaffeekanne kalt werden und den graublauen Nachmittag in den Fenstern schwarz, tauchten ein ineinander und kamen erst wieder hoch, als es so finster war im Raum, daß Henning, der das Licht anknipsen wollte, in die Kekse trat. Aufgeräumt war das Zimmer: Wäsche, Pullover Kante auf Kante, ein Stapel sauber, ein anderer schmutzig. Während

Henning – »Ich sterbe vor Hunger« – nach unten ging, um Pizza zu holen, zog Ute sich eine lange Unterhose über die Beine und schlüpfte ohne Skrupel in ein wolliges rot-grün kariertes Hemd. Alleinsein war gestern, ab heute wußte sie, wohin mit sich. Sollten die anderen Berlin verlassen, Eisenbahnen und Grenzübergänge verstopfen, Ostern zu Hause feiern, weil sich nichts Besseres bot. Sie konnte zum ersten Mal auf ungeliebte Fluchtwege verzichten.

»Übrigens kann ich nicht Ostern feiern, wenn hier auf der Straße Menschen erschossen werden. Schon gar nicht mit einem Vater, der das eigentlich gut findet. Vater, heute haben sie Dich zitiert. In der Bild-Zeitung. Ich habe sie für Dich gekauft und lege sie bei.«

»Schüsse auf Rudi Dutschke – wie es in den Wald hineinschallt, so schallt es auch wieder heraus!« stand dick rot-schwarz auf der Titelseite des Blattes, das Ute heute morgen am Kiosk Bahnhof Zoo erstanden hatte, nicht ohne verlegene Blicke nach beiden Seiten und schweißnasse Finger, als handele es sich um eine pornographische Zeitschrift.

»Ich brauche dem nichts hinzuzufügen. Feine Gesellschaft. Und erfolgreiche Arbeit. Weihnachten Prügel und Ostern Kugeln, das macht Euch so schnell keiner nach. Dir, der Bild-Zeitung und allen, die reden wie Du.«

Ute seufzte tief auf und las das Geschriebene noch einmal durch. Nicht schlecht. Abkanzeln nannte man so was. So, wie sie es sich immer wieder vom Vater hatte gefallen lassen. Wenn schon! »Wie es in den Wald hineinschallt...« Uralt kam sie sich vor. Sah den Vater die Schultern einziehen wie ein kleiner Junge, der nichts zu erwidern weiß...

Jetzt fehlte gerade noch ihre Unterschrift. Aber sie zögerte, las ein zweites Mal durch, korrigierte Unleserliches und einige Zeichen, nahm schließlich ein neues Blatt und schrieb weiter:

»Wenn Ihr jetzt böse seid oder wütend auf mich, täte es mir leid. Das war nicht meine Absicht. Ich wollte nur etwas aussprechen, was mich schon lange bedrückt. Zu meiner eigenen Erleichterung. Und weil ich hoffe, daß

Ihr mich trotz allem ein bißchen versteht. So daß wir dann besser miteinander reden können.«

Sie erinnerte sich nicht, je einen Brief an ihren Vater geschrieben zu haben. Nur Zettel mit Bitten oder kurzen Anfragen, höchstens mal eine Karte. Die unregelmäßig abgeschickten, flüchtig gekritzelten Tagesberichte, die mit Nebensächlichkeiten angefüllten Dankschreiben für Freßpakete waren stets an die Mutter gerichtet. Dieser Brief sprengte den Rahmen.

Sie unterschrieb »Deine Ute« und suchte einen Umschlag hervor. Sie fand nur eine einsame 20-Pfennig-Marke zwischen Knöpfen, Streichhölzern und Krümeln. Ute steckte den Brief in die Tasche, um ihn unterwegs zu frankieren. Zog ihn nach einer Woche hervor, faltig, fleckig und grau geworden. Steckte ihn in ein neues Kuvert, trug ihn mit klopfendem Herzen zur Post und ließ ihn endlich in den Kasten plumpsen.

»...daß Dein Brief im großen und ganzen eine Unverschämtheit ist, auf die zu antworten sich eigentlich gar nicht lohnt. Die...«

»Das Wort kann ich nicht lesen.« Henning rückte an Ute heran, legte ihr den Arm um die Schultern, schob sie dabei etwas vor, leicht und mit sanftem Druck, so daß sie halb wider Willen in das Blatt Einblick nahm. Ute, blind vor Tränen der Empörung und Enttäuschung, hatte ebensoviel Mühe wie er, die Schrift zu entziffern, zumal der Vater die kurzen Mitteilungen an seine Kinder sonst in die Maschine zu tippen pflegte.

»Un-ter-stel-lun-gen«, buchstabierte sie schließlich,

»...grenzten an Lächerlichkeit, wenn Du sie nicht offensichtlich selbst so ernst nehmen würdest. Mutti und ich haben uns schon lange abgewöhnt, Dankbarkeit zu erwarten, aber das heißt immer noch nicht, daß wir uns unwidersprochen beschimpfen lassen.«

Neuer Schwall von Tränen. Sie gab Henning den Brief und wandte sich ab: »Lies weiter!«

»Ebensowenig lassen wir uns in die Erziehung Deiner kleinen Geschwister hereinreden, von der Du ohnehin nichts verstehst.«

Henning las jetzt flüssig, karikierte in hohem bellenden Sächsisch den Tonfall eines erregten Volkspolizisten.

»Im übrigen: Laß das politische Geschehen aus dem Spiel. Man nimmt es Dir nicht ab. Üb' Geige, Du hast es nötig, und laß die Finger von Pflastersteinen und Molotowcocktails...«

»Mensch, der traut dir ja was zu!« In Hennings Stimme schwang neben Empörung Anerkennung und Neid mit. Ute, immer noch zur Wand gedreht, spürte seinen bewundernden Blick einem Wärmefeld gleich zwischen den Schulterblättern. Hätte ihn, weil er ihr peinlich und unangemessen vorkam, gerne abgeschüttelt, denn zu bewundern gab es hier nichts, schon gar nicht für Henning, der sich mit müheloser Selbstverständlichkeit politisch aktiv zu verhalten wußte. Nicht so uninformiert-zögerlich wie Ute, die Ereignisse, die in nächster Nähe von ihr stattfanden, bestenfalls am nächsten Morgen aus der Zeitung erfuhr. Diesmal hatte sie geübt, Klavier in der Hochschule, Geige zu Hause, später Generalbaß gesetzt, unwillig, ungeschickt, sicherlich falsch, aber verbissen angesichts der näher rückenden Examensklausur. War früh ins Bett gegangen, über »Joseph und seine Brüder« eingeschlafen, als hätte sie Henning nie kennengelernt – der war für den ganzen Gründonnerstag in einer Arbeitsgruppe untergetaucht: Redaktionssitzung für die 0-Nummer der »Roten Taube«. Immerhin mußte sie dann angesichts der fettschwarzen »Bild«-Schlagzeile »Wie es in den Wald hineinschallt, so schallt es auch wieder heraus« weder weiterlesen noch nachfragen. Ute erfaßte sofort den Zusammenhang zwischen der Zeitung, den Reden des Vaters und dem Heranwachsenden, der eine Kugel auf Rudi Dutschke abgeschossen hatte. Ute begegnete dieser neuesten Entwicklung zunächst fast gefühllos, hatte nur das dringende Bedürfnis, es ihrerseits zurückschallen zu lassen, sozusagen im Sinne der Symmetrie, und weil sie bei der

»Bild«-Zeitung schwerlich Gehör finden würde, kam nur der Vater in Frage. Politik war das nicht, eher ein persönlicher Trieb, eine rein private Stoffwechselangelegenheit, so wie die feuchte Fahrigkeit ihrer Finger, als sie im Portemonnaie nach 10 Pfennig für die »Bild« herumstocherte, und die Hoffnung, die Furcht, die Bilder beim Schreiben des längst fälligen Briefes an den Vater.

Danach kam Henning, dunkel unter den Augen und unrasiert, für eine halbe Stunde, übernächtigt und schwer. So lange, bis er mit Ute im Audimax der TU wieder eingetroffen war – zur Diskussion des weiteren Vorgehens. Dort hatte er keine Mühe mehr, wach zu sein, war er doch im Begriff, Teil des Zeitgeschehens zu werden, mit Ute und all den andern, die in ihrer Gesamtheit die Osterunruhen 1968 ausmachen sollten. Unruhe jeder einzelne von ihnen, immerfort in Bewegung, vom Springer-Hochhaus zum Audimax, weiter zum Kurfürstendamm und zurück, noch einmal Springer, Meinekestraße, wieder TU, hin und her, zweitausend, fünfhundert, eintausend, dreitausend Unruhen gestalteten die Zeit, drei unverwechselbare Tage. Zeitungswort – politischer Mord: Utes persönliche Meinung war plötzlich öffentlich geworden, überwältigend heftig und schnell, eine Explosion. Steine flogen, Scheiben klirrten im Umfeld der Detonation, in den Auslieferungswagen des Verlagshauses Springer begannen gedruckte Lügen zu wärmen und zu leuchten, bevor sie sich in dicken schwarzen Rauch auflösten.

Einen grüngestrichenen Bauwagen aus seiner Halterung lösen und mit gemeinsamem »Hau-Ruck« quer über die Straße schieben und umkippen, daß er mit dem Fahrgestell gegen Fahrtrichtung lag, mit sinnlos rollenden Rädern, ein gestürzter Riesenkäfer, der sich dem alltäglichen Bewegungsablauf entgegenstemmte. Geborstene Flaschen drumherum, halbe Backsteine und Teile eines rostigen spitzigen Maschendrahtzaunes, alles verharmlost mit grellsauberem Bausand und buntem Kies: Barrikade bauen nannte sich das. Ute hatte davon bisher allenfalls in Geschichtsbüchern gelesen. Jetzt war sie dabei, auch als am Ku-Damm das Polizeimotorrad brannte und dem kahlköpfigen Straßenbäumchen, unter dem es geparkt war, unruhige gelbrotblaue Blüten wuchsen. Ute und Henning mit heißen, feuchten, ineinander verflochtenen Händen. Loslassen hätte ein Übermaß an Gefährdung bedeutet. So blieben sie geschützt – Menschen, Wagen, Hände, Litfaßsäulen schoben sich zwischen sie und die Schlagstöcke der Polizei, die Sturzregen der Wasserwerfer erreichten sie nicht, und die großen Polizeiwagen mit den geräumigen vergitterten Höhlen fuhren davon, vollbeladen, und ließen sie in Freiheit zurück, als unberührbare Einheit mit verknoteten Fingern und weitwachen Augen. Es hätte ein Film sein können, in den sie hineingeraten waren, »Fox tönende Wochenschau« oder ein neuer Spielfilm mit gespenstisch-realistischer Szenerie, aber die rechte genußvolle Spannung mochte in Ute nicht aufkommen: Es tickte etwas in ihr, mal stärker, dann wieder kaum wahrnehmbar, jetzt einzeln, nun deutlich mehrfach, verworren gegeneinander, stieß zusammen, entfernte sich, wurde leise, verschwand fast und blieb doch unaufhörlich, unbeeinflußbar – ihre ureigene Unruhe: Angst gegen Angst gegen Angst. Angst wieder einmal vor den aufgebrachten Passanten an den Bordsteinkanten, in den Fenstern, den Kneipentüren – die konnten mehr als Fäuste schütteln, »vergasen« und »nach drüben« lallen, das war mit dem Kopfschuß bewiesen. Angst vor den Zähnen der Hunde, den Hufen der Pferde und all dem, was die Polizisten rechts unten baumeln hatten, bedrohlich zur Schau gestellte Geschlechtsteile einer ganz besonderen Spezies Mann.

Angst aber vor allem – und diese Angst erstickte sie fast, denn sie durfte eigentlich nicht sein – vor den Jugendlichen, die Insektenschwärmen gleich auf Motorrädern angebraust kamen in mächtigen Ledermonturen, in denen mannigfaltige Wurfgeschosse noch Platz hatten: Bierflaschen etwa, leere Flachmänner und die handlichen würfelförmigen Pflastersteine, die zum Einfassen der Straßenbäume dienten. Das startete, setzte durch Lücken, die es eben noch nicht gegeben hatte, entfernte sich lautstark, kam wieder; Ute sah dunkelblau tätowierte Handrücken, strähnig nach hinten gekleisterte Haare, klaffende Zahnlücken, mied die säuerlichen Schwaden von Bieratem, die sie umgaben, drängte sich enger an Henning in unbezwingbarer Abwehr vor den Kämpfern an ihrer Seite.

Ließ sie erleichtert hinter sich auf der Straße des 17. Juni, wenn die Gruppen, Grüppchen, Paare und Einzelgestalten den Parkplatz überquerten, Gleichartige – wie Konzertbesucher oder eine Gemeinde vorm Gottesdienst alle in einer Richtung und mit demselben Ziel: eine »weitere Diskussion des weiteren Vorgehens« im Audimax der TU. Passanten blieben draußen, Polizisten ebenso, für Ledermonturen und Motorräder war der Zutritt ins Foyer nicht verboten, aber undenkbar. Es verstummte in Ute, statt des Tickens kam schwere Wärme von innen, die sich gleich als Müdigkeit bis in die Fingerspitzen ausbreitete. Ob sie in den Stuhlreihen oder auf der Empore Platz fanden oder sich auf dem gestuften Parkett zwischen den Sitzen niederließen, immer spürte sie Rückgrat und Knochen weich werden, sank so weit wie möglich herunter, ließ sich fallen in Dämmerzustände oder Phasen kurzen Schlafes, geborgen und warm wie der eines Tieres inmitten seiner Herde. Es störte sie nicht, daß geredet wurde, gelacht, geklatscht, getrampelt, gebuht. Auch nicht, daß Henning, an den sie sich immer anlehnte, von Unruhe nicht frei wurde und, wenn er nichts mehr zu suchen oder zu kratzen fand, wenigstens rhythmisch pulsierte. Zuckende, bebende, tönende Wirklichkeit, die Träume verscheuchte, indem sie diese übertraf. Verschwommen und ausschnitthaft-verzerrt nahm Ute runde Rücken mit nach vorne gekippten Schultern wahr, blau überzogene, im Unbestimmten endende Beine, die sich zwischen all den Leibern hindurchstocherten, unerbittlich tastend auf Grund traten und dann verschwanden.

Stimmen, elektronisch verstärkt, lange und kurze Reden, sich ablösend, ergänzend, fragend, antwortend – Ute stellte sie ab wie ein Radio, das weiterläuft, dessen Ton aber nicht mehr ans Ohr dringt. Sie verlor sich aus glasigen, verengten Sehschlitzen im Tweedmuster auf dem Rücken ihres Vordermannes, zuckte zusammen, als der plötzlich beiseiterückte und den Blick bis hin zum Podium freigab. Sie hatte Studenten erwartet und sah alte Männer in Anzug und Schlips mit gelichtetem Haar. Konnte sich nun, die Redner vor Augen, auch den Worten nicht mehr völlig entziehen. Einer sprach lange, wurde vom Saal in fast kindlicher Zahmheit angenommen, bekam viel Beifall und wenige schüchterne Zwischenrufe, redete über Gewalt. Es sei ein Unterschied, ob sie Menschen oder Sachen träfe. »Wer ist das?« fragte Ute in den anhaltenden Applaus am Ende des Beitrags. »Den kennst du nicht?« Henning kaute an seiner kalten Pfeife. »Das ist doch der Gollwitzer!«

»Wer ist das?« eine schlüpfrige Frage für ein Terrain, wo alles sich öffentlich gab. Ute entlarvte sich wieder einmal als eine, die nicht dazugehörte. Sogar bei Henning war es ihr peinlich, und die Antworten nützten nicht viel. »Das ist doch...« – Namen mußten Begriffe werden, damit Ute sie behalten konnte, Begriffe für Gestalten, Bewegungen, Frisuren, für Positionen, Ereignisse, Rollen, für Stimmen oder wenigstens einen Pickel auf der Nase. Erst so konnte sie die von den Namen gedeckten Personen begreifen und vergaß sie nicht wieder. Gollwitzer – immerhin, diesen Namen hatte sie schon mal gehört. Das war ein Theologe, der den Studenten oft half. »Gollwitzer«, sagte Ute, »ach so, der...«, kuschelte sich wieder an Henning, schloß die Augen und widerstand gerade so der Versuchung, am Daumen zu lutschen.

Sie war eingeschlafen, als Henning sich ihr als Stütze entzog, die Stimmen um sie herum lauter wurden, allgemeines Scharren und Treten begann und Ute sich hochgerissen und auf die Straße gedrängt fühlte. Die Kühle putschte sie auf, machte es leicht, wach zu werden. Nun tickte sie wieder, die dreifache Angst, so laut, daß sie meinte, auch Henning müßte das hören. Dessen Aufmerksamkeit war jedoch nach außen gerichtet, wohl ließ er ihr seine Schulter, behielt ihre

Hand, aber mehr hatte sie nicht zu erwarten. Er blieb wach, unvermindert, drei Tage und Nächte, draußen und drinnen, verfolgte gespannt die Diskussionen, kommentierte und applaudierte, hätte auch selbst eingegriffen, ohne Ute. Wußte ohne Zögern die Brennpunkte des Geschehens anzusteuern, wo es knisterte, leuchtete, Steine hagelten und Glasfronten klirrten.

Vielleicht hätte er selbst geworfen, ohne Ute, aber die gab ihm keine Chance, seine Hand zu entziehen. Versuchte er es? Ute konnte es hinterher nicht mehr mit Bestimmtheit sagen. Jedenfalls zog er sie mit, ließ sich aber von ihr nicht aus der Richtung bringen, blieb Ute zuliebe keinen Schritt zurück.

Montag war er aufs Bett gefallen und zwei Tage lang nicht wieder aufgestanden, aß nichts, trank nichts, erbrach sich ein paarmal, hustete, hatte wohl Fieber, dämmerte vor sich hin und fiel immer wieder in schweren, von Träumen geschüttelten Schlaf. Jetzt warf er die Steine, griff ein in die Diskussionen: »Das hat mit der dritten Welt gar nichts zu tun!«, stachelte an: »Da drüben, jetzt, jaaa!«, warnte: »Da vorne – die Bullen!« und hatte plötzlich Bedenken: »Neiiiiin, nicht!! Seid ihr wahnsinnig?« Zucken und Stöhnen, Schweiß auf der Stirn – es mußte Angst sein. Er hielt sich an der Decke fest, griff Utes Hand und ließ lange nicht los.

»Du schickst mir die Bild-Zeitung mit einer bestimmten Absicht. Mich triffst Du damit nicht. Es ist eine Zeitung, die vom Großteil der Menschen in unserem Land verstanden wird. Ich bin eher stolz darauf, daß sie mich – wenn auch unfreiwillig – zitiert. Der zusammenfassende Eindruck Deines Briefes auf Mutti und mich: lächerlich. Es ist einfach lächerlich, wenn Menschen sich Urteile anmaßen auf Gebieten, von denen sie nichts verstehen. Ich weiß nicht, mit wem Du verkehrst in Berlin, davon sagst Du ja nichts, aber es sieht ganz so aus, als wenn irgendwelche dummdreisten Freunde Dir etwas eingeblasen hätten. Ich bin der Meinung – und Mutti geht es genauso –, daß es höchste Zeit wird, daß Du Dich wieder auf Dein Studium konzentrierst. Du hast noch drei kleine Geschwister, wir können Dir nicht ewig etwas bezahlen, und eingeschlagene Scheiben und rote Fahnen finanziere ich nicht!«

Henning hatte sich eingelesen, war im Laufe des Briefes von seinem ironisch-verfremdenden Tonfall abgekommen. Um so schlimmer für Ute, die ohne Verzerrung ausgesprochen hörte, was sie schon immer gefühlt hatte: Verachtung. »Lächerlich…«, »Du hast es nötig…«, »…nicht ewig bezahlen…« – für solch eine Antwort hatte sie ihren Brief nicht geschrieben. Einen Bumerang hatte sie losgesandt, der ihr direkt wieder ins Gesicht schleuderte. Mit allem, was sie widerlegt zu bekommen gehofft hatte.

Ute wühlte sich in Hennings Kopfkissen und leistete es sich, laut zu weinen. Genoß es, wie die salzige Wärme der Tränen ihre Spannung aufweichte, ließ es zu, daß Henning sie vorsichtig umdrehte und ihr die immer weiter hervorquellenden Tropfen von den Augen küßte. Begann zwischen schwächer werdenden Schluchzern zurückzuküssen, fand einen sanften Übergang vom einsamen Weinen zum Ineinanderzerfließen.

Roland – schoß ihr durch den Kopf, wie oft, wenn sie mit Henning intim wurde. Das Unvermeidliche, Unersetzliche in der Hannovernacht. Mit Henning behielt es eine Spur von Beliebigkeit. Es ist lustig, ganz schön, aber nicht unentbehrlich. Wie bei zwei Kindern, die sich ins Gebüsch zurückziehen, um Teufelszwirn zu rauchen. Kichernd, berauscht vom Reiz des Verbotenen, obwohl das Zeug eher fremdartig schmeckt und erst recht nicht wirkt. So ging es Ute. Und Henning? Eben tauchte er wieder auf, krebsrot, triefend vor Schweiß, und strich ihr zärtlich die Haare aus der Stirn: »Laß mal, Ute, sei nicht traurig. Mein Vater…«

Der Asphalt bekam Risse, löste sich eisschollengleich in kleineren Brocken und größeren Fladen, bewegt von den

Vibrationen des überdimensionalen Zahnarztbohrers, der von einem Arbeiter gehalten und immer wieder aufs neue angesetzt wurde. Schwarz-klebrige, würzig riechende Steinchen kamen auf die Straße, wurden mit breiten Schiebern verteilt, und die große Dampfwalze preßte alles zu neuem Asphalt. Ute ging über den provisorisch abgeteilten Bürgersteig und sah die Arbeiter durch die Trennbretter wie auf ständig wechselnden Bühnen – Lehrstücke in politischer Ökonomie. Sie selbst überquerte dabei einen Laufsteg, dessen roh zusammengezimmerte Bretter wie ein Resonanzboden ihre Schritte verstärkten. Es war schattig, roch angenehm nach dem Teer und dem frisch geschnittenen Holz. Sie wurde langsamer, blieb stehen.

»Hier baut die Berliner Asphalt-AG«, stand auf dem Schild am Rande der Straße. Eine Aktiengesellschaft. Soweit Ute beurteilen konnte, auf der Höhe der Zeit mit ihren Dampfwalzen, Baggern, Preß- und Bohrmaschinen. Die Arbeiter, die hier schwitzten, schaufelten, auf der zum Bersten schwingenden Straßendecke mitvibrierten, hatten mehrere Chefs. Teilhaber, an die sie sich verkauften, täglich acht Stunden lang. Vier Stunden bezahlt, vier Stunden umsonst. Schweiß, Schwielen, Hirn, Muskelkraft für neue, moderne Maschinen und die Villen, Schwimmbäder, die Luxusreisen der Vorstandsmitglieder. Gewinn nannte sich das. Oder Mehrwert. Treffender: Ausbeutung. Am besten: Sklaverei auf Raten. Stückweiser Verkauf des ganzen Menschen. Da stieg einer von der Walze herunter, beugte sich vor, um die Konsistenz der Teermasse zu prüfen. Nackt, in festen Schuhen, winziger Badehose. Ein sehniger, scharf gegliederter Körper ohne verschwimmendes Fett. Tranchierbar in Schulterstücke, Nacken- und Muskelfleisch. Wie teilten die Teilhaber das unter sich auf? Reichte es ihnen, daß jeder nur einen Teil hatte und ihn abends wieder abgeben mußte? Denn dann trug der Mann seinen Körper ja wieder davon, hinterließ jedoch Spurenelemente von sich zwischen Teer, Straße und Steinchen, für immer vergegenständlichte Arbeit. Für den Rest des Tages gehörte er wieder sich selbst beziehungsweise der Frau oder Freundin, speziell die Region unter der Badehose. Obwohl, so stimmte das auch wieder nicht, denn diese sechzehn Stunden dienten ja zur »Reproduktion der Ware Arbeitskraft«, sogar die »Fortpflanzungskosten« werden in die »Produktionskosten der einfachen Arbeitskraft... eingerechnet, ... wodurch die Arbeitermasse instandgesetzt wird, sich zu vermehren und abgenutzte Arbeiter durch neue zu ersetzen«. So nachzulesen in »Lohnarbeit und Kapital«. Ute gruselte es, gleichzeitig fühlte sie sich mächtig und stolz. Welch Unterschied zwischen Wissen und Nicht-Wissen! In ihrer Stofftasche am Schulterriemen baumelte das blau-weiße Broschürchen, in dem Karl Marx die wichtigsten Erkenntnisse seiner jahrelangen Arbeit selbst zusammengefaßt hatte. Für Ute war es ein neu entdecktes Hilfsmittel, um die Welt wie durch eine Lupe wiederum etwas klarer zu sehen. Manchmal verliebte sie sich in Bücher mehr als in Menschen. Alles verwandelte sich unter dem Blickwinkel einer Erkenntnis, wurde neu und veränderbar – die festgefahrenen Konstellationen politischer Machtblöcke ebenso wie ihr eigenes winziges Leben. Diese Arbeiter hier mit ihren Bierbäuchen, den eintätowierten Adlern und Pin-up-Girls, den Schweißbächen, die von glänzenden Schläfen und durch krause Brusthaare rieselten – Ute mochte sie plötzlich wie kleine Kinder, für die sie denken und handeln durfte. »Ich seh' etwas, was ihr nicht seht!« dachte sie. »... und das ist – nein! Ihr wollt es ja gar nicht wissen. Noch nicht. Später kümmern wir uns gemeinsam darum.«

Sie war stehengeblieben. Hinter der Bretterverschalung hatte jemand in Sekundenschnelle eine Flasche Bier in sich hineingluckern lassen. Jetzt setzte er ab, sah sie und streckte den Kopf durch die Verschalung, starrte ihr direkt ins Gesicht, verbreitete Eckkneipendunst. In den Mundwinkeln hing weißlicher Schaum, die Augen waren gerötet und wäßrig-verschwommen. »Na, Kleene, was glotzte? Heute noch kein' dringehabt? Woll'n wer mal?« So sind die. Ute war wie gelähmt. Tat sich Gewalt an und schaffte einen Schritt zurück, die Drehung weg von dem gealterten Säuglingsgesicht. »Tak tak tak...«, hallten ihre Schritte über das federnde Holz. Hoffentlich hatte der nicht gesehen, wie rot sie geworden war. Der Mann pfiff hinter ihr her.

»Wesen des Tauschwerts«, »Besitz an Produktionsmitteln«, »Wert der Arbeit«, »notwendige Krisenhaftigkeit des kapitalistischen Systems«. Es beruhigte sie, als sie die neuen Begriffe wie Vokabeln vor sich hersagte. Sie fühlte sich angefüllt und getragen von ihnen wie ein Ballon, der aus sich heraus in die Höhe getrieben wird, ging aufrecht und leicht, nur vorläufig noch den Boden berührend. Bald war sie sie los, die Reste von Ballast, der ihr seit Jahren die Glieder schwer machte bis in die Fingerspitzen hinein. Vier Wochen noch bis zum Musikexamen. So lange gestattete sie noch ihrem vierten Finger das Trillern, vollzog mit der besinnungslosen Routine einer Fließbandarbeiterin täglich aufs neue am Klavier die chromatischen Läufe in Mozarts d-Moll-Fantasie. Sie übte regelmäßig, aber mäßig, gerade so viel, um vor der Prüfung nicht wieder schlechter zu werden. Den Stand bis zum 13. Juni halten, der Schwerkraft Zugeständnisse machen und danach fliegen – wie sie es schon als Kind beinahe geschafft hätte. Diesmal nicht nackt aus Tante Lenis Küchenfenster, sondern mit Koffern und ein, zwei großen Kartons aus Frau Bauchs Wohnung. Gekündigt hatte sie schon. Vor Tagen. Lauerte nun auf eine Reaktion und ging der Vermieterin gleichzeitig aus dem Weg. Bedauerte sie es? Immerhin hatte sie vier Jahre dort gewohnt. Vier Jahre unverändert andauernde Fremdheit bei gleichzeitig intimer Kenntnis von Frau Bauchs bodenlangem Morgenmantel – lila Blumen auf schwarzem Samt –, den Hauspantoffeln mit Straußenfederbesatz, aus denen gedunsen-stachlige Füße guckten, ihrem Morgengesicht, blaß, eingefallen wie ein erschlaffender Luftballon unter federflaumleichten Altfrauenhaaren, und dem »fertigen« Tagesgesicht mit Creme, Grundierung, Make-up, das von einer goldgelb gebauschten Perücke umgeben wurde. Käthe hieß sie – das verriet die Post, die durch den Schlitz in der Wohnungstür auf den Teppich plumpste und von Ute oft durchgeblättert worden war – in der Hoffnung auf eigene Briefe. Ansichtskarten, Otto-Versand, gefütterte Kuverts mit unleserlichdeutscher Handschrift darauf. Und eben ihre Kündigung, die Ute mit zwei Fingern auf Hennings Maschine getippt und frankiert der Post überantwortet hatte. Sie selbst hob den Umschlag tags darauf vom Boden auf und legte ihn auf die spiegelglänzende Ablage. Betrachtete von dem Augenblick an den finsteren Flur, die museumssaubere Küche und deren holzgemaserte, abwaschbare Tapete mit der Überlegenheit einer, die darüber hinaus ist. Das war vorbei. Es gab ein Zimmer für sie, schmal, hoch und hell, drei Minuten von Henning und verheißungsvoll leer. Ute hatte sich angewöhnt, die Zunge herauszustrecken, wenn sie ihr altes Zimmer betrat. In Richtung von Winfried Bauch, Käthes Verstorbenem, der im Silberrahmen über der Anrichte hing, mit etwas hervorquellenden Augen überblickte, was einst sein gewesen war, und der auf sie – Ute – noch nie gewartet hatte.

Jetzt wurde sie erwartet – gleich mehrfach, von Henning, aber auch von Holde, Emil und Frieder, die mit ihr die neue Wohnung teilen würden. Holde war Redaktionsmitglied der »Roten Taube« und hatte das Zimmer vermittelt. Von den beiden Männern wußte Ute bislang nur, daß einer von ihnen rothaarig und stämmig, der andere zierlich und schmal war. Sie hatten zusammen Tee getrunken in einer gemütlichen Küche, die heimelig und unaufgeräumt war. Nachnamen? Die waren ihr nicht bekannt, und sie vermißte sie nicht, empfand das eher als Vorschuß an Vertraulichkeit. Holde, Frieder und Emil warteten auf sie mit einem leeren Zimmer und kleinen gußeisernen Schalen für grünen Tee. Drei Minuten von Henning. Das genügte...

Der Bus hielt auf der anderen Straßenseite, als die Fußgängerampel gerade auf »Rot« gesprungen war. Ute hetzte zwischen anfahrenden Autos hindurch und drückte sich an der mächtigen, blauweiß gemusterten Rückseite einer Rentnerin durch die hydraulisch aufseufzende Tür, während der Bus schon losfuhr. Der Fahrer fixierte sie unter grau-struppigen Brauen hervor: »Selbstmörderin, was?«, dann stempelte er ihren Schein. Die Busse, wie alle anderen Verkehrsmittel, gehören nicht unbedingt zum produktiven Teil des Wirtschaftssystems. Dennoch gehen auch sie in den Preis der Arbeitskraft ein...

7. Kapitel

Manfred hatte er geheißen und war Trotzkist. Das Plakat mit dem freundlichen Grübchengesicht des glücklosen Revolutionärs war direkt auf die Rauhfasertapete geklebt, so haltbar, daß Ute nach mehreren vorsichtigen Versuchen aufgab, es zu entfernen. Warum nicht auch Trotzki an der Wand? Ehrlich gesagt, wußte sie von Lenin nicht sehr viel mehr, und dennoch hing er seit Monaten über ihrem Bett, als spitzbärtiges Glaubensbekenntnis und Schock für die Musikkommilitonen, die sie im Zuge der Examensvorbereitung besucht hatten. Sie würde sich in Trotzkis Schriften vertiefen und ihn notfalls weiß überstreichen, wenn sie ihre Entscheidung für oder gegen diese Wandgestaltung inhaltlich fundiert hätte – bald – nach Ende des Umzugs. Oder wie soll man das nennen, wenn jemand zwei Koffer und drei Pappkartons vollpackt und ein Haus für immer verläßt? Ute stand in dem Raum mit den weißen Wänden und dem haltbaren Poster und wurde trunken von dessen Leere. Es war ein verheißungsvoller Freiraum, gerade, weil sie nichts besaß, um ihn auszufüllen.

Bis zur Albernheit fröhlich waren die Fahrten in Hennings altem VW, als sie wie Sperlinge aus Winkeln und Ecken zusammentrugen, was den neuen Unterschlupf bewohnbar machen sollte: ein Sperrmülltischchen mit Stühlen, die Henning beim Vorbeifahren an einer Straßenkreuzung entdeckt hatte, sowie ein ausgefranster Wäschekorb, drei leicht beschädigte Türen als Grundlage für Bett und Schreibtisch. Jede Menge roter, schwerer, solider Backsteine als Stütze für dieses und jenes ließen sie in einer bewölkten Vollmondnacht auf einer Baustelle mitgehen. Wer sich morgens um fünf beim Fruchthof anstellt, bekommt nicht nur »angestoßene« Pfirsiche, sondern auch beliebig viele Obstkisten aus starken, unbehandelten Kiefernbrettern. Nach einer Woche war das Zimmer eingerichtet: mit einem Riesenbett aus Türen und Backsteinen, von dem in der Folge immer wieder die dreiteiligen Matratzen herunterrutschen sollten, mit einer Schreibplatte, einem Tischchen, zwei Stühlen und dem deckenhohen Apfelsinenkistenregal. An der Wand der von Manfred, dem Unbekannten, hinterlassende Trotzki, gegenüber Lenin, ein Kleiderbügel mit Utes schönster Bluse – bunte gestickte Blumen auf dunkelblauem Baumwollstoff – und ihre Geige, diese zweite Geige, die nach jahrelanger täglicher Zuwendung sonst dazu verdammt gewesen wäre, in der Ecke zu stehen. So war sie immerhin ein stilvoll-dekorativer Kontrast zum hellen unbearbeiteten Holz der übrigen Einrichtung. Ihr Zimmer. Manchmal saß Ute im Schneidersitz auf ihrer Schreibplatte und sah zu, wie Sonnenflecken die Wand entlangwanderten, über Trotzki und Geige bis hin zum weißverschnörkelten Kachelofen. Unter dem Fenster lag ein Parkplatz, eine grundlos freie Fläche zwischen den Häuserblocks, sicherlich durch Bomben entstanden. Hier luchsten Türkenjungen eiligen Autofahrern Trinkgelder ab, indem sie ihnen Parklücken zuwiesen. In warmen Nächten drangen von hier aus helles Lachen und spitze Schreie in Utes Fenster – Autos sind nicht nur zum Fahren gut.

Schräg gegenüber das Ka-De-We. Ute durchstreifte die aufreizend unübersichtlichen Etagen nach Kleinigkeiten, stand lange vor einem Tisch mit goldbordürenumsäumten Untersetzern und »Tischläufern« und ging endlich – nicht ohne sich der schmerzlichen Sehnsucht zu schämen, die der Anblick dieser schwülstigen Staubfänger in ihr ausgelöst hatte...

Vier in anarchistischer Formlosigkeit gleichberechtigt hingekritzelte Namen auf ausgerissenem Millimeterpapier an der Wohnungstür: Plötzlich wußte Ute nicht mehr, wie sie das ausgehalten hatte, dieses unterwürfige »Fiedler, bitte 2 × klingeln« neben Frau Inspektor Bauchs blankgeputztem Messingschild. Vier Jahre lang freundlich grüßen, leise auftreten, durch vollautomatisches Beseitigen aller Spuren vergessen lassen wollen, daß sie vorhanden war.

Jetzt, wenn sie die Wohnung aufschloß und mit der Tür Emils Schuhe beiseite schob, kam sie nach Hause, mehr sogar als damals bei ihren Eltern. Die Unbekümmertheit der anderen, sich stückweise über die Räume zu verteilen, war eine Offenbarung für Ute, nahm ihr den Rest von Angst, der sie in dem fleckigen Treppenhaus mitunter befiel. Vertrauter Dreck ist keiner. Unordnung kann Fremdheit, Verwahrlosung bedeuten oder Einladung, Angebot zu Nähe und Intimität. Ute sah hier das zweite, las aus den verstreuten Privatutensilien ihrer Mitbewohner Botschaften über die, mit denen sie nun lebte. Sie fand in den Dingen eine plastische Ergänzung zu dem, was die anderen sagten oder taten. Badezusatz »Persicher Flieder exotisch«, ein knöchellanger weißer Bademantel, das war Holde, genauso wie ihr ernsthafter Eifer bei der Exegese des »Kapitals«. Marmeladenverschmierte Papiere über Heckhausens »Leistungsmotivation«: ein greifbar geronnener Kompromiß zwischen Emils Neigung, lange zu frühstücken, und seinem Bemühen, eine andere Pädagogik zu entwickeln. Keine vierzehn Tage dauerte es, bis aus den Zufallsbekanntschaften, die ihr ein Zimmer angeboten hatten, die interessantesten Menschen Berlins geworden waren. Faszination durch Nähe – Ute hatte sich bisher auf so etwas kaum eingelassen und berauschte sich geradezu an den fremden Leben. Geschwisterliche Dichte herrschte im schmalen Altbaubadezimmer, wenn sie am Samstagnachmittag den Ofen ansteckten. Frieder lag in der abgestoßenen Aluminiumwanne mit den Löwenfüßen, Holde saß auf dem Klo, während Emil sich rasierte und Ute die Fußnägel schnitt. Alle nackt.

Einen winzigen Moment verspürte Ute Scham, als sie das erste Mal mitbekam, wie gelassen die sich in ihrer Haut bewegten. Erschrak neidvoll über Holdes Hochbeinigkeit und ihren schönen Busen, voll, fest, leicht nach oben geschwungen. Utes eigener, besser: die Andeutung davon, stand in lächerlichem Kontrast zu dem viel zu dicken Bauch darunter. Ob sie gewagt hätte, ihn den andern zu zeigen, wenn Henning nicht wäre?

Hennings Gesicht, vergraben in ihrem Bauch – und die ärgerlich schwappende, teigige Fläche hatte plötzlich ihre Funktion so wie ihr ganzer armseliger Körper, den sie jahrelang nur ausschnittweise zur Kenntnis genommen hatte. Sie sah sich als lächerliche Mixtur aus Knabe und ausgeleierter Frau. Erst Henning mit seiner Vorliebe für helles Licht hatte mit seinen Augen, Händen, dem ganzen Körper ihrem bis dahin eher überflüssigen Leib einen Wert verliehen. »Gebrauchswert«, der ihr nicht gerade zum vollen Bewußtsein ihrer Schönheit verhalf, doch es erleichterte, sich ohne zu großes Schamgefühl auch anderen zu zeigen.

Sicher und unberührbar als Freundin Hennings bewegte sie sich leidlich unbefangen zwischen dem rothaarig-sommersprossigen, breitschultrigen Emil und dem knochigen, hellen, schmalgewachsenen Frieder mit der ausgeprägten Trichterbrust. Sammelte in kindlicher Neugier alle Unebenheiten, Härchen, Flecken, Warzen, Falten, Narben der neuen Körper – bloß mit den Augen.

Probierte aus, was ihr neu war: sich einfach leben zu lassen. Kein Angebot auszuschlagen, ob es nun »Schwimmengehen«, »Spazierengehen«, »Essengehen«, »Kinogehen«, »Teetrinken« oder einfach nur »Quatschen« war. Zeit, die sie bisher in kleinen Teilen verbraucht hatte, zerhackt durch schulmäßigen Stundenplan und mühsam angeeignete Üb-Disziplin, glitt ihr nun durch die Finger, flüssig beinahe und formlos, notdürftig gehalten durch den »Kapital«-Arbeitskreis am Donnerstagabend. Ansonsten löste sie sich auf im grünen Tee, zwischen den Brötchenkrümeln und Eierschalen des späten Frühstücks. Schrumpfte, solange sie Gegenwart war, wurde zur Ewigkeit, wenn Ute zurückblickte. Was, sie wohnte erst drei Wochen hier? Hatte im vorigen Monat noch »gut die Füße geputzt«, den Schlüssel mit virtuoser Lautlosigkeit im Schloß umgedreht, ihre seltenen Besucher leise aufs Bett vor den Nierentisch gesetzt, während sie in der Küche Tee machte, geschwind und spurlos steril? War sie das gewesen, Ute, die dort gelebt hatte, jahrelang, mit nur vier eigenen Tassen und einem Notenständer, der ihr gehörte? Üben nur zwischen 10 und 12 Uhr sowie 15 und 18 Uhr. Im Schneidersitz auf Frau Bauchs Tagesdecke – Kunstseide, rosa, gesteppt – hatte sie für die Prüfung gelernt, unnützes Zeug, so über einen »Pfarrer Müller, der dreihundert Seelen zum Singen gebracht hatte«. Spät war es, daß sie sich zum ersten Mal an ihrem Zimmer vergangen hatte, Frau Bauchs Gesetz den Keim eines eigenen entgegenzusetzen wagte. Henning hatte ihr ein Plakat aus Polen mitgebracht, Lenins Gesicht, golden über schwarzem Grund. Sie spießte ihn auf die matte Blümchentapete mit Stecknadeln, wie einen Schmetterling. Herzklopfen und Ohrensausen hatten diesen Akt der Besitznahme begleitet, und Frau Bauch machte, was sie immer tat, wenn ihr wieder bewußt wurde, welche Zumutung Ute als Mieterin eigentlich war: Sie nahm die Brille ab, putzte sie und seufzte so tief, daß die Kittelschürze über der mächtigen Brust zu platzen drohte: »Ach, Kindchen!«

Acht Semester Üben, erfolgloses Tüfteln an Generalbässen, lustloses Lernen von Belanglosigkeiten. Ein endloser Sumpf, in dem alles, was sie auch tat, versackte im Schlamm, der Einsamkeit hieß. Grau in grau, wenig eingefärbt von Roland, dem Phantom, das ihr erschien, wann es ihm beliebte. Erst mit Henning hatte sie wirklich begriffen, daß Änderung möglich war für sie und die Welt. Die Inseln menschlicher Begegnung im Sumpf waren häufiger geworden, größer, kompakter, endlich zum Festland. Überall waren nun Menschen, die auf sie warteten, sie fragten, sie teilhaben ließen an ihrem Leben. Henning, Holde, Emil, Frieder, mit denen sie rechnen konnte. Täglich. Einschließlich

Freunden, Geschwistern, Kollegen, die ins Haus kamen, die heißen Teeschälchen mit den Händen umschlossen und auch von Ute was wissen wollten: »Und du, was machst du?«

Früher, als Kind, hatte sie gern »Verkleiden« gespielt. Damals, zu Hause bei Oma und Tante, bevor sie hineingestoßen wurde in die Ödlandschaft, die »eigene Familie« hieß. Ute wurde zu Michi, Michi zu Elke, Elke zu Marlene, die gegenüber wohnte und in Utes Klasse ging. Stundenlang hielten sie das durch, Michi schob Elkes Puppenwagen über den Rasen, Marlene, in Utes Kleidern, trällerte ausdauernd vor sich hin, und Ute schaffte es, im Stehen an einen Baum zu pinkeln, ohne daß auch nur ein Tropfen Michis Lederhose berührte. Erst abends, wenn Tante Leni sie in die Badewanne steckte und ihr Michis Pyjama verweigerte, wurde Ute wieder sie selbst.

Längst vergessene Spiele wurden nun wieder lebendig. Ute wurde zu Holde, wenn diese von einer unglücklichen Liebe erzählte, schlüpfte in deren Lebensgefühl bei den Klängen von Pink Floyd und Joe Cocker, einer Musik, die ihr in acht Semestern Studium fremd geblieben war. Sie saß jeden Morgen um sechs im Triebwagen nach Eschwege als Emil, der pummelig rothaarige Bauernlümmel, drückte sich eine Stunde lang in der Wartehalle des Bahnhofs herum und wurde von den Mädchen geärgert, bis es viertel vor acht war und er sich, Schultasche unter dem Arm, in den Schülerstrom zum Jungengymnasium mischen konnte, als wohne er wie alle andern in der Stadt... Sie begann schließlich Leichen zu zerlegen, täglich, mit den schmalen, hellen Händen Frieders, denselben, die abends den Knoblauch zerdrückten, Weinblätter aufwickelten, Hähnchenteile geschickt aus ihren Gelenken drehten und ins siedende Öl warfen, während Frieder mit leiser Stimme erzählte: »Heute war ein vermasselter Blinddarm. Bauch voll Blut. Kunstfehler. Du kannst nichts machen.«

Bei jeder neuen Verkleidung stellte sie sich die Frage, ob das nicht ihr Leben sein könnte, eigentlich besser paßte als ihr bisher gelebtes. Manches war ihr vertraut, als sei sie dabeigewesen, anderes aufregend fremd, empfahl sich zur Nachahmung und zum Mitmachen. »Durchgemachte« Septembernächte: Abendpicknick, ein Eisenstein-Film im »Arsenal«, der in der »Schöneberger Weltlaterne« bei Bier besprochen wurde, auf weichen Beinen hinüberlaufen zu »Loretta im Garten«, wo es am offenen Feuer auch bei fortschreitender Nacht nicht kalt wurde. Diesmal war Henning eher müde als sie. »Geh' doch schon mal!« sagte sie, nur halb überzeugt von der eigenen Forschheit. Als er weg war, dachte sie nicht mehr an ihn.

Doch der ungewohnt hohe Bierkonsum bereitete ihr unruhige Nächte. Wein machte ihr Kopfweh, nach zwei, drei folgenschweren Versuchen hatte sie das heraus. Bier vertrug sie in größeren Mengen, allerdings sank es schnell durch, sammelte sich in der Blase und trieb sie in kurzen Abständen auf die Toilette. Barfüßig tappte sie über den nächtlichen Flur, ohne nach dem Lichtschalter zu suchen. Ute sah den Weg mit den Fingerspitzen: Das weiche Durcheinander der zahlreichen Jacken und Mäntel an der Garderobe, ein Stück rauhe Tapete, der Eingang zu Frieders Zimmer, danach die schmale Badezimmertür mit dem kühlen, geschwungenen Griff. Lautloses Tasten zwischen Wanne, Waschbecken hindurch und allem, was so herumlag: Fußbänkchen, Emils Pantoffeln, der übervolle schwankende Wäscheständer. Hastig-leises Hochklappen des Klodeckels, die Blase strahlte erleichtert und endlos das Bier in das Becken. Einmal hörte Ute dabei auf dem Flur ein Geräusch: Sie stand auf, machte sich dünn in der Erwartung, gleich mit Frieder, Emil oder Holde zusammenzustoßen, die es eilig haben mochten wie sie eben, kam jedoch ungehindert aus dem Bad, nach ein paar Schritten aber nicht weiter; jemand stand ihr im Weg, groß, breit, mit dem fremden Geruch nach gefettetem Leder. Automatisch griff sie nach dem Schalter neben der Tür. Der Mann hatte ein narbig zerklüftetes Gesicht, blaue, durchdringende Augen und dunkles, leicht strähniges Haar. Er hob, vielleicht hilflos, die Hand, schien reden zu wollen, aber gleichzeitig öffnete sich hinter ihm eine Tür, Holdes weißer Frottee-Arm kam heraus, griff ihn am Lederjackenärmel und zog ihn vom Flur. Alles geschah in unwirklicher Geräuschlosigkeit. Ute schlich weiter in ihr Bett, schämte sich ihres Herzklopfens und der Unruhe, die sie bis zum Morgengrauen nicht mehr einschlafen ließ. Sie mußte nach zwanzig Minuten schon wieder aufs Klo, traute sich aber nicht.

Warum ließ sich nur Holde die nächsten zwei Tage nicht einmal sehen? Danach war alles wie immer: Die Klinke ihrer Zimmertür war mit einem Band am Regal angebunden, so daß sie nicht zuschlagen konnte. Der Raum mit den farbigen Lämpchen, den indischen Baumwolltüchern war geöffnet für jeden, der hineinwollte. Und Holde war wieder Holde: fleißig beim »Kapital«-Lesen, diszipliniert im Studium und mit Sinn für exotische Gemütlichkeit. Sie verstand es, mit Kerzen, Räucherstäbchen und Musik eine weich-gelöste Atmosphäre zu zaubern, in der das Erzählen, Zuhören, das Offensein leichtfiel. Sie redeten weiter von dem, was war, ist, sein wird, sein könnte – nur nicht von diesem Mann. So behielt Holde fortan für Ute einen Rest an Fremdheit, der nächtliche Zusammenstoß blieb als Fragezeichen über ihrer wachsenden Nähe.

Werden wie Holde – das konnte nicht die Lösung sein, aber was schadete es, regelmäßig wie sie, Rouge und Lippenstift zu benutzen? Gemeinsam durchstreiften sie Boutiquen und Läden der Innenstadt, suchten nach Sonderangeboten. Ute fand sich wieder in lustigen Blusen und engen Hosen, knöchellangen Kleidern, die sie bisher nur an Frauen wie Holde bewundert hatte. Verkleidung – neue Identität? Wieder einmal war Ute sich unschlüssig. Jedenfalls maß sie sich vorläufig an Holde, auch an ihren Problemen. So an der unglücklichen Liebe zu einem Tutor des Fachbereichs 11, den Ute selbst flüchtig kannte. Ein Flirt war ihm wert gewesen, was Holde ernst gemeint hatte. Ute rührte in ihrem Schälchen, fischte den immer kleiner werdenden Klumpen Kandis heraus und ließ ihn wieder reinplumpsen. »Ich geh' in die Mensa um Viertel nach zwölf«, Holde scheute sich nicht, zu weinen, »weil ich weiß: Dann ißt er immer, und denk' mir: Hoffentlich triffst du ihn nicht, du wirst ja doch nur enttäuscht.« – »Roland!« schrie etwas in Ute. Phantome sind ortsgebunden; sie hatte geglaubt, ihm entronnen zu sein wie den bohnerwachsduftenden Gängen der alten Hochschule. Jetzt holte sie ihn sich, zerrte ihn in die intime Öffentlichkeit der Wohngemeinschaftsküche, Holde zum Trost. Wie selbstverständlich ihre Niederlage nun war, plötzlich völlig in Ordnung. Ohne Scham und Peinlichkeit berichtete sie von der Fahrt nach Hannover, dem Umschwung auf offener Straße und der kalten, verzweifelt gewärmten Nacht ohne Zukunft. Warum hatte sie das vorher keinem erzählt? Nun jedenfalls bereute sie's nicht. Es war gut, wie Holde die Nase hochzog, durchs Feuchte blinzelte und ihr gestand: »Jetzt wirst du erst menschlich für mich. Bisher wart ihr mir als Paar schon fast zu perfekt, Henning und du.«

Er sollte sich rächen, Roland. Gleich in der folgenden Nacht kam er zu Ute ins Bett, war plötzlich da, zwischen Trotzki, Teekanne und einem ebenholzglänzenden Flügel. War so sehr vorhanden, daß sie nach dem Erwachen eine halbe Stunde brauchte, um zu erkennen, wie allein sie hier lag. Allein neben Henning, der nicht begreifen konnte, warum Ute sich weigerte, mit ihm zu schlafen.

8. Kapitel

Oktober, Semesterbeginn. Ute belegte zwei Literatur-Seminare und fuhr wie die anderen zur Uni. In dem Gewirr der Kontakte, neuen Gemeinsamkeiten nun wieder auffindbar: ihr persönliches Leben. Manchmal schien es verknotet, verfilzt, verheddert, dann wieder deutlich und ohne große Mühe zu verfolgen. Dienstags, mittwochs und donnerstags etwa, wenn auch die anderen mit Studium, Politik,

Beruf beschäftigt waren. »Ich arbeite!« sagte Ute sich dann, setzte sich auf die Matratzenteile neben dem Ofen, der nun geheizt werden mußte, und las: »Zauberberg«, »Das bittere Glück der Marianne F.« (Loreroman Nr. 763), »Berlin Alexanderplatz«... Sie hielt sich nur vage an das Programm ihrer Seminare, verschlang, was ihr in die Hände geriet, selbstvergessen, bis zum Überdruß, gierig wie ein im Süßwarenladen allein gelassenes Kind, das Schokolade bisher nur riegelweise kennengelernt hat.

Einmal wurde sie dabei gestört, durch einen trockenen Knall, gefolgt vom nachhallenden Scheppern zerspringender Saiten – ein Geräusch, das ihr schon immer körperliche Schmerzen verursacht hatte. Sie fuhr hoch, erschreckt, verwirrt, fast verschlafen. Eben noch hatte sie sich in Gestalt »Professor Unrats« in verklemmt-schwüler Atmosphäre der »Künstlerin Fröhlich« genähert. Nun brauchte sie Zeit, um die Ursache der Geräusche auszumachen. Nur zögernd bemerkte sie die Geige, erlaubte sich zu erkennen, daß die beiden höheren Saiten pendelnd herunterhingen. Auch der Steg war gekippt, zwischen Saitenhalter und Decke gerutscht. Erst aus der Nähe sah sie den Riß in dem Instrument, zackig und klaffend, knapp an den F-Löchern vorbei. Auch die Zargen hatten sich gelöst. Noch länger brauchte sie, um zu begreifen, was geschehen war: ungespielt, allein an der Wand, vom berührten, gepflegten, geforderten Teil ihrer selbst zum Dekorationsgegenstand erniedrigt, hatte die zweite Geige begonnen, allein zu arbeiten, hatte sich bei Kälte zusammengezogen und bei Wärme ausgedehnt – oder umgekehrt? Hatte die Feuchtigkeit aufgesogen, wenn das Fenster geöffnet war, trocknete aus in der Hitze des Kachelofens. Hatte sich also in ihrer einsamen Nutzlosigkeit so heftig bewegt, daß sie bersten mußte.

Ute hob die Geige vom Haken und tastete den braunglänzenden Körper mit scheuen Fingern ab, als erwartete sie Blut oder wenigstens die klebrige Feuchtigkeit einer offenen Wunde – legte sie endlich mit verspäteter, sorgsamer Zartheit in den Kasten. Wagte, den Steg vorsichtig aufzurichten. So gesehen, aus wassergefüllten Augen, wirkte die Geige fast heil. »Pathologie«, dachte Ute. »Frieder. Hinterher nähen sie alles wieder zu, und die Leiche ist wie neu ...« Der lange nicht mehr benutzte Geigenkasten quietschte beim Schließen – wie ein Sarg. Sie blätterte mit verschwitzten Händen im Branchenverzeichnis nach Geigenbauern und dachte an Blaulicht oder wenigstens ein Taxi.

Die Rechnung des Geigenbauers war hoch. Danach ließ sie das Instrument im Kasten, gut geschützt und witterungsunabhängig, und verstaute es auf dem Hängeboden. Gemeinsam mit leeren Koffern wartete es dort oben auf eine mögliche Verwendung in unbestimmter, ferner Zukunft.

»Alle reden vom Wetter – wir nicht!« Ein Witzbold hatte diesen Reklamespruch der Deutschen Bundesbahn auf ein rotes Plakat gedruckt – unter die Seitenansichten von Marx/Engels/Lenin. Henning brachte es mit, und Ute hängte es dorthin, wo die Geige geborsten war. Mit einem erleichterten Seufzer.

Manchmal stand Ute vorm Spiegel und wunderte sich. Drehte sich vor der deckenhohen, schmalen Quecksilberfläche mit den blinden Flecken und den an Eisblumen erinnernden Rissen und Sprüngen, die an der Stirnwand des Badezimmers angebracht war und den langen Schlauch doppelt so tief erscheinen ließ. Betrachtete sich mit den Augen einer Fremden, konnte es stundenlang so treiben, allein in der Wohnung. Anders war sie geworden, schöner, ohne eigenes Zutun. Die Haare waren von selbst gewachsen, sie trug dieselben Sachen wie früher und fand sie wie neu: die Bluse mit drei geöffneten Knöpfen, der lange Pullover, in Fasson gebracht mit einem Gürtel, der bisher nutzlos im Schrank gehangen hatte. Die Hosen waren bis zum Knie hochgekrempelt oder wurden in die Stiefel gesteckt, über die Schultern trug sie ein Tuch ...

Vielleicht lag es daran, daß sie sich nie als ganzer Mensch hatte betrachten können, all die Jahre in der Hildegardstraße. Da gab es die Wahl zwischen ihrer kopflosen Unteransicht in der Tür des Kleiderschranks und dem knappen Brustbild auf Frau Bauchs Alibert-Garnitur über dem Waschbecken. Verkleinert, getönt, zusätzlich verzerrt, wenn, wie so oft, von außen an der Tür gerüttelt wurde: »Ist das denn die Möglichkeit? Schon wieder jemand drin!«

Hier sah sie sich endlich in ganzer Größe, ungestört obendrein, denn wenn sich draußen ein Schlüssel bewegte, war Zeit genug, sich zu entscheiden, ob sie gerade die Hände waschen, die Zähne bürsten oder lieber das Klo benutzen sollte. Bis dahin konnte sie sich auf den Wannenrand setzen, Unterschenkel aufs Knie, Ellenbogen aufs Bein, Kinn in die Hand, in ihr neues Gesicht starren, das schmaler geworden war, Farbe bekommen hatte, und darüber nachdenken: Wer war sie denn nun? Die Ute von damals, wahlweise Brustbild oder Unterleib – meist aber blind, nur Ohr und Fingerkuppe: »...das Vibrato Ihres vierten Fingers – Fräulein Fiedler, Sie *müssen* daran arbeiten...« Jetzt war sie ganz – Kopf, Leib, Hände, alles war gefragt, alles funktionierte. Zwar nicht so perfekt wie die trainierte Einseitigkeit ihrer letzten vier Jahre, und der Spiegel, der sie von oben bis unten zurückwarf, zeigte sie auch nicht perfekt, sondern mit Schrunden, Rissen und Löchern, die sie in solchen Minuten auf sich bezog. Manchmal versuchte sie, die blinden Flecken, die Sprünge im Quecksilber auszusparen, mußte lachen über die grotesken Stellungen, die sie zu diesem Zweck sich abverlangte – aber das war nur ein Spiel...

War es Zufall, daß sie in einer solchen Situation, einsam vorm Spiegel, auf die Idee kam, ihre Eltern einzuladen? Lange hatte sie nicht mehr an die gedacht. Nur als Blitze kamen sie noch vor, staubkleine Gedankenpartikel, die, aufs Tausendfache vergrößert, vielleicht so übersetzt werden konnten: »Ha, wenn die mich jetzt sehen würden!« Etwa bei einem brillanten Beitrag im Seminar – Ute war auf dem besten Wege, Spezialistin dafür zu werden, nach einer schönen Schmuserei mit Henning, beim Lesen ihres ersten schwarz-weiß gedruckten Artikels in der »Roten Taube«:

»Musik und Arbeiterklasse«. Oder beim ersten »Joint«, den Ute unter Holdes Anleitung gemeinsam mit deren »Genossen« genossen hatte – übrigens ohne nennenswerte Wirkung. Eigentlich immer dann, wenn Ute die eigenen Erwartungen an sich übertraf, und das war täglich, stündlich. Genaugenommen dachte sie sogar viel an ihre Eltern, wenn man diesen atomisierten Hirnreflex »denken« nennen wollte. Andernfalls: gar nicht.

»Wir kommen immer zu Euch...«
schrieb sie an ihre Eltern – der erste Brief seit Monaten wieder.

»...nach Hause, wo sich nie etwas ändert. Aber wir ändern uns doch. Ihr merkt nur, daß wir nicht mehr zu Euch passen. Dabei muß das so sein, wir leben ja längst unser eigenes Leben.«

Längst. Letztlich erst ein Vierteljahr, aber das ging die nichts an.

»Es ist anders als Eures – und gut! Warum kommt Ihr nicht her, seht es Euch einmal an? Vielleicht wäre das eine Chance, daß wir uns wieder – oder das erste Mal – besser verstehen.«

»Ich würde so einen Brief nicht schreiben«, sagte Henning. »Hätte auch keinen Zweck, mein Alter würde ihn sofort in den Papierkorb schmeißen. Aber warum nicht – schick' ihn ab!«

Ute trug diese Einladung mit sich herum und warf sie nach vielen Wochen in den Papierkorb.

Es wehte sie an, ungewohnt kühl, von unten bis übers Knie. Emil, die Beine von sich gestreckt, in großmannssüchtiger Pose auf Holdes Ohrensessel gelagert, sog an einer imaginären Zigarette. »Sie sehen – Modell Aphrodite...« Dann gab er sich »sachlich«: »Du mußt die Haare zusammenbinden. Und aus der Stirn. Und bitte die Schuhe putzen. Dann kommst du herein mit einem Mäppchen, und alle wissen, wie sie dran sind: ›Guten Morgen, ich bin die neue Referendarin!‹«

Nun fror sie, als wäre sie nackt. Gänsehaut stellte sich auf über Schenkel, Leistengegend, Bauch, Brust, bis zum Hals – obwohl der Ofen vor Hitze knisterte und das Kleid reine Schurwolle war. Sonderangebot, herabgesetzt von DM 70 auf DM 20 im Winterschlußverkauf. Sonst hätte sie's hängenlassen, so aber erinnerte ihr tiefverankerter Sparinstinkt sie daran, daß sie viel zu viele Hosen besaß. Ein neues Kleid, fahnenrot, reine Schurwolle für diesen Preis war doch gar nicht so schlecht. Jetzt, nachdem sie es in der Wohngemeinschaft probeweise mal übergestreift hatte, war ihr, als sei sie mit diesem Kauf zu weit gegangen. Wenigstens hätte sie besser daran getan, nicht Emil nach seinem Urteil zu fragen. Wie er sich aufspielte! Was er sich herausnahm! Was hatte das Kleid mit der Schule zu tun, die sie ohnehin nicht betreten würde? Und wenn sie zehnmal Examen machte in nächster Zeit! Sie konnte nicht Lehrerin sein: Das Los, täglich durch sechzig Kinderaugen ein Produkt lächerlicher Eigenheiten zu werden, war ihr schon früh unerträglich erschienen. Welchen Stellenwert bekam dort ein schmutziges Taschentuch, eine ausgefranste Frisur, eine unüberlegte Bewegung! Daß sie ein Lehrerstudium gewählt hatte mit Pädagogik, Psychologie, praktischen Übungen, war ja nur ein Netz, eine Absicherung für »etwas ganz anderes«, von dem sie noch herausbekommen mußte, was es war. Sie hatte Hemmungen, anderen Gewalt anzutun, und empfand die Tätigkeit eines Lehrers seit jeher als unvermeidlich gewaltsam. Sie fürchtete Kinder und noch mehr Heranwachsende, vor allem die Mädchen, deren Lebenshoffnungen weit übertrafen, was Lehrerin Ute ihnen als erreicht vorleben würde...

»Du bist ein Arsch!« sagte sie Emil, war unzufrieden mit der vergleichsweisen Sanftheit dieser Beschimpfung. »Ich möchte mal wissen, wer von uns beiden zuerst Lehrer wird. Ich nicht!« Emil warf seine Mähne nach hinten und strähnte sie mit einer reflexhaften Bewegung aller fünf Finger wieder zurück ins Gesicht: »Du wirst Lehrerin! Wollen wir wetten? Du siehst schon so aus. Ja wirklich. Eine, die aussieht wie du... Und außerdem: Was willst du sonst machen?«

»Ich weiß nicht, worüber ihr euch streitet.« Frieder hockte auf Holdes Bett, hatte eine alte Zeitung als Schmutzfänger vor sich ausgebreitet und schnitzte an etwas herum. »Lehrer, Ärzte – das sind doch gute Berufe. Da erreichst du doch wenigstens wen!« – »Erreichen vielleicht«, Emil hangelte nach dem Tabak, »aber du kannst nichts machen. Einer mit zweiunddreißig Kindern, alle verkorkst. Da kannst du ja nur den Hampelmann spielen. Ja wirklich. Oder die Hampelfrau – oh, Verzeihung!« Er neigte sich knapp zu Ute herüber.

Frieder rückte ein bißchen vor, um sein Schnitzwerk im Kegel der Deckenleuchte sehen zu können. Eine Flöte vielleicht. »Neulich beim Nachtdienst bei uns in der Aufnahme habe ich jemanden gehabt – so 'n Säufer, der in die U-Bahn-Tür geraten war –, und hinterher hat er gesagt: ›Herr Doktor, ich muß mich entschuldigen!‹ Ich sage: ›Wieso denn?‹ – ›Hab' ick jedacht, Sie wär'n auch so einer von die da...‹« Frieder machte die Bewegung des Steinewerfens. »›Aber det sind Sie nich. Sie sind jut!‹ Was sollen wir uns sonst noch wünschen?« – »Arzt ist noch was anderes«, Emil räkelte sich herum und warf seine Beine über die andere Lehne. »Leute sind nun mal krank. Aber Schule... schon die Institution. Guck' sie doch an!« Er wies mit der Schulter auf Ute, die von einem zum anderen sah, unfähig, einzugreifen. »Erst kauft sie 'n Rock, dann fängt sie an, ihr Blüschen zu bügeln, schneidet sich die Haare. Ja wirklich. Das ist doch so: Du schleichst dich ein in die Schule, wirfst 'nen Schafspelz über, damit sie dich als Wolf nicht erkennen, und irgendwann stellst du dann fest: der Pelz ist dir festgewachsen...« Er legte ein Blatt Papier auf sein Knie, tat Tabak drauf, verteilte darin ein paar Krümel Hasch. Ute spürte, wie hilflose Wut in ihr anschwoll, sie beinahe zum Platzen brachte. Sie zupfte die Ärmel zurecht, klappte den Kragen hoch – Emil zum Trotz. »Und du – du verdammter Lehrerstudent?« – »Ich?« Emil hatte den Joint beinahe fertiggestellt. »Ich hab' ja noch ein Jahr Zeit. Ich forsche erst mal, was dran ist. Und danach gründe ich was. Eine Gegenschule für Proletarierkinder vielleicht.« Er setzte die einen Trichter bildenden Hände an, inhalierte, reichte den Joint an Frieder weiter und versank in der Tiefe des Sessels.

9. Kapitel

Es war eine Hand, die nur ahnen ließ, daß sie aus Knochen konstruiert war. Ute spürte sie noch in der ihren, groß, warm, weich, scheinbar widerstandslos, aber überraschend kräftig, als sie versuchte, sich dem Griff zu entziehen. So harrte sie aus, jedoch ohne große Not, denn der Professor ließ sie vergessen, daß sie über ihre Hände sonst lieber selbst bestimmte. Er sagte nur Gutes, der Herr mit diesen rosigen, irreführend wolkig-weichen Fingern, ließ sich Zeit damit, in einer rollenden Baßlage mit etwas feuchter Aussprache auszuführen, was ihn zu einem Urteil bewog, von dem sie bisher geglaubt hatte, es könne nur anderen gelten. Aber es ging um sie. Sie hatte die »ausgezeichnete originelle Klausur« geschrieben, die »darüber hinaus von einer fundierten Literaturkenntnis zeugte«, sie hatte soeben in ihrer Prüfung »dieser schriftlichen Arbeit auch mündlich entsprochen«.

Dieses Mal war es gewachsen in ihr, organisch, ohne daß sie sich »Mühe geben« oder Zwang antun mußte. Sie hatte es wissen wollen, mehr, immer mehr, hatte gewühlt in Romanen, Briefen, Tagebuchblättern, Sekundärliteratur und den ihr sonst schal erscheinenden Fakten der gedruckten Geschichte. Aus den Zahlen war Leben gekrochen, hatte sie gelockt, enttäuscht, fasziniert, sie sich freuen lassen, sie hoffen und fürchten gemacht. Diese Prüfung hier war ihr nicht wichtig gewesen, außer daß sie wissen wollte, ob es ihr schon möglich wäre, etwas von alledem mitzuteilen.

Eigentlich wartete Henning auf sie, um das Examen zu feiern. Doch Ute lief auf dem Uni-Gelände umher, getrieben von Trauer und Neid. Um sie herum bewegten sich die Studenten, geborgen und frei. Sie selbst dagegen war gezeichnet. Keine Mitteilung mehr für Ute am Schwarzen Brett, sie besaß keinen Vorlesungsplan, es gab nicht »ihr Seminar«. Niemandsland waren Mensa und Bibliothek. Sogar das Recht, sich zwischen all den Studenten auf den Rasen zu legen, schien ihr verwehrt.

Zudem prallte sie schmerzhaft gegen etwas, das gerade noch nicht dagewesen war. Immerhin schwoll ihr von diesem Etwas nun eine Beule. Jemand hatte die Glastür einer Telefonzelle aufgestoßen und war nun auf der Wiese verschwunden. Ute fühlte das schmerzende Horn mit der Linken und trat in den winzigen, kippenbesudelten Raum. Es war stickig heiß hier, roch nach Tabak und Knoblauch, in aufdringlichem Kontrast zu der reinen Juniluft jenseits der Glaswände. Ute wühlte in der Umhängetasche, zog aus dem Seitenfach, zwischen Büroklammern, Knöpfen, Krümeln, ein Markstück hervor und wählte: 0561-87335... kurzes Tuten, dann klickte es, und das Geldstück fiel durch.

»Fiedler?« Die Stimme der Mutter klang abgehetzt, mißtrauisch, ärgerlich-gestört. Im Hintergrund surrte der Staubsauger – richtig, Mittwoch, Frau Poweit, die Putzfrau. Das Surren brach ab, etwas wurde gerückt oder geräumt. Wurden die Stühle hochgestellt oder die mächtigen Töpfe mit den »fleißigen Lieschen« verschoben, die bei jeder Berührung einige Dutzend ihrer hundert mal hundert Blüten unter sich warfen? »Gleich muß sie noch mal anfangen zu saugen«, dachte Ute. »Diese schrecklichen Pflanzen, nie werde ich Topfblumen haben, nie...« – »Fiedler?« – die Stimme klang höher, schrill verfärbt durch Beunruhigung. Die Standuhr im Wohnzimmer tickte, setzte zum behäbigen Halbstundenschlag an und verklang, es roch bis hierher nach Kohlrabi und säuerlich-süß nach kochendem Rhabarber. »Warum legt sie nicht auf?« dachte Ute. Die Lippen klebten ihr aufeinander, die Hand mit dem Hörer war taub. Direkt neben dem Telefon rankten Pflanzen, Efeu, blaue und weiße »Goethe-Glöckchen«, von denen täglich die trockenen Blüten abgeknipst werden mußten. Ob die grünen Tomaten schon zum Nachreifen auf den Fensterbänken lagen? Wohl noch nicht. Erdbeerzeit würde bald sein, die Stachel- und Johannisbeeren kamen dran, dann die Kirschen, alles nach dem Rhabarber. Jeden Morgen ging der Vater im Bademantel mit vollen Nachttöpfen in den taufeuchten Garten und entleerte sie an den Wurzeln der Riesenblattpflanzen. Ute ekelte sich davor, aber es stimmte: Sie wuchsen gut bei der Düngung. Auf Rhabarber hätte sie jetzt Appetit. »Fiedler...« Die Mutter flehte jetzt richtig. »Jetzt sag' doch scho...« – »Bitte zahlen« – die Mark rutschte zu den übrigen Münzen. »Zwei...«, flüsterte Ute ins »Sprechzeit beendet«, »eine Zwei im Examen! Ich!« Sie hängte den Hörer ein, fand noch zwei Groschen, wählte... »Ja?« Auch diesmal wurde gleich abgenommen – von Henning. »Ute.« – »Mensch, Ute, ich warte und warte, komm' nach Hause, ganz schnell, wir haben eine Mitfahrgelegenheit in die Berge. Birgit und Klaus fahren heute nachmittag los und haben noch zwei Plätz frei. Stell dir vor: Gletscher, ewiger Schnee und Blumen – ich war da noch nie. Sag', daß du mitfährst, sag' bloß nicht, du willst nicht. Sag' was!«

Ute starrte durch die stumpfgewordenen Scheiben der Zelle auf die Füße, die sich in steter Ablösung vorbeibewegten: Sandalen, lackierte, unlackierte Nägel, Holzlatschen, holländische Clocks, feste Halbschuhe – dahinter die Rasenfläche, kurzgehalten, frischgrün mit den weißen Tupfen der Gänseblümchen, den größeren Flecken der weggeworfenen Flugblätter, Zigarettenschachteln, Getränketüten, abgerissenen Mensamarken...

»Na klar will ich in die Berge«, sagte Ute. »Ich bin in einer halben Stunde da...«

Eigentlich waren die Berge gar nicht so hoch. Zugegeben – auf der Fahrt war sie überwältigt worden von den Steilwänden, die die Straßen zu korkenzieherartigen Windungen zusammenpreßten – jede Kurve gab den Blick frei auf ein weiteres grau-verwittertes Felsenmassiv, auf mächtige, wie Netze gespannte Zäune, in denen Felsbrocken, Erde und Tannen sich wie Müll gesammelt hatten, auf steil ragende, dunkelgrün-samtig bezogene Flächen, an denen es tropfte, triefte, gurgelte, rauschte. Jedes der Hindernisse hatte den Sinn, das jeweils nächste zu verbergen. Ute glaubte zu erblinden angesichts der grell reflektierenden Gletscher und Schneeflächen, hielt die aufreizend sauberen, weiß-dunkelbraun glänzenden, geraniengeschmückten Bergdörfer, die plötzlich nach einer einsamen Paßkurve auftauchten, für Fata Morganen.

Nun, auf halber Höhe zwischen St. Ulrich und der Seiser Alm, wo Birgit und Klaus schon von Berlin aus ein Quartier festgemacht hatten, machte sich bereits Gewöhnung bemerkbar, wurde »normal«, was Ute gerade noch den Atem geraubt hatte. Das Haus lag an einer Bergwiese, aus der ein steiniger Weg sich in einen Tannenwald hineinschlängelte; die Bäume schienen sich nur sanft höher zu schieben. Die nächsten Schneeberge wirkten nah und nicht allzu hoch, grau-weiß geädert. Nah schien auch der Himmel über den Gipfeln, in deren Mulden der Schnee wie Puderzucker glänzte. Bedrohlich wirkte eher die Form des Massivs – an Zähne mußte Ute denken, Backenzähne mit breiten, so sehr zerklüfteten Mahlflächen, daß schon der Anblick ihr dumpfen Schmerz in der Mundhöhle verursachte. Vielleicht war es auch ihr Weisheitszahn, vielmehr der Krater, den dieser hinterlassen hatte, seit er vom Zahnarzt auf der Glasplatte des Behandlungsstuhls abgelegt worden war. Phantomschmerz – Ute drehte dem unfreundlichen Gestein den Rücken zu, redete sich ein, es würde besser, ließ sich in den Liegestuhl fallen, griff nach W. I. Lenin, »Über Kultur und Kunst«, blätterte unschlüssig darin herum und ließ den Band erleichtert wieder fallen, als sie das Tuckern des im zweiten Gang arbeitenden VW hörte, mit dem Henning, Birgit und Klaus vom Einkaufen zurückkamen.

Birgit und Klaus – wieder einmal zwei Menschen, die es vor Wochen noch nicht für sie gegeben hatte und die inzwischen, im Tempo von hundert Stundenkilometern, zu intimen Bekannten geworden waren. Sie hatten im Wagen gesessen, neben- und hintereinander auf den abgewetzten Pepita-Polstern, hatten geredet. Meistens zu dritt, denn einem von ihnen saßen die »Wummer« auf den Ohren, Birgits mächtige Kopfhörer, angeschlossen an ein Uher-Report-Tonbandgerät. Der hielt sich allein, konzentrierte sich auf den Stummfilm, der hinter den Scheiben lief: das allmählich sich verändernde Deutschland, musikalisch verklärt von Vivaldis »Vier Jahreszeiten«, den »Brandenburgischen Konzerten«, »Pink Floyd«, »Sergeant Pepper's Lonely Hearts Club Band«, den Beatles und »Streetfighting Man«. Der lebte, den Kopf auf die Nackenstütze gelehnt, ohne sich zu bewegen, Befreiung. Befreiung von Berlin, seinen Gewohnheiten und Verpflichtungen, Befreiung von Bekannten, Freunden, Verwandten, minutenweise Befreiung sogar von den drei anderen, die mit nach Süden fuhren. Den »emotionalen Hörer« würde Adorno hier vorfinden, dessen »musikalische Erlebnisse dem vagen Tagtraum, dem Dösen sich nähern...« – eine Hörweise, die Ute sich während ihres Musikstudiums mit großer Anstrengung zu überwinden bemüht hatte – das Studium war vorbei, Adorno tot, sie genoß den Rausch ohne schlechtes Gewissen. Hatte danach wieder Kraft für Birgit, Klaus, Henning, zum Erzählen, Zuhören, Fragen. Es redet sich leicht im fahrenden Auto, wie im Beichtstuhl oder auf der Couch des Psychoanalytikers: Du bist nicht gezwungen, den anderen ins Gesicht zu sehen, jedenfalls niemals frontal.

Am liebsten saß Ute auf der Hinterbank, Henning neben sich, getrennt von ihm durch die »Wummer«, die wie die Plüschohren einer Comicfigur seinen Kopf umrahmten. Vor ihr die schwarzen Locken von Klaus über der Nackenstütze, links davon der blonde, üppige, hinten im Nacken zusammengebundene Haarschopf von Birgit, die fuhr. Kein Spiel der Augen, die Gesagtes so verräterisch kommentieren können, daß man lieber die Zunge hütet. Es war, als trügen sie Larven, die hilfreich verstecken, um größere Offenheit zu ermöglichen. So erfuhr sie, daß Klaus Angst hat vor Birgit, immer wieder: Wenn sie allzu erfolgreich im Studium war, in den Arbeitskreisen, zu Hause, bei der Bewältigung des praktischen Lebens, bei Freunden, Bekannten, auf Festen, in Kneipen. Birgit, ein geliebtes Kind aus einer großen Familie. Sie ließ über weite Strecken einen kleinen, herrischen Vater mit Halbglatze im Wagen mitfahren und eine große, ausgemergelte, devot-geschäftige Mutter, beschrieb sie als lächerlich menschliches Paar, ließ sie jedoch trotz ihrer abgegriffenen Fehlerhaftigkeit liebenswert erscheinen. Ute, als Kind solcher Leute, hätte sich wohl nur abgestoßen gefühlt; sie lauschte Birgits Erzählung fasziniert, leicht neidisch, doch ohne Verständnis.

Klaus dagegen war allein mit seiner Mutter aufgewachsen, einer Frau, die viel litt, jammerte, krank war und ihm zwanzig Jahre lang mit letzter Kraft die Welt vor die Füße gelegt hatte. Immer wieder versuchte er, ihr wegzulaufen, als Kind, als Heranwachsender. Jetzt war es Birgit, die niemals wußte, ob sie sich seiner sicher sein konnte. Bisher war er immer wiedergekommen. Die Auseinandersetzungen danach waren jedesmal fruchtbar gewesen, er hatte gern geglaubt, daß Birgits Perfektionismus ein Ausdruck von Angst war, Angst, nicht gemocht, verlassen zu werden. Aber im Alltag vergaß er es wieder, angesichts der eigenen Unvollkommenheit im täglichen Leben – und dachte wieder an Flucht.

Sie waren durch Thüringen gefahren bei diesem Gespräch, kamen durch erste Berge, zunächst sanft, dann schroffer werdend mit dunkelgrünen Tannen, die in tiefe Schluchten hinunterkletterten. Henning, links von ihr, sah aus dem Fenster, bewegte den Kopf mit den riesigen Stoffohren fast unmerklich zur Musik. Sie war beeindruckt, wie offen und gleichzeitig wohlformuliert Birgit und Klaus über sich reden konnten. Möglich, daß ähnliches nun von ihr erwartet wurde. Aber – was sollte sie sagen, noch dazu hinter Hennings pulsierendem Rücken? Es fehlten ihr die Worte und der Begriff, um der eigenen Freundschaft gerecht zu werden. Sie müßte Hausaufgaben machen dazu, alles durchdenken, alleine mit sich. Anschließend das Ergebnis in der Kleingruppe aufarbeiten. Kleingruppe hieß:

Henning und sie. Erst hinterher wäre sie für das Plenum bereit – die Vollversammlung hier im fahrenden Wagen.

Aber das wurde auch nicht von ihr erwartet. Es reichte, wenn sie Klaus und Birgit zuhörte – im ehrlichen Bemühen, sich die beiden anzueignen.

Jetzt trugen sie Tüten ins Haus, entwickelten Geschäftigkeit an ihr vorbei, als säße sie gar nicht vier Schritte weiter, um angesprochen, abgelenkt zu werden, freudig bereit, den Lenin aufseufzend zuzuklappen. Da war etwas, das sie ausschloß, auch als sie wieder herauskamen, um den Abendbrottisch zu decken. Die beiden Männer steckten die Köpfe zusammen, redeten leise, mit kommentierenden Gesten zu Birgit hin, die schweigend, mit einer an Verbissenheit grenzenden Konzentration erst ein Brot, dann Gurke und Wurst in Scheiben schnitt.

Gleich würden sie nach ihr rufen. Ute öffnete noch einmal den Lenin, starrte auf flimmernd tanzende Zeilen und ließ das Buch enttäuscht wieder sinken. Sie hätte beleidigt sein können – eine dreistündige Trennung ist eine Begrüßung wert –, aber die Sonne war ihr in die Haut gedrungen, mit all dem Duft nach Tannen und Kräutern, hatte sich ausgebreitet in ihr wie ein Quellstoff, der nichts neben sich zuließ, weder den leichten Zahnschmerz von vorhin noch eine mögliche schlechte Laune. So gab sie es auf, auch von sich aus Probleme zu schaffen, war nur begierig zu hören, was die anderen umtrieb. Sie trug ihre Neugier zum Tisch, nahm Platz an der Schmalseite, zum Haus hin, forderte etwas zu unbefangen die Gurken und sah bei der Gelegenheit in Birgits verändertes Gesicht. Es war gequollen, aus der Form geraten bis zur Unkenntlichkeit, einem Hefeteig gleich, der nicht mehr lange zu gehen hat. Was hatte sie nur für Tränensäcke! Die Wangen, das Kinn, der Mund – alles strebte nach unten, wie zu groß gemessen und unzureichend gepolstert. Blaß war sie, mit roten Flecken, willkürlich übers Gesicht verteilt. Kleine Schweinsäuglein, wäßrig rot unterlaufen. »Wie häßlich sie ist«, dachte Ute, aber plötzlich bewegte sie eine warme Welle von Mitleid. Laut fragte sie: »Bist du allergisch?«

Sie zuckte zusammen angesichts des unerwarteten Gelächters, das rechts und links von ihr explodierte. Henning ließ das Messer fallen, sah hinüber zu Klaus, sie schüttelten sich mit der unfröhlichen Zwanghaftigkeit, wie Ute sie aus ihrer Teenager-Zeit kannte. Klaus meckerte gleichmäßig hoch, stand auf, setzte sich wieder, preßte sein bebendes Zwerchfell, während Henning sich am Lachen verschluckte, rot anlief und flehende Bewegungen zu Ute hin machte, ihm den Rücken zu klopfen. Immerhin suchte er noch nach Worten, die jedoch Ute nicht klüger machten: »Allergisch...«, er hustete, »...all – hust – ergisch...«. »...wirklich wahr«, »...so kann man es nennen...«, »...allergisch...« – irgendwann entschloß sie sich, Henning ersticken zu lassen, wütend und ratlos über die unzugängliche Albernheit. Birgit war längst nicht mehr da, Ute folgte ihr aufs Geratewohl ins Haus und fand sie dort auf dem Bett mit baumelnden Beinen, mechanisch am Bettbezug zupfend, auf dem aus roten Herzen blaue schnäbelnde Vögel wuchsen. Sie war weiter gedunsen und ihre Augen so eng, daß die Ströme von Tränen sprudelnd hervorquollen. Ute setzte sich neben sie, legte ihr den Arm um die Schultern und streichelte ihren Kopf, die blonden, beneidenswert üppigen Locken. Fühlte sich wohl und stark, ins Riesenhafte gewachsen durch Birgits Unglück.

Tat nichts als warten und streicheln, während sich draußen die Tannen verfärbten, die Sonnenflecken an der Wand schmaler, schärfer wurden und sich langsam zum Fenster hinausdrückten.

Es gab nichts zu fragen – sie selbst hätte wohl auch nichts geantwortet in einer vergleichbaren Situation, das glaubte sie, ohne zu wissen, worum es ging. So blieb sie nur da, dicht neben Birgit. Gab zeit- und reglose Nähe als Trost, während ihr Kopf in Bewegung war wie ein Uhrwerk. Was war passiert? Streit mit Klaus? Streit mit Henning? Ärger mit beiden? Ein Alltagskonflikt beim Einkaufen, der sich ins Grundsätzliche ausgeweitet hatte? Was sie erwog – sie verwarf es wieder. Die beiden Männer schienen nicht direkt beteiligt zu sein. Es war ihnen zu wenig Betroffenheit anzumerken, und ihr Lachen war eher ohne Häme. Mehr die zwangsweise Beteiligung von Unbeteiligten an fremdem Unglück, die für das Groteske einer Situation sehr aufmerksam macht, wie Ute es von ihrem »Gruft-Mucken« her kannte.

Warum kam Klaus nicht zurück? Schließlich war es auch sein Bett, auf dem sie saßen. Mißtrauisch lauschte Ute nach Geräuschen des startenden VW – es gab keine...

»Das Schwein!« kam plötzlich von Birgit, dann brach sie wieder in Tränen aus, diesmal mit lautem Schluchzen und hohem Wimmern. »...Schwein...«, war nun wieder zu verstehen und schließlich: »Fettes, haarloses Schwein, soll er krepieren!« So unflätig hatte sie Birgit bisher nicht erlebt. Also: Klaus war es nicht. Schwarzlockig, ausgemergelt war er, nicht zu vergleichen mit so einem Tier. Birgit setzte nun immer aufs neue zum Reden an. Ute begann, die gestammelten Worte zu sammeln, hin und her zu schieben, aneinanderzufügen, bekam langsam ein Bild von dem, was geschehen war:

Birgit war nicht zum Einkaufen mit in die Stadt gefahren, sondern zum Telefonieren. Hatte sich, während Henning und Klaus auf dem Markt zwischen knusprigen Broten, wimmelnden verzehrbaren Kleintieren und gelackten Paprikaschoten schwelgten, auf die Suche nach einer Zelle gemacht und sich mit Schweißperlen auf der Stirn zwischen ungewohnten Münzen und unverständlichen Signalen zurechtzufinden bemüht. Bis endlich die Verbindung hergestellt war, um ihrem Vater zum Geburtstag zu gratulieren. Stimmengewirr tönte aus der Muschel, der Vater, prompt und ganz nah, hatte sie nach den ersten Worten unterbrochen: »Birgit! Wann kommst du? Ich hole dich ab.« – »Ich will nur ganz herzlich...« – »Wo bist du?« – »Ich bin in St. Ulrich.« – »St. Ulrich? Und was macht das gnädige Fräulein da, wenn ich fragen darf?« – »Urlaub, ich...« – »Urlaub, ja? Mit deinen Kommunarden, ja? Mit deinem Beschäler, ja?« Er gewann an Volumen bei jedem Wort, schwoll an, daß es eng wurde in der Zelle. Birgit stieß die Tür auf, um Platz zu bekommen, er brüllte gegen den am Berg anfahrenden Verkehr, sie ließ endlich, als wäre er zu heiß geworden, den Hörer fallen, flüchtete auf den Markt und fand Klaus und Henning an einem Stand mit mannigfaltigen, in Körben gehäufelten Beeren. Steigerte sich auf der Rückfahrt in Empörung, Trauer und von peinvoller Scham durchsetzte Selbstvorwürfe hinein. Warum hatte sie nicht wenigstens eingehängt! Sie saßen im »Käfer«, schraubten sich höher ins blankgeputzte Gebirge hinein, während er in der Zelle weiterbrüllte bis zur rhetorischen Frage: »Und dazu fällt dir nichts ein, ja?« Spätestens dann würde er aufmerksam werden auf das hartnäckige Schweigen der anderen Seite, die Wellen des fernen Verkehrs. Oder er sparte die Frage und damit die entlarvende Pause, brüllte weiter, brüllte, brüllte bis hin zum Infarkt. Es wäre der dritte.

Birgit versuchte mehrfach, sich aus dem fahrenden Wagen zu stürzen, denn Klaus weigerte sich, zu halten oder zu wenden, aber sie mußte doch zurück: Auflegen, neu wählen, hören, daß nichts passiert sei, und endlich alles klären. Henning hatte sie festgehalten, Henning, der Hänfling, sich um ihren Zorn, ihr Toben und Schreien nicht gekümmert, den Griff erst gelockert, als sie in die Kurve zum Häuschen einbogen.

Birgit redete jetzt verständlich, aber schrill, hoch, verzerrt vom stoßenden Schluchzen, verlor den Faden, verfing sich immer wieder im Telefongespräch: »Ich kann die Telefongroschen sparen, hat er gesagt, und die Fahrkarte nach Hause auch und dann: ›Ich verzichte auf eine HuuuHuhuhuuuuure!‹«

Sie lag Ute schwer an der Schulter, verlor immer mehr Halt, schien kleiner zu werden, als schmölze ihr Skelett. Ute ließ sie langsam aus ihrem Arm rutschen, lagerte den Kopf an der Stelle, wo er zufällig hinwollte: am Fußende. Birgit blinzelte, schnupfte, wehrte sich nicht, als Ute ihr die Schuhe auszog, die Füße hochlegte, eine Wolldecke ausbreitete bis zum Kinn. Liebevoll, sorgsam handelte sie mit der überlegenen professionellen Sicherheit einer Krankenschwester. Zuneigung? Möglich. Auf jeden Fall war sie Birgit nähergekommen. Dankbar für deren Hilflosigkeit, die Ute vollkommener machte.

Sie trat aus dem Raum und gestattete sich jetzt erst ein Achselzucken. Draußen war es längst nicht so dunkel, wie sie gedacht hatte. Kleine Räume schlürfen als erste die Nacht in sich ein, während im Freien Schattenspiele nur langsam in Ernst übergehen. Die westlichen Berge waren noch rot; es schien kühler geworden. Trotzdem trugen Henning und Klaus noch die Achselhemden, sie hatten Bierflaschen stehen, volle und leere, redeten leise. Ute wollte sich zu ihnen setzen, bog dann ab, wie um einen Verrat zu vermeiden, und ging zu dem Bach, der zwischen Wiese und Wald lautreich dem Tal zuschwätzte. Leicht grünliches Wasser, weiß gekräuselt, dann wieder so klar, daß die treibenden Tannennadeln und Rindenstücke auf den bunten geschliffenen Grundsteinen um die Mittagszeit lebendige, nahezu unverzerrte Schatten warfen. Ob es Fische hier gab? Forellen vielleicht? Einmal meinte Ute, etwas gesehen zu haben, grau, handgroß, was sich von einem der größeren Steine löste, weiterbewegte und gegen die Strömung verschwand. Ute setzte sich auf einen Steinbrocken am Rand und starrte in die gleichmäßig unregelmäßige Bewegtheit, um ihre Gedanken zu sammeln. Runde kopfgroße Steine bildeten winzige heftige Strudel um sich herum, überließen glattgrüne Algen ein paar Zentimeter dem Sog; über dem Wasser waren sie trocken und immer noch warm. »Halbglatze...«, dachte Ute, »ertrunkener Clown.« Nur einem Clown könnte es gelingen, in so einem flachen Gewässer zu Tode zu kommen: Freiluftzirkus – warum sollte es so etwas nicht geben – er stolperte über die großen Schuhe, ließ sich fallen, bis die Schminke zerstört war und die großkarierten Hosen kein Wasser mehr aufnahmen, und blieb endlich dort liegen – »einmaliger Trick der heutigen Sondervorstellung«. Oder der Direktor fiele hinein, vielleicht Opfer einer plötzlichen Schwäche, zum Beispiel eines

Infarkts... Jetzt war sie wieder bei Birgit, besser gesagt: bei sich selbst, der eigenen, sie überraschenden und erschrekkenden Teilnahmslosigkeit. Birgits zur Schau getragenes Leiden am Vater, heftig bis zum Zusammenbruch – sie konnte sich darin nicht wiederfinden, fand es lächerlich und überspannt. Der ausdauernde Trost war eine technische Leistung gewesen, um der prinzipiell auch von Ute anerkannten Forderung nach Solidarität Genüge zu tun, ohne andere Anteilnahme als ihr Befremden und das ins Gigantische gewachsene Gefühl von Überlegenheit. Andere Leute und ihre Eltern, Birgits Probleme waren ihr so fern, als hätte sie, Ute, nie einen Vater gehabt. Dabei gab es doch einen! An dieser Stelle versuchte sie gewaltsam, sich zur Anteilnahme zu zwingen oder sich wenigstens für Minuten an Birgits Platz zu versetzen. Ohne Erfolg. Da war ihr Kopf – der hatte artig gespeichert – etwas von Tränen der Wut beim Lesen von Briefen, von hoffnungsvoll ausgesprochenen Einladungen und dumpfen Enttäuschungen, auch vom verführerisch leuchtenden Ziffernkranz eines Telefons. Ihr Hirn spie das aus mit der unbewegten Zuverlässigkeit eines Computers, legte es vor. Was sie auch prüfte – Wut, Trauer und Hoffnung waren einer vor Langeweile gähnenden Abgeklärtheit gewichen. War sie das gewesen? Nicht Henning, Holde? Oder immer nur Birgit? Sie langweilte sich angesichts der Verwechselbarkeit dieser Gefühlsergüsse, des Abarbeitens an Menschen, von denen nichts zu erwarten war. Was hatte sich Birgit versprochen, als sie die Nummer wählte? Gab es etwas Öderes als Familienfeiern, Dunggruben der Verlogenheit und Mißverständnisse?

Dunkelheit hatte die groß gewordenen Schatten nun eingeholt. Ute war kühl geworden, ohne zu frieren. Sie fühlte sich eins mit dem Stein, um den sie die Beine gelegt hatte. Warum nicht sitzen bleiben, heute nacht, morgen und so weiter... warm werden mit der Sonne, dann wieder kälter, irgendwann frieren, dann tauen. Einfach Ute am Bach – nein, einen Namen brauchte sie nicht, genausowenig wie diese klägliche Vergangenheit und die Zukunft, der sie ohnehin mißtraute – lieber Gegenwart, in der sie sich stündlich, minütlich ändern konnte und doch gleich blieb. Wie dieser Glatzenstein mit grünem Toupet, der ertrunkene Clown, der sicher schon Jahre hier lag. Oder doch erst seit heute, gestrauchelt am Infarkt und liegengeblieben? Nur Birgit nichts sagen – oder gerade – ihr mit steinharter Wahrheit ersparen, daß sie an breiweicher Lüge erstickte? Der Mond war gekommen, als zunehmend abgeflachtes Oval, tauchte die Welt in koloriertes Grauweiß, spielte ihr aus verschwimmenden Kontrasten Antworten auf Fragen zu, die Ute nicht zu stellen gewagt hatte. Das war kein Stein – sie sah es jetzt richtig. Wie durch eine Furt drückte der Bach sich an dieser Stelle, ein ganzer Körper lag dort, teilweise im Kies vergraben. Mannsgroß, aber eher klein, gedrungen, der Kopf rund und kahl – Infarkt-Typ.

Utes Augen hatten sich an das Mondlicht gewöhnt, sie sah nun, was sie keinem anderen geglaubt hätte: Bach und Umgebung waren voll von solchen Gestalten, liegend und hockend, gegen den Boden gepreßt, nur noch gliedweise sichtbar, fast schon bedeckt von Wasser und Erde. Leichen waren das nicht, keine Verwesung, kein weggefressenes Fleisch, kein grinsender Striptease der reinen Anatomie. Die hier waren versteinert ohne Kampf, sie sah keinen Krampf, kein Sich-Wehren in der erstarrten Bewegung. Sie warf einen freundlichen Blick zu Birgits Vater mit dem ummurmelten Haupt. Sie, Ute, würde es jahrtausendelang so aushalten, dessen war sie sich sicher. Es war nur eine Frage des Entschlusses, sitzen zu bleiben, sich dem Drang zu versteinern einfach nicht zu widersetzen. Es gab gute Gründe dafür, sie war nicht die erste und nicht allein. Nicht nur Birgits Vater lag hier. Sie war umgeben von nahen Verwandten. Am Ende sogar... Sie könnte aufstehen und suchen, aber sie zog es ja vor, selbst zu versteinern...

»Ute!« – »Ute...«, kam es stereo aus verschiedenen Richtungen, erst leise, lauter, wieder von fern und schließlich ganz nah. »Ute!« Sie fand sich wieder im grellweißen Kegel von Hennings Taschenlampe. Er war zwischen Weinen und

Lachen, fiel auf sie zu. »Verdammte Weiber, die eine springt fast aus dem Auto, die andere...« Er warf ihr die Arme um den Hals und drückte sie. »Was ist mit dir los?« – »Ich bin ein Stein«, dachte sie. »Steine können nicht reden.« – »Du mußt nichts sagen«, Henning seufzte auf vor Erleichterung, küßte sie auf Augen, Nase und Mund. »Es reicht, daß du da bist. Wir gehen ins Bett, und morgen hat es sich ausgesponnen, nicht?« – »Stein...«, dachte Ute. Henning griff ihr unter die Achsel, schob den linken Arm unter die eisern gespreizten Knie, um sie hochzuheben. »Jetzt ist es aber langsam nicht mehr witzig!« rief er. »Penn doch am Bach, wenn du willst!« – »Stein...«, dachte Ute. Wie eine Mutter ihr bockendes Kind in Bewegung zu bringen versucht, machte Henning Anstalten, wegzugehen, kam wenig später aus unerwarteter Richtung zurückgerannt und warf die nun erleichtert und entspannt Dasitzende ohne Anstrengung vom Sockel. Zerrte sie hoch, warf ihren linken Arm über seine Schultern und schleppte sie vorwärts. »Tu nicht so dämlich«, murmelte er, »es reicht, wenn eine spinnt. Glaub ja nicht, daß ich dich trage. Ich krieg' dich schon weiter!« Nach drei Schritten von Henning bewegten sich Utes Beine, ohne zu wollen. Sie bemerkte es mit einem Anflug von Trauer.

10. Kapitel

Hellgrün, mittelgrün, moosfarben – grün. Lediglich einige wenige helle Gebilde hoben sich vom Ton in Ton der Grasbüschel, Sträucher und Bäume ab. Ute, von ihren Schülern im fernen Berlin »Frau Fiedler« genannt, hatte Hennings Renault ein Stück weitergefahren und war dann allein drauflosgegangen. Während sie näher kam, wurde das Helle lebendig, löste sich langsam vom Boden, zeigte Beine und Köpfe, und dann waren es Schafe. Winzige Lämmer dazwischen auf stockdünnen Stelzen, mit immer bewegten

Schwänzen, Halbwüchsige, deren Gier, an das Gesäuge der Mutter zu kommen, sich kindisch und unglaubwürdig ausnahm, vereinzelte Väter, größer als alle andern.

Neonrote, hellblaue und giftgrüne Flecken auf den wolligen Rücken waren der einzige Hinweis, daß diese Tiere nicht sich selbst gehörten. Zäune und andere Zeichen regelnder menschlicher Willkür gab es hier nicht. Die Schafe kamen in großer Ruhe, als führe sie nur der Zufall weiter oder die Anordnung der besonders schmackhaften Kräuter, an denen sie hin und wieder mal zupften. Nur die Kleinsten waren in nie aussetzender, unerwachsener Eile. Alle jedoch schienen einig in ihrer Richtung: dorthin, wo Ute stand. Als sei sie die Sensation, die sich weithin herumgesprochen hatte. Hinter den lose geschichteten Steinwällen kamen Schafe hervor, aus Baum- und Buschgruppen tauchten sie auf.

»Acht«, hatte Ute am Anfang gezählt; jetzt waren es schon über dreißig. »Klassenstärke...«, durchzuckte es sie, und sie stieg auf eine stabile Ecke der Mauer, um sich Übersicht zu verschaffen. Die Schafe hatten sich nun zur dichten Gruppe gedrängt, drehten die Köpfe nach ihr und folgten brav mit den Augen, als Ute auf den Steinen weiterbalancierte. Die wie angeschraubt wirkenden Ohren standen offen zu ihr, als erwarteten sie eine Botschaft. Aus der raumfüllenden Stille fielen nur Kaugeräusche heraus und das vereinzelte Abzupfen eßbarer Pflanzen.

Hier in Südengland ist der Himmel nur selten fleckenlos blau. Auch jetzt warf er einen Wolkenschatten über das Grün. Einem Theater-Scheinwerfer gleich belegte er Teile des Bodens mit wandernder Dunkelheit und gab sie dann wieder frei. Jetzt umfing er Ute mit Kühle; ob auch die Schafe sie spürten unter der Wolle? Jedenfalls fühlte sie sich als Einheit mit ihnen und hatte plötzlich das Bedürfnis, sie anzureden, so erwartungsvoll, wie sie dastanden. »Na, Schafe...«, begann sie mit von Schweigen belegter Stimme und nahm das stärkste Tier – vielleicht den Leithammel – voll in den Blick. »Bäh«, machte es aus einer ganz anderen

Ecke. »Du bist still!« rief sie dorthin, und die Antwort kam doppelt so laut: »Bäh!« – »Bäh«, hörte sie jetzt auch von vorne, mittellaut, eher sanft, mehrere Lämmer mischten sich ein mit hohen, meckernden Stimmchen: »Bähähähäää...«, und dazwischen tönte vereinzelt die Baßlage eines Hammels.

»Ruhe!« fuhr Ute ihn an, »ich will nichts mehr hören.« Wozu hatte sie Ferien, reiste weit weg nach Cornwall, um dann in diese Situation zu geraten? Sie hatte vergessen wollen. »So geht es das ganze Jahr weiter. Die Klasse 7 b...«, der Schweiß stand ihr auf der Stirn, gleichzeitig fror sie und zitterte vor Erregung.

Die Herde war ganz durcheinander. Einige Schafe wandten sich ab, fraßen und ließen sich irgendwo nieder. Der Rest hatte sich vereinigt im lautstarken Protest gegen Utes Person: Hoch, tief, rauh, melodisch, heiser, kindlich-zart, abgehackt, langgezogen: »Bääää...«, »bä«, »mehehe...«, »BÄH...«, »bäh«, »bä«, »bääääää...«

»Ich trag' euch alle ins Klassenbuch ein!« schrie Ute.

Wieder einmal stand der Flur unter Wasser. Der vollgesogene Teppichboden federte wie feuchtes Moos, und direkt an der Tür begann ein Fetzen Papier sachte zu schwimmen – Ute bückte sich und barg Teile eines lückenhaft ausgefüllten Arbeitsbogens: »Achte Jahrgangsstufe Chemie, Säuren und Laugen.« Eine leere Cola-Dose schaukelte sanft, und das halbe Brötchen daneben löste sich auf – beides widerrechtlich: denn Essen und Trinken war an dieser Stelle für Schüler und Lehrer verboten, des Teppichs wegen. Das Wasser quoll weiter. Das Betreten der Jungen-Toilette ist weiblichen Kolleginnen nicht gestattet, aber für Ute gab es ohnehin keine Zweifel darüber, was geschehen war: Die Lichtschranken zu beiden Seiten des Pissoirs! Wer an die Becken tritt, löst durch seine Anwesenheit den Wasserstrom aus, der die Sauberkeit der weißen Schalen gewährleisten soll, vollautomatisch und hygienisch. Jemand braucht nur zwei Klebestreifen auf die richtigen Stellen zu kleben, und der Brunnen vergißt zu versiegen.

Kein Mensch außer ihr auf dem Flur. Ute war etwas eher gekommen, als es der Stundenplan von ihr verlangte, um ein paar organisatorische Dinge in Ruhe erledigen zu können. Sie stelzte auf Zehenspitzen über die weniger feuchten Stellen und sah keinen Anlaß, die Klotür zu öffnen und sich nasse Füße zu holen. Sollte der Teppich doch in dem Wasser verschwinden, die Glastür mit der knalligen überdimensionalen Stockwerksbezeichnung, das ganze Haus...

Seit einem Jahr arbeitete sie hier, lange genug, um die Erbauer und Planer dieser neuesten aller Gesamtschulen hassen zu lernen. Bis in die Details hinein war dieser Bau eine Marterstätte für sie: Stühle mit Stahlrohrbeinen, die bei jeder Gelegenheit klapperten, rhombenförmige Tische, die häufig umkippten, Fenster, die sich nicht öffnen ließen, Lautsprecher, die sich mittels eines elektronischen Dreiklangs zu jeder Zeit in den Unterricht einschalteten, um eine belanglose Durchsage zu machen, ein »offener Unterricht« muß das verkraften können. »Offener Unterricht« war zudem die Begründung dafür, daß es in diesem Haus keine Klassenräume gab. Auf langen Fluren waren Sichtblenden aufgestellt, dahinter bemühten sich die Kollegen, ihre jeweils dreißig Schüler so ruhig zu halten, daß sie die Nachbargruppe nicht störten. »Man kann auch mit einem Schulbau Menschen umbringen«, dachte Ute in Anlehnung an das Brecht-Wort und war einverstanden damit, wenn einer der Schüler versuchte, dem ganzen Elend mit nur zwei Heftpflastern ein Ende zu setzen.

Eine halbe Treppe tiefer stand in einem Glaskasten der Hausmeister zur Verfügung. Herr Huth sah gerade Rechnungen durch. Ute klopfte an seine Scheibe, und er blickte hoch, drehte sich weg, biß in sein Brot und machte das Fensterchen auf: »Was is?« – »Ich wollte nur sagen: In E 1 steht wieder das Jungenklo unter Wasser. Und der halbe Flur.« Der Hausmeister packte sein Brot ein, schob die Papiere zusammen und stand langsam auf. Er war groß, auffallend blaß, mit zurückgekämmtem aschblonden Haar und trug über seinem karierten Hemd meist eine Jacke aus schwarzem Leder. Er bückte sich, schloß einen Schrank auf, nahm den Werkzeugkasten heraus. Dann öffnete er die Tür seines Verschlags, trat auf den Flur, sah Ute an, schluckte, machte den Mund auf, als wollte er etwas sagen, ging aber los. Blieb noch mal stehen und drehte sich noch mal halb um. »Immer Sie!« sagte er.

Es war die richtige Entscheidung, an einer Gesamtschule zu arbeiten. Das fand Ute jedenfalls Freitag nachmittags zur Knoblauchbrotzeit. Sie saß in der Küche mit Uli, Marion und Horst, schlug die Zähne in das Graubrot, das sie mit Schmalz beschmiert, mit Knoblauch belegt und im Ofen überbacken hatten. Knoblauch – Symbol für Freiheit und Geborgenheit zugleich. Freiheit, zu riechen, wie sie wollte, ohne daß ein Schüler daran Anstoß nahm. Geborgenheit: Stallgeruch für sie und die anderen, Uli, Marion und Horst, die ebenfalls Brotscheiben knusperten. Auch für Henning, der sich ein paar Meter weiter arbeitend, aber erreichbar an seinem Schreibtisch aufhielt.

Wochenende heißt, achtundvierzig Stunden entronnen zu sein, allerdings streng terminiert: Spätestens Sonntag um 17 Uhr würde Ute das Bügelbrett hinter dem Schrank hervorholen, die Montags-Bluse darauflegen, Kragen und Manschetten besonders sorgfältig glätten, damit aus Ute wieder Frau Fiedler würde, Frau Fiedler, die am Montag morgen um zehn vor acht am Eingang der Schule die Kinder empfingen: »Das ist ungerecht! Die netten Lehrer sind immer krank, und Sie fehlen nie!«

Jetzt aber war Freitag, die Küche geheizt, sie schälten Äpfel zusammen, und Uli tat nichts. Den nächsten Termin gab es erst in drei Stunden: »Revolutionäre Aspekte der Arbeit in der Lehrergewerkschaft.« Sie gingen gemeinsam dorthin, Horst, Marion und Ute, und waren nicht die einzigen, die nach Knoblauch rochen. Es war eine Arbeitsgemeinschaft von dreien, die Ute regelmäßig besuchte, man redete sich dort mit dem Vornamen an, man verhielt sich nach Regeln, die Ute eher entsprachen als diejenigen in ihrer Schule.

Achtundvierzig mal sechzig sind zweitausendachthundertachtzig Minuten ohne Schule, eine winzige Ewigkeit, beseligend unüberschaubar. Hier in der Küche war Ute so stark, daß sie es wagte, die Ungeheuer der vergangenen Woche wieder lebendig werden zu lassen: Die »in die Hose gegangenen Stunden«, die persönlichen Kränkungen, die Notwehrsünden einer verzweifelten Lehrerin. Es war sogar unverzichtbar für sie, denn wenn sie die Mißerfolge, Nackenschläge, Enttäuschungen vor Marion, Uli und Horst in Worte faßte, wurden auf einmal Heldenepen daraus. »Stürme des Lebens« stand als Überschrift über ihren Berichten.

Sie beschönigte wenig, ließ auch nichts aus, aber sie gönnte sich einen Stolz, der das, was die anderen mitbrachten, fad werden ließ. »Du mit deinen erwachsenen Schülern«, ließ sie Marion wissen, »du ahnst nicht, was Schule wirklich bedeutet!« – »Du bist ja ein Mann«, vernahm Horst, »und Männer haben Kredit bei den Schülern. Schon durch die tiefere Stimme.«

Horst und Marion widersprachen ihr nicht. Sie grausten sich wohlig bei Utes Geschichten, wie in einer Spinnstube war es mitunter. Dann wieder klang es absurd und so witzig, als hätte sie selbst ihr Vergnügen dabei. Möglicherweise waren sie wirklich mit ihren Schulen besser dran als Ute. Und die drei anderen, die hier wohnten, Maike, die Freundin von Horst, Uli und Henning konnten kaum etwas beisteuern, freitags in ihrer Küche. Sie arbeiteten fern von der Praxis an der Uni und hatten »bloß« mit Studenten zu tun. Bemitleidenswerte Privilegierte, deren Alltag nicht mithalten konnte bei dem, was Ute an Sensationen zu bieten hatte. Zum Beispiel Henning: Allein sein Stundenplan war eine Lächerlichkeit, gemessen an denen der Lehrer: »Proseminar« war eingetragen für Montag von 10 bis 12 Uhr, »Übung« am Donnerstag mittag, »Dozentenbesprechung« am Freitag. Einige Abendtermine, aber die hatten die Lehrer ja auch. Der Rest der Woche war unbedrucktes Papier, weiße Flecken der Zeit, die Henning brauchte, um lange zu schlafen, um im Trainingsanzug federnden Schrittes am Kanal entlangzulaufen, um zu Hause Zeitschriften und Bücher zu lesen, um an seiner Schreibplatte viele Seiten mit eckiger Schrift zu füllen, um Seminarpläne und Artikel zu tippen und Tabellen anzufertigen, die in langen Folgen fast unleserlicher Zahlen Auskunft geben über Art und Situation der Randgruppen in den verschiedenen Teilen Berlins. Auf den unbeschriebenen Rändern seiner Manuskripte erschien immer wieder jenes bewegliche zipfelmützige Männchen, das Ute damals nach dem Duschbad unter dem Wasserwerfer auf Hennings Teppich gefunden hatte.

Henning kam nicht sehr oft in die Küche. Manchmal, um sich eben ein Ei zu braten oder um den vom Frühstück übriggebliebenen lauwarmen Tee aus der Thermoskanne zu trinken. Trotz der wenigen festen Verpflichtungen auf seinem Wochenplan war er angestrengt und oft in Eile, seine Arbeitsvorhaben wucherten aus, und die am großen Tisch sitzenden Lehrer erreichten ihn nicht.

Ute hätte sich Henning eher gesellig gewünscht, glaubte mitunter, sich rechtfertigen zu müssen dafür, daß er sich so gerne in seinem Zimmer versteckte. Dann wieder fand sie es gut, wie es war. Für sie jedenfalls war Henning beinahe immer erreichbar. Sie konnte die Tür zu ihm öffnen, sich auf seinen Schoß setzen, ihm die Arme um den Hals legen, sich wie ein Kleinkind auf ihm zusammenkuscheln – »na, du?« – für zwei Minuten nur. Allein diese Chance, die sie nur selten wahrnahm, reichte aus, gab ihr Kraft für wichtigere Dinge des Lebens.

Wichtiger war nahezu alles, denn die Welt um sie herum präsentierte sich als veränderbar, gab sich als Wachs in die Hände von solchen wie Ute, die nichts mehr haben mochten wie gestern. Vieles von dem, was die Heranwachsenden damals als Fluch des Erwachsenseins empfanden, verstanden sie zu vermeiden.

Die fatale Alternative: einsam zu sein oder in einer Ehe zu leben, gebunden als Dienerin eines Herrn, gab es nicht mehr. Hier lebten sechs Menschen zusammen, die waren in ihrer Gesamtheit kompletter als manches Paar: Da hatte Ute den Henning; er stand ihr zur Verfügung für Körper und Haut, sie verkroch sich zu ihm in ein Nest, in dem sie winzig, fühlig und hirnlos sein durfte. Wenn Henning »eigentlich arbeiten« mußte, fand sie die anderen in der Küche. Irgend jemand war schon bereit zum Zuhören, Fragen und Reden. Soviel Zeit, soviel Aufmerksamkeit, soviel Anregung, soviel Antwort – Ute bezweifelte, ob sie, was Marion und Horst, Maike und Uli ihr boten, jemals von einem einzelnen Menschen einfordern könnte.

Manchmal kam sie nach Hause, sah hoch zu der Fensterfront ohne Stores mit den stockigen Scheiben: farbige, schwere, zufällig halb, ein Drittel, dreiviertel zugezogene Vorhänge gewährten Einblick auf volle Bücherregale, Schreibtischleuchten und mondrunde Lampen aus Reispapier. Sie spürte dann eine Geborgenheit, die beinahe weh tat. Noch eine Minute, dann würde auch in dem schwarzen Rechteck hinterm Balkon die Kugellampe erstrahlen...

Auch ihre Erfahrungen in der Schule – sie war nun, die Referendarzeit miteingerechnet, im dritten Jahr Lehrerin – straften ihre Kinder-Alpträume vom Pauker-Sein Lügen. Sie hatte eher harmlose Lächerlichkeit befürchtet und erlebte wirkliche Not, aber das konnte sie besser ertragen. Denn sie war froh, in der Vielfalt der Schüler und Eltern lebendige Antwort zu finden auf manche Fragen, die die Theorie der Ausbildungsjahre in ihr angehäuft hatte.

Wenn sie den Proletarier nicht ausmachen konnte und auch nicht den Bourgeois, so sah sie doch deutlich zwei Klassen von Schülern: die einen, für die sie sich weniger interessierte, weil sie sich mit ihnen verwandt fühlte, die eigentlich immer schon konnten, was sie ihnen beibringen wollte, und die anderen, die sie nicht erreichte, die ihr fremd waren, faszinierend, eine Herausforderung, der sie eines Tages, nach vielen Fehlschlägen, standhalten würde.

Dessen war sie sich sicher und ebenso, daß sie selbst kaum Schuld trug an ihren mißlungenen Unterrichtsstunden. Da waren andere Mächte am Werk, gegen die sie tat, was sie konnte: zu Hause am Schreibtisch bei der Planung neuer, besserer Stunden, in der Küche, wenn sie zusammen mit Marion und Horst ihre Niederlagen noch mal durchlebte, und vor allem mittwochs und freitags am Abend. Dann ging sie zur GUV, das war die »Gesellschaft zur Unterstützung der Volkskämpfe«, und befaßte sich dort mit »Schule im Kapitalismus« und den »revolutionären Aspekten in der Arbeit der Lehrergewerkschaft«. Hier traf sie die anderen, die auch keine Schuld daran hatten, daß sie in den Widrigkeiten des Schulalltags fast untergingen. Sie alle wußten: Da muß man woanders ansetzen, nämlich die Herrschaftsverhältnisse ändern, wenn es in den Schulen erträglicher werden sollte.

Heilsam war der Kontrast ihrer Lebensbereiche, in denen sie sich verwandelte, um doch immer Ute zu bleiben: hilflos, verbissen, ungehört in den Klassen, souverän, mit gewichtiger Stimme bei den abendlichen Terminen, gleichberechtigter, in seiner Eigenart akzeptierter Mensch in der Wohnung, frierende, moralisch erhabene, aber unbeachtete Flugblatt-Verteilerin zwischen eiligen Feierabend-Passanten auf der Steglitzer Schloßstraße, wärmespeicherndes Kleinkind auf Hennings Schoß.

Jede der wechselnd wiederkehrenden Situationen entschädigte sie für eine andere, und so war sie, wenn sie nach Mitternacht müde für wenige Stunden ins Bett sank, durchaus zufrieden mit ihrem Leben. Sie fand es im gewissen Sinne komplett.

Die »Berliner Lehrerzeitung« gab es in sechs Exemplaren, dann drei braune Umschläge, jeweils für Horst, Marion und Ute. Sie enthielten – Ute wußte es, ohne zu öffnen – dreimal wortgleichen Inhalt: den Terminplan der GUV, Abteilung Bildung, »Schule im Kapitalismus«. Prospekte vom Klett-Verlag »Für die Hand des Lehrers«. An Henning ein Schreiben vom »Verlag Volker Spieß, wissenschaftliche Publikationen«. Eine Warensendung für einen Holger Gollin – der Briefträger pflegte alles, was er nicht zuordnen konnte, in ihren Kasten zu werfen. Der Luftpostbrief mit handgeschriebener Adresse war für Marion bestimmt. »Amerika«, dachte Ute und, neidisch: »Immer an die.« Zeitungen über Zeitungen: »Frankfurter Rundschau«, »Tagesspiegel«, »Berliner Extra-Dienst«, für Uli noch »Prokla« – »Probleme des Klassenkampfes«. Ein weißes Kuvert mit zierlicher Handschrift für Horst, nein, parfümiert war es nicht. Wie eine Postverteilungsstelle kam Ute sich vor. Sie hatte, aus der Schule kommend, den Kasten geöffnet und nur mit Mühe die vielen Teile nach oben geschleppt. Jetzt schob sie in der Küche die Tassen beiseite, schaffte mit ihrem Ärmel einen krümelfreien Platz auf dem ehemaligen Frühstückstisch und legte kleinere und größere Stapel übereinander: für Horst, für Maike, für Henning, Uli, Marion, für ... ihre eigene Post besah sich Ute ohne Zufriedenheit: reichlich Sendungen für sie als Mitglied, als Kollegin, als Kundin, aber nichts für Ute als Mensch.

Oder? Da war noch ein Brief, hatte sich in der Banderole der »Frankfurter Rundschau« verfangen, ein weißer ungefütterter Umschlag mit der seit Jahren nicht mehr gesehenen, entsetzlich bekannten, altdeutsch-unleserlichen Handschrift ihres Vaters: »An Ute Fiedler.« Sie zuckte zusammen, schob den Brief in die Zeitung zurück und zog ihn nur unwillig wieder hervor. Bei aller Sehnsucht nach überraschender Post: Diese wollte sie nicht.

Heute war Küchendienst dran, also: abwaschen, Herd säubern, Fußboden wischen. Am besten, sie fing gleich damit an. Dann gab es noch ein Papier zu überarbeiten für den Gewerkschaftstermin. Unaufschiebbar waren diese kleinen und größeren Geschäftigkeiten, die, wenn halbwegs bewältigt, aus Utes Tagen zufriedene Tage machten. Solange sich nichts anderes dazwischendrängte.

Ute legte die Post ins Gewirr der Papiere auf ihrem Schreibtisch und vergaß sie programmgemäß, während sie die festgetrockneten Schälchen einweichte, die Herdplatten freikratzte und die Krümel vom Tisch auf den Boden fegte.

Drei engbetippte Seiten auf dünnem Papier, gerichtet an

Claus, Hans, Beate, Ute, Frank, Torsten und Tommi. »Ein Rundbrief«, dachte Ute erleichtert, enttäuscht. Sendung an eines von sieben Geschwistern. Es war spät geworden bei der Gewerkschaft, und die zwei kleinen Biere, die sie anschließend getrunken hatte, drückten ihr auf die Lider. »Morgen früh in der S-Bahn«, beschloß Ute, blinzelte nur aus Neugier auf die unübersichtlichen Zeilen und wurde plötzlich wach. »...ob ich noch da bin...«, »...vielleicht wieder einigermaßen gesund, vielleicht dauernd pflegebedürftig, querschnittsgelähmt«. Ein Tumor war in dem Vater gewachsen, schon seit längerer Zeit. Ausgerechnet im Rükkenmark.

»Ich bin beträchtlich behindert im Gebrauch meiner Hände, habe Mühe beim Greifen der Münzen, wenn ich etwas bezahlen will, kann nicht richtig essen und auch nicht schreiben. Vielleicht wird es besser nach der Operation, vielleicht sehr viel schlimmer, oder es ist alles aus... wir werden viel Hilfe brauchen, Mutti und ich...«

Einlieferung Montag. Vier Tage blieben bis dahin. Ein behinderter Mensch, ein Vater mit unbeholfenen Händen für Ute, die vorher gar keinen gehabt hatte – wie sollte sie helfen? Warum überhaupt? Mit geschlossenen Augen fand sie zurück in das Haus, in die Kinder- und Jugendumgebung, mit all den kleinen und gewichtigen Stempeln, die die Hände des Vaters dort eingeprägt hatten: mit den buntgekachelten Bädern, der umgebauten Küche, den eingedübelten Hängeschränken und Regalen. Sie sah den Garten mit den schwerbeladenen Obstbäumen und kam wieder ins Wohngemeinschaftszimmer, starrte auf das beschriebene Papier und erreichte es erst nach Minuten.

»Ich weiß, daß ich mich auf Euch verlassen kann. Ich bin froh darüber, wie Ihr geworden seid – alle sieben. Ich verabschiede mich für kürzere oder für längere Zeit – oder für immer.

Euer Vater.«

Für kürzere, längere Zeit oder für immer – wozu diese Botschaft, die sie nun ihres Nachtschlafs beraubte, es war beinahe ein Uhr, und in fünf Stunden würde der Wecker klingeln. Die Bettschwere war von ihr gewichen, es drängte sie, noch mal die Blätter zu lesen, widerwillig, aber gründlich.

Zuwenig Schlaf, das hieß: keine Konzentration in den Stunden, weder Initiative noch Schwung, nur Hilflosigkeit im Chaos der Klassen. Zuwenig Schlaf hieß: ein Tag wie ein Baumstamm auf ihren Schultern, erdrückend, schwer und ohne erkennbares Ende. Zuwenig Schlaf – Kopfschmerzen konnte das heißen, Pochen über dem rechten Auge, und von dort breitete sich eine Schwäche im Körper aus, die ihr das Leben bis zum Brechreiz verdarb. Zuwenig Schlaf – aber das war ja nicht alles! Dieser Brief brannte sich in ihr Gedächtnis, so daß sich daneben nichts anderes halten würde. Dieser Brief war eine Zumutung, drängte sich in ihren Alltag, um ihn zu sprengen. Sinnloserweise: Denn jemand, der fehlt, sollte um seinen Weggang kein Aufhebens machen.

Ute schneuzte sich in ein Papiertuch und wischte aus den Augen Tränen der Wut. Warum knüllte sie nicht das Blatt zusammen, zerriß es für den Papierkorb, versenkte es tief unter Bananenschalen und ausgemusterte Akten? Die Gewalt über die zitternden Finger hatte sie verloren. Grau betupfte knitternde Weiße vibrierte im Lichtkreis des Leselämpchens, leuchtete grell vor der Nacht des übrigen Raumes. Der Tropfenstau zwischen den Lidern gab lediglich Satzbrocken frei, machte diese jedoch überdeutlich – wie durch ein Vergrößerungsglas.

»... Herbstarbeit so nicht schaffen ...« – Ringfäule an Äpfeln, die niemand vom Baum holt. Weichfaltige Pflaumen, vorm Stielansatz schimmelnd, lassen irgendwann los, um zwischen liegengebliebenen Blättern weiterzumodern. Die federnde Schicht von Verfall gärt über ehemaligem Rasen. Die Nachbarn sind damit beschäftigt, ihre eigenen Abfälle – Zeichen der Vergänglichkeit – für die Müllabfuhr in Plastiksäcke zu füllen. Herr Klemp zum Beispiel, der schon für sechs trockene Blätter den Korb holte, um sie beiseite zu schaffen. Herr Klemp am Maschendrahtzaun wie so oft, auf die Harke gestützt; sein Blick trifft die in sich zerfließende Wildnis, wo die Hand des Vaters fehlt. Ute probierte das künftige Achselzucken des Nachbarn und fand, daß es auch ihr eigenes war.

»...Umbaupläne in meinem Schreibtisch«, gab die Tränenlupe jetzt frei. »Oberste Schublade rechts im hellblauen Ordner.« Sie ließ das Blatt wieder sinken, verwirrt von der Präzision, mit der sie nichts anfangen konnte. Wo stand bloß der Schreibtisch des Vaters? Hinter geschlossenen Lidern suchte sie sich zu erinnern, und vieles kam photographisch genau. Die Räume im Erdgeschoß waren jetzt – Mitte September – schon ungemütlich und kalt. Ute flüchtete in ihr Kinderzimmer und fand es auch diesmal so abgelegen und einsam. Keine Stelle im Haus, an der sie geborgen wäre. Die Zimmer der Geschwister waren nicht ihr Terrain, Wohnzimmer, Eßzimmer, Küche zu unübersichtlich. Kinderzeichnungen, Mobiles, liegengelassenes Werkzeug, aufgeschlagene Bücher, Joghurtbecher mit Keimlingen, Säften und chemischen Verbindungen, blühende, rankende Pflanzen – alles nimmt Raum, breitet sich aus, wuchert zu, um sie herum, über sie weg, durch sie hindurch, ohne sie einzubeziehen. Wie dieser Brief von ihr keine Antwort verlangte. Es war egal, daß sie den Schreibtisch des Vaters nicht fand, *sie* würde ohnehin nicht die Schublade öffnen, was sollte Nr. 4 mit den Plänen im hellblauen Ordner anfangen!

Abschiedsbrief eines Vaters von sieben Kindern. Nur der Ordnung zuliebe hatte er sechsmal Durchschlagpapier, sechs Kohlebögen in die Schreibmaschine gespannt, um zu tippen, was auf Utes Blatt fast unleserlich war: »Jetzt, nachdem ich diese Zeilen geschrieben habe, fühle ich mich etwas erleichtert, weiß alles gut aufgehoben bei jedem einzelnen von Euch.«

Sie konnte damit nicht gemeint sein. Bei ihr war noch nie etwas gut aufgehoben gewesen, jedenfalls nichts von dem, was ihre Eltern ihr je überantwortet hatten. »Ute tut nichts...«, diese tausendmal gehörte Klageformel der Mutter zog sich, immer im gleichen Tonfall vorgetragen, wie ein

Leitmotiv durch ihre Kindheit und Jugend: Dreiachtel Auftakt, kleine Zäsur und das »nichts...« hoch, spitz, kurz, wie an einer Nadel gezupft. *Nie* war die Katze pünktlich gefüttert, *nie* der Tisch abgewischt, die kleinen Brüder kamen zu spät und ungewaschen ins Bett, die »Goethe-Glöckchen« trockneten ein unter Utes Obhut – *kein* Grund zu Beunruhigung für den Vater, wenn die von ihm unvollendeten Dinge in Utes Hände geraten sollten.

Er konnte sie gar nicht meinen, durfte es nicht – sie nahm es nicht an. Sie wollte frei bleiben von ihm, seinem Leben, seinen Werken, seiner Erwartung, seiner Krankheit, seinem... er sollte sie nicht belästigen mit seinem Tod, dieser Mann, von dem sie über all die Jahre nichts weiter bekommen hatte als gelegentliche Schläge, viel Schweigen, einige Seufzer, gut – und ein bißchen Geld, weil er juristisch verpflichtet war, sie nicht verhungern zu lassen.

Sie hätte ihn anschreien mögen und hörte es selbst nicht, daß sie jetzt schrie. Maike vernahm es, die nebenan hinter der mit Dämmplatten geräuschisolierten Türfüllung schlief. Der Schrei kam in ihre Träume hinein und verließ sie wieder, denn Ute wurde schon leiser. Wolkenbruchartig kamen dafür die Tränen, und das war besser für sie – als warmes, salziges Meer, in dem sie wegschwimmen konnte, sich auflösen in Schmerz darüber, daß nach zwanzig Jahren sich jemand von ihr verabschiedete, den sie versäumt hatte, jemals zu treffen.

11. Kapitel

Ute fror. Dabei war es gar nicht so kalt. Eher feucht, obwohl es nicht regnete. Sie hatte die dicke Strickjacke an und eine Regenhaut übergehängt, ohne sich damit schützen zu können. Sie fror von innen nach außen bis auf die Haut und wußte nicht, wie sie wieder warm werden sollte. Seit Wochen verspürte sie schon diese Kälte, als sei ihr eine Schutzhaut verlorengegangen, deren Aufgabe gewesen war, sie vor klimatischen Einflüssen zu bewahren und obendrein noch zusammenzuhalten, was bisher ihr Leben ausmachte. Das trennte sich nun, fiel auseinander, offenbarte sich in seinen Einzelteilen als unvollkommen, sinnlos, verletzbar.

Diese Schultage, an denen sie immerfort ungehört gegen zweiunddreißig Kinder anschreien mußte, hatten kaum etwas zu tun mit den langen Tischen voller Papiere, Raum 411, Hauptgebäude TU, »AG Schule im Kapitalismus«. Schlimmer sogar: Sie konnte ihrer Arbeitsgemeinschaft, dem ganzen »Kommunistischen Bund Westdeutschland«, den erhofften politischen Erfolg gar nicht wünschen. »Wahl der Lehrer durchs Volk...«, was konnte das anderes bedeuten, als daß eine wie Ute als erste abgewählt würde? Über diesen Widerspruch, der sie zunehmend beunruhigte, konnte sie mit niemandem reden, auch nicht mit Henning, den sie nach wie vor selten und schon gar nicht als ganzen Menschen zu fassen bekam: mal den Kopf, dann eher die Hände, zu anderen Zeiten den Körper; doch es gab kaum Ruhe für sie beide, in der sie ganz zueinander hätten finden können.

Die stärkenden Küchengespräche gab es nicht mehr – plötzlich waren aus Utes Heldengesängen Lamentationen geworden, die sich immerfort wiederholten, wehleidig und ohne Kraft. Sie mochte sie selbst nicht mehr hören, schwieg also und fand auch keinen Zugang zum Gerede der anderen. Ihr war es egal, welcher Lampenschirm über den Küchentisch paßte und ob ein Teppich ins Klo...

Wie ausgeweidet fühlte sie sich, nur Verzweiflung trug sie im Leib, Verzweiflung der einsamen, trockenen Art, die sich festfrißt, anstatt zu überschwemmen und mit ihren Spritzern und Ausläufern andere zu erreichen.

Ute bewegte ihren Kadaver morgens zur Schule, nachmittags wieder nach Hause oder auch gleich zu irgendwelchen Terminen; sie redete, schrieb an die Tafel, verteidigte ihre Papiere, und niemand bemerkte, daß sie das alles nur tat, weil sie zufällig noch nicht tot war. Beinahe dreißig war sie inzwischen, Jahre voll Alltag, die sie gelehrt hatten, Leben zu simulieren. Daß es auch anders sein könnte, war ihr entfallen, aber der Beginn des Kadaver-Daseins hatte sich ihr ins Gedächtnis gebrannt. Zeit: Der vierzehnte September 1974, nachts um halb eins. Ort: Utes Bett, ihr Zimmer voll Dunkelheit mit dem Lichtkreis auf dünnem Papier. Von da an hatte sie nicht mehr gelebt, besaß noch nicht einmal mehr die Kraft, sich darüber zu wundern, daß es unter den zahlreichen Bekannten und Freunden keinen gab, dem das auffiel.

Natürlich, nach Toten fragt kaum jemand mehr, und so schrak sie zusammen, als Maike heute mittag an ihre Zimmertür klopfte: Jemand wollte Ute am Telefon sprechen. Dann wurde ihr heiß beim ersten Wort einer Stimme, die ihr Verstand erst nach einigen Sätzen zu identifizieren vermochte: eine Männerstimme, nicht sonderlich tief, etwas belegt: »Ute, ich muß dich sehen, kann nur heute, sagen wir...« Es war Roland.

Jetzt stand sie an der Kantstraße, Ecke Bleibtreu – es war eine halbe Stunde über der Zeit, aus der neuen Wärme in ihrem Körper war eine winzige heiße Stelle geworden, und sonst fror sie...

Dann war ihr wieder ganz warm, körperfüllend, wie ein Ofen strahlte sie aus über Jacke und Nylon-Verpackung oder besser: wie ein Tauchsieder in der feuchtkühlen, mit Chemikalien versetzten Luft. Unverändert hielt die Abendgeschäftigkeit um sie herum an: Eilige Karo-Mäntel unter sinnlos gespannten Schirmen, ineinander verknotete Parka-Pärchen, Männer mit hochgeschlagenen Popeline-Kragen, sie bewegten sich in den wechselnden Leuchtfeldern der Straßenlaternen, der Schaufenster, als gäbe es überhaupt keine Nacht, mieden Berührung mit Ute, ohne sie anzusehen, obwohl sie auf ihrem Standplatz ein wirkliches Hindernis war. Ob kalt oder warm, sie liefen an Ute vorbei, und erst, als Roland ihr die Arme um den Hals legte, wußte sie, daß er schon länger hinter ihr war. Er drehte sie zu sich um und küßte sie ohne ein Wort, atemlos, gierig auf jedes erreichbare Fleckchen Haut, schob sie nur aus der doppelten Grelle des Kunstgewerbeschaufensters und der Neonlaterne. Sie waren sich einig im Küssen, Fühlen, Sich-Suchen inmitten des Trubels; immer noch wortlos, setzten sie sich nach langer Zeit in Bewegung, ohne sich loszulassen, ineinander verschränkt, vierbeinig wie viele andere Pärchen.

Im »BANANA« war es noch beinahe leer. Sie saßen an einem der hinteren Tische, dem kleinen, wo außer ihnen niemand mehr Platz finden würde.

»Erzähl...«, sagte Roland, griff am Bierglas vorbei mit beiden Händen über den Tisch und streichelte ihr Gesicht. »Was denn?« fragte Ute, stimmlos fast, denn sie hatte lange nichts mehr geredet. »Alles.« Er griff wieder nach ihr und ließ sie dann los. »Was du machst, wie du lebst, mit wem du zusammen bist, erzähl...« Er wischte sich mit dem Handrücken den Bierschaum vom Mund, sah sie erwartungsvoll an und suchte seitlich vom Tisch nach ihrer Hand. »Er hat sich den Schnurrbart abgenommen und die Haare richtig geschnitten«, dachte Ute. »Eigentlich schade...« – »Erzähl«, beharrte Roland. »Ich mach'... – bin immer... eigentlich wär' ich jetzt bei der Gruppe...« – »Welcher Gruppe?« Weder mit Augen noch mit Händen ließ er sie los. »Schule im Kapitalismus.« – »Was macht ihr da?« Utes Leben entfaltete sich an dem winzigen Tischchen. Rolands Fragen brachten wie kleine Steine eine Lawine ins Rollen. Er fragte fast wie ein Kind, beharrlich, immer das gleiche und bestimmte damit die Richtung: »Was machst du da?« – »Was ist das?« – »Wer noch?« und am meisten: »Und du?« – »Ist das gut?« – »Hat das einen Sinn?«

Erst flüsterten sie, um unter sich zu bleiben. Dann, unter dem Schutz von Mick Jagger, sprachen sie lauter; die Stereoanlage füllte den Raum zwischen ihnen und unberufenen Ohren. Bald waren fast alle Tische besetzt, drei Farbige kamen mit Instrumenten, stimmten Kontrabaß und Gitarre, begannen zu spielen. Ute erzählte jetzt flüssig, nahezu brüllend, um sich verständlich zu machen, sekundenweise nur unterbrochen durch Rolands lautstarke Fragen: »Und du?« – »Ist das gut?« – »Hat das einen Sinn?«

Es war nicht gut, und es gab keinen Sinn, aber Ute fühlte sich leicht und befreit, als könnte sie nach Wochen andauernder Übelkeit endlich erbrechen, es drängte aus ihr heraus wie ein Schwall, unverdaut und verdaut, in Feinsegmenten, Klumpen und Brocken: »Es ist nicht gut.« – »Es hat keinen Sinn.« Indem die Bruchstücke ihres Lebens sich von ihr entfernten, wurde sie selbst unabhängig und groß. Dazu klüger als je, weil sie mit einemmal wußte, was Sinn hatte und was gut war: Hier zu sitzen am Zweiertisch im »BANANA«, den Übergang nicht mehr zu spüren zwischen Rolands warmer, lebendiger Hand und den eigenen Fingern, nichts zu sehen als seine Augen, anzuschreien gegen die schwitzenden, immer mehr in Ekstase geratenden Musiker, fast kein Wort zu verstehen, aber abzuschütteln, was in den letzten Wochen sie wie Rost zu zerfressen gedroht hatte. »Das hier ist so gut, daß es nie wieder aufhören soll«, dachte Ute und schob auch die zweite Hand über den Tisch.

Irgendwann war sie leer, seine Fragen holten nichts mehr hervor. Während der länger werdenden Pausen griff der Lärm im Raum weiter Platz. Ute saß nach hinten gelehnt, beide Hände über den Tisch ausgestreckt, ließ Roland nur los, um das Bierglas zu heben, zuckte ein bißchen zu der Musik und saugte ihn mit den Augen zu sich herüber. Neben dem Wunsch, ihn wieder zu kennen, wuchs eine Gier nach neuen, fremden Details, ein Verlangen nach Unstimmigkeiten, die sie verlockten, selber Fragen zu stellen. Roland trug einen dieser südamerikanischen Pullover, Brauntöne mit Tiermuster, Alpaka-Wolle, noch nicht verwaschen oder verfilzt. Wie ladenneu wirkte auch der Parka über dem Stuhl, glattes, frisch imprägniertes Material ohne Flecken und eingetragene Falten. Als Roland zu »Herren« verschwand, strich Ute darüber und ließ den Stoff schnell wieder los, mit schlechtem Gewissen, als beginge sie eine Indiskretion. Sie wehrte sich gegen die Fragen, die sich in ihrem Hirn formierten, die zahlreicher, drängender wurden, je länger sie sich gegenübersaßen.

Seine Frisur – dieser glatte Scheitel, die überspielten Kahlstellen, der saubere Schnitt paßten weder zu ihm noch zum Stil seiner Kleidung. Wo waren die charakteristischen Wirbel, Zipfel und Spitzen von früher geblieben? »Bankangestellter – verkleidet«, kam es Ute in den Sinn, »ich sollte doch fragen!« Aber da war eine Scheu, die im Gegensatz stand zu ihrer Lust am Erzählen, der Freude, ihn zu betrachten und zu berühren. Je stärker die Neugier, um so deutlicher meldete sich auch die Warnung in ihrem Kopf: »Frag doch besser nicht!«

»Und du?« brachte sie schließlich hervor. »Waaas?« Es war wirklich nichts mehr zu verstehen im Raum. »Was du machst!« Er lächelte, zuckte die Achseln und schrie ihr ins Ohr. »Ich bin froh, dich zu sehen. Komm, wir gehen jetzt mal.«

Es mußte geregnet haben. In den Rinnsteinen floß es, Pfützen gaben das Licht der Straßenlaternen zurück, und die Bürgersteige glänzten, als hätte sie jemand geschrubbt.

Sich verabschieden, den Weg nach Hause einschlagen – aber bevor Ute den Mund öffnen konnte, hatte Roland sie untergefaßt, ging los und bestimmte die Richtung. Sie war beinahe erleichtert darüber, ließ sich schweigend über den nassen Beton führen. Erinnerte sich dann wieder an ihre untergegangene Frage aus dem Lokal: »Und du? Was machst du?«

Warten an einer Fußgängerampel. Ein spritzender Transporter trieb sie anderthalb Schritte zurück. Endlich sah Roland sie an, zuckte die Achseln, faßte sie fester. »Ich find' es so traurig, wenn du sagst, es ist nicht gut, gibt keinen Sinn, was du machst!« – »Na und?« Mit einer schnellen Bewegung befreite sie ihren Arm, drehte sich weg. »Was hat das mit meiner Frage zu tun? Ich erzähl' dir den ganzen Abend...« – »Ich will ja schon.« Roland griff wieder nach ihr. »Es ist nur viel schwerer für mich.« Sie überquerten die Lietzenburger, hielten sich rechts. »Jedenfalls – eins kann ich sagen: Es hat viel Sinn, was ich mache, unheimlich viel. Mehr Sinn als alles, was ich in meinem Leben jemals zustande gebracht habe.« Roland blieb stehen, lehnte sich an eine Litfaßsäule und hob die Arme: »Faß mir mal in die Tasche. Parka links unten!« Tempotücher, ein Feuerzeug, etwas Schnur, Kassenzettel und anderes kleines Papier und darunter ein kleines, schweres Päckchen, kühl, glatt und hart. »Was ist das?« Ute zog es heraus, ließ es beinahe fallen: »Eine Pistole!« Schwarzglänzend, klein wie ein Spielzeug. »Bist du wahns...« Sie sah sich um. Niemand mehr auf der Straße. »Was soll das heißen?« Er deutete mit dem Daumen auf die Plakatsäule an seinem Rücken. Regengesättigt und wellig, so durchscheinend, daß die mit ihm überklebte lila Kuh der Schokoladen-Reklame wieder deutlich hervorkam, aber doch eindeutig in seinem Zweck hing dort ein »Fahndungsplakat anarchistischer Gewalttäter«.

»Jedenfalls siehst du, daß du vor mir keine Angst zu haben brauchst. Gib mir die Knarre jetzt wieder. Sie ist nicht entsichert.«

Von der Pariser-, Ecke Bleibtreustraße sind es rund 500 Meter zur nächsten U-Bahn-Station. Ute rannte. Rannte mitten in Pfützen hinein, rannte vor hupende Autos, durchbrach die rotweiße Absperrung einer Straßenbaustelle. Rannte mit aller Kraft, ohne Reserven, angezogen vom U-Bahn-Schacht Spichernstraße, zehn Stufen, langer Gang, der gelbe, erleuchtete Zug, der sie aufnehmen würde, ein gefräßiger, rettender Wurm, gekommen, um sie zu verschlucken, sein Maul zuzuklappen: »Zurückbleiben, bitte!« Ute drin, Roland draußen – sie mußte nur durchhalten für den letzten Blick durch das Fenster auf Roland, auf seine Enttäuschung und Einsamkeit und dann frei sein von ihm für immer, auch in den Träumen. Lebensbedrohlich war es, Roland zu kennen, schon immer – sie hatte es nur nicht gewußt.

Uhland-, Fasanenstraße – noch nicht einmal das weiße U war zu sehen! Sie wollte die Hand abschütteln, diese hartnäckige, federleichte Hand auf ihrer Schulter, sie wollte die

Schritte loswerden, diese höhnisch verfremdete Nachahmung ihres Tempos und ihrer Richtung! Warum rannte er nicht wie sie, ging beinahe ruhig, mit verächtlich sicheren Schritten, während sie rannte und ihm doch nicht entrann, sich nur in Verzweiflung hineinrannte und in Atemnot; sie hatte nun mal keine Kondition, haßte den Sport, bewegte sich viel zu selten, hatte schon damals als Schülerin bei vielen Sportstunden mit gefälschter Unterschrift »ihre Tage genommen«, um Zigaretten zu rauchen – jetzt rächte sich alles!

»Taxi...«, fiel ihr dann ein, den Arm heben, im Mercedes verschwinden, zu Hause das Geld aus der Schublade holen, gerettet. Aber der einzige Wagen, der ihr entgegenkam, war schon besetzt. Leute ansprechen. Wo waren die Leute? Gar nicht weit weg hinter Glas, einzeln oder als Gruppen sichtbar gemacht vom warmgelben Innenraumlicht der Cafés und Lokale, redend, lachend, essend und trinkend, aufgehoben für jetzt und die nächsten Minuten auf ihren Stühlen und auf den Stehplätzen neben den Theken – Ausstellungsexemplare der Spezies »Mensch, Samstagabend«. Von anderer Art als Ute, für die es keinen Ort gab, an dem sie hätte anhalten können. Keine Gemeinsamkeit auch mit dem Pärchen, das ihnen entgegenkam, plappernd und etwas schwankend. Ute schlug einen Bogen um sie, und erst danach fiel ihr ein: Sie hätte sie ansprechen sollen. Aber: Was sagen, wozu? Ute wurde nun langsamer, fast war's schon ein Gehen. Sie atmete flach gegen das Seitenstechen an, das sie jetzt erst richtig bemerkte. Herzklopfen zog über den Hals hinauf bis in Ohren und Schläfen, und sie hatte nur noch den Wunsch, sich fallen zu lassen, einzuschlafen, egal wo. Roland war längst nicht am Rand seiner Kräfte, er machte weiterhin große, federnde Schritte, faßte sie nun wieder unter, ohne daß sie ihn noch abschütteln konnte. Sie fühlte sich wehrlos, gegen die Stimme an ihrem Ohr, geradezu redselig wurde er jetzt: Er sei nur kurz in Berlin, zwei oder drei Tage, und habe sie sehen müssen, unbedingt, wolle, daß sie etwas von ihm wisse. Es sei ihm egal, ob sie gut finde, was er nun mache, für *ihn* sei es richtig, er sei überzeugt, auch für Ute wäre es richtig, sie sage ja selbst... Aber davon mal abgesehen, habe er sie sehen wollen, anfassen, einmal. »Ich kann dir ja nicht sagen, wo ich mich aufhalte, was ich tu' und mit wem, das verstehst du ja wohl, aber ich wollte so gerne dich... und morgen bin ich schon weg, dann hörst du lange nichts mehr von mir, vielleicht einmal aus der Zeitung...« Das mit der Zeitung kam so vielsagend-geheimnisvoll wie bei einem Kind, das sein Weihnachtsgeschenk nicht verrät, mit einem winzigen Lächeln. Ute mußte selbst lachen und kämpfte dagegen an. »Bankangesteller...«, dachte sie, »neu eingekleideter Student, Pistolenträger – alles Show und Verkleidung, echt sind nur die Augen!«

Sie überquerten die Wiese vorm Konservatorium; am U-Bahn-Eingang war das Gatter heruntergelassen. Roland zuckte die Achseln. »Das hab' ich mir schon gedacht, ist zu spät. Schlaf bei mir, dann hast du noch eine halbe Stunde mehr, und ich hab' dich auch.« – »Was ist ›bei dir‹? Wieder in einem Gemeindesaal?« Der Bankangestellte mit der Pistole im Parka übersprang eine große Pfütze und trat gegen eine Laterne: »Viel besser! Du wirst schon sehen.«

Bundesallee südliche Richtung – Autos waren selten, der Bürgersteig leer. Einmal fuhr ein Nachtbus an ihnen vorbei; in der Folge der hellen Fenster gab es den Hinterkopf eines einzigen Fahrgastes. Zwanzig Minuten Fußweg waren es von hier bis zur Hildegardstraße. Ein erloschenes halbes Jahrzehnt: Utes Zimmer neben Frau Bauch, das Warten auf Roland, die Fahrt nach Hannover, das Warten auf Roland, ein stumpf-enttäuschtes Ute-Gesicht in der nachtspiegelnden Scheibe des Busses – all das war jetzt. Eben geschehen, Vorbereitung für späte Erfüllung: mit Roland nach Hause zu gehen, ohne zu wissen, wohin.

In den Seitenstraßen der Bundesallee gab es wieder mehr Leben. Ein Liebespaar unter anderen waren sie nun geworden, gingen langsam, untergefaßt, redeten leise. »Du willst ja das gleiche wie wir«, behauptete Roland. »Wieso?« – »Ich weiß das. Du hättest ja auch in Kassel in einem Gymnasium anfangen können, deinen Heinrich heiraten – oder wie er heißt. Der Unterschied: Du siehst die Widersprüche noch nicht so wie wir. *Noch* nicht. Kannst du gar nicht, bei dem Kuddelmuddel von Legalität, Verwaltung und individuellem Glücksstreben, in dem du steckst.« – »Ja, aber…« – »Es ist viel einfacher, als jemand erkennen kann, der drinsteckt in all dem Schlamassel, jemand wie du. Die Widersprüche im Kapitalismus sind entfaltet genug für den bewaffneten Kampf.« – »Ich glaub'…« – »Du mußt nur an der richtigen Stelle reinpieken, dann liegt alles klar auf der Hand, so daß du nicht anders kannst, als zur Waffe zu greifen.«

»Ich weiß nicht…« Wie Klumpen von Watte verstopften die Zweifel Utes Gehirn, knebelten ihre Gedanken, machten sie sprachlos. Kein Argument fiel ihr ein, nur Phrasen, von anderen gehört, tausendfach: von Busfahrern, Rentnern, Politikern, Verkäuferinnen, von ihrem Vater – Gemeinplätze, ohne Eigenständigkeit, Kraft und Brillanz. Man tut gewisse Dinge einfach nicht. Man schießt nicht auf Menschen, weder in einem Archiv noch in einer Sparkasse und auch nicht im Grunewald, ungesehen zwischen nachtdunklen Kiefern auf jemanden, der sich aus ganz anderen Gründen hier eingefunden hat. »Man tut so was nicht!« Mehr fiel Ute einfach nicht ein, und das zensierte sie weg als viel zu banal.

»Die Genossen im Hungerstreik«, fuhr Roland fort, »die zeigen, was sich bewegen läßt, wenn Menschen bis an den Rand gehen. Ein paar Hundert mehr davon, dann sähe es hier schon anders aus.« Er blieb stehen, faßte sie an den Schultern, sah ihr ins Gesicht: »Du könntest genausogut eine von uns sein, bei dem, was du weißt und täglich so mitkriegst. Überleg es dir mal. Es ist gut, was zu machen, was Sinn hat. Und – wir könnten uns öfter sehen.« Sie gingen wortlos. »Jetzt kommt gleich der Volkspark«, dachte Ute, »und danach die Hildegardstraße.« Aber sie bogen vorher in die Güntzelstraße ein. Zwischen den Altbauten der Nassauischen Straße stand ein moderneres Appartementhaus. Hier hielt Roland an, zog ein Schlüsselbund hervor und öffnete die Glastür am Eingang. Ein lautlos vibrierender Aufzug beförderte sie in den siebten Stock.

»Juliane Baumann«, stand auf dem in Schreibschrift geprägten Emaille-Schild an der Wohnungstür gegenüber. Das hatte gefehlt – zu einer fremden Frau in die Wohnung! Einer Falle gleich schnappte die Tür des Fahrstuhlschachts zu, und ein nach unten deutender grüner Pfeil leuchtete höhnisch. Dort wäre der Ausweg gewesen. »Scheiße – welcher war es denn nun?« Unkonspirativ heftig bewegte Roland verschiedene Schlüssel im Schloß. »Wer ist das?« So lässig wie möglich wies Ute mit dem Daumen zum Schild und war froh, als Roland die Achseln zuckte: »Kenn' ich nicht. Ist verreist. Ich kann hier sein, für zwei Tage.«

In den Spiegelschränken des Flurs gab es Kleiderbügel, überzogen mit rutschfestem Leder. Es war dämmrig im großen Zimmer, aber: »Paß auf!« sagte Roland, stolz, als habe er es erfunden, drehte am Schalter, und hell war es um Polstergruppe und Mehrzweckregal. Bücher, bunte schwedische Holzpferdchen, edles Geschirr, Seidenblumengestecke und dazwischen immer wieder die goldgepreßten Lederrückenbände des Bücherbundes – Ute kannte sonst nur die mit Bildungsgut überfüllten Wandbretter von ihresgleichen, sie wurde neugierig durch diese Wohnung. Juliane Baumann, heute verreist, großzügig in ihrer Abwesenheit, was war das für eine Frau?

»Ist die das?« fragte sie Roland und deutete auf ein Photo über der Couch. In der Ferne verlorener, von Photographen so gerne gesehener Blick, Dauerwelle, nach hinten frisiert, dezentes Make-up, die Nägel der unter dem Kinn verschränkten Hände lackiert.

»Ich hab' was für dich.« Er reichte ein Wasserglas zu ihr herüber, in dem es dicklichgelb schwappte. »Eierlikör. Setz dich doch endlich!« Er wählte den anderen Sessel und sah sie eindringlich an: »Ich hab' einen Vorschlag. Hör dir's mal an, du mußt jetzt nichts dazu sagen. Ich spiel' dir eine Adresse zu, in den nächsten drei Wochen. Du gehst da vorbei und wirfst den Leuten deinen Ausweis in den Briefkasten. Meldest ihn als verloren bei den Bullen, bleibst völlig legal – ist ganz ungefährlich für dich. Aber wir – wir wüßten, wir können dir trauen. Und ich könnte dich manchmal sehen. Überleg es dir mal!« Er hob das Glas mit dem Eierlikör. »Prost, Ute. Trink aus, es ist spät.«

Vier Stunden Unterricht verliefen wie in Trance, als Balanceakt ohne Netz, denn vorbereitet war Ute nicht. Trotzdem wuchsen ihr Flügel. Ohne Angst, abzustürzen, improvisierte sie mit plötzlichen Einfällen, mit den Schülerbeiträgen, sogar mit den Abfallprodukten des Lernens, den Störungen, unerwünschten Bemerkungen, die sie sonst oft wie Steine zu Boden warfen.

Aber raumfüllend in ihrem Kopf war immer noch Roland, war ihr Gespräch, war der Hürdenlauf durch die nachtspiegelnde Stadt, war die Zeit im Bett der Juliane B. All das blähte sich auf, kam überwältigend nah, gebärdete sich als Bild, als Gedankenwust, Tagtraum, ohne sie in dem zu behindern, was im Augenblick anstand: Fragen zu stellen, Meldefinger zu sortieren, Schüler zu korrigieren, Zusammenfassungen zu geben, »Tafelbilder« zu arrangieren mit weißer und roter Kreide und immer wieder zu warten, wenn Nebengespräche der Schüler den Unterrichtsfluß überschwemmten. In solchen Wartepausen überfiel sie die Schlafsucht. Einmal nur die Augen schließen, sich von dem Gemurmel wegtragen lassen... Doch das Gemurmel verebbte heute schneller als sonst. Ute schreckte dann hoch in der Stille, tastete nach dem roten Faden und hatte ihn traumwandlerisch sicher auch gleich in der Hand. »So arbeiten gute Lehrer«, wußte sie plötzlich: gelassen und frei von Angst, ohne sich an Schüler und Schule auszuliefern. Vier Stunden Unterricht war ihr für diesen Tag fast zuwenig, besser sechs oder acht, zehn, zwölf – am liebsten hundert, um diese leichtgewordene, schwebend verspielte Verbindung zwischen ihr und den Schülern nie mehr zu unterbrechen.

Aber der Halb-Zwölf-Gong kam unerbittlich zu früh. Ute sammelte ihre Sachen zusammen, nahm, ohne zu denken, den Eintrag ins Klassenbuch vor, lächelte ein paar Kollegen an, ohne zu reden, drückte später als üblich an vergleichbaren Tagen auf die Schwingtür am Südausgang des Gebäudes und ließ den gelben Griff gleich wieder los:

»30000 DM Belohnung!«

Sie konnte sich nicht entsinnen, das Plakat hier schon früher gesehen zu haben.

»...bei Hinweisen, die zur Ergreifung dieser gefährlichen Gewalttäter führen.«

Eine Sammlung von Photos im Paßbildformat. Junge Gesichter, manche verzerrt, einige grob gerastert, beinahe bis zur Unkenntlichkeit wegen der übermäßigen Vergrößerung. Darunter dickschwarz:

»VORSICHT SCHUSSWAFFENGEBRAUCH!«

Alles zusammen grellrot umrahmt, mit Klebeband an diese Glastür geheftet, wo Ute gedankenverloren den Ausgang versperrte. Hanna Krabbe, Inge Viett, Jörg Lang, Götz Tilgener – schon häufig gehörte, gelesene Namen, zu denen sie hier und jetzt die Gesichter erkennen mußte: »Rolands Geschwister.« Ein unvermutet entdecktes Familienalbum. »Er ist gar nicht dabei!« Beinahe enttäuscht besah sie aufs neue die Männer-Photographien. War er nicht wichtig genug?

»Darf ich mal, bitte?« Kollege Beckert faßte sie an die Schultern, schob Ute wie eine Puppe zwei Schritte nach rechts und hielt ihr von außen die Tür auf. »Unbedingt 30000 DM verdienen? Ich spiele lieber im Lotto!«

Natürlich konnte sie nicht hier stehen und die Bilder anstarren! Ute befahl sich zu gehen und fand nach wenigen Schritten das gleiche Plakat an einer Litfaßsäule. Ihr Heimweg wurde zur immer wiederkehrenden Folge dieser Gesichter, an Läden, an Wänden, am Eingang der S-Bahn-Station. »30000 DM Belohnung für Hinweise...« – »Ist es gut? Hat es einen Sinn?«

Ganz sinnlos kann doch nicht leben, wer so teuer bezahlt

wird. Nur für Roland wurde hier nichts geboten. Schade! Der Vorabend, Rolands Fragen, seine Eindringlichkeit wurden im nachhinein unglaubwürdig und schal. Erst am Bahnhof »Botanischer Garten«, nach Verlassen des Zuges, als sie zum letztenmal auf dem Heimweg vor dem Blatt mit den acht Gesichtern stand, erstickte ihr Kopf die Keime dumpfer Enttäuschung. Roland war eben geschickter, konspirativer, erfahrener als all die anderen und damit besser geschützt. Deshalb für sie auch besser erreichbar. Wenn sie nur wollte.

Zu Hause am Küchentisch fehlte nur Ute – seltene Fülle, so mitten in der Woche. Ratlosigkeit war im Raum, kräuselte sich mit dem Zigarettenrauch ziellos zur Decke, nahm den Händen die Ruhe, den Gesichtern die Spannung. Als Ute hereinkam, sah alles nach ihr. Henning blinzelte sie aus rotgeschwollenen Augen an, als erschiene ihm ein Gespenst, sprang hoch, wirbelte sie herum. Dann hielt er sie von sich weg, sah sie wiederum ungläubig an, barg sein Gesicht an ihrer Schulter. Seine Stimme war brüchig, beinahe nicht hörbar. »So was mach bloß nie mehr! Sonst...«

Kaum Neues im Haus. Ein Meer von vertrauten Details, das Utes Spur überspülte, zusammenschlug auf dem, was sie als Kind hinterlassen hatte, das verbleibende Reste veränderte, wegtrug oder zerstörte. Ihr Schrank war in Einzelteile zerlegt: Eins davon stand im Flur, das Unterteil diente als Ablage für Torstens Pfeifen, sauber sortiert in Ständern neben Tabak und Putzern. Darüber hing wie eine Ehrenurkunde ein Schulzeugnis: »Torstens Betragen ist eine Zumutung für Lehrer und Klasse!«

Eigentlich war dies hier Utes Zimmer gewesen, vier Wände, die sie für sich nie angenommen hatte. Ansätze eigener Gestaltung waren selten und leicht zu beseitigen gewesen. Der Pferdeschädel zum Beispiel, diese mächtige elfenbeinstumpfgelbe Knochenhöhle auf dem Regal über dem Bett – Utes einzige Nippesfigur –, war nicht mehr zu finden. Ihr Kuschelhund stand inzwischen einäugig und zerzaust zwischen Nilpferd und Bär zwei Zimmer weiter, am Fußende von Tommis Matratze.

Überall wucherten Pflanzen, waren in den Jahren um ein vielfaches größer geworden. Fleißige Lieschen, Amaryllis, Goethe-Glöckchen, Kakteen und Zimmerlinden, sie verdunkelten Scheiben, überschatteten Bilder, füllten Hohlräume aus. Hatten sogar Möbel verdrängt, zum Beispiel das Doppelstockbett im Schlafzimmer der kleinen Brüder. Waren dabei, das Sofa zu überwachsen, näherten sich dem Schreibtisch, berührten bereits mit den breitflächigen, sanft behaarten hellgrünen Blätterhänden der Zimmerlinde Stiftablage und Schreibblock. Ute saß auf dem Drehstuhl, zog ein Schubfach heraus und hatte plötzlich den hellblauen Ordner in Händen. Grundrisse: erster Stock, Erdgeschoß – sie verstand nicht zu lesen. Auch die handgeschriebenen Erläuterungen konnte sie kaum entziffern. Als sich treppauf Schritte näherten, warf sie den Ordner wieder ins Fach und ließ ihn dort liegen, obwohl sie ferner und leiser wurden. Hier also stand der Schreibtisch des Vaters. Bei ihrem letzten Besuch hatten in diesem Raum die kleinen Brüder gewohnt. Der Wechsel war ohne ihr Wissen erfolgt, und so mußte sie die Orientierung verlieren, neulich auf ihrem Bett in Berlin, halbblind, den zerknitterten Brief auf den Knien. Jetzt stand sie am Schreibtisch, sah ins vielfachgrüne Blättergewirr des Zimmer-Dschungels und fragte sich, warum ihr das damals so wichtig gewesen war.

Auf der Treppe Herbstsonntagsgeruch. Stiegen mit erstem Obst waren hier abgestellt worden, und der Schweinebraten schien beinahe gar. Im Dachzimmer unter den schrägen Wänden war die Luft voller Geranienausdünstung und Staub. Vielleicht etwas mehr Staub als vor Jahren. Beim Tasche-Auspacken fielen Erinnerungen vom Tisch: Staubflockengrau die kleine Eule von Steiff, ein von Bea geknetetes Tonväschen mit trockenen Blumen darin, das immer schon wacklig stehende Photo der Oma. Über dem Bett den Kalender hatte sie selbst gemalt, als Elfjährige. Das Ausdenken und das Malen waren ein großes Vergnügen gewesen, aber die Erwachsenen, die sie hinterher dafür lobten, wurden von Ute verachtet.

Um das schräge Dachfenster weiter zu öffnen, mußte sie einen Sessel besteigen, doch die Aussicht von dort war begrenzt. Nur spätgrünes, ins Gelbe umkippendes Laub, reifendes Obst und ein Stückchen vom Zaun.

In die Stille hinein tönte das Summen gieriger Wespen, die kreisten, aufsetzten, kreisten, aufsetzten in den Löchern von kinderfaustgroßen Pflaumen, denen sie tastend, eindringend und saugend den süßen, klebrigen Saft entnahmen. Auf der Dachrinne stritten sich lautstark zwei Spatzen um irgend etwas, stutzten und setzten den Kampf dann unhörbar fort, denn vom Garten aus machten nun andere Töne sich breit, vierstimmig getragen, aber nicht wirklich langsam: »Ein feste Burg ist uhunser Gott…« Es kam so unvermutet, daß Ute zusammenzuckte und auf ihrem Sessel zu straucheln begann. Sie fing sich, sprang ab und rannte die Treppe hinunter, sich überstürzend aus Angst, die Klänge von unten könnten sich als Irrtum erweisen, wenn sie nicht schnell genug wäre. Vor dem Apfelbaum mit den schweren gelbroten Früchten fand sie aufgeblasene Wangen, so rund wie die Äpfel, so glänzend und prall nach der Morgenrasur. Da war Dr. W. Binder am Horn, der Leiter der Raiffeisenbank, Elektriker Severin mit der Posaune, Herr Klemp, der Nachbar, daneben. Als Trompeter erkannte sie Kommissar Frege von der Abteilung Verbrechensbekämpfung. Als Kind hatte Ute seine Gartenzwerge geliebt und ihn selbst gefürchtet, jetzt fand sie ihn klein und behäbig. Die anderen Männer kannte sie nicht. Sie strahlten Einigkeit aus wie *ein* Wesen, mehr noch als der Baum hinter ihnen, dessen Zweige, Blätter und Früchte auf den leichten Wind dieses Morgens in jeweils sehr eigener Art reagierten. Die Männer dagegen holten zusammen Luft, bebten gemeinsam, jetzt nach dem Rhythmus von »Heißa Kathreinerle«, immer so, wie Alfons Widder, der, seit Ute klein war, ein paar Straßen weiter ein Schuhgeschäft führte, mit seinen Händen befahl. Aber auch der war nur Mittler, die eigentliche Verbindung dieses rundköpfigen, glänzend berüsselten, Wohlklang ausstrahlenden Geschöpfes ging zur Haustür, dort liefen die Fäden zu einem Mann, der klein, leicht gebückt und steif am Treppengeländer sich festhielt – zu dem Vater.

Aus seinem Sonntagsanzug ragte – einem altmodischen Halskragen gleich – ein gipsweißer starrer Verband, der die tiefrote Operationsnarbe hinten am Hals nicht völlig verdeckte. Aufgemacht hatten sie ihn in der Klinik und wieder zugenäht, ohne das fremde Gewächs in ihm überhaupt anzurühren, die Wunde hatte sich wieder geschlossen, und alles andere war offen. Der möglicherweise genesende Vater, das Herbstlicht, die Früchte, der Glanz auf den Instrumenten und die sanften Akkorde verschmolzen zu einer Idylle voller Oberflächenschönheit, wie ein Wohnzimmerölbild, so malerisch und banal. Ute, beinahe verdeckt im schattigen Hausflur, verbot sich den Zugang dazu. Sie sparte das meiste aus und nahm nur die Köpfe ins Blickfeld: Haarsträhnen, Glatze, Glatze, von dünnblonden Fäden umgebener Scheitel, Halbglatze: Der einzige Mann mit ungelichtetem Haar war ihr Vater. Von einem letzten Kranz rotblonder Locken umgeben: der blanke Kopf Dr. Benders. Er bewegte sich plötzlich nach unten, einem abwärts segelnden Notenblatt hinterher, gerade als Widder den Einsatz gab für ein weiteres Lied. Abklopfen, Unruhe in der Einheit der Bläser. »Wer ist das?« hörte sie flüstern und auch die Antwort: »Die andere Tochter.« Dann war der Hornist wieder oben, hatte die Hose saubergeklopft und die Noten am Ständer befestigt. Man gab sich wieder zusammen: »I-insbruck, ich muuuß diiich laaasen...« Solche vierstimmigen Sätze zu dirigieren, sollte Ute im Studium gelernt haben, aber schon der Gedanke daran machte sie flüssig vor Scham. Lieber wilde Schreie ausstoßen und nackt aus dem Fenster springen! »...daß ich im E-eee-he-he-he-e-heheee-lend bin.« Obwohl ohne Text, schwangen die Worte laut in ihr mit.

Der Vater schwankte ein bißchen. Die Mutter, die aus der Küche immer mal wieder heraussah, schob ihm einen Stuhl in die Kniekehlen. Er setzte sich. »Danke schön, Ute.« Dann blinzelte er in die Sonne, träumte, wurde erst wieder wach, als die Instrumente verstaut, die Noten eingepackt waren. »Gute Besserung«, wünschte man ihm und: »Herzlichen Glückwunsch zum Geburtstag«, im Sprechchor, dann einzeln mit Handschlag, ehrerbietig fast bis zum Diener: Dr. W. Binder, Elektriker Severin, Nachbar Klemp, Herr Widder vom Schuhgeschäft Frankfurter Straße, Herr Frege aus der Abteilung Verbrechensbekämpfung und – ebenso freundlich-eifrig wie wohlerzogene kleine Jungen – alle anderen Männer, die Ute nicht kannte.

Staubflocken, leuchtend. Der heruntergefallene rote Bleistift glänzte wie frisch gelackt, und das schwarz-goldene Lenin-Plakat warf die schrägen Strahlen der Nachmittagssonne zurück, daß es blendete. Alles war überdeutlich in seinen Konturen, jeder Fussel gab Sonnen- und Nachtseite frei wie eine winzige Welt und schien auf dem Platz, wo er lag, ganz bewußt arrangiert.

Ein Ort unter zahllosen anderen, gewachsen, bereit zu verfallen, vergleichbar mit vielen ähnlichen Orten, aber nicht austauschbar. Das war tausendmal mehr Utes Ort als dieses Vaterhaus mit den verschütteten Spuren eines vor zwanzig Jahren auf später wartenden Kindes. Dieses hier war ihr eigener, höchst gefährdeter Platz, der irgendwann – vielleicht sogar bald – nicht mehr ihrer sein würde.

Seit vorgestern trug sie, klein zusammengerollt wie ein Los, einen Streifen Papier in der Brusttasche ihrer Jacke: »Dr. Witkowsky, 1 B 30, Barbarossastr. 2.« Sie warf den Zettel nicht fort, obwohl die Adresse bereits fest in ihrem Hirn verankert war, ebenso wie das Datum: Innerhalb einer Woche sollte sie dort ihren Ausweis »verlieren«, wenn überhaupt.

»Ganz ungefährlich für dich«, hatte Roland gesagt. Ute glaubte das nicht. Aber diese Gefahr gab ihrem Leben nun einen Glanz, den die schräg fallende Nachmittagssonne nur verstärkte.

Die winzige, beinahe harte Unebenheit in ihrer Anoraktasche war wie der Griff zu einer Tapetentür, die sich anderen Menschen verschloß. Sie hatte ein Geheimnis, nur mit sich selbst. Und natürlich mit Roland, egal, wo er jetzt wieder war. Eine Verbindung gab es zwischen ihnen, elastisch und unverwüstlich, jedenfalls bis zum 28. Oktober. Seit vorgestern ging Ute aufrechter und hatte strahlende Augen. Sie liebte ihr Leben mit allen Menschen und allen Details, liebte es, weil sie es als vergänglich erkannte.

»Berliner Kindl«, »Damen- und Herren-Friseur«, »Zeitungen, Zeitschriften, Tabakwaren«, verhangene Fenster, wo Spitzengewölk Lampengelb dämpfte und Pflanzenkonturen zerstäubte oder die Botschaft der Tagesschau als grauweißes Flimmern zur Straße durchließ. Manchmal gab es Vorleben zwischen Scheibe und Store: einen Kaktus zwischen zwei Gartenzwergen, einen breit grinsenden, aber traurig nach unten schlackernden Hampelmann, Efeugerank aus hängenden Plastikkörben. Halbgeschlossene Rollos warfen Zebrastreifen aus Licht vor die Häuser; dabei war es noch gar nicht dunkel, fand Ute, fand auch der Mann, der sich im Bademantel, mit Ellenbogen und Oberkörper auf einem Kissen, neben sich ein Bier, auf seiner Fensterbank eingerichtet hatte. Er sah ihr lange entgegen, drehte den kahlen Kopf nach ihr, begleitete sie mit den Augen so unverfroren, daß sie zu stolpern begann. »Nur nicht umdrehen!« dachte sie und: »Jetzt beugt er sich sicher heraus!« Wenn sie abbiegen könnte, wenn wenigstens irgendwo Deckung in Sicht wäre! Aber die Front der Häuser war ohne Vorsprünge und Konturen, die Straße gerade und lang. Eine blöde Adresse oder: eine blöde Idee, am U-Bahnhof Spichernstraße auszusteigen und von dort aus zu laufen. Warum saß sie nicht einfach im Bus, der sie jetzt überholte! Statt dessen setzte sie, nun wieder ruhiger, Turnschuh vor Turnschuh und studierte mit sachte steigender Hoffnung die weißen Schildchen, auf denen die Hausnummern bis zur nächsten Kreuzung zusammengefaßt waren. »Noch nicht«, wußte sie jedesmal wieder, genauer gesagt, das »Noch nicht«, das auf diesem Weg den Rhythmus ihrer Schritte begleitete, wurde stärker in ihr. »Noch nicht« war übriggeblieben von den Gesprächen zu Hause, in denen Ute wieder und wieder die Rede auf »Rote-Armee-Fraktion« und »Bewegung zweiter Juni« gebracht hatte. Stets kam sie wie zufällig darauf zu sprechen, über Zeitungsnachrichten, über die Tagesschau, über das neue Fahndungsplakat unten am Eingang des Feinkostgeschäfts. Aber ihr wirkliches Anliegen sparte sie aus, ihren dringenden Wunsch zu erfahren, wie jeder einzelne ihrer Bekannten und Freunde zu den Bankraub-Aktionen stand, zu den Handstreichen, um Gefangene zu befreien, zu dem inzwischen vergossenen Blut. Was dachten die anderen über den Hungerstreik, dieses faszinierende Mittel, noch aus dem Gefängnis heraus viele Menschen zu lenken? Die Antworten, die sie bekam, waren so uneindeutig wie Utes Gefühle: Natürlich sei der bewaffnete Kampf irgendwann unvermeidlich, sprach Horst und träufelte Pflaumenmus auf sein Brot. »Aber in der gegenwärtigen Phase?« Er biß in den Kanten und betrachtete ihn genau. »Ich würde sagen: Noch nicht.«

»Das ist doch gar nicht vermittelbar«, fand Marion. »Guck dir doch mal Frau Frese an mit ihrem Ochsenmaulsalat. Die hat ihr Geld auf der Berliner Bank, und dann kommen die Zweite-Juni-Typen und räumen es aus. Das kann die doch gar nicht kapieren, daß so was auch in ihrem Interesse passiert. Jedenfalls noch nicht.«

»Noch nicht«, sagte auch Henning gestern im Bett; sie sahen sich öfter als sonst und waren glücklich dabei, nahmen sich über das Lieben hinaus wieder mehr Zeit zum Reden. »Stell dir vor«, hatte Ute gefragt, während Henning noch auf dem Bettrand saß: »Da klingelt der Manfred Grashof bei uns und ist auf der Flucht, was würdest du tun?« Henning stutzte nicht einen Augenblick, als habe er sich die Frage selbst schon öfter gestellt. »Hängeboden«, war seine Antwort. »Ein Bett machen auf den Matratzen hinter den Koffern. Da findet ihn keiner.« – »Und wenn er fragt, ob du mitmachen willst?« – »Noch nicht.« Henning hob die Bettdecke an und schlüpfte zu ihr ins Warme. »Vielleicht später. Jetzt hab' ich was Besseres vor.«

»Noch nicht«, sagte eben die Straße zu ihr, an jeder Ecke aufs neue. Baustellen warf sie ihr vor die Füße, Absperrungen, unpassierbar aufgerissene Bürgersteige und schlammige Pfützen. Sogar mit den Hausnummern zierte sie sich: »44 c«, las Ute am ersten Eingang eines langgezogenen siebenstöckigen Kastens mit flachem Dach. »44 b, 44 a, 44.« Dann, schlimmer noch: »43 d...« Wie war das mit Barbarossa? Rotbärtig, verwachsen mit einem steinernen Tisch, saß er im Kyffhäuser und wartete seit über achthundert Jahren darauf, an der Spitze des Volkes losschlagen zu können. Barbarossa, verhinderter Kader! Oder wollte er gar nicht kämpfen? Diese Straße paßte zu ihm. Sie stand zur Verfügung, hielt still unter Utes tretenden Füßen und streckte sich höhnisch dabei, wurde eineinhalbmal, doppelt so lang. Je weiter sie lief, um so ferner rückte das Ziel. Ute haßte die vielen Balkone, klein, vergittert und schmal wie Kinderlaufställchen. Sie verachtete all diese Fenster, die sich so heimelig gaben in ihrem von Vorhängen weich gefilterten Glanz. Manchmal klebte, als Almosen für die Öffentlichkeit, ein von Kindern geschnittenes Papierdeckchen an der Scheibe oder ein Fensterbild, abweisend harmlos.

»Barbarossa, wir sind hier beide auf verlorenem Posten«, dachte sie und zuckte zusammen. Schüsse tönten aus einem halbgeöffneten Fenster, so laut, daß die fast verblühten Geranien vibrierten. »Tatort«, fiel ihr dann ein. Marion und Horst würden, da »Schule im Kapitalismus« verlegt war, jetzt auch vor dem Fernseher sitzen. Sie aber fürchtete sich. »Wahl der Lehrer durchs Volk«, war ihr wieder im Kopf; noch hatte sie Zeit, aber *wenn* sie abgewählt würde, vielleicht sogar... Sie schreckte noch einmal hoch, aber es war nicht der Lauf eines Maschinengewehrs auf dem Balkon gegenüber, jemand lagerte Rohre dort. Keine Gefahr auf der Straße, es wollte sie niemand erschießen. Noch nicht.

Sie trug einen Schutzschild. Mit dem behelfsmäßigen Personalausweis in der Tasche konnte ihr nicht viel passieren.

Vier Tage noch bis zum 28. Oktober. Vier Tage noch war sie sicher und trotzdem verbunden mit Roland. Danach mußte sie sich entschieden haben für das eine oder das andere. Für Roland, für die Gefahr des Absturzes irgendwohin, oder das Band zwischen ihnen wäre zerrissen. Diesmal für immer. Ihr Leben bliebe wie jetzt: trist, ohne Geheimnis, ohne Tapetentür, die als Fluchtweg verlockt und als Falle wartet.

Die Dämmerung gab der Dunkelheit nach. War die Straße jetzt schmaler geworden? Stuckverzierte Fassaden zu beiden Seiten der Fahrbahn strebten einander entgegen. Hinter bunten, halb- oder dreiviertel-geöffneten Vorhängen wiederum mondrunde Lampen aus Reispapier, volle Bücherregale. »Jetzt«, dachte Ute, »hier muß es sein.« Nr. 6, Nr. 5, Nr. 4 – Querstraße – Nr. 3, schwere geschnitzte Eingangstüren auch hier. Aber der Stuck war einem mattgelben Anstrich gewichen. Die mit Rankenschnitzwerk verzierte Toreinfahrt zu Nr. 2 glänzte mit einem silbernen Griff, einem faustgroßen starren Knopf, den Ute vergeblich rüttelte, um das Tor zu bewegen. Das Steckschloß war zugesperrt. Auch der Eingang zum Vorderhaus war nicht zu öffnen. Keine Briefkästen, noch nicht einmal ein Namensschild. Sie hätte es wissen können. Viele dieser Berliner Häuser sind abends nach acht Uhr verschlossen. Aus Angst vor »den Russen«, aus Angst vor Gewalttätern, die sich im unübersichtlichen Treppenhaus aufhalten könnten, aus Abscheu vor dem Stadtstreicher, der im schattigen Flur seine Notdurft verrichtet. Codewort, um hineinzugelangen, ist die Telefonnummer eines der Mieter. Das war nichts Neues für eine, die schon beinahe zehn Jahre in dieser Stadt lebte. Ute überschlug ihre Termine. Übermorgen zwischen Schule und Gewerkschaftstermin wäre Zeit, es noch einmal zu versuchen.

Nach einem zweiten Pro-forma-Versuch, die Türen zu öffnen, drehte Ute sich um. Wie ein winziger Schutzschild vor ihrer Brust der »behelfsmäßige Personalausweis«. Auf einmal hatte sie Sehnsucht nach Henning.

Marcus Beyer war »Antragskind«, früh eingeschult und damit zu jung für die Klasse. Er trug meistens ein grünes Jakkett über sandfarbenen Hemden, hatte die Haare gescheitelt und glatt befeuchtet nach hinten gekämmt – ein winziger Herr, von den Mitschülern um einen bis anderthalb Köpfe überragt.

Ein Kleinkind von dreizehn Jahren war Marcus Beyer, das mußte ausprobieren und forschen, verschonte auch sich selbst dabei nicht: Wie lange muß ein abgebrochener Bleistift in den Handrücken gebohrt werden, bis es weh tut und schließlich noch Blut fließt? Reicht es, mit Spucke zu feuchten und Kreide daraufzupappen, um die Blutung zu stoppen? Marcus das Kleinkind war getrieben vom Drang, Hände und Füße zu rühren, dazu war er Sklave der Dinge: Jeder Kugelschreiber wollte zerlegt sein, Marcus durfte nicht ruhen, bevor die Mine befreit war, blau explodierte, bis die kleine Haltespirale in den Halsausschnitt des Nachbarn gesprungen war, und dieser konnte nicht anders, als sich kratzen, suchen und endlich den Pullover ausziehen, mitten in der Stunde.

Marcus Beyer war ein Strudel, der Unruhe in die Klasse brachte, immer neue Impulse, so stetig, daß Ute beim Ausbleiben solcher Störungen unruhig wurde. Sie wartete, daß Stühle umstürzten, daß ein Mädchen aufschrie, weil es im Rücken einen plötzlichen Schmerz verspürte. Wartete, damit sie aufseufzen könnte, die Augen zur Decke verdrehen: »Marcus, es ist wieder un-er-träglich mit dir!«

Dann war alles im Lot, weil wie immer. Mit Marcus Beyer lebte die Illusion, daß sie ohne ihn mit der Klasse viel besser zurecht käme. Ute konnte ihn hassen und war ihm dankbar dafür, liebte ihn fast. Fühlte sich ganz persönlich berührt durch das scharf geschossene Papierkügelchen, den nassen Schwamm auf dem Stuhl. Diese uralte Schülerbelustigung traf sie zentral, weichte sie auf, machte sie mürbe vor Angst. Und Marcus Beyer, Strudel im Wellenschlag dieser Klasse, war auch die Quelle der Angst.

Marcus Beyer war Gegenstand von Utes Träumen, immer wieder, seit er in ihrem Unterricht saß. Teile von ihm schlichen sich in ihren Schlaf, standen fürs Ganze: Das grüne Jackett, seine plötzlichen Tränen, das schrille, zum Stimmbruch umkippende Organ: »Wieso setzen Sie sich denn nie durch?« Eine mit Siegelringen geschmückte rundliche Männerhand, ihr hingestreckt mit den Worten: »Gnä' Frau, ich bin der neue Vater von Marcus, und ick wollte Ihn' sagen: Ick lege Wert darauf, daß...«

Marcus Beyer, der erste Schüler in diesem Haus, den Ute beim Namen kannte, der ideelle Gesamt-Schüler, Zusammenfassung der zweihundertfünfzig anderen Kinder, die Ute auch nicht erreichte, Marcus, Symbol der Vergeblichkeit, saß rhythmisch pulsierend in Reiterstellung auf seinem Stuhl, nach vorne gebeugt, einen Ellenbogen aufgestützt, das Kinn in der Hand. Mit der Rechten kritzelte er mit dem Filzer die Tischplatte voll, ließ den Stift wieder fallen, reckte den Arm, federte hoch, berührte die Sitzfläche beinahe nicht mehr, schnipste die Finger und nahm, wenn er nicht »drankam«, die »Grundstellung« wieder ein: Kinn in der Hand, Filzstift im Griff, die Lehrerin immer im Blick. Er stand unter Spannung wie sonst, blieb aber, unterbrochen von winzigen Fahrigkeiten, doch konzentriert. Als führte sie ihn an Fäden, blieb er zu Ute in engem Kontakt und mit ihm die ganze Klasse. Zwanzig Minuten hielt dieser Zustand schon an. Wie Zauberei hatte der Anschrieb gewirkt, dieser kurze Satz an der Tafel: »Ich freue mich jeden Morgen auf euch«, stand dort immer noch, weiß auf grün, und alle waren beschäftigt damit.

»Det könn' Se gar nich so mein'«, war Marcus' erste Vermutung, und die anderen Schüler wußten dies zu belegen, bevor Ute die Lehrerfrage »Warum?« stellen konnte: »Das kann man doch sehen!« – »Sie haben so flattrige Augen.« – »Wo Sie immer so schreien!« – »Dann würden Sie ganz anders laufen.« – »Wir sind einfach nicht zum Freuen für Sie.« Nähe durch Wahrheit, als öffnete sich in der Mauer um diese Klasse eine Tür, durch die Ute hineinschlüpfen konnte. Zwei Schüler machten es vor: Manuela Krug kam in die Klasse als Lehrerin, die sich auf den Unterricht freut, Hanno Walz erschien zögernd wie Ute; mit welchem Recht schreibt so jemand an die Tafel: »Ich freue mich jeden Morgen auf euch?«

»Stilmittel Ironie« war das Thema der Stunde, die alle in Bann nahm. Dreißig Kinder, die zuhörten, redeten, fragten, sechzig Augen, die glänzten vor Lust am Erkennen, und da war wieder Marcus, hochschnellend, zappelnd, schnipsend, mit einer neuen Idee: »Wir machen alle ein Spiel. Wir sagen die Wahrheit, jeder zu einem anderen, aber nicht auf deutsch, auf ironisch. Und ick fang an: ›Frau Fiedler setzt sich immer wunderbar durch.‹« Frau Fiedler übersetzte die eigene Schwäche ins Hochdeutsche und warf ihrerseits ein ironisch verschnürtes Stück Wahrheit in die Klasse hinein, an den Kopf eines Schülers, der es wohl aushalten konnte: »Thomas Burger hat die schönste Schrift dieser Klasse.« Thomas Burger fing auf, übersetzte und machte weiter, so rollten die Wahrheiten durch den Raum, jede speziell für einen Schüler bestimmt. Manchmal streiften sie nur: »Erwin Schröder hat gar keinen Kulistrich auf der Backe«, andere verursachten Wunden: »Mareile ist die schärfste Braut«, die nur durch sofortige Rache sich ertragen ließen: »Michael ist überhaupt nicht blöd.« Weil die verkleidete Wahrheit jeden mal traf, blieb keine Zeit, sich Verletzungen hinzugeben, sie flog, stolperte, purzelte, hinkte kreuz und quer durch den Raum, wurde mit Spannung erwartet und unter Gelächter empfangen, alle lachten, gaben sich der Schadenfreude und dem Vergnügen am Wortspiel hin. Manchmal zuckte jemand zusammen und lachte danach um so lauter.

Auch bei der schriftlichen Aufgabe ließ der Eifer nicht nach. »Ein herrlicher Schultag, Bericht für eine Zeitung.« Der Dreiklang des Pausengongs wurde von Schülermurren empfangen, und noch mal kam Marcus mit einer Idee: »Sie, wir machen in echt 'ne Zeitung daraus. Wir schreiben das nächste Mal weiter, un noch mal sauber, drucken das un haben ein Heft...«

Er drückte sich noch in der Klasse herum, als Ute ins Kursbuch eintrug: »Sie, das war heute geil!« Und mit funkelndem Blick von unten nach oben: »Eigentlich sind Sie ganz nett...« Dann war er verschwunden.

»Wahl der Lehrer durchs Volk...« – heute hatten sich alle Schüler für Ute entschieden, Marcus Beyer voran. In diesem Sinne: Weiter im Kampf. »Heb das auf!« sagte sie einem struppigen Kleinen, der auf dem Flur mit einer leeren Flasche Fußball spielte. Er sah sie verwundert an, zögerte etwas; dann bückte er sich und ging zum nächsten Papierkorb.

»Alle Lehrer sind Fotzen« stand grammatikalisch inkorrekt neben der Damentoilette; dieser Anschrieb war neu. Ute streifte ihn mit den Augen und vergaß ihn hinter der Tür, beim Blick in den Spiegel. »Wie frisch verliebt«, dachte sie, ein neues Gesicht, rosige Haut. Ihre Lachgrübchen hatte sie beinahe vergessen: Da waren sie wieder.

So würde es bleiben in der Kerngruppe 84, sie war sich sicher. Heute hatten sie eine Trennwand zerstört zwischen Schülern und Lehrerin, konnten sich einrichten zusammen. Sechs Stunden pro Woche, zwei Jahre noch. Ute wusch sich die Hände, lachte ihr Spiegelbild an und ging ins Lehrerzimmer, um ihre Jacke zu holen. Blätterte rasch im Mitteilungsbuch. Morgen, den 31. Oktober, am Reformationstag, fiel der Unterricht aus. Schade, fand Ute.

Draußen zog sie den Reißverschluß bis unter das Kinn, stülpte die Kapuze über. Es regnete stark. Sie kuschelte sich in die Jacke. Mit dem Handrücken berührte sie über der rechten Brust etwas Hartes, wie einen winzigen Schutzschild – den behelfsmäßigen Personalausweis.

12. Kapitel

Die Pyramide bewegte sich nicht. Vier flackernde Kerzen verfärbten bereits die Lamellen des Schwungrads. Ute löschte die Flämmchen und sah: Die Achse saß nicht in der Mulde, die dafür gemacht war.

Das Ganze zerlegen und neu zusammenbauen: Sie konnte froh sein, wenn sie beschäftigt war. Die Scheibe mit Hirten und Schafen in die Achse einhängen, etwas höher den Kreis der Engel und endlich das Schwungrad. Auch diesmal zauderte es unter den zitternden Flammen, aber nach einem winzigen Anstoß machten die Hirten sich auf, erst gemächlich, ihrer gebückten Haltung entsprechend, dann schneller und endlich panisch, als gelte es, die Schafe und Lämmer, die breitbeinig aufgepflanzten Hunde vor einer Gefahr zu bewahren. Ohne die langen gebogenen Stäbe wären sie sicher gestolpert, gefallen, ohne die erdwärts geneigte Haltung vielleicht schon davongeflogen – so aber kreisten sie auf der Scheibe, Hirte – Schaf – Lamm – Hirte – Schaf – Schaf – Hund – Hirte – Lamm – Hund – Hirte... an Halten war nicht zu denken. Vielleicht flohen sie vor den Engeln, die über den Häuptern vorwärtsstürzten, immer vorwärts, wie Raubvögel ohne Flügelbewegung, fast verschwimmend vor Tempo. »Gleich müssen sie kotzen«, erwartete Ute und gab mit dem Finger noch zusätzlich Schwung.

»Ich steh' an deiner Krippe hier,
o Jesu, du mein Leben...«

Eine schönere Melodie gab es nicht, aber das Tremolo Tante Lisbeths verleidete sie einem. Dieses Tremolo überraschte, denn Tante Lisbeth, mit strengem Knoten, magerem, blaurot geädertem Vogelgesicht über dem hochgeschlossenen blauen Kostüm ließ eine Singstimme wie einen Faden vermuten. Ihr Mann, Onkel Eberhard, war beinahe nicht hörbar. Er sang nicht, er knurrte zwischen fast geschlossenen Zähnen hindurch und nickte dabei – wie immer. Dies ständige Nicken galt als Folge einer Kriegsverletzung – vielleicht nickte er auch im Schlaf? Im wachen Zustand jedenfalls wirkte er einig mit allem, was andere taten und sagten. Richtig schien, daß ihm alles egal war.

Beinahe wie Betrug erschien es Ute, anstelle der Brüder und Schwester die halbe Verwandtschaft zu Hause zu finden. Dazu wäre sie nicht hergereist.

Immerhin hatte sie die Großmutter lange nicht gesehen. Hier saß sie, weißhaarig, gebückt, im schwarzen Kleid mit Granatbrosche am weißen Kragen. Sie sah milde aus, weniger streng, als Ute sie kannte. Sieben Kinder hatte sie groß werden lassen, drei davon in den Kriegen verloren. Den Mann sowieso. Hatte jedesmal weitergemacht, »getan, was getan werden mußte«. »In Demut«, wie Todesanzeigen dann schreiben. Einer Demut, die Utes eigener Mutter schon fremd war. Sieben Kinder – na gut, aber außerdem: Tanzen, verreisen, singen und schimpfen, wenn die Arbeit zuviel wurde. Wutanfälle bekommen, und als fast Sechzigjährige noch anziehend sein. Sie saß mit nackten Armen hinter dem Klavier, der Ausschnitt der Bluse war etwas zu tief.

»Ich lag in tiefer Todesnacht,
da warst du meine Sonne...«

Lippenstift trug sie selten, aber heute, wohl um Tante Lisbeth zu ärgern, hatte sie sündiges Rot aufgelegt. Oder war es Onkel Paul, Vaters Pfarrer-Bruder da drüben im Ohrensessel, der nach »Freud und Wonne« am Stumpen zog, um den Tabak am Glühen zu halten? Ute liebte die Melodie des Liedes über alles und haßte den Text, diese Folge schwülstiger Bilder.

»O Sonne, die das holde Licht
des Glaubens in mir zugericht',
wie schön sind deine Strahlen!«

Eine Hymne des Glaubens, unglaubwürdig in ihrem Pathos. Trotzdem überwältigte die Musik sie so sehr, daß Ute nach Ablenkung suchte, um nicht zu weinen. Da drüben der Honigkuchen! Sie knabberte erst die Mandeln herunter und biß dann hinein. Es knirschte in ihr, und ein Felsbrocken kollerte über die Zunge. Eine Zahnfüllung, silbern, wohl

Amalgam, fast nicht zu sehen zwischen Daumen und Zeigefinger.

Tante Lisbeth war schuld. Von der war der Kuchen. Warum hatte sie nicht die zarten Vanille-Kipferl der Mutter... Der böse Blick, für die Tante bestimmt, glitt ab, weil diese ins »Quempas-Heft« starrte.

»Oh, daß mein Sinn ein Abgrund wär
und meine Seel' ein tiefes Meer,
daß ich dich könnte fassen.«

Die Mutter hielt wie gewöhnlich mit der linken Klavierhand den Schlußakkord fest und blätterte rechts in den Noten, auf der Suche nach einem weiteren Lied, aber Onkel Paul war schneller als sie. Er räusperte sich nach »könnte fassen« und saß plötzlich gerade. Wie kamen die vollgeschriebenen Blätter in seine Hand? Ein kleines Anliegen habe er nun. Ganz kurz. Nur, weil man eben so schön beisammensitze. Es sei die Neujahrspredigt. Er habe ein aktuelles Thema gewählt und sei sich nicht sicher, ob er im Ton – vielleicht dürfe er mal? Natürlich! Eifriges Kopfnicken, gespannte Augenpaare, auch Ute war froh über die Wendung zum Sachlichen hin.

»Liebe Gemeinde...« Onkel Pauls Stimme trug plötzlich Talar und Bäffchen bei gleichbleibender Haltung. »Dieses vergangene Jahr...« Es kam eine Rückschau auf 1974, auf Ölschock und Kanzlerwechsel, dann eine Ermunterung zur ganz persönlichen Jahresbilanz jedes einzelnen Menschen, der privaten Ereignisse, die sich überschneiden mit den politischen Krisen oder Erfolgen jeder Gesellschaft, von diesen verstärkt werden oder verdeckt... »Gar nicht so dumm«, dachte Ute und vergaß für Minuten, mit der Zunge im frischen Krater ihres Backenzahns zu stochern. »Aber der Schnittpunkte sind mehr, als wir denken«, fuhr Onkel Paul fort. »Da nimmt unser Leben plötzlich eine Wendung, die ohne die großen Ereignisse der Welt nicht erfolgt wäre. Wir sehen uns eines Tages bestürzt, verletzt vor einer Veränderung, die uns ganz persönlich betrifft, wir fühlen uns überrumpelt, verhöhnt und wissen dennoch: Wir haben es eigentlich schon lange gewußt. Dabei ist dieses noch die menschlichere Variante. Schlimmer ist noch, wenn es nicht um uns, die Wissenden, eben eigentlich Verantwortlichen geht, sondern um andere, die nicht gefragt werden – gar nicht gefragt werden können. Und hier sind meine größten Zweifel, wenn ich auf das vergangene Jahr zurückblicke. 1974 war das Geburtsjahr eines Gesetzes, das zuläßt, daß Tausende, Millionen von Menschen vom Leben zum Tode gebracht werden, täglich, unter uns, neben uns, über uns, ohne daß jemand davon erfährt...« Was meinte er bloß? Ute hing an seinen Lippen wie alle im Raum, aber als sie begriff, zuckte sie heftig zusammen und fühlte sich heiß und getroffen: Schwangerschaftsabbruch bis zum dritten Monat, die lang erkämpfte Liberalisierung des Paragraphen 218, dagegen stritt Onkel Paul.

»›Fristenregelung‹ nennen sie es. Die Entscheidung über Leben und Tod wird zur Frage des Datums, der richtigen Adresse, einer sogenannten Beratung, die zur Formel verkommt. Die Entscheidung ist ein bürokratischer Akt, aber nicht vollzogen von Bürokraten, sondern von Müttern, deren vornehmste Aufgabe es bisher war, Leben wachsen zu lassen und zu bewahren.«

Er blätterte um. Tante Lisbeth strahlte Bestätigung aus. Onkel Eberhards Nicken war stärker geworden – oder schien es nur so? Großmutter saß wie eine Statue, und die Mutter himmelte Onkel Paul an. Der Vater dagegen hatte den rechten Arm auf die Tischplatte gestützt und blickte nach unten, die Stirn in der Hand.

Wie viele Blätter waren es noch? Vier oder fünf? Abschalten, fliehen, irgendwohin, keinesfalls zuhören bei dieser aufgezwungenen Predigt. Das Loch im Backenzahn war beträchtlich, ein Schlund, der sich durch eifriges Stochern der Zunge weiter vergrößern ließe. Warum nicht darin verschwinden! Weg sein von dieser unerwünschten Gesellschaft, dem unwirtlichen Ort, mit seinen aufdringlich milden Gerüchen und verlogenem Lichterglanz. Ein Ort, der juckte, als habe der Tannenbaum in Utes Pullover genadelt.

Tante Lisbeth bleckte die Zähne – oder lächelte sie? Onkel Eberhard nickte. »Gleich fällt er runter«, wünschte sich Ute. »Mitten in den bunten Teller hinein. Jetzt! Gleich! Wann endlich?« Wenn man nur stark genug hofft... Der Onkelkopf schnellte nach vorne, entschiedener als bisher, und blieb auf dem Kragen, nickte wie sonst. Der andere Ausweg: Dies alles hier wäre ein Traum. Ein schlimmer Traum, dessen Ende sich aber herbeizwingen ließe. »Aufwachen!« befahl Ute sich selbst. »Wieder ankommen zu Hause im Gemeinschaftszimmer!« – auf den grünbezogenen Matratzen, wo die anderen vielleicht gerade Haschplätzchen aßen, mürbes Gebäck, das die Plomben unversehrt ließ, das Genuß und Träume verhieß. Schöne Träume, umgeben von Einigkeit, stoßfest gebettet vor möglichen Zweifeln in der Frage der Fristenregelung. Die Fristenregelung war ein Erfolg, ein Fortschritt für Frauen und Männer, Etappe zum Fernziel der menschlichen Selbstbestimmung. »Mein Bauch gehört mir!« dachte Ute und faßte mit beiden Händen, um ihren Leib vor dem Zugriff dieser Verwandten zu bewahren.

»Liebe Gemeinde, ich bin Vater von fünf Kindern!« Onkel Pauls Talar-Bäffchen-Stimme weitete den Raum zur Kathedrale. »Drei von ihnen wären vielleicht nicht am Leben nach dem Willen des neuen Gesetzes. Welche sollen es sein? Sehen Sie in die Gesichter Ihrer eigenen Kinder, sehen Sie auf Ihre Nachbarn, blicken Sie in den Spiegel, um zu begreifen: Mit dieser ›Fristenregelung‹ ist eine Grenze erreicht, die zu überschreiten den Menschen nicht ansteht.«

Er ließ das Papier sinken, lehnte sich wieder zurück. »Na?« Seine Stimme trug jetzt, wie am Anfang, Anzug mit Weste und weinrotem Schlips. »Was sagt ihr dazu?« Vielfaches Nicken. »Schön!« – »Gut.« – »Sehr klare Worte.« Nur die Mutter, die lieber gesungen hätte, trug Aufruhr im Blick: »Och – ein bißchen lang.« – »Und ein bißchen falsch«, hörte Ute sich sagen und hielt erschrocken die Hand vor den Mund.

Alle sahen sie an. Das Zahnloch war immer noch nicht

groß genug, um Zuflucht zu bieten vor Tante Lisbeths hellblauen Augen. »Natürlich, das ist ein Thema der Jugend. Was findest du denn daran ein ›bißchen falsch‹?« – »Ein bißchen...«, Scham über den schamroten Kopf, »ein bißchen falsch ist auch wieder falsch.« Das Fenster müßte man öffnen; es war hier zu heiß. »Alles ist falsch.« War Onkel Paul auch cholerisch? »Ich meine – vom Ansatz her ist das falsch.« Durch das Fenster klettern und einfach verschwinden, sich streicheln lassen von Kälte und Dunkelheit. »Es ist absolut frauenfeindlich und anti-emanzipatorisch.« Fünf Augenpaare blickten auf sie, gutwillig noch, aber ohne Verständnis. Nur der Vater saß wie bei der Lesung der Predigt, stützte die Stirn in die Hand. »Ich meine...« – was meinte sie denn? Zunächst, daß es niemanden anging, was sie – Ute – mit einer Schwangerschaft anfangen würde, allenfalls Henning. Aber diese hier hatten einen Dreck was reinzureden! Das war ihre wichtigste Botschaft in dieser Minute. Ein trotziges Mit-dem-Fuß-Stampf-Argument, das fand sie selbst. Ohne Berechtigung, fast ohne Raum neben der Predigt von Onkel Paul. Sie war so – unvorbereitet! Sie konnte durchaus überzeugen, hatte schon viele Stimmen gewonnen durch Redebeiträge bei der Gewerkschaft, brillierte beinahe noch mehr in der Arbeitsgemeinschaft »Schule im Kapitalismus«. Nur mit den Füßen zu stampfen stand Ute Fiedler nicht an.

»Ich meine, die Fristenregelung hat mit Mord nichts zu tun«, brachte sie endlich hervor und hielt wieder ein, irritiert durch den Vater, der immer noch wortlos, ohne Bewegung auf die Tischplatte sah. Wie früher stülpte sein Schweigen sich auf sie als Vakuumglocke, ließ die Gedanken ersticken wie Feuer, das keine Nahrung erhält. »...gar nichts mit Mord« – »Gleich steht er auf und haut mir eine runter«, befürchtete sie, denn jetzt hob der Vater den Kopf. »Dieser ›Zweihundertachtzehn‹«, er räusperte sich, um mit trotzdem belegter Stimme weiterzusprechen, »dieser § 218 war schon immer ein Gesetz für die Ärzte.« – »Da hast du ganz recht«, mischte Tante Lisbeth sich eilfertig ein, »ein

Schutz für die Ärzte, natürliche Grenzen zu überschreiten. Wie jedes Gesetz, das mit Mord zu tun hat. Der Gesetzgeber…« – »Der Gesetzgeber schützt viel zu oft die, die es eigentlich gar nicht brauchen. Es hat immer Ärzte gegeben, die abgetrieben haben, trotz dieses Paragraphen. Für gutes Geld.«

»Er schlägt nicht!« freute sich Ute. »Höchstens die anderen.« Sie wagte, aufrecht zu sitzen, herausfordernd um sich zu sehen, denn die gerunzelten Brauen, die irritiert fragenden Blicke galten nun nicht mehr ihr. »Wir verstehen nicht, was du meinst«, redete Tante Lisbeth für alle, und Onkel Eberhard nickte heftig dazu. Der Vater zuckte die Achseln: »Ihr könnt es vielleicht auch gar nicht verstehen. Ihr wart noch nie krank, ich meine so krank, daß ihr abhängig wart von den Ärzten, den wirklichen Spezialisten. Ihr habt nicht erlebt, was mit Patienten passiert, die nicht ›privat liegen‹, keine Beziehungen haben und kein Geld. Die einfach liegengelassen werden. Bei denen der Therapieplan ›ausgesetzt‹ wird, weil der Herr Professor zum Kongreß nach Genf… Bei denen die Herren Doctores es noch nicht mal schaffen, Auskunft zu geben, was los ist.«

Sein Bruder beugte sich vor, griff über den Tisch und zog die Hand beiläufig wieder zurück, denn der Vater hatte die seine von der Platte verschwinden lassen. Um so wärmer war seine Stimme: »Wer Schlimmes erlebt, wird scharfsichtiger als andere Menschen. Das verstehen wir schon. Nur…«

Endlich zu Hause. Der Vater wurde in Sekundenschnelle tiefrot – wie früher. »Ich kann auf euer mildtätiges Gerede verzichten!« Sein Gebrüll war das alte, aber Ute war nicht gemeint. Sie räkelte sich in der Schadenfreude des artigen Kindes, das zusehen durfte, wie andere ihr Fett abbekamen. »Ihr habt ja gar keine Ahnung, *keine* Ahnung, sage ich euch, von dem, was sich in Wirklichkeit abspielt. Wenn ihr es wüßtet, würde euch euer frommes Gerede im Halse… eine Frau, die in Not ist, für zigtausend Mark in Lebensgefahr bringen – nur weil ein Gesetz es so will…«

»Da haben wir's ja«, Tante Lisbeth warf sich dazwischen:

»Du sagst Not, ich nenne es Schuld. Oder wenigstens Leichtsinn. Frauen, die so etwas tun...« Der Vater holte tief Luft. »Es gibt Situationen zwischen Männern und Frauen... ach, es ist sinnlos. Es ist einfach sinnlos, Menschen wie euch so etwas erklären zu wollen.« Er blickte zu Boden. Großmutter hielt sich gebückt, Tante Lisbeth gerade, Onkel Eberhard kopfnickend vorgebeugt, Onkel Paul nach hinten gelehnt und die Mutter kokett mit übergeschlagenen Beinen – allen gemeinsam war eine abwehrende Gespanntheit, als erwarteten sie eine Detonation.

Übermächtig tönte das Ticken der Uhr, das rhythmische Schleifen der weiterhin kreisenden Weihnachtspyramide. Der Sog des Fensters mit der von Flocken zerfaserten Dunkelheit war wieder vorbei, der Vater im Zimmer bot Zuflucht. Die furchtsam verstummten Verwandten waren Utes Triumph. Sollten sie plattgedrückt werden durch das Schweigen des Vaters. Sie half ihnen nicht. Fühlte sich selbst bis zur Hilflosigkeit überwältigt von der ungewohnten Vater-Tochter-Gemeinschaft. Kaum jemand würde das glauben zu Hause in Berlin. Weder Henning noch Horst und wohl niemand aus »Schule im Kapitalismus«. Der Sinneswandel des Vaters widersprach allem, was sie über den Zusammenhang zwischen Bewußtsein und Sein gelernt hatte. Oder doch nicht?

»Ihr könnt mir schon glauben«, fing er nun wieder an. »Wenn das Bundesverfassungsgericht die Fristenregelung revidiert, steckt da vor allem eines dahinter: Die Lobby der Oberärzte, die sowieso schon zuviel Geld hat. Und Kirchenleute wie du«, er drehte sich zu Onkel Paul, der sich beinahe in die Sessellehne zurückzog, »die spielen dem Pack in die Hände. Aus Berechnung oder aus Unwissenheit oder sagen wir: Dummheit.« Sein Bruder fuhr hoch: »Jetzt ist es aber genug!« – »Gut, sagen wir: Unwissenheit. Ist auch völlig egal, jedenfalls ist es immer das gleiche: Da wird moralisch geredet, da wirft sich die Lobby der ohnehin Mächtigen auf für irgend jemanden, der gar nicht gefragt wird, und profitieren tun einige wenige davon.«

Onkel Paul holte tief Luft, um widersprechen zu können, Tante Lisbeth setzte an mit »Ja, aber…«, nur der Vater ließ keinen dazwischen. »Tut doch nicht so! Habt ihr die Keimlinge in der elften Woche jemals gefragt? Aber die Frauen, die könnt ihr fragen!« – »Und außerdem…«, wollte Ute ergänzen, aber er kam auch seiner Tochter zuvor: »Nichts ist ein mieserer Start ins Leben, als ein unerwünschtes Kind zu sein. Es ist bekannt, daß viele Verbrecher…« – »Aber dann sollen die Leute sich doch beherrschen!« Tante Lisbeth kreischte es fast. »Ist es denn nötig, daß solche Kinder entstehen? Schon die zehn Gebote…« – »In den zehn Geboten steht viel, Lisbeth, das weißt du. ›Du sollst nicht begehren deines Nächsten Haus, Hof… noch alles was sein ist.‹ Genau das begehren die Engelmacher und andere, denen es immer so sehr um Moral geht.«

Die Kerzen am Baum flackerten auf und verglühten, die Pyramide hielt an. Fast unberührt blieben die Vanillekipferl, Herrenkringel und Pfefferkuchen auf den bunten Tellern liegen. Nach stundenlangem Streit fiel der Abschied eilig und kühl aus. Die Mutter brachte die Gäste zur Tür, Ute wusch ab und sah, aus der Küche zurück, den Vater immer noch in sich versunken am Tisch. Sie ließ ihn dort sitzen, flüchtete wieder zu ihrem Geschirr, ein liebes Kind Ute, das seiner Mutter im Haushalt half, nachdem es einen Nachmittag lang die Meinung seines Vaters vertreten hatte, nein: vertreten *hätte*, wäre ihr es erlaubt worden. Zugegeben: Der Vater sagte das meiste viel besser als sie. So gute Worte hätte Ute nicht finden können, so logische Argumente, so treffende Beispiele aus der Erfahrungswelt dieser Verwandten. Der Vater war schneller als sie, lauter als sie, und sie bemerkte es mit Erstaunen – seine Wut schien größer zu sein. Er verstand zu verletzen, zielsicher und aus großer Nähe. Wie Geschlagene zogen sich seine Geschwister zurück.

Während die Mutter die Fenster aufriß, neue Kerzen aufsteckte und der Vater, etwas von »Frischluft« murmelnd, nach draußen verschwand, saß Ute im Schaukelstuhl und wippte vor und zurück, vor und zurück, ratlos, in großer Verwirrung. Sie sollte sich freuen über die unerwartete Unterstützung und fühlte sich statt dessen peinlich berührt, in ihrer eigenen Sphäre verletzt, als habe der Vater sich ihres Bauches bemächtigt.

13. Kapitel

Ute traf ihn fast regelmäßig. »S-Bahn-Mann« nannte sie ihn. Er trug einen grauen offenen Mantel, hatte strähnig nach hinten gekämmtes Haar, rötlich wie Asche über papierblasser Haut. Unverkennbar waren die spitze Nase, das starke Kinn, der Leberfleck neben dem Auge, der schmale Mund, faltig verschlossen wie durch ein Band. Die großen knochigen Hände umklammerten eine Tasche aus durch die Jahre dunkel poliertem, lappig gewordenem Leder, aus der der Hals einer Kaffeeflasche hervorsah.

»Arbeiter«, hatte Ute gedacht, als sie ihn zum erstenmal traf. »Da ist ja *mein* Arbeiter…«, wann immer sie ihm weiterhin begegnete. Sie setzte sich stets, in seine Richtung gewandt, schräg gegenüber ins andere Abteil, gerade so, daß sie ihn im Augenwinkel behielt. Sie erwartete ihn, diesen Mann in den Farben des sozialistischen Realismus, wie einen alten Bekannten. Kannte ihn schon lange aus den proletarischen Romanen, die sie so gerne las. Tausendfach kannte sie ihn, aschenfarben, gebückt, unter dem Arm die zerbeulte Tasche mit Kaffeeflasche und Brot.

Ihre Begegnung hatte historische Dimensionen, auch wenn er nichts davon wußte, der Gesamtarbeiter dieses Jahrhunderts. Er selbst sah vorbei an Gesamtschullehrerin Ute Fiedler, die so viel ertrug und so viel dafür tat, daß es besser wurde für alle, besonders für ihn. Er verließ den Zug eine Station vor Ute. Westend – ein feines Viertel. Fabriken gab es dort nicht. Aber Spandau, Charlottenburg Nord waren nicht weit mit kleinen Betrieben, übriggebliebenen aus einer anderen Zeit, dicht vorm Konkurs. Ute hätte gern gewußt, wo »ihr« Arbeiter sich ausbeuten ließ. Sie dachte immer wieder darüber nach, bis eines Tages ihr Zug am Bahnhof Westend einen Stromausfall hatte. Er ruckte an und blieb stehen, eine Minute, zwei oder fünf? Jedenfalls lange genug, bis der Gegenzug kam, den »ihr« Arbeiter sogleich bestieg, um in die Richtung, aus der er gekommen war, wieder davonzufahren.

Ute war irritiert, dann verärgert. Über sich selbst, über ihre Sucht, sich die Welt zu einer Kulisse zusammenzufügen, wie sie es gerade brauchte. Arbeiter waren heute nicht grau und gebückt, strahlten diese aschfarbene Demut nicht aus. Ihren Kaffee zogen sie in Plastikbechern aus Automaten oder tranken ihn stehend bei Tschibo. Arbeiter überließen auch heute noch die S-Bahn zwischen sieben und acht am Morgen den Angestellten, den Lehrern, jedenfalls, solange sie Arbeit hatten. Das war es: Arbeitslos mußte er sein!

Längst schon in der Schule, während Ute Übungsblätter ausgab, die Tafel beschrieb, Sätze diktierte, dachte sie immer noch an den S-Bahn-Mann. Sah ihn in Fahrtrichtung sitzen, immer in dem Abteil, das die bessere Sicht aus dem Fenster gewährte. Auf den Knien seine Tasche. Ob er die Flasche morgens selbst füllte? Oder war gar nichts drin? Die Flasche wäre leer wie sein Tag. Wie lange er schon unterwegs war, wenn sie ihn traf? Eine Stunde bereits oder viel länger? In der S-Bahn die Nacht zu verbringen, war nicht erlaubt. Er hatte sich wohl das frühe Aufstehen herübergerettet aus seiner Arbeiterzeit. Vielleicht gab es jemanden, eine Person, die ihm sein »Ich muß jetzt gehen« immer noch glaubte, sich zwang, es zu glauben gegen besseres Wissen. Eine Frau, die es nicht wagte, sich einzugestehen, daß ihr Mann seit Jahren ein Spiel trieb. Aber war es ein Spiel? Er trat einen Weg an wie alle, nur war der Weg länger geworden, endlos beinahe, acht bis neun Stunden, unüberschaubar für alle, außer ihm selbst. Wie ein Knäuel zog sich die Strecke kreuz und quer durch die Stadt, rollte durch Süden und Norden, schnitt sich selbst immer wieder in der Mitte. Als unerbittlich klebriger Faden, der den Mann nicht mehr freigab. Das war ja auch eine Arbeit, stunden-, tage-, jahrefüllende Arbeit: die S-Bahn zu überwachen. In den lattenverkleideten Abteilen der gelbroten Wagen zu sitzen, um der eigenen Zeit wenigstens dieses Muster noch aufzuzwingen, die Ziele der Züge zu seinen Zielen zu machen: Wannsee und Friedrichstraße, Lichtenrade und Heiligensee, Gesundbrunnen, Staaken. Es war ein strenges System des Fahrens, Umsteigens, Fahrens vom frühen Morgen bis in die Nacht, solange die Bahn fuhr. Kurze Nächte, erträglicher Schlaf, wenn die Züge so nett gewesen waren, sich an ihre eigenen Zeiten zu halten, sonst…

»Micha ferliert den Schlüssel, weil er ein Loch in der Tasche hat.« Mit der Handfläche zerstäubte Lehrerin Ute das mißliebige »f« an der Tafel und winkte den nächsten Schüler nach vorne. »Komm, Ebi, mach's besser!« – »Jetzt schreibt ihr selbst drei solche Sätze.« Klappen der Ordner, Kratzen der Stifte auf dem Papier, Stöhnen und halbgedämpftes Gemurmel. Und ein Schrei, vorne links. »Frau Fiedler, die hat mir auf den Arbeitsbogen gerotzt.« Marita Keil stach mit zitterndem Nagel, frisch rosa lackiert, auf ein grüngelbes Häufchen, das die Tintenschrift darunter zerlaufen ließ. »So eine Sauerei.« – »Patricia nimmt diesen Bogen und füllt ihn noch einmal aus, für Marita«, hörte Ute sich sagen. Patricia, mit ihren dreizehn Jahren einen Kopf größer als Ute, erhob sich unaufgefordert. Glührote Wangen, wie immer, wenn sie erregt war, grüner, zornfunkelnder Blick. »Ick hab' nich' gerotzt!« Ute hatte Angst vor der Frau, dachte »Frau« angesichts dieses fülligen, wütenden Kindes. Fühlte sich diesem Willen, dieser körperlichen Wucht nicht gewachsen. Es preßte sie gegen das Pult, sie klammerte sich hinterrücks an seine Kante. Jetzt in der U-Bahn sitzen – für immer. Geborgen im auf- und abschwellenden Rattern der Räder. Mit dem langen Seufzen des haltenden Zuges selbst die Angst herauslassen wie durch ein Ventil. Aussteigen, auf den Gegenzug warten, weiterfahren, immer…

»Ick hab' nich' gerotzt. Ick habe geniest. Det kann jeden passieren.« Patricia verließ ihren Platz und kam auf sie zu. Ute langte hinter sich nach einem der unbeschriebenen Bogen, hielt ihn wie einen Schutzschild und zog, einer plötzlichen Eingebung folgend, mit der Linken ein sauberes Tempo-Tuch aus ihrer Tasche. »So«, ihre Stimme war heiser vor Angst. »Erst putzt du dir die Nase, dann schreibst du. Und das nächste Mal fragst du mich eher.« Sie hielt Tuch und Papier mit gestreckten Armen der Schülerin hin, als gälte es, ein gefährliches Tier in Schach zu halten. Patricia stutzte, griff nach dem Tuch, nahm wie zufällig auch das Blatt und drehte sich unwillig zu ihrem Platz. Zwei Schritte, dann saß sie, zog ihrer Nachbarin den Stift aus der Hand. Murmelte etwas von »blöde Kuh Fiedler«, und ... wirklich, sie schrieb. Ute hielt sich wieder am Pult fest, vor Erleichterung taumelnd. Patricia schneuzte sich laut und schrieb weiter, tief nach vorne gebeugt, mit verdecktem Gesicht. In der Klasse löste sich die Spannung, das Gemurmel schwoll an. Patricia schrieb weiter. Ute hatte gesiegt. »Stillarbeit!« sagte sie in den Raum. Die Gespräche der Schüler wurden noch lauter, fast unbefangen, als sei Ute gar nicht dabei. Es war ihr egal. Sie hatte gesiegt und wurde auch noch dafür bezahlt. Sogar reichlich. Hier war ihr Platz, nicht in der S-Bahn. Aber auf den S-Bahn-Mann konnte sie nicht mehr verzichten. »Hoffentlich sitzt er morgen wieder da, wenn ich fahre«, dachte sie. »Und übermorgen. Und immer, wenn ich hierher muß.«

»Beim Röder.« Horst schraubte am Feuerzeug, spielte, probierte, bis eine Riesenflamme herausschlug. »Das ist unser Stadtrat. Wie oft soll ich das noch erzählen!« – »Entschuldige.« Ute sah ängstlich den Lampenschirm an. Wann fing er Feuer? »Ich dachte, der hieße Schrader.« – »Mensch, das ist doch der Schulrat.« Horst warf das Feuerzeug hin und fing an, sich eine Zigarette zu drehen. »Da war ich gestern. Aber ...«, er leckte die Klebestelle des Plättchens, »geredet haben beide den gleichen Scheiß. Man könnte sie schon verwechseln. Na ja, Hauptsache, du hast nicht vergessen, was heute nachmittag los ist.« Das hatte sie nicht vergessen. Schließlich war das gelbe Flugblatt von ihr: »Schüler, Eltern und Lehrer sind einig: Kein Berufsverbot für Horst Heise!« Das wollte sie nachher verteilen, am Straßenrand, auf dem Platz, überall, wo sie Menschen fand, die noch nichts davon wußten. Die Basis verbreitern durch Argumente, darin sah Ute ihren persönlichen Beitrag für Horst. Er konnte sich nicht beschweren, es war ein gutes Flugblatt geworden. Sie hatte beim Formulieren ihre eigenen Zweifel besiegt, wenigstens fast.

Ein kleiner Zusatz hatte den Skandal ausgelöst. Eine halbe Seite vielleicht in einem Brief, der ansonsten von Socken und Taschengeld handelte. Vorbereitung zur Klassenfahrt. Nichts Neues, beinahe alles schon abgeklärt auf der Elternversammlung. Nur das »PS« überraschte, rüttelte Eltern und Schüler, Lehrer und Schulbürokratie aus dem Schlaf. Jeden auf seine Weise. Unter »PS« schrieb Lehrer Horst Heise von seiner Absicht, bei den kommenden Wahlen für den Kommunistischen Bund Westdeutschland zu kandidieren.

Aufregung in der Schule, Gespräche über Gespräche mit Schulleiter, Stadtrat, Schulrat und Elternvertretern. Sondersitzungen der Arbeitsgemeinschaft »Schule im Kapitalismus«. Ein offener Brief der Eltern an den Bezirksbürgermeister. Ihnen sei es egal, war darin zu lesen, welche politische Überzeugung Herr Heise vertrete. Aber den guten Lehrer wollten sie für ihre Kinder behalten. Horst hatte mehr erwartet von diesem Brief.

Zwei Tage später ließ Ute aufgeregte Kinder in die Wohnung herein. »Hausverbot« habe Herr Heise heute bekommen, wußten sie zu berichten. Sie aber wollten ihn sehen, »auf der Stelle«. In der Küche bei Keksen und Tee berichteten sie krümelsprühend über den Zustand der Schule. Unterricht finde nicht statt. Eine Vollversammlung sei gewesen, so ganz spontan. Und Herr Heise habe zu ihnen geredet. Der lasse sich nicht einschüchtern, der nicht. Kinderfreude, als Horst endlich kam. Er schleppte Leinwand, Pappe und Leisten. In seinem Zimmer wurden Plakate gemalt, Transparente beschrieben und Masken gebastelt für den geplanten Protestmarsch zum Rathaus.

Die Freizeitbeschäftigung der Dreizehnjährigen hieß nun »Herr Heise«. Manche kamen regelmäßig zu ihnen, andere sporadisch. Kindlich gehalten oder signalrot bemalt, staksig oder ausladend frühreif, sich im Stimmbruch verhaspelnd oder mit der finsteren Würde von Westernhelden brachten sie Pausenstimmung in die Räume der Wohngemeinschaft.

Nein, es stand Ute nicht an, hier Aufsicht zu führen. Es gab hier kein »Mädchenklo« zu bewachen vor dem Zutritt der Jungen und umgekehrt. Kein Eßverbot auf den Fluren, nichts war zu retten vor »mutwilliger Zerstörung«. Jeden Papierschnipsel hoben sie auf, jedes Farbkleckschen wischten sie weg, bevor es antrocknen konnte. Und wenn es anders gewesen wäre: Das hier war Horsts siebte Klasse, nicht ihre. Trotzdem fühlte sie sich gestört, ging nur mit Herzklopfen auf den Flur, in die Küche, wenn sie die Stimmen, die Schritte, das Lachen hörte. Immer in der Vorahnung, ein Kinderkopf könnte sich heben, sie endlich erkennen: »Det is ja die Fiedler! Sagen Sie mal, fehlen Sie immer noch nich?«

Jetzt waren sie fertig mit Kleben, Nähen und Hämmern. Alles bereit für das Treffen am Nollendorfplatz.

Ute war mit Birgit und Maike vom Wittenbergplatz hinübergelaufen. So viele Menschen, alle für Horst. Einzeln, paarweise und in Gruppen entstiegen sie den U-Bahn-Schächten, kamen die Maaßen- oder die Bülowstraße herauf, trafen Bekannte, blieben stehen, redeten, sahen sich um, suchten weiter, gaben das Suchen erst auf, wenn sie Horst sahen. Festival-Star Horst Heise – was würde er singen? Rockmusik? Oper? »Dat du men Levsten bist?« Unklar war, womit er zu glänzen gedachte, klar aber das eine: Er überragte die anderen Menschen am Platz, ungeachtet der Zentimeter, die manche größer waren als er. Und er brauchte die Nähe. Er schüttelte Hände, schlug auf Schultern, umarmte, küßte, dosierte seine Begrüßung treffsicher so, wie Eltern, Schüler, Kollegen es von ihm erhofften. Keiner, der ihn nicht mochte, der nicht bereit war, das Menschenmögliche für ihn zu tun, denn andere waren nicht hier. Horst mit den Grübchen, den Kringellocken, die auf den Kragen fielen. Horst, kaum zu unterscheiden von seinen Oberstufenschülern, die dabei waren, ein Plakat zu entrollen: »Abitur nur mit Horst Heise«.

Horst bewegte sich wie ein Sieger zwischen den Demonstranten, dabei war er doch in höchster Gefahr! Ute verstand nicht, wie er so lachen und winken konnte, sich ohne Scheu an die Spitze des Zuges begab: »Gehen wir los!« Um ihn herum scharten sich die Schüler der siebten Klasse, einige blickten betreten, aber die meisten erzählten und lachten. An einer Leine lief ein zehnköpfiger Schülerlindwurm mit gräßlich maskierten Gesichtern und zwanzig giftgrünen Beinen. »Horst Heise bleibt!« stand auf dem Tuch, das alle bedeckte. Ein Volksfest war dieser Protestzug. Eine Schülerkapelle mit Blechdosen und Papptrommeln intonierte ein selbstgeschriebenes Lied. Sogar die Eltern hatten gedichtet: »Röder sei weise, laß uns Horst Heise!« Am Straßenrand wurde das gelbe Flugblatt bereitwillig angenommen, zweihundert waren schon weg, dreihundert bald, sie würden neue drucken müssen und morgen weiter verteilen, übermorgen, Samstag, den ganzen Monat, bis jeder eines besaß und begriff: Es ging ja nicht um Horst Heise, nicht um den Leistungskurs Englisch noch um die siebte Klasse: Menschen erster und zweiter Klasse waren gemeint, waren gefordert, sich selbst zu besinnen und etwas zu tun gegen den unerträglichen Zustand; Horst Heise war nur ein Beispiel. Fünf Sätze unter »Postskriptum«: Vielleicht waren sie wirklich der Stein, der den Erdrutsch auslöste, die Lawine, mit der dann alles in Bewegung geriet?

Jetzt waren die Flugblätter verteilt. Kaum jemand hatte eines abgelehnt oder gar weggeworfen. Ein Erfolg, zweifellos. Aber Ute, ohne Aufgabe jetzt, fühlte sich kleinmütig, grau. Wurde benommen vor Angst, die Zeit sei nicht fern, zu der sie vom Volk als Lehrerin abgewählt würde.

Das Disziplinarverfahren, es schwebte – unter Fortzahlung der Bezüge. Arbeiten war verboten, Geld verdienen erlaubt. Dafür verlangte der KBW großen Einsatz von Horst – ohne etwas zu zahlen: Redaktionsarbeit für das Zentralorgan »Kommunistische Volkszeitung«, Handverkauf dieser Zeitung und Lesekreis. Weiterarbeit in »Schule im Kapitalismus«, aktive Teilnahme an allen Veranstaltungen zur politischen Disziplinierung. Sein Stundenplan war nicht leerer geworden, hatte sich nur verschoben auf spätnachmittags, abends und nachts. Am Tage reparierte er Lampen und Stekker, weißte die Küche, kochte für alle, empfing Besuch: Freunde und Freundinnen, Schüler, Kollegen. Ute genoß es, nach der Arbeit in eine lebendige Wohnung heimzukommen. Mit der rauhen Stimme von »Joe Cocker Happy« empfangen zu werden, mit dem Geruch von gebratenem Fleisch, von Kaffee, mitunter sogar mit dem Duft von Marihuana.

Horst band sich die Haare im Nacken zusammen; er spielte wieder Gitarre. Manchmal sang er sogar, rhythmisch vibrierend, mit einer leicht belegten, beweglichen Stimme: »As Tears Go By«, »Hey Jude« oder »If I Had a Hammer«. Er stellte Topfblumen auf die Glotze, hängte neue Plakate an Türen und Wände. Täglich war er für Überraschungen gut, der Frühpensionär Horst Heise.

Frühpensionär war inzwischen auch Utes Vater. Sie erschrak bis ins Mark, als sie davon erfuhr. Unvorstellbar, ihr Vater ohne Beruf! Ihr Vater brauchte zwei Leben, er benötigte den anderen Ort, in den die Familie nicht hereinreichen konnte: seine Kammer. Sie hatte die Kammer nie mit eigenen Augen gesehen, doch um so genauer war das Bild, das das Kind Ute in sich entwickelte, und auch die Erwachsene mochte es nicht korrigieren. Die Finanzgerichtskammer des Vaters blieb für sie ein winziger Raum, die Wände zu beiden Seiten mit angewinkelten Armen erreichbar. Eine Schreibplatte, auf der Urteile sich über Urteile türmten. Auf dem Boden, wie Zwerge so klein, die Gerichtsassessoren Kremer und Miep. Die beiden gehörten zur Kammer wie Schreibtisch und Akten, sie gehörten *unter* den Vater, Kremer und

Miep, zwei Gestalten ohne Gesicht, denn Ute kannte sie nur aus den Klagen des Vaters beim Mittagessen. Sie wußte: Sie waren ein Set, untrennbar wie Max und Moritz. Und wie diese der Gegenstand täglichen Ärgers, weil dumm und faul. Miep dumm, Kremer faul – oder andersherum? Jedenfalls liebte es Ute, von ihnen zu hören, damals als Kind. Sie machten alles so falsch, fast noch mehr als sie selbst. Immerfort mußte der Vater schimpfen, ermahnen, betteln und strafen. Ob er sie haute – Kremer und Miep? Früher war sie sich sicher, jetzt wußte sie, daß im Berufsleben andere Peitschen geschwungen wurden. Kremer und Miep hatten sich als unbelehrbar erwiesen über die Jahre. Eben deshalb waren sie für den Vater so unentbehrlich geworden, wie zwei Dackel, schwer dressierbar, aber voller vitaler Impulse. Sie verstärkten des Vaters Glanz durch ihre Fehler, denn es gibt keine bessere Grundierung als Dummheit und Faulheit für Klugheit und Fleiß. Der Vater vollendete, was die beiden nicht schafften, er besserte aus, was sie versaubeutelten, und erstellte darüber hinaus die meisten Urteile im ganzen Gericht. Nahezu unrevidierbar. Kremer und Miep schätzten das nicht und waren nicht dankbar. Statt sich zu schämen, gaben sie sich unbekümmert und trotzig. Ungeniert fraßen sie Kuchen und soffen Likör, als gäbe es nicht Richter Fiedler da oben. Sie feierten dauernd Geburtstag, duzten das Schreibpersonal und plauderten sich durch den Tag, bis sie soweit waren, früher zu gehen.

Kremer und Miep waren im Falle der Frühpensionierung der größte Verlust. Wer konnte die beiden ersetzen? Höchstens die Mutter. Und die Öffentlichkeit, die Einblick nahm in die Kammer, die kritisch prüfte, was dort erarbeitet wurde? Die sich immer aufs neue ein Bild machen konnte von der Güte des Vaters und der Niedrigkeit Kremers und Mieps?

Einblick von außen bot in Zukunft nur noch der Gartenzaun. Zu begutachten waren nurmehr Äpfel, Birnen, Kohlköpfe und Tomaten, die bei den Nachbarn nicht unbedingt schlechter gedeihen. Der Tod im Privaten: Wen sollte der

Vater nun kontrollieren und korrigieren, vielleicht auch mal loben, verspotten, beschimpfen, verachten; wer stand ihm da zur Verfügung als wieder nur seine Frau und die in die Ferne verzogenen Kinder? Wie sollte er weiterleben, der Vater, wenn ihn niemand mehr fürchtete, haßte, bewunderte und verehrte, allenfalls seine Frau?

Der Vater brauchte die Kammer wie Ute die Schule. Mochte Horst sich trotz Hausverbot so sehr entfalten, wie er nur wollte, für sich selbst kam Ute zu keinem anderen Ergebnis, es blieb unverzichtbar für sie: S-Bahn fahren dürfen mit einem Ziel. Ein Schließfach zu besitzen mit dem Namen »Fiedler« darauf. Erwartet zu werden, gebraucht. Alle Wege zu kennen in dem großen, verwahrlost-modernen Gebäude, selbst bekannt zu sein, mal gehaßt, mal gemocht, beim Namen genannt zu werden, zurückgrüßen zu dürfen. Sicher zu sein darin, was zu tun war.

Ohne die Schule bestand die Gefahr, daß Ute sich selbst in Nichts auflöste. Arbeit war das Außen- und Innenskelett, das ihr Halt gab, Arbeit das Muskelfleisch und die Sehnen, die ihr Bewegung erlaubten. Arbeit ihre Haut, die Fassade, ihre Figur, Arbeit war das, was sie täglich verdaute, absonderte, neu gebar, Arbeit das Schienennetz, das ihr die Richtung gab. Sie würde zur Molluske, zum Einzeller werden ohne die Schule, frei von Zielen und Halt, wertlos für sich selbst und andere – besonders für Henning, der ja wie sie beinahe restlos aus Arbeit bestand.

Es war dies eine stumme Einsicht für Ute, wichtig, aber nicht mitteilenswert, es fragte keiner danach, denn solch eine Einsicht veränderte beschämend wenig. Horst dagegen – die Steckdosen waren jetzt heil, auch die Lampen. Sogar die Flurtüren hatte er neu gestrichen. Das tägliche Kochen stellte er wieder ein – zu Utes Enttäuschung.

Manchmal betrat sie die Küche, und Horst saß am Tisch, ohne Bewegung, mit leerem Blick. In den Händen die Zeitung, zum Stab aufgerollt. Diesen so fest im Griff, daß die Knöchel weiß wurden. So fest, wie der Mann in der S-Bahn die Tasche zu halten pflegte.

14. Kapitel

Sie galten als brav, ein Heer kleiner Mädchen und harmlos aussehender Jungen in der Vorpubertät. Ute sah sie nur mittwochs, ausgenommen die Wandertage, die Personalversammlungen und Gewerkschaftstermine. Drei Mittwoche lang fiel der Unterricht aus, und so hatte Ute die Kerngruppe 74 inzwischen beinahe vergessen. Sie bereitete sich deshalb mit Sorgfalt vor: Einstieg, Vertiefung, Transfer, die mündlichen Phasen im Notfall ersetzbar durch schriftliche Aufgabenstellung...

Schön, so am Schreibtisch zu sitzen, zu planen. Es war ruhig und warm, sie fühlte sich sicher, gelassen und kompetent, einem Handwerker gleich, der Kabel zieht und weiß: Gleich wird es hell, durch sein Werk. Unterrichtsstunden entwerfen war ihre Spezialität. Ihre Einfälle, ihr Gefühl für den Aufbau von Stunden, ihr Vergnügen am Austüfteln verschiedener Wege zum Ziel... Sie wußte, die Schüler schrieben nicht gern. Trotzdem hatte Ute ein richtiges kleines Lehrprogramm ausgearbeitet, als möglichen Ersatz für ein Klassengespräch. Sie hoffte, es gar nicht zu brauchen. Sah Meldearme, schnipsende Finger vor dem inneren Auge, Scheitel und Lockengewirr, helle Schöpfe, brav über Tische gebeugt. Keine Augen, keine Gesichter. Auch Namen fielen ihr zu der Klasse nicht ein.

Beinahe angstfrei packte Ute am Mittwoch darauf ihre Planung zusammen, trug sie unter dem Arm, überwand den Widerstand, den sie beim Betreten der Unterrichtsbuchten immer in sich verspürte, mit einem kleinen Druck ihrer Schultern. Sie grüßte, rückte den Stuhl zurecht, ordnete Arbeitsbögen und Zettel auf ihrem Tisch, sortierte die Blätter ein zweites Mal, obwohl sie schon wußte: Es würde nichts nützen.

»Guten Morgen«, sagte sie lauter als eben, verstand sich selbst nicht im Stimmengewirr. Sie redeten weiter, schaukelten auf den Stühlen, lachten, flochten sich Zöpfe, lackierten die Nägel, schoben die Karten des Auto-Quartetts über den Tisch. »Ich will Unterricht machen!« Jetzt kam ihre Stimme durch, hell und schneidend. Flüchtige Blicke einzelner Schüler, unwillig, beinahe belästigt: Diese Lehrerin störte.

Warten. »Die Ruhe stellt sich von selbst ein, wenn der Lehrer selbst Ruhe ausstrahlt.« Sie hatte doch ihren Trumpf auf dem Tisch, die absolut sichere Planung, was konnte da schon passieren!

Warten. Sie verbot ihren Fingern das Trommeln am Tisch, aber ihr Herz klopfte bis an den Kragen.

Warten. Die Unruhe in der Klasse ging etwas zurück, verlor an Herausforderung, wurde jedoch dafür selbstverständlich. Als sei Ute gar nicht im Raum. Gelassene Pausenstimmung, beinahe gemütlich. Nur manchmal streifte sie ein Schülerblick, blitzend vor Spott.

Und wenn sie den Tisch umkippte? Die Tafel abrisse? Den Overhead-Projektor in Einzelteilen zwischen die Schüler schleuderte, dann die Kreide, die Stifte, die vielfarbig teuren Stifte für die sorgfältig entworfene Folie? Sie würden aufsehen, erstaunt, amüsiert, würden vorübergehend das Häkeln und Reden einstellen, bis die Vorführung vorbei wäre. Nur die Kollegen, die Lehrer aus den angrenzenden Unterrichtsbuchten würden die Aufmerksamkeit widmen, die ihr für so etwas gebührte.

Zweiunddreißig Schüler – und sie allein, zweiunddreißig Willen gegen den ihren, sie konnte sich weniger als zuvor vorstellen, wie dieses Mißverhältnis sich zu ihren Gunsten auflösen sollte.

»Babette!« Es gab einzelne Schüler, verletzliche, schwache, denen sie vielleicht gewachsen wäre. Babette zuckte tatsächlich zusammen und wandte sich Ute zu, probeweise, für ein paar Sekunden, dann ließ sie den Blick wieder fallen und drehte sich zu ihrer Nachbarin hin. Ute war beinahe erleichtert, was sollte sie mit der Aufmerksamkeit von nur einer Schülerin anfangen? »Michael!« – »Was is?« Scheinbar beflissen legte der Bürstenkopf seine Spielkarten hin. »Ich will Unterricht machen!« – »Ehrlich? Det is ja schade!

Ich nämlich nich!« Er zeigte bedauernd die leeren Hände und nahm sein Quartett wieder auf.

Ute griff zu den Arbeitsbögen, zum Lehrprogramm, dem Teil der perfekten Planung, der allen Eventualitäten Rechnung trug. Es wäre gelacht, wenn sie es damit nicht schaffte! »Na bitte!« sagte sie laut. »Wenn ihr unbedingt wollt, macht es schriftlich.« Sie verteilte die Packen von Blättern. Sah an allen vorbei, ging zur Tafel in der Hoffnung, durch Geschriebenes die Schüler eher zu erreichen als durch die eigene Stimme.

Berührung am Rücken, mehrfach, wie ein Picken so spitz und leicht. Ute drehte sich um und sah sich von allen Seiten durch Papierflieger bombadiert. Ihr Lehrprogramm hatte Form angenommen. Raketenspitz oder raubvogelbreit mit ausladenden Schwingen segelten, kreisten, kurvten die Blätter um sie herum, streiften sie oder trafen direkt und fielen herunter. Ute schlug mit den Armen wie nach Insekten, gab auf, ließ sie fliegen. Zwang sich, sehr langsam, mit Nachdruck und Lautstärke gegen die kichernden Schüler anzureden, die sie nun immerhin nicht mehr aus den Augen ließen: »Ich habe vergessen zu sagen: Ich sammele die Blätter ein und korrigiere sie. Wer sie nicht vollständig abgibt, kriegt sowieso eine Sechs.« – »Sehn Sie, deswegen können wir Sie ja nicht leiden!« Hinten am Fenster sprang eine Schülerin auf, entrüstet, mit Tränen der Wut in den Augen. »Es ist immer das gleiche mit Ihnen. Nicht durchsetzen können, dann schreiben, schreiben, drohen und schlechte Zensuren. Wir wollen Herrn Maurer zurück. Herr Maurer hat nie...« – »Aber ihr gebt mir doch gar keine Chance!« Ute war es egal, ob die Kollegen in den benachbarten Buchten sich durch sie gestört fühlen könnten. »Ihr macht nichts von dem, was ich vorschlage, ihr beachtet mich nicht, ihr sagt noch nicht mal, was ihr gegen mich habt.« – »Wenn Se's genau wissen wollen...« Harry Braun vom vorderen Tisch mischte sich ein. »Es ist alles so ›ost‹, was Sie machen. Podiums-disskussion und so'n Scheiß. Eigentlich – Sie sind ja selbst so ›ost‹. Sie sind gar keine richtige Frau, Sie sind so'n

Ost-Mädchen mit Zacken im Pony und Laufmasche im Strumpf.«

»Wir ffffinden das ungerecht!« Benno Schröder stotterte fast. »Jjjjetzt ist der Herr Maurer in der 73. Wir können doch auch nichts dafür, daß er sich das Bein bricht und Sie ihn vertreten. Und daß wir Sie dann noch behalten, Sie, Sie, Sie...« Geschrei an der hinteren Stellwand. Simone, Gabi und Frosi warfen sich in lautstark gespielter Entrüstung auf ihre Tische. »Ich halt' es nicht mehr aus!« – »Wir ersticken! Hiiiilfe!« – »Wer bringt mich hier raus!« Jetzt war er auch vorn, der Geruch nach faulenden Eiern. Sie prusteten, schnaubten, hielten sich Taschentücher unter die Nase, simulierten Brechreiz, beschuldigten sich gegenseitig, die Stinkbombe geworfen zu haben. Zwei Stühle fielen, sogar ein Tisch. Was Ute sich nie erlaubt hatte – die Schüler lebten es aus. Sollten sie doch, sie nahmen ihr nichts mehr weg. Sie war nun erstarrt, zum Gegenstand geworden, und was sie jetzt sagte, kam nicht von ihr. Eine andere sprach es aus, bedächtig und heiser, aber überaus hörbar: »Das Fenster bleibt zu! Ihr füllt die Bogen jetzt aus und gebt sie hier ab. Vollständig. Wer sie nicht abgibt, kriegt eine Sechs. Wer weiter Unruhe macht, kann mit einem Elternbrief rechnen.« – »Sie sind so gemein!« brach es aus Angelika Westermann vor. »Elternbriefe! Bloß, weil Sie sich nicht durchsetzen können! Und dann für die ganze Klasse. Lehrer, die immer mit so was drohen, sollten nicht Lehrer sein, hat mein Papa gesagt.« – »Sie hat recht«, dachte Ute tief drinnen, wo sich etwas in ihr noch bewegte. Draußen blieb sie erstarrt und hörte sich wiederholen: »Wer weiter Unruhe verursacht, kann mit einem Elternbrief rechnen.«

Der Teppichboden war nahezu frei von Raketen, Fliegern und Tauben. »Ick kann das nicht glattmachen!« jammerte Jürgen Kahl und bügelte die Kniffe seiner ehemaligen Papierschwalbe mit dem gepreßten Daumen. Die anderen schrieben bereits. Ute sah die über Tische gebeugten Schöpfe, hörte die Seufzer der Konzentration, das leise

Kratzen der Stifte, das Knistern der Blätter. Beim Klang des Pausengongs kamen die Schüler nach vorne, legten die Arbeiten hin. Ute zählte mechanisch die Stapel, packte zusammen, lief aus der Bucht. Die Treppe hinauf, am Lehrerzimmer vorbei, ohne Halten zur Lehrertoilette »Damen«. Aufatmen in der verriegelten Zelle, wo sie sicher sein konnte vor Kollegen, die die Kerngruppe 74 »eigentlich immer brav und fröhlich« erlebten, wo sie wagte, sich zurückzuverwandeln vom Gegenstand in einen Menschen, der weinen konnte, der es fließen ließ übers Gesicht, in die Bluse hinein, ins vor die Augen gepreßte Toilettenpapier. Ein Mensch, der immer wieder die Klospülung drückte, um sein lautes Schluchzen vor den Kolleginnen, die rechts und links ihre Notdurft verrichteten, zu verbergen. Gewaltiges Rauschen. Solange es tönte, schützte es sie vor allem, was in diesem Gebäude möglich war. Schon die Schritte im Waschraum waren zuviel, das plätschernde Wasser, die klappende Tür. Ute nützte einen stillen Augenblick, um zu entriegeln und in den Musikraum hinunterzugehen. Tarnte sich dabei vor jeder Begegnung durch einen starren, zu Boden gerichteten Blick. Verkroch sich in den offenen Türen des Wandschrankes mit der Aufschrift »Musik – Theorie«. Dort lagen sauber sortiert und gestapelt die barmherzigen Arbeitsbögen, milde weißblau und bereit, ihr die Schüler vom Leibe zu halten.

»*Zwischentest Musik*

Notiere zur folgenden Notenfolge einen passenden Rhythmus in Achtel- und Viertelnoten, Viervierteltakt.«

Ein Blatt, das Konzentration forderte und Ruhe versprach. Neutral wie Mathematik, angenehm zeitraubend. Und ließ sich gut korrigieren. Eindeutig richtig oder falsch. Ute brauchte nur abzuzählen, zu vergleichen und die »Gaußsche Glockenkurve« darüber zu stülpen: Viel Note »drei«, weniger »vier« oder »zwei« und nur vereinzelt mal »sechs« oder »eins«. Eine relative Gerechtigkeit mit sedierender Wirkung auf Schüler, und das schon, bevor sie verabreicht wurde.

Stundenanfangsgong. Ute tauchte wieder auf aus dem Schrank, hatte den Tränenstau unter Kontrolle. Auch die Versteinerung kam nun zurück. Blätter austeilen, die hundertfach ausgesprochene Drohung noch einmal sagen: »Wer nicht ausfüllt, kriegt gleich eine ›Sechs‹.« Anrennen gegen Stein bringt nur Beulen. Leise murrend machten die Schüler sich an die Arbeit.

Automatisches Einsammeln der Blätter beim »Zwölf-Uhr-Dreißiger-Gong«. Direkter Weg aus der Schule heraus, durchs Neubau-Viertel zum S-Bahnhof hoch. Anfahren, Halten, Anfahren des Zugs, Ute merkte es nicht. Aber ganz langsam regte sich wieder etwas in ihr, tief drinnen im Kopf. Inmitten des Steins pulsierte es, drehte, wand, schlängelte sich verzweifelt und unermüdlich, versuchte, sich auszudehnen, die starre Wand zu verschieben, dem Leben zu öffnen. Es waren noch nicht mal Gedanken, nur Keime davon: »...begreife es nicht... weiß nicht... kann überhaupt nicht verstehen...« Erst nach langer und heftiger Rotation dieser Keime gestand sie sich ein: »...begreife es nicht, daß sie den Peter Maurer so lieben. Er ist faul, bereitet sich nicht einmal vor. Ich finde ihn dumm. Er hat keine Ideen, ist noch nicht einmal links.«

»Nicht zu begreifen« drehte sich weiter in ihr. Unverständlich die Sympathie zwischen Schülern und Lehrer in einem System, wo zwangsläufig alles mißlang. Diese Schule, dieser chemie- und elektronikgeschwängerte Auswuchs des späten Kapitalismus – wie war es möglich, daß es Lachen darin gab, Einsicht und Mißverständnis, Fortschritt und Rückschritt, Begeisterung und Enttäuschung? Wie konnte Leben sich überhaupt halten in Pausenhalle und Buchten, zwischen Stellwänden, Teppichböden und den flimmernden Bildschirmen an jedem Unterrichtsort? Ute war auf der Seite derjenigen Schüler, die die Wände mit Zoten beschmierten, die den ehemals samtweichen Teppich durch Erbrochenes zur stachlig-verhärteten Fläche verdarben. Auf der Seite der Schüler, die selten zum Unterricht kamen und häufig gesucht wurden von grünuniformierten Männern, weil im Supermarkt nebenan immer mehr Alkoholflaschen verschwanden. Diese Schüler konnte Ute begreifen; es war in Ordnung, wenn sie den Overhead-Projektor ruinierten, Bücher zerstörten und Mitschüler quälten – sie waren im Recht und gerecht, denn sie trieben es auch bei anderen Lehrern so. Dagegen die Kerngruppe 74, diese harmlosen blonden Kinder, die Trauer trugen um den schönen Vielschwätzer Peter Maurer, das waren die kleinen Verräter, die sich zu großen auswachsen würden, immer bestrebt, daß nichts sich veränderte auf dieser Welt. Ute haßte die Klasse, die sicher nach einer kurzen Spanne des Staunens über »das mit der Fiedler« wieder zur Harmlosigkeit zurückfinden würde. Nahm sich vor, ihr nur noch versteinert entgegenzutreten: »Wer nicht abgibt, kriegt eine Sechs!«, unverletzbar und hart, bis auch diese Schüler begriffen: Hier drohte nicht Ute Fiedler, hier belangte sie das System.

Aber mehr noch haßte Ute die Lehrer. Jeden haßte sie jetzt, der erfolgreicher war als sie selbst. Peter Maurer, der fröhliche Sportsfreund, versank ihr im Unterbewußtsein. Zu unwichtig er, zu unschuldig-dumm, auch, wenn die Schüler ihn liebten. Schlimmer war es mit den anderen, den Kollegen von »Schule im Kapitalismus«, die von Veränderung redeten und schrieben, aber sich wohl zu behelfen wußten in diesem System. In ihren Schulen, allein mit den Klassen, paktierten sie gegen Ute, gaben sich autoritär oder mild, gewährend und streng, gutmütig und konsequent. Sie konnten sich leisten, vor fünfunddreißig Kindern zu flüstern, zu schreien, zu murmeln, und wurden immer gehört. Sie durften Witze machen und waren sich sicher: Die Schüler lachten. Das Lachen fand Ute am schlimmsten. In allen Schulen, in Fachräumen, Turnhallen und Pausengängen lachten sie hinter ihrem Rücken, hinter ihr her, lachten sie aus, auch wenn sie Ute nicht kannten. Verspotteten sie, bewiesen ihr stündlich und täglich, wie sehr sie sich amüsierten in diesem System, in dem sie selbst nichts mehr zum Lachen entdeckte. Dabei brauchte sie das Lachen so sehr, vielleicht mehr als die anderen. Sie vertrocknete sonst, ging ein an Freudlosigkeit. Sie würde verschwinden, sich auflösen, ohne daß die es merkten, Benny Stech zum Beispiel, Waltraud Möbes, Carola Behm und wie sie so heißen, die Lehrer von »Schule im Kapitalismus«. Diese tüchtigen linken Lehrer, die Ute im Stich lassen würden, obwohl sie es jetzt noch nicht wußten. Aber sie war sich sicher, daß es so kommen würde. Was hatten die für einen Grund zur Revolution, wenn sie waren, was einer sein muß, um leben zu können, nämlich: geliebt und erfolgreich?

Der S-Bahn-Wagen blieb leer. Die Leute stiegen rechts und links in den Zug, mieden den Raum, wo sie saß, als wäre die Luft dort vergiftet. Ute wunderte sich nicht. Sie war zusammengesunken, eine blaugrüne Kugel, die sich am S-Bahnhof Botanischer Garten entrollte, den Wagen verließ und die Treppe hochstieg. Ihr täglicher Weg – diese Treppe, die sich maschinengenau unter ihre Füße legte, der kopfsteinbucklige Asternplatz, der unter ihr abrollte, die knarrende Haustür, die sich ihrer Schulter entgegenlehnte... Auch der Wohnungsschlüssel schlüpfte ihr von allein in die Hand. Nur, daß Ute den Mantel nicht auszog, wie panisch ins Zimmer stürzte, von innen verschloß, sich aufs Bett warf, die Tasche im Arm, Gesicht nach unten in tränenloser Verzweiflung – das war anders als sonst.

Stausee im Kopf. Die Tränen fanden den Weg nicht heraus, aber versiegten auch nicht, der Druck auf die Schläfen nahm immerfort zu. Dröhnen im Ohr – nur von fern vernahm sie das Klappen der Türen; die anderen kamen zurück. Flüchtiges Klopfen, wie Zufall, dann stärker. Die Klinke wurde niedergedrückt. »Ute, mach auf! Was ist denn nun wieder los?« Rütteln, Warten, Ermuntern: »Ute, nun mach doch schon auf!« Warten und Rütteln, wieder und wieder. Endlich gab Henning es auf. Überwältigender Brechreiz ergriff sie. Ute entriegelte leise das Zimmer, schaffte es gerade bis zum Klo. Nebenan in der Küche wurde geredet. Henning paßte sie auf dem Flur ab: »Ute, was ist denn?« – »Laß mich in Ruhe!« zischte sie. »Mir ist schlecht. Wenn ihr mich anfaßt, kotz ich euch an.« Sie schlug die Zimmertür hinter sich zu, verriegelte wieder. »Ich kann sie nicht ansehen«, spukte es ihr im Kopf herum. »... glaub' ihnen nicht, daß sie dasselbe wollen wie ich. Denen geht es zu gut, sogar Horst. Was hab' ich mit denen zu tun, wenn sie alles ertragen, ohne zu kotzen.«

Sie hatte einen Eimer neben dem Bett, erbrach wieder und wieder, die ganze Nacht lang. Am Ende kam nur noch Wasser und Galle, bitter und unangenehm.

Morgens schlich sie heraus, holte das Telefon zu sich ins Zimmer. Herr Funke, der stellvertretende Leiter, war schon im Dienst und voller Verständnis für Utes Zustand: »Sie kriegen ein Kind«, sagte er. »Bei meiner Frau war das auch so.« Ute widersprach nicht.

Nach dem Anruf war ihr schon leichter. Der Brechreiz ließ nach. Sechs Stunden Unterricht wurden ihr heute erspart. »Fiedler ist krank« – das hieß: Sechs Stunden Zusatzarbeit für Utes Kollegen, sechsmal Freude für ihre Klassen.

Wenn sie nur nicht so schwach wäre! Und so geräuschempfindlich. Das ferne Dröhnen der S-Bahn drang in ihr Bewußtsein wie ein haarfeines Laubsägeblatt, das Ticken des Weckers wurde zum gleichmäßigen Gestichel von Nadeln. Ute lag auf dem Rücken und litt, wartete auf die jeweils nächste Verletzung, als es sie plötzlich wie mit einem Beil erwischte: Lautsprecher-Dröhnen kam ins offene Fenster hinein und brachte die schwere Gardine zum Beben. Mächtig verschwimmende, beinahe unverständliche Sprache: »CDU«, verstand sie einmal und dachte: »Scheiß-Wahlkampf.« Zwischen vermischtem Gerede fielen ein paar Straßennamen aus ihrer Gegend und endlich, als Ute sich wachgehört hatte: »... bittet um sachdienliche Hinweise aus der Bevölkerung.«

Ein Kriminalfall, hier um die Ecke! Ute fuhr hoch, stürzte zur Tür, rüttelte an der Klinke. Vergeblich, bis sie sich erinnerte, daß ja zugesperrt war. Auf dem Flur traf sie Henning, schlafrot, kopfkissenzerzaust, aber wach und erregt. »Hast du das gehört? Die haben eben den Lorenz entführt. Stell dir vor, den von der CDU...« Dann sah er sie an: »Geht es dir wieder gut? Komm, wir stellen das Radio an; ich mach' uns Frühstück.«

Der Rundfunk brachte das übliche Morgenprogramm: Schlager, Reklame. Die Schrippen waren so frisch, daß die Butter darauf schmolz und mit dem Honig zu einer köstlichen Schmiere zerrann. Henning war schon beim Bäcker gewesen und kochte jetzt Kaffee, extra für Ute. Sie genoß, wie hungrig sie war. Beim Zubeißen knisterte es.

Als der Lautsprecher wieder in Hörweite kam, öffnete Henning das Fenster. Sie lehnten sich weit hinaus, gierig nach der Sensation auf der Straße. Draußen roch es nach Frühling, feuchtmild atmender Erde.

»...um acht Uhr fünfundfünfzig. Gesucht werden insbesondere ein roter Fiat und ein roter Ford Consul. Sachdienliche Hinweise nimmt jede Polizeidienststelle entgegen.« Sie sahen dem Lautsprecherwagen nach, wie er, umgeben von spritzendem Wasser, sich wieder entfernte. »Was denkst du?« Henning stocherte an dem blätternden Anstrich des Fensterrahmens. »Ich denk', daß ich gar nicht weiß, wie ich das finden soll. Das ging mir schon so, als sie den Drenkmann umgelegt haben. Einfach so jemand abzuknallen, der gar nichts damit zu tun hat! Und das nun... auch wenn der Lorenz bei der CDU ist. Aber eigentlich gibt es gar keinen Grund, warum gerade er... – und du? Was denkst du?« Ute wandte sich ab und setzte sich wieder zum Frühstück. Es war nicht für Henning bestimmt, was sie dachte. »Ich weiß, warum Lorenz«, schoß ihr durch den Kopf. »Womöglich nur meinetwegen! Weil der in Lichterfelde wohnt so wie ich. Ein Zeichen von Roland, direkt in mein Fenster hinein.«

Roland war daran beteiligt, kein Zweifel. Aber sie konnte nicht froh sein, an ihn erinnert zu werden. »Man tut so was nicht«, dachte sie wieder. »Man fängt keinen Menschen und sperrt ihn irgendwo ein.« Und schwieg, obwohl Henning sie erwartungsvoll ansah. Zugleich stieg in ihr wieder Bewunderung hoch, eine soghafte Faszination. Blitzschnelle Tat einiger weniger Menschen – und der Alltag galt kaum mehr im ganzen Westen Berlins. Unerhört viel wurde anders dadurch, ob besser, ob schlechter, konnte sie so nicht entscheiden. Es war ein Sinn in der Tat, der alle erfaßte, jeden auf seine Weise. Imponierender Kontrast zur eigenen sinnlosen Quälerei in der Schule. Wem nützte es, daß sie solche Stunden wie gestern ertrug und elend wurde dabei?

Henning sah immer noch her, aber ohne Erwartung. Etwas war erloschen in seinem Blick. Er betrachtete sie wie zur Prüfung, und als er noch einmal fragte: »Was denkst du?«, war es ein gefühlloses Echo von dem, was vorhin so eindringlich geklungen hatte. »Was ich denke?« fragte Ute zurück. »Wie heißt noch der Arzt – du weißt schon –, der immer alle krank schreibt?«

»Ich beneide die Lehrer nicht. Lehrer zu sein, ist wirklich das Letzte.« Er riß ein Blatt vom Rezeptblock ab, prüfte den Stempel und sah fragend zu Ute herüber: »Wie lange soll es denn sein? Zwei Wochen? Drei?« – »Drei«, fuhr ihr heraus, aber dann schwächte sie ab: »Ich kann ja womöglich früher...« – »Ist schon o. k. Ich schreib' drei Wochen drauf. Und – gute Erholung.« Er trug einen blauen Pullover, Brille, Bart, halblanges Haar, das die Ohren bedeckte. Einer, bei dem Ute die Anrede mied. »Sie« wäre künstlich gewesen und »du« zu vertraut, denn sie kannte ihn nicht. Obwohl sie wußte, daß er mit ihr auf tausend Demos gelaufen war. Er unterschrieb das Papier, erhob sich ein wenig, streckte die Hand herüber zu ihr und zog sie gleich wieder zurück. Ute war erleichtert darüber. Schulterschluß fand sie denkbar mit ihm, Solidarität selbstverständlich, nicht aber die Berührung der Hände.

Im Hausflur nahm sie die Krankschreibung noch einmal heraus. Vielleicht war sie nicht echt? »Hans-Kuno Bürger, Arzt für Allgemeinmedizin« – das Dr. med. fehlte so wie der weiße Kittel. Aber der Stempel war einwandfrei und das Datum gut zu erkennen: bis zum 24. März. Am 27. März war Ferienbeginn! Ute sprang aus dem Haus und stieß gegen einen Mann, der seine Einkaufstüten am Griff des Krückstocks aufgehängt hatte. Er schimpfte hinter ihr her; sie drehte sich nach einigen Schritten nach ihm um und sah, daß eine der Tüten heruntergefallen war. Sich entschuldigen, aufsammeln helfen? Der Mann drohte ihr mit der Faust, so daß sie es vorzog, weiterzulaufen und ihn schnell zu vergessen.

Krank sein und damit endlich gesund. Ohne den Kopfdruck in der Kerngruppe 74, ohne die Schweißausbrüche im Förderkurs Deutsch, die Lähmung in »Wahlpflicht Musik«. Nicht Atemnot, Herzklopfen, Schwindelgefühl vor Beginn jeder Stunde. Drei Wochen Vertretungsplan an der Glastür, dem die Kollegen entnahmen, wer einspringen sollte für sie, vor, nach und zwischen den eigenen Stunden. Sie dachte flüchtig daran und steckte es weg – es mußte ihr einfach egal sein. Schon der Gedanke an Schule preßte sich ihr auf die Schläfen, rief erneut Brechreiz hervor.

»*Krankschreibung*
Frau Ute Fiedler ist voraussichtlich
vom 2. 3. bis zum 24. 3. arbeitsunfähig.«

Sie hatte ein Zauberpapier in der Tasche. Es nahm die Schmerzen von ihr, verlieh ihr dafür einen aufrechten Gang, einen freien Kopf; es veränderte auch die Umgebung. Die vom Regenfilm überzogene Straße glänzte wie neu, frische Farben hatte der Müll, und der wassergesättigte Schlamm an den Baustellen gab sich hellbraun gelackt. Lichtgrüne Spitzen glänzten an den erbärmlichen Bäumchen am Straßenrand. Eine gründlich gespülte Welt, Frühjahrsputz Ute zu Ehren, die nun drei Wochen Zeit hatte, alles genau zu betrachten. Überall Neues, Blankes, Buntes, als habe es in den letzten zwei Stunden Farben geregnet.

Heute morgen war die Welt, naßglänzend wie jetzt, noch farblos gewesen, genauer: vorwiegend grau. Hatte nach angesengten Knochen gerochen, ekelerregend, denn im Feinkostgeschäft unter der Wohnung war der Schweinebraten für die kalten Platten im Ofen. Am schlimmsten war's, wo der Fernseher stand, es nahm ihr für Sekunden den Atem, dann vergaß sie das verbrennende Schwein angesichts der graugrauschwarzweiß schimmernden Wirklichkeit auf dem Bildschirm, in der sich Geschichte vollzog. Direktübertragung aus Frankfurt: Das verregnete Rollfeld, klein in der Ferne das Flugzeug, später dann näher. Ein Sprecher erklärte das Beinahe-Nichts mit wenigen Worten, wartete dann für Minuten mit Ute auf eine Bewegung im Bild. Schließlich tauchte ein Auto im Schleierfilm hochgeschleuderter Pfützen auf. Der Mann, der ausstieg, schien alt zu sein. Wohl Heinrich Albertz, der sich bereit erklärt hatte, die freigepreßten Gefangenen zu begleiten. Mehr war nicht zu erkennen. Ein Sprecher nannte die Namen: Verena Bekker, Gabriele Kröcher-Tiedemann, Ingrid Siepmann, Rolf Heißler, Rolf Pohle. Sie kletterten in die Maschine. Es dauerte lange, bis das Flugzeug zu rollen begann und endlich abhob, in Richtung der jemenitischen Anden flog. Es wurde mückenklein und war endlich nicht mehr zu sehen, blieb aber doch vorhanden, als neues Symbol für die Änderbarkeit der Welt durch eine Handvoll entschlossener Menschen, die einen Hebelpunkt gefunden hatten.

Es stank weiter im Zimmer. Ein Testbild flimmerte über den Bildschirm. Gleich würde Ute ersticken – totgepreßt von der Vehemenz der Entführung, der Unerbittlichkeit ihrer Schüler und der zentnerschweren Luft in dem Raum. Sie hustete gegen die Knochenrückstände an, lief durch die verlassene Wohnung, panisch-verstört, weil sie nicht gleich das Telefon fand, um den Arzt anzurufen.

Das war heute morgen gewesen. Wo das Flugzeug sich wohl jetzt bewegte, nach dreieinhalb Stunden? Ute kannte sich wenig aus auf der Welt, weder über noch unter den Wolken. Die jemenitischen Anden – Ute zweifelte, ob es sie überhaupt gab. Nur was sie erleben, sehen und anfassen konnte, vermochte sie wirklich zu glauben. Etwa, daß eben gerade der Himmel aufriß und Hagel abwarf. Eisperlen, groß wie Mais – die schlugen ihr gegen die Stirn, ließen sich nieder im Haar, versteckten sich in den Falten von Utes

Jacke, sprangen wieder hervor, rollten und tanzten über die Straße. Gaben nach kurzer Zeit auf, ließen sich überschwemmen und schlucken von den mächtigen Tropfen, die nun in großen Abständen fielen, weich und schwer. Als sie zahlreicher wurden, suchte Ute Schutz unter einer Markise und starrte von da auf die Pfützen, die sich hochwarfen, den Tropfen entgegen und sich in Ringen verliefen, kleinen, größeren, großen, die sich überschnitten, brachen, abgelenkt oder ausgelöscht wurden. Dann platzte die Wolke, die Tropfen, so schwer, wie sie waren, verfielfachten sich noch, die großen Pfützen flossen zusammen zu einer silbrig-gerauhten Fläche, die sich aufwarf, zurückfiel, aufwarf, zurückfiel in Millionen lebendig-blanke, winzige Gipfel und vergessen ließ, daß hier eben noch nur ein Bürgersteig gewesen war. Schwappend entledigte sich die Markise eines Teils ihrer Last; es spritzte bis an die Scheibe. Vielleicht ging es von nun an so weiter, für immer oder die nächsten drei Wochen? Sie würde hierbleiben müssen, festgehalten von der applausstark rauschenden, undurchdringlichen Wand. Würde sich auflösen in der steigenden Flut, wie es eben die Hagelkörner taten. Oder ertrinken. Oder, schon wahrscheinlicher, sich wirklich erkälten, bettlägerig werden und schwach, und die drei Wochen Krankschreibung wären vertan. Ute drängte sich an die Scheibe. Stricknadeln und Wolle waren dahinter, Modehefte, Mützen und handgestrickte Pullover. Schwer zu erkennen, denn jemand hatte am Himmel das Licht ausgeknipst. Es war dunkel wie Nacht. Windstöße fegten ihr die Nässe in den Nacken.

Im Wollgeschäft war es hell. Ute drückte die Klinke, zuckte zusammen, erschrocken vom schrillen Geläut der sich öffnenden Tür, und trat ein.

Wolle. Endlose Verschlingung winziger Fäden, in denen sich nun die Sonne verfing, die sie vereinzelt inmitten der sanften Stumpfheit zum Glänzen brachte. Hellbraun, beinahe blond – Hennings Haare paßten gut zu der Farbe. Dieser Schal war für Henning, wußte sie jetzt. Die drei Wochen waren für Henning, frei fließende Zeit ohne die Gitter und Balken des Schulstundenplans. Drei Wochen lang bot sich ihr die Chance, das Phantom Roland verblassen zu sehen und neu zu lernen, daß Henning liebenswert war. Henning, so unentbehrlich für Ute auch in seiner Abwesenheit. Eiferer Henning, immer damit beschäftigt, für sich und andere Ordnung zu schaffen. Ein frisch sortiertes Gewürzregal, ein umgeräumtes Bücherregal standen bei ihm für eine neue Ordnung der Welt. In der ihm eigenen Gründlichkeit wurde er niemals fertig mit seinen Versuchen, alte Dinge in neue Systeme zu bringen, doch er entdeckte immerfort Neues dabei. Henning, der grenzenlos Ausufernde, dem aber die vier Wände des eigenen Zimmers eigentlich reichten.

Er war so anders als Ute und doch so verwandt, daß sie zeitweise glaubte, sie wisse alles von ihm. Henning, der einzige Mensch, der für Ute nicht austauschbar war. Mit dem sie lachen konnte wie mit niemandem sonst auf der Welt. Über sich selbst, über andere, über die traurig-komischen Widersprüche zwischen Erwartung und Alltag. Wann hatte sie zuletzt mit Henning gelacht! Keine Zeit mehr dafür. So wenig Zeit wie für Liebe. Für seinen hellen, schmalen, knochigen, warmen Körper, der ihr vertraut war bis beinahe zum Überdruß und den sie trotzdem nicht loslassen mochte. Dieser oft überforderte Körper, der in der Frühe nicht aus dem Bett kam, noch abends hinein, der sich mit Schwäche, Müdigkeit, Krankheiten auflehnte gegen alles, was er nicht wollte. Nicht einmal Utes Schule kam an gegen seine Gesetze.

In den nächsten drei Wochen hatten sie Zeit, sich wiederzufinden, Pore für Pore, dann kamen die Ferien – und Lichtjahre später, im anderen Alltag, war's trotzdem besser, denn dann gab es den Schal für Hennings empfindlichen Hals... Einstweilen streichelte Ute die aschblonde Wolle auf ihren Knien und rollte sie ratlos zwischen den Fingern.

Die Sonne zwinkerte leicht, Wolkenfetzen belegten die Bänke, den Spielplatz, die auf dem Grasstreifen trippelnden

Tauben mit Kühle und zogen weiter, machten bereitwillig der Wärme und Helligkeit Platz. Zwei Kinder spielten im Sand. Ute sah zu, wie sie aufstanden, hinfielen, aufstanden, hinfielen, wie sie auf wasserdicht verpackten Popos durch die Feuchtigkeit rutschten und sich aufjauchzend wälzten. Der Größere kam zu Ute herüber, sah sie aufmerksam an: »Wie heißt du?« – »Ute – und du?« – »Boris. Ich schenk' dir 'n Bonbon.« Er streckte ihr einen in grünes Papier verpackten Klumpen entgegen. »Aber nur ein'n, sonst kriegst du Löcher in'n Zahn.«

Sie liefen davon, um Wasser aus einer Pfütze in ihre Eimer zu füllen. Ute steckte den Bonbon in ihre Tasche und spürte ein Lächeln, ungewohnt wie ein lange verlegtes, kaum erst benutztes Gesicht. Ein beinahe neues Gesicht, denn in der Schule hatte sie kaum Verwendung dafür. Kindergärtnerin sollte sie sein oder etwas ähnliches. Da hatte Marion etwas erzählt, neulich beim Tee in der Küche. An der Erzieherfachschule in Schöneberg suchten sie Lehrer. Auch für Musik. Die Bekannte einer Bekannten arbeitete dort. Erzieherfachschule – Kindergärtnerinnenseminar...

Die Kinder suchten kleine Steinchen, schüttelten ihre Gefäße und genossen den Krach. Ute spielte mit Nadeln und Garn. Auf einmal wußte sie, wie man Maschen aufnimmt.

Der Größere von den beiden war eine Betonmischmaschine. Er drehte mit ausgestrecktem Arm seinen Eimer, immer etwas zu hoch, so daß der Kleinere mit seiner sandgefüllten Schaufel nicht herankam. Jetzt fing die Mischmaschine noch an zu laufen, ließ den Bauarbeiter einfach allein. Der sah hinterher, fassungslos stumm mit bebender Unterlippe, und entlud sich in schrillem Geschrei. Tröstendes Streicheln der Mutter, dann hockten die Kinder wieder zusammen und preßten die Hände fest auf den Sand, um dort deren Abdrücke wiederzufinden.

Ute strickte, sah zu, strickte, sah zu. Vergaß die Minuten, bis das Graue am Himmel überhandnahm und wieder Tropfen abwarf. Dann steckte sie drei Zentimeter aschblonden Schals in die Tasche und ging.

15. Kapitel

Dort in dem roten Gebäude wollte sich Ute bewerben. Aber es stand ein Hund in der Tür. Der zog so sehr an der Leine, daß ihm statt Gebell nur heiser-erregtes Gejacher gelang. Er nahm sich selbst die Luft in dem Drang, erfolgreich zu schnappen. Sie standen Auge in Auge, er und Ute, nur zwei Meter voneinander entfernt – sie noch am Fuße der Treppe, der Cocker auf der Plattform des Eingangsportals, einige Stufen erhöht. Ein Kuscheltier voller Fleischgier und Haß, überraschend und unüberwindbar wie eine Bestimmung. Da war es, das Hindernis vor der anderen Zukunft. Sie hatte mit einem gerechnet, nur daß es Schlappohren hatte, seidiges Fell und braune Glaskugelaugen, verblüffte sie doch. Egal – sie hatte vergebens die Haare gewaschen und ihren Rock noch gebügelt. Sie hatte gewußt, sie konnte nicht einfach …, und jetzt nach dem ersten Schreck war sie beinahe froh und besah sich die lichtbraune Bestie aus dem Abstand der sieben Stufen mit von Grauen gewürztem Interesse, als ginge es hier um die Szene aus einem Film. Mit der Schlußeinstellung würde alles vorbei sein. Die Trutzburg aus altersgedunkeltem Backstein, der Park voller häuserhoher Kastanien, das schmiedeeiserne Gatter, der hängeohrige, vom eigenen Gift in Atemnot geratene Zerberus wären dann ausgeknipst und hätten mit ihr nichts zu tun – *sie* fände sich wohlbehütet im Samtsessel wieder und tastete blinzelnd ins Freie.

Aber das Herzklopfen sprengte die Illusion, auch das Zucken des rechten Lides, der Achselschweiß, der die frische Bluse verdarb und anfing zu riechen, durchdringend scharf wie Maggi-Aroma. Vielleicht war es das, was dem Köter den Schaum aus den Lefzen zog. »Nur Ute«, entnahm sie dem Jaulen. Das Lebensziel dieses Geschöpfes war, sich in sie zu verbeißen. Schmeichelhaft war das fast, denn es war ihre Art nicht, das Auserwähltsein. Je länger sie wartete unter der Treppe, um so selbstverständlicher wurde ihr, daß man sie ablehnen würde. Wegwerfen auf die Müllhalde der nicht gebrauchten Bewerber.

Sie hätte gestern hierherkommen sollen oder vorige Woche, denn abgesehen von dem bedrohlichen Tier war's auch sonst nicht leicht, die offengehaltene Flügeltür zu passieren, es hielten sich da welche auf: vier Frauen, drei Männer, undefinierbar im Status. Für Schüler zu alt, für Lehrer zu lässig. Undefinierbar auch, ob sie beabsichtigten, das Haus zu verlassen oder es zu betreten. Sie standen halb auf der Treppe, halb noch im Flur, redeten, lachten, gestikulierten, unwillig, sich zu trennen. Wie Nachbarn, die es verstehen, »auf dem Sprung« ganze Tage an einem Zaun zu verbringen.

»Halten Sie Ihren Hund fest!« müßte sie brüllen, »darf ich mal durch?« Eine Gruppe sprengen, die sie nicht kannte, um ein Haus zu betreten, in das sie gar nicht gehörte. Ute sehnte sich plötzlich nach ihrem eigenen Alltag, dem schmutzigen Teppichboden, dem süßlichen Duft des chemischen Reinigungsmittels, den Papierfliegern und stürzenden Tischen in ihren Unterrichtsstunden. Alles war besser, als weiter zu stehen und zu warten. Sie ließ den Hund aus dem Blick und wandte sich dem Ausgang zu, da hatte das Winseln ein Ende. »Na dann…«, sagte jemand; ein Mann mit kinnlangem Haar löste sich aus der Gruppe und kam die Treppe herab, die Hundeleine am Arm. Der Köter überschlug sich beinahe und schnappte nach Utes Bein. »Maria Theresia, muß das sein…« Der Riemen wanderte von der rechten Hand in die linke, und der Spaniel, den Spielraum nutzend, zerrte nach rückwärts die Stufen hoch und trieb Ute damit ins Haus.

»Marx ist tot,
Engels ist tot,
und mir
ist auch schon ganz schlecht.«

Kritzeleien, Zettel, Plakate an den Wänden im Treppenaufgang. »Kommt massenhaft zum Sit-in beim Justizsenator! Keine Verschärfung im Knast!« Einladung zu Diskussionen, Vollversammlung, Teach-in. Teilweise überdeckt von neuen Papieren, eingerissen, verknickt, an zwei Stricknadeln hängend, fand Ute ihr eigenes Flugblatt: »Schüler,

Eltern und Lehrer sind einig: Kein Berufsverbot für Horst Heise.« Auf halber Treppe traf sie auf ein paar junge Leute mit ausgefransten Frisuren. Sie besetzten die Stufen, rauchten, schnipsten die Asche in eine leere Dose »Bockwürstchen einfach«. Ute glaubte, sie habe sich in der Adresse geirrt. Aber da gab es das Schild: »Fachschule, Berufsfachschule für Erzieher« und gleich darunter: »Schulleitung, Raum Nr. 8«.

Der Schulleiter gab sich amtlich korrekt, aber freundlich und zog zum Gespräch eine ältere Dame hinzu, weißhaarig, im grauen Schneiderkostüm. Die roch nach Nadelarbeit und blankgeputzter Vitrine. Wieder entlassen, ging Ute noch mal durchs Haus. In den Ecken der Flure hockten am Boden in Gruppen oder zu zweit welche, die Schüler sein mußten. Ute sah Wuschelköpfe und brustlange Haare, Latzhosen und arabische Tücher. Die Aura der Gänge war ihr vertraut, als hätte sie selbst hier gelernt. Uni-Geruch.

»Jeden Morgen ein Joint
und der Tag ist dein Freund!«

stand mit grünem Filzstift an einer Tür. Vielleicht war es nicht gut, hier länger zu bleiben. Noch mal den Direktor zu treffen oder Frau Seidel, die Dame im grauen Kostüm. Einen Eindruck zu vermitteln, der ihr schaden konnte, obwohl oder weil er der Wahrheit entsprach: daß sie die Stelle hier unbedingt wollte.

Sie lief die Treppen hinunter, über den Kiesweg zum Garten hinaus und besah sich von außen noch einmal die Stätte: Das eiserne Tor, die Kastanien, das erhöhte Portal und dahinter, nun wieder verdeckt, das freundliche Chaos der Treppen und Flure; dort gehörte sie hin. Eine Schule, in der sie zufrieden sein würde, vielleicht sogar glücklich. Mitten im Kapitalismus.

Die Studienrätin ging aufrecht, fast ohne den Teppich zu spüren. Manchmal streifte ihr Schuh ein Bonbonpapier, einen zertretenen Kaugummi oder andern zu Boden gegangenen Müll. Sie sah einer Schülerin hinterher, wie sie hinter der Tür »WC Knaben« verschwand, und beschloß, das sofort zu vergessen. Sie bemerkte nur, was sie wollte, alles andere erreichte sie nicht, es prallte ab, als sei sie gepanzert. Ob in den Unterrichtsstunden, ob während der Pausenaufsicht, Ute blieb stolz und gelassen, unverwundbar wie Siegfried. Sie überbot den Drachentöter sogar, weil sie dreifache Imprägnierung besaß:

Sie war geschützt durch die weißsteife Pappe, von Stadtrat Wöhler, dem geschmeidigen Christdemokraten, in der vorigen Wochen mit Händedruck überreicht. Auf hellem Grund, in schwarzen Prägebuchstaben, im Amtsdialekt, wie ein schlechtes Gedicht willkürlich untereinandergedruckt, stand die Zauberformel, die ihr Sicherheit gab:

»Im Namen
des Senats von Berlin
ernennen wir
unter Verleihung
der Eigenschaft
einer Beamtin
auf Lebenszeit
Frau Studienrätin
zur Anstellung
Ute Fiedler
zur Studienrätin.«

Der fauchende Berliner Bär im Kronenwappen bewachte die magischen Zeichen. Beamte sind Leibeigene ihres Staates und nach dem Umsturz nicht mehr zu halten, das wußte Ute aus »Schule im Kapitalismus«.

Sie hätte sich der neuen Würde womöglich geschämt, wäre es ihr nicht gelungen, dem Staat ein Schnippchen zu schlagen: Da gab es den Zettel in ihrem Fach, dies Formular mit den vielen waagerechten Spalten!

»Im Zuge Ihrer bevorstehenden Verbeamtung«, stand dort zu lesen, »sind Sie gehalten, zur Überprüfung Ihrer Person die Wohnsitze der letzten acht Jahre untenstehend einzutragen.

Hochachtungsvoll...«

Die Beamtin auf Lebenszeit steckte das Blatt in die Tasche und versenkte es, zu schmalen Streifen gerissen, in die Mitte der Spree. Enten kamen eilig gerudert, auf Eßbares hoffend, drehten bei und wandten sich anderem zu. Die Fetzen rollten zu Locken, schwebten, tanzten über der Strömung, wurden schlapp, schwer und versanken. Ute stand auf der Brücke hinter dem Schloßpark und ließ es flattern, ihr Schicksal, übergab es in Kringeln und Flöckchen dem Wind, und ihr war heiß vor Triumph. Alles blieb ihr erspart: die staatlich bescheinigte Harmlosigkeit, aber auch das andere Extrem. Angenommen, sie wäre viel zu gefährlich, um verbeamtet zu werden – was dann? Sie wußte es nicht, sie würde es nie wissen müssen, und das machte sie froh, so froh und so sicher...

Zudem stand es nun fest: Ute würde in wenigen Wochen diese Schule verlassen. Es gab Arbeit für sie in dem roten Haus mit den wilden Sprüchen am Putz. Sie hatte sich allen Bewerbungsgesprächen gestellt mit einer Ruhe, als ginge es gar nicht um sie, hatte geschwiegen, geredet zur richtigen Zeit, so daß sie vor wenigen Wochen mit zitternder Hand einen Brief öffnen durfte: »...freuen wir uns, Ihnen mitteilen zu dürfen...«

Das war ihre dritte Schutzschicht geworden, undenkbar, daß ihr nun noch etwas zustoßen konnte.

Studienrätin Frau Fiedler ging federnden Schrittes zur Schwingtür und öffnete den Zugang zur Pausenhalle. Gleich schwappte der Strom der Schüler mit solcher Gewalt in den Flur, daß sie nahezu umgerannt wurde. »Frau Fiedler...« Michael Waldmann roch schon wieder nach Schnaps und drückte Ute vertraulich-gewaltsam in eine Ecke. »Könnse ehm ma kurz halten?« Es war ein glänzendes Kästchen wie eine kleine Schachtel Pralinen. Als Ute es anfaßte, bekam sie einen elektrischen Schlag. Sie hätte es sich denken können.

16. Kapitel

Der Drahtzaun war übermannshoch, oben nach innen gebogen, ein Käfig für Menschen. Gab, durch Eisenmaschen schraffiert, den Blick frei auf Sand, Sand, Sand, einige Büsche, Schaukel, Klettergerüst, ein paar Bänke mit Frauen. Überall in dem Käfig verteilt alte Autoreifen. Glattgefahren, mächtig und schwarz, aus dem Verkehr gezogen und in neuer Funktion: als Platzmarkierung, übereinandergestapelt als »Häuschen«, aufrecht gehalten als Ring zum Durchklettern. In Schwung gebracht durch kleine Hände, wurden sie zum rollenden Wunder, das seine Kreise zog in einem Tempo, daß Kinderbeine beinahe nicht hinterherkommen konnten. Bis sie doch langsamer wurden, zu taumeln begannen, umkippten, liegenblieben. Manchmal gab es Zusammenstöße zwischen den schnellen Reifen und Einjährigen, die sich auf runden Beinen eher zufällig aufrecht hielten. Dann strauchelten beide, der Reifen gab auf, und das Kind kam wieder hoch, beschwerte sich unverständlich und lautstark. Oder der Ring aus schwarzem, schwerem Gummi prallte gegen den Zaun und blieb aufrecht angelehnt stehen. Etwa der große, den Oliver gerade losgeschickt hatte, Oliver mit dem grüngelben Rotz und den weißblonden Lokken. Er lief hinterher, hielt an und vergaß ihn, denn er hatte etwas Besseres gesehen: »Da isse! Da kommt se! Da! Da!« Auf sein Geschrei sammelten sich andere Kinder am Zaun, drängten an einem Fleck, als fänden sie sonst keinen Platz, krallten die kleinen Fäuste in die metallenen Schlingen oder faßten hindurch, aber Winken ging dann so schlecht. Also zogen sie ihre Hände wieder zurück, rannten die Drahtbarrieren entlang alle in eine Richtung und skandierten schließlich im Sprechchor: »Ute, U-te, U-te...«

Daß sie dreißig Jahre geworden war, ohne so einen Empfang erleben zu dürfen! Im Rückblick erschien ihre Zeit als Lehrerin vorwiegend Wüste, wasser- und glanzlos, übersät mit trockenem Papier, leblosem Wissen. Sie erinnerte sich an verordnete Worte in ihrem Mund und Klänge, die gar nicht zu ihr gehörten. Die Schüler: fremdes, scheues Getier; Utes Aufgabe: möglichst viel davon zu erlegen. Berührung mit Menschen hatte es nur ausnahmsweise gegeben, abgegrenzt wie Oasen, gefährdet durch die umgebende Dürre. Wo sie herkam, war kaum eine Chance für sie gewesen, am Leben zu bleiben, das wußte Ute, nachdem sie der Wüste entronnen war: Kinder, sie brauchte Kinder, um nicht zu vertrocknen. Keine Heranwachsenden, Erwachsene selten, vielmehr kleine Kinder, die noch staunen konnten über die Welt. Sie brauchte die vielstimmige Erwartung, den Sprechchor mit ihrem Namen, sie brauchte eifrige Augen, die sie nicht mehr loslassen wollten, sie brauchte die kleinen, schmutzigen Hände voller Gier nach Berührung. Sie brauchte es, daß jetzt die Sandfläche leer war; niemand mehr auf der Schaukel und bei den Reifen. Sie brauchte das Schubsen und Rangeln am Zaun um den günstigsten Platz, den Kampf der Zwerge ums Glück, durch die Maschen zu greifen und Ute berühren zu können. Sie hockte sich vor den Draht, das Gesicht auf der Höhe der Drei- und Vierjährigen, und versuchte, den Fragen und Reden gerecht zu werden: »Kennst du schon meine neue Pistole?« – »Guck mal, echtes Blut!« – »Hier, das ist mein Hase«, und immer wieder: »Wo warst du denn bloß die ganze Zeit?« Zwischendurch sah sie zu den Bänken hinüber, winkte den Kindergärtnerinnen zu, die hier »Erzieherin« hießen.

Eine Auflage war das gewesen, dieser »Praxistag mit Kindern im Vorschulbereich«. Sie hätte die neue Stelle anders nicht antreten können, weil sie die »einschlägigen Erfahrungen mit relevanten Altersgruppen« nicht vorweisen konnte. So hatte sie, zunächst ohne Begeisterung, akzeptiert, fortan den Donnerstag in einem Kindergarten zu verbringen, hatte beim ersten Mal mit klopfendem Herzen den schlechtgelüfteten Raum mit den niedrigen blauroten Stühlen betreten – und war zwei Stunden länger dageblieben als geplant. Seitdem wartete sie auf diesen Tag als den Höhepunkt in ihrer Woche. Sie schlürfte bei jeder Ankunft die Kinderfrage in sich hinein, den Vorwurf, der ihr so wohltat wie nichts seit einigen Jahren: »Wo warst du denn wieder so lange?«

Seit sie die Kinder traf, fielen ihr Lieder ein, Vierzeiler von Hunden und Bären; die notierte sie in der U-Bahn, das Heft auf den Knien. Seit sie die Kinder traf, entfaltete die Welt sich ihr neu von unten nach oben, blühten Blumen zwischen den Steinen, krochen Schnecken mit silberner Märchenspur über Asphalt, wurde die Amtshandlung der Müllabfuhr zum Musiktheater. Seit sie die Kinder traf, war Ute fühlig wie selten an Händen, Armen, am ganzen Körper, als sei sie gerade verliebt.

Seit sie die Kinder traf, saß sie oft stumm daheim in der Küche. Versuche, den anderen mitzuteilen, was ihr geschah, mißlangen fast immer. Horst und Marion langweilten sich und hörten nicht zu. Erzähltes Glück wird gerne banal, sie merkte es selbst, da fehlte die Würze des Scheiterns in ihren Berichten. Ute wäre geplatzt, wenn nicht Henning bereitwillig mit ihr gestaunt hätte über die Vehemenz der Verwandlung, wenn eine nur den Platz wechseln darf in dieser Welt.

Unbegreiflicher war noch, daß ihr fortan sogar der Unterricht glückte. Sofern es überhaupt Unterricht war, dieses Anderthalbstundenspiel mit den aufgeschlossenen jungen Menschen, die sich freundlich, aber bestimmt jeder Klassifizierung entzogen. Kinder waren das nicht, Erwachsene nicht, aber am allerwenigsten Schüler. Schüler: das waren die von der anderen Seite, die vielen Gesichter ohne Gesicht, einzelne Teile des vielgliedrigen Monstrums, das »Kerngruppe« hieß, ein Wesen, dessen Reiz-Reaktionsschema mehr als banal war: Es kuschte vor Macht, wurde bösartig-wild beim Anblick von Schwäche, es lehnte Freundlichkeit, Hilfe ab durch wirres Gekläff: »Ost, det is ost, ost, ostost-ost...« Schüler, das waren die Jungen von denen am Rande der Straße, den Nichtdemonstranten, die fest, mit weiß sich abzeichnenden Knöcheln ihre Taschen hielten, die den Griff nur lösten, um anderen, den Menschen in der Mitte der Fahrbahn, zu drohen oder ihnen wenigstens den Vogel zu zeigen. Utes Schüler waren selbst die vom Rande der Straße gewesen. Unglückliche, die ihre Lage verteidigten voller Wut und Gewalttätigkeit gegen jede und jeden, die wagten, für die Linderung dieser Leiden zu kämpfen.

Nein – das konnten Schüler nicht sein, mit denen sie neuerdings trommelte, sang und improvisierte, dazu waren sie Ute zu ähnlich. Sie trugen die indischen Tücher am Hals und die bunten Ketten aus stecknadelkopfkleinen Perlen, sie schnitten sich – wenn überhaupt – die Haare selbst, sie rochen nach Knoblauch, montags, freitags und mittwochs. Sie befreiten Ute aus dem stets frischgebügelten Harnisch »Frau Fiedler« und erlaubten ihr, »Ute« zu sein, morgens, zu ihren Stunden im großen, hellen Musiksaal und nachmittags, wenn sie sich trafen, um einzuschreiten gegen Verschlechterung in den Schulen, gegen Verschärfung im Knast, für die bessere Regierung in Chile – immer gemeinsam in der Mitte der Straße.

Ute vergaß oft, daß es Schule hieß, dieses Gebäude, wo sie schwelgen durfte im Einverständnis kritischen Geistes. Nur im Lehrerzimmer fiel es ihr ein. Da saßen ihre Kollegen, äußerlich ähnlich den andern, die keine Schüler waren. Auch sie mit Ute verwandt, auch sie Menschen von der Mitte der Straße. Aber manchmal, am braunen Tisch mit den Eisenbeinen, stöhnend über einzelne Schüler, schimpfend über ganze Klassen oder als sinnlos empfundene Regeln, waren sie nichts als Lehrer, fade geworden von einem Alltag, den Ute in diesem Haus noch nicht gefunden hatte. Da gab es diese neue Verordnung, die die Zahl der Klassenarbeiten in jedem Jahr verdoppelte. Wurde bisher nur eine verlangt, waren neuerdings zwei von den Klassen zu schreiben und von den Lehrern zu korrigieren. Ute hatte zwölf schreiben müssen in ihrer anderen Zeit, mit ihren siebten und achten Klassen. Sie saß mit am Tisch, hörte die Klagen über die neue Belastung und schwieg. Aber die Blicke, mit denen sie sich beteiligte an dem Gespräch, bauten Barrieren. Ute merkte das selbst und war fast froh darüber, denn sie mißtraute dem Glück. Balancierte darauf wie ein Radfahrer, der die Gesetze der Schwerkraft bezweifelt und deswegen irgendwann kippt. Manchmal, die Klinke zum Musikraum in der Hand, hoffte sie, heute wäre es wieder soweit: Keiner sollte sie diesmal beachten, es sei denn als Zielscheibe für Leberwurstbrot. Sie erwartete trinkende, rauchende, essende Schüler, war gefaßt auf stürzende Tische und auf zerrissenes Papier. Wie es sein mußte, heute und hier im kapitalistischen Westen Berlins. Damit sie die Angst endlich los war, diese lauernde Angst vor dem Ende des schönen Traums. Damit sie wieder mitreden konnte in »Schule im Kapitalismus« und vor allem zu Hause beim Tisch, wo ihr derzeit nichts blieb, als still in der Tasse zu rühren.

17. Kapitel

Wie immer bei Sommerwetter gingen auch heute im Schloßpark Berlin-Charlottenburg die Wohngemeinschaften nieder. Auch Utes WG saß auf fußligen Decken. Man kratzte an Waden und Unterarmen, der Juckreiz strahlte bis in die intimsten Körperregionen, machte sich immer wieder ausgerechnet dann bemerkbar, wenn gerade Behagen aufkam. Ute war schuld.

»Ein Schwachsinn, die Idee mit der Marmelade!« Marions Hand rieb als Kralle mechanisch und heftig am Knie. »Und dann noch so blöd sein, den Schraubdeckel offenzulassen...«

Schon dreimal hatten sie die Wolldecken ausgeschüttelt und an anderer Stelle neu ausgebreitet. Die flachgelegenen Margeriten, Hahnenfüße, Kuckuckslichtnelken, die rötlich-nüchternen Blütenkolben der Sauerampfer, die reifenden Gräser mit ihren Ähren, Rundbürsten, Samengehängen kamen nur langsam wieder nach oben. Der Essenskorb blieb unausgepackt. Jeder wühlte für sich in den Tüten und Päckchen, machte etwas zurecht und stopfte es rasch in den Mund, um so der Aufmerksamkeit dieser machtvollen

Zwei-Millimeter-Insekten vielleicht zu entgehen. »Flügel-Ameisen.« Henning ließ eines der Tiere über das Brotpapier laufen und hielt es ans Licht. »Die schwärmen aus, feiern Hochzeit. Deshalb kommen sie überallhin.« – »Verteidige bloß deine Ute.« Horst widersprach mit halbvollem Mund. »Mit Marmelade lockst du Ameisen überallhin, ob verheiratet oder ledig. Es ist eine Sauerei, weiter nichts.«

Die Sonne war viel zu hell. Ute blinzelte aus schmalen Schlitzen, wandte sich von den anderen ab und der Aussicht auf wippende Blumen, Halme und blühenden Klee zu. Es half ihren Augen, leider nicht ihren Ohren. Die nahmen die Kratzgeräusche, die spitzen Schreie beim Ameisenbiß, die Flüche auf dieses Getier und auf ihre Person viel zu bereitwillig auf. So gab sie klein bei und wandte sich wieder nach hinten: »Macht es das nächste Mal besser! Packt eben selbst, anstatt in der Küche herumzustehen und bloß zu zetern.« – »Da komm' ich doch gar nicht darauf«, Marion kratzte wie eine Maschine, »daß du Marmelade mit einpackst, und dazu noch offen. Und dann: Gezetert habe ich nur deinetwegen.« – »Man wird doch mal fragen dürfen!« – »Kann man halt nicht! Bei manchen Sachen muß man schon selbst wissen, daß sie nicht gehen.« – »Ich muß ihm doch irgendwas sagen.« – »Dein Problem, aber nicht unseres.« Ein kleiner Raubvogel kreiste zwischen den Bäumen. Ausgebreitete Flügel gegen blauen, getupft weißfleckigen Himmel. Ihr Ausweg, die Kurven und Kreise mit diesem Vogel, so unvermutet über dem Schloßpark. Und so beneidenswert einsam. Immerhin hörte sie niemand mehr schimpfen, dafür Gitarrenklänge, in gleichmäßiger Wiederkehr vier Akkorde. Hähnchengeruch. Eine neue WG war niedergegangen, ganz in der Nähe. Viel zu dicht war hier alles, auch dem Vogel da oben. Nach einem letzten flügelschlagfreien Bogen verschwand er hinter den Baumkronen. Weg sein, das wäre gut. Sich auflösen in der roten Höhle geschlossener Lider. Aber Ulis Stimme ließ es nicht zu: »Wie lange will er eigentlich bleiben?« – »Ist doch klar«, vernahm sie jetzt Henning, »bis dieser Oswald in Weißensee stirbt.« – »Vielen Dank für die Auskunft. Soviel Genauigkeit hätte ich gar nicht erwartet! Und warum geht dein Vater in keine Pension?«

Es hatte doch keinen Zweck! Unmöglich, den Vorwürfen zu entgehen, von denen die Bäume, die Schmetterlinge, die lebendige Wiese, von denen alles zerstört wurde, was hier gerade schön war. Ute zuckte die Achseln. »Pension! Wer soll das bezahlen? Wer weiß denn, wann der nun stirbt.« – »Genau! Das weiß man ja nicht! Und du blöde Kuh denkst, du könntest uns deinen Vater ins Haus holen mit: Man weiß doch gar nicht. Und polizeilich anmelden will er sich hier?« – »Muß er doch!« Wie begriffsstutzig Marion war. »Sonst kommt er doch gar nicht über die Grenze nach Weißensee.« – »Ich wohne seit Jahren schwarz, weil es heißt, mehr als vier Leute dürfen nicht angemeldet werden, ich glaub', ich...« Marion kratzte mit beiden Händen, setzte noch einmal an und ließ sich dann doch von Horst übertönen: »Soll er auch Küchendienst machen? Also, dem laß ich nichts durchgehen! Ich leg' ihm jeden Abend 'nen Zettel aufs Bett: ›Herr Finanzgerichtsdirektor putzen bitte noch heute das Klo. Würden Herr Finanzgerichtsdirektor bitte die Frankfurter Allgemeine Zeitung zusammengeklappt an ihrem Platze ablegen? Rücken Sie bitte vier Zentimeter nach rechts, auch ich möchte mir die Zähne putzen.« – »Laß mal...«, nun rückte Uli näher zu Ute. »Ich hab' 'ne gute Idee: Der Walter, dieser Kollege von mir, geht doch für ein Vierteljahr in die Staaten. Da könnte dein Alter vielleicht bei ihm in der Wohnung...« – »Ich weiß nicht!« Ute starrte ins Gras, saugte das Süße aus den Taubnesselblüten, zögerte, zupfte Halme vom Boden und wagte den Einwand dann doch: »Der Oswald, der ist sein ältester Freund. Hat mit ihm studiert, mit ihm gewohnt und was weiß ich... wenn der dann stirbt, und mein Vater sitzt ganz allein in so einer Wohnung...«

Jetzt redeten drei auf einmal: Marion durchdringend erregt, Horst ironisch verzerrt, Uli weiter entmündigend sanft: »Laß mal...« – »Brutpflege für den Alten...« – »Finanzdirektorenasyl...« – »Laß...« – »Therapieplan aufstellen...« – »christliches Hospiz«, »Sozialdienst in der Gerontologie« – die Wider-Sprüche fielen wie Steine auf sie, und Ulis Versuche mit »laß mal...« nahmen nicht ihre Wucht. Sowenig wie Henning, der stammelnd nach Worten zu Utes Verteidigung suchte. »Man muß doch...«, probierte er wieder, aber Marion schob sich dazwischen: »Da hakt es doch aus – dein Vater, hat der dir nicht immer die Nase blutig geschlagen? Und dich beinahe verhungern lassen im Studium – aus Geiz? Ich glaub', ich...« Sie sprang auf die Füße, zerrte und zog an der Decke, bis Uli und Henning die Plätze freigaben, faltete auch die zweite zusammen und stopfte beide unter den Henkel des Korbes. »Ich hab' jetzt keine Lust mehr auf Picknick...«

Unter je einer Nummer standen mehrere Namen, Vornamen meist. Ute blätterte im Verzeichnis mit trockenen Fingern, vor und zurück. Das Blatt für den Buchstaben »N« löste sich ab und fiel auf den Teppich: WG Nürnberger Straße – 8 53 76 90

Benno
Mareike
Siggi
Udo,
Cordula
Hermann

»Hermann« – mit Bleistift notiert, war fast schon verblaßt. Nur vorübergehend war er Mitglied der Wohngemeinschaft Nürnberger Straße. Bis er gefunden hatte, was er »eigentlich suchte«. »Vorübergehend« hieß nun schon zweieinhalb Jahre. Bleistifteintragungen gab es viele im Telefonbuch. Sie waren gut wegzuradieren bei Aus- oder Umzug. Andernfalls verlöschten die Namen im Laufe der Zeit, wurden unleserlich wie der »vorübergehende« Hermann. »Waltraud« stand auch noch bei »Nürnberger Straße«, mit Kugelschreiber geschrieben. Durchgestrichen, versehen mit Pfeil und Vermerk: »WG Akazienstraße.« Es ging niemand verloren für Ute in dem Buch voll gewählter Verwandtschaft, die sich wie zu Rechenkästchen gebündelt präsentierte. Es war gut so, fand sie und klebte die Seite »N« mit Tesafilm an die richtige Stelle, damit er vollständig blieb, ihr ganz persönlicher Stadtplan, ihr eigenes Land. Eine Landschaft ganz eigener Prägung: Der Himmel voller Rosetten aus Stuck und Reispapierlampengestirn, himmelaufwärts sich türmend Gebirge aus Bücherregalen, niedriger die Plateaus der Gemeinschaftsraumtische, an denen gearbeitet wurde und gedacht. Ein Land, in dem Legislative, Judikative, Exekutive vereint waren in jedem einzelnen Bürger. Ein Land, das seinen Einwohnern Zugang gewährte in jeden Winkel. Ob Niebuhrstraße oder Holsteiner Ufer, ob Martin-Luther-Straße oder Clausener Platz: Ute kannte die Häuser, die Treppenaufgänge und Stockwerke, die zum Territorium gehörten. Sie durfte, ohne zu zögern, die schwergeflügelten Altbau-Eingänge passieren, konnte Tee kochen, ohne zu fragen, sogar duschen, wenn es sich so ergab. Die Menschen in diesem Land waren anderer Art als die außerhalb seiner Grenzen. Es stünde besser um diese Welt, wenn alle lebten wie sie: mit wenig Geld und Privateigentum, mit viel Austausch und gemeinsamer Nutzung, ohne Religion, aber voller Glauben an die Veränderbarkeit der weltlichen Unstimmigkeiten. Mit Männern, die spülten, kochten und putzten wie ihre Frauen und Mütter; mit Frauen, die redeten, arbeiteten, dachten wie ihre Männer und Väter.

Utes Hoffnungsträger wohnten in diesem Land, die täglich bewiesen, daß es möglich ist, jahrtausendealte Fehler doch noch zu korrigieren. Diese Hoffnung machte sie froh, auch wenn in ihrer eigenen Wohnung die Stimmung derzeit nicht gut war, auch wenn sie gerade nicht fündig wurde in ihrem Adreßbuch: Wer hier notiert war, teilte gerne das Essen, den Tee, den Joint, den Platz am Tisch, sogar im Bett – aber er gab seine Unterschrift nicht. Da war eine große Angst vor Kontrolle. In jeder Wohnung wohnten einige »schwarz«, also nicht bei der Polizei gemeldet. Ute suchte jemanden, der bereit war, einen fiktiven Untermieter »unterzubringen«. Traude und Gernot fielen ihr ein, zum dritten Mal schon. Sie dachte nicht gern an sie, diese zwei Lehrer, die eines Tages »die Schnauze voll hatten von WG« und sich eine Sechseinhalbzimmer-Eigentumswohnung kauften – für sich allein. Ute war persönlich verletzt, als sie davon erfuhr, gefährdet in ihrer Hoffnung. Sie strich die beiden aus ihrem Adreßbuch und trug sie nicht wieder ein. So suchte sie jetzt in den zweitausend Seiten des städtischen Telefonbuchs nach ihnen. Wie war der Nachname noch?

Gernot war froh, Utes Stimme zu hören. Sie hätten sich ja beinahe vergessen, eigentlich schade. »Überhaupt kein Problem«, sagte er, als Ute gewagt hatte, ihr Anliegen vorzubringen. »Schick deinen Vater vorbei. Wir unterschreiben ihm das, und er meldet sich bei uns an, solange er will.«

18. Kapitel

Danke, ein Schrank sei nicht nötig für das bißchen Kram. Er hängte die Jacke mit an den Haken des »Mao-Kalenders«, legte Pullover und Wäsche aufs Tischchen neben den kleinen Stapel »Berliner Extra-Dienst« und den größeren »Probleme des Klassenkampfes«. Die Schuhe ließ er im Flur. Auf Strümpfen folgte er Ute, besah aufmerksam Küche, Gästeklo, Bad. Stellte Zahnbürste und Rasierzeug auf das Regal, ans Ende der langen Reihe von Bürsten, Cremes, »After-Shaves«, Deos, mit deren Hilfe diese WG Anschluß hielt an den Hygiene-Standard dieses Jahrhunderts.

Es war saubergemacht. Fensterbänke, Ablagen, Tische glänzten wie im Museum. Die Tassen im Bord grüßten mit ausgerichteten Henkeln, aber die Wohnung war leer. Ute öffnete Tür um Tür, stellte die Betten vor, die Hi-Fi-Geräte: »Horst…«, »das hier ist Maikes…«, bis der Vater gähnte und sein Blick teilnahmslos wurde. »Soll ich Tee kochen?« bot sie ihm an, aber er winkte ab: »Laß man, ich leg' mich lieber ein bißchen. Muß noch telefonieren und das mit der Anmeldung regeln, damit ich morgen gleich rüber kann in die Klinik.«

Aufgeblättertes Leben, peinlich mitteilungsfreudig wie ein am falschen Ort vergessenes Tagebuch. Er durfte nach Hause kommen, sich auf die Matratze legen und schlafen, aber er sollte nichts sehen. Einblick erleichterte Macht, des Vaters Urteil war immer noch gültig, und es konnte nicht günstig ausfallen. Ute, fröhlich beschäftigt mit Schule und »gesellschaftlich relevanten Terminen«, sah jetzt, jedesmal wenn sie heimkam, die Wohnung, die Räume, die Schnittpunkte ihrer sechs Leben und deren Nebeneinander so scharf, daß es weh tat. Da waren die leeren Flaschen unter der Spüle, die freudlos in Eile aus dem Papier gekrümelten Mahlzeiten, die klösterlich vereinzelten Betten von Henning und ihr. Die zur Formel erstarrten Gespräche beim Tee verfolgte sie mit den Augen und Ohren des Vaters. Zwar war er viel unterwegs, aber konnte doch jederzeit kommen, kein Ort, kein Wort in dieser Wohnung war wirklich sicher vor ihm. Nicht das stinkende Klo, nicht der klebrige Teppich unter dem Eßtisch, nicht die unvollständigen Arbeitspapiere – »... und wieder hat der Staatsapparat...«, – nicht der stumm-verbissen-eilige Horst noch die patzige Marion. All diese kleineren, größeren Ärgernisse, schon seit langem vorhanden, waren für Ute nun unerträglich geworden. Sie brachte die Flaschen zum Müll, schrubbte das Klo, klopfte den Teppich. Blinde Notwehr gegen den Vater, damit er nichts fände, was sich gegen sie verwenden ließ.

Notwehr auch der Topf auf dem Herd, jeden Nachmittag nach der Schule. Etwa Sauerkraut, Wurst und Kartoffeln, bei mittlerer Hitze lange durchziehen lassen. Kaum Arbeit – aber der Stallgeruch dieser Mahlzeit drang bis zur Haustür. Wer heimkam, folgte dem Duft, hob den Deckel und fand einen Grund, sich zu setzen.

Es war wieder schön in der Küche. Sie warteten dort auf den Vater, wenn nichts Unaufschiebbares anlag. Er kam zwischen neun Uhr und zehn, holte Geschirr und Besteck aus dem Schrank oder aus dem Spülautomat, um es selbst abzuwaschen. Dann nahm er Platz und erzählte. Langfristig schlug er das Fernsehen, Kinoprogramm und die beliebten Kneipengespräche, denn er brachte nach Hause, was allen hier neu war: die Nachricht vom Sterben. Nur vom Leben war sonst die Rede gewesen, vom allemal schlechten, traurigen, empörend ungleich ausgestatteten Leben und den Möglichkeiten, es zu verändern. Lebendig waren auch Che Guevara und Rosa Luxemburg, in Übergröße auf starkem Papier neben dem Herd und unter den Tassen. Lebendig erst recht die Lehrer auf dem Plakat der Gewerkschaft, die in einem mächtigen Sarg die Bildungsreform zu Grabe trugen. Keiner wußte hier etwas vom Aufwand eines langsamen Sterbens, von Dämmerzuständen, Korrespondenz mit dem Tod, bei dem das Leben nur noch in seltenen Atemstößen zu Wort kommt. Auch nicht von einer nach Menschenwärme tastenden Hand, vom plötzlichen Aufwachen, kurzen Erkennen, von wenigen Sätzen, die sich wie Überschriften einprägen.

Menschliche Körper, liegengelassen, lösen sich in lebendigem Zustand schon auf. Daher die Wunden und Druckstellen am Rücken des sterbenden Mannes. Puder, Salbe, Verändern der Lage halfen nicht viel, aber der Vater versuchte es doch... Er war beschäftigt tagsüber in der Klinik, voll davon auf dem Heimweg, und genoß es, darüber zu reden. Er wußte ja nicht, daß Marion Blut und andere Körpersekrete nicht ansehen konnte, daß sie ihr Brechreiz erregten, wenn andere nur davon sprachen. Verborgen blieb ihm auch die »Finanzgerichtsdirektorenallergie«, an der Horst zu leiden vorgab, die er genüßlich in Einzelheiten beschrieb bis zu dem Tag, an dem der Vater hier eintraf. Sie blieben beide symptomfrei, Marion und Horst, ließen es zu, daß der Finanzgerichtsdirektor fast jeden Abend das Thema bestimmte, und fanden daran Gefallen. Denn wenn der Vater vom Alltag des Sterbens erzählte, wurde das Leben so gegenwärtig in der Küche wie lange nichts mehr.

»Doktorchen« nannten die Krankenschwestern den Bankdirektor, der, verwundet vom Laken, sparsam bewegt, aufs Sterben hinlebte. »Na, Doktorchen, wird es ein Ei?« wenn sie die Bettpfanne brachten: Oder: »Doktorchen, Brei!« Dann wurde das Bett hochgekurbelt, sie hoben den Kopf etwas an, setzten die Tülle der Schnabeltasse an seinen Mund, und er sog, schmatzte, schluckte beinahe zu eifrig, denn der Bauch schickte Teile der weißlichen Suppe nach kurzer Zeit wieder hoch. »Nu aber! Jetzt hat er schon wieder gekleckert! Doktorchen! Das dritte Kopfkissen heute!«

Sie waren zu eilig. Wenn der Vater die Nahrung anbot, ging kaum etwas daneben. Er wartete lange nach jedem Schluck, bevor er den nächsten anbot. Oft dauerte es eine Stunde, bis Oswald den Mund schloß, das Gesicht neigte mit beinahe geschlossenen Augen, wie ein zufriedener Säugling.

Er schlief kaum wirklich, hob selten die Lider: »Guten Tag, wie war noch der Name?« Oder: »Grüßen Sie doch Frau Feiwel von mir – Donnerstag, wie gewöhnlich.« Dann, mit Überraschung im Blick: »Du bist doch der Arndt! Haben die Russen dich denn schon entlassen?« An einem Nachmittag große Erregung: »Arndt, du sollst das nicht tun! Laß es heute, du hast genug unterschrieben!«

Dem Vater kam etwas in die Kehle, als er davon sprach, abends beim Essen. Er hustete, schluckte, räusperte sich. Füllte den Teller aufs neue, rührte die Suppe. Sah auf die Fettaugen, wie sie sich drehten, länglich wurden, zerteilten, zusammenflossen. Fing sie im Löffel, gab sie zurück auf den Teller und schwieg. »Unterschrieben?« fragte Henning. »Was Kranke so reden. Gibt das einen Sinn?« – »Kann schon sein. Wir haben lange zusammengewohnt. Beinahe acht Jahre. 1937 bis zum Ende des Krieges. Jenseits des Sees. Wasser im Hof, Brennholz im Wald. Claus war schon geboren. Wir haben zusammen den Garten gemacht, Oswald und ich. Die dicksten Tomaten aus der ganzen Umgebung. Ich war damals...« Er unterbrach sich beinahe gewaltsam, rieb die Hand auf dem Tisch. »Kinder, Kinder, was hier alles klebt! Ein Saustall. Wenn ich hier immer... na ja, mich geht es im Grunde nichts an. Aber ich mag nichts mehr essen. Gute Nacht.« Seine Stimme war scharf. Er stand auf, sah keinen mehr an. Die Küchentür schloß sich zu laut.

Es war, als wohnte er hier schon seit Jahren. So selbstverständlich war er geworden, daß die Beklemmung über sie kam wie ein Wettereinbruch, als Henning, Uli, Horst, Marion und Maike eines Abends irgendwo in der Stadt zu tun hatten. Nur der Vater und Ute trafen sich in der Küche. Das Essen war noch erträglich. Immerhin klirrte Besteck, wurde gekaut, gelöffelt, geschluckt. Aber danach war überwältigend deutlich: Es gab nichts zu reden. »Nichts Neues«, hatte der Vater auf Utes beflissene Frage erwidert und war dann verstummt. Ratlosigkeit stand im Raum, erstickte jeden Gedanken, lähmte sogar die Bewegung. Kaum, daß Ute es schaffte, die Teller zusammenzuräumen und zur Spülmaschine zu tragen.

Einräumen – zögern, sortieren – zögern, als sei durch die Frage: »Was dann?« die Schwerkraft fast unüberwindlich geworden. Der Vater am Tisch hielt die Küche besetzt, raumgreifend, bis hin zur Tür. Ute schien es plötzlich undenkbar, hinauszugehen und sich an den Schreibtisch zu setzen, wie sie es eigentlich vorgehabt hatte. Sie stand an der Spüle, sah zu, wie der Vater sich schließlich erhob, etwas suchte: im Regal, auf der Bank, unterm Tisch. Auch das Kissen auf dem Stuhl hob er an. »Was ist?« – »Die Zeitung. Irgendwo muß sie...« – »Ich hol' sie dir, warte.« Aus der Küche zu dürfen mit Vaters Erlaubnis! Sie fand die Zeitung zu schnell, aufgeblättert neben dem Klo, nutzte den Schwung der Bewegung, reichte sie ihm herein, murmelte etwas von »Arbeit...« und fand sich am Schreibtisch – gerettet!

»Klassenarbeit Musik – Petra Wolf« lag oben im Stapel. Sie starrte auf Namen und Datum, konnte sich nicht entschließen, weiterzulesen. Ob der Vater wohl las? Es konnte ihr ganz egal sein, sagte sie sich, erst leise, dann laut, und zuckte zusammen beim Klang ihrer Stimme. Selbstgespräche mit dreißig! Womöglich stand der Vater vor ihrer Tür und horchte... Lieber sich vergewissern! Ein Blick auf den leeren Flur, dann schlich sie weiter zur Küche.

Das Schlüsselloch gab keine Sicht. Was für eine Unsitte, immer das Handtuch zum Trocknen über die Klinke zu hängen! Der sachte geöffnete Spalt war zuviel, denn der Vater starrte zur Tür, die Hände über der Zeitung verschränkt. Seine Haltung verbot ihr den Rückzug, so kam sie herein – ohne Grund. So ungeschützt lag die Erwartung in seinem Blick, daß sie dastand, bis ihr im leeren Kopf ein Vorschlag gerann, und den sprach sie dann aus: »Ich hab gerade auf Musikhören Lust. Kommste mit in mein Zimmer?«

Er nahm sich den Sessel, den Ute mit rotem Blümchenstoff selbst überzogen hatte. Ein Sitzzwerg, der seine Tochter stehend immerhin noch überragte. So aber wurde er ein Männchen, und die Polster nahmen ihn an sich wie eine mit Kittelschürze bekleidete mächtige Frau. Nur sein Hinterkopf war noch zu sehen, genug, um zu stören. Eine blöde Idee, den Vater ins Zimmer zu holen. Seufzend nahm Ute irgend etwas aus dem Stapel der Platten heraus: Beethoven, Rasumowsky-Quartett Nr. 1. Ein fremd gewordenes Stück, hier so wenig am Platz wie der Vater mit seinem Pepitajackett. Aber sie suchte nicht weiter, trotzig gegen sich selbst. Auf der Schreibplatte sitzend, neben den leicht beiseite geschobenen Arbeiten und Papieren wartete sie, daß der Tonarm sich senkte.

Cello-Thema begann fließend, doch wenig gesanglich in engen Sequenzen, wurde getragen von beinahe mechanisch gleichmäßigen Achteln der übrigen drei Instrumente. Eine geschäftige Kühle, wenig Gefühl, kein entfesseltes Temperament, keine Romantik. Weich fließende Achtelpassagen wurden begrenzt von Akkorden, ehe ein Einschwingen möglich war. Eine Musik, die wach hielt, die weder einlullte noch sprengte.

Ute entspannte sich nun, streckte die Beine, räkelte sich, sah zum Sessel hinüber, wo der Hinterkopf weiter nach unten gesunken war. Atmete mit dem Atem des Stückes, diesen Phasen von Spannung/Entspannung, die niemals Extreme berührten. Führend blieb weiter das Cello, erste Geige, zweite und Bratsche antworteten, korrespondierten, ergänzten, vervollkommneten, brachten ein Ereignis zustande voll differenzierender Klarheit, beweglicher Kühle, kontrollierter Gefühle. Vier werden zu einem, ohne sich zu berühren oder gar zu verletzen. »So wünsche ich meine WG«, dachte Ute. »Man hört doch: Es geht.« Auch beim folgenden Scherzo begann das Cello, diesmal mit nur einem Ton, Rhythmus, eher geklopft als gespielt. Die anderen griffen ihn auf, führten ihn hoch und runter wie Treppchen, kleine Leitern, sperrig und schmal. Können Streichinstrumente schreien? Diese hier schon, aber auch ihre Schreie blieben beherrscht und nahmen sich unverzüglich gemeinsam zurück. Aufschrei, Bewegung, Ruhe, Entspannung per Notation. Das war nicht das Zusammenspiel Selbständiger. Der tote Beethoven verstand es, aus den einzelnen eine Einheit zu machen, darüber hinaus auch Ute und ihren Vater in Gefühlspflicht zu nehmen. Sie kamen näher zusammen, gleich, ob sie es wollten oder nicht.

Der tote Beethoven bestimmte zudem, daß Roland im Raum war, verdichtet in den Klängen des Cellos. Der Roland von früher mit seinen struppigen Haaren, den lustigen Augen, dem musikantischen Temperament. Roland ohne Pistole. Roland, der jetzt in andere Gefühlspflicht geraten war, Ausführender einer Notation, die Beethovens Präzision noch nicht hatte, die als Ergebnis nicht Klänge, sondern Handlung bewirkte, oft zerstörende Handlung.

Die Instrumente schrien wiederum auf und brachen im Schlußakkord ab. Ute stand auf, drehte die Platte herum, gierig, weiterzuhören. Wechselte auch den Platz, hatte den Vater im Blick, ohne ihn ansehen zu müssen.

Der Anfang des langsamen Satzes war ein achttaktiges einfaches Lied. Eine Geige stellte es vor, eher die zweite, dann übernahm das Cello den Schluß, spann ihn weiter in sanften Sequenzen, bis die Geigen sich einmischten und mit einem strahlenden Übergang in verschnörkelten Terzen etwas Neues anfingen. Etwas Neues von so leuchtender Klarheit, daß Ute der Atem stockte. Über dem Melodiebogen, einfacher noch als das Anfangslied, lagen gebundene Achtelsprünge der Geigenbegleitung, gleichmäßig wie eine Etüde, durchsichtig schön wie ein Wasser ohne jegliche Trübung. Eine Steigerung entfaltete sich ohne Gewalt, vier Töne der Melodie wiederholten sich immer wieder, die fadenhaft dünne Achtelbegleitung wurde stärker, veränderte sich bis zur gemeinsamen, strahlenden Wendung aller vier Instrumente, die nach dem Jubel beruhigt Platz nehmen konnten zum Anfangslied. Diese Musik brachte alles im Raum zum Beben, auch der goldene Lenin atmete und wurde voller dabei.

Der Vater wuchs in dem Sessel. Ute mochte ihn plötzlich, beinahe zu sehr. Drei Schritte waren es bis zu der breiten Lehne, auf der sie auch sonst gerne saß. Ganz nahe beim Vater, fast auf dem Schoß. Drei Schritte, und der gemeinsame Atem wäre zerstört. Zudem – wer schützte sie vor dem Erstaunen? Sie war ja kein Baby.

Ein langer Triller leitete über zum Schlußsatz, einem Scherzo mit triumphierendem, etwas stachligem Thema, höhnisch wie ein Gassenhauer. Winzige rhythmische Verschiebungen der vier Instrumente, auskomponiertes Nachklappen, das Ute kribbelig machte. Sie mochte den Satz nicht und war gleichzeitig dankbar, daß er die Innigkeit des Adagios zerstörte, daß er mit seinem sperrigen Spott Menschen und Dinge dorthin zurücktrieb, wo derzeit ihr Platz war: den goldenen Lenin papierflach neben die Tür, Roland wohlfrisiert und bewaffnet in den Untergrund, den Vater unerreichbar nah in die Tiefe des Sessels. Er bewegte sich leicht zu der Musik, die Ute nur noch verwirrte. Sie kämpfte gegen den Drang, mit den Fingern zu trommeln, mit den Füßen zu scharren, und wartete auf das Ende des Stückes. Mehr als noch eine Minute gab sie ihm nicht. Noch einmal ertönte das höhnische Thema, unisono, forte, im Zeitlupentempo. Schöner wurde es nicht. Ein paar Schläge zum

Schluß, dann das regelmäßige Knacken des ins Leere tastenden Saphirs.

Der Vater lächelte, sah zu ihr her. »Das war aber schön! Genau das Richtige heute. Oswald hat auch immer... ich glaube sogar, dieses Stück. Er saß an der Bratsche.« Er stand auf, ging zur Tür. »Es war wirklich sehr schön. Ich les' noch ein bißchen Zeitung und geh' dann ins Bett. Vielleicht mußt du ja noch was tun.« Ute blieb sitzen, erschöpft, zufrieden, innerlich warm. Dann zog sie den Drehstuhl zurück an den Schreibtisch und sah auf das oberste Blatt des wartenden Stapels: »Klassenarbeit Musik...«

19. Kapitel

»Gab es schon damals. Na klar. Denkt bloß nicht, ihr wärt die ersten...« Sie fuhren auf der Transitstrecke nach Helmstedt, nicht schneller als 100 Kilometer die Stunde, umgeben vom alternden Sommer. In den nachgedunkelten Schöpfen der Laubbäume gab es bereits helle Strähnen, während die Nadelgehölze im Modeschmuck glänzten: Spinnennetze, vom Morgentau silbrig beperlt. Die Frühschatten waren noch lang, doch auf den endlosen Feldern rechts und links von der Fahrbahn fraßen sich lautstark die Erntemaschinen ins Kraut.

Als sie die Seen bei Lehnin passierten, hatte die Sonne schon Kraft, korrespondierte geschwätzig und grell mit den silbernen Flächen und ließ auch den Vater mitteilsam werden. Bis dahin hatte er auf seine Hände gestarrt, sich manchmal geschneuzt und so beharrlich geschwiegen, daß Ute und Henning nicht wagten, dagegen zu reden.

Alles gab es schon damals, nichts war wirklich neu. Sein Freund Oswald, gestern beerdigt, wurde als Zeuge berufen: »Fragt Oswald. Wir haben nämlich zusammen... Theo war noch dabei. Theo Bach, den könnt ihr nicht kennen. Der wurde nämlich später vermißt.« Ende der zwanziger Jahre in Zehlendorf gab es diese WG. »Gemeinsame Kasse? Gab es schon damals, na klar! Denkt bloß nicht, ihr wärt die ersten!« ...»Nein, ich hatte nicht viel. Aber was da war, kam selbstverständlich in unsere Kasse.« ...»Putzen und Kochen, das machte Frau Kerb, unsere Haushälterin. Das ging natürlich noch nicht – Frauen mit in der Wohnung. Aber sonst – glaubt bloß nicht, ihr wärt die ersten. Oswald, Theo und ich...« Er sackte nach vorne, schneuzte ein paarmal die Nase. Nach einer Weile reckte er sich, drehte sich wieder um nach der Tochter. »Später, als ich dann Mutti geheiratet habe, sind wir umgezogen mit Oswald, nach draußen, jenseits des Sees. Und dann kamen Claus, Hans, Beate...«

»Hattet ihr denn nie Krach?« fragte Ute. »Wenn Oswald alles bezahlte, und du und Theo so arm...« – »Nie wegen Geld. Der hatte genug. Stellt euch vor, als ich aus dem Wingolf ausgetreten bin, stand plötzlich Goethes Gesamtausgabe auf meinem Schreibtisch. Oswald mochte Studentenverbindungen nie. Aber sonst...« Er raschelte mit Papier, biß in ein Brot. »Meinungsverschiedenheiten hatten wir schon. Es gab viel zu reden. Politik und Beruf. Wir waren ja beide Juristen.« Im Wagen wurde es heiß. Der Vater drehte die Scheibe herunter. »Später dann nicht mehr soviel, als sich alles zugespitzt hatte. Es ging nicht mehr gut. Oswald mischte sich trotzdem ein, immer wieder. Unangenehm. Jeder muß letztlich selber verantworten, was er unterschreibt und was nicht.« – »Unterschriften...« Henning redete, blickte nach vorn, um einen Lastzug zu überholen. »Da war doch neulich was in der Klinik?« Der Vater hing mit der Nase schnuppernd am Fensterspalt. »Kinder, es stinkt. Sozialistische Kunstdünger-Chemie. Was die anrichten mit ihrer Monokultur!« Er schloß trotz der Wärme das Fenster. »Oswald und ich haben am liebsten mit Schafsmist gedüngt. Im Garten waren wir uns einig. Wenn die Schafherde kam, sind wir beide los mit Eimer und Schaufel. Mutti mußte auch mit. Und es hat sich gelohnt. Die dicksten Tomaten jenseits des Sees – in unserem Garten.« Er räusperte sich, sank für lange Zeit in das mächtige Schweigen, das jede Silbe der anderen als läppisch verbot.

Sonne von vorn. Der Vater schrak hoch, bog den Schutz vor die Scheibe, blickte offen und starr wie in eine Vision. »Die dicksten Tomaten«, begann er, »und erst der Rhabarber!« Er faßte sich an den Arm. »Sooo dick, sag' ich euch, mannesarm-dick. Das hatten wir eurer Wohngemeinschaft voraus: den Garten, die Erde, die Pflanzen. Ihr müßtet...« – »Danke schön«, sagte Ute, »mir reichen schon die Gera...« – »Ihr müßtet«, übertönte er sie mit erhöhtem, verstärktem Organ, »ihr müßtet zusammenlegen. Geld habt ihr genug, das könnt ihr mir nicht erzählen.« – »Ja, aber...«, versuchte Henning. »Ihr legt zusammen und sucht euch ein Häuschen. In Zehlendorf oder so. Schließt einen Bausparvertrag ab. Beantragt Vorfinanzierung. Kann abgesetzt werden. *Ich*... helfe euch bei den Steuern.« – »Aber wozu?« fragte Ute, ohne daß er sie hörte. »*Ich*... mach' euch das schon. Ihr braucht das – ich seh' es euch an. Hänflinge seid ihr, alle sechs. Ohne Saft, ohne Kraft. Eines Tages verschwindet ihr hinter Buchdeckeln und kommt nicht mehr raus. Werdet selbst zu Papier. Erst euer Uli, dann du«, er zeigte auf Henning, »dann Ute und die anderen drei gleich hinterher. Ihr werdet alt und habt keine Erde berührt, keine Steine, kein Laub – ihr habt nicht gelebt. Papiertiger – wie euer Mao schon sagt. Papiertiger seid ihr, alle sechs!« Er schrie das letzte mit einer hohen, greisenhaft vibrierenden Stimme. Dann wurde er langsam und tief. »Ich rate euch gut: Macht den Bausparvertrag. Lieber heute als morgen. *Ich*... komme und berate euch, wenn es soweit ist zu kaufen. *Ich*... mach' euch den Bauplan und gerne die Bauleitung, wenn ihr das wollt.« Henning und Ute öffneten gleichzeitig den Mund, aber der Vater war schneller: »Ich weiß, ihr habt viel zu tun, das ist ja auch sicher alles sehr wichtig. Ihr sollt das auch machen, aber *ich*... habe Zeit, ich versteh' was davon, und ich bau' doch so gern.«

Grenzkontrollpunkt Marienborn. Langsamer werden, anhalten: »Weiterfahrt erst nach Aufforderung!« Nein –

Waffen, Munition, Funkgeräte hatten sie auch dieses Mal nicht dabei, und der Beamte, der danach fragte, ließ sich seine Enttäuschung nicht anmerken. Sie reichten die Pässe hinaus, zeigten gehorsam ihr linkes Ohr und rollten dann durch die Grenze.

Ende der schlechten Fahrbahn. Die Bundesrepublik Deutschland empfing die Reisenden aus Berlin mit makellosem Asphalt und Aufhebung der Geschwindigkeitsbegrenzung. Die Schlange des Fahrzeuge löste sich auf, und der Wald kam zu beiden Seiten sehr nahe. Durch das bewegliche Laub fielen Flecken von Licht auf das Grau. Sie fuhren allein Richtung Westen.

Henning saß aufrecht und breit, nahm den Fuß nicht vom Gas. 110 – 120 – 130 – 140 Stundenkilometer. 143... er faßte den Vater am Arm, wies auf die zitternde Nadel des Tachometers: »Hättense... hättste wohl nicht gedacht, daß der das noch bringt?«

Putenrollbraten gab es, Kartoffelbällchen und Soße. Auf frisch geplättetem Leinen Kerzen und Wein. Älteres Paar lädt junges zum festlichen Essen. Artige Worte über den Garten, das Asthma der Nachbarin, den Verbleib, das Treiben der vielen Geschwister. Auch Tommy war nicht mehr da. Nur noch die Mutter hatte sich in den zehn Zimmern bewegt und Frau Poweit, ihre Putzfrau, die seit fünfzehn Jahren schon zweimal die Woche kam.

Zeit genug, um die Lehmspuren zu entfernen, um Zeitungsausschnitte, aufgeschlagene Bücher, angefangene Bastelarbeiten – »berühren verboten« – beiseite zu räumen. Das übrige war auf- und ausgestellt, gerahmt, befreit vom Dreck, der Patina organischen Lebens, und dort deponiert, wo es die nächsten Jahre auch bleiben sollte. Stimmig und gleichzeitig fremd. Das Essen schmeckte, aber die Harmonie dieser Szene war peinlich. Ute sehnte sich nach dem Lärm, der früher die Mahlzeiten der Familie begleitet hatte, nach Stimmengewirr, Streit und Empörung. Sie half sich, indem sie insgeheim spielte, dies alles sei nur Theater. »Familien-Museum« könnte es heißen, das Stück, oder »Das Akademiker-Mahl«.

»Prost«, sagte die Mutter. »So haben wir ja noch nie gesessen, ihr beiden und wir. Laßt uns anstoßen, nein – nicht auf den armen Oswald, der ist jetzt begraben. Nein, auf die Zukunft, was Schönes... ich weiß: auf Ute und Henning. Heiratet bald und kriegt sieben Kinder wie Vater und ich.« – »Ich glaub', ich spinne!« Der Wein schwappte über das Glas in Utes zitternder Hand, aber Henning griff ein, gelassen, weil er in die Erwartungen dieser Familie nicht so verstrickt war. »Wir sagen was anderes: Prost darauf, daß wir es so machen, wie wir es wollen, Ute und ich.« Ute ließ anstoßen mit gefrorenem Lächeln und steifem Arm und versuchte zu nippen. Sie mochte den Wein nicht und fühlte sich voll bis zum Hals. Kein Tropfen, kein Krümel mehr. Aber die Mutter räumte die Teller zusammen: »Jetzt kommt noch der Nachtisch: Schwarzwälder Kirsch.«

Mutter-Kuchen, hoch wie ein Haus. Weiß wie frisch gewaschene Wäsche, rot wie Blut, braun wie... Ute ekelte sich. In Berlin würde sie viel dafür geben, von der Mutter gebackenen Kuchen zu essen, freiwillig, wenn sie von fetter Soße und beklemmenden Reden unbelastet war.

»Schmeckt dir meine Schwarzwälder Kirsch nicht?« Im Ton der Mutter vibrierte eine Schärfe, die Keime von Widerspruch stutzte, bevor sie groß werden konnten. »Ich hab' mir doch solche Mühe gegeben. Ich habe...« – »Quatsch – du hast dich wieder mal an der falschen Stelle verausgabt«, unterbrach sie der Vater. »Keiner kann deine Torte noch essen.« – »Mir schmeckt sie!« widersprach Henning, löffelte, schluckte. »Keiner mag deine Torte«, beharrte der Vater. »Du hättest lieber... Acht Wochen war ich nun weg. Im Keller die ganzen Kartons. Nichts ist gepackt, nichts beiseite geräumt. Dabei hast du gewußt: Sowie ich zurück bin, geht es los mit dem Umbau. Ich finde es unerhört...« – »Aber ich will den Umbau doch gar nicht. Ich will, daß alles bleibt, wie es ist. Ich finde es schön so.« – »Mutti!« Der Vater holte tief Luft, die Atempause wurde zum Sockel, auf dem seine Überlegenheit in Ruhe Platz nehmen konnte. »Seit Jahren machen wir diese Pläne. Seit Jahren weißt du, daß deine Küche nichts taugt. Nordküche, zu groß. Tausend Schritte zuviel jeden Tag. Frag doch mal Klose, der die Siedlung mit plant, drüben am Hang. Kein Mensch baut mehr solche Küchen.« – »Das ist mir doch egal!« schrillte die Mutter, aber der Vater redete weiter: »Seit Jaaaaahren«, er zog das Wort wie die Ewigkeit lang, »sind wir uns einig, daß das Haus abgeteilt werden muß. Wenn ich nicht mehr bin...« Die Mutter hörte nicht zu. Ihre Hände zitterten. »Wieder ein Umbau«, flüsterte sie. »Unordnung, Arbeit, Dreck. Und hinterher ist alles schlechter.«

Ute hatte die Torte vergessen. Sie wartete auf dem Teller, war weiter gewachsen. Gewaltig wie eine Burg. Unüberwindlich. Unmöglich, davon zu essen. »Mutti, ich kann jetzt nicht mehr. Ich stell' die Schwarzwälder Kirsch in den Kühlschrank und esse sie später.« Die Mutter war kleiner geworden, sah niemanden an. Was sie sagte, war schwer zu verstehen. Nur einige Worte: »...seid alle auf seiner Seite.«

Joghurtbecher in turmhohen Stapeln, nach Formen und Größen sortiert. Pergamentpapier, zerknüllt, geglättet, gefaltet. Gummis – rot, grün und blau, ein Gewimmel größerer, kleinerer, winziger Ringe, Korken, Geschenkpapier, Schraubdeckelgläser. Der Wandschrank riß alle Mäuler auf, brach seine Eingeweide heraus, vielfältig und unübersehbar. Davor saß die Mutter. Das Haar hing ihr um den Kopf wie die Bindfänden und Schnüre, die aus dem zweiten Fach oben sich drängten, beliebig und wirr. Auf dem Fußboden dann diese Kästen, halb voll oder leer. Einräumen, ausräumen, umkippen – nein, für die Joghurtbecher reichte vielleicht gerade der größte.

Als Ute hereinkam, drehte die Mutter sich um, in den graublauen Augen Verzweiflung. »Er sagt, das alles soll in den Müll«, flüsterte sie. »Und was sind das für Schätze. Was hätten wir dafür gegeben – nach dem Krieg.« Sie leerte die Korken in einen kleineren Kasten und begann in dem freigewordenen Plastiktüten zu stapeln.

Der Vater rückte die Blumen beiseite. Der Riesenbusch »Fleißige Lieschen« streute hundert Blüten. Zertreten wurden sie zu gallertartigem Gefussel. »*Die* Wand kommt weg.« Sein Finger fuhr über die Pläne im hellblauen Ordner und wies mit Feldherrengeste auf die rötlich gemusterte Tapete, an der die gerahmten Photos der Großeltern hingen. »Dafür wird dieser Raum kleiner, das ist dann das Bad. Eine richtige abgeschlossene Wohnung. Prima Idee, sagt auch Klose.« Ein blitzender Blick durch die Brille, große Bewegung des freien Arms, wie über Weiten. »Und Mutti?« Er zuckte die Schultern. »Die wird es schon merken, wie schön es dann ist.«

Als sie abfuhren, standen die Eltern vorm Haus, weit voneinander entfernt. Der Vater, jungenhaft froh, winkte ausladend, als weise er ihnen den Weg in die Welt. Die Mutter, viel weiter zurück, wartete auf das Verschwinden des Wagens mit hängenden Schultern und offenen Händen. Sie fuhren, gehindert durch Baufahrzeuge, aus der Siedlung hinaus. Rechts und links, vor und zurück, weiß geschminkt in Blumengirlanden und Rüschen aus eisernen Schnörkeln, schlich und tanzte an ihnen vorbei die Revue spitzgiebeliger Häuser. Ute starrte nach vorn auf den fleckendurchsetzten Asphalt. Sie liebte die Straße, fühlte sich warm und voll von dem Glück, entkommen zu sein. Dieses stumpfe Grau kleiner Steine, das sie trug und das eine versprach, das Wichtigste überhaupt: Es würde nicht abreißen unter ihnen, es würde sie fernhalten von den Familienhäusern, Familienhöhlen, Familienverliesen, Familiengrüften, von den Holzeisengebissen der Eigenheim-Mäuler, deren Atem durchsetzt war von Reinigungsmitteln und Bratengeruch.

Diese rauhglatte Straße, elastisch wie Gummi, die mit jeder Sekunde den Abstand dehnte zwischen ihr und dem Vater. Er wurde kleiner, er schrumpfte zum Kind, winzig und faltig, das mit leuchtenden Augen Dreckpampe rührte und

Bauklötze übereinandertürmte. Ein Kind, das Baumeister, Feldherr und König spielte bis zu dem Tag, an dem es entdeckte, daß nichts weiter geschafft war als ein neues Stück Mauer zur Gruft. Ute wünschte, den Vater schützen zu können vor den Folgen seines eigenen Wahns. Sie ertappte sich bei der Furcht, ihn zu lieben, womöglich ihn retten zu wollen, sinnloserweise, um den Preis der eigenen Freiheit. Natürlich hatten sie Platz in Berlin. Das Gemeinschaftszimmer in der Wohngemeinschaft stand zur Verfügung. Es machte kaum Arbeit, dem Vater sein Bett wieder herzurichten, die Zeitungen und Papiere beiseite zu räumen. Aber der Gedanke daran nahm ihr die Luft.

»Was denkst du?« fragte Henning nach Kilometern des Schweigens. »An den Vater. An unsere Glotze. Wir können sie wieder ins Eckzimmer tun, Gott sei Dank.« – »Mir tut deine Mutter so leid.« Er schaltete niedrig. »Die? Ich glaube, die weiß sich zu helfen. Die hat ihre Korken und Joghurtbecher und treibt Blüten mit ihren ›fleißigen Lieschen‹.«

Bauarbeiten verengten die Fahrbahn. Nur noch 50 Stundenkilometer waren erlaubt. Ihr Volkswagen schaffte bloß 30. Sonst zog er ja gut, ausgezeichnet für seine zwölf Jahre, aber *die* Steigung war ihm zuviel. Henning schaltete weiter zurück, 28, 25, 20 Stundenkilometer. Asphaltkurven, eng, aber leer, freigehalten für sie. Hinter ihnen die Schlange der Lastzüge, Busse, Mercedes, Opel und wieder Mercedes, weit über das gebogene Ende der Straße. Die kamen nicht an ihnen vorbei.

20. Kapitel

Dies war nun seit einigen Wochen ihr Haus. Die Reisigbündel versperrten den Zugang zum Fenster. Ineinander verhakt, eingeebnet vom Staub oder in Bodennähe vom Schimmel durchsetzt. Ute sah auf den verdorrten, gebündelten Birkenfingern bunte Gewächse: Rundliche weiche Formen, die in Pastellfarben leuchteten, gelbe Zentren in weißbläulichem Feld, wie Spiegeleier beinahe, Seenelken ohne Meer, samtmattes hellblaues Fell, dessen einzelne Härchen sich bei Berührung zu matschigen Klumpen verbanden.

All diese Zweige zu schneiden, zu bündeln, sie auf dem Rücken nach Hause zu tragen! Sie zu stapeln für vergangene kommende Winter, in denen sie sich prasselnd in Wärme hätten auflösen sollen! Jetzt waren sie vollgesogen von Kälte und Nässe, und das matte Licht durch die winzige, spinnenwebverdunkelte Scheibe änderte nichts daran. Immerhin ließ sich das Fenster öffnen. Ute griff in das Reisig und warf es hinaus: einzelne Zweige, Krümel, filzige Klumpen und hexenbesenstarke Gebinde. Futter genug für ein mächtiges Feuer am Abend. Erst das trockene Zeug mit all seinem Staub, später die feuchten, verklebten, vom Schimmel befallenen Sträucher. Schön würde das sein.

Ute preßte die Hände ins Kreuz und reckte sich hoch. Wo ihre Fingerspitzen die Decke berührten, lösten sich feuchtpappige Brocken ab. Pause! Sie ging gebückt durch die Tür, kletterte durch das unerforschte Gerümpel im Scheunenbereich aus dem Haus. Draußen überfiel sie warmes Licht, als sei es gerade angezündet worden. Blinzeln und Fühlen füllten sie ganz aus. Allmählich fand sie sich im Sand wieder, angelehnt an das sonnenwarme Gemäuer, und zweifelte, daß es das alles gab. Aber kein anderes Ergebnis stellte sich ein: Sie hatte das Haus, den Sandhügel mit seinen Kiefern und Eichen, die leicht bewegte Kastanie gemeinsam mit Henning gekauft; die lärmende Hummel, eine Weinbergschnecke mit silbriger Spur, die warmduftende Luft und vieles mehr inklusive.

Zum ersten Mal hatte sie die Erfahrung gemacht, daß Geld nicht unbedingt stinkt. Geld riecht auch nach Erde mit leichtem Zusatz von Mist, es duftet zartsüß wie die gelb entfalteten Löwenzahnköpfe. Geld schmeckt wie der Tropfen im Schlund der Taubnesselblüten. Utes Geld klingt so wie das Kuckucksgeschrei aus dem Wald, wie der unbekannte Vogel, der immerfort von der Eiche herunter »Video« ruft. Geld ist eine Kraft, Ersehntes zu verwirklichen und wieder zu löschen, bevor diese Wirklichkeit zur Gewohnheit und so zum Gefängnis verkommt.

Diese Seite des Geldes hatten sie sich bisher gerne verschwiegen. Die Rede war eher von »G« gewesen – allgemeines Äquivalent beziehungsweise notwendiges Produkt des Austauschprozesses, wie es Marx im »Kapital« definiert. Verwandelt in Kapitel »C« mit Hilfe des Mehrwertes »M«, wird »G« zur Triebfeder von all dem Bedrohlichen und Unkontrollierbaren, was auf der Welt geschieht.

Geld war – rein privat – eine eckig gedruckte Ziffer in der rechten unteren Ecke des Kontoauszuges, die inzwischen fünfstellig grinste. Allmonatlich war sie höher geworden, gab sich höhnisch und lästig, stach, obwohl unscheinbar grau, auf dem kleinen Querblatt hervor, als sei sie von innen beleuchtet. Machte sich breit als Beweis, daß Ute zu denen gehörte, die zunehmend mehr zu verlieren hatten als nur ihre Ketten. Das war für sie schlimm, denn sie brauchte Gründe zum Kämpfen, um Spaß am Leben zu haben. Ihr Kontakt zu anderen Menschen, ihre Berührung war weniger Liebe als Kampf. Gemeinsamer Kampf, Kampf um irgend etwas, Kampf gegeneinander. Das Kämpfen erhielt sie lebendig und wach. Also haßte sie die behäbige Zahl auf dem Querformular und versuchte, sie zu vernichten. Oder wenigstens kleiner zu machen. Abzutragen durch Spenden für andere, deren Gründe zu kämpfen schlüssiger waren als die eigenen. 100 DM pro Monat für einen Widerstandskämpfer in Chile. 50 DM für die Druckmaschine einer politischen Partei. 300 DM für Landmaschinen in Portugal.

Aber die Daueraufträge und Überweisungen tasteten die

Breite der Ziffer nicht entscheidend an. Die Kämpfe waren zu fern, als daß Ute an ihrer Lebendigkeit hätte teilhaben können. Mario N., der Chilene, wieviel er auch immer litt, sie mochte die monatlichen 100 DM zu ihm hinpumpen, wieder und wieder – er blieb für sie fühllos, trocken und kühl wie Papier.

Besser wäre es fast, das Geld zu verschenken, einfach so auf der Straße. Aber wer schützte sie vor dem Befremden, dem Mißtrauen, der Verachtung der gerade Beschenkten? Wer hinderte diese am unverzüglichen Mißbrauch, zum Beispiel: die Schenkung in Bier zu verflüssigen, wo immer sich die Gelegenheit bot? Ohnehin – so groß die Summe auch schien – konnte sie nicht jeden beschenken. Wer half ihr bei der Entscheidung, wer bewahrte sie davor, ungerechter zu sein als alles, was in dieser Gesellschaft bisher bereits zur schlechten Regel geworden war?

Verschenken war keine gute Idee; die Summe auf ihrem Konto wuchs weiter. Sie mochten bedürfnislos leben wie die Studenten – sie waren nicht arm. Geld klebte an ihnen wie eine andere Haut. Der Kauf dieses Hauses war ein Versuch, sich endlich zu häuten und die Hülle dann liegenzulassen, weit außerhalb von Berlin, entfernt genug, um sie dort am Ende vergessen zu können.

Aber vorerst war nicht an Vergessen zu denken; es ging um Anfassen, Fühlen, Riechen, Sehen und Hören, es ging um eine warme Kuhle im Sand, die Utes Po sich zurechtgedrückt hatte, um die Rückenlehne aus eigener Mauer – hier saß sie und erfuhr staunend mit jeder Faser des Körpers die Verwandlung von Geld in Besitz.

Unmöglich, das hier je zu verlassen. Unmöglich, etwas anderes zu tun, als drinnen gleich weiterzuräumen, Hucke um Hucke dort aus dem Fenster zu werfen, ein fremdes Nest bis auf die leeren vier Wände zu zerstören, um daraus ein eigenes zu bauen.

Am Nachbarzaun ertönte eifrig kurzes, dann durchdringend gedehntes Gegacker, schrill wie Geschrei. Schwerfällig flatternd erhoben sich Hühner aus einem Beet, getrieben von einem drängenden, schlagenden braunen Spazierstock. Sie rannten fast in der Luft, zeterten aus langgezogenen Hälsen und fanden sich endlich beim Schuppen zu einem federnden, aufgeregt tuckenden Haufen zusammen. Jetzt tappte der Stock senkrecht zu Boden, gleichmäßig bedächtig in winzigen Schritten wieder zurück. Schwer hielt sich die alte Frau daran fest. Mit der rechten Hand zog sie das blauweiße Kittelkleid hoch, um etwas daraus nicht zu verlieren. »Junge Fraau«, rief sie in der breiten Geziertheit der Plattdeutschen, die bemüht ist, sich einer Ausländerin verständlich zu machen: »Kommen Sie her! Machen Sie Ihren zwei Chefs mal einen schönen Salat!«

Der Vater und Henning mühten sich mit einer Kiste nach draußen, die sperrig, breit und zu schwer war, um sie lange zu heben. Nur hochkant paßte sie durch die Tür und stand dann graubraun verwittert im glänzenden Gras. »Vom Hängeboden über dem Keller!« erklärte Henning schwer atmend, »eine Schatztruhe!« zwinkernd der Vater. Der Deckel war gründlich vernagelt. Erst nach längerer Arbeit mit Hammer und Zange drehte sich wundervoll quietschend das Deckbrett in den Scharnieren. Gesteigerte Spannung und endlich Enttäuschung. Bloß Eingemachtes war drin. Gläser mit bräunlich schwappendem Birnenkompott, eingetrocknetem Apfelmus, undefinierbarem... »Guck mal, die Kirschen!« Der Vater befreite ein Glas von Gewebe und Staub. »Die sind aber sicher noch gut! Die wollen wir essen!« Er zog an der Lasche des Gummis und hatte das mürbe Zünglein gleich in der Hand. »Schade! Wer hat mal ein Messer?« Vergeblich stocherten sie im roten Gekrümel des alten Verschlusses. Der runde Deckel saß fest.

Weich, rund, mit einer Öffnung nach innen wie bei primitivem Getier bewegten die Kirschen sich in dem Ozean aus schwarzrot schwappendem Saft. »Ich muß sie essen! Kinder, was sehen die gut aus!« Er drehte das Glas hin und her. »Ich hab's! Man nimmt in so einem Fall heißes fließendes Wasser. Hält das Glas einfach unter den Hahn...« – »Haben wir nicht«, sagte Henning. »Ich meine: Man holt sich was von der Pumpe, macht es heiß auf dem Herd und gießt es dann drüber. Ganz einfach.«

Beschlagene Brillen. Die Finger wie Brühwürste gerötet vom langsamen Drehen des Glases im heißen, spärlichen Strahl – der Deckel löste sich nicht. Bis Mittag trieb das Kirschenkompott sie nun um, dann gaben sie auf. Aber nach dem Salat starrte der Vater aufs neue darauf, als hätte er eine Vision: »Ich hab's! Daß ich da nicht gleich drauf gekommen bin...« Er besorgte sich Garn und Benzin, wickelte winzige Zündschnüre um den brüchigen Gummiverschluß. »Alter Pfadfindertrick! Da kommt ihr heute gar nicht mehr drauf. Achtung, in Deckung!« Aus zehn Metern Abstand sahen sie zu, wie ein Flämmchen den Faden hochfackelte, erblühte und zischend erlosch. Damit verglühte dem Vater der Glanz im Gesicht. Etwas zog ihm die Mundwinkel nieder, grub sich in die Falten um Augen und Wangen. »Kinder, ich leg' mich jetzt schlafen. Ich kann nicht mehr so! Es wird mir alles zuviel.« Mit einer Decke, das Glas unterm Arm, ging er hinter das Haus.

Beim Dorfkaufmann standen die Gläser in großen Mengen: »Schattenmorellen, entsteint.« Der Deckelverschluß gab mit geringem Widerstand sofort nach. Ute goß alles in eine Schüssel und stellte sie neben den Vater, der auf der Decke, den Mund leicht geöffnet, den Himmel anschnarchte. Das Glas aus der Kiste versteckte sie unter dem Müll.

Der Vater schlief nicht sehr lange. Nach dreißig Minuten kam er blinzelnd zurück und aß im Gehen Kompott. »Kinder, schmecken die gut! Wie eben geerntet. Und wie habt ihr das nun geschafft?« Ute zuckte die Achseln, räkelte sich wie eine Große, die alles über den Weihnachtsmann weiß: »Verrate ich nicht. Alter Pfadfindertrick.« Sie durfte probieren, auch Henning bekam etwas ab. Dann waren die Kirschen gegessen, die letzten Tropfen geschlürft.

Der Vater setzte die Schüssel ins Gras und prüfte das Haus, als hätte er es noch gar nicht gesehen: Er umschritt das Gebäude, fixierte das Dach, kratzte am blätternden

Lack der winzigen Fenster, hockte sich stöhnend und stocherte in dem Holz eines tragenden Balkens. »Kinder, Kinder, was habt ihr bloß für Gerümpel gekauft!« Ein Glänzen war wieder in seinem Blick – er stemmte sich hoch und beschrieb mit dem Arm, aus der Schulter heraus, einen mächtigen Kreis. »Das müssen wir alles erneuern. Also: *Die* Wand kommt weg...«

Kein Umbau ohne den Vater.

Er fertigte Pläne, hörte sich aus der Entfernung nach Handwerkern um, überredete Tommi und Frank, auch mitzuhelfen. Als die großen Ferien begannen, war schon vieles geregelt, nur nicht von Ute und Henning.

Sie verließen Berlin mit Köpfen, voll von Prüfungsquerelen und Schulkampf, mit Augen, müde vom Flimmern der Schrift auf weißem Papier, mit Gliedern, bereit, sich inmitten von Sommernatur einfach fallen zu lassen. Aber da war schon der Vater und hatte Herrn Fröhlich bestellt, einen quadratischen Menschen, Maurermeister und Champion im Mittelgewicht. Sie saßen beim Bier. Ute und Henning, »Bauherren« genannt, verfolgten brav, aber ohne Verständnis das Umbau-Gespräch.

»Wetterwand«... »mit Ytong hochziehen«... »Balken neu setzen«... »halb und halb«... »grobkörniger Kies« – was ging das alles *sie* an! Es redete ohnehin keiner mit ihr. Ute rückte nach außen, ohne sich zu bewegen, zog sich heraus aus dem Ring der gemeinsamen Männerinteressen.

»Unbehandelt«, sagte der Maurer, »hat das keinen Sinn.« Kein Sinn, mein Sinn, dein Sinn... ihr klappte das Kinn auf die Brust... Unsinn... noch einmal hoch. Ute stand auf, drückte sich schlafwandlerisch um das Haus und ließ sich fallen. In der Ferne tönte das Männergespräch, noch eifriger als zuvor.

Henning dagegen hielt durch. Daß er Bauherr war, klärte sein Hirn, und er wurde sehr wach. Er wiegte sein Bier in der Hand, betrachtete sein Haus, vernahm seinen Plan aus dem Munde der anderen Männer. Er lauschte, nickte, blickte von einem zum anderen, verstärkte mit Nachdruck die Worte des alten Fiedler, als sei, was der vorschlug, schon lange beschlossen gewesen. Am Ende preßte er Maurer Fröhlich die mächtige Hand.

Mauern verschwanden, Balken wurden ersetzt, und das Haus gab Einblicke frei. Ute, Henning, der Vater und alle, die bauten, standen im Zentrum der dörflichen Aufmerksamkeit. Das schamhafte Beben heruntergelassener Stores gab es hier kaum. Die Leute standen am Zaun, auf dem Hof, sie grüßten, fragten, berieten, sie brachten Augustäpfel und Salat, einmal auch Sahnetorten, die sacht in der Sonne zergingen. Sie scheuten weder Baustaub noch Lärm, übertönten das Dröhnen der Mischmaschine mit angestrengtem Organ: Ja, die Ytong-Steine, das sei mal was Neues – da wäre ja so eine Wand schnell gemacht, aber ob sich das lohne bei dem Gerümpel... Und dann: »Es kost' ja auch Geld...« Da wurde keine Antwort erwartet, und Ute hätte auch nichts gewußt, als immer weiter zu schippen, abwechselnd Mörtel und Sand in das unersättliche Maul der rotierenden Trommel zu füttern.

Die Arme taten ihr weh, sie waren zu dünn, zu ungeübt für diese Arbeit. Eine Fliege summte in engen Spiralen um ihr Gesicht. Aus den Augenwinkeln sah Ute, wie die Torte dort auf dem Klapptisch zerlief. Wespen tummelten sich in den Rosetten von himbeerfarbener Sahne. Sollten sie doch! Ute schippte, denn das war die eigentliche Frage von Edelgard Funke. Sie hatte die Torte gebracht, um herauszubekommen, was die ganze Nachbarschaft brennend interessierte: Hielten *die* das wohl durch? Waren die beiden Dünnen aus Berlin, diese Studenten – nein, eher noch Kinder, dem Haus hier gewachsen?

Waren sie das? Daß Ute dies selbst nicht wußte, machte ihr angst. Aus Angst war sie nun so gehorsam, folgte dem Willen des Vaters, ohne zu denken. Wie blind, ohne eigene Richtung, ging sie dorthin, wohin der Vater sie führte, als wäre sie ein ganz kleines Kind. Schippen und räumen, graben und schleppen, sich rauswinden aus dem Gefängnis der

Erschöpfung. Stärker werden dabei, wie befreit, ja, es war nicht zu leugnen: Arbeit macht frei. Frei von den eigenen Zweifeln, von der Verwirrung der vielen anderen Wege, von der Macht des »ja, aber...«, des »eigentlich müßte man doch...«. Sie gewährt Freiheit des Laufställchens, innerhalb dessen Stäben nichts hinderlich, alles Möglichkeit ist.

In winzigen Teilbereichen sich der eigenen Fachkompetenz erfreuen. Nach zwei Tagen Meisterin werden im Steineabklopfen. Der Backstein des alten Gemäuers war noch stabil. Jeder der rotbraunen Quader wurde vom Mörtel befreit und zur Wiederverwendung gestapelt. Ute hatte sich dafür ein schönes Plätzchen gesucht: halb Sonne, halb Schatten. Sie legte die Steine in Position, verlagerte ihre Fingerspitzen auf Hammer und Meißel. Ein leichter Schlag auf den richtigen Punkt, und die graugelbe Schicht sprang als Ganzes vom rötlichen Grund.

Nur bei der Mauer zum Wald hin brach eher der Stein, als daß sein Bindemittel ihn freigab. Kein Schaben, kein Klopfen brachte den Erfolg; die Wand lag als Ganzes im Gras, Stein an Stein fest verbunden, ohne Ansatz für Hammer und Meißel.

»Na, junge Frau, will's nicht klappen?« Maurer Fröhlich hing über dem Balken, eine Bierflasche schwenkend, am Mundwinkel Spuren von Schaum. »Das is Hitler-Zement, sieben zu eins, für tausend Jahre... Paßt doch nich schlecht zu Ihrem Herrn Vater, so'n alter Deutscher wie der... Ohne den!« Er zwinkerte leicht und verschwand.

Der Einkauf in Lüchow zog sich wohl hin. Draht, Farben und anderen Kleinkram wollten der Vater und Henning besorgen. Sie waren schon seit anderthalb Stunden fort.

Meister Fröhlich rumorte dort an der Ostwand. Ute hörte das Klatschen der Spachtelmasse, Schaben und nun das »Plop« der nächsten Flasche, Gluckern, zufriedenes Seufzen, von Rülpsern durchsetzt – all das so laut, als gäbe es sonst nichts auf der Welt. Obwohl er zehn Meter weit weg war, quoll Herr Fröhlich bis hin zu der Wand, an der Ute saß. Sie roch seinen Schweiß, vergaß darüber die eigenen nutzlosen Schläge, überhörte den Vogelgesang. Eben setzte der Maurer die Bierflasche ab. Nun kratzte er sich, stöhnte, schien sich zu strecken. Ute schlug nur noch sacht den Jahrtausendzement, ließ es dann ganz und stand auf. Hammer und Meißel fielen ins Gras. In dreißig Schritten war sie am Wald, von der Gegenwart dieser Bierflasche und dieses Mannes verdrängt. Solange sie mit ihm allein war, gab es für Ute keinen Platz auf ihrem Besitz. So lehnte sie an einem Stamm; ihr großer Zeh wühlte Löcher in das Gewebe braungetrockneter Nadeln. Sehnsucht nach Autogeräuschen überkam sie. Scham, hier zu stehen. Dort drüben war *ihr* Haus, in dem Meister Fröhlich arbeiten sollte – nicht Bier trinken, nicht sie vertreiben.

Ute befahl sich zurück. Festen Ganges schritt sie um ihr Haus, aufrecht, Beherrschung im Blick, als sollte sie in eine schwierige Klasse. Der Maurer war weg. Die Wand, an der er beschäftigt sein sollte, war wenig gewachsen, eher, so schien es ihr, kleiner geworden. Das Sonnenlicht blinkte in einer halbleeren Flasche; eine Wespe umkreiste den offenen Hals, tastete sich hinein und torkelte wieder davon. Die Vögel waren sehr laut. »Wie schön«, dachte Ute, wandte sich weg und suchte ein sonniges Plätzchen im Gras.

Wenn der Vater vor Ort war, wurden die Mauern größer – dort, wo sie es sollten. Der »schwimmende Estrich« im Bad schwamm einen Tag, dann gerann er zur ebenen Fläche. Grundwasser spritzte brackig und schwer aus einem Zwölf-Meter-Bohrloch, verwandelte in Sekundenschnelle den Brunnenbauer und seinen blondgelockten Lehrling in schwarzglänzendes Moorvolk und wurde von allen begeistert begrüßt, als wäre es Öl. Der Fortschritt durchsetzte das Häuschen wie eine Verheißung – jeder Tag ein Erfolg. Schon lief bräunliches Wasser aus Hähnen in untergestellte Eimer, schon war der Durchbruch von Osten nach Westen von neuen Wänden geschlossen, war der Kuhstall zu einem Zimmer für Menschen geworden.

Zum Aushub der Klärgrube kamen die Brüder ins Dorf, erst Tommi und Frank, für kurze Zeit sogar Hans. Gutgelaunt, zu neun Zehnteln nackt und schweißglänzend schippten sie Sand, sanken mit jedem Tag tiefer, ließen Ute weit über sich.

Ein lautes, vergnügtes Familienereignis, voll dröhnender Superlative wie die Silvestertouren oder die Schlittenfahrten vor zwanzig Jahren. Diesmal war Ute der Anlaß dafür. Ohne sie gäbe es gar keine Grube und damit kein Haferjohannisbeerfrühstück im nachtfeuchten Gras, weder Froschsprünge in die Düne neben dem Aushub noch heftige Diskussionen in vier Metern Tiefe über die Rolle der SPD beim Radikalenerlaß. Balgerei und Gewitzel, Tiefsinn und Kraftmeierei – Ute hatte den Umgangston ihrer großen Familie beinahe vergessen. Aber diesmal war sie stärker denn je. Sie war so wichtig geworden, daß es ihr unwichtig war, ob sie mitreden, mitmachen konnte; sie sah, sie hörte, sie lachte: Da waren die Brüder, drei immerhin, von weit her angereist, um zu arbeiten und Theater zu spielen – extra für sie. Spielleiter – der Vater. Henning – Statist. Die sonnigen, sandigen, rauschenden, schwitzenden Tage mit den zögerlich dunkelnden Nächten waren Beleuchtung; Fachwerkgebäude, Acker und Bäume die Bühne.

Alles zusammen war sogar ihr Recht, wie Ute per Zufall erfuhr. »Wieviel Kinder haben Sie denn?« fragte Edelgard Funke, als sie dem Vater die Trittleiter lieh. »Sieben«, hörte ihn Ute, selbst verdeckt von dem Holzstoß beim Stachelbeerbusch. »Sieben Kinder – fünf Söhne, zwei Töchter. Ute, die ist die vierte, genau in der Mitte.« Er räusperte sich. »Die Mittelkinder haben es schwer. Es ist nicht viel Zeit für sie da. So ging es uns auch mit der Ute.« Wieder sein Kratzen im Hals. »Das mach' ich jetzt gut.«

Dann fuhren die Brüder; sie blieben wieder zu dritt. Und weiter ging die Verwandlung von Plänen, Ideen in Wirklichkeiten, sehr schnell – beinahe zu schnell für Henning und Ute. Die waren gewohnt, was sie dachten, auf weiße Bogen zu schreiben, diese danach zu kopieren, mit Gleichgesinnten zu diskutieren und dann in Ordner zu heften. Daß sich heute schon anfassen ließ, was erst gestern geplant worden war, überwältigte beide. Angesichts dieses Wunders verharrten sie längere Zeit in einem Zustand der Ideen- und Planlosigkeit. Sie nickten, wenn Utes Vater beim Abendbrot angab, was morgen zu tun war. Sie griffen zu, führten aus, wurden geschickter und stärker dabei, besannen sich allmählich auch auf den eigenen Willen. Henning zuerst, bei der Frage des Komposthaufens zum Beispiel: Dort hinten am Zaun, zwischen Brennesselwald und Schlehengestrüpp soll über die Jahre ein Komposthaufen entstehen – hatte sich Henning gedacht. Er trug Eierschalen, welken Salat, angeschimmeltes Brot dort hinüber. Der Vater dagegen leerte den Abfall hinter die Südwand des Hauses. Und Ute – es war ihr egal – warf die Reste mal an die eine, dann wieder an die andere Stelle. Sie fragte am Ende nach, unbefangen zunächst, ob es nicht besser sei, alles zusammen vermodern zu lassen. »Natürlich«, sagte der Vater, und seine Stimme war rauh, er habe bereits an der Südwand... Da sei doch die Stelle am Zaun, warf Henning dazwischen, denn dort an der Südwand, da wolle er mal seinen Arbeitstisch hinstellen, später, bei Sonne. »Kommt gar nicht in Frage«, der Vater. »Der Südplatz ist *ideal* für den Kompost. Warm, trotzdem im Schatten, ohne den Wind...« – »Aber da soll mein Tisch hin! Man hat seine Ruhe vorm Dorf und sieht so schön auf den Wald. Da will ich sitzen, ohne Kompost!«

Im Feuer zerplatzte ein Stöckchen mit trockenem Knall. Der Pfefferminztee im Blechtopf fing an zu sieden. Die Glutkartoffeln mochten schon gar sein, Ute stocherte eine heraus.

»...ist doch Quatsch!« begann wieder der Vater. »Funktioniert sowieso nicht. Kopfarbeit – niemals im Freien! Merk dir das mal. ›...mit – Blick – auf – den – Wald...‹ – da kommt sowieso nichts bei raus.«

Über das Reetdach des Nachbargehöfts schob sich der Mond und blieb im Baum hängen – eine große orangefarbene Frucht. Neumond wäre besser gewesen. So stritten sich nicht nur die Stimmen. Die Gesichter der beiden, ungeschützt hell, schienen nackt vor Gefühlen. Als sähen sie sich zum ersten Mal und setzten auf Haß. »Ich will aber da meinen Tisch«, sagte Henning, »und arbeiten, wo es mir paßt. Dies ist mein Haus und Utes – aber nicht deins!«

Ein Mähdrescher lärmte den nahe gelegenen Feldweg entlang, dinosauriergroß und behäbig. Aber er bog um die Ecke, verklang viel zu schnell, vertrieben vom Schweigen des Vaters.

Dieses uralte Schweigen, das in seiner Schwere über sie sank, Utes Mund verschloß und ihre Bewegungen lähmte. Auch auf das Feuer legte es sich, preßte den Mond hinters Dach, verband sich mit Schatten und Nacht, berührte als Kälte die Haut. Des Vaters Schweigen überwältigte sogar ihn selbst. Es machte ihn kleiner, zog ihn nach vorn. Er verlor die Konturen, wurde zum Kloß. »Stein«, dachte Ute. »Jetzt ist es soweit. Wir werden beide zum Stein. Er sieht schon so aus. Und ich, ich härte von innen. Stein im Hals, einer im Bauch, sie wachsen zusammen, und dann ... Am Ende ist es so gut.«

Der Vater stand auf. Reckte, räusperte sich, ging hinüber zum Haus. »Macht euren Scheiß doch allein, so schlau wie ihr seid!« – »Machen wir auch!« Henning öffnete eine Kartoffel, hantierte mit Butter und Salz, schmatzte zu laut. Ute starrte ihn an, als verzehrte er gerade den Vater und fräße damit auch sie.

Er hatte kein Recht, sich mit dem Vater anzulegen, auch noch, ohne Ute zu fragen. Alles stand nun auf dem Spiel: der Umbau, die Achtung der Nachbarn, die langsam wachsende Nähe zwischen dem Vater und ihr. Dieses entsetzliche Schweigen – nur Henning war schuld, daß es wieder vernehmbar geworden war.

Drüben klappte die Tür, dahinter ein Räuspern: »Unfähig seid ihr, und das auf der ganzen Linie. Probiert es doch, los! Ich garantiere euch, daß der Umbau nichts wird mit so ... mit so einem ... Schlappschwanz wie dir!«

Ute schnappte nach Luft, erstickte fast an der Wahrheit. Es drängte sie näher zu Henning. Sich klammern an ihn, ihn halten, ihn schützen vor der Wucht dieses Zorns. Aber der schob sie beiseite, holte dann aus, um eine Mücke zu treffen, die sich an seinem Knöchel festgesaugt hatte.

Was war schon der Umbau! Ob das Wasser nun aus den Hähnen floß oder auch nicht – was war dieses Ergebnis gegen die geschäftigen Tage mit stündlichem Fortschritt, gegen das Glücksgefühl der Dreieinigkeit, das sie sich heute nachmittag noch hatte einreden können.

Verhärten sollte sie sich, als Puffer zwischen die beiden klemmen oder, flexibel wie ein Verband, die Männer stoßfest verpacken. Die hielten doch beide nichts aus, und käme nur einer zu Schaden: sie wäre schuld.

Es planschte und rauschte im Bad, gurgelte, tappte. Licht auf dem Flur, der Vater hinkte vor und zurück, wieder und wieder. Was tat er nur so lang an dem Schrank? »Henning…«, flüsterte Ute. »Ich glaube, er packt!« Vom Haus her ertönte die Stimme des Vaters, brüchig, als wäre er krank: »Also: Ich reise dann ab. Morgen um zehn. Hat ja doch keinen Zweck!«

Die letzten Kartoffeln im Feuer waren schon hart und verkohlt, mit kirschkleinem eßbaren Kern. Henning löffelte, was er noch fand, und spülte mit Bier. Sah zu Ute hinüber, blinzelnd aus rußverschmiertem Gesicht. »Den mach' ich fertig, den Alten, das kannst du mir glauben!«

Am Morgen gab's Brot im Stehen, heruntergeschluckt zwischen Küche und Bad. »Wie ein Reptil«, dachte Ute nach einem flüchtigen verlegenen Blick auf den Vater. Verwittert, von Falten durchpflügt war sein Gesicht, als wäre es gewachsen und paßte nicht mehr. Er wandte sich um, stieg in den Keller hinunter und hantierte im Werkzeugkasten.

Auf der Fensterbank lag ein angebissenes Quarkbrot von Henning. Der war schon im Garten. Er trug eine Forke hinter das Haus, von Ute gefolgt. »Ich fahr' mal in's Dorf. Vielleicht hat jemand Eier für uns.« Henning nickte. Er füllte den Müll an der Südwand in eine Karre, um ihn zum Platz *seiner* Wahl hinüberzufahren.

Ute lenkte ihr Rad aus dem Dorf, einen Asphaltweg entlang, an ersten Stoppelfeldern und schwachgrüner Sommergerste vorbei. Linker Hand zog sich ein Wald. Im rauhfleckigen Grün einer Pferdekoppel waren schon von weitem Champignons zu sehen. Ute bremste und trat dann noch heftiger in die Pedale. Pilze pflücken, wozu? »Ich reise ab«, dachte sie und fuhr an der Kreuzung nach rechts – einfach so. Aus dem Asphalt wurde rollender Kies, dann trockener Sand, der sich weich um die Reifen legte, sie daran hinderte, sich weiter zu drehen. Ute trat mit der Kraft ihres ganzen Körpers, um schneller zu werden, der Hitze, dem Schweißgeruch zu entgehen, die sie schon lange umgaben. Sie kippte fast um, als Rehwild hochging, zum Anfassen nahe. Drei Tiere, erschrocken wie sie. Hoch federnd trabten sie in unentschlossenem Bogen ins Feld, zurück auf den Weg und wieder zum Wald. »Rücklichter«, dachte Ute beim Anblick der hellen, nur angedeuteten Schwänze, vergaß für Sekunden den Druck auf der Brust. Dann kam er zurück; sie schob trotzig das Rad immer tiefer in den unbefestigten Weg hinein.

Zwischen ausgedünntem Kieferngehölz war rotes Fachwerk zu sehen. Egal, welches Dorf. Ute stieg wieder auf, um es möglichst rasch zu passieren. Begriff die Vertrautheit nicht gleich, den Briefkasten neben der Bushaltestelle – »Nächste Leerung: Freitag« –, den aus Autoreifen gefertigten Blumenbehälter. Edelgard Funke fegte den Hof. »Dreiviertel Zehn«, sagte sie auf Utes Frage. Eier habe sie auch. »Junghenneneier. Fünfzehn pro Stück.«

Das Auto des Vaters stand an der üblichen Stelle, noch nicht bepackt. Im Haus, zwischen Baustoffen, ungespültem Geschirr und suchenden Fliegen stand trostlose Stille. Die Schranktür sperrte, als wäre sie verschlossen. Ute rüttelte, stemmte und zog, bis sie sich krächzend rührte. Dahinter hingen Hemden, die »bessere Hose«, die Jacke des Vaters, adrett über Bügel gehängt. Ute faßte hinein, strich über einen Pullover, langsam von oben nach unten, mit einem tiefen Seufzer.

Jetzt hörte sie etwas im Bad. »... is' gerade«, sagte der Vater. »Nicht wackeln! So geht es.« Er markierte ein paarmal die Wand. Dann legte er Henning die Hand auf den Arm, sah zu Ute hinüber und winkte sie näher heran. »Guck dir das an! Die ganze Reihe hat Henning gekachelt. Einwandfrei. Und jetzt«, er kniete sich umständlich auf den Boden, »wollen wir schneiden.«

Sie arbeiteten oft zu zweit in den folgenden Tagen. Ein winziges Radio quäkte stets nahebei, vier Hände klebten und schnitten, hämmerten, schabten zusammen an einem Projekt. Selbst wenn sie sich stritten, strahlten der Vater und Henning Gemeinsamkeit aus.

Ute lauschte dem Eifergeschrei, dem Sieg der väterlichen Stimme, nun ohne panisch zu werden. Wenn es sie selbst nicht betraf...

Sie hielt sich versteckt. Im Wald bei den Pilzen, mit Gemüse hinter dem Haus, auf dem Rad, um Äpfel zu holen oder vom Rand der Felder den seidenhaarigen süßlichen Mais. In der Küche fand sie sich sicher vor Ratschlägen und des Vaters prüfendem Blick, so wurde die Küche ihr Ort. Hier briet sie Ideen, schnitt Einfälle klein und mischte sie zu Salat. War eins mit sich und zufrieden, bis plötzlich die Wut sie ereilte, am Montag um elf. Sie hatte gerade das scharfe Messer gespült wie schon so oft. Sie wischte die Klinge und schnitt sich plötzlich dabei, denn sie kam sich beobachtet vor. Ohne Zweifel: Sie sahen ihr zu. In Scharen sogar, und was Ute bot, entsprach nicht den Anforderungen. Sie hielt hier nicht stand vor Maike, Marion, Birgit und Holde, auch nicht vor Karin aus »Schule im Kapitalismus«. Sie fiel bei den anderen ebenso durch, den zahllosen Freien Frauen Berlins. Die saßen nun hier in der Küche, starrten durch Gläser, aus Ecken, vom Fliegenfänger herab. Waren seit Tagen schon hier und hatten sie längst überführt: Ute, das Messer abspülend, Ute beim Rühren und Würzen, stets auf der Flucht vor der Arbeit mit Schrauben, Nägeln und Zangen, Ute als Köchin für Vater und Freund, ohne ein Wort des Protests. Jetzt endlich, an einem Montag um elf, pulsierte die Wut, pochte im Hals, pumpte schamzorniges Rot in Utes Gesicht. Scham über den schweren Verrat an sich selbst und an allen Frauen, die nicht mehr in ihrer Rolle verharrten. Zorn über die Männer, die Utes Pflege genossen. Sie klebten Tapeten, lauschten dem fadendünnen Getön des Norddeutschen Rundfunks, redeten, pfiffen dabei und freuten sich schon auf das Essen.

»Kocht eure Scheiße doch selbst!« schrie Ute gegen die Tür, um sich besser zu fühlen, und trat dann hinaus, entschlossen und ratlos zugleich. Sie hatte die Pilze vergessen, die sie heute morgen gepflückt hatte. Sie lagen wie hier im Korb, zum Teil schon zu Schirmen entfaltet. Weißglattes Rund über blaßrosa Lamellen. Ute betastete sie, schnupperte daran und witterte in sich hinein. Pilzkuchen müßte man backen! Unten ein salziger Teig... Sie ging in die Küche, grübelte über die Zutaten nach, warf nebenbei Mohrrüben und Kohlrabi ins schon lange sprudelnde Wasser, tat Maike, Birgit und andere Frauen schnell noch dazu und rührte dann um.

Irgendwann stand es fest, erforderte kaum, darüber zu sprechen: Zum Ende der Ferien fuhr Ute alleine zurück. Auf dem Bahnsteig blieben die beiden zurück, Arm hoch zum sparsamen Winken, viel kleiner als Henning der Vater. Im vollen Endferienwaggon nach Berlin war es schwer, auf dem Gang einen Klappsitz zu sichern. »Entschuldigung«, »Darf ich mal eben?«, »Moment...« Mitreisende zerrten Rucksäcke, Koffer, Taschen, preßten Hinterteile und Bäuche an Ute vorbei. Die Füße mit auf dem Sitz, nahm sie sich zusammen, um klein zu sein wie ein Punkt. Sie saß in Fahrtrichtung, die Zukunft vor Augen. Netze von schlängelnden Gleisen, Lagerhallen und Müll, Häuser im Kistenformat. Der Horizont wurde enger, je weiter sie in ihn hineinfuhr. Vorbei das gemächliche Wolkentheater, weder rot zerfließende Sonne noch Wald zum Verirren. Nicht mehr für sie.

Aber angenehmes Alleinsein im brechend vollen Zug. Ute streckte sich etwas, nahm ihren Platz in Besitz. Telegrafendrähte und Bäume tanzten ihr vor dem Blick. Ute träumte an ihnen entlang, dann tauchte sie in ihre Tasche, kramte und las, zog ein paar Blätter heraus.

»Keine Umsetzung von Kollegin Warnecke-Holtz!« Warnecke-Holtz, Bezirk Kreuzberg, Gymnasium. Lackschwarze Strähnen bis in die Augen hinein. Schüttelbewegung des Kopfes, eine beharrliche linke Hand in vergeblichem Kampf mit dem störrischen Haar. Eine klirrende, glasschneidende Stimme, vom Lautsprecher noch übersteigert: »Kollegen, es hat sich gezeigt, wie schon so oft, daß der Staatsapparat...« Ute kannte Kollegin Warnecke-Holtz nur am Saalmikrophon der Gewerkschaftsversammlung. Ihr Fall lag ähnlich wie der von Horst: Kandidatur für eine Partei mit dem Buchstaben »K.« und ein offener Brief an Eltern und Schüler. Doch statt Berufsverbot wurde »nur« Umsetzung angedroht. Vom Gymnasium in eine Hauptschule. Warnecke-Holtz im Chaos stürzender Tische. Warnecke-Holtz beim Versuch, kämpfende Schüler auseinanderzubringen. »Jetzt nimmt sie den Mund vielleicht nicht mehr so voll«, dachte Ute und fand Gefallen daran.

Aber da war doch die Anzeigen-Flugblatt-Aktion für Monat September. Jede Schule mit einem eigenen Text. Ute schämte sich ihrer Gefühle und sah auf das Papier. Streichelte über das Blatt, immer noch mal. Freundliches, weißglattes Nichts, bereit für ihr Wort. Sie starrte darauf, bis ihre Hand sich bewegte, fast von allein.

»KOLLEGEN DER SALOMON-SCHULE KÄMPFEN FÜR WARNECKE-HOLTZ. Der Druck auf fortschrittliche Lehrer nimmt weiterhin zu. Wir werden auch diesmal verhindern, daß Volksbildungsstadtrat Gersonde und alle, für die er agiert, sich anmaßen...« Genußvolle Pause. Nägel mit Köpfen, endlich mal wieder. Entronnen dem Fachwerk, der Klärgrube und allem Unvermögen daran, war Ute sich ihrer selbst sehr sicher und fühlte sich bis zur Kopflosigkeit kompetent. Als Sprecherin vieler Menschen, die beim Lesen des Flugblatts ihrer Meinung sein würden. Ihre Texte entstanden durch Warten, nicht so sehr durch Denken. Fenster – Papier – Fenster, den eiligen Bäumen nachsehen, den Wegen, den wie auf einer Scheibe sich drehenden weidenden Schafen. Sie hatte Zeit, über die Grenze hinaus. Sie wartete – schrieb – wartete – schrieb, unterbrach, wann immer sie wollte. Schrieb sich vor und zurück nach Berlin, so schnell, daß ihr Zug dagegen zur Schnecke verkam. Beim lysolgeschwängerten Halt zwischen Deutschland und Deutschland schreckte sie hoch, sah den Mann, der nach ihrem Ausweis verlangte, unwillig an, als hätte er eine Protestversammlung für Warnecke-Holtz unterbrochen.

Doch später, als Ute die Uhland- und Kantstraße, PKWs, Leute sowie manchen Doppelstockbus unter sich sah, wollte sie nicht mehr hierher. Wozu die gespannten Gesichter beim Gleis, am Fuße der Treppe und in der Bahnhofsvorhalle, die Ute doch nicht erkannten?

Sie drückte sich zwischen Umarmungen, Blumensalut, gestammelten ersten Berichten hindurch bis zur U-Bahn. Sieben Stationen, eng aber warm, mit dem Rucksack vorm Bauch, zwischen weichen Altfrauen im Sommerdekor. Sieben Uhr war es schon. Ute sah Pferde. Fohlen, hochbeinig noch, führende Stuten, die ihre Köpfe hoben. Abdrehen beim Gatter und wieder zurück über bebendem Grund. Jeden Abend tobten sie über die Weide, nahe beim Haus, im Sommergeruch nach gesammelter Wärme und Heumahd. Vor den Birkenstämmen, die den Glanz geradezu übertrieben, wenn die Sonne schräg darauf fiel. Das Heidekraut lag schon im Schatten. Es blühte am Rande der Treckerfahrrinnen, und seine winzigen Blüten würden sich halten bis in den Winter hinein. Ein Strauß davon auf den Küchentisch der WG? Ute war nicht darauf gekommen.

Sie hatte nur Bilder, Gerüche, Geräusche, Gefühle dabei. Die Stille des Abends – durchsetzt vom Lärm eines Igels. Der Lallgesang Ewald Blohms, jeden Samstag, wenn seine Frau ihn aus der Gastwirtschaft holte. Hornissengedröhn und der Schrei eines Käuzchens: »Komm mit!«, der Teergeruch vom Xylamon, nicht unangenehm, aber giftig. Das

Gesicht ihres Vaters – tiefrot, wenn er feststellen mußte: »Ich hab' es ja kommen sehen!« Und Henning, dem Vater ins Wort fallend, da er ja alles begriff. Beinahe zu schnell.

All diese Erfahrungen brachte sie mit nach Hause. War gierig darauf, sie zu teilen. Wenn die anderen nur wollten. Der Weg von der U-Bahn nach Hause wurde ihr lang. Beim Anblick der halbblinden Fenster über dem Feinkostgeschäft ging sie sehr schnell. Die Haustür gab ihrem Schulterdruck nach, und Ute nahm auf der Treppe immer zwei Stufen zugleich. Vor der Wohnung ließ sie den Rucksack, die Tasche abgleiten und drückte die Klingel. Suchte nach mehrfachem Schellen sinnlos und lange den Schlüssel, um endlich wirklich ankommen zu können.

In die Jacke griff sie erst spät, fand ihn darin und schloß auf. Doch die Tür klappte gleich wieder zu. Beim zweiten Versuch schob Ute die Tasche dazwischen, denn ein Luftzug von innen machte die mächtige Platte aus Eiche zur schnappenden Falle.

Im Flur war es heller als sonst, jeder Raum gab durch die offene Tür Tageslicht her. »Mal sehen, wer da ist...«, hoffte Ute noch gegen den Augenschein. Sie vernahm ein Geräusch: »Klapp...« – ein Fenster ging zu. »Schnapp...« – wieder auf. »Klapp« – Pause – »Schwapp« – »Klapp« – Pause – »Schnapp« – »Klapp« – Pause – »Schnapp«. Stärker und schwächer, aber entschlossen, für alle Zeit weder offenzubleiben noch sich zu schließen. Ute betrat Ulis Zimmer und brachte das Fenster zum Schweigen. Staubige Öde, als sei der Raum in Eile verlassen worden. Auf dem Flur das Hallen ihrer Schritte, so lange, als wäre der Weg in der Wohnung inzwischen gewachsen.

Warum klinkten die Leute die Zimmer nicht zu! Dieser Mundgeruch der verwahrlosten Räume, ihr offener Hohn: »Tritt näher, bleib draußen – ist alles egal!« In den Zimmern die Betten, glatt oder zerwühlt, Schreibtische, Tassen mit abgestandenem Tee, stumme Radiogeräte, eine Zeitschrift von voriger Woche neben dem Klo. Alles ganz ohne Sinn, als wäre die Wohnung gestorben. Ob Sterben ansteckend ist? Auch in Utes Zimmer gab es Verwesungsgeruch, als wäre sie gar nicht zurück. Der goldene Lenin wirkte beschlagen, das dunkelnde Bild eines Ahnen in der geöffneten Gruft. Vom Balkon waren Blätter, verdorrende Blüten ins Zimmer geweht. Ein Blumentopf rollte torfstreuend am Boden, die Geranie darin war welk und geknickt.

Ute stellte den Rucksack, die Tasche hierhin und dorthin, öffnete sie, ließ sie sein, lief über den Flur in die Küche, ins Klo, in die Küche, ins Bad, auf verzweifelter Suche nach Leben.

Zahnbürsten zählen – im Glas standen Maike und Horst; Uli lag neben der Tube, weißstaubig trocken alle drei. Das Handtuch neben der Tür – vielleicht war es heute benutzt worden? Sie tastete gierig nach Feuchtem. Wieder zum Becken, sich stören am Zischen und Pladdern des fallenden Wassers – es war so laut in dem Nichts. Noch einmal auf den Flur, die Spinne im Blick, die im Winkel von Decke und Wand ihre Fäden gespannt hatte. Bis hinunter zum Bild, dieses Mädchen im langen Gewand, das da sitzend auf einem Bett irgend etwas... Ute beugte sich vor, um die Schrift zu entziffern, hungrig nach Worten. »Unermüdlich übt die Textilarbeiterin aus Wuhan auf ihrem schmalen Bett das Fädenknüpfen.« Mai 1975. Ach so. Der Kalender aus dem Vertriebssystem chinesischer Publikationen. Im Mai 1975 war die Zeit für ihn stehengeblieben. Seitdem saß die Arbeiterin hier auf der Kante, übte und lächelte, als hätte sie eine Vision.

Interessant, solche Spuren. Warum nicht die eigene Wohnung wie ein Museum durchschreiten, das Belege ausstellt für das Heute von gestern? Das Portugal-Poster vom Sozialistischen Büro etwa. Horst war dagegen, er hielt nichts von dieser Gruppierung. Aber da war man eben vor zwei Jahren hingefahren. Also hing es doch hier. In der Küche das Bild mit dem Sarg. Ute hatte mit angefaßt, ganz vorn sogar. Lehrerarbeitsplätze waren darin. Ein Jahr war die Demo nun her. Ein vergnügliches, sonnendurchwärmtes Ereignis, schon das gemeinsame Bauen aus starkem Karton. »Wo er jetzt wohl ist?« dachte sie. »Einen Sarg kann man immer gebrauchen.«

An der Wohnungstür klappte Metall auf Metall. Ute eilte hin, fand aber nur die Zeitung im Briefschlitz. Allerdings die von heute. Woher kam sie so spät? Egal, Ute nahm sich das Blatt und ging in die Küche. Tee trinken, lesen – auch eine Form des Daheimseins.

Wahlkampf, Herstatt-Affäre, Fahndung nach Terroristen, Schulbeginn und ein Blitzschlag in Britz – sie blätterte weiter, vor und zurück, las sich erst im Anzeigenteil fest. Sie boten auch unter der Woche Wohnungen an.

»Zwei-Zimmer-Wohnung, Vollkomfort, hell.
Zu besichtigen nach Absprache unter...«

21. Kapitel

Der Winter bekam eine neue Routine: Samstags, nach »Schule im Kapitalismus« und Bier-Zigaretten-Schluß im »Terzo Mondo« stand Ute am Bahnhof mit vielen, die auch den Geheimtip kannten: Sonntag null Uhr gibt es am Eingang der Halle die »Berliner Morgenpost« druckfrisch, voll von Skandalen und mit einem schwellenden Anzeigenteil.

Wer unter den ratternden Zügen in stinkender Kälte der Mitternacht harrt, sucht meist eine Wohnung. Neonbleich, nestflüchtend, nestsuchend stehen sie hintereinander und haben nichts gegeneinander bis zum Erscheinen des Blattes. Dann zerfasert die Einheit, das Neuste vom Tag fällt zu Boden, mischt sich mit Nässe und Schmutz, wird gegen Morgen in große Container versenkt. »Wohnungen, Angebote«, die Routiniers finden inmitten des Wusts von mächtigen Seiten nur mit dem Daumen das richtige Blatt und haben den Fuß in der Tür des nächsten Fernsprecherhäuschens. Wer sich auskennt, hat vorher schon viele Groschen gewechselt, um die Chance des ersten Anrufs auch wirklich zu nutzen. So kann es losgehen: »Zwei-Zimmer-Komfortwohnung« – besetzt. »1 ½ Zimmer, Ofenheizung« – langes, vergebliches Klingeln. »Zwei Zimmer, Charlottenburg« – wieder besetzt. Drei Seiten voll Chancen, ohne daß sich wirklich eine bot.

Nach dem zwölften »Besetzt« und dem Schlaf in den Mittag hinein ein erster Erfolg: »Hier ist der automatische Anrufbeantworter... Besichtigung bitte nicht vor...«

Diese Häuser erkennt man schon von weitem: In ihre Türen bewegen sich Ameisenstraßen hinein. Ein Strom von einzelnen, Paaren, Gruppen und wieder Einzelpersonen, Menschen, die gerne die einzigen wären und nicht umhin kommen, ihresgleichen zu erkennen. Die blasse Frau mit der Spange war gestern auch schon am Bahnhof, ebenso der mit dem mottenzerfressenen Bart. Da habe ich bessere Chancen als der. Gegen das Paar in den englischen Mänteln komm' ich nicht an. Dennoch hinein in die Wohnung, die Ausmaße schätzen, die Räume ausweiden, nur mit dem Blick. Tisch, Bilder, Figuren und Pflanzen entfernen im Kopf und durch Eigenes ersetzen. Hundekot, Lehm von außen hereintragen und flächig verteilen auf Auslegware, die bald eingerollt wird. Die Intimität des Vormieters nimmt sich selbst nicht mehr ernst, prostituiert sich als vorläufig, und verkommt so zur Schaufensterdekoration.

Jede Woche das Anstehen, Telefonieren und die Besichtigungstouren, manchmal mit Henning, manchmal allein. Sie suchten zusammen und doch wieder nicht: Liefen durch Küchen, Elternschlafzimmer, musterten Babybutzen mit Teddytapeten, schoben im altdeutschen Wohnraum die Stores beiseite und blickten zum Hof. Ute war nie zufrieden, mäkelte am Detail, lehnte die Wohnungen ab und verschwieg sich selbst den Grund: Sie wollte allein sein nach dem Umzug, träumte von ein bis zwei Zimmern, blätterte danach im Anzeigenteil. Wenn Henning was Größeres suchte – sollte er doch! Ute fand allemal Gründe, dort nicht zu wohnen.

Suchen, Besichtigen, Arbeit – da blieb wenig Zeit übrig. Sie sahen sich kaum in der Wohngemeinschaft. Nicht per

Zufall, erst recht nicht geplant. Gemeinsame Mahlzeiten waren sehr rar, und meistens waren sie dabei in Eile.

»Ich verstehe das nicht«, sagte Maike und trennte das Rückgrat aus der Forelle. »Versteh' nicht, daß ihr was anderes sucht. Uns geht es doch gut! Wenn ich nach Hause komm', ist immer wer da...« – »Ich will es nun mal«, sagte Ute und tropfte Zitrone auf das Filet. »Und dann: Wer da ist, wenn du endlich kommst, das bin meistens ich...«

In dem geschäftigen und zentralheizungsstaubigen Winter gab es ein Loch, dunkel, klammkalt, terminfrei: die Tage zwischen den Jahren.

Vor dem Eingang des Häuschens fand sich ein Topf. Die Kiefer darin war mit Kerzen und Kugeln geschmückt. Sie trugen den Weihnachtsbaum in das Zimmer, steckten ihn an. Zehn Flammen zum Händewärmen, während der Ofen kaum zog.

Wenn sie die Reisighucken vom Sommer noch hätten! Vier Tage lang Holz sägen, Kohlen beschaffen, aus Zeitungspapier und Gestrüpp kleine Scheiterhaufen errichten und diese entfachen, wieder und wieder, bis Wärme durchkam.

Wie schön, ohne Mantel das Zimmer zu nutzen und ohne Pullover das Bett! Endlich die Mumienschlafsäcke, diese Raupen in Menschenformat, zu erlösen und Decken zu zaubern. Wieder zu wissen, daß es viel wärmer ist, wenn man sich anfassen kann.

Jetzt hatten sie noch eine Woche, und draußen lag Schnee. Glitzernde Tage mit prasselnden Öfen, kein Wunsch war mehr offen. Sie gingen spazieren, heizten, lasen sich vor, heizten aufs neue, kochten ihr Essen in Mantel und Schal, bekamen heraus, daß ihr Weihnachtsbaum von der Oma des Nachbarhofs stammte: »Aber wenn ihr nich heiratet, müßt ihr euch nächstemal selber um kümmern...« Sie heizten, machten Besuche im Dorf, heizten auch abends noch ein, liebten sich, schliefen und träumten nicht von Berlin. Vermißten niemand und nichts bis zum Abreisetag.

Danach in der Stadt sprang die innere Uhr wieder um auf

Stunden, Minuten, Sekunden, auf Seminare und Unterrichtsblöcke, Termine und Konferenzen, auf die Faltblattaktion für »Schule im Kapitalismus« und die Gewerkschaftskampagne gegen den Ausschluß von Holger Lenné. Natürlich auch auf den Mitternachtssamstag am Bahnhof, die Stunde des Blätterns und Telefonierens, die Frage, um was es nun ging: die kleinere Wohnung für Ute oder die größere Hennings, ausreichend für ein Paar.

Drei Zimmer, Seitenaufgang, zweite Etage. Der Vormieter schien ein Freund der Antike gewesen zu sein. Ein Sonnenaufgang vor dorischen Säulen kam hinter Rauhfaserbahnen, das Styropor-Tor fiel bröckelnd heraus aus dem Rahmen der Wohnzimmertür. Wolkig baumelnde »heruntergezogene Decken«, zu Boden gezerrt, erhöhten die Zimmer zu Räumen.

Zehn Leute hoben die Kisten, packten Privat- und Leihauto voll, stellten in leeren Räumen die Möbel irgendwohin, aßen Kartoffelsalat, tranken viel Bier. Zwischen leeren Flaschen, Wegwerfgeschirr und Vorläufigem blieben Henning und Ute zurück. »Unsere Wohnung.« Sie sahen hinaus. Die Hinterhofbirke reichte mit naßdunklem Hängegezweig bis an die Scheibe. Bräunlich getrocknetes Blumengestrüpp am Fuße des Baums versprach Farben im Sommer. Eine Taube stolzierte nickend auf dem Sims vor dem Glas. Ute klopfte ans Fenster, der Vogel flog auf und kam wieder.

»Unsere Wohnung…« – nicht ganz, denn Utes Möbel standen noch in der WG. »Wir lassen das kleinere Zimmer frei«, sagte Henning, »das wird dann für dich.« Und Ute: »Mal sehen.«

Zum ersten Mal kochen in beinah noch feuchten Wänden! Geschirr und Besteck noch in Zeitung verpackt, zerknüllte Päckchen, schwarzgrau bedruckt. Henning fand eine Schüssel, wickelte sie aus, hielt plötzlich ein und hob das zerrissene Blatt noch einmal vom Boden. »Was ist das denn? Wahnsinn! Guck doch mal hier!« Hennings Anfälligkeit für Gedrucktes, mitten im Umzug! Ute drehte sich weg und hieb in den Lauch. »Wahnsinn!« Er trat dicht an sie heran, das Zeitungspapier knisterte ihr vor dem Ohr, dröhnte beinah. »Die ist vom Dienstag. Da sieht man mal, wenn man packt und packt und sich gar nicht mehr... hör mal!« – »Jetzt hör endlich auf!« Sie stieß mit dem Arm nach hinten, dorthin, wo er stand. »Wollen wir kochen, oder was ist hier los? Wenn ich hier einziehe...« Henning trat drei Schritte zurück und fing an zu lesen:

»Niedersachsens Ministerpräsident Albrecht hat sich entschieden: Möglicher Standort für Endlager und Wiederaufbereitungsanlage für Kernbrennstoffe: Gorleben an der Elbe. Guck hier.« Er stand mit am Tisch und legte das Blatt aufs Gemüse. Auf dem Photo sah man den Chef aus Hannover mit breitgezogenem Mund. Wie ein Erdkundelehrer zeigte er auf eine Karte und schaute Ute an. »Wenn die Anlage sicher ist, dann ist sie auch in Gorleben sicher«, stand als Zitat darunter.

Ute hielt dem Blick des Politikers stand und schnitt weiter Lauch. Nein, ihren Finger. Einer dieser nahezu fühllosen Schnitte, die dann zu fließen beginnen. Ute schrie auf, steckte die blutende Kuppe tief in den Mund, saugte daran wie ein Kind, sah verständnislos auf Henning und wieder aufs Blatt, das nun schon rot eingefärbt war. »Ist das nicht bei uns?« – »Klar ist das bei uns! Ist schon seit vorigem Jahr im Gespräch. Diese Schweine! Unglaublich ist das.« Henning strahlte. »Aber die werden schon sehen. Schleichen sich heimlich aufs Dorf und denken, da geht es dann leichter. Denken die! Ohne die Metropolen...« Aus dem Karton zog er wieder ein Päckchen heraus. Ließ nach halbem Blick auf die Schrift das Papier diesmal los. Ein Porzellantier war drin, sauerkirschrot. Ein Häschen mit dem erstaunt-dummen Blick, dem prallen Gesicht einer Comicfigur. Es hob eine Pfote und knickte sein linkes Ohr. Henning streichelte wie über lebendes Fell und stellte es vorsichtig ab. »Den Kampf aus den Städten aufs Land tragen...«, fing er noch einmal an. »Die werden schon sehen!«

22. Kapitel

»Zwischenlagerung«, »Endlager für atomar angereicherten Sondermüll«, »Anlage zur Wiederaufbereitung von Kernbrennstoffen«, »nukleares Entsorgungszentrum (NEZ) – kurz und entsetzlich: der »GAU« – der »größte anzunehmende Unfall« – wie Krankheiten wucherten diese Begriffe in den Presseorganen, bildeten als Tochtergeschwüre »Lauschangriff«, »Abhörskandal«, »Atomstaat«, »verschärftes Sicherheitsrisiko«. Das ganze Tagesgeschehen war davon befallen. Ute kaufte sich Ordner, sammelte Wörter und Schlagzeilen, Aufsätze und Artikel, Bücher, Gespräche, lochte und heftete ab, was immer sich abheften ließ. Was immer sie hörte und las, fiel zusammen in ihrem Kopf, preßte sich wie in Briketts in sechs Buchstaben ein, und die waren genug: »AKW – nee!«

Gorleben, ein winziger Flecken neben der deutsch-deutschen Grenze, gab sich mit einemmal wichtig. Präsentierte sich in der Großstadt als Herd der neuesten Krankheit. Aber im Lehrerzimmer, im Fernsehraum der WG, in »Schule im Kapitalismus« blieb »Gorleben« doch nur ein Wort. Dahinter folgten andere Wörter, Zeichnungen, Pläne, der Finger des strahlenden Christdemokraten auf Kartenpapier.

Nur Ute wußte, daß Gorleben Kiefernduft war, Fischreiher am Elbdeich, Kuhfladen auf sandigen Wegen, ein Bäkkerladen, der auch Würstchen verkauft. Daß all das nicht zu vereinbaren wäre mit Unaussprechbarem wie diesem »NEZ«. Es gab einen Pakt mit der Gegenwart gegen die Zukunft, erstaunlich und neu, denn bis dahin war Ute, wie viele, stets für »den Fortschritt« gewesen. »Maschinenstürmerei« war nicht die Stoßrichtung der Genossen von »Schule im Kapitalismus«. »Vergesellschaftung« war das Ziel, Produktionsmittel in die Hand eines jeden. Wenn jedoch das »NEZ« Edelgard Funke gehörte, Raumaches und Oma Deumel – wäre damit nichts gewonnen. Dieses Mal war die Botschaft sehr schlicht und leicht zu begreifen.

Auch jemand wie Maurer Fröhlich, erfolgreich und konservativ, Verehrer der »alten Deutschen«, mußte nun die Veränderung fürchten und sich für Utes »AKW – nee!« öffnen.

Kompetenz demonstrieren, über das Steineabklopfen hinaus. Flugblätter entwerfen, Info-Stände aufbauen, Demos organisieren oder Sit-ins. Die im Dorf ahnten ja gar nicht, was Ute so konnte. Widerstand leisten, zusammen mit Henning, vom Häuschen aus, das so, wie es stand, Protest strahlte gegen das NEZ.

Sie sollten Gestrüpp darum pflanzen: Schlehen, Brombeeren, Disteln und Heckenrosengesträuch. Ein Widerstandsnest, von Stacheln umgeben. Henning war sicher dafür. Der Vater jedoch wollte im letzten Jahr schon die halbwilden Pflaumen entfernen. Sie dachte ungern an ihn. Die Fenster würde er streichen im kommenden Sommer, den Dachboden richten, einen neuen Ofen einsetzen. Im März sogar eine Rabatte anlegen, direkt vor dem Haus. Das war so sein Plan, und er trug wohl noch vieles im Kopf, von dem Ute nichts wußte. Lächerlichkeiten, angesichts der neuen Lage. Der Vater benahm sich, als sei es sein eigenes Haus. Er würde nicht zugeben, daß Politik anstatt Bauen gefragt war. Ihn überzeugen zu müssen – wie eine Wand stand vor Ute diese Notwendigkeit. Sie hatte dergleichen niemals geschafft oder auch nur gewagt. Immer nur sekundiert bei den Streitgesprächen der Brüder. Bebend, voll Angst vor dem unvermeidlichen Schluß: dem dröhnenden Schweigen des Vaters.

Er war fehl am Platz in der Nähe des künftigen NEZ. Hatte ohnehin viel zuviel Macht in dem Haus, das Ute gehörte. Es war an der Zeit, ihm deutliche Grenzen zu setzen, am besten noch vor Ferienbeginn.

Ohne das Pech mit dem Keilriemen hätten sie heute die Anfahrt im Hellen geschafft. So aber wurde es lange vor Uelzen schon dunkel. Den ersten Rundling durchquerten sie um Viertel nach acht. Hunde rasten aus spärlich beleuchteten Höfen zum fahrenden Wagen, bellten sich heiser und schnappten nach den Reifen. Henning bremste, gab Gas, bremste, fuhr langsam, starrte auf Schotter und Pfützen, streifte die schattenfleckigen, beweglichen Büsche am Rande des Wegs, verpaßte die Einfahrt zum Haus, wendete, startete durch zwischen Roggenacker und Zaun, hielt vor den lampengelben Fenstern des Wohnzimmers an. Draußen roch es nach kohlendem Holz. Rauch drehte sich aus dem Schornstein ins Dunkle hinein.

Drinnen war der Tisch schon gedeckt. Käse und frische Wurst im Papier, Tassen und Brot, Kräutertee in der Röhre des alten gemauerten Ofens. »Er heizt gut«, fand der Vater. »Aber er ist nicht mehr sicher.« Zwischen den Steinen blitzte es rötlich und gelb, knisterte, flammte, unzulässig und schön. »Eimer Wasser daneben!« sagte der Vater. »Und im Sommer neu aufmauern lassen.«

Ute belegte ihr Brot, kaute lustlos. Sie haßte den Vater, verachtete Henning. »Mach' ich schon!« hatte er ihr gesagt, als sie den Vater ausladen wollte. Sie überließ ihm das gern und fragte nicht nach. Nun war sie voll Wut, blickte am einen, am anderen vorbei zum knackenden Ofen hinüber.

»Übrigens«, sagte auf einmal der Vater und langte unter den Tisch. Brachte von dort eine Mappe herauf, öffnete sie und zog Blätter hervor. Zeitungsartikel, aufgeklebt und mit Datum versehen. »Albrecht gibt Standort für Wiederaufbereitungsanlage bekannt.« Ob sie denn gar nichts mitgekriegt hätten, Ute und Henning. Da sei was geplant, das habe entsetzliche Folgen. »Ihr solltet eure Berliner Scheuklappen ein bißchen lüften. Stellt euch vor...« Er brach wieder ab, dachte nach. »Vielleicht könnt ihr das nicht. Ihr kennt ja keinen Alarm. So ein Sirenenton – danach ist alles verändert. Stellt euch vor: Eine Minute Heulton, und dann sitzen wir hier. Fenster geschlossen, Türen, und dahinter wir. Wie lange, weiß keiner. Oder ihr seid in Berlin, ich zu Hause, und sie riegeln hier ab. Oder das Kühlwasser läuft. Ein paar Tropfen oder Liter, aber es sickert. Sickert ins Grundwasser ein. Denkt an die Elbfische mit den Geschwüren. Denkt an...« Er faßte in die Jacke, nahm dort ein Mäppchen heraus, suchte ein Photo. »Die Anja fängt an zu laufen. Seit ich ein Enkelkind hab'... Ich krieg' ja nicht mehr viel mit, aber das ist wohl das Schlimmste: Die eigenen Kinder der Zukunft berauben. Halbwertzeit – vierundzwanzigtausend Jahre, bevor Uran sich zersetzt.«

Er klaubte die Zettel zusammen, räumte sie weg, nahm die Wurst, die Butter, den Käse und stapelte alles auf seinem Teller. »Ich kann euch jetzt nicht viel helfen. Pflanzt eure Blumen, wenn ihr das wollt. Bevor ich in Trebel war, fang' ich nichts Größeres an. Da wird überlegt, was zu tun ist, damit es gar nicht erst losgeht mit diesem NEZ.«

Die Erleichterung war so groß, daß Ute glaubte zu platzen. Der Vater gegen das NEZ, wie waren sie mächtig mit ihm. Wie lächerlich leicht wurde es nun, die anderen zu erreichen – die Bauern, die Nebenerwerbslandwirte, alle, die ja schon immer hier wohnten mit Hunden und Katzen, hinter Walnuß- oder Holundergezweig, neben Schweine- und Kuhstall oder ganz ohne Vieh, aber immer, »schon immer«, ohne das NEZ. Die lagen nun leider im Bett, doch am nächsten Tag nach dem Frühstück machten Ute und Henning sich auf, als erstes zu Edelgard Funke.

Ihr Hof war gefegt. Hinter Maschendrahtzaun stocherten Hühner auf dem spärlichen Rasen. Der Hund bellte und legte den Kopf auf die wolligen Pfoten. »Assi – was ist?« Die farbigen Bänder des Fliegenvorhangs scheitelten sich, baumelten um Edelgard Funke herum. »Ach ihr – kommt doch rein!«

Während Ute und Henning die Schuhe abtraten, rückte sie schon zwei Stühle zurecht und entfernte das Mittagsgeschirr. »Setzt euch! Auch wieder im Land?« – »Wir wollten euch doch mal begrüßen«, antwortete Ute und dachte: »AKW – nee!« – »...und sehen, wie es euch geht«, ergänzte Henning. Edelgard Funke ging vor dem Herd in die Knie und legte drei Holzscheite nach. Wischte die Spuren der Funken vom weißen Emaille und dreht sich um: »Wie isses, fällt euch was auf?«

Ein Topfdeckel bebte, gab Flüssigkeit frei, die auf der Kochplatte zischend verging. »Kühlwasser läuft«, dachte Ute. »Nur ein paar Tropfen. Sickert ins Grundwasser ein oder steigt und regnet dann ab. Ich seh' es schon jetzt und bin zu feige zum Warnen.« – »Was mir auffällt?« fragte nun Henning zurück. »Der Wasserhahn da, ist der neu?« – »Klar, isser neu!« Edelgard drehte ihn auf, daß der Strahl bis zu Ute hin stäubte.

Die Tochter kam rein, Edelgard II., ungeachtet der glänzenden Pickel eine rundliche junge Kopie ihrer Mutter. »Ach, ihr seid ja da, grüß euch! Wißt ihr denn schon...? Ich zeig' euch mal, was wir haben.«

Die schmale Tür an der Seite öffnete sich früher zum Flur. Jetzt war dahinter ein Bad. Mit glänzender Wanne und – dem Stolz der Tochter – einem rauschenden Klo. »Das ist ein Druck!« sagte sie und preßte den Knopf, bis der Speicherkasten entleert war. »Aber uns' Vater, der geht da nicht rauf. Nie im Leben, sagt er. Wegen dem muß ich drüben entleeren.« – »Was redest du!« Edelgard hob die Rechte zum Schlag, doch das Mädchen drückte sich schnell und gebückt aus dem Raum.

Die alte Toilette, braunblättrig mit Herz, lag neben dem Stall. Von dort kam Paul Funke, hinkend, doch in seiner Fülle monumental. »Ah, is ja Besuch!« Er wandte sich kurz ab und machte den Hosenknopf zu. Dann wurde er laut: »Mudder, was soll das! Na biet' mal 'ne Kleinigkeit an! Wie iss' mitm Schluck?« Als sie ablehnten, schob er die Schnapsgläschen wieder beiseite. »Nee, Sprudel. Mudder, nu mach doch! Und...« – zu Henning und Ute: »Is der Herr Vater auch wieder da? Ohne den is das ja nix. Einer von früher. Gut für euch, daß ihr den habt.«

»Unverschämtheit!« schoß es Ute durch den Kopf, »AKW nee!« und drittens: »Was soll ich nur reden?« Sie nippte den sattgelben Sprudel, kaute ihn fast und atmete auf, als Henning zum Wasserhahn wies: »Nicht schlecht, euer Umbau! Wir hören, ihr habt auch ein Wasserklosett?« – »Toilette? Na ja...« Paul Funke schenkte sich selbst einen

Schluck ein. »Aber die Kacheln müßt ihr mal sehn. Tipptopp und gerade. Wie in der Klinik.«

»Hier wird ja viel gebaut«, sagte Henning, und Ute fand das sehr listig. »Meinst du Raumaches Stall?« – »Natürlich den Stall. Und den Anbau von Deimels. Sogar hinter dem Wald wollen sie bauen, für den Atommüll.« – »Da sieht man's. Jetzt denken sie auch mal an uns. Wir waren ja immer vergessen.« – »Aber das ist doch schlimm«, kam von Ute, »wenn da was passiert?«

Paul Funke hielt sich mit beiden Händen am Tisch und wurde größer dabei. »Wenn was passiert, denn riegeln sie ab. Immer lang an der Jeetzel. Die paar, die hier wohnen! Da hat sich Hannover schon was bei gedacht! Neinnein!« Er schlug mit der rundlichen Faust auf die weichere Handfläche ein, daß es platschte. »Der Fortschritt muß her!« Es knackte im Ofen, das Schnapsgläschen wurde noch einmal gefüllt. »Wir müssen jetzt gehen«, sagte Henning und Oberhaupt Funke: »Empfehlung an den Herrn Vater!«

Seine Frau kam mit bis zum Zaun. »Kann sein, is gefährlich, das Werk dahinten im Wald. Aber Paul und ich – bis die fertig sind mit dem Ding, sind wir längst nicht mehr da. Schönen Tag wünsch ich euch.«

Hund Assi nutzte das offene Tor und lief hinterher. Ute bemerkte ihn so wenig wie den offenen Eingang zu Raumaches Hof. Dort hatten sie hingehen wollen, gleich nach der ersten erfolgreichen Agitation.

Aber sie trotteten weiter die matschig zerfließenden Fahrrinnen entlang, mieden die jaucheverdächtigen Pfützen. Dieser Weg durchs Dorf war verletzt, er suppte bereits, war in Zersetzung begriffen und führte nirgends mehr hin. Hatte so wie der Tag jede Hoffnung verloren.

Ebenso Lehrerin Ute, die sich hier zwischen Kuhfladen, Kunstdüngersäcken, verfallendem Fachwerk befand, ratlos und wie schon so oft vom Volk nicht gewählt. Je wichtiger ihr eine Botschaft war, um so erfolgloser war sie. Um so größer war ihre persönliche Schuld, wenn eintraf, was sie geahnt hatte. Hoffnung war allenfalls, unrecht zu haben,

Henning, der Vater und alle... Ute erschrak vor der Katze, die dicht vor ihr über den Weg lief und in einer Hecke verschwand. Ein schwarzweißes mageres Tier, struppig, als habe es Räude. Sie starrte ihm nach und zuckte zusammen, als Henning zu reden begann. »Die sind einfach zu blöd«, sagte er. »Was soll man da schon...« Dann drehte er sich zu Assi und trat ihn ans Bein. »Köter, hau ab!«

Ein Mehrtausendfüßler schob Turnschuhe, Stiefel und anderes Schuhwerk durch Kiefernabwurf und Sand. Unübersehbar viele Bekannte, von denen Ute allerdings die meisten noch niemals wirklich getroffen hatte. Aber sie waren vertraut, vom Schafwollpullover bis zu den Gedanken im Kopf.

»Wehrt euch, leistet Widerstand,
gegen die Atomfabrik im Land«

– es war, als hätte Berlin sich entleert, eine Demonstration herübergespuckt. Jetzt lief sie, ohne Asphalt, ohne Leuchtreklamen und überfüllte Balkone am Rand. Dafür Birken, zögerlich grün überhaucht, bräunliche, sperrige Kiefern, ein Hochsitz, rostbraune Heide.

Ein paar Kühe, in Dreier- und Viererreihen formiert, demonstrierten Interesse bis zum Ende der Weide. Dort drängten sie sich am Zaun, stierten gebannt auf die Herde von lärmenden Menschen. »Mmmmmmuhhhhh«, machte jemand, statt »AKW – nee«, und erwartete Antwort. »Mmmmmuhhhh« – er ging geradewegs auf den Elektrozaun zu. Die Tiere gerieten in Panik. Er selbst stürzte in einen Aushub, freudig beklatscht von denen, die sich nicht vorgewagt hatten.

Ute besah sich die Szene, als sei sie die Hausherrin hier. Die anderen waren nur zu Besuch, um zu entdecken, was ihr selbstverständlich geworden war. Und um sie zu trösten. »Ich danke auch, daß ihr gekommen seid. Daß ihr mich erinnert, wie schön es hier ist. Daß ihr mithelft, all das hier zu retten. Notfalls gegen Paul Funke!«

Sie hielt die Ansprache nicht.

»Zehn – neun – acht – sieben – sechs – fünf – vier – drei – zwei – eins – fürch-tehet – euheuch nicht!« Diese lautstark gebrüllt-gesungene Einigkeit war für sie wie ein Bad. Lauwarm, jedoch kälter durchsetzt. Denn der Vater, der neben ihr ging, schwieg bei Parolen und Chören. So wie die Frau mit der Knotenfrisur, der Mann im Tuchmantel und viel zu glänzenden Schuhen. Sie wirkten wie Fremde im Zug, die nicht begriffen, wie man sich benimmt. Sie sollten am Rand laufen oder zum Schluß der Demonstration als geschlossener »Block der älteren Bürger«. Damit Ute losrennen konnte, untergehakt mit denen, die waren wie sie: »AKW NEE! AKW NEE! AKW nee! akw nee akw nee...« – immer schneller, wie eine Maschine. Warten, zu Atem kommen und wieder rennen. Wie in Berlin. Aber sie waren bei Trebel, und jeder Gegner des NEZ, gleich, ob langsam, ob schnell, wurde hier dringend gebraucht.

Dennoch störte der Vater. Ute hielt ihre Hand in der Tasche, unbeweglich wie Holz, um sicher zu sein vor seiner Berührung. Ließ mit der anderen Henning nicht los, führte ihn nahe »bei Fuß«.

Nach der Kundgebung gingen sie noch zu dem Platz, der bebaut werden sollte. Zwischen Schonungen und niedrigem Nadelgehölz fanden sie rußdunkle Unordnung vor. Hier hatte es früher mal heftig gebrannt. Die Leute im Dorf berichteten gerne davon. »Zwei Tote, vom Sachschaden gar nicht zu reden.« Die Ursache dieses Feuers ließ sich nicht klären. »Nicht offiziell«, sagte Henning, »aber hier soll die Anlage hin.«

Ein Aschenbecher für Riesen. Wirre Vielfalt verkohlter Stämme, gebrochen, zerknickt, in Bündeln zu Boden geworfen oder halb aufrecht, im Fallen gehindert von anderem Abfall: Riesenstreichhölzer, angezündet und verglüht.

Wie Ungeziefer bewegten sich die Menschen in dem Wust von schwarzem Gestänge. Ute kletterte über die Stämme, balancierte, wippte darauf, bis sie zerbrachen. Sie langweilte sich. Sie hätte nach Trebel mitgehen sollen. Strategiediskussion bei Schmalzstulle und heißem Tee. Statt hier im Kalten zu warten, bis Henning mit seinen Studenten zu Ende war, die er gerade getroffen hatte, und der Vater genug davon hatte, in Sand und Asche zu stochern.

Jetzt kam er herüber, mit einem anderen Herrn. »Herr Dr. Fink aus Hannover – meine Tochter Ute.« Herr Dr. Fink trug Scheitel und Schlips und war rußverschmiert wie der Vater. Er reichte ihr seine schmutzige Hand.

»Er versteht was von Pflanzen. Guck doch mal hier!« Der Vater hob mit einem Stock etwas schwärzlichen Grund. »Da kommt es schon grün. Man müßte hier was anpflanzen. Schnellwachsendes Holz, Schmetterlingsblüher und Rosen. Farn wäre gut. Daß es grün wird und blüht, bevor sie anfangen können.«

Vielleicht war es einfach ein gewöhnlicher Sommer; doch sie hatten solch einen Sommer noch niemals erlebt. So wohlriechend warm, taumelnd bunt und flüsternd beweglich. Die Sonderanfertigung eines Sommers für Ute und Henning, denn dem Vater war es diesmal nicht möglich, länger zu kommen. »Schade...«, gaben sie an und atmeten auf, denn bei allem Erfolg des vergangenen Jahres – an den Sommer erinnerten sie sich nicht. Der war zerschlagen auf Backstein und »Hitlerzement«, vermauert mit »Ytong«, ersoffen im Maul der Betonmischmaschine. Zerredet vom Vater: »Also, dann müssen wir noch...« Der vorige Sommer war ein Versuch, scheu, ohne Mut, kaum beachtet.

Der neue dagegen gab sich in Pose vor vielen Besuchern: Er räkelte sich durch das Getreide, schwoll an Bäumen und Sträuchern, schoß auf den Wiesen mit Schafchampignons, zog dabei die Bewunderer an, jeden Tag mehr. Kernkraftgegner aus zahlreichen Städten, die kamen, um schneller zu sein als die Planer des NEZ. Sie suchten sich Zeltplätze aus, fragten in Höfen nach Wasser, verfielen dem Sommer. Wurden selbst duftend und warm, räkelten sich über Wiesen, griffen nach Beeren und Pilzen, fühlten den Sommer so sehr, daß ihnen der Zweck ihrer Fahrt in den Fingern zerrann.

»Betreten gestattet«, »Blumenpflücken erlaubt«, »Baden umsonst«, »Blaubeeren sammeln erwünscht«, »Eintritt frei zu Kranich und Reh«... als wäre das Wertgesetz außer Kraft. Verminderter Druck macht schwindlig, und manche der zeltenden Städter gerieten in Gratis-Taumel: drehten Salatköpfe aus den Gemüseparzellen, scharrten sich neue Kartoffeln, klauten Erbsen, Getreide und fielen ins Erdbeerfeld ein. Ließen zertretene Früchte zurück, rausgerissenes Kraut, als wären sie Rotten von Schwarzwild. Am Ende ihrer Spur, die leicht zu verfolgen war, lagen sie hinter den Büschen, schutzlos, als Teil der Natur.

»Nackt!« sagten die Bauern, für die dieser Sommer kein Gratisgeschenk war, sondern ein Träger von Werten. »Nackt hinterm Busch! Wie die Säue im Pferch! Liegen das Gras flach, trampeln das Korn, machen die Zäune kaputt. Was das kostet mal wieder!« – »Sauerei!« sagten sie, denn man hörte von Drogen und Sex, von Orgien auf Wiesen und Feldern. »Stille Post« hieß das Spiel im Überlandbus, beim Doktor, von Trecker zu Trecker. Die Spieler nahmen es ernst. Ein jeder tat etwas dazu, bis aus Feuerchen Waldbrände wurden, aus Keksschachteln Berge von Müll.

»Komm mal ran!« sagte Oma Deimel und schob das Gebiß hin und her. Sie hielt sich am Maschendrahtzaun und flüsterte fast, obwohl niemand da war außer Ute. »Ewald hat welche gesehen!« – »Wie – welche gesehen?« – »Von euch – solche Gorleben-Leute – und weißt du auch, wo?« – »Wo?« – »Auf der Obstwiese von Fritzens – und weißt du auch – wie?« – »Wie?« – »Ohne Bluse und Hemd und auch sonst nichts davor!« Sie hielt ihre knotigen Hände vor den Kittel, als wären zwei Bälle darin, wiegte die Hüften, sah Ute erwartungsvoll an. Der fiel nicht viel ein, nur: »Na, so was!« Sie nahm den Eimer für Beeren und ging zum Johannisbeerbusch. »Von euch – solche Gorleben-Leute...« Als ob sie nicht schon lange *vor* Gorleben hiergewesen waren, Ute und Henning. Neun Monate eher bestimmt! Hatten Mauern gebaut, statt ein Zelt aufzuschlagen, wohnten geräumig und kühl, nicht hitzig und eng hinter provisorischem, wärmestauendem Tuch.

Sie besaßen zum üblichen Sommer noch den ganz persönlichen, perlengeschmückt an den Sträuchern, glasleuchtend rot und so schwer, daß die unteren Zweige schon am Boden Wurzeln schlugen.

Ute pflückte die handgroßen Trauben gleich vom Busch in den Mund; dort platzten sie, waren sehr saftig und ungewohnt süß. Sie pflückte und schluckte, pflückte noch mehr – der Eimer blieb leer. Wozu denn sammeln, verwerten – sie lag unterm Busch und erhaschte mit den Zähnen die roten Gehänge.

Die höheren Zweige der Bäume bewegten sich leicht, der Sommer strich über Beine und Bauch. Jetzt fehlte nur Henning. Sie hoffte, er käme allein. Heute nicht mit den »Gorleben-Freaks«, die sich »das hier mal angucken« wollten. Die nur Vornamen hatten und sehr lange blieben: zum Reden, zum Essen, vor allem zum Duschen. Stundenlang zog dann die Pumpe das Grundwasser hoch. Schaltete sich der Durchlauferhitzer an – wieder aus, an – wieder aus, blitzte vor Eifer. Viel zu lang, dachte Ute. Aber der Staub saß wohl fest, die Asche vom Platz, wo das NEZ gebaut werden sollte. Dort wurden jetzt Stubben gerodet, wurde ein Spielplatz gebaut, ohne sie, die hier lag und Strauchbeeren schlürfte.

Hinterm Gartenzaun brabbelte, raschelte es. Ute fuhr hoch – sie hatte die Oma vergessen. Jetzt hüstelte die. »Bist du noch da? Ich wollte dich noch was fragen.« Sie ging den Maschendraht lang, beugte sich vor, schob den Stock durch den Zaun, tastend, als wäre er ein Fühler: »Das wollte ich schon lange fragen: Wann heiratet ihr?«

23. Kapitel

Sie galten als Ulis Wahrzeichen: die Päckchen im Kühlschrank, bräunlich und trocken, gefaltet um etwas Weiches, brieftaschengroß.

Ulis Lieblingsgericht war Abscheu der anderen: rohe Leber, zu essen mit Messer und Gabel. Allwöchentlich kaufte er sich diese Delikatesse; niemand neidete sie ihm oder aß sie ihm weg. Ute schon gar nicht. Aber jetzt, nach Jahren gemeinsamen Wohnens, sah sie zum ersten Mal zu, wie er so was verzehrte. Er teilte sich bloß mit der Gabel das braunblutigrote Organ, nur die Sehnen waren zu zäh. Häppchen für Häppchen lutschte er mehr als zu kauen. In seinen Mundwinkeln trocknete Blut. »Auch was?« Er hielt seine Gabel mit einem Fetzen darauf vor Utes Gesicht. Die schüttelte sich. »Dann nicht...«, und der Fetzen wurde genossen, geschluckt wie die anderen. Sanfter Uli, leuchtend vor Gier – wie konnte Ute auf ihn je verzichten?

Sowenig wie auf das Räuspern von Horst, morgens beim Waschen. Gurgeln und Schnauben, ausdauernd und körperfüllend gewaltig, als säße, was er gleich ausspucken wollte, unten im Fuß. Oder Marion, bloßfüßig im Nachthemd mit Wein- und Nuckelflasche hantierend. Sie schlief besser ein, wenn sie sich tropfenweise den Wein heraussaugen konnte. Die eilige Maike, ihr Essen und Reden im Stehen, der vergessene Tee, die angebissenen Stullen – unentbehrlich war das alles.

Und morgen war es zu Ende. Wenn der Umzug vorbei war, den Ute schon lange ersehnt hatte und jetzt eigentlich gar nicht mehr wollte. Nach Charlottenburg, nahe der Spree. Zwei Zimmer, Küche und Bad, geräumig und hell.

Der Trick, diese Wohnung zu kriegen, war einfach gewesen. Ein großer Briefumschlag nur, gefüllt mit viel »Status«: Bewerbung mit Stempel, Ernennungsurkunde, Gehaltszettel sauber kopiert – und sie wurde aus dem Strom der Bewerber gefischt, der unübersichtlich und breit war wie sonst.

Ute tröstete Henning, der traurig und etwas erleichtert sein drittes Zimmer bezog. Sie suchte sich Helfer zum Räumen und Streichen. Sie durchforschte mit Henning den Schloßpark, die Ufer der Spree, die Kleingartenwege der neuen Umgebung und war ihrer Sache sehr sicher.

Nur jetzt gerade nicht, während Uli mit einem Stück Weißbrot die Blutreste vom Teller aufnahm.

Die Bratwurst wand sich im spritzenden Fett, pfiff aus der Pfanne, spitz und sehr lang. Sie war nun schon hufeisenrund und konnte noch lauter, das Pfeifen wurde zum Schrei. Dann spritzte sie ab, ein Strahl aus Wasser und Fett erreichte Boden und Wand. Müde und klein war die Wurst, seufzte nur noch, und nach einem Zischen lag sie ganz still.

»Gestorben«, fand Ute und war nun tatsächlich allein. Sie hatte niemanden gebeten zu bleiben. Auch Henning nicht, als er sagte, er wolle nach Hause. Sie war gierig nach neuem Alltag, nur mit sich selbst. Abendbrot mit der Originalbesetzung der Wohnung: Einfach nur Ute. Hellbraun und harmlos gab sich inzwischen die Wurst, aber Ute behielt sie im Blick, gefaßt auf Reste von Leben, doch nur hinter dem Herd war ein Ticken, gleichmäßig leise, abebbend bis zum Beinahe-Nichts. Doch immer noch hörbar gegen den Lärm vom Tegeler Weg. Autogeräusche, vertraulich in ihrer Bekanntheit und durch drei Etagen gedämpft. Nur die Töne im Haus bemächtigten sich wie Fesseln ihres Bewußtseins: eine Ahnung von Schritten, tief unten im Treppenaufgang. Bedächtig, mit winzigen Pausen. Crescendo – ein Stampfen bereits, dann verdächtiges Zögern: Da wollte doch jemand zu ihr? Ute lauschte gegen das Dröhnen im Ohr, holte Luft, als die Schritte nach oben verklangen.

Aber nun war es genug! Sie drückte auf »ein«, kurbelte an dem Radio. »Schlager von gestern für Leute von heute: KAUF MIR EINEN BUNTEN LUFTBALLON!« Dann nahm sie die Pfanne zum Tisch, spießte die Wurst und schnitt ihr den Kopf ab.

Die Umgebung war noch nicht die ihre. Nur rennend bewältigte Ute die zweihundert Meter vom Nachtbus zum Haus. Bedrohliches Dunkel der Einfahrten, Nischen. Grölendes Gelb der Eckkneipe »Berliner Kindl«, wo jederzeit ein Betrunkener rauskommen konnte. »Bestattung zu Lebzeiten« stand hinter staubfreiem Glas, neonbeleuchtet bei Särgen und Gummigewächs. Ute las es, erschrak und erinnerte sich:

»Nun hab' ich doch die Rose aufgegessen,
die man mir in die starre Hand gegeben...«

Ihre Hand hielt den Schlüssel als einzigen Schutz vor allem, was ihr zustoßen konnte. Er drehte im Schloß, sie schlüpfte ins Haus, drückte die Tür in den Rahmen, atmete auf: Gerettet! »Ich werd' mich gewöhnen!« dachte sie sich, während sie langsam die Treppe hochstieg.

Bei Tageslicht wurden die Nischen, Eingänge, Winkel freundlich zu ihr. »Nur Klinkerbau!« trösteten sie, »nur Klingelknöpfe!«, »nur Stuck!« Sogar das Beerdigungsinstitut gab sich dann harmloser: »Bestattungsregelung zu Lebzeiten« war nun über dem blankbraunen Sarg zu lesen. »Ach so...«, dachte Ute, merkte sich alles zur Stärkung für kommende Nächte.

Ihr Sprung vom Gehweg ins Haus wurde kleiner, ein Schritt nur und schließlich ein Zögern. Weg von der Straße war jetzt die Angst, hatte sich dafür im Treppenaufgang verkrochen. Die zertretenen Stufen, das vergilbte Papier »Frisch gebohnert!«, der abgegriffene Handlauf waren zwar frei von gefährlichen Schatten, aber sie wurden ihr auch nicht vertraut. Zunehmend höhnisch wirkten die Türen, die Klingelzüge, die blinkenden Schilder. »Wagner«, »Bülow«, »Marheine«, stellten sich ihr täglich vor; aber es gab keine Menschen dazu. Manchmal ertönte das trockene »Klapp« einer Tür, gerade wenn Ute vorbeiging, und ihre Angst wuchs dann so sehr, daß sie zitternd die eigene Wohnung betrat.

Es war beinahe eine Befreiung, das Poltern draußen im Flur an einem Spätnachmittag.

Ute sortierte gerade die Bücher, war in Gedrucktem, Bewegtem, Erdachtem versunken – gegenwartslos. Schrak hoch von dem Lärm an der Tür: Klopfen, nein, eher Trommeln, dazu ein Klingelton, langgezogen und schrill. »Das müssen sie sein!« dachte Ute. »Wagner, Bülow, Marheine.« Nach einem kurzen, heftigen Zittern war sie sehr ruhig. »Ich werde ja sehen, wie sie sind. Jetzt ist das Warten vorbei.«

Es stand aber Wolpe davor. Der war ihr bekannt. Vom Treppenhaus und vom Flur, beschäftigt mit dem, was ein Hauswart so zu tun hat: räumend und hämmernd oder palavernd im Hof. Herr Wolpe war sicher schon siebzig, mit gelbledernfaltiger Haut und dünnem weißen Haar. Er trug stets ein Jackett mit hochgeschlossenem Pullover.

»Is det – is dieses von Ihn'n?« Der Perlenkranz dritter Zähne war sehr grell. Wolpe reichte statt der Grußhand ein haariges Tier. Es war die Weste, ein Erbstück von Maike: Gestickter Mohn auf gewendetem Fell. Heute morgen hatte Ute sie anziehen wollen und Würmer darin entdeckt. In eine Plastiktüte verpackt, hatte sie das Stück in den Müll geworfen. »Die Mie-ter-schaft is ge-halten«, zitierte es zwischen den Zähnen heraus, »die Mülltüten stets zu entleeren. Und dieses ...«, er öffnete wie eine Zange die Hand, »das ßieht ja die Ratten.« Er tat einen Schritt, zog die Wohnungstür hinter sich zu. »Dann hab ich 'ne Frage.« Er kam hinter Ute ins Zimmer und schaute sich angestrengt um. »Ne Frage«, sehr laut. Er sah Ute streng ins Gesicht. »Es handelt sich um det Kunst-Glas.« – »Was?« – »Sie wissen genau, was ich meine: Die Kunst-glas-scheibe beim dritten Treppenabsatz. Jugendstil. Echt. Eene Jungfrau mit ...« – »Nie gesehen. Was ist denn mit der?« – »Was soll mit der sein? Verschwunden. Seit ßirca drei Wochen!« – »Und was habe ich ...« – »Sie vielleicht nich ...«, er zwinkerte, unter Komplizen, »die Jungen, die Ihn'n die Kisten ...« – »Na hören Sie mal!« – »Hören Sie mal? Das kennen wir doch: Scheiben mitnehmen, teuer verkaufen und hinterher mit der Knarre ... so Leute sollte man gleich ...« Wolpe brabbelte halblaut, als hätte er so was schon viele Male gesagt, drehte sich suchend im Raum und war auf einmal sehr wach: »Da haben wir's ja! Hab' ich doch so was geahnt: Bader und Meinhoff!«

»Bader und Meinhoff!« Er griff sich ein Buch, das nicht eingeräumt war, klopfte darauf, ließ den Daumen die Seiten entlanglaufen: »Ulrike Meinhoff, Bambule – Bericht über Fürsorgezöglinge.« Er wedelte mit dem Bändchen, als brauche er Luft, sah Ute durchdringend an, flüsterte: »Eine Meinhoff! Studieren und hinterher schießen. Tatatataaaa! Ein Fahrer und drei Polizisten. Und ab mit dem Papa inn' Kofferraum rein. Zieh den Hintern ein, Alter, sonst: Tatatataaaaaa!« Sein stockdünner gelblicher Finger berührte fast Utes Arm und sank dann herab. Dann tief, eher sanft: »Aber sicher, wer mag ihn denn schon, den Arbeitgeberverbandsprä-si-dent. Der sollte doch auch...« Dann war er mit einem Satz beim Bücherregal, nahm ein Fläschchen dort in die Hand: »Und Drogen, sieh einer an!« Er schraubte am Deckel, hielt das Glas gegen das Licht, verfiel in leiernden Singsang: »Bader-Meinhoff und Drogen bei uns auf dem Flur, wer hätte so was gedacht! Und?« wandte er sich fast vertraulich an Ute. »Was is da nun drin?« – »Baldrian.«

Bücher einräumen, als wäre sie alleine im Raum. Taschenbücher wie's kommt, Reclam zu Reclam, Bildbände nebeneinander. Bücher nach Größe zu ordnen, schafften die Hände auch ohne den Kopf. »Baldrian? Is das gut gegen Magengeschwür?« – »Kann schon sein. Es beruhigt.« – »Wissen Sie was«, er knickte ein in den Sessel, preßte sich stöhnend die Hand vor den Bauch. »Ich habe nämlich ein Magengeschwür. Diese Schmerzen!« Er nahm den Verschluß ab und roch an der winzigen Öffnung. »Ham Sie mal 'n Stück Zucker?« Er schob sich noch tiefer ins Polster hinein, verfiel in rhythmisches Wiegen und Stöhnen. Als wollte er nie wieder gehen, sondern Bestandteil des Zimmers werden, einer Pendeluhr gleich, neben Hängematte und Büchern, dem rotgestrichenen Tisch. Ab jetzt bis zum Ende der Zeit. Ute ging in die Küche, hörte von dort das Stöhnen nur noch sehr schwach. Kehrte gleich darauf zurück, den Keim eines Einfalls im Kopf.

»So«, sie streckte Herrn Wolpe einen Teelöffel hin. »Zucker kriegen Sie nicht. Ist schlecht für den Bauch.« Sie zählte die Tropfen. Baldrian fiel auf den Teppich, füllte den Löffel. »Mund auf!« Brav klappte Wolpe die Zahnreihen auseinander, und Ute kippte hinein. »So, das bleibt jetzt im Mund! Mindestens fünf Minuten, sonst hilft es nicht viel.«

Hauswart Herr Wolpe würgte und knurrte, gab das Reden dann auf. Starrte zu Ute, die Bücher aufstellte, mal das Fenster aufriß und ihn nicht mehr bemerkte, als habe sie ihre Oberinnen-Pflicht an ihm nun vollendet. »Gleich schmeiß' ich ihn raus«, dachte sie. »Weiß endlich, wie man mit ihm reden muß.« Aber Herr Wolpe schluckte herunter, stieß hörbar auf und stürzte von selbst aus dem Raum. Ute, allein, verlor das Interesse am Räumen, als hätte sie es für Herrn Wolpe getan. Sie hob ein Papier auf, ließ es dann gleich wieder los, rückte den Tisch hin und her, klopfte den Sessel, auf dem der Hauswart gestöhnt und geschwankt hatte. Drückte am Ende, ohne es richtig zu merken, den Fernseher an, saß mit gekreuzten Beinen im Hängenetz, stieß sich vom Tisch ab und schaute teilnahmslos auf die Bewegung im Bildschirm. Bis das Gesicht kam, bei dessen Anblick Ute mit hartem Griff ihr Hin und Her an der Tischplatte hielt. Gesichtszüge, die seit einigen Tagen jedem in Deutschland bekannt waren. Nase, Mund, Kinn von grobkindlicher Weichheit, aber zerfurcht von Mutspalten aus der Burschenschaftszeit. Augen voll Angst. Haarsträhnen wirr in der Stirn, als hätte er vorher den Kopf aufgestützt, um nichts sehen und sagen zu müssen. Unverwüstlich der Scheitel über der Schläfe, links. Hinter dem Mann ein Stern, durch den sich der Schattenriß eines Gewehres zog. Durch die Symmetrie dieses Bildes wurde der Mensch ornamental: wie der Heilige einer Ikone.

»Entführungsfall Hanns Martin Schleyer«, sagte der Sprecher. »Auch die Länder Süd-Jemen und Libyen haben es abgelehnt, freigepreßten Personen den Aufenthalt zu gestatten. Außenminister Wischnewski...«

Ute beugte sich vor, knipste den Fernseher aus. Etwas fiel

um, in der Küche, im Flur? War Wolpe wirklich gegangen? Ute zerrte sich selbst aus dem Netz, tappte auf Strümpfen den Läufer entlang. Niemand im Bad, das Schlafzimmer einsam, leer der Balkon. Aber die Wohnung war so voller Angst, als wollte sie bersten. Ute nahm sich den Mantel vom Haken, faßte nach der Klinke und hielt wieder inne. Wagner, Bülow, Marheine: unüberwindbar die Treppe. Danach auch die Straßen, die Plätze, die Höfe; Berlin bis zur Mauer barst vor Angst. Sie wußte es, ohne sich erst dort hinzubegeben. Wenn sie die Bücher einräumte, war sie sicher wie nirgends. Noch einmal kam Wolpe nicht. Rein statistisch gesehen.

Ute hing den Mantel zurück, stieß mit dem Fuß an was Weiches. Wie ein verwesendes Tier – die Weste von Maike.

»Wir wollen es nicht verschleyern, wir sind in der Hölle« stand an der Tafel. Ute wischte den Satz ab, ging aus dem Schulgebäude, tauchte nach wenigen Metern in Qualm und Finsternis ein, wo ihre Klasse an Sechsertischen Kaffee, Bier, Schrippen genoß. Ja, sie kämen dann gleich, »bloß noch bezahlen«.

Ute verließ das Lokal, kleinlaut, dankbar, aber noch immer verschlafen. Zwanzig Minuten Verspätung sind Weltrekord, wenn eine erst zehn Minuten vor Schulbeginn von ihrer Matratze hochgefahren ist. Vorher die schlaflose Nacht. Das Morgentraumgrauen, in dem Herr Wolpe mit hohlem Finger die Fenster durchschoß: »Tatatataaaaaa!«

Jetzt, in der einsamen Klasse, gellte es ihr noch mal nach, bis zum Eintritt der Schüler und deren befreiendem Lärm. Husten und Lachen, Stuhlrücken und Frühstücksgespräche. Mäntel und Taschen häuften sich über den Tischen. »Kreisspiele« waren heute dran. Es roch nach Tabak und Bier. Käsebrötchen im Knisterpapier machten die Runde.

»Seht euch nicht um, der Plumpsack geht rum...« – dieses Spiel ist jedem bekannt. Ute schlug es als Einstieg vor und erntete lauten Protest.

»Nach dem, was gestern und heute passiert ist, wär’

Plumpsack das Letzte!« fand Michael Wilke und rückte sein Stirnband zurecht. Die anderen nickten. Auch Ute.

Die braunen Tische – wie sonst. Sperrmäulig die Klassenbücher darauf, leerformelgierig nach Kürzeln und Angaben über die Unterrichtszeit. Die Lehrer im Raum beschäftigten sich mit Listen, hefteten Zettel in Ordner. Vielfaches Rascheln und Kritzeln war zu hören, aber kein Wort; als gäbe es eine Anordnung gegen das Reden. Bis Wilfried Behring hereinkam, Fachbereich Psychologie. Er wandte den struppigen Kopf hin und her, als fehlte ihm was: »Was seid ihr denn so…, wißt ihr denn gar nicht das Neueste?« Manche Gesichter schlossen sich auf, dankbar für einen möglichen Witz. »Nee«, machte Judith vom Fachbereich Englisch. »Sag es uns doch!« – »Er hat sich selbst erschossen!« – »Wer – sich erschossen?« – »Schleyer, im Kofferraum drin. Was Bader, Enslin, Raspe in Stammheim hinkriegen, das schafft…« Er kam nicht zu Ende. Die innere Abwehr, die sich ausbreitende Blässe preßte ihm den Satz zurück. Ließ ihn würgen, als habe er sich verschluckt. Nähbeutelmünder, nach innen gefaltet, umgaben vielstimmiges Schweigen. Weg hier! Mit offener, klappernder Tasche lief Ute hinaus auf die Straße, über den Platz in den Tunnel hinein.

»Zurückbleiben bitte!« Sie sprang noch schnell auf und ließ den Bahnsteig zurück. Es war nicht sehr voll. Die Leute dösten und lasen. Eine Frau zog, gespiegelt vom Fenster, den Lippenstift nach. Jemand hielt seinen Schäferhund zwischen den Knien eingeklemmt, sah ihm unverwandt in die Augen. Wenn nun die U-Bahn anhielt und nie wieder losfuhr? Die Mallorca-Touristen hatten es auch nicht geahnt, daß sie miteinander vier Tage Todesangst ausstehen sollten. Ute fixierte den Mann mit dem hängenden Mantel, dicht an der Tür. Geiselnahme in der U-Bahn – absurder Gedanke. Aber auch an eine Flugzeugentführung hatte niemand gedacht, bevor die erste passiert war.

Das Mädchen im Kunstleopardenjackett, der Mann mit dem dreifachen Kinn, der bunt Tätowierte wollten leben wie sie. Ute fühlte sich ihnen sehr nah und sehr überlegen. Das plötzliche Quietschen der Bremsen erstaunte sie nicht. Das Surren der Räder veränderte sich zum rhythmischen Rumpeln, wurde unmerklich langsamer bis zum abschließenden Stoß. Aber das erwartete Ende blieb aus, das Tempo nahm zu, der Zug fuhr ins Helle hinein, hielt brav zum Ein- und zum Ausstieg. Richard-Wagner-Platz, Utes Station. Sie trat auf den Bahnsteig, taumelnd und schweißtropfenfeucht von heimlicher Scham. Der Mann im hängenden Mantel ging auf eine Rolltreppe zu. »Entschuldigen Sie!« warf Ute ihm nach und starrte bereits in das nächste Gesicht, das übernächste, das dritte. Freund oder Feind?

»Kriegszustand«, hatte der Historiker Mann die letzten Tage genannt; »Bürgerkrieg«, schrieb eine Zeitung. Menschen befänden sich »in Stellung«, hätten sich längst entschieden für die eine oder die andere Seite. Nur Ute fand in dem Strudel der Niederlagen und Siege für sich keinen Ort. In Afrika Geiselbefreiung, in Stammheim die Toten, in Mühlhausen Schleyer erschossen: Erleichterung, Trauer, Entsetzen füllten sie aus und ließen Betäubung zurück. Verdrängten Reste von Hoffnung, die lange schon zweifelhaft war.

Ute schlich am Wasser entlang, als wäre sie alt – mit winzigen, tappenden Schritten. Geriet in den Schloßpark hinein, kam bis zum Teich, um den sie herumlief, ohne zu wissen, wie oft. Immer noch mal ist die gnädigste Lösung für eine, die den Weg nicht mehr weiß. Bis zum Umfallen immer noch mal. Wenn Henning sie suchte und fand – der würde den Weg nicht verstehen. Aber wenigstens würde er um sie trauern, das war schon ein Trost.

Gelb taumelte der Herbst in der Luft, unten schon raschelnd und weich. Für alle leuchteten der dunstfreie Himmel, die Farben der Bäume, routinegemäß vor der schwarzgeäderten Kahlheit im Monat November. Für alle, bestimmt auch für Roland, von dem Ute sich gerade wünschte, es gäbe ihn nicht.

Routinegemäß wirkten auch die jungen und alten Frauen

auf den Wegen und Bänken, die mit Kind oder Tier beschäftigt waren. So selbstvergessen, als gäbe es keine Entführung, als wäre noch niemand befreit, erschossen, erhängt. »Wie spät ist es?« fragte die eine, »ich muß noch die Wäsche...« »Zwanzig nach vier.« Da war doch Gewerkschaft um fünf! Der Ausschuß gegen politische Disziplinierung.

Ute verfiel in den Lehrerinnenschritt, ließ Mütter und Kinder, Tiere und alte Leute am Ufer zurück. Aber schon auf der Brücke änderte Ute ihr Ziel. Sie ging nicht zur Gewerkschaft, auch nicht nach Hause und erst recht nicht zu Henning. Ute strebte zur »Hölle«. Vielleicht traf sie dort den einen oder anderen Schüler.

24. Kapitel

Nichts würde jemals den Scheitel des Vaters zerstören. Aber der Herbstwind pustete ihm Strähnen bis unter die Brille. Beim Zurückstreichen blieb auf der Stirn eine rußige Spur.

Als Ute ihn sah, fiel ihr ein, daß er nicht entführt worden war, nicht im Wandschrank versteckt und auch nicht erschossen. Sie hätte ihn gerne umarmt und fand indessen plötzlich beides absurd: die Gedanken und eine Berührung. So hielt sie einen Schritt vor ihm inne. Des Vaters Arme sanken herab, er lächelte mit der linken Hälfte seines Gesichts. »Na, Ute – is alles klar?« Er zeigte hinüber zur Masse der Kübel und Eimer: »Such dir einen Baum aus. Und dann aber los!«

Die ganze Herbstferienwoche waren sie auf »dem Platz«. So hieß inzwischen der gräfliche Grund mit den schwarzen Kiefernrückständen. Die Stubben und Wurzeln mußten aus dem Boden heraus, man trug die Stämme beiseite, bepflanzte die freien Flächen mit Vogelbeerbäumen, Birken und Rosengesträuch. Gegen die Straße hin sollte ein Spielplatz entstehen, mit Wippe, zwei Schaukeln, einem Klettergerüst aus Stämmen.

Wer hier arbeitete, war voller Ruß und darunter gerötet vom Wetter des späten Oktobers. Windwirres Haar, aus Fingernägeln und Kleidern krümelte eine Mischung aus Asche und Sand. Sie hießen: »Dusachmal«, »Hörma« und einfach nur »ey«. Später dann: »Doro aus Frankfurt«, »Wippjacky«, »Dose« und »Helle vom Freundeskreis Kiel«. Der Nachname tat nichts zur Sache. Ihre Identität war der gelbrote Knopf an Jacke, Latzhose oder am Schafwollpullover. Die rotentschlossene Sonne »Atomkraft, nein danke!« Wer einen Nachnamen trug, war wie ein Knoten im Wirrwarr der Nachnamenlosen. Graf Hermann Worwitz zum Beispiel, der Besitzer des Grunds. Rechtsanwalt Udo Sperber, Adelheid Rose aus Trebel und »der alte Fiedler«. Der gab den Nachnamen weiter an Ute und Henning, an Torsten, Tommi und Frank, die auch zum Pflanzen anreisten. Endlich sogar noch an Micha, Silvia und Bernd aus Berlin: Schüler aus Utes Klasse, die ihren »Käfer« im Heidekraut parkten, um »auch was zu tun«.

Ute hatte vergessen, daß sie sonst Lehrerin war. Silvia, Micha und Bernd avancierten zu Freunden. Sie gruben, harkten und gossen zwischen Utes Verwandschaft und wurden zu Teilen des Clans. Der wieder war Teil einer größeren, gelbrot gezeichneten Einheit. Aufgehoben bis zur Identitätslosigkeit. Geborgen am Standort des NEZ. Sicher vor unheimlich heimlichen Feinden, einzeln und unübersehbar auf Straßen und Plätzen. Ute erholte sich an dem großen gemeinsamen Feind, der Todesfabrik, die es ja erst morgen geben würde. Fühlte sich warm zwischen denen, die in der verregneten Heide Tatsachen schufen, bevor der Bodenfrost kam. Pumpte sich voll vom Geruch feuchten Waldes, tastete über die Frische der dünnen, glatten Stämme. Blinzelte mit schwarzem Gesicht in die spärliche Sonne, atmete Sicherheit ein, als gäbe es später nichts mehr davon.

Ab nun begann Ute zu wachsen. Zwischen dem Rauhfaserweiß ihrer eigenen Wände gewann sie an Umfang, als hätte sie jemand in einen größeren Topf umgepflanzt. Unklar blieb, ob sie es tat, weil die Bedrohung verschwand, oder ob ihre Größe die Bedrohung vertrieb. Doch in den Straßen verdampfte die Unsicherheit, und der Treppenaufgang verwandelte sich in harmlose Architektur aus Holz und zerschlissenem Lack. Aus den höhnischen Messinggravuren waren nun Leute geworden: Frau Wagner hatte drei Pickel im breiten Gesicht, A Punkt Bülow war kahl und mitunter betrunken. Herr und Frau Marheine schienen nicht älter als dreißig und schleppten Windelpakete. Alle grüßten zurück, von Nachbar zu Nachbar, als hätte Ute schon lange bei ihnen gewohnt.

Das Sein bestimmt das Bewußtsein. Sie war der Beweis dafür. Kein Klappen der Wohnungstür ertönte nunmehr ohne ihre Entscheidung, weder Geräusche im Flur noch Küchengespräche, die sie von den eigenen Plänen abzogen, sie degradierten zum willfährigen Opfer des Zufalls. Termine und Pflichten, zahlreich wie sonst, verloren gleichwohl an Gewicht. Ute berauschte sich an sich selbst als handelndem Subjekt, das nicht mehr auf Anweisungen wartete. Wie oft bei neuen Lebensabschnitten wurde sie überwältigt vom Mitteilungsdrang. Sie plante ein Essen, lud alle, mit denen sie jemals die Wohnung geteilt hatte, für Sonnabend ein. Es kamen Uli, Marion, Horst sowie Holde und Frieder. Henning war ohnehin da. Sie lobten die Pizza, stießen mit Sangria an, hatten viel zu besprechen an Um- und Auszügen, personellen Verschiebungen ihrer WG. Entdeckten, daß einige noch etwas anderes verband: Vier von ihnen hatten inzwischen mit Psychoanalyse begonnen. »Mein Psychiater...«, »... und meiner...«, »nein, in so einem Fall hält meiner den Mund«, »...aber meine hat mir gesagt«, »...doch – ich zieh' die Schuhe jedesmal aus.« Der Abend war lang, lebendig und Ute gar nicht gefragt. Sie atmete auf, als gegen halb zwei die Schritte nach unten verklangen.

Übrig blieb Henning, der wußte Bescheid; denn er war selbst gewachsen in seinen drei Zimmern. Hatte wie Ute erlebt, daß Zeit, die nur einem selbst gehört, zum Ozean ausufern kann. Geeignet zum Tauchen, zum Schwimmen, womöglich darin zu ertrinken. Aber sie konnten ja schwimmen und schwammen gemeinsam, wenn ihnen die Lust dazu kam. Im Bett, in der Wohnung, im Park, die Spree entlang neben den Schleppern her, auf denen flatternde Schlüpfer sich über Bergen von glänzender Kohle bewegten. Sie nahmen die silbernen Plötze nicht an, die jemand geangelt hatte, der »keenen Fisch nich« vertrug. Sie studierten das Eigenleben der Gartenzwerge im Schrebergartenverein »Sonne«, beobachteten einen Hundedresseur, der einen knurrenden Rüden vom gepanzerten Arm zwei Meter weit warf. Neugierig und scheu, wie sie waren, sahen sie viel, ohne lästig zu fallen. Sie sammelten Zeichen und Bilder, tauschten sie aus und waren sich nahe wie lange nicht mehr. Trennten sich dann ohne Zwang, einfach weil es schön war, allein zu sein.

Allein – und doch wieder nicht. Ute tauchte ins Meer ihrer Zeit und fühlte sich plötzlich gestoßen, als triebe hier Strandgut herum. Das Telefon schrie. Vier-, siebenmal, immer weiter. Bis Ute aufgab und seufzend den Hörer abnahm.

Das Räuspern des Vaters wie stets, wenn er anrief, zwei- oder dreimal die Woche. »Ich habe hier eine Liste. Zeitungsanzeige gegen die Grundstückskäufe der DWK. Wir brauchen Namen und Spenden. Dann hab' ich Stauden bestellt. Schicke euch heute den Prospekt. Könnt ihr ja ankreuzen, wenn ihr was wollt. Dann leg' ich noch einen Leserbrief bei – über den Unsinn von Fernwärmeheizung. Und noch was...«, er räusperte sich, »die Liste muß in drei Tagen zurück sein, sonst hat das Ganze gar keinen Zweck.«

Manchmal reicht eine Schlagzeile aus, um den Tag zu verderben. Wie an dem Montag im Juni, als Ute vorm Unterricht noch den Schloßpark durchquerte. Blinzelnd, schnuppernd und lauschend, voll vom Glitzern des Wassers, dem Duft nach frischgemähtem Gras, dem Vogelzwitschern. Am Kiosk der U-Bahn lag »DER SPIEGEL« aus. Eine Frau in offener Bluse breitete sich auf dem Titelblatt aus: »Allein leben. Single, der neuste Trend.« Ute starrte das Heft an, beleidigt, verblüfft. Es war doch ihre Entscheidung, allein in die Wohnung zu ziehen und dort größer zu werden. Was hatte die Frau in der Bluse damit zu tun?

»DER SPIEGEL« erniedrigte sie vom handelnden Subjekt zum soziologischen Fakt. Sie vergaß ihre Bahn und schlich um den Stapel herum. Sie könnte ihn runterreißen, mit einem Tritt auf die Schienen befördern. Aber am Ausgang des Tunnels gab es das nächste Zeitungsgeschäft. Ein weiteres vier Häuser weiter. »Sie wünschen?« fragte die Frau im Fenster des Kiosk. »Nichts.« Ute zuckte die Achseln und sprang in den schon rollenden Zug. Sie würde den blöden Artikel noch nicht einmal lesen, das war ihre freie Entscheidung.

25. Kapitel

In diesem Jahr wurden bauliche Maßnahmen zur Wärmedämmung vom Lande subventioniert. Der Vater hatte schon längst den entsprechenden Antrag gestellt und zusammengetragen, was an Platten und Leisten, Tapeten, Kleister, ja sogar an Nägeln notwendig war. Hatte auch die Preise ermittelt. Der Bauaufwand ließ sich – so sein Programm – in circa vier Wochen schaffen.

Angesichts dieser Aktivitäten lösten sich Utes Träume von Unstetheit, Rucksacktourismus, Mittelmeer, kräutergeschwängerter Wärme schon auf, bevor sie zu Plänen gerannen. Andere Lehrer buchten die Flüge nach Kreta oder Athen. Rucksäcke und die gerollten Schlafunterlagen standen sogar in der Schule herum; aber nach kurzer Wehmut fuhr Ute gerne ins Dorf. Fröhlich, für einige Wochen kein Single zu sein, bezog sie mit Henning das große Bett im hinteren Zimmer.

»Mist!« hörten sie von nebenan, dann das Knackgeräusch

eines Zahnrads, ein Klappen. »Blödes Ding!« Der Vater richtete dort wie gewohnt die Dreibeinliege als Nachtlager her. Sie klappte zusammen, wann immer er glaubte, er hätte sie endlich stabil. Ute lag auf dem Bett: Schulfrei, geborgen und ohne die Pflicht, sich zu rühren. Sie lauschte dem Kampf zwischen Sache und Mensch, der nicht zum ersten Mal stattfand. Irgendwann hatte der Vater gesiegt. Ute gönnte es ihm und war doch enttäuscht – über das Ende des Hörspiels.

Zu Hause zu sein. Die gelben Fenster weit hinterm Feld, als Ute und Henning durch die Sommernacht gingen. Das Gelb, in dem Vater, hingestreckt auf dem Sofa, die Zeitungen las. »Er ist noch längst nicht gestorben. Wir sind zusammen lebendig, bauen ein Haus und arbeiten, daß es hier schön bleibt – so wie es ist«, dachte Ute. Sie war beklommen vor Glück und so stark in dem Vorsatz, das NEZ zu verhindern, das Land und den Vater zu schützen.

Dieses Mal klappte die Arbeit zu dritt. Es schien, als hätte der Vater begriffen, daß Ute so klein nicht mehr war. Er fragte, schlug vor und erklärte ohne den Anweisungston. Sie arbeiteten ohne Hast, mal auf »dem Platz«, dann wieder an den eigenen vier Wänden. Oder sie fuhren zum See, schwammen hinaus und am Ufer entlang, wo das Schilf sich bewegte. Sie lasen einander im Schatten der Weiden Zeitungen vor, kritzelten Bleistiftentwürfe von Leserbriefen, Artikeln, die sie gemeinsam besprachen. Sie aßen mit anderen »Gorleben-Freaks« an Klapptischen zu Mittag, wo es Reissuppe gab und zum Nachtisch die ersten Äpfel. »Die Bewegung« war bunter geworden, über das Jeansblau hinaus, Parkagrün, Gelbrot »Atomkraft? Nein danke!« Der Sprechchor »AKW neee!« war zu Liedern gewachsen.

Oft saßen sie abends vorm Haus, verbrannten Zweige, erzählten. Fast täglich gab es Besuch. Bekannte vom Platz, aus Berlin. Meist wurde es spät; der Vater redete viel. Vom Rhabarber, den er als Pfarrerskind täglich zum Markt bringen mußte. Von der Kochkiste, in der eine Maus sieben Junge bekam. Kartoffellese in Nieste. Altbekanntes erzählte er, in dem Ute plötzlich Keime von Zukunft entdeckte. Von den Hausgeburten, die ja bis nach dem Krieg eine Selbstverständlichkeit waren. Zwei Kinder hatte er selbst geholt. »...ist gar nicht so schwer. Sag Bescheid«, wandte er sich an Ute, »wenn es bei dir soweit ist.«

Wer zuhörte, strahlte Gläubigkeit aus – des Vaters Gemeinde. Sie wurden beneidet um ihn, und Ute genoß diesen Neid, fürchtete aber insgeheim, sich schämen zu müssen, denn manchmal vergriff sich der der Vater, ohne es selbst zu merken:

»Der Russe«, holte er aus in Erinnerung an seine Gefangenschaft nach dem Krieg, »der konnte doch nichts. Der Russe hat schnell gemerkt, wie sehr er uns brauchte, uns Offiziere der Wehrmacht. Was haben wir denen nicht alles gebaut: Staudämme, Straßen... Hätten die gar nicht geschafft ohne unser Know-how. Und dann das Gefälle in der Kultur! Der Chor, unser Lagerorchester. Nein, die spürten genau, wer hier der Überlegene war – gerade die einfachen Menschen.« – »Hast du denn eigentlich Russisch gelernt?« fragte Waltraud vom »Platz«. – »Nie«, er reckte sich hoch, war für Sekunden größer als Henning. »Haben wir gar nicht gebraucht. In sieben Jahren weniger als sieben Wörter.«

Oder er wurde sehr müde in kürzester Zeit, sackte am Feuer zusammen, als liefe aus ihm etwas aus. Ein falsches Wort, ein Thema, das ihn nicht berührte, waren dafür genug. Nach einigem Schweigen und Brüten knurrte er etwas und zog sich zurück. Kam dann wenig später im Schlafanzug wieder heraus, unübersehbar und unüberhörbar. »Kinder!« Er klatschte in die Hände, vom Echo verstärkt: »Nun aber schnell! Morgen ist auch noch ein Tag, und da wollen wir doch...«

Länger als vierzehn Tage wollte die Mutter nicht bleiben. Aber sie legte als erstes auf Schränken und Tischen Hornkämme ab: »Ist gegen Erdstrahlen gut.« Schafgarbesträuße wurden gepflückt und baumelten neben den Fenstern: »Verscheucht das Ungeziefer.« Morgens sah Ute vom Bett aus im Rahmen des Fensters zwei rotgrün geringelte Füße, gen Himmel gerichtet, wippend und kreisend. Dann hielten sie still, verschwanden. Das war der Abschluß der täglichen Morgenübung in Yoga. Hinterher holte die Mutter ein Messer: Brennesseln sammeln – für Tee.

Unbeteiligt am Bauen, war sie doch ständig beschäftigt, hinterließ Spuren und Arrangements, die die Einheit des Dreiersystems Henning, Ute und Vater zumindest störten. Was sollten Kamilleblüten, sauber auf Zeitungspapier verteilt, zwischen den zugeschnittenen Platten? Was faulig riechende Eierschalen in dem Gefäß, das zum Rühren von Kleister gedacht war? Die Mutter verrückte die Betten und räumte das Nordzimmer leer. Sie bereitete jeden Tag Rohkost aus Löwenzahn, Miere und Nesseln, bitter und zäh, aber »reinigend für das Blut«. Heilkräuter und übernatürliche Kräfte hatten sie schon fasziniert, als es für andere nur technischen Fortschritt gab. Sie trug den Stolz des Menschen, der »es schon lange gewußt hatte«, in ihrem Gesicht und war zudem provozierend gesund. So gesund, daß sie vier Tafeln Schokolade hintereinander vertrug, ohne Bauchweh zu kriegen. Sie haßte Krankheit und die Kranken dazu, denn sie witterte Schuld bei jedem Gebrechen. Wer litt, den bewarf sie mit Ratschlägen, Maßnahmen und – im Fall der Erfolglosigkeit – mit Vorwürfen dazu.

Kein Tag ohne Knoblauchpillen und ohne den Brennesseltee. »Ich werd' den Geschmack nicht mehr los!« Der Vater verzog seinen Mund, als sei etwas Bitteres darin, und behielt den Gesichtsausdruck bei. Allgemein war er kläglich geworden seit der Ankunft der Mutter. Er besah seine Finger, rieb sie aneinander, erstaunt, dann zunehmend panisch. Fühllosigkeit in den Händen – so hatte doch seine Krankheit schon mal begonnen. Er bekam Angst vor den Münzen, den kleineren Nägeln, die ihm so gerne entglitten, sich höhnisch in Ecken verkrochen: »Heb mich doch auf!« Den unfairen Kampf zwischen Winzig und Taub, keiner sollte ihn sehen. Schnell den Schuh auf die Münze und auf die zweite dazu. Sollten Kinder sie finden, ihm doch egal! Der Vater erging sich in heimlicher, hilfloser Aufsässigkeit: Die zwei grünen Pillen verschwanden im Spalt zwischen Sofa und Lehne; Brennesseltee wurde schnell und erstaunlich geschickt aus dem Fenster gekippt. Knisternd und duftend verglühten die vielen Kamillen, und als die Mutter ihn fragte, gab er es zu: Klar, er habe den ganzen Bettel ins Feuer gekippt. »Ist doch Quatsch, das Zeug jetzt zu sammeln. Staubt hier nur ein!« Selten sprach er sie an, und einen Namen hatte er für die Frau, die ihm sieben Kinder geboren hatte, schon lange nicht mehr. Allenfalls noch auf »dem Platz« oder in Treben, bei »Planung des weiteren Vorgehens«.

Keinen Termin ließ er aus, seit die Mutter im Haus war, denn unter den Gorleben-Freaks war er wieder gesund. Jedenfalls dachte er nicht an die Fühllosigkeit, wenn er Birken begoß und um die Rosen das Unkraut ausriß. Er war sicher vor Pillen und Brennesseltee, er wurde beachtet, wann immer ihm danach war. Ein Räuspern und alles hörte, sah auf den Mann mit dem eisgrauen Haar. »Ich habe«, sagte er wohl, »fünf Tragebalken bestellt. Wir können dann besser bewässern, da, wo der Schlauch nicht mehr reicht. Und dann sollten wir noch...« Was er auch redete, er war der Aufmerksamkeit, des Beifalls gewiß. Wenn jemand ihn unterbrach, dann bloß seine Frau. Die machte er schweigen, denn hier war er stark. »Mutti, laß doch den Quatsch!« fuhr er auf, wenn sie stammelte, hinter dem Wald sei ein Auto mit viel Polizei. »Halt doch den Mund! Das ist hier jedem bekannt!« Im Haus, bei der eigenen Arbeit, sprach er an ihr vorbei: »Deine Mutter«, er sah dabei Ute an, die neben ihr stand, »deine Mutter könnte ja auch tapezieren.«

Schlimmer noch als die Arbeit war jeder Versuch der Entspannung. Sie gingen zu dritt spazieren, um das Maisfeld herum. Wenn er einen Salzhering in den Baum gehängt hätte, tönte die Stimme der Mutter im wogenden Sommer, hätten sie so viele Kirschen wie voriges Jahr. Jetzt seien natürlich die Amseln... »Dummes Geschwätz, das halte ich nun schon seit Monaten aus«, sagte der Vater zu Ute. »Kann mir keiner erzählen«, meinte die Mutter, »daß die Amseln nichts riechen. Und unsere Kirschen...« Ende des Maisfelds. Hier gabelte sich der Weg, und Ute blieb stehen. »Jetzt ist es genug«, sagte sie. »Wenn ihr nicht sofort aufhört, geht ihr gefälligst allein.« Nebeneinander gingen sie weiter ums Maisfeld herum. Rechts und links, stumm wie gegängelte Kinder, Vater und Mutter.

Auch die Mahlzeiten waren, obwohl stets im Freien, fast zum Ersticken. Bewaffnet mit Messer und Gabel, zerstörten sie Fleisch und Kartoffeln, denn das war erlaubt. Ein kauender Mund, der speichelt und schluckt, läuft wenig Gefahr, etwas reden zu müssen. Happen statt Worte, ziellose Blicke, wer fertig war, trug seinen Teller ins Haus.

Henning kam zurück und verbarg sein Gesicht hinter raschelndem Zeitungspapier. Barrieren aus Worten und Tagesgeschehen, zerreißbar und doch unüberwindlich. Gemurmelte Kommentare, empörte Zitate, die steckenblieben im Nichts. So selten kam Antwort darauf, daß Henning erschrak, als es doch eine gab: »Wieder ein Todesurteil...«, hatte er halblaut gelesen. »Todesurteil?« die Mutter sah über das Blatt, »wo gibt es denn so was?« – »In Baden-Württemberg. Dieser Landesvater mit dem schlechten Gedächtnis, der vergessen hat, daß er noch Todesurteile gefällt hatte, als der Krieg beinah aus war.« – »Ist schon unerhört, daß der Filbinger nicht mehr wissen will, was er damals gemacht hat«, sagte Ute. »Aber noch schlimmer: Es gibt so viele, die keiner mehr danach fragt.«

Der Vater räusperte sich, redete in die Zeitung hinein. »Das alles ist gar nicht so leicht. Weil ich ja selbst Kriegsrichter war. Könnte ja jemand kommen und sagen: Reißt sein Maul für Gorleben auf, und seinerzeit hat er...« – »Aber das ist doch was anderes!« Die Mutter fiel ihm sehr eifrig ins Wort. »Du hast es doch gar nicht bestritten! Nie so was heimlich gemacht. Du hast doch oft erzählt, wenn wieder ein Todesurteil notwendig war. Und du hast immer gesagt: Wer Todesurteile fällt, muß auch die Vollstreckung aushalten können. Sogar Oswald hat es gewußt. Was hat er geschimpft. Der konnte Todesurteile nicht...« – »Hör auf!« Der Vater fuhr hoch, als wollte er sie schlagen, senkte die Augen und ging hinters Haus. Die Mutter sah ihm nach – beunruhigt, doch ohne Verstehen im Blick. »Was hat er denn nun?« Sie sah von Ute zu Henning, schwieg eine Zeit. »Wenn's nach ihm ginge«, begann sie, »wenn's nach ihm ginge, wären wir alle... Da hat er mir diese Pistole gegeben: Ich sollte mich und die Kinder erschießen, wenn Hitler nicht mehr...« – »Und du, was hast du gemacht?« – »Ich bin doch nicht dumm! Kann gar nicht umgehen mit so einem Ding. Hab' sie im Garten vergraben, im Maiglöckchenbeet. Hinterher wären wir beinah verhungert, als der Zusammenbruch war. Aber da war noch mein Vater, den hatten die Nazis geschaßt. Bin ich mit euch zu Pappi, da ging es uns besser – ich bin doch nicht dumm...«

Henning erbrach sich, nachdem er das Balkenwerk mit dem Holzschutz bestrichen hatte, aber: »Tröste dich!« sagte der Vater, »die Holzböcke sind jetzt alle vergast.« Rollen von Glaswolle standen noch immer im Weg, watteweich, gelb, einseitig silbern beschichtet. Glaswolle haftet mit winzigen Splittern an Poren und Haut, hinterläßt Juckreiz, Entzündung. Glaswolle gehört in die Hohlräume zwischen Mauer und Rigips, als luftiges Polster, das Wärme festhält und zum Schutz vor kleinen Schmarotzern. Bei größerer Nähe dringen die schädlichen Fasern auch in die Lungen hinein, und »das überlebt keine Maus«.

Ute maß, schnitt die Platten zurecht, ohne Handschuhe zu tragen. Juckende Stellen brachen nach zwei Tagen auf, begannen zu eitern. Der Vater hatte gewarnt. Eins zu null für ihn und für sein Know-how.

Auch die Zeit war auf seiten des Vaters: Zehn Tage bis Ferienschluß, und das Haus war wüst von begonnener Bautätigkeit. Im Chaos der offenen Wände, der Materialien und Trümmer fand sich der Vater zurecht, forderte Ute und Henning zum Mitdenken auf. »Mitdenken« meinte, sie sollten dasselbe denken wie er. Denn die Baupläne, die er im

Kopf trug, waren beinahe Visionen: So plastisch genau, daß er glaubte, auch andere müßten sie sehen.

Dafür begriffen die Finger des Vaters nicht mehr so recht, wo sie anfassen sollten. Ohne die jüngeren Hände von Henning und Ute hatten die Pläne des Vaters gar keine Chance.

Dennoch war es eine Dreiersymbiose mit Mängeln, auch ohne die Mutter. Fachverstand und verminderte Tatkraft machten den Vater rechthaberisch. Dringend und scharf gab er an, was als nächstes zu tun sei. Aber mit jedem Handgriff zerstörten die anderen seine Vision. Selten war ein Ergebnis so, wie er es gedacht hatte. Schlimmer noch war ihr Hang, sich mit irgendwas zu verzetteln. Da strich Henning den Gartenzaun grün und legte Platten vorm Haus. Oder Ute schlug Löcher in eine Büchse hinein, das könnte ein Lampenschirm werden – »vielleicht«. Kunsthandwerk, während die Wände in solchem Zustand..., aber der Vater besah das Ergebnis des Tages ohne ein Wort, seufzte irgendwann tief und gab dann bekannt: »Das haut doch alles nicht hin. Ich reise jetzt ab.«

Wenn er nun heute fuhr? Schwindlig vor Angst gab Ute sich besten Vorsätzen hin. Aber nach der Erleichterung, daß er dieses Mal blieb, war sie wie sonst: flüchtig und schnell bei der angeordneten Arbeit, ausufernd und verträumt bei den Dingen, die sie sich selbst gesucht hatte.

»Ich reise ab!« drohte Vater auch an dem Donnerstag an, als Henning, statt Kleister zu rühren, Fliegendraht schnitt. »Ich reise ab«, und Henning, vom Maschendraht hauchfein gerastert, sprach durch den Rahmen hindurch: »Bitte, dann fahr aber auch!« Der Vater zuckte zurück, schnappte, räusperte sich nur allmählich an Worte heran: »Das ist... äh... ich weiß... versteht ihr denn nicht? Das Wichtigste sind doch die Wände. Die müssen zu sein, bevor wir hier gehen. Also – das leuchtet doch ein?!« – »Klar«, machte Henning. »Natürlich leuchtet das ein.« – »Und warum bastelst du dann diesen Quatsch?« – »Weil es unser Haus ist und nicht deins.«

Wie gestoßen hielt sich der Vater am Balken. Straffte sich,

trat in das Werkzeug hinein, taumelnd von seiner eigenen Wucht. Scheppernd entleerte sich der Kasten; größeres und kleines Metall verteilte sich weithin im Raum: »Euer Kram – meiner doch nicht! Macht euren Scheiß bloß allein! Vorgestern habe ich das hier sortiert, und nun: Nägel und Schrauben beim Hammer! Wenigstens das räumt ihr auf, solange ich packe. Ehe ich fahre, will ich noch sehen, daß keine Schraube mehr drin...« Reißzwecken, Nägel und Stifte lagen ihm auf der Stimme: »Hab' das Regal angebracht. Fächer beschriftet. Wenn das durcheinandergerät, war ich das letzte Mal hier!«

Bis in die Ritzen des Bodens waren die Nägel gerollt. Tastend nur ließ sich etwas finden, denn die Beleuchtung war schlecht. Ute gab tränenblind auf. Rannte vor Vater und Henning weg zu ihrem Lieblingsplatz zwischen den Kiefern auf dem Sandhügel. Ließ es rinnen aus Augen und Nase bis in den Pullover hinein. Wagte zu heulen wie früher als Kind, hemmungslos laut. Sie sollten es hören da unten.

Salziger Sturzbach, Fels in der Kehle, Beben in Schultern und Brust. Nur zögernd drang wieder der Sommer bis zu ihr hin. Mischte sich in das Schluchzen mit Meisengeschrei, streichelte über Wangen und Hals, bis die Rinnsale nur noch klebten.

Ameisen schleppten ein mächtiges Holzstück sinnlose Umwege entlang. Kleine Stiefmütterchen drängten sich zwischen Kiefernabwurf und Gras.

Jemand räusperte sich – oder nicht? Ute blieb vornübergeklappt, hantierte mit Kiefernnadeln, um den Ameisen tragen zu helfen. Aber das Tappen und Rascheln vernahm sie genau, und beim zweiten, deutlichen Räuspern des Vaters wandte sie sich um.

Er ging um sie herum, schien auf Rückzug bedacht. »Wir hatten eine Aussprache, Henning und ich. Ich dachte, du solltest...« Er setzte tastend die Füße auf, hockte sich umständlich hin, lag endlich im Gras und sah ihr direkt ins Gesicht. »Natürlich ist das euer Haus! Glaubst du, ich wüßte das nicht? Ich weiß aber noch etwas anderes: Nämlich, daß jemand, der baut, einen Bauleiter braucht. Einen Mann, der die Pläne im Kopf hat und die Arbeiten koordiniert. Wer soll der Bauleiter sein? Du? oder Henning?« Er schnaubte, stemmte sich höher, sah Ute herausfordernd an. »Siehst du?« Er sank wieder etwas zurück. »Hat Henning auch eingesehen. Also: Wenn ich der Bauleiter bin, muß ich antreiben, daß die Sache auch klappt. Konnte Henning nichts gegen sagen. Das Dilemma ist bloß, daß ich nicht mehr zupakken kann, wie es ein Bauleiter sollte. Meine Hände...« Er schwieg, besah seine Finger, die sich täppisch bewegten. »Ich brauch' Unterstützung, und zwar euretwegen. Nicht Sabotage mit Fliegendraht und durchstochenen Büchsen. Henning sieht das inzwischen genauso wie ich.« Er nickte zufrieden, ließ Ute nicht aus den Augen. »Aber wenn ihr keinen Bauleiter braucht...« Er drehte ein Gänseblümchen, zupfte das Weiße davon ab: Zwei Blätter, drei auf einmal, dann immer einzeln – »sie liebt mich, sie liebt mich nicht...«

»Na ja«, fuhr er fort, »ihr habt da schon recht. Es wurde wohl Zeit, daß wir uns mal richtig aussprechen, Henning und ich –«, er blinzelte zu ihr herüber, »und jetzt auch wir beide.«

Dann schwieg er und sah geradeaus. Legte sich auf den Rücken mit Blick in die Wolken.

»Vater!« rief Ute. »Was ist?« Er hob etwas den Kopf. »Du liegst genau in den Stiefmütterchen.« Er stutzte, sah unter sich, rückte beiseite.

26. Kapitel

Schon am zweiten Schultag kam Post mit der Handschrift des Vaters – lästig im ungefestigten Berliner Alltag. Ute vergaß das Kuvert, öffnete es erst am Abend.

Ein Zeitungsausschnitt, ein Leserbrief, unterschrieben: »Arndt Fiedler, Richter a. D.« Einer der zahllosen Leserbriefe des Vaters. Erstaunlich, daß die Zeitungen noch welche druckten. »Ist nicht so eilig«, fand Ute, schob das Papier unter anderes, was wichtiger war, und las es dann doch:

»Unsere Kinder machen uns Ältere, soweit wir nicht aktive Widerstandskämpfer waren, mitverantwortlich für das Unheil, das der Nationalsozialismus angerichtet hat.

Immerhin ist dieses Unheil, von dem hoffentlich noch lange nachwirkenden Schock abgesehen, bereits nach nur einer Generation weitgehend ausgestanden. Die heutigen Atomstrategen aber und diejenigen, die ihnen jetzt keinen Widerstand leisten, werden noch von vielen späteren Generationen in einer Weise verflucht werden, wie das bei noch keiner anderen Technologie je geschehen ist.«

»Nicht aktive Widerstandskämpfer...« – dafür hatte er der eigenen Frau die Pistole gegeben, dafür hatte er die Vollstreckung nach jedem Todesurteil angesehen – ein Drückeberger war der Vater noch nie gewesen. Hatte zugepackt, wo es notwendig war: als Junge im Pfarrhaus, als Soldat an der Front, im Garten und gegen das NEZ. Im Hausbau – sie hatten die Wärmedämmung tatsächlich fertigbekommen. Trotz tauber Finger, gegen den Unwillen Utes und Hennings.

Der Wille des Vaters hatte dort zugepackt, wo seine Hände versagten. Wenn Kriegsrichter Fiedler halb so erfolgreich gewesen war wie Utes Vater beim Bauen, der »Nazi« so überzeugt wie der Kernkraftgegner von heute... Beinahe täglich lagen jetzt Briefe des Vaters in Utes Kasten. Dienstliche Post war das, denn seinen Ruhestand hatte er vorzeitig beendet. Stärker als je ein Beruf forderte Gorleben den alten Fiedler, forderte ihn dabei in all seiner Vielseitigkeit:

Der Theoretiker befaßte sich mit dem Thema Atomenergie, las, unterstrich, archivierte, arbeitete sich in technische und juristische Sachfragen ein, brachte sie endlich verdaut als Leserbriefe und Eingaben selbst zu Papier.

Den Tüftler und Bastler juckte der Tatendrang so sehr in den Fingern, daß er die Krankheit beinahe vergaß. Windräder bauen, Wärmepumpen montieren, mit spiegelnder

Dachfläche Sonnenwärme einfangen – machbar war schon so viel! Der Vater verglich Prospekte, fertigte Pläne, und diese gerannen für ihn zur neuen Vision: Weg mit der Nabelschnur, die zu den Stadtwerken führt! Abgekabelt und dafür verbunden mit Sonne und Wind, würde sein Haus flügge sein wie ein erwachsenes Tier.

»Das Verhängnis für jedes AKW sind diese kleinen Maschinen«, erklärte er mit leuchtenden Augen, wenn jemand sich seine Prospekte und Skizzen ansah. »Ist unsere Sache, die Dinger zu bauen. Die Großen machen das nicht. Die exportieren lieber Kernkraftwerke nach Brasilien. Aber wir – wir bewässern in Gorleben schon ganze Flächen mit Hilfe des Windes.«

Tatsächlich pumpte am »Platz« ein Windrad das Grundwasser hoch – beharrlich zu allen Zeiten: Nachts und mittwochs, während die Kernkraftgegner in Dörfern und Metropolen mit andern Dingen beschäftigt waren, pladderten Tropfen, liefen im stiftdünnen Strahl oder prasselten breit aus dem hängenden Schlauch ins Sammelbecken hinein. Freitags, wenn »Enten« und »Käfer«, gelbrot gezeichnet, wieder am Straßenrand parkten, gab es Wasser in Fülle.

Freitags, spätestens samstags fand sich auch der Vater dort ein; denn das war der schönste Teil seiner neuen Berufung: Gärtner zu sein auf »dem Platz«. Erstaunlich, was alles gedieh auf Asche und Sand. In Bäumen und Büschen wurde der Widerstand groß, ließ sich auf Millimeter genau messen. Jeder Zweig, jeder stachlige Halm war greifbare Tatsache gegen das unsichtbar drohende NEZ. Alle, die gruben und pflanzten, Tierdung herschafften und altes Wurzelwerk aus dem Boden rissen, folgten der gleichen Berufung. Mochten sie streiten über den Standort der Eimer oder die Frage, was nun als nächstes zu tun sei – unausgesprochen blieben sie einig: »AKW – nee!«

Ungern nur fuhr der Vater am Sonntagnachmittag wieder nach Hause. In seinem eigenen Garten, zwischen plakatbunten Astern und schwellendem Obst holte der Ruhestand ihn wieder ein. Drüben bei Knieriems hingen Tomaten, üppig und rot, kunstdüngerfett und privat. Samtkurzgeschoren das Gras bei Anrainer Klemp ohne ein einziges trockenes Blatt. Klemp war auch pensioniert, setzte nun alles daran, daß sein Garten »anständig« war. Er besaß einen Laubsauger gegen den blätternden Herbst, eine Rasenrandschere sowie einen Mäher mit Schalensitz, wie ein winziger Trecker. All dies war vollautomatisch. Nachbar Klemp tat, als gäbe es Gorleben nicht. So wie Frau Poweit, die langjährige Putzfrau der Mutter, die unter heiß fließendem Strahl die Tassen abwusch und hemmungslos »Spüli« dazugab. Sinnlos, hier etwas zu sagen, das hatte der Vater gemerkt. Bei »solchen Leuten« war jedes Wort zuviel. Doch er behielt sie im Auge, litt an den Taten, seufzte und schwieg seine Verachtung den Tätern direkt ins Gesicht. »Solche Leute« merkten oft nicht einmal das, hielten sich halt an die Mutter, die das Schweigen des Vaters gern unterlief. Die hatte stets was zu reden mit ihrer Putzfrau und lud Onkel Eberhard – »wir brauchen den Fortschritt« – mit Tante Lisbeth zum Fischessen ein. Daß sie keinen aufgab, der ihrer Mission widerstand, dafür haßte der Vater seine Frau um so mehr.

Er selbst sortierte sie aus, »solche Leute«, die es einfach bequem haben wollten, ohne Rücksicht auf den Zustand der Welt. Bruder Paul, der Pfarrer, gehörte genauso dazu wie der Schrotthändler Klaus, der nie den Motor abstellte, wenn er sein Gerümpel auflud.

Frau Widder vom Schuhgeschäft Frankfurter Straße war dagegen zugänglicher: »Ich würde ja gern mit nach Gorleben kommen – bloß, meine Hüfte...« Doch dann bemerkte der Vater, daß sie Kompostmüll, Flaschen, Papier unsortiert wegwarf und dies, trotz dringender Vorhaltungen, nicht unterließ. »Solche Leute«, erklärte er Ute am Telefon, »sind einfach zu blöd, als daß man sich noch mit ihnen befassen sollte.« – »Stimmt«, sagte Ute und dachte daran, daß Frau Widder so merkwürdig roch. Ihre Stimme, mit der sie einst Schülerin Ute des Rauchens bezichtigte, war kratzig und hoch. Späte Rache, den Vater nun endlich auch gegen Frau Widder zu wissen.

»Mit der bin ich fertig!« endete er und wartete ab. »Nicht schade darum!« lag in dieser Pause. »Ich habe genügend Menschen, auch ohne die Widder. Da sind die vom ›Platz‹, Dr. Fink aus Hannover, Tommi und Frank, Micha, Silvia, Henning – und vor allem du!?« – »Find' ich richtig«, sagte Ute, und während ihr Mund noch viel zur Bestätigung fand, dachte sie an die Flaschen, die sie vorhin mit mannigfaltigem anderen Müll im Container versenkt hatte. An die Rolltreppe dachte sie, dieses zehnmal gestufte Förderband am Eingang der U-Bahn-Station. Hier drängten sich alle, um zehnmal die Beine nicht rühren zu müssen. Sie – Ute – immer dabei. Das Licht fiel ihr ein, im Wohnzimmer und in der Küche. Sie ließ es oft brennen – aus Nachlässigkeit oder um vorzutäuschen, sie sei zu Hause. Am schlimmsten: Ihr häufiges Duschen, nur so aus Spaß. Fernwärme-Wasser, fast unbenutzt, gurgelte die Venen Berlins hinab. Keine Chance für Gorleben, wenn alle es trieben wie sie. »Find' ich richtig, das mit der Frau Widder«, bestätigte Ute und gelobte im stillen, sich von nun an immer so zu verhalten, als wäre der Vater dabei.

Kurz danach kam ihr ein solches Gelöbnis lächerlich vor. Was sollte diese lästige Hellsicht, die nichts bewirkte als Mutlosigkeit. Denn Ute bemerkte Verfall und Bedrohung in vielen Details: Die Margeriten im Schloßpark hielten sich krumm. Krüppliges Weiß umgab kleine, braunfleckige Höfe. Straßenbäume verloren die Blätter zu früh. Einige hatten sich gar nicht erst richtig begrünt. Mit schütterer Krone, unten kräftig belaubt, gaben sie sich wie alternde Gorleben-Kämpfer, die den kahlen Oberkopf durch Lokkengekringel im Nacken auszugleichen versuchen.

»Gorleben ist überall«, stand an der Hauswand neben »Bestattungen Bauschke«. Gorleben verfolgte Ute bis in die Unterrichtsstunden hinein. »Der Wald steht schwarz und schweiget«, wurde gesungen, und Ute sah wieder die verkohlten Stämme am Platz. Wer hatte den Brand dort gelegt?

»Auf der Mauer auf der Lauer sitzt 'ne kleine Wanze. Auf der Mauer auf der Lauer sitzt 'ne kleine W...« Wanzen – so nannte man jetzt elektronische Abhörgeräte. Hinter Tapeten versteckt, wurden damit Gespräche belauscht. Zum Beispiel von Klaus T., Atomingenieur. Die Schüler wünschten sich immer wieder das Lied und zwinkerten, wenn sie es sangen.

»Spätestens im Jahre 2000 gehen die Lichter aus, wenn das ›NEZ‹ nicht gebaut wird«, drohten Politiker, Planer und Befürworter der Atomenergie. Noch aber glänzte Berlin. Weihnachtlich im Dezember, farbig, beweglich und grell bis in den Faschingsmonat hinein. Und zur kältesten Zeit brachen Gänseblümchen hervor. Blinzelten zwischen weißrosa Fransen auf blattlose Bäume, während zwei Schritte weiter der Rasen vom schmuddeligen Weiß des alternden Schnees bedeckt war. Sie wußten nicht, daß sie nur blühten, weil unter ihnen, zehn Meter breit und Wärme verströmend, die Leitung der Fernheizung lief. Aber auch Ute, obwohl die es durchschaute, machte sich nichts weiter daraus. »Man müßte...«, dachte sie nur und ging über Schnee, der glatt war, schattengrau, hart wie Beton. Plante Aktionen im Kopf, die nie stattfinden würden. Keine Zeit, keine Kraft, keine Lust. Wissend, daß sie mit Nichtstun Gorleben preisgab und den Vater betrog. Aber es hatte sich eben doch nichts grundlegend verändert: Ute war disziplinlos und faul wie damals als Kind. Und nicht frei von der Angst, sie würde vom Vater erwischt. Etwa, daß er ihr Stöhnen mithörte, wenn abends das Telefon rief. »Furchtbar! Schon wieder der Alte.« Oder er würde die Leserbriefe entdecken, die er ihr immer geschickt hatte. In einem Schuhkarton neben dem großen Papierkorb. Zeitungsausschnitte, gelblich und ungelesen. Ungedrucktes, im Einzeilenabstand getippt und kaum zu entziffern. Stets unterschrieben: »Arndt Fiedler, Richter a. D.« »Bitte lesen!« stand kuligekrakelt dabei, und fernmündlich folgte die Frage: »Wie fandst du den Brief?« – »Richtig«, antwortete Ute und blieb wahrhaftig damit, denn sie war sicher: Es stand ihre Meinung darin.

Kluge Gedanken zur Eignung des Salzstocks, zur Ölpreisentwicklung, oft sogar Lobendes über die eigenen Kinder. Alles war richtig, Zeile um Zeile verlangte ihr Nicken, bis zum Einnicken fast. Einnicken durfte aber nicht sein. Also las Ute höchstens den Anfang der Briefe, legte sie dann in dem Schuhkarton ab. Einmal im Monat, alle zwei Wochen, wären solche Schreiben ein Kleinod gewesen. So aber wurden sie Plage, nicht nur für Ute.

»...müssen verstehen«, schrieb Herr Flock von der »Frankfurter Rundschau«, »daß es unsere Pflicht ist, auch andere Leser zu Wort kommen zu lassen.« Und er legte die Briefe der vorigen Woche ungeöffnet mit bei. »Frechheit!« tobte der Vater. »Dummheit!« »Die sind doch gekauft!« Und endlich: »Bestelle das Käseblatt ab!«

Nun sollten andere Absender sein: Henning, Horst, Heise, Marion, Wilfried Behring vom Fachbereich Psychologie. Auch viele Schüler liehen ihren Namen für die Leserbriefe des Vaters. Arndt Fiedler, Richter a. D., holte die »Frankfurter Rundschau« in Zukunft am Kiosk. Kämpfte mit tauben Fingern gegen die großen Blätter in Regen und Wind, um in der Leserrubrik seine eigene Meinung zu lesen.

»Irgendwann«, sagte ein Sprecher des Landeschefs Albrecht, »wachen wir auf, und die Bohrungen haben begonnen.« Sandwege waren bereits zu Straßen erstarrt. Stacheldraht lag, wo noch vor kurzem Brombeerranken die Kleider zerrisen hatten. Aber die Masse der Kernkraftgegner nahm ebenso zu. »Atomkraft? Nein danke!« blinkte gelbrot von Treckern sowie von PKWs der gehobenen Klasse. Saß auf den Scheiben von Bauernhäusern und Ställen, klebte handtellergroß auf dem Lehrerzimmertisch in Berlin. Steckte an Melkmützen und Overalls ebenso fest wie an Seidenblusen, soliden Jacketts und sogar an Krawatten.

Immer wieder wurden um Gorleben herum die Zufahrtswege blockiert. Sitzfleisch, 37 Grad Celsius auf kaltem Asphalt. Zitternd und zahlreich, unruhig, entschlossen zu bleiben. Schließlich gehoben, geschoben, geschleift und woanders fallen gelassen. Straße frei für die Lastwagen mit dem Flachbohrgerät.

Aber dann standen schon wieder Trecker zur Fahrtrichtung quer. Oder die Ausfahrt dampfte von kniehohem, frisch geschüttetem Mist.

Ute selbst roch nichts, mußte nicht frieren, und niemand schleppte sie weg. Ihr Alltag blieb überheizt im Berliner Trott. Aber wenn einer der Schüler an einer Blockade teilnahm, trug sie ihn als entschuldigt ins Klassenbuch ein. Das wenigstens konnte sie tun.

Ansonsten diente sie Gorleben nur mit gedrucktem Papier:

> STOPPT DIE BOHRUNGEN –
> JETZT!
>
> Keine Gefängniszellen für Kernkraftgegner!
>
> Name: Adresse: Unterschrift:

Zwanzig Zeilen darunter frei: »Schreiben Sie bitte hier:« Ein Zebrastreifen vom schweigenden Bürger zu dem, der nicht alles schluckt. Fast jeden Tag legte Ute ein Blatt dieser Art auf dem Lehrertisch ab, stellte die Sammelbüchse dazu. Wenn sie nach Hause ging, war beides gefüllt. 100 DM für den Rechtshilfefonds. Zwanzig Lehrer, allesamt solidarisch, verschwanden geknickt im frankierten Kuvert. Ute trug sie zur Post, die Hälfte des Weges gewichtig und stolz; dann ging sie wie sonst, denn der Brief in ihrer Hand wog sehr leicht.

Er kam nicht an gegen »Barbara« und »Anita«, wie die beiden Flachbohrlöcher genannt wurden.

»Barbara« und »Anita« im Trikot aus Metall mit Stacheldrahtspitze gaben den letzten Anlaß zum großen Treck nach Hannover. Namenlos waren dagegen all jene, die sich am 31. März dort frühmorgens mit dem gemeinsamen Ziel trafen, hunderttausend zu sein. Auf der Podbielskyallee drängten sie sich, öljackengelb und im militärischen Grün geräumiger Parkas. Fingen mit Schultern, Kapuzen, mit Schirmen und struppigen Haaren Frühregen auf, standen so dicht, daß Pflaster und Straßenbahnschienen beinahe tropfenfrei blieben.

Tausendmal Müdigkeit, Hunger, drängende Blasen. Bäkkerläden, Bedürfnisanstalten, Wände zum Anlehnen, Regenschutz hießen die ersten Etappen des heutigen Weges. Doch mit der Sonne kamen aus Jacken und unter den Schirmen Gesichter hervor und dann das Wiedererkennen: »Atomkraft? Nein danke!«

Ute kam mit den Schülern im Bus. Zwei Drittel ihrer Klasse waren nun dabei. Aber vor Ort beschloß sie, verlorenzugehen. Ließ sich alleine treiben und fand sich langsam zurecht: Gorleben – Berlin. Diesen hatte sie hüben – jenen drüben getroffen. Andere hüben und drüben. Namen fielen ihr ein: »Hallo, Ede.« »Tach, Mia.« Aber es gab keinen Anlaß, länger zu sprechen. »Ey du, könntest du mal …?« – »Wäre ganz sinnvoll, wenn ihr die Straße hier räumen würdet.« – »Fände es schon gut, wenn ihr da hinter die Absperrung treten könntet.« – »Gehst du mal eben hier weg?« – »… hab' keine Lust, hier dauernd dasselbe zu sagen. Haut endlich ab, gleich kommen die Trecker hier lang!« Die mit der Ordnerbinde haben es schwer. Unspezifisch und heftig schlenkern sie ihre Arme, als jagten sie Hühner vom Hof. Wie Federvieh lassen die Menschen sich treiben und kommen sofort wieder zurück.

Erst Motorengeräusche sortieren die wuselnde Ziellosigkeit zu gestellten Spalieren. Die Höchstgeschwindigkeit,

30 Stundenkilometer, ist noch gedrosselt zum gemächlichen Schrittempo. Aber es dröhnt, dünstet weit über den Grenzwert hinaus Abgase aus. Die ein Steuerrad führen, grüßen in majestätischer Steifheit von oben herab, hoch über der Straße sitzen sie fest auf Schalensitzen und Bänken. Haben sich kurz vor Hannover noch eben rasiert, borstige Strähnen mit Wasser am Kopf festgeklebt. Sind vom Wetter so rot oder vom nächtlich genossenen Korn. Bleiben weiter »die anderen«, setzen gegen das Schreien und Winken der Struppigen unten am Bordstein statuarischen Stolz.

»Es grüne die Tanne, es schlage das Herz,
im Widerstand sind wir hart wie Erz«

steht am Trecker aus Mübeln. »Wehrt euch, leistet Widerstand...«, intoniert jemand unten, und viele stimmen mit ein. Das war erstmals Widerstand von der Mitte der Straße über den Bordstein hinaus. Unwidersprochen durch: »Haut ab nach ›drüben‹«, »Arbeiten gehen!« oder »Der Fortschritt muß her.« Berauschende Einheit, die man kaum noch erwartet hätte, seit deutlich war, daß das Proletariat den Klassenkampf ausfallen ließ. Nun kamen die Bauern von ihren Äckern. Rollten auf baumstarken Reifen über die Straßenbahnschienen, drauf und dran gegen Landeschef Albrecht.

»Das ist Geschichte!« fand Ute. »Neulich haben sie ihre Frauen und Kinder noch vor uns gewarnt. Jetzt sind wir hier in Hannover, alle zusammen. Und in drei Jahren...«

Trecker und Lastwagen hatten ihr Tempo verringert, erstarrten zum Bild, ruckten an, standen noch einmal still. Flimmerten, wurden verschwommen. Ute bekam plötzlich Angst, daß sie aufwachen könnte. Schwärze stieg in ihr hoch, entstellte Menschen und Fahrzeuge zum schadhaften Film. Ob durch die Macht dieser Stunde oder den leeren Bauch: Ute geriet ins Schwanken, stieß an den Nachbarn, hörte sich etwas sagen, das wie »Entschuldigung« klang. Hörte das Starten der Trecker: erster Gang, zweiter, noch mal der erste, und wieder hielt der Konvoi. Hörte mit einemmal Rufe, die sie nicht gleich verstand.

»Mut!« brüllte wer oder: »Gut!«, vielleicht eher: »Wut!« Nur das »uu« drang zunächst zu Ute. Jemand gestikulierte vom Treckeranhänger herab. »Uuuuth!« war zu hören, nein: »Uuuute!« Ute war einer der häufigsten Frauennamen gegen Ende des Krieges. Vielleicht hieß die Zierliche so, die vorne am Straßenrand stand. Oder die Große, Hennagefärbte einen Schritt weiter, die einen Augenblick lauschte, als sei sie gemeint.

»Uuuute! Is das denn möglich?« Ute preßte die Lider zusammen: »Das ist doch Paul Funke!« Unter ihm hing ein Transparent: »Kyritzer Bauern und Bürger: So nicht!«

»Uuuu-te! Na endlich!« Er beugte sich weiter hinaus, reichte ihr die Hand: »Steig ein, fahr büschen mit uns!« Sie zerrten sie zu zweit hinauf. Ein Wagen voll Kyritz. Vage vertraute Gesichter, die sie beim Küheeintreiben und auf dem Mähdrescher schon mal gesehen hatte. »Find' ich ja toll!« sagte Ute. »Kyritzer in Hannover.« – »Ehrensache!« Paul Funke wies mit dem Kinn auf Kurt Ebel, den Dorfbürgermeister, der mit zwei anderen beim Skat saß. »Wenn der Chef es so will!« – »Na, Ute? Auch in Hannover?« Edelgard Funke sah ihr scharf ins Gesicht. »Haste kein Taschentuch mit?« Ute schnaubte erleichtert ins dargebotene Papiertaschentuch, wieder und wieder. »Habt ihr vielleicht was zu essen?« – »Essen? Na, aber immer!« Saure Gurken im Schraubdeckelglas. Edelgard Funke verschwand hinter dem Deckel der Tiefkühltasche und raschelte dort. »Was is gefällig? Schweinebauch oder Mett?«

Ein winziger Ruck, und die Zugmaschine fuhr an. Leise vibrierte der Boden, jetzt schon sonnengewärmt. Ute hatte sich Platz in einer Ecke gesucht. »Na, Ute, schmeckt's?« Paul Funke schob ihr eine geöffnete Bierflasche zu. »Laß laufen, damit es auch rutscht.«

Edelgard Funke packte ein Schnitzel aus sauber geknifftem Papier. »Ne!« Sie riß mit den Zähnen ein Stück davon ab. »Ne, wir nehmen doch die von Wittich, Kost' zwar 50 DM mehr, aber das Rosenmuster paßt besser zu unseren Kacheln.«

Ute lag auf dem Rücken, die Jacke unterm Kopf zusammengerollt, nicht mehr vorhanden für die am Rande der Straße. Gleitende Giebel, laufende Drähte vor Augen. Wolken, als wären sie gerade ins Blaue des Himmels geritzt. Paul Funke war weich. Edelgards frischgewaschene Locken widerstanden dem Fahrtwind wie gebogener Draht.

Als Ute am Kundgebungsplatz von dem Anhänger stieg, war sie betrunken. Wohlige Schaukelbewegung wurde ganz klein, verengte zu einem Punkt, der vom Bauch aus Brechreiz hervorrief. Mettbrote, Eier und Apfelkorn wollten ans Licht. Ute fand einen Papierkorb, hielt sich danach an der Halterung fest, froh, daß das Schaukeln wieder begann.

Schwirren der Einzelgespräche, Rufe des Wiedererkennens: »Stell dir vor, wen ich schon ...«. Pomade und Henna, Jacketts und Pullover, Öljacken und Uniformen waren hier endlich gemischt. Darüber das Dröhnen der Reden, vielfach verstärkt, verschwommen, doch in der Aussage klar. Die Atempausen, die Übergänge von einem Sprecher zum nächsten, selbst das Klatschen war stets am richtigen Platz, trotz Privatunterhaltung. Kundgebungsprofis haben sich hier gefunden, die schon lange dabei sind, seit neulich am Wittenbergplatz. Früher am Kudamm. Damals wie heute – in Hannover. Damals – Ute mit Roland. Als Hannover ihr wie eine Trabantenwüste erschien. Als sie so unglücklich war, daß sie sich wünschte, nicht mehr zu leben. Besser war es da schon, noch lebendig zu sein und zu schaukeln. Wenn sie Roland hier träfe, es wäre egal. Oder – beinah egal. Könnte ja sein, daß er hier ist, zwanzig Schritte entfernt... Daß sie sich gleich begegnen, wenn Ute es wagen sollte, weiterzugehen. Noch läßt sie sich schaukeln, Rücken und Kopf am Laternenpfahl sicher fixiert.

»Wenn wir uns vorher nicht sehen«, war die Absprache mit der Klasse, »treffen wir uns nach der Kundgebung vorne beim Podium.« Irgendwann ist es fad, alleine zu sein. Zurück ins Dickicht von Armen, Rücken, Bäuchen und wuchernden Haaren. »Darf ich mal durch?«

Dreihunderttausend Menschen – »nur« hundertfünfzigtausend nach polizeilicher Schätzung – waren unübersehbar in Hannover.

Einhundertneunundvierzigtausendneunhundertneunundneunzig waren auf der Seite des Vaters. Bäumepflanzer, für Sonnen- und Windenergie. Offen für seine Pläne, für des Vaters »Know-how«. Dankbar für jeden Text von »Arndt Fiedler, Richter a. D.« und noch nicht davon satt.

»Gorleben« war delegierbar geworden. Auf dem Heimweg vom »großen Treck« gab Ute die Verantwortung innerlich ab. Bei einer Schätzdifferenz von gut Hunderttausend kam es auf sie nicht mehr an.

Sollten andere Listen auslegen und Sammelgeld überweisen. Ute war leicht ersetzbar. Nur von den Schülern in ihrer Klasse wurde sie wirklich gebraucht.

»Harrisburg« hieß das neue Stichwort im Anti-Atomkampf. Neue Bestätigung für die Gefährlichkeit von Atomenergie. Atemlos und erregt verfolgten die Schüler den »Beinahe-GAU« in der nordamerikanischen Kleinstadt. »Kreisspiele« fanden nicht statt. Dafür wuchsen die Pläne in Utes Musikunterricht: Man müßte »die Bohrlöcher zuschütten, nachts, mit Kies und Beton«. Man müßte »die rotweiß gestreiften Vermessungsstäbe heimlich versetzen«. Man müßte »die Reifen der Baufahrzeuge anstechen«. Man müßte »echt was riskieren«. Ute hörte zunächst nur zu, fasziniert von der Angstlosigkeit. Doch dann hielt sie es nicht aus, als einzige zu schweigen: »Man müßte ...«, hörte sie sich. »Wir sollten alle zusammen nach Gorleben fahren. Ihr wißt, ich hab' da 'n Haus.«

Nachmittagstreff in Brigittes WG zur weiteren Planung der Reise. Wann ist der beste Termin? Gibt es genügend Autos? Was wird zum Reifenstechen benötigt? Wer kann »Krähenfüße« besorgen, und wo legt man die aus? Das überlegten die Schüler.

Ute wurde schon praktisch: Paßten denn alle in das Häuschen hinein? Sie malte den Grundriß grob auf ein Blatt. Hier standen Betten und da. Die Klappliege gab es und einen

Berg von Matratzen. Aber reichte das aus? Während sie grübelte, stocherte Michael Wilke aus seiner Tasche ein Päckchen heraus. Warf die Haare zurück, krümelte, mischte, verteilte. Schweigend und konzentriert, ohne falsche Bewegung rollte er das Papier. Als Ute vom Überdenken des Bettenproblems in das Zimmer zurückkam, kreiste der Joint. Kam, durch hohle Hände geschützt, bei der Lehrerin an, die bis in den Bauch hinein erschrak. Weil sie doch hier die Verantwortung trug. Weil sie doch gar nicht mehr wußte, wie man mit so einem Ding... Wenn nun die Asche herabfallen würde, gerade bei ihr? Wenn sie sich womöglich verschluckte, ins Husten geriet? Ute ergriff den gedrehten Trichter mit zitternder Hand. Was sie einsog, war kühl. Machte sich in ihr groß und löste die Lehrerin auf. Übrig blieb Ute, ausufernd in dem Klangfluß medidativer Musik. Wo war sie selbst zu Ende, fingen andere an? Hand zwischen Hände, Kleider wurden zu Fesseln. Aber dann ging es schon weiter: Arme und Schultern, Haut, lebendig und warm, unwegsam das Gesicht, aber zwischen den Stoppeln dann endlich der Mund...

Da traf sie ein kantiger Schlag auf den Kopf. An einem schmerzhaft zuckenden Punkt kam Ute zurück. Hatte doch eben mit Roland... Sie setzte sich auf, stieß ein zweites Mal an die eiserne Strebe des Bücherregals. Erkannte im Dämmerlicht Ronny, der neben ihr lag. Der nun die Augen aufschlug und nach ihr griff: »Mann, komm doch wieder her!« Ronny Mayer, aufs höchste gefährdet durch ständiges Fehlen. Konnte das schwerlich noch bis zum Zeugnistermin aufholen. Lehrerin Ute zog sich am Bücherbord hoch. War sie zuständig für die zuckende Silvia auf dem Plüschkanapee? Elke hielt ihr den Kopf, streichelte über Schultern, die von trockenem Schluchzen geschüttelt wurden. Aber die meckernden Töne klangen eher nach Lachen. Niemand störte sich daran. Ute stieg über die träumenden, schmusenden, meditierenden Schüler zur Tür. Während sie auf dem Flur ihren Anorak suchte, knackte es im Recorder, und die Musik setzte aus. Silvias Lachen blieb übrig.

Draußen war es für die Jahreszeit zu kalt.

Als sie den Hausflur betrat, zerstückelte fernes Klingeln die Stille; anhaltend – immer noch mal. »Daß niemand abnimmt«, dachte Ute und tastete sich zu dem roten Knopf für das Licht. »Zumutung, beinahe um eins.« Bis zum ersten Stock hörte sie nur die eigenen Schritte; dann wieder das Schrillen, dringlicher als zuvor. »Das ist ja bei mir...«, fuhr ihr der Schreck bis in den Magen hinein und legte sich gleich: »Ich bin ja nicht da!« Ute faßte in die Tasche, suchte nach ihrem Schlüssel. Stellte nach langem vergeblichen Kramen fest, daß sie ihn längst in der Hand hielt. »Ich gehe nicht dran«, dachte sie, als das Sicherheitsschloß sich noch sperrte, warf im Wohnungsflur ihren Anorak auf den Boden, fiel beinahe in das nachtdunkle Zimmer, stoppte ein neues Klingeln, das gerade begann: »Fiedler!« Am anderen Ende Stille, dann Räuspern. »Hier auch. Ist ja schwierig, dich zu erreichen.« – »Wenn ich soviel zu tun hab!« Sie schnappte nach Luft. »Trotzdem müßtet ihr langsam... ich habe hier alle Prospekte zusammengestellt. Sonst schaffen wir es nicht, bis zum Umbau...« – »Welcher Umbau?« – »Na, die Wärmepumpe im Sommer. Ohne Wärmepumpe hat es doch gar keinen Sinn, einen Sonnenkollektor...« Das Rauschen im Kopf – oder war es die Leitung? – übertönte die Worte des Vaters, als wären die ungenügend geerdet. Auch ihre eigene Stimme schien ihr verzerrt: »Aber das wollen wir nicht!« – »Das ist doch unsinnig, einen Sonnenkollektor ohne Wärmep...« – »Das wollen wir nicht!« – »Was wollt ihr nicht?« – »Wir wollen gar keinen Umbau. Jedenfalls nicht dieses Jahr...«, ergänzte sie leiser. »Aber«, das Rauschen setzte sich nun minutenlang fort, durch nichts unterbrochen, »aber wir wissen doch gar nicht, ob ich im nächsten Sommer noch bin...« – »Ist doch egal! Wir wollen nicht noch einen Umbau, bei dem du alles bestimmst!« – »Warum darf ich denn nicht?« Der Vater wurde sehr laut, verscheuchte das Nebengeräusch und redete plötzlich sehr mühsam: »Und ich habe mich so auf den Sommer gefreut.« Nun ruckte der Kuckuck im Elternwohnzimmer an, meldete: »Eins!« – »Ihr nehmt mir die Freude des Alters.« –

»Laß ihn!« tickte die Uhr auf der Seite des Vaters: »Laß ihn! Sag: Na guut. Die paar Wochen, die paar Wochen...« Jetzt hielt der Vater die Hand vors Gesicht. Er war am Ende des Weges. Seines Weges von Berlin, nach Kyritz, nach Gorleben, bis auf den »Platz«. Vom Kriegsgericht bis auf den Platz, immer Ute entgegen. »Sag: Na guut! Sag: Na guut!« hackte die Uhr. Die war schon immer auf seiten des Vaters gewesen. Hatte Ute beim Geigeüben gestört mit ihrem unerbittlichen Ticken, sich in die Musik gemischt, bis Ute das Pendel anhielt. Der Vater hatte es dann stets wieder angestoßen. »Sag: Na guut! Sag: Na guut!« hackte die Uhr in Utes Sprachlosigkeit. Tropfte Mondscheingebühren der deutschen Bundespost zu, abzubuchen vom Konto des Vaters.

Ute schmeckte nun wieder den Joint. Das lichtgraue Viereck des Fensters verzog sich, als knetete jemand das Haus. »Und ich habe gedacht«, konnte sie gerade verstehen, »habe gedachte, ich nehme mir eins von den Zimmerchen, wenn es mit Mutti nicht mehr... Es wird immer schlimmer mit ihr. Habe gedacht...« Das Fenster war wieder gerade und Ute dem Vater sehr dankbar für seinen Einsatz in der letzten Zeit. Ohne des Vaters Know-how wären sie nicht weit gekommen, das gab sie ja zu. Aber er hatte sich ungerufen zu jedem Umbau gedrängt. Sich des Hauses bemächtigt, sich niedergelassen, als sei zwischen Ute und Henning sein selbstverständlicher Platz. Jedem seine Beziehung. Sie, Ute, mischte sich nicht in den Streit zwischen Vater und Mutter. Und sie weigerte sich, für einen von ihnen Partei... das Fenster verformte sich wieder. Der untere Teil weichte auf, während es oben scharfkantig blieb.

Ute starrte und holte tief Luft. Die Kuckucksuhr tickte nicht mehr.

»Wieso?« fragte Henning und räumte die Tischplatte leer. »So 'ne Wärmepumpe ist gar nicht so schlecht. Warum soll er nicht bei uns wohnen, wenn es ihm zu Hause stinkt? Wir haben genug Zimmer. Warum denn eigentlich *nicht*?« –

»Warum *nicht*?« Toleranz im Präservativ, geschützt vor Befruchtung und Krankheit. Luftdicht verschlossen vor Zweifeln, Erfahrung und Einsicht. »Weil es nicht gutgehen kann«, entgegnete Ute, doch Henning schnitt Zeitungen aus, kritzelte Monat und Tag neben Artikelanfänge, fluchte über den Kuli, der nicht mehr schrieb. »Man müßte«, sann er nebenbei, »ein paar Schafe haben, das wäre toll. Und ein Windrad hinter dem Haus. Ein Biotop...« Er drehte das Zeitungsblatt um. »Dann wäre dein Alter beschäftigt... Übrigens gibt der Filbinger noch längst nicht auf. Mann, der ist vielleicht stur!« Er nutzte die Schere als Dolch, um schneiden zu können.

Ute schien er weit entfernt. Dabei stand sie doch neben ihm, fast auf Ellbogennähe. Hatte heute nacht noch Worte wie Spieße geworfen. Für Henning, gegen den Vater. Hatte den Vater verjagt und gleich ein Gitter errichtet. Mit dem Ergebnis: Auch Henning war draußen geblieben. Trieb sich jenseits des Käfigs herum und vermißte sie nicht einmal.

»Wenn ihr unbedingt wollt...«, versuchte sie kleinlaut zwischen die Stäbe zu greifen, »setzen wir's nächstes Jahr an. Von mir aus auch mit dem Vater.« – »Warum *nicht*?« sagte Henning. »Das könnten wir auch...« Der Klebestift rollte vom Tisch. Henning kniete sich hin, suchte unter dem Schrank. Ein Klumpen, der Auswüchse ausfuhr, Ute zu Füßen.

Warum *nicht*? Ich komm' auch zu dir. Glibbere durch die Stäbe, glibbere wieder zurück – wie es sich ergibt. Glibbere zu deinem Vater – warum denn *nicht*? Oder ich sauge mich an den Zeitungen fest. Finde schon meinen Platz – warum eigentlich nicht?

Vor der Kommode lag er platt auf dem Bauch. Sie könnte drauftreten, er wäre weich, glitte bereitwillig in eine andere Form. Statt dessen trat sie zurück, einen Schritt, weiter, weiter, bis aus der Wohnung hinaus. »... hat keinen Sinn«, kam ihr und blähte sich auf wie eine Erkenntnis. Jemand hatte sie danach gefragt, vor Jahren bereits. »Ich weiß es jetzt, Roland«, antwortete sie: »Es hat keinen Sinn.« Die

Treppe hinab und durch den Hof, bis zur Straße begleitete sie dieser Gedanke. Dort hielt sie an und kehrte noch einmal um. Zog das Schlüsselbund aus der Tasche, preßte und zerrte mit schmerzendem Daumen am störrischen Ring. Als sie Hennings Schlüssel in seinen Briefkasten warf, gab's kein Geräusch. Sicherlich fiel er schon wieder auf eine Zeitung.

27. Kapitel

Hinter der Milchglasscheibe zum Schulflur bewegte sich schattenhaft etwas Buntes, drehte dann ab, ließ Lehrerin und Schüler weiter alleine im Saal. Im hinteren Teil des Raumes waren dreihundert Stühle gestapelt. Tische standen wahllos verteilt. An einem saß Ute, auf einem anderen im Schneidersitz Bernd, der es schon längst bereut hatte, pünktlich gekommen zu sein.

»Dabei könnten wir demnächst fahren«, sagte Ute wie auswendig her. Bernd Gruber zuckte die Achseln und las weiter im »Sound«. »Kommt ja noch jemand – vielleicht...«

Das war ihr nächster Termin nach dem in Brigittes WG. Drei Treffen waren trotz Utes Bemühen nicht zustande gekommen. Aber der Plan einer Reise saß in ihr fest. Sie freute sich darauf, ihr Haus für die Schüler aufzuschließen, doch es gab vorher noch viel zu besprechen. Und der vierte Terminvorschlag schien endlich günstig zu sein: Donnerstag, 14 Uhr – keiner der Schüler war zu dem Zeitpunkt verhindert. Aber nun ging es schon auf drei zu. Ute hielt ihren Blick auf der welligen Scheibe, fuhr manchmal hoch und sank, von Enttäuschung getroffen, wieder zurück.

Als gegen fünf nach drei die Klinke sich endlich bewegte, war es fast schon egal. Ronny, Elke und Wiebke kamen zusammen herein. »Irre – fast keiner da!« Angesichts des gelassenen Frohsinns fühlte sich Ute wie nackt. Um zu überspielen, nahm sie die Liste hervor. »Mal sehen, was eigentlich los ist.« Die anderen stutzten bei ihrem amtlichen

Ton. »Sauer?« – »Könn' wir doch nichts für, daß die anderen nicht kommen. Sei froh, daß wir überhaupt...« – »Brita?« Schwarzfleckig tanzten die Namen auf weißem Papier. »Hat schon länger gefehlt.« – »Hanne?« – »Heiratet übermorgen.« – »Brigitte?« Jemand zuckte die Achseln. »Michael Wilke?« Zwei sahen sich an. »Micha hat keinen Bock.«

Noch einmal klappte die Tür. Bärbel kam – vom Halstuch bis zur Sandale rötlichrosaorange. »Ach ja, da ist ja noch Bärbel!« – »Nee, ick bin Jhina.« Sie warf die Locken zurück. Graustruppig nickte ihr Guru vom Medaillon auf der Brust: »Jhiiina! Hab' ick schon öfter gesagt!«

»Ob Jhina, ob Bärbel«, Ute bekam wieder Mut, »ihr seid jetzt immerhin zu fünft, da könnten wir schon mal...« – »Stop!« machte Ronny, beugte sich langsam mit angewinkelten Armen vor und wurde größer dabei: »Ick wollte da noch was sagen. Ich finde die Sache beschissen!« – »Welche Sache? Und wieso beschissen?« Ute verkrampfte die Hände unter dem Tisch. »Die Reise – wegen der Kernkraft. Habt ihr nicht in der Zeitung gelesen. Die WAA wird gar nicht gebaut, hat Albrecht gesagt. Aus politischen Gründen. Und dann planen wir so was: Ist doch gar nicht akut!«

In den Wäldern um Gorleben herrschte nun Ausweiszwang. Wer ohne gültige Kennkarte Steinpilze suchte, wurde mitunter verhaftet. Graugrüne Fahrzeuge fuhren den Autos von Urlaubern nach, aber auch den Bauern, die ihre Ernte einbrachten. Vor Beginn der ersten Tiefbauaktionen sägten Uniformierte die Kernkraftgegner von haushohen Kiefern.

All diese Nachrichten wunderten Ute kaum. Aufgerissene Briefe, provisorisch verschlossen mit Tesastreifen, nahm sie eher gelassen vom Postboten in Empfang. War nicht so wichtig, denn es gab nachweislich Schlimmeres auf der Welt. Neue Vokabeln schwirrten im Äther, setzten sich fest auf Zeitungspapier. Atomsprengköpfe wurden gezählt und deren Zielgenauigkeit und Reichweite abgewägt. Was ist wohl besser: Atomkrieg in Mitteleuropa? Oder einer von Kontinent zu Kontinent, direkt zwischen USA und SU – über Mitteleuropa hinweg? Oder – gerechter, weil er alle treffen würde – ein Weltbrand? Oder die Welt der heilen Dinge und Häuser, in der es kein Leben mehr gab, dank der »Neutronenwaffe«, einem Produkt amerikanischer Forschung?

»Gorleben«, »friedliche Nutzung der Atomenergie« – ohne den Tod im Programm war nichts mehr spektakulär. Fügte sich ein in die Stoffwechselstörung des späten Kapitalismus. Da wucherte eben die große Technologie, da überschorfte der Straßenbeton die Reste von Landschaft, da suppte es milchig in Tanks, überflüssig und fett, bis es stockte, zu Butterbergen gerann. Menschen, die arbeiten wollten, durften es nicht, wurden ratlos und verloren ihr Ziel.

Sie hatten es kommen sehen, Ute und ihre Genossen von »Schule im Kapitalismus«. Daß die Faulstellen deutlicher wurden, war fast ein Triumph. Noch gab das System sich stabil. Doch sogar die vom Rande der Straße bekamen jetzt mit, daß nicht alles stimmte. Und Ute gelang es nun täglich, die Zeichen zu deuten: »Ihr hattet ja recht. Es geht zu Ende mit mir. Ich bin überwindbar«, sprach der Kapitalismus.

»Amis raus aus Vietnam.« Da war ja schon viel überwunden im letzten Jahrzehnt. Aber dann blätterte Ute beim Zahnarzt in einer Zeitschrift und überschlug hastig ein Bild: Trommelbauch, stockdünne Glieder – drei bis vier Jahre alt war dieses Kind. Irgend etwas war falsch dort hinten in Asien, auch ohne die Amerikaner. »Amis raus aus Vietnam, Laos und Kambodscha...«, pulste es wieder in ihr. Sie las sich fest an französischen Hähnchenrezepten und war sehr verwirrt. Angst vor dem Tagesgeschehen breitete sich in ihr aus. Ajatollah Khomeini, der Überwinder des persischen Schahs, gab den Frauen den Schleier zurück und ließ Schwule erschießen.

Wenn Ute die Zeitungen mied, mußte keiner mehr hungern, niemand wurde ermordet, und sie behielt ihren aufrechten Gang. Aber die Schlagzeilen lauerten trotzdem auf sie. Schwarzgrinsend, sägezahnscharf, warteten sie in Kioskfenstern und U-Bahn, immer bereit, an ihrem Rückgrat zu nagen. »Bild dir nichts ein!« höhnte »Bild«, fettrot und breit unterstrichen: ROTCHINAS HUA ZU GAST BEI FRANZ-JOSEF STRAUSS. »Alle legen dich rein! China, Vietnam, Persien, Kambodscha – deine Befreier, Befreiungsbewegungen, deine sozialistischen Länder, sind keinen Pfifferling wert.«

»Die Zeitung lügt«, dachte Ute. »Und übertreibt. Und überhaupt...« Aber sie war sehr verzagt.

An diesem Tag ging die Wohnung nicht auf. Schloß und Sicherheitsschloß ließen sich öffnen wie sonst. Dann aber sperrte die Tür, als hielte jemand sie zu, schweigend und nicht bereit, auf Klopfen zu reagieren. Warum hatte sie Henning die Schlüssel nicht abgenommen? Ute hörte ihn atmen. »Henning, mach auf! Das ist schon lange kein Witz mehr!« Ihre Worte hallten im leeren Treppenaufgang.

Oder besaß auch Wolpe den Schlüssel, ohne daß sie es wußte? »Mach auf!« sagte Ute und stemmte sich gegen die Tür. »Machen Sie auf! Und sofort!« Nach minutenlangem Rütteln hockte sie auf der Treppe, heimatlos, ratlos, schließlich über einem Verdacht brütend. Roland! Warum hatte sie nicht an Roland gedacht! Ute war froh. Wie er hineingekommen sein konnte, interessierte sie nicht. Wenn er jetzt nur öffnete. »Roland, mach auf!« Er kannte wohl ihre Stimme nicht mehr, zudem war sie erkältet. »Ich bin es, die Ute! Mach auf!« Täuschte sie sich, oder gab die Tür etwas nach? Eine Andeutung nur, doch genug, um Ute mutig zu machen. »Roland, nun mach doch schon auf! Ich weiß genau, daß du's bist!«

Roland hielt schweigend die Tür und verwandelte sich. Wurde zum Fremden und ließ Ute zittern vor Angst. Was hatte der in ihrer Wohnung zu tun?

»Auf der Mauer, auf der Lauer, sitzt 'ne kleine Wa...«

Steckte wohl in der Tapete, das neue Abhörgerät. Vielleicht auch unter der Lehne des speckigen Sessels. Oder hinter dem Ofen. Ute war früher als sonst nach Hause gekommen. Nun stand der Geheimdienst drei Zentimeter von ihr, Fuß gegen Fuß. Hatte sich womöglich gerade davonmachen wollen und war durch Ute gestört worden. Aber nun ging sie schweren Schrittes die Treppe hinunter, kam auf Strümpfen leise wieder zurück, hockte sich auf die Stufen zum vierten Stock. Überlistete so zunächst mal die eigene Angst. Dafür pochte in ihr eine triumphierende Wut. Keine Bewegung – sie wurde belauscht! Man hielt es für nötig, in ihrer Wohnung ein Mikrophon einzubauen. Vorbei waren damit die Zeit der Verwirrung, die Abgründe der Verzagtheit. Ute war wieder gefährlich. Mit jeder Minute, die sie im Treppenflur saß, nahm die Gefährlichkeit zu. »Wenn der Kerl rauskommt...« Sie preßte die Hände zu Fäusten. »Den werde ich... ich werde mit dem...«

Vorerst starrte sie gegen drei geschlossene Türen, zwei davon eichenbekränzt. Im Zentrum der Schnitzereien befand sich jenes Zyklopenauge der Angst, der sogenannte »Spion«. Doch Utes Tür – sie sah es erst jetzt – war bloß ein mächtiges Brett. Quer durch die Fläche zog sich ein Riß – wie zerschlagen und wieder zusammengeleimt.

Übrigens gab es Geräusche: Leises Schaben und Klöppeln. Etwas rieselte in die Stille hinein. Jetzt könnte... Ute sprang auf und warf sich gegen das Holz. Ihre Schulter tat weh. Die Tür bewegte sich nicht. Hinter der eichengeschnitzten kam Wolpe hervor: »Was is'n hier los?«, und sah Ute mißtrauisch an. »Wieder den Schlüssel verschlampt?« – »Von wegen!« Sie klirrte nachdrücklich mit dem Bund. »Da ist jemand drin. Hält die Tür zu.« – »Nicht möglich!« Er drückte und trat, schlug mit den Fäusten darauf, drohte gegen das Brett: »Machen Sie auf! Polißei!« Er verharrte schwer atmend, klopfte Ute mit leuchtenden Augen auf die Schulter: »Den kriegen wir doch! Haben Sie ihn denn gehört?« – »Ja«, sagte sie. »Das heißt: Nein. Das heißt eher: Ich weiß nicht.« – »Hm –« Er tastete über den Spalt, von oben nach unten. »Warten Sie mal.« Er verschwand und kam mit einem Messer zurück, mächtig, gezackt und mit Horngriff. »Dem die Füße wegsäbeln!« Er kniete sich hin, stocherte über Bodenhöhe ins Dunkle hinein. »Drücken Sie mal! Nee, doch nich' so! Nu wieder drücken.« Er faßte, schob innen etwas weg. »Haben wir's ja!« Und stand auf.

»Weil es bei Ihn'n ein Saustall ist, weiter nischt.« Ute schlüpfte hinein, so schnell es nur ging. Stolperte über gerolltes Papier. »Frankfurter Rundschau«, »Die Neue«, »Der Tagesspiegel«, »Die Taz«. Täglich rutschten die Zeitungen durch den Briefkastenschlitz, fielen auf die von gestern, auf die von der vorigen Woche. Jede gefaltet, gerollt und in eine Banderole verklebt. Wurden von Ute flüchtig beiseite geschoben. Häuften sich auf dem Teppich, krochen unter den Schrank und in Ritzen hinein, bis in den winzigen Spalt zwischen Boden und Tür.

Ute saß auf dem Boden, sortierte die vielen Presseorgane auf größere, kleinere Stapel, um sie vielleicht noch zu lesen.

Er hatte die Fachkompetenz, das Engagement ihres Vaters. Auch dessen ehernen Scheitel. »Wir haben«, er blickte Ute direkt ins Gesicht, »wir haben uns nun entschieden. Wir akzeptieren die Verpflichtung, zu unseren westlichen Freunden zu stehen. Das heißt: die amerikanischen Mittelstreckenraketen werden in unserem Land stationiert werden.« Er präsentierte zwei Reihen makelloser Zähne. »Aber«, fuhr er dann fort, »wir werden auf neue Verhandlungen dringen und den Abbau der Raketen bewirken, wenn die Verhandlungen mit der Sowjetunion es zulassen sollten.« Er redete eindringlich, zugewandt, gierig auf Zustimmungsnicken. Doch Ute saß starr, der Kanzler räumte den Bildschirm; die Wetterkarte weinte für die Nation.

Neue Waffen im Land – damit die Kriegsgefahr sinkt! Klaffende Absurdität, die Angstgeruch ausatmete. Erkaltender Schweiß, Latrine und Uralt Lavendel. Unentrinnbar war der Körperdunst Wolpes. Die Präsenz seines Magengeschwürs, seine lederne Zudringlichkeit. Für immer die glänzenden Pickel in Frau Wagners Gesicht. Der schlappende Gang A Punkt Bülows. Eine WG ohne Freiwilligkeit, ohne Termine und das Ventil des beruflichen Lebens. Nicht einmal Fenster, die aufgemacht werden konnten. Unendlich langsam verwesende Intimität.

Wenn Ute an Krieg dachte, baute ihr Hirn einen Bunker, machte sie würgen an zwangsnaher Körperlichkeit. Auf dem Bildschirm starteten Kraniche, schrumpften zu Punkten, verschwanden, Krüppelkopfweiden standen vor dunstfreiem Himmel und in der Ferne, sehr gerade, der Horizont. Da war Platz genug für die amerikanischen Mittelstreckenraketen.

Herbert von Karajan überragte die Philharmoniker in segnender Haltung: »Beethovens 9 Sinfonien, nur 68 DM.« Ein »dreiviertel Cello« spiegelte parkende Autos in seinem rotbraunen Lack.

Ute haßte das Musikaliengeschäft. »Kellner und Musiker tragen zur Arbeit den Frack –« Sie starrte durchs Schaufensterglas dem Maestro aufs weiße Vorhemd. »Ich will hier nicht rein!« Dabei mußte sie Blockflöten kaufen, trat also durch die Glastür in ihre Vergangenheit, in die Aura gediegener Reinheit, die »E-Musik« immer umgab. Schmuddelig fühlte sich Ute und plumper als sonst zwischen all den Verkäufern im Anzug mit Schlips.

Einer kam auf sie zu. Was sie vorhabe mit den Flöten, Kammermusik? »Bloß nicht! Schulanfang... Ich brauch' zwanzig Stück.« Man führte sie durch einen Gang mit Notenregalen. Das Hinterzimmer war bunter: Hier gab es Rasseln, Gitarren, Maultrommeln, folkloristisch und nekkisch.

»Herr Kaiser, die Dame möchte preiswerte Flöten!« Aus dem Seitenkabuff trat ein anderer Schwarzweißer ein. »Also, da gäbe es die aus Japan...« Etwas an ihm kam Ute bekannt vor: Über dem schwarzen Jackett mit grauer Krawatte, unter dem fast zur Glatze gelichteten Haar im runder gewordenen Gesicht lagen braune Augen, gebündelte Fältchen.

»Diese Flöten sind für den Anfänger noch günstiger, weil...« – »Roland, ich nehm' sie doch schon!« – »Ute!« Er griff mit beiden Händen über die Glasvitrine hinweg. »Ich war mir noch nicht ganz...« und zog sie fast zu sich herüber. »Ich grüße dich, du!« Er sah zum Eingang hinüber. »Kannst du auf mich warten? In zwanzig Minuten habe ich frei. Drüben im Café?«

Im »Café am Hof« war ein rotes Ecksofa frei. Roland kam schnell. Legte die Lederhandschuhe neben sich, Daumen zu Daumen, als sollten sie beten. Wickelte seinen Schlips wie eine Schlange darum. Ute fuhr ihm mit der Hand über den Kopf. »Hast ja noch Haare! So ist es besser. Jetzt bist du wieder struppig wie Roland.«

»Ute! Was machst du mit zwanzig Flöten?« – »Und was tust du in diesem Geschäft?« – »Das wird mein Beruf. *Der* Beruf, sag' ich dir! Menschen. Reisen. Musik. Und ich rechne so gern. Warte, wenn unsere Afrika-Abteilung erst einmal steht. Und später gründe ich eine Konzertagentur. Von Punk bis Tschaikowsky.«

»Dann bist du ja gar kein Kader!« – »Ach was, schon lange nicht mehr. Es gab keinen Sinn. War wie gefangen, auch wenn du noch gar nicht geschnappt bist. Es ist – man tut so was nicht. Leute abknallen – nur so. Es war – es war auch so einsam. Jeder für sich. Vielleicht, wenn du mitgemacht hättest...«

Er schüttelte sich und drängte zu ihr, als sei er gerade erst allem entronnen. Sie brauchten nichts mehr zu reden. Saßen nur, vor sich den Kuchen. Tauwetter auf rotem Samt. Fragend pochende Leiber, Poren staunend geöffnet, zum Fühlen bereit. Ute strebte zu Roland durch Wolle und Anzug hindurch. Roland hatte den linken Arm um ihre Schultern gelegt. Der rechte Ärmel war etwas nach oben gerutscht. »Auch so einer, der das Zifferblatt innen am Handgelenk trägt«, dachte Ute.

Da machte er auch schon eine winzige Drehung mit der Hand – großes Erschrecken: »Waaas? Beinah fünf? Ich muß Judith abholen!« – »Wer ist Judith?« – »Judith ist meine Tochter. Spielt bei 'ner Freundin. Werd' ich dir alles erzählen. Später. Wir wissen ja nun... Laß nur, ich lad' dich ein.«

Er zahlte vorn an der Theke und zog sich den Mantel an. Roland kam wieder ganz nah. Wie Papier war seine Haut, etwas feuchter der Kuß. »Sehen wir uns? Ruf doch an im Geschäft.« Frierend blieb Ute zurück, ausgesetzt in dem Gebirge aus Troddeln und Plüsch. Wieder Teil eines Nachlasses, den selbst der Trödler verschmäht. Sie ließ den Windbeutel stehen.

Es hatte seit Tagen geschneit, mal heftig, mal schwach. Auch jetzt trieb weißes Gefussel zwischen Häusern, PKWs, Menschen, fiel hierhin und dorthin, um sich alsbald zu verwandeln. Auf dem Salatkopf im Einkaufsnetz glitzerten Sternchen und wurden zu Tropfen.

Vor dem Fenster gab es nun wieder die undurchdringlichen Wirbel. Ute war gierig nach frischem, lebendigem Grün. Sie hatte es satt, dieses Weiß, nach Tagen der Faszination.

Nun löste sie saftgrüne, sanft gerundete Außenblätter, genoß das zarte Hellgrün der Mitte mit Fingerspitzen und Augen. Stolperte tastend an etwas Hartem, rundlich und glatt, hielt ein gelbschwarzes, fast gewichtsloses Schneckenhaus in der Hand. Vor der Öffnung ein Vorhang aus silbrigem Schleim.

Ute aß den Salat, sah in den wirbelnden Schnee. Stutzte dann angesichts einer glitzernden Spur: An der Kante des Tisches bewegte sich, vierfach gehörnt, zielstrebig und vergleichsweise schnell ein lebendiges Tier. Kirschgroßes Stückchen Sommernatur, das nun eine Kurve beschrieb, um unter die Platte zu kriechen. Wenn es stürzte, das Schneckenhaus brach! Ute nahm es vom Holz mit zitternden Fingern. Der Weichkörper zog sich ein, dehnte sich auf einem alten Salatblatt schnell wieder aus.

Ute goß etwas Wasser auf einen Teller, legte das Blatt wieder ab. Stiller Triumph über Wolpe und Petsch, den

Vermieter: »Das Halten von Haustieren jeglicher Art ist nicht gestattet.«

Jemand versorgen zu dürfen. Beim Italiener Salatreste in Servietten einschlagen und beim türkischen Imbiß das Grüne vom Döner Kebab. Wenn Ute zur Küche hereinkam, klopfte ihr Herz: Wo war die Schnecke? Panisches Suchen, auf Knien, gebückt oder kriechend, tastend wie blind. Unendlich froh pflückte sie schließlich das Tier unterm Tellerrand ab, oder vom Abwaschregal.

Beinah ein Luxus: die Angst, das Suchen, das Finden. Sonst war selbst die Angst in ihr gestorben, wie jedes andere Gefühl. Ihr Leben war frei von Gefährdung, bequem, unterhaltsam und ohne jegliche Hoffnung. Nachts schlief Ute traumlos, wie tot: In Rückenlage, auf der Brust die gefalteten Hände. Nur selten schreckte sie hoch, lauschte ins Dunkle und sackte zurück: Da war kein Leben im Raum. Sie konnten beruhigt schlafen – die Schnecke und sie.

Seit dem »Warum nicht?« von Henning und Rolands geschäftigem Abschied zählte nur schon Gelebtes. Sie blieb nun unberührt von den Wettern, den Katastrophen der Welt. Das Leben von gestern stellte Rezepte für heute. Ute ließ trommeln, singen und tanzen, ohne beteiligt zu sein. Halbautomatisch redete sie in den Klassen, beschrieb sie Papier. Ohne zu lesen, fast besinnungslos, unterzeichnete Ute, was auf dem Lehrertisch lag:

Gegen den Einmarsch der Sowjetunion in Afghanistan.
Gegen die Räumung des Jugendheims Schlachtensee.
Gegen das Einfrieren freigewordener Stellen ...

»Gegen« zu sein, war in Ordnung. »Gegen« zu sein hieß darüber hinaus: »Boots« an den Füßen, Selbstgestricktes am Leib, natürliche Haartracht, Vollkornbrot.

Sie hatten ja recht, die Kollegen. Beinahe so recht wie Ute, die wußte, daß alles nichts half. Aber auch diese Erkenntnis schreckte sie nicht. Sie hatte ihre Rezepte. Auch im schlimmsten Fall würde Ute nicht mehr in Panik geraten. Sie würde ihren persönlichen Ausweg beschreiten, vielfarbig matt, noch duftend, trocken wie Heu.

28. Kapitel

Der Kobold klemmte im Schloß, aber endlich gab er doch nach, gewährte Einlaß zur Gruft. Ute begab sich nur zögernd in die feuchtmodrige Kühle. Immerhin schälten sich aus dem Schattenloch Formen heraus. Grautöne, dann eine Ahnung von Farbe. Der Vater hing an der Wand, von der Mütze bis zu den runden Schultern. Daneben Hennings Kopf am Haken.

Ute ließ den Märzabend draußen und tastete sich zum Zählerschrank. Helligkeit machte die Räume vertraut. Unübersehbar waren die Reste, die Vater und Henning zurückgelassen hatten: Zeitungsartikel, mit Pfeilen und Strichen versehen und auf die Tapete gespießt. Zwei Kerzen mit Wachsabfluß neben dem kohligen Docht. Eine Warenliste in Hennings eckiger Schrift, ergänzt von der spitzen des Vaters. Dessen Pyjama lag sauber gefaltet und klamm auf einem der Betten.

Beim Holzholen in der Scheune stieß Ute sich an dem Sägebock, den der Vater gebaut hatte. Sie öffnete alle Fenster, heizte die Öfen, kuschelte sich in Hennings dicksten Pullover, machte Stullen und Tee. Die Gruft war zum Zimmer geworden, bevölkerte sich. Schritte waren zu hören, leise und schnell. Wispern, Trippeln und Rascheln. Ute lauschte der Betriebsamkeit einer vielköpfigen, lebendigen Familie. Jemand zersägte Holz, ausdauernd, aber ohne viel Kraft sägte er, sägte, nein: nagte. Mäuse! Vielleicht gab es sogar Ratten in der Glaswolle zwischen Dämmplatte und gemauertem Stein.

Ute fror und schwitzte zugleich. Dieses Haus war nicht gut für nur eine Person. Dieser Abend würde zu lang werden. Es gab nicht mal Bier im Kühlschrank.

Als sie zur Gastwirtschaft kam, war jeder Parkplatz besetzt durch Fahrzeuge, gelbrot beklebt mit: »Atomkraft? Nein danke!« Als hätte sie nichts anderes vor, durchquerte Ute den Schankraum und ging in den Festsaal hinein.

Endlich zu Hause! Wie ein Urzustand erschien ihr diese Versammlung. Die Frau im knielangen Cape hatte schon immer geredet, kam es Ute vor, ohne Pause, mit heiserem Nachdruck.

Man müsse doch »ganz konkret etwas machen«! Es hörten nicht viele zu. In die Gleichgültigkeit tropften weitere Redebeiträge, kurz oder länger: »Bevölkerung mobilisieren...«, »den Widerstand vorantreiben...« – all das vorgebracht mit Emphase, doch ohne Wirkung. Immer wieder wurde der Wunsch nach »irgendwie etwas ganz Konkretem« geäußert.

»Sach mal«, Ute stieß an den breiten olivgrünen Rücken vor ihr, »was isn das hier?« – »Aktivistentreff.« Der Wuschelkopf drehte sich gerade so weit, daß er die blöde Frage orten konnte. »Ach so.« Es gab viele bekannte Gesichter. Aktivisten, die immer hier lebten, rotbackig gesund. Andere waren blasser, in bunte Jacken gekleidet, mit Fransentüchern behängt. Unter Stirnbändern quollen Locken und Strähnen hervor.

Es ging um eine Besetzung. Um die Bevölkerung, die nicht mitmachen wollte. Um ein Fest auf der künftigen Tiefbohrstelle 1004. Ute, der die Sitzbank zu hart geworden und die auf tauben Backen rumgerutscht war, fuhr plötzlich hoch wie andere auch, denn da schrie eine Frau: »Die stehen nun mal nicht auf Hüttenbauen, kapiert es doch mal!« Ein winziger Mann mit Kahlkopf und brustlangem Bart zuckte zusammen, als hätte ihn jemand geschlagen: »Ich meine ja nur«, sagte er. »Wozu brauchen wir die Bevölkerung eigentlich, wir könnten doch auch die Massen in den Metropolen mobilisieren und Bier trinken und so...«, setzte er fast nicht mehr hörbar hinzu, denn es wurde sehr laut. »Und überhaupt«, rief die Frau, die sich auskannte. »Diese beiden Buden da auf dem Platz würde ich am liebsten wieder abreißen. Die schrecken nur ab.« Damit brachte sie einen stachligen Mann in brüchiger Pelzjacke gegen sich auf: »Du also, das sag' ich dir, ich geh' da nicht weg, bis die Bullen kommen und mich abräumen, sag' ich dir!« Sein Freund, der einen Haarknoten trug, unterstützte ihn kräftig und hatte plötzlich, ohne erkennbaren Grund, fünf Frauen gegen sich: »Mäuseficker!« – »Schrumpelschwanz!« – »Mach bloß, daß du rauskommst!«

Wirklich verließen beide den Saal. Auch Ute ging in den Schankraum, bestellte ein Bier. Als sie wiederkam, war es fast ruhig. Jemand schrieb eine Liste, verteilte die Aufgaben für das Fest auf dem gefährdeten Platz. »Bier« – da hatte sich gerade jemand gefunden. »Würstchen« – Schweigen. »Wer macht die Würstchen?« – Keiner machte die Würstchen. Der mit dem Bier wurde unruhig. »Nachher stehe ich alleine da.« Die Stimmung wurde privat. Eine Frau hinter Ute suchte für sich eine Wohngemeinschaft und fand sie sogleich. Der mit dem Haarknoten war wieder da, bat Ute um fünfzig Pfennig. »Was hast du denn vorhin zu den Frauen gesagt?« Er hob zwei Finger hoch. »Das ist ein Fuckzeichen, aber ein überirdisches!« Er kriegte nichts. Ihr Nachbar zur Rechten lebte ganz hier. Einmal im Monat entwikkelte er in Hannover Computerprogramme. »Damit komm' ich schon aus.« Der Mann mit der Liste blieb stur: »Wer macht die Würstchen?« Ute bedauerte ihn. Sie mochte nicht sehen, wie er immer wieder mit dem Kuli aufs Blatt stach. Es fügte sich in die Unruhe aus Gesprächen, Bewegung, daß sie zur Saaltür ging.

Die Wirtschaft spuckte sie aus, und Ute wehrte sich nicht, sie stieg auf das Rad. Je länger sie fuhr, um so trostloser schien ihr, was sie gerade erlebt hatte. Spital der verstümmelten Pläne. Der Widerstand zersetzte sich selbst, wurde fleischlos und kahl, wie die Baumstämme auf dem »Platz«. »So nicht!« dachte Ute, ohne zu wissen, wie sonst. Sie stemmte sich in die Pedale, fuhr schwerfällig gegen den mahlenden Sand an. Noch hing der Eindruck nach – Ute war traurig. Ein Hase fing sich plötzlich im schwankenden Lichtkegel ihrer Fahrradlampe ein, saß starr, mit funkelnden Augen genau auf der Fahrbahn. Ute stieg ab, ließ ihn fliehen.

Dann fuhr sie ohne Licht weiter und staunte plötzlich,

wieviel Leben um sie herum war. Eulenrufe, das Flattern von Flügeln, fern ein schreiendes Tier. Der sich öffnende Wald gab Kulissen heraus, die sich allmählich verschoben: einzelne Bäume, ein Feld, Hochsitz, der Horizont – dann wieder der geschlossene Vorhang halbhoher Kiefern. Ute nahm sich viel Zeit. Pumpte sich voll mit dem Duft nach Erde und wachsendem Holz, fand auch den Mistgeruch sanft. Scharfsichtig sah sie huschende Mäuse, einen schnürenden Fuchs. Aber es ließ sich nicht verhindern, daß Ute irgendwann ankam. Sie verstaute das Rad, rollte nach kurzem Zögern den Schlafsack zusammen und packte ihn wieder ein. Dann drehte sie den Strom ab, verriegelte wieder die Gruft, stieg in das Auto und fuhr in Richtung Berlin.

20 Grad Celsius meldete der Sender Freies Berlin schon seit einer Woche. Dieser elende Frühling! Die Nachtigall gluckste vor Lachen, wenn Ute im lichtgrünen Schloßpark die Füße nachzog, vornübergebeugt und allein. Ente und Erpel kamen zu zweit aus dem Schilf. Zu Doppeldeckern verschweißt, flirrten Libellen über dem See, ein Krötenweib trug seinen winzigen Mann. Menschenpaare gingen am Wasser entlang oder saßen verschlungen auf Bänken.

Das Glück der anderen verstärkte nur Utes Trostlosigkeit. In der Schule war sie dem Frühling gewachsen. »Nun will der Lenz«, »Im Märzen der Bauer«, »Grüß Gott, du schöner Maien« – sie kannte die Lieder, beherrschte sämtliche Strophen. Sie wußte das Flirren des Sonnenlichts auf Klangstäben hörbar zu machen. Von Blüten, Wärme und Paarung durch Mauern getrennt, konnte sie alles ertragen, denn sie war im Amt.

Nach Unterrichtsschluß wäre Ute am liebsten nach Hause gegangen und hätte die Vorhänge vor die Scheiben gezogen, aber sie wagte es nicht, denn das Wetter blieb schön. Also weiter über die Parkwiesen, froh sein, daß um diese Zeit die Paare seltener waren. Um so zahlreicher waren dann allerdings die Produkte gelungener Paarung. Hingen in Tüchern, wurden auf Rädern gerollt oder hielten sich, krummbeinig schwankend, selbst schon aufrecht. Jeder Grashalm war für sie ein Ziel, jede Fliege Erfahrung, jeder Stein Gefahr und Ereignis.

Stürze und blutige Knie, Hilfegeschrei, Entdecker-Triumph, Laufnasen, Windelpopos – Ute wurde ganz Auge und Ohr, voller Sehnsucht, die sie nicht stillen konnte. *Sie* durfte nicht trösten, Tränen trocknen oder nur Rotz abwischen. Neidisch betrachtete sie die Mütter und zog ihre Kreise: Achterschleifen im Schloßpark, die Spree entlang und zurück, bis sie sich selbst erlaubte, im Schatten der eigenen Wohnung den schönen Tag zu vergessen.

Rundfunk, Fernsehen und Presse versicherten ihr: »Du hast dich getäuscht. Der Widerstand gegen das Atomlager Gorleben ist kräftig wie nie!« Ute fuhr in den Landkreis, voller Hoffnung, unrecht zu haben. Sie parkte nahe am »Platz«; ihr wurde heiß vor Triumph beim Anblick des wuchernden Grüns, der aufgestapelten Stämme. Sie hatte im Irrtum gelebt, welch eine Erleichterung!

Einige Platzbesetzer stemmten einen Baum auf die rußigen Schultern, gingen im Gleichschritt zur Bohrstelle 1004. Ute folgte von fern, wenig behaglich in Unterrichtsbluse, frisch gewaschener Hose, fast zu sauberen Schuhen. Trat befangen ins »Dorf«, diesen Wirrwarr von Zelten, Holzhütten und noch nicht fertigen Bauten im rieselnden Sand. Geschäftigkeit herrschte überall. Gemeinsam arbeiteten alle an Wänden, Gruben, Dächern. Konzentrierte, gezielte Bewegungen und in den Gesichtern die Faszination der eigenen Idee.

Daß Ute den Sandweg entlangkam, beachtete niemand. Sie drehte sich ratlos, voll Neid. Nahm die Schuhe in die Hand und die Bluse über den Arm. Barfuß, mit Luft an den Schultern, war sie nicht mehr so nackt. Langsam schärfte ihr Blick sich für die Details: Iglus und Wigwams, Westernfassaden und Landhäuser gaben ein Bühnenbild her. Ein Bärtiger, mit Baby vorm nackten Bauch, vermaß pfeiferauchend ein Fenster. Zwei Frauen in winzigen Höschen strichen Dachlatten an. Gitarrenakkorde tönten irgendwoher. Ein phantastischer Ort, wie im Märchen. »Bin auch eine Märchenfigur«, fand Ute und wurde mutig dabei. Trat durch einen Vorhang in ein Iglu hinein, fand überraschend viel Platz. Es gab einen Wohnteil mit Sofa, Stühlen und Tisch. Eine Zinkwanne diente als Abzug über dem Herd. Im Hintergrund lag Schlafsack an Schlafsack. Dann blendete Licht; jemand bewegte den Vorhang. »Suchst du hier wen?« Ute murmelte etwas von »gucken« und drückte sich eilig nach draußen. Fühlte sich wieder verlegen, überflüssig und sehr allein.

»Infodienst für die Neuen«, zeigte ein hölzernes Schild. Ute zögerte kurz, stapfte dann weiter, irgendwohin. Neu sein wollte sie nicht. Als ihr Minuten später jemand die Augen zuhielt, war's nur ein winziger Schreck. Knochig und feucht die Hände, Hennings Geruch. Sie hatte darauf gewartet. Sie standen eine Zeitlang reglos umschlungen, dann zeigte ihr Henning das Dorf. »Da vorn ist Holzhausen.« Holzhausen, die Berliner Enklave im Freien Wendland, bestand vorläufig eher aus Leinwand. Henning zeigte ihr in einem Zelt seinen alten gepunkteten Schlafsack. »Paßt deiner noch hin. Das ist dann dein Platz.«

Die »Republik Freies Wendland« war eine Riesen-WG: Kochgruppe, Mülldienst, Brandwache – Freiwilligkeit war erwünscht. Ute begriff sofort die Struktur, als hätte sie stets hier gelebt. Sie hämmerte, schippte und sägte voller Eifer; sie wurde überall tatsächlich gebraucht. Zunächst als Verstärkung für Henning, dann bot sie auch anderen an: »Warte, ich halte mal fest.«

Als sie mit knurrendem Magen beim Essen anstand, schoß es ihr durch den Kopf: »Wer macht die Würstchen?« Ute schlug mit der Ferse gegen ein Brett, kniff sich selbst ins Bein. Aber sie wachte nicht auf, sie aß Pellkartoffeln mit Quark wie alle, die sich auf Bänken und Baumstämmen niedergelassen hatten. Da saßen sie, latzhosenrund, Windstaub im Haar, mit leuchtenden Augen in sonnenrußdunklen

Gesichtern. Fröhlicher Laune, hungrig auf Pellkartoffeln mit Quark und auf menschliche Nähe. Rücken an Rücken, Schoß über Schoß, aneinandergelehnt und umschlungen. Selten saß jemand allein. Ute kratzte den letzten Quark von dem Teller und streckte die Hand aus: Henning war da.

Während die Schatten sich dehnten, wurde der Himmel sehr rot. Jemand machte ein Feuer. Nun, im flackernden Halblicht verklärte sich alles in Schönheit, als gäbe es für Häßlichkeit, Bosheit nirgends mehr Platz. »Und lebten glücklich bis an ihr seliges Ende.« Doch Ute saß auf einer Bank, an Henning gelehnt und wollte es nicht glauben. Hielt Ausschau nach Häßlichkeit, Ärger, Gewalt oder wenigstens Spuren davon, um sicher zu sein, daß dies hier Wirklichkeit war. Aber sie konnte nichts finden, außer der eigenen Skepsis, für die sie sich schämte.

Dafür sang sie später sehr laut. Die Freiheitslieder des letzten Jahrhunderts – gar kein Problem. Auch den »AKW-Nein-Rag« begann sie mit Schwung:

»Beim Frühstück saßen drei Kapitalisten
und ein Ministerpräsident...«

Bei der dritten Strophe mußte sie summen. Das Lied war sehr lang, ein spöttischer Kommentar zur Atompolitik – in Verse geronnen.

Neues Holz kam ins Feuer. Funken flogen sehr hoch und fielen als Ascheteilchen wieder zurück. Ute sang nicht mehr mit. Die anderen konnten den Text. Bei den neuen Liedern vom Dorf hörte sie aufmerksam zu. Summte vorsichtig mit, wenn Teile sich wiederholten.

»So sing doch, Vogel, sing, daß Gorleben lebt,
daß dort der Totengräber seine eigene Grube gräbt.«

Als sie ins Schlafzelt hineinkrochen, war es schon spät. Bei dieser Enge empfahl es sich nicht, auf dem Rücken zu liegen. Seitlich gestapelt, wie Löffel im Kasten, fügten sich Ute und Henning zwischen andere Schläfer und waren geborgen. Ruhe kam in das Zelt und mit ihr, erst einzeln, dann häufiger, fremde Geräusche. Ein Liebespaar flüsterte zärtliche Worte – nur für sich selbst. Jemand fing an zu schnarchen: hoch – ein, tief – aus, hoch – ein, tief – aus ... Es klang, als sei er sehr dick. Ute war irritiert, daß sie es nicht genau wußte.

Wenigstens ihren Nachbarn zur Rechten kannte sie schon. Ein Uwe, der am Feuer gegenüber gesessen hatte. Der schob seinen mächtigen Po immer näher an Ute heran – unerbittlich und warm. Vibrierte anhaltend, gab Stallgeruch frei. Uwe schmatzte und röchelte, brauchte wieder mehr Platz.

Hinter ihr, Henning, war froh, daß Ute so nah kam. Doch nach einer Weile genußvoller Enge hielt er es nicht mehr aus. »Ist doch blöd hier ...«, hörte sie ihn leise. »Wir können noch nicht mal ... Komm, wir fahren nach Hause.«

Utes Dienstweg führte vom Freien Wendland weg über Gorleben nach Berlin. In der Luft zog als lärmendes Riesen-insekt ein Hubschrauber seine Kreise; Polizisten und Grenzschützer wurden zahlreich und dreist. Der Strom der gelbrot gezeichneten Fahrzeuge riß nicht mehr ab. Nummern aus allen nur denkbaren westdeutschen Städten. Sie kamen hierher, weil morgen die Räumung bevorstand. Ute fuhr ihnen entgegen, an ihnen vorbei und wußte: Die Richtung war falsch.

Nur weil sie »beisitzen« mußte! Wenn sie nun jemand erkannte von denen im Gegenverkehr, womöglich Erklärungen wollte, die sie selbst nicht hatte! Ute sah starr auf die Straße und in den Spiegel hinein, fuhr nach Berlin.

Tags darauf »saß sie bei«, von neun Uhr zehn bis zum Mittag. Übernächtigt und grau, doch mit frischgebügelter Bluse. Hatte ein Wasserglas vor sich und bedrucktes Papier. In den Beratungspausen wurde Kleingebäck weitergereicht. Zwölfmal Prüfung ist grauenhaft öde. Jedesmal: Lesen der Aufgabe, Nachdenken, Stammeln, krampfende Hände, angstvoller Blick. Zwölfmal Schicksal, genau portioniert: 900 Sekunden pro Mensch. Wievielmal Schicksal gab es dagegen gerade im Wendland, und wer kümmerte sich um die Zeit? Gerade betrat ein neuer Prüfling den Raum. Ute sah ihm entgegen, grinsend vor Neid. »Dein Problem möcht' ich haben. In fünfzehn Minuten bist du wieder hier raus.«

Eigentlich ging die ganze Räumung nur gegen sie. Räumte aus, was da gerade wieder gewachsen war zwischen Henning und ihr. Zertrat die Keime von Freundschaften, die eben Wurzeln geschlagen hatten. Walzte die Hoffnungen der vergangenen Wochen nieder. Warum war sie nicht dort! Sie hatte es doch bei den Planspielen wieder und wieder geübt: sich wegtragen lassen. Es war lustig gewesen, fast wie das Spiel von der »goldenen Brücke«, das sie den Schülern oft zeigte:

»Wir wiegen den Engel in Abrahams Schoß,
bimbam, bimbam, die Kette reißt los.«

Wenn sie dort sein könnte, alles wär' gut! Aber der Chef sagte »danke!«, der Prüfling verabschiedete sich. Ute stimmte für »Zwei«, weil alle es taten.

Vier Prüfungen noch. Die würde sie schon überstehen, und dann unverzüglich... Aber es gab das Dorf dann nicht mehr! Vielleicht bereits jetzt...

Der neue Prüfling war eine Frau, trug einen weißen Spitzenpullover mit bauschigen Ärmeln. Wie eine Puppe – fand Ute. Der Prüfungstext wurde verlesen, zum Einschlafen fad. Längere Pause. Das Freundschaftshaus würden sie nicht so schnell abreißen können, das war für Jahre gebaut. Aber wehe den Menschen! Swantje, Thomas und Ralf aus der Bezugsgruppe. Uwe. Gudrun und Bob. Vor allem Henning! Sie durften Henning nichts tun! Der blieb bestimmt viel zu lang auf dem Platz, stur, wie er war.

»Basteln«, sagte die Frau, »und hinterher drüber reden.« Wie? Da war ja die Frage:

»Ein unvorhergesehenes Ereignis verhindert die lange geplante Außenaktivität Ihrer Gruppe. Welche Möglichkeiten sehen Sie, diese Situation aufzufangen?«

Ute gähnte. Ihr wurde schwarz vor den Augen. Warum war Henning nicht hier. Sie hätte ihn mitschleppen sollen, mit aller Gewalt. Etwas zog sich zusammen in ihrer Brust. Schmerzhaft, fast wie ein Krampf. Angst um Henning, um das Dorf, um alle, die sie nun kannte. Furchtbare Unsicherheit. Gab womöglich auch Tote! Es wurde schon lange gemunkelt um GSG 9. Was hatten die Scharfschützen von Mogadischu im Wendland verloren?

Warum stocherte dieses Mädchen dauernd am Tisch, mit langen, tiefroten Nägeln? »Hör auf!« dachte Ute. »Du machst mich nervös. Ich hab' solche Angst!« Da war noch ein neues Lied entstanden, vor ein paar Tagen. »Räumungstango«. »Heu – te, hab ich der Räumung schon ins Augeee gesehn...« Sie klopfte den Rhythmus ganz leise unter dem Tisch und wurde ruhig dabei.

»Danke«, sagte der Kinderspielprüfer. Die Frau ging zur Tür – hochhackig, mit wackelndem Po. Jemand schnalzte, die Tür war noch gar nicht geschlossen. »Irene Probst«, fragte Dieter, der Psycho-Dozent. »Ist das nicht die Frau, die sich erst bei den Bullen vorgestellt hatte?« »Drei« oder »Vier«? Dieses Mal war das Kollegium gespalten.

»Der Pulli«, dachte sich Ute. »Einfach zu blöd. Solche Nägel! Und diese Schuhe. Keine drei Schritte könnte sie mit den Absätzen gehen auf 1004!«

Sie stimmte für »Vier«.

Ute hatte sich so auf das Frühstück mit Henning gefreut. Aber nun war ein Loch in der Zeitung, und der Morgen, gerade noch entspannt und genüßlich, wurde mit einemmal schal. Wenn er wenigstens noch einmal las, was er alles ausschnitt! Ihm ging es eher ums Sammeln, Festkleben, Aufspießen von Ereignissen, Taten, Personen. Als behielte er mit den Zetteln die Erde im Blick. Vor allem: nie wartete Henning, bis Ute die Zeitung gelesen hatte. Sie konnten sich trennen, zusammentun, wieder und wieder, nichts würde sich ändern.

Ute war hungrig gewesen – jetzt würgte sie an dem Knebel der tausendjährigen Ehe. Sie hatte das mit der Zeitung schon viele Male gesagt. Sie könnte es noch einmal tun, doch Henning war gerade verschwunden. Wenn er hier säße – sie würde es wieder umsonst sagen. Ein Fenster in einer Zeitung ist eine Lappalie. Aber in diesem Fall war es Symbol der Sinnlosigkeit. In einem anderen Zeitalter war hier ein Lachen gewesen, später ein kurzes Gespräch. Dann war Streit daraus geworden und inzwischen, durchs stete Immernochmal, hoffnungsverständigungslos eine tote Mechanik.

Ute sah durch das eckige Loch ein Glas mit Nutella, zweieinhalb Brötchen und den Brandflecken, der seit vielen Jahren im Wachstuch war. Nichts veränderte sich – ob sie sich trennten und fanden, ob Dörfer entstanden, geräumt wurden und endlich niedergewalzt. Ute war satt, hatte doch kaum was gegessen. Sie stieß sauer auf und rannte hinüber ins Bad. Sah in den Spiegel; ihr Magen beruhigte sich.

Als sie zurückkam, saß Henning wieder am Tisch. Auf ihrem Teller lag ein Zeitungsausschnitt. »Lies mal!«, und seine Augen wurden vor Spannung ganz schmal.

Ute sah auf das Blatt und fing an zu zitttern. Unterste Zeile: »Arndt Fiedler, Richter a. D.« Sie las eher unwillig, fühlte sich peinlich berührt, wurde dann gründlicher und starrte anschließend lange noch auf das Papier:

Offener Brief an die Platzbesetzer

Ich habe, dem schönen Wendland schon lange, auch vor »Gorleben«, verbunden, das Werden und Vergehen des Protestdorfes auf dem Bohrplatz 1004 mit großer Anteilnahme bis zu gelegentlichem Herzklopfen mitverfolgt, leider aber meist aus der Ferne. Dafür waren für den alten Vater (Jahrgang 07) zwei bis drei seiner sieben Kinder um so aktiver dabei. Vieles Pro und Contra habe ich aufmerksam registriert, als gelernter Jurist gerade auch die rechtlichen Argumente. Jetzt, nach der Räumung, drängt es mich, den Besetzern noch einmal ausdrücklich und öffentlich meine Anerkennung auszusprechen und zu bestätigen: Ihr habt recht gehandelt!

Die »Ungesetzlichkeit« und »Rechtswidrigkeit«, die man Eurer Aktion immer wieder angehängt hat, ist in meinen Augen ein zu formaler Vorwurf, um Eurem eigentlichen Anliegen gerecht zu werden. Er kommt aus einer Staatsräson, die sich in hohem Maße oberflächlich und kurzsichtig nur der Erhaltung des gegenwärtigen Wohlstands und immer mehr »Wachstum« verschrieben hat. Darüber schiebt sie die vor allem für künftige Generationen verhängnisvollen Risiken ihrer Atompolitik einfach beiseite oder stellt sie mit der sogenannten Sachkunde ihrer Experten als sicher zu bewältigen hin. Gerade diese vermeintlichen Experten haben sich indessen schon in vielen anderen Bereichen als wenig verläßlich und ihre Sachkompetenz sich zuweilen als regelrechte Hybris erwiesen. In meinen Augen ist eine Politik, die zukünftigen Generationen mit den vielen strahlenden Reaktorruinen und Millionen Tonnen Atommüll nur Lasten und Risiken »vererbt«, geradezu gewissenlos verbrecherisch und schon gar nicht mit Argumenten wie »demokratisch beschlossen« zu rechtfertigen. Sind doch bei dieser Beschlußfassung gerade die am schlimmsten Betroffenen, eben die nach uns Kommenden, in keiner Weise beteiligt oder repräsentiert. Zugegeben, unser Grundgesetz schreibt ihre Beteiligung nicht ausdrücklich vor, aber doch nur deshalb, weil bei seinem Zustandekommen noch kein Mensch bedacht hat, welche verhängnisvollen und irreparablen Weichenstellungen mit allerschwersten Risiken für die weiteste Zukunft schon bald auf unsere Politiker zukommen würden. Um so mehr muß hier das ungeschriebene Rechtsprinzip des ungesetzlichen Notstands zum Zuge kommen.

Ihr Platzbesetzer könnt Euch auf dieses Prinzip sehr wohl im Sinne eines zulässigen, ja gebotenen Widerstands gegen die nur formalrechtlich begründeten Staatsaktionen berufen, zumal Ihr – und dafür gebührt Euch noch einmal die volle Anerkennung – mit Eurem Widerstand ganz bewußt nicht höherwertige Rechtsgüter als z. B. ungenutzt liegendes, jedem zugängliches DWK-Eigentum, formales Baurecht, Funkrecht usw. verletzt habt.

Insgesamt war Eure Aktion bis hin zu dem auf der

anderen Seite gewaltsamen bis brutalen Ende ein voller Demonstrationserfolg weit über Gorleben und das Wendland hinaus; ich erlebe das auch in meinem Bekanntenkreis immer wieder: Der gravierende Unterschied zwischen formalem Unrecht und echter Gewissenspflicht ist gerade mit dieser Aktion erstaunlich und erfreulich vielen Mitbürgern ganz neu oder erstmalig bewußt geworden.

»Ich möchte«, Utes Stimme klang anders als sonst, »ich will mit ihm wieder ins Haus. Was bauen und zanken, Feuermachen und ...« Das Sprechen fiel ihr zu schwer.

»Warum nicht?« sagte Henning. »Im nächsten Jahr wieder mal. Jetzt ist er bei Frank und Irene auf dem Resthof, den die sich gekauft haben. Hilft ihnen beim Umbau und macht sich ein Zimmer zurecht.«

29. Kapitel

Zwischen Bauschutt und Dämmaterial gab es die Tür zu einem Raum mit verblichener Rosentapete. Hier stand seine Dreibeinliege mit dem Schlafsack darauf.

»Das ist das Geheimnis: Präsenz. Die Maurer sind pünktlich, seit ich nicht mehr hier weggehe. Und keiner verlängert die Pausen. Aber ...« Der Vater brach ab und sah Ute schief ins Gesicht: »Die Bauleitung macht Frank. Höchst fachkompetent macht er das.«

Er führte Ute und Henning durch blankgemauerte Höhlen mit leeren Fensterkarrees: »Wohnküche«, »Bad«, »hier wohnen die Kinder«. Dann kamen sie in den Garten. Von Backsteinen eingefaßt, brannte ein Feuer, darüber hing brodelnd ein Topf. »Hab' für euch gekocht. Tomaten, Zucchinis, Kartoffeln. Alles hier aus dem Garten.«

Er setzte sich auf einen weißen lackblätternden Stuhl und wies auf den Rasen: »Nehmen Sie Platz! Oder besser: Pflückt erst ein paar Himbeeren. Dann haben wir Himbeeren und Sahne. Alles aus dem eigenen Garten und die Sahne vom Nachbarn.«

Das Essen war gut, das trockene Sommergras angewärmt und voller Duft – nur das Herzhäuschen neben dem Stall war dunkel und stank. Ute ließ die Tür halb geöffnet – jede Sekunde Trennung vom Sommer war ihr zuviel. Aber wenn jemand kam... Nach Vogelstraußmanier senkte sie lieber den Blick auf ihre Beine und den Schlüpfer zwischen den Knien. Eigentlich müßte doch längst... Sie fuhr hoch, überschlug Termine im Kopf, zählte die Wochen. Wann war die letzte Periode? Lange vor »1004«, dem Wiedersehen mit Henning. Acht Wochen – zehn Wochen? Sie zog sich noch mal zurück in den dämmrigen Mief, riegelte ab, entfernte das Spinnengewebe vom Herzfensterchen und hielt die Hose ans Licht. Las in dem fleckfreien Weiß einen Brief aus der Zukunft.

Sie war abgelenkt, als etwas später Frank eintraf und ihre Arbeit begann. Ohne zu denken, fügte sich Ute in das, was die anderen drei taten: messen und schneiden, nageln und kleben, bis die Glaswolle in dem Lattenrost saß. In das Radiogequäke hinein verständigten sich die Männer, während Ute unhörbar mit einem Ziehen im Bauch Zwiesprache hielt. Die Arbeit ging reibungslos, als hätten sie schon immer zusammen Wände verschalt.

Dann wurde es kühl; sie entfachten noch einmal ein Feuer und brieten sich Nackenkoteletts. »Alles aus unserem Dorf!« erklärte der Vater. Füße und Bauch wurden warm, die Rückseiten froren. Henning holte sich aus dem Auto die Kaninchenfelljacke der Mutter, aus der Ute die Ärmel herausgetrennt hatte. »Eine schöne Jacke hast du da an«, sagte der Vater. Und, zu Ute gewandt: »So eine wünsche ich mir zum Geburtstag.« – »Aber die hat doch gar keine Ärmel.« – »Ärmel brauche ich schon. Gestrickte vielleicht. Ich friere immer so schnell.«

Henning sagte »Ja, aber...« und kämpfte mit Argumenten gegen das, was Utes Schlüpfer verhieß: Ein Kind – angesichts der Bedrohung durch Kernkraftwerke und Waffen? Während das Grundwasser sank und die Bäume abstarben? Wo er – Henning – gerade dabei war, nach einer anderen Arbeit zu suchen? Ein Kind – angesichts ihrer beiden Neurosen, der ungeklärten Beziehung?

Er argumentierte beharrlich, wann immer er Ute sah. Die aber, leuchtenden Blickes und Hand auf dem Bauch, verwarf jeden Einwand von ihm mit zwei Silben: »Na und?« Sie kannte die Argumente, hatte sie früher selbst gebraucht. Heute waren sie sinnloser Dialekt aus einem fremden Kulturkreis.

Es war eine Trennschicht gewachsen zwischen ihr und der übrigen Welt, durchsichtig, elastisch und leicht, aber nicht zu zerstören. Eine Fruchtblase fast, die fließende Wärme umschloß, in der Ute sich wohlig und unendlich träge bewegte. Ihre Unterrichtsstunden gab sie im Dämmerzustand. Hinterher ging sie durch Läden, wühlte in indischen Stoffen, probierte bauschige Hosen, träumte sich in einen Zustand gerundeter Fraulichkeit. Sank zu Hause aufs Bett, wunschlos, bis auf das Verlangen, sich nie mehr bewegen zu müssen.

»Na gut!« sagte Henning nach Wochen des sinnlosen Redens, und sie wurde kurzzeitig wach. »Wenn du es unbedingt willst, kriegen wir eben das Kind. Warum nicht!« Ute strahlte vor Glück, rückte beiseite, bot Henning Platz in der Fruchtblase an. Nur zögernd kam er – und nie für längere Zeit. Es war ihm zu warm. Ute bedauerte das, um ihn gleich wieder zu vergessen. Ruhte, dämmerte, schlief und baute bereits an dem Nest. Kaufte sich mächtige Kleider, wadenlang, weit, ohne Gürtel. Großgeschnittene Jacken, in die sie einzog wie in ein tragbares Haus. So ging sie geschützt durch Berlin, wartete auf den Bus, fuhr in der U-Bahn. »Tagesspiegel« und »Bildzeitung« zeigten ihr Morgengebiß: »Giftmüllskandal in der Heide«, »Lottokönig: Die Hälfte kriegt meine Mutter«; »Flugzeugabsturz in England«, »Atomkrieg nur in Europa?«

Die Schlagzeilen trafen sie jetzt nicht mehr. Sie verstärkten geradezu ihr Wohlgefühl, als säße sie bei einem Unwetter im Trockenen und Warmen. Abends blätterte sie mitunter selbst in der Zeitung. Schwärzliche Lettern glitten folgenlos an ihr vorbei. Ohne Halten durchträumte sie Nachrichten, Wirtschaft, Lokales; wachte erst auf bei Geburts- und Todesanzeigen. Blieb einmal hängen an einem irischen Hochkreuz, das eine der Anzeigen zwischen den üblichen Trauerrändern hervorstechen ließ. Irland! Sekundenlang ergriff sie Sehnsucht nach dieser grüngrauen Insel, dann las Ute den Text:

Oberschwester Helene Schröder
Wir trauern um sie, weil wir sie nie
ganz verstanden haben.
Die Angehörigen
»Es war recht gut, aber es hätte
etwas wärmer sein können.«

Wärmer? Sie hatte es warm wie noch nie. Kein Luftzug kam in ihr Nest. Mancher brauchte es gar nicht so warm. Henning zum Beispiel. Daß er Wärme und Weichheit so selten mit ihr genoß, war seine freie Entscheidung. Hinter der Wand stöhnte Wolpe, fluchte nach seinen Tabletten. Er ging sie nichts an. Weit entfernt war ein anderer, klein und zitternd vor Kälte. Ihre Schuld war es, wenn dem nicht wärmer sein konnte. Ute würde ihm morgen eine Jacke besorgen. Der Vater sollte nicht frieren.

Doch am nächsten Tag in den Geschäften befiel Ute die Ratlosigkeit. Des Vaters abgegriffene Solidität war nicht zu vereinbaren mit etwas neu Gekauftem, das sich so intolerant als »Stil« präsentierte. Er war nicht der »Senior« der Kataloge, silbergrau und mit Oberlippenbart, sorgsam in Lambswool verpackt, der sich seiner Pfeife hingab. Er lehnte auch nicht am Kamin, lief nicht Ski und machte keinen Segelflugschein. An den Konfektionsstangen der Gebrauchtwarenhändler fand Ute vieles für sich, aber nichts für den Vater.

Sinnloser Nachmittag zwischen den Kleidern der Progressiven am Savignyplatz. Ute zerstörte Türme von Kante auf Kante gelegten Alpaka-Pullovern, fand auch einige Jakken, kindlich gemustert mit Vögeln, Männchen, Kamelen. Hatte der Vater längere Arme als sie? War doch egal! Sie ließ einen Haufen zerwühlter Strickwaren im Laden zurück. Nichts davon kam in Frage für Werkstatt, Hühnerstall, Kompost, wo ein quäkendes Radio den Aufenthalt ihres Vaters verriet. Ute suchte nicht mehr.

Eines Nachmittags, auf dem Weg zu »Schule im Kapitalismus«, fand sie die richtige Jacke in einem Laden für Seemannsbedarf. Eine Woche noch bis zum Geburtstag des Vaters. Ute schrieb einen Gutschein, fand sich brav und erfolgreich. Sie würde die Jacke selbst abgeben, ein paar Tage später. Als sie den Brief in den Kasten geworfen hatte, stieg wieder die Übelkeit hoch, erinnerte an ein zweites Geschenk: das künftige Kind.

Der sechste Oktober klebte am Zeiger der Uhr wie irgendein Tag in Berlin, gespalten in viele Termine. Diese wurden mild unterbrochen von Bahnhöfen, Rolltreppen und von den Kunststoffbänken der U-Bahn-Waggons. Unendlich dagegen schien die Strecke vom Hausflur zur eigenen Wohnung. Zäh strömend die Luft. Utes Füße gewannen Gewicht von Stufe zu Stufe und zogen sie, endlich zu Hause, schwer auf das Bett. Dort lag sie erschöpft wie für immer, brach gleichzeitig schon wieder auf.

»Wenn es vorbei ist...« Schauspielstudenten zeigen selbstentwickelte Szenen.

Unbedingt mußte sie hin! Nach Möglichkeit liegend, den Bauch an das Laken geschraubt. Oder schlafwandelnd, tastend mit fest geschlossenen Augen. Dabei wußte sie nicht mal den Weg zum Aufführungsort. Mühsam zog sie sich hoch und tappte durch Zimmer und Flur, um den Stadtplan zu suchen.

Fußangel, etwas fiel klingelnd zu Boden. Für diese Unordnung war die Telefonschnur zu lang. Doch das Gerät blieb intakt. Heute war der sechste Oktober. Ute nahm den Hörer und wählte die Nummer, ohne zu denken.

»Ja, bitte?« Die Reaktion kam sehr prompt, und die Stimme klang fremd. Etwa verwählt? »Äh, hier ist Ute. Ich wollte...« – »Ja, Ute!« Der Vater sprach kraftlos, verzagt, wie Ute ihn noch nie erlebt hatte. »Wie redest du denn?« – »Ich bin krank. War noch heute morgen zum Schwimmen, und hinterher wurde mir schlecht. Der Krankenwagen hat mich gebracht, Mutti war ganz schön... Und das Fahrrad liegt noch bei den Büschen am Bahndamm. Da war ich rübergeklettert, sonst ist es so weit.« – »Na hör mal!« empörte sich Ute gegen den eigenen Schrecken, die Ratlosigkeit. »Das ist dann ja gar kein schöner Geburtstag!« – »Gar nicht so schlecht. Ich liege hier, hab' meine Geschenke, Blumen und Kerzen. Und alle rufen mich an. Mutti hat mir noch zu essen gemacht und ist dann gegangen. Requiem. Brahms. Am Sonntag führen sie auf. Nur, daß meine Hände so kribbeln. Bis oben zur Brust.« Er klang wieder so schwach. Jetzt bloß nicht auflegen: den Hörer umklammern gegen die Angst. Beinahe hatte sie sie schon vergessen, die schwachblaue Schrift auf zerknittertem Durchschlagpapier: »...verabschiede mich für kurze Zeit oder für immer...«, wie lange war das schon her?

Es wurde ihr schwindlig. Gegen das Pochen im Hals, dieses Zittern der Hände, die zerfließende Hitze setzte sie Worte, formelhaft fröhlich, laut von gewaltsamer Hoffnung: »Jedenfalls gratuliere ich dir. Und wie war es«, sie atmete auf, »wie war es bei Frank und Gerlinde? Habt ihr nicht wieder gebaut? Was geschafft?« – »Ganz ausgezeichnet!« Das war der eifrige Vater, der gleich zu erklären begann. »Wir mußten den alten Schornstein ja doch noch erneuern. Aber das ist jetzt passiert. Dann hab' ich die Küche gekachelt und meinen Raum tapeziert. Könnte schon umziehen, wenn... Aber jetzt fällt mir der Hörer...« – »Ich komme am Sonntag zu euch«, plapperte Ute gegen die neue, stimmlose Schwäche, »und bring deine Jacke. Und noch eine Überraschung. Und ganz viel...« – »Am Sonntag bin ich schon längst wieder auf. Aber jetzt geht es nicht mehr. Mach's mal gut.«

Da lag ja der Stadtplan, ein blauer Rand zwischen den Telefonfolianten der Stadt Berlin West. Ute steckte ihn ein und suchte im Bus nach dem Weg.

»WENN ES VORBEI IST« meinte das menschliche Leben. Die Szenen der Schauspielstudenten handelten vom Sterben und Töten, vom Übrigbleiben danach. Große Vielfalt der Darstellungsweise, phantastisch, traumhaft und wirklichkeitsnah. Es gab Masken, Puppen, bizarre Kostüme, spielendes Licht, schrille und karge Berliner Realität. Saxophon, Geige und Baß begleiteten und verstärkten, kommentierten und spielten herunter.

Schauspieler, Musiker, Gäste waren sich nahe bekannt. Ihre Intimität schob Ute nach außen, als sei sie ein andersartiges Wesen. Ein Wesen aus Auge und Ohr. Das sog sich mit Eindrücken voll, trollte sich, während die Sektkorken knallten, gesättigt zum Bus. Toll, dieser Trick mit dem Köpfen! Gut, die Idee, einen Unfall durch Menschen spielen zu lassen, die ihn gerade sehen! Der Scheiterhaufen: genial. Illusion aus Folie und Licht. Theaterspielen wär gut! Sie sollte es auch mal versuchen!

Schön, dieser Aufführungsraum unterm Dach. Die Bühne war sehr karg, aber dort, wo die Zuschauer eintraten, gab es Blumen und Kerzen. Hügel von Astern, als verberge sich drunter ein Sarg.

Astern waren die Geburtstagsblumen des Vaters. Sie standen jetzt auf seinem Tisch neben den Kerzen. Rotes Lebenslicht. Für jedes Jahrzehnt eine Kerze und noch ein paar kleine. Zur Zeit waren wohl alle erloschen. Ob der Vater schon schlief?

Wann kam bloß der Bus! Was sie anhatte, reichte nicht gegen die Kälte, die ihr von den Beinen hochkroch. Ute rollte vergeblich die Zehen im dünnen Sommerschuhwerk und sah auf winzige Sternchen, die sich im Mantel festsetzten und erst nach einigen Minuten Fahrt zu Tropfen vergingen.

Zu Hause nahm sie die Kälte ins Bett. Lag zwischen Leintuch und Decke, fror, statt wärmer zu werden. Drehte den faden Gedanken im Kopf: »...sollte doch schlafen!« Aber die Augen schlossen sich nicht, starrten zum Fenster, wo weiter nichts war als ein hellerer Streifen. Erst gegen Morgen fielen sie zu, gaben sich einem Stückwerk sehr farbiger Träume hin, flüchtig und zäh. So zäh, daß der Lärm aus dem Wohnzimmer erst einmal in ihnen versank. Als er nicht abbrach, wurden sie blaß, gestatteten Ute, sich im Halbschlaf hinzubewegen und nach dem Hörer zu tasten.

»Ich dachte, du bist gar nicht da!« Sie hörte die Mutter. »Ute, der Vater ist tot.« – »Was?« – »Gestern, als ich zurückkam, schlief er ja schon. Und heute morgen, er lag da so friedlich, dachte ich: Laß ihn noch schlafen! Hatter doch gestern wieder so furchtbar geschimpft. Aber dann war es mir so... Und ich mußte doch rein, weil die Knöpfe im Schrank...« Im Hintergrund gab es Stimmengewirr: Herr Klemp, der Nachbar der Eltern, Frau Klemp tönten deutlich heraus. »Ganz friedlich liegt er jetzt da.« Die Mutter flüsterte fast. »Dabei hatter doch gestern...« – »Ich komme«, sagte jetzt Ute. »Beeil' mich sehr. Bin nachher schon da.« – »Ich ruf' noch die anderen an.« Die Mutter legte schon auf.

Ute saß auf ihrem Teppich, kratzte die nackten Beine und sah, wie sich die Härchen nach jeder Berührung zu einer Gänsehaut hoben. Was machte sie hier. Starrte die blauen Vorhänge an, brillenlos, ohne Erkennen. War dazu noch halbseitig taub, mit Ohropax verstöpselt. Das Besetztzeichen aus dem baumelnden Hörer erreichte sie rechts. Ute puhlte das Wachs aus dem linken Gehörgang und wußte: Es hatte geregnet. Das war dem startenden Bus anzuhören, drei Stockwerke tiefer. Ganz aus der Ferne, wie Zahnschmerzen, die noch keine sind, klang das Martinshorn eines Krankentransports, wurde laut und zerriß ihr beinah den Kopf.

Ihre Brüder erreichte sie nicht und wählte die Nummer von Henning. »Ehrlich? Gestorben?« Na klar, er würde sie schon entschuldigen in... Und wieder ungläubig: »Tot?« Endlich, sehr heiser: »Fahr nur, ich sag' schon Bescheid.«

Ute stieg in den Zug, mit einer Zahnbürste und einem Stück Kuchen, das sie nicht aß. Hatte ein leeres Abteil, ließ es befremdet geschehen, daß Berlin ihr entglitt, während sie am Plastikpolster der Reichsbahn festgeleimt war. Wechselnde Plattheit des anderen Deutschland, ohne Belang, zog draußen vorüber. Angesichts einer Uhr in Brandenburg/Havel schreckte sie hoch: Viertel nach neun – da gab sie doch Deutsch!

»Fiedler kommt heute nicht, Vater ist tot.« Sicher waren sie froh, saßen schon längst in der »Hölle« bestellten sich Kaffee und Bier. Siggi, der Wirt dieser Kneipe, freute sich auch. »Fiedler fällt heute aus.« Das war eine Tatsache, auch wenn Ute zu zweifeln begann. Heute – wieso? Schwerverletzt, zum Tode verurteilt, geöffnet – genäht – entlassen als inoperabel – »verabschiede mich für kurze Zeit oder für immer« – so viele Tode hatte der Vater schon überlebt. Warum nun die Endgültigkeit, nur durch vier Worte: »Der Vater ist tot«? Mit der Länge der Schienen, die Ute hinter sich ließ, wuchs die Gewißheit: »Es kann nicht sein. Er ist nur gegangen.«

Die Reise war kürzer als sonst. Ute stürzte vom Taxi durch den Garten ins Haus. Die Wolldecke war vom Sofa sehr sauber heruntergeklappt. Die Kuhle im Kissen noch frisch. Da war jemand aufgestanden. Eben zum Klo. Auf Strümpfen, denn die Pantoffeln standen noch unter dem Tisch. Und die Brille lag bei den Kerzen.

Im Balkonzimmer knipste die Mutter das Trockene von den Geranien, fuhr heftig zusammen, als Ute hinter sie trat. »Sie haben ihn eben geholt.« – »Wer: Sie?« – »In Göttingen, die von der Klinik. Ich habe sie angerufen, weil ich nicht wußte: Was machen wir nun? Da war doch das Blatt.« – »Welches Blatt denn?« – »Na, das mit dem Körper. Daß er zu nützlichen Zwecken...«

Die Haustür ging auf und schlug wieder zu. Sie lauschten den Schritten entgegen. Treppauf, vorbei, weiter hoch. Es war wohl der Untermieter. »Und was hatter geschimpft!« sagte die Mutter. »Gerade gestern. Wegen dem Griff. Dabei kann man die Grabegabel doch umtauschen, gar kein Problem.« Sie bündelte rostige Altblüten zu einem Strauß, zerrte ihn, daß er knisternd zerbrach, Stiele und Blättchen verlor. »Kann ich dir was helfen?« Die Mutter preßte, was übrig war, zu einem Knäuel, knipste erneut von den Pflanzen. »Mach die Kartoffeln! Die müßten schon soweit sein.«

Die Pelle löste sich von den Knollen, aber nicht von der Haut. Abziehen, schneiden, abziehen, schneiden, klebendes Stärkemehl aushalten und schließlich wegwischen, irgendwohin. Kartoffeln braten zu Hause war wie immer: eher ein Zustand als Arbeit. Die Scheiben ins Fett, sich erinnern: Es gab noch anderes zu tun.

Ute saß auf der Lehne des Sofas und las Vaters Post. Onkel Paul: »Wünsche Dir, daß Du Dein Leben weiter so meisterst, voller Ideen und Tatkraft.« – »Von Tante Erika nichts.« Die Mutter faßte die Grabegabel am Stiel, ihr Hauptgeschenk für den Vater. »Die nimmt es doch selbst so genau!« – »Hat er meinen Gutschein gesehen?« – »Natürlich hat er den gesehen. Er redet schon länger davon: die Jacke aus Pelz, gestrickte Ärmel daran. Seit wann kannst du stricken?«

Es roch aus der Küche. Ute löste die Scheiben vom Boden der Pfanne, drehte sie um. Knusprig, wie beinah verbrannt, so mußten sie sein. Gerade wie früher.

»Wie es hier riecht!« Schwägerin Gesche steckte den Kopf in die Tür. »Oh, hallo Ute. Schön, daß du da bist.« Sie räumte die schmutzigen Teller zu Stapeln zusammen, seufzte. »Ein Segen!« Sie zog einen Gummihandschuh bis zum Gelenk, drehte den Hahn auf. »Was wäre das noch geworden mit diesem Mann. Ist doch ein herrlicher Tod!«

Wo kamen sie plötzlich alle her? Beim Sofa saß Frank, vornübergebeugt. Kein Gesicht gab er her, nur Finger, gespreizt und dazwischen sein struppiges Haar. Ute blieb bei ihm stehen, geknebelt von Stummheit, und wollte doch etwas tun. Drei Schritte nur bis zur Tür, entronnen am Herd. Salzen, wenden, die braunen Kartoffeln in eine Schüssel umfüllen: Das wenigstens konnte nicht falsch sein.

»Guten Tag, Schwester!« Beates Hand auf der Schulter war Ute sehr fremd. Draußen hielt jetzt ein Auto. Türklappen, Rascheln im Garten, Polterschritte im Haus. »Ute, bist du denn blöd, mit dem Zug...« Torsten griff ihr ins Haar, drehte so ihren Kopf. Diesen Bruder-Quälgriff schien sie schon jahrzehntelang vergessen zu haben. »Wir hätten doch so schön zusammen fahren können.« Sie wollte etwas antworten, aber er strebte hinaus: »Wo liegt er denn nun?«

Der runde Eßtisch war nun ein langes Oval. Leer blieb der Lehnstuhl des Vaters. »Nehmt, Kinder!« sagte die Mutter. »Und das hier sind eigene Tomaten.« – »Ich laß das nicht zu!« Bea nahm ihren Teller, schob ihn ein paarmal vor und zurück. »Was ›laß das nicht zu‹?« imitierte sie Torsten. »Ihr wißt ja nicht, was das bedeutet. Die schmeißen um sich mit Teilen und klauen Organe.« – »Wer: die?« fragte Torsten und stopfte sich eine Tomate als Ganzes hinein. »Die in der Anatomie, die Studenten. Ich laß das nicht zu, daß der Vater...« – »Wenn er solch einen Wunsch hinterlassen hat, müssen wir das respektieren«, entgegnete Claus. »Ich seh' mir das nachher mal an. Dann sollte vor allem die Todesanzeige...« – »Anzeige!« Torsten drehte sein Haar und steckte den Strang in den Kragen. »Wozu ist das wieder gut!« Er warf eine neue Tomate hoch in die Luft, fing sie mit dem Mund auf. Dann schob er den Schemel zurück, verharrte, halb auf die Platte gestützt wie ein wartender Redner, und ging schnell aus dem Raum.

»Eßt, Kinder...« Der Uhrenkuckuck kam rasselnd aus seinem Loch, meldete: »Vier« und ließ ein mächtiges Ticken zurück.

Die Stille, erst beiläufig, Pause im Wechsel der Worte, fraß sich nun fest, wurde zum Schweigen, erdrückend und schwer. Wer würde schon reden, ohne Erlaubnis des Vaters! Zwei, die das Schweigen aufschließen konnten, waren noch gar nicht gekommen: Tommi und Hans. »Wo sind sie denn bloß«, dachte Ute. »Wir können doch hier nicht für immer...«

Frank hob den Kopf. Er sah auf das Essen, hieb sich den

Teller sehr voll mit kalten Kartoffeln. Gabel vor und zurück – er kaute und schluckte hinunter, gleichmäßig wie ein Gerät. Senkte, nachdem es genug war, erneut sein Gesicht.

»Ist mir egal«, redete nun wieder Bea, »welche Zettel da liegen, oben im Fach. Ich will nicht, daß sie ihn haben.« Die Telefonleitung knackte, als würde gewählt. Jemand müßte – es gab einen Grund, daß sie wegging vom Essen, sogar aus dem Haus. Schnell stand Ute auf, als die Mutter noch einmal begann: »Was hatter geschimpft gestern morgen. Wegen dem Brennesseltee...«

Es war nicht leicht, in dem Wust der Anoraks, Mäntel, Pullover die eigene Jacke zu finden. Durch den handbreiten Spalt der Wohnzimmertür war Torsten zu hören, erregt: »Aber sicher, das fechten wir an. Schon, weil es zu schnell... Wir wollen ihn auch noch mal sehen... Wieso – ›ist das nicht möglich‹?... Was soll das heißen: ›Er ist schon gefüllt‹?«

Gartenluft, frei vom Kartoffelgeruch und vom Ticken der Uhr. Das Bäumchen am Zaun hing so voll wie vor Jahren – »Ännchen von Tharau« zur Auferstehung des Vaters. Wiederum trug es Apfel an Apfel, doch ohne sich beugen zu müssen, denn dieses Jahr lagen die schweren Zweige auf Stützen, gerichtet vom Vater.

Ute brach einen der Äpfel. Ein zweiter löste sich ab, traf sie heftig am Kopf, und die Brille fiel ihr herab. Schwachsichtig und verwirrt faßte sie über das Glas, das immer noch glatt war. Aber ihr Apfel hatte Blätter und einen dicken geriffelten Stiel. Fruchtholz. »Immer das Fruchtholz dranlassen! Da sind die Äpfel drin für die nächsten drei Jahre!« Wenn der Vater das sah? Ute schlich sich zum Kompost, deckte das Corpus delicti sorgfältig ab. Der Apfel war süß und so voller Saft, daß er tropfte.

Vom Bahndamm ertönte das Gleitgeräusch eines sehr langen Zuges. Wagen an Wagen – als Ute den Weg zur Böschung einschlug, war noch kein Ende in Sicht. Die Sehnsucht, woanders zu sein, die Angst vor den Zügen, die ohne sie fuhren und Ute damit verhöhnten, befiel sie so heftig, als wäre sie wieder ein Kind.

Hier war ihre Böschung, wo sie früher gelesen, gegrübelt, wo sie Männergewalt abgewehrt und von Liebe geträumt hatte. Ihr Fahrrad war hier versteckt, zwischen Schlehengestrüpp und Hollunder. Ute würde es finden. Die Abkürzung zum Thermalbad war ihr vertraut. Wer über das Gleis stieg, sparte sich dreißig Minuten häßlichen Weges. Die Bahndirektion war so nett, ein Schild anzubringen, dort, wo der Übergang leicht war: »Betreten der Gleise verboten.« In dem Gestrüpp aus Weißdorn, Heckenrosen, Hollunder, zwischen braun gewordener Goldraute und ermüdenden Huflattichblättern war viel Platz für ein liegengelassenes Rad. Ute tastete sich durch die Pflanzen, gehindert, gerissen, gekratzt von Dornen und sperrigen Zweigen. Der Himmel war matter geworden, dunkel beinahe. Das schwarze Fahrrad lag sicher vor ihr ihm Schatten; sie würde es heute nicht mehr finden. Eher morgen im Vormittagslicht.

Ute kroch zurück bis zum Weg. Als sie aufstand, erreichte die Schwärze ihr Gesicht. Sie taumelte wie blind, hielt sich am Stamm des Hollunders, bekam erst allmählich die Farben zurück, flimmernd im Rhythmus des heftig klopfenden Herzens. Und da klopfte es noch mehr, links unter dem Nabel, vier-, fünfmal – Pause – dann wieder deutlich und stark. Morsezeichen der kommenden Jahre. Ute lehnte am Bäumchen, atmete mühsam, war froh. Juni, Juli, August, September, Oktober... In den sechsten Monat kam sie bereits. Manche strickten jetzt schon Höschen und winzige Mützen, Jäckchen mit Ärmeln, lächerlich klein. Eigentlich war es schlimm, daß der Vater die blaue Jacke nicht wollte. Jetzt mußte sie doch noch den Pelz... und Ärmel raustrennen und stricken. Denn das Geburtstagsgeschenk war ihr wichtiger als irgendwas sonst.

Der Vater sollte nicht frieren.

Die Frau in der Gesellschaft

Maya Angelou
Ich weiß, daß der gefangene Vogel singt
Band 4742

Shulamit Arnon
Die gläserne Brücke
Roman
Band 4723

Mariama Bâ
Der scharlachrote Gesang
Roman
Band 3746

Martine Carton
Etwas Besseres als einen Ehemann findest du allemal
Roman
Band 4718

Dagmar Chidolue
Annas Reise
Roman
Band 3755

Janina David
Leben aus zweiter Hand
Roman
Band 4744

Sabine Deitmer
Bye-bye, Bruno
Wie Frauen morden
Kriminalgeschichten
Band 4714

M. Rosine De Dijn
Die Unfähigkeit
Band 3797

Anna Dünnebier
Eva und die Fälscher
Roman
Band 4728

Ursula Eisenberg
Tochter eines Richters
Roman
Band 10622

Oriana Fallaci
Brief an ein nie geborenes Kind
Band 3706

Maria Frisé
Montagsmänner und andere Frauengeschichten
Band 3782

M. Gabriele Göbel
Amanda oder Der Hunger nach Verwandlung
Erzählungen
Band 3760

Agnes-Marie Grisebach
Eine Frau Jahrgang 13
Roman einer unfreiwilligen Emanzipation
Band 10468
Eine Frau im Westen
Roman eines Neuanfangs
Band 10467

Helga Häsing
Unsere Kinder, unsere Träume
Band 3707

Fischer Taschenbuch Verlag

fi 20 / 17 a